KB077053

서풍기연담

西風奇緣談

二

글 청령

MM NOVEL

표지 조은아 **편집** 정다움 **마케팅** 김정훈 김아름

목차

1장

뺨을 스치는 차가운 공기가 기분을 상쾌하게 했다.

사람들은 춥다고 투덜거리지만 소그드는 논외였다. 그가 태어난 땅—변방의 초원은 여름에는 그다지 덥지 않고 공기가 건조하여 상쾌하지만 겨울에는 춥다고 말하는 입조차 굳어 버리는 혹한. 세 살배기 소의 꼬리조차 얼어붙는다고 일컬어지는, 단단한 눈을 헤치고 그 아래 있는 풀을 뜯어먹지 않으면 가축이 떼 지어 죽어 자빠지는 가혹한 겨울. 그에 비하면 중원의 겨울은 산뜻하기까지 하다.

"어이쿠, 게세르. 조심해라."

그러나 마음껏 달리기에는 나무가 거추장스럽다. 물론 소그드의 기마술로는 나무가 빽빽한 숲도 평지와 다를 바 없었으나, 질주할 수 없기에 소그드로서는 조금 아쉬웠다.

"역시 소그드 공이구료."

헐떡거리는 목소리가 조금 멀다. 소그드가 돌아본 곳에는 눈처럼 흰 말에 금실로 짠 비단 안장을 얹은 현성이 가까스로 웃어 보이고 있었다.

"무리하지 마."

"아니, 엄연히 사냥도 단련의 한가지인 만큼…."

"너희 중원인들은 죄다 그래? 뭐든지 즐겁게 하지 않아."

"하하, 반론할 말이 없군. 하지만 정엽은 요즘 적잖이 즐거움을 느끼게 된 것 같네만."

"그렇게 보여?"

"암, 그렇고말고."

"그렇다면 잘됐지만…."

현성은 알아차리지 못했으나… 숲 너머를 응시하는 소그드의 눈은 지금껏, 아니 살아오면서 한 번도 보인 적 없는 빛을 띠고 있었다.

"자, 그럼 돌아가세. 이렇게 멀리까지 나와서야 몰이꾼들이 걱정하겠군."

"사냥하는 법이 이상하다니까."

"다음에는 자네 고향에서 사냥하는 법을 따라 보세나. 하핫."

말머리를 나란히 하고 숲을 지나가던 두 사람은 동시에 말을 멈추었다.

"…소그드…."

"쉿."

비명을 지르지 않은 것은 현성으로서는 굉장한 선전이었다. 반면 소그드는 마치 몰이꾼에게 쫓기다 나무 그루터기를 들이박고 절명한 토끼를 보기라도 한 양 시종일관 무덤덤했다.

그러나 새빨갛게 물든 눈 위에 널브러져 있는 것은… 몰이꾼 쪽이었다.

"대관절 무슨 일…."

"도적이라 하기엔 좀 그렇지?"

"황도에, 그것도 어원御苑에 숨어들 도적이 있겠는가!"

"그러면 황제 따위는 아무래도 좋다는 놈들이겠지."

"그런 대역죄인大逆罪人이….."

"아아. 대역이라고 부르는 거군, 이거."

소그드는 허공을 가로 베었다. 그 칼날에 무엇인가가 걸려서 두 조각이 났다. 이어서 안장에 걸린 활을 집어 시위를 당기고 쏘기까지는 다만 일순. 수풀 너머에서 짧은 비명이 터졌다.

현성은 떨리는 손에 힘을 주어가며 고삐를 잡았다. 수풀 아래 쓰러진 것은 몰이꾼 차림을 한 남자. 그 입에 정확히 화살이 꽂혀 소리를 봉한 것이었다.

"몰이꾼도 섣불리 아는 체하면 못쓰겠군."

"언제… 황족을 시종하는 자는 신분이 확실한, 믿을 만한 자들로만 기용하는 것인데…."

"대역이라는 건 원래 그런 거잖아? 해선 안 되는 걸 감쪽같이 해내는 거."

현성은 소그드의 해석을 듣고 다소 질린 표정을 지었지만 소그드와 거리를 두지는 않았다. 아무리 장중보옥처럼 자랐다고 해도 이런 때에 믿을 만한 사람이 누구인지 정도는 알 수 있다.

"몰이꾼 중에 역적이 있을지도 모른다니… 어찌하면 좋겠소?"

"우선 여기서 빠져나가야지. 몰이꾼 중에 배신자가 있다면 따라온 병사도 믿을 수 없어. 하지만 몰이꾼은 사람을 모느라 넓게 퍼져 있고, 병사들은 몰아온 사슴을 잡기 위해 뭉쳐 있지. 몰이꾼을 뚫고 빠져나가는 편이 낫겠어."

"모든 몰이꾼이 역적에 가담한 것은 아니지 않겠소?"

"죽이진 않을게. 조용히 따라오기만 해."

"아, 소리를 내지 않기 위해서는 말발굽을 싸두는 편이 좋을 것 같구료."

현성은 말에서 내려 값진 비단전포를 아낌없이 찢어 그것으로 자신의 말과 게세르의 말발굽을 쌌다. 초원에서 말을 달린다면 풀 헤치는 소리 밖에 나지 않지만, 중원의 땅은 단단하고 바윗돌이나 자갈도 있다. 소그드는 현성의 수완을 재미있다는 듯 바라보았다.

"아, 황태자 전하! …켁!"

"소그드 공?!"

"누가 우리 편인지 모르잖아. 나중에 사과할 테니 일 수습될 때까지만 참아달라고."

황태자를 발견하고 달려온 몰이꾼이 소그드의 칼집에 맞아 나자빠졌다. 기겁하는 현성을 이끌고 소그드는 계속 달렸다. 하지만….

휙. 화살이 날아왔다. 쳐내는 것은 소그드에게는 수월하였다. 한 발일 때의 이야기지만.

"…역시, 본격적이군."

"소그드 공…!"

어떤 소리도 신호도 없이 검은 옷으로 똑같이 몸을 감싼 기수들이 두 사람을 둘러쌌다. 얼굴을 가린 복면 위의 눈동자는 어떠한 감정도 담고 있지 않았다.

"무례하구나! 어느 안전이라고 행패인가!"

"기세는 좋은데 말이지, 그런 말에 겁먹을 것 같으면 대역 같은 거 안 저지른다고?"

"공은 어째서 그렇게 침착한가?!"

"침착하지 않으면 어쩌려고. 자, 내가 신호하면 죽어라 뛰어. 이놈들은 잡아두겠지만 그다음까지 돌봐줄 순 없어."

"소그드 공. 그대 설마…."

"뭐 이상한 거 생각하는 거야? 걱정 마."

소그드는 번갯불같이 화살을 쏘아붙였다. 그러나 사슴이나 여느 병사들과 달리, 검은 기수들은 화살을 후려쳐서 떨어내거나 아예 몸으로 받아 내었다. 튕긴 화살이 허공에서 공중제비를 돈다.

"제법… 껍데기가 딱딱하네!"

그사이에 소그드는 질풍처럼 뛰어들어 칼을 내질렀다. 하나를 베어 넘기고, 다른 한 명이 막아내자 안장 위로 뛰어올라 발로 걷어찼다. 기수가 땅에 떨어지자 게세르가 말발굽으로 짓밟았다. 실로 인마일체의 무용.

"소그드 공!"

"내 이름 부를 시간에 제대로 된 병사들을 불러오라고!"

"아, 알겠소! 무운을…!"

현성은 이를 악물고 준마의 배를 걷어찼다. 검은 기수들 몇이 그를 쫓으려고 했으나, 화살이 날아와 머리를 맞히는 바람에 뜻을 이룰 수는 없었다. 아무리 투구를 쓰고 있다 해도 날아오는 화살을 무시하고 달리는 것은 강철 같은 간담을 가지지 않는 한 무리이리라.

그러나 검은 기수들은 초조해하는 것 같지 않았다. 칼이나 창, 제각각의 무기를 빼들고 소그드를 향할 뿐. 소그드는 이빨을 드러낸 호랑이처럼 웃었다.

"헤에. 나도 목적이었나?"

걸어온 싸움은 받아줄 뿐.

일제히 내리쳐진 날붙이는 게세르의 유연한 움직임 덕분에 소그드에게 닿지 못했다. 기수들은 침착하게 무기를 수습해 재차 소그드를 노렸다. 소그드가 내리친 칼날이 그들 중 하나의 골통을 바수어 버렸지만, 그들에게 동요나 망설임은 없었다. 잘 벼려낸 칼처럼 정련된 살기.

"정말로 제대로 할 작정인가 본데…."

하지만 소그드의 입가에서 미소가 가시는 일은 없었다. 적은 수의 동료들과 함께 중원의 군대에 둘러싸인 적도 있고, 형제라 믿었던 자들에게 독을 대접받은 적도 있다. 이 정도의 일은 위기라 할 것도 아닌 터이다.

"위이잉—."

그때 벌레 소리가 들렸다. 소그드가 분명 들은 적 있는 소리.

히히잉! 게세르가 비통하게 울부짖었다. 초원에서 중원까지, 그리고 정엽을 찾을 때까지의 먼 길을 조금도 지친 기색 없이 걸어온 말이 휘청거리고 있다. 게세르가 쓰러지기 직전, 소그드는 땅에 뛰어내렸다. 그러나 애마를 돌볼 사이도 없이 그는 내지르는 창칼과 말발굽을 피해 내달렸다.

"몰이는 사슴이랑 하라고…!"

가엾긴 하지만 이쪽도 목숨이 걸린 문제다. 소그드는 칼을 휘둘러 말의 다리를 베고 화살을 쏘아 눈을 맞추었다. 말은 발광하며 기수를 땅에 내팽개쳤다. 내동댕이쳐진 고통에 일순 몸이 굳은 자객의 목덜미를 베어내는 일은 간단했다.

위이잉… 또 그 소리다.

소그드는 손바닥을 펼쳐 소리의 근원을 꽉 잡았다. 창칼을 피해내며 슬쩍 들여다보자 까맣게 물든 손이 시야에 들어왔다.

"큭…."

현기증이 치밀어 올랐다.

부옇게 흐려진 시야 한쪽에 비치는 것은 나무 사이에 서 있는 누군가. 온통 검은 차림으로 얼굴조차 보이지 않는 그자가 웃는 듯 느껴진 것은 과연 기분 탓일까….

처음으로 뜨거운 것이 어깨를 스쳤다. 아니, 차가운 것일까.

"하핫…."

그럼에도 소그드는 웃었다. 어쩐지 자신에게는 일어날 리 없으리라 생각했던 일이 이루어지려 하는데도.

생각하는 것은 오로지 한 사람의 일….

"아… 흑…!"

하얀 다리가 허공을 찼다. 절정 직전에 자신을 빼낸 소그드는 아랫배에서 부글거리는 것을 한껏 그 눈부신 몸에 토해 냈다.

"후우…."

소그드는 열띤 눈으로 정엽을 내려다보았다. 발갛게 물든 옥구슬 같은 몸에, 소그드 자신의 손가락이 그려낸 흔적과 백탁의 정이 자취를 남긴다. 열락의 여운에 젖어 멍하니 풀어져 있는 얼굴은 그 자체로 절경.

"…뭘 한 겁니까."

그러나 이내 평소의 정엽이 되돌아왔다. 이맛살을 찌푸리고 자신을 올려다보는 정엽에게 소그드는 싱긋 웃어 보였다.

"안에다 해버리면 배 아프잖아? 닦아줄게."

"제가 하겠습니다."

정엽은 단호하게 소그드의 손을 밀치고 침상 아래로 내려섰다. 수건을 찾아 몸을 훔치는 정엽의 뒷모습을 바라보던 소그드가 문득 팔을 뻗어 그 허리에 감았다.

"사랑해."

바삐 움직이던 정엽의 손이 딱 멈추었다. 그러나 그는 결코 뒤돌아보지는 않았다.

"갑자기 무슨 뚱딴지같은 말입니까."

"사랑하니까 사랑한다고 말하는 것뿐인데."

"……."

"대답 안 해줘?"

"답은 못 한다고 처음에 말했습니다만."

"'좋아해'라도?"

"마찬가지입니다."

"'오늘 밤도 끝내줬어' 같은 건 어때?"

"그건 어디 홍루의 한량이 하는 말입니까."

정엽은 물그릇의 물로 수건을 적셨다. 끝내 답을 하지 않은 채로.

이런 관계라는 것은 알고 있었다. 알고 있는데도….

오장육부가 욱신거리는 이 감각을 괴로움이라고 부르는 것일까.

자신의 손을 살며시 떼어내고 옷을 갖추어 입는 그 뒷모습은, 아마 눈알을 파낸들 잊지 못하리라….

'푹.'

내장을 도려내는 감각이 소그드를 일깨웠다.

주위는 피바다였다. 사술이 몸을 좀먹어가는 동안에도 자객들이 소그드에게서 빼앗아 간 것보다 소그드가 빼앗은 것이 압도적으로 많았다. 그리고 마지막 한 사람… 소그드는 손을 뻗어 자신의 배를 찌른 남자의 눈에 손가락을 박아 넣고, 무심히 비틀었다.

비명이 들렸던가? 소그드는 알 수 없었다. 이미 귀가 제대로 기능하지 않는 것 같다.

화친의 상징인 자신이 죽으면 기족과 중원의 관계가 어떻게 변할지… 소그드는 궁금하지 않았다.

현성이 무사히 도망쳤을지… 그것도 사실 흥미는 없었다.

소그드가 알고 싶은 것은 오로지 단 하나.

내가 죽으면 너는 조금이라도 슬퍼해줄까?

시야가 기울어졌다. 그래서 그는 자신이 쓰러진 것을 알았다.

망막에 담긴 파란 하늘은 호인촌에서 본 하늘을 떠올리게 했다.

"소그드!!!"

정엽.

소그드가 떠올릴 수 있었던 것은, 그 이름이 끝이었다.

정엽은 어둠 속에서 눈을 떴다.

정교한 문양의 창살 너머로 달이 비치고 있었다. 희미한 달빛으로 방 안의 모습이 어렴풋이 드러났다. 금은 장식이 달린 우아한 세간. 너울너울 드리운 비단 휘장. 금실로 수놓은 병풍. 어느 것 하나 정엽의 거처에서는 볼 일이 없는 물건뿐이었다.

여기는 어디? 그리고 왜 자신은 침상 옆에 쓰러져 있는가?

온몸에 힘이 들어가지 않는다. 머릿속이 안개가 낀 양 뿌옇다. 아무리 고된 수행을 할 때에도 이런 적은 없었는데.

정엽은 어리둥절한 채 손을 뻗어 침상의 틀을 잡고 몸을 일으키려 한 순간, 보았다.

새빨갛게 물든 손.

"…아, 아, 아아아아아!"

홍수로 둑이 터진 것처럼 머릿속으로 기억이 물밀듯이 밀려왔다.

피바다 속에서 쓰러져 있던 '그'. 안아 올리자 그의 피로 젖어버린 자신의 손. 삽시간에 싸늘해져가는 체온. 불과 며칠 전, 그 밤에는 그토록 뜨거웠는데—.

"아아아! 아아아! 아아아!"

정엽은 비단 이불깃을 움켜쥐고 미친 듯이 손을 문질렀다. 달빛에 드러난 손은 하얀 그대로, 붉은 흔적은 일점도 찾을 수 없는데도. 마치 그렇게 하면 기억이 씻어지기라도 할 것처럼, 없던 일이 될 것처럼, 살가죽을 벗길 기세로—.

숨이 막혀 소리를 낼 수 없게 된 입술이… 움직여 어떤 이름을 그렸다.

하지만 이 부름에 답할 사람은 없다. 온갖 달콤한 말을 속삭였던 그는,

이제 그 입을 영원히 굳게 다물린 채 생명이 없는 주검이 되어—.

"……!!!"

정엽은 뭍에 끌려 나온 물고기처럼 몸부림쳤다. 그 서슬에 기물이 쓰러지고 넘어져 난장을 이루었지만, 정엽은 그것을 알지 못했다.

'사랑해.'

대답하지 못했다.

대답할 답을 알지 못했던 것이 아니다. 어쩌면 막연하게 알고 있었을지도 모른다.

만약 정말로 아무런 감정이 없었다면.

단순한 우정이었다면.

그의 존재가 중원에 필요했기에 눈 딱 감고 우롱을 참았던 것이라면.

왜 자신은 그를 굳이 외면했는가? 그의 혼례를 피해 황도를 떠났는가? 그리고 아무리 내버려 두는 것에 불과하다고는 하나… 그 행위를 받아들였는가?

그의 밀어에도, 입맞춤에도, 몸을 하나로 섞는 그 행위에도 정말로 아무것도 느끼지 못했다는 건가!

"으아아아아아…!"

무엇인가 부서지는 소리가 났다. 하지만 그것도 정엽의 귀에는 들리지 않았다.

자신의 어리석고 추한 자존심 때문에 그는 그토록 황량한 저승길을, 자신의 진심은 추호도 알지 못한 채 걷고 있을 것이다.

제멋대로에, 뻔뻔한 얼굴로 도리를 논하고, 타인의 마음은 아무렇지도 않게 짓밟는—그런 냉혈한을 사랑했다고 생각하면서…!

눈물을 흘릴 자격도 없을진대, 눈에서 끊임없이 눈물이 샘솟았다. 차라리 눈을 잡아 뽑아서 그를 위해 공양하는 편이 좋으련만… 하얀 피부와 옅은 빛의 머리카락에 어우러져 더욱 아름답다고 칭찬해준 그를 생각하면 그럴 수도 없다.

이렇게 되어서도 자신의 몸을 아끼는가—정엽은 천장을 올려다보면서 더없이 쓴 자조를 띠었다.

아니, 이제는 아무것도 아깝지 않다.

그에게 이 마음을 전하기 위해서라면 이 몸뚱이쯤 얼마든지 바칠 수 있다.

그것이 오늘날까지 금쪽보다 귀하게 지켜 온 도리를 저버리는 일이 된다 해도.

피를 나눈 부모 형제에게 등을 돌리는 패륜이 된다고 해도.

이 미칠 것 같은 마음—통곡하는 기분으로는 일각이라도 숨 쉬고 살아갈 수 없다.

"…소그드."

비로소 정엽은 그의 이름을 불렀다.

목이 쉬고 혀가 입천장에 달라붙어 목소리가 나오지 않을 때까지—그렇게 된 뒤에도 쉼 없이, 언제까지나.

빈소殯所는 고요했다.

고인故人은 이방인으로, 이 화하 땅 어디에도 연고가 없다. 통곡하는 부모 형제나 이웃 친지는 기대할 수 없었다. 민간에서 곧잘 하듯이 돈 받고 곡하는 이를 들여야 할 판이었으나, 그런 추태를 보이는 것 또한 웃음거리가 될 터.

그러나 고인의 죽음을 애석하게 여기는 이가 전혀 없는 것은 아니었다. 그 호탕한 언행이나 얽매임 없는 몸가짐에 호의를 품었던 문상객들은 씁쓸한 표정을 감추지 못했다. 나아가 이 상례가 가져올 일을 내다볼 식견이 있는 이들의 얼굴에는 근심이 서려 있었다.

임시변통이나마 상주의 역할을 맡은 현성은 비통과 근심, 그 두 가지를 모두 짊어지고 병풍 안쪽을 들여다보았다.

염습한 유해에서는 처참한 싸움의 흔적을 찾아볼 길 없었다. 망자의 표정도 담담하여 금방이라도 자리를 떨치고 일어나 인사를 건넬 것 같았다.

그런 착각을 하지 않도록 해주는 것은 봉랍보다도 하얀 얼굴빛. 생기의 흔적조차 찾을 수 없는… 죽은 자의 낯빛.

만약 그때 그를 내버려 두고 도망치지 않았다면 이런 일은 벌어지지 않았을까.

무예에 서툰 현성이 그의 발을 잡는 것 외에 무엇을 할 수 있었을까. 그러나… 자책하는 현성은 평소에는 떠올리지도 못했을 어둡고 절망적인 상념까지도 품고 말았다.

자신에게 불상사가 일어나도 황제의 후계를 이을 아들은, 더 재주 있는 아들은 있다.

그러나 기족의 사절로 중원까지 와서 이 나라에 머무르기로 결정한 소그드라는 남자는 단 한 사람뿐.

차라리 내가—.

…황제는 현성을 탓하지는 않았다. 언제나와 같이 냉담한 얼굴로 상례를 주관하고 대역죄인을 색출할 것을 당부했을 뿐.

…그리고 그도 현성을 탓하지는 않았다.

하지만 그 사실이 더욱 마음 아프다. 차라리 자신을 책망했더라면 그가 그렇게 되었을까….

"황태자 전하. 잠시 들어가 쉬십시오."

"괜찮네…."

"피붙이도 아닌 사람을 위해 태자 전하 정도 되시는 분이 밤샘하여 귀한 몸을 상하게 할 곡절이 어디 있습니까. 사직을 생각하십시오."

시종의 끈덕진 권유를 마지못해 받아들인 것은 바로 그의 일 때문이었다.

현성은 힘없이 고개를 끄덕이고는, 하얀 상복 자락을 휘날리며 빈소를 떠났다.

초상집 같은 분위기라고 한다면 황태자의 거처도 마찬가지였다.

주인의 마음을 잘 헤아리는 성실한 가솔들… 그런 이유에서만은 아니었다. 중문을 들어서는 현성에게 채경이 종종걸음 쳐서 다가왔다. 언제나 단정하고 흔들림 없는 그녀가 이렇게나 예법을 무시하는 것은 현성도 처음 보는 바이나.

"태자 전하…."

"여전하오?"

"예."

"계속 부탁드리리다, 부인. 나도 곧 들여다볼 터이니."

채경은 수심이 가득한 얼굴로 고개를 끄덕이고는 손짓해 시종을 불렀다. 옷을 갈아입는 것을 시종들에게 맡긴 채, 현성은 쳇바퀴처럼 거듭해 돌아가는 상념에 다시 뛰어들었다.

아마 귀에 독물을 부어 넣어 귀머거리가 된다 해도, 그때 정엽이 내지른 비명은 현성의 귀에 눌어붙어 씻어지지 않으리라.

점찰로 불길한 점괘를 뽑아 한달음에 달려왔다 하였다. 숲을 나오자마자 현성이 마주친 것은 정엽. 그 순간에는 정말로 안심했었는데.

그러나 인적 없는 숲을 내달아 소그드를 찾아내었을 때—.

그 후부터 정엽은, 현성이 아는 영민하고 자랑스러운 동생이 아니게 되어버렸다.

식음을 전폐하고 부서진 인형처럼 된 그를, 현성은 자신의 거처에 감추었다. 정엽이 이렇게 된 것을 아는 사람은 현성과 채경, 그리고 극히 믿을 만한 시종 몇몇뿐.

소그드와 만난 뒤에 정엽이 많이 변했다는 것은 현성도 알고 있었다. 분명 기뻐하기까지 하였을 텐데—허나 어째서 이렇게까지.

맞닥뜨린 문제가 산적하건만, 가장 현성을 괴롭히는 문제는 이것이었다.

아무리 호소해도 그 말은 정엽의 귀에 들리지 않는다. 총명하고 분별 있는 동생은 돌아오지 않는다.

어떻게 하면 돌아오게 할 것인가. 답을 찾을 수 없는 고뇌를 거듭하면서 정엽을 감춘 별채에 이르렀을 때, 현성은 방 한가운데 선 하얀 그림자를 보고는 문간에 걸려 넘어질 뻔했다.

"저, 정엽…? 괜찮으냐!"

"…형님. 유감스럽게도… 괜찮지 않습니다."

차분한 목소리. 비로소 현성이 아는 정엽의 것이다. 그러나 완전히 되돌아온 것은 아니었다. 현성이 아는 정엽은, 다소 괴로운 일이 있더라도 결코 내색을 하지 않는다. 농으로라도 '괜찮지 않다'라고 말한 적은 없었던 것이다.

우두커니 서서 어찌할 바 모르는 현성의 앞에서, 불현듯 정엽이 무릎을 굽혔다. 정엽이 쓰러지는 줄로만 안 현성은 깜짝 놀라서 부축하기 위해 팔을 뻗었다. 그러나 정엽은 그 손을 살며시 뿌리치고 무릎을 꿇었다.

"심려를 끼쳐서 죄송합니다."

"무슨 말이냐! 나야말로 그, 그 일로 너에게 사죄를….”

현성은 필사의 힘을 다해 '그'의 이름을 얼버무렸다. 그러나 정엽으로
선 들은 거나 마찬가지였다. 하얀 침의에 감싸인 몸이 위태롭게 휘청거
렸지만 쓰러지지는 않았다. 버티는 것에 목숨을 소모하는 듯한 모습으
로, 정엽은 핏기 없는 입술을 움직였다.

"형님의 과실이 아닙니다. 형님이 사과하실 것은 전혀 없습니다….”

"허나….”

"저는 형님 때문에 괴로워하는 것이 아니니까요.”

미소 비슷한 것이 그 입술을 스쳤다. 기뻐서 짓는 웃음은 응당 아니라
해도, 대관절 어째서 이다지도 쓰디쓴 자조인가.

"또 한 가지… 저는 형님께, 아니 모두에게 사죄드려야 합니다.”

"그런 말을 할 때가 아니다. 지금은 일단 뭐라도 들고 쉬어라. 이야기
를 듣는 건 그다음으로 하자꾸나.”

"이제부터 저는… 부모님 앞에서, 형님 앞에서 하직하고자 합니다.”

"뭣…!”

청천벽력과 같은 소리에 현성의 입이 딱 벌어졌다. 아연실색하여 한순
간 말을 잃은 현성을 향해 정엽은 조용히 말을 이었다.

"이제부터 황도를 떠나 다시는 돌아오지 않을 생각입니다. 형님께서
는 지체 보중하시어….”

"무슨 말을 하는 거냐… 자세히 이야기해 보거라!”

현성은 자기도 모르게 정엽의 어깨를 잡았다. 그대로 부서질 것 같은
야윈 감촉에 가슴이 덜컥하여 이내 손에서 힘을 뺐지만, 그것만으로도
정엽에게는 감당하기 어려운 충격. 당장이라도 마룻바닥에 쓰러질 것 같
은 몸을 애써 추어올리며 정엽은 푸른 옥처럼 불투명한 눈으로 현성을

올려다보았다.

"저는… 소그드를 되살리러 갈 것입니다."

"아니…?"

"하지만 그것은 도리를 거스르는 비도非道. 자식된 몸으로 그런 악행을 저지르는 것은 부모님께 불효이며, 나라가 이런 혼란에 처했을 때 임무를 저버리는 것 또한 불충. 세 가지 큰 죄를 저지른 몸으로 어찌 황도에 있겠습니까."

"가… 가당치 않아! 소그드는 나라의 기둥이 될 몸. 그런 이를 소생시킨다고 해서 누가 책망하고 누가 벌하겠느냐."

"형님께서는 제가 왜 죽은 사람을 살리는 비도를 행하려는지 아십니까."

"엉…?"

정엽은 현성이 지금까지 한 번도 본 적 없는 미소를 입가에 새겼다.

"제가 그를 사랑하기 때문입니다."

"…뭐?"

"그래서 저는 저를 용서할 수 없습니다. 사사로운 감정에 사로잡혀 죽은 자를 되살리려 하고, 청정해야 할 도사의 몸으로 부덕한 관계에 얽매였으며, 지금까지 귀하게 여겨왔던 모든 것을 헌신짝처럼 내버리려는 저를…!"

정엽은 고운 머리채를 쥐어뜯으며 절규했다. 그런 정엽을 현성이 끌어안았다.

"나는 너를 용서한다!"

"……!"

"뭘 해도 좋다. 네가 어떻게 변해도 괜찮으니까… 아무쪼록 무사히 돌아오겠다고 약조해다오."

분명 현성은 이런 동생은 알지 못했다. 이렇게 외곬으로 '사랑'을 외치는 정엽은… 더군다나 상대가 소그드였다니, 꿈도 꾸지 못했다.

그러나 몰랐던들 어떠하랴. 모든 걸 내버릴 결심으로, 이토록 괴로워하며 죄인을 자처하는 정엽을 형인 자신이 감싸주지 않으면 누가 감싸겠는가.

형으로서 당부한다기보다는 어린아이처럼 거듭 다짐하는 현성을 뿌리칠 여력이 정엽에게는 없었다.

정엽은 현성의 등에 팔을 둘러 마주 안으며, 흐르는 눈물을 닦지도 못한 채 속삭이듯 대답했다.

"예… 돌아오겠습니다."

반드시라는 약속은 할 수 없었지만.

바로 다음 날, 정엽은 황도를 나섰다.

장례에 대해서는 염려하지 않아도 좋았다. 소그드는 기족의 왕에 준하는 대접을 받는 몸. 제후는 5일 만에 염습하고 5개월 만에 장지로 가는 것이 예법이니 아직 땅에 묻히긴커녕 염습을 할 시기도 아니다. 행여 시신이 상할까 황실의 장례에 쓰는 것보다 더 강력한 빙결주를 걸어두었다. 그의 백을 흩어지지 않게 모으고, 그의 혼이 되돌아갈 장소인 몸이 상하지 않도록.

명부冥府. 사람의 혼이 돌아가는 곳이며, 요괴가 태어나는 장소.

한번 그곳에 발을 내딛은 자가 돌아오는 일은 고금에 드물다. 설령 죽은 자가 되살아나는 일이 있다 한들 그것은 모두 명부의 신들—태산부군을 비롯한 주재자들이 허락해 주었기에 가능했을 뿐.

사람의 몸으로 감히 명부의 법도를 범하겠다는 것은 어불성설. 하지만 지금 정엽으로선 그것이 가능한지 불가능한지, 쉬운지 어려운지, 그런 일은 아무래도 좋았다.

만나지 않으면 안 된다. 전하지 않으면 안 된다.

절절 끓어오르는 이 단심을—.

이만은 소년을 앞에 세워둔 채 서신에 시선을 못박았다.

어린 도동… 수성이라 하였던가. 선원궁의 궁주가 거느리는 단 한 사람의 시종. 섬기는 분을 닮아 어른스럽고 영민하다 칭찬이 자자한 소년이, 지금은 눈물 콧물로 얼굴이 엉망진창이 되어 있다. 달래어 줄 법도 하건만 이만은 소년을 거들떠보지 않았다. 다른 데에 마음 쓰기에는 서신의 내용이 너무나 놀라웠던 것이다.

"…이미 늦은 것 같지만, 궁주께서는?"

"오, 온데간데없으십니다…."

"마지막으로 뵈었을 때에는 무엇을 하시더냐."

"황태자의 거처에 며칠 머무르신다고 들었는데… 홀연히 돌아오셔서 일언반구도 없이 서책만 뒤지셨습니다. 침식도 하지 않으셔서 걱정이 되어 궁에 기별이라도 하려던 참에, 이 서신만 남기고 하루아침에…."

"서책이라."

"상인上人님… 스승님께 무슨 변고라도 생긴 겁니까? 사직이라니오!"

선원궁 궁주가 천지신명에게 아무것도 고하지 않고, 심지어 황제의 재가도 받지 않은 채 궁을 떠나다니 실로 전대미문.

"주공을 위한다면 더욱 경거망동을 삼가도록."

"예, 예…."

이만은 코를 훌쩍이고 있는 소년을 내버려 두고는 서고로 초조한 발걸음을 옮겼다.

선원궁의 서고. 억겁의 시간 동안 화하를, 그 상징이랄 수 있는 황제를 수호해온 온갖 비급이 잠들어 있는 곳. 이곳을 자유롭게 드나들 수 있는 것은 궁주 이하… 선원궁감 이만 정도였다.

궁감으로 실무를 맡아 온 이만은 여벌의 열쇠를 가지고 있었다. 물론 열쇠만으로 서고에 들어설 수 있는 것은 아니었지만… 이만은 벼락을 맞거나 불에 구워지는 일 없이 무사히 서고에 발을 들였다.

서고의 풍경—줄지어진 서가는 이만이 마지막으로 보았을 때와 조금도 다름이 없었다. 전에 없는 행동을 보이고 있으면서도, 서책을 정돈하고 표지를 봉하는 그 철저함에는 추호의 흐트러짐도 짐작할 수 없다. 오히려 기막힐 지경.

하지만 유심히 보면 다른 점은 있다. 바로 먼지…. 손대는 사람 없이 먼지만 쌓여가던 서책 중 몇몇의 표지가 말끔했다. 바로 얼마 전 먼지를 털어낸 흔적이 역력하였다. 자세히 살펴보면 술법으로 맺은 봉인을 푼 흔적이 있을 테지만, 구태여 그렇게까지 파고들 필요조차 없다. 서가 사이를 단 한 번 왕복한 이만은 이내 알 수 있었다.

"명부冥府… 인가?"

깨끗해진 서책은 하나같이 명부에 관한 것.

선원궁 궁주가, 궁주 자리를 내버린다는 말까지 남겨가면서 그 심연 속에서 찾고자 하는 것은 대관절 무엇이란 말인가.

아니, 답은 나와 있다. 그곳의 이름만으로도 능히 짐작할 수 있는 일.

"상인님… 저는 어찌하면 좋습니까?"

"후일은 모르는 일이니 일단 함구하도록 해라. 궁주의 일은… 내가 어떻게든 조치할 터이니."

"알겠습니다…."

그나마 조금은 안심한 것인가. 소년은 주먹으로 눈물을 씻으며 자리를 떴다.

그러나 수성이 이만의 의중을 조금이라도 읽을 수 있었다면 그리는 하지 못했으리라. 이만 스스로도 알고 있었다. 자신이 무엇을 할 수 있단 말인가? 선원궁 궁주라는 직임은, 세간에서 말하듯이 황자 신분으로 거저 얻을 수 있는 것이 아니다. 이만의 재주로는 정엽을 뒤쫓지도 붙잡지도 막지도 못한다.

도리를 판별하는 지혜. 심원한 지식. 천지간의 기를 느끼는 탁월한 자질까지… 사람을 뛰어넘어 어찌 구름 위에 오르지 않는 것인지 이상할 정도의 인물.

그럼에도 불구하고 정엽이 선과仙果를 얻지 못하는 이유는 역설적이게도 그가 너무나 속되기 때문이었다.

선인仙人에게는 나라의 흥망, 사람의 생사도 계절이 바뀌는 양 자연스러운 일. 그에 관해 초탈하지 못하는 정엽은 결코 천지일월과 수명을 같이 하고, 옥제 밑에서 세상의 이치를 주관하는 경지에 이르지 못하리라.

이만은 황 노사가 그것을 애석하게 여기고 있다는 사실을 알고 있었다. 그래서 여러모로 수를 쓰고자 했다는 것도.

그러나….

"노사. 이렇게 될 것을 생각하셨습니까."

이만은 하늘을 향해 탄식을 입에 담았다. 허나 답하는 이는 지금 여기에 없다.

사람을 버려, 사람을 뛰어넘어 이르는 길. 정엽에게 있어 그 길이 선도가 아닌 인요人妖의 길일지도 모른다는 불안감을 거두어주는 이는 없었던 것이다.

과연 그것을 무엇이라 형용하면 좋을까?

한때 범용한 사내, 저자의 불한당이었던 장사문은 알지 못했다.

사람의 몸으로 신령이 된 마음. 죽어서도 명부에 가지 못하고 이승에 붙박여 있는 기분. 천지의 기를 들이마시며 제삿밥을 흠향할 때의 감각.

누가 캐어물은들 장사문이 아무리 머리를 짜내어 생각해봐도 여전히 답할 말은 없을 것이다. 오로지 할 수 있는 말은 이것뿐—산 사람이었을 때의 일은 까마득히 멀어 실감나지 않는다고. 지금은 그저 날 때부터 신령이었던 것처럼 느껴지노라고.

그 장사문은 지금 기맥을 타고 날고 있었다. 그것을 '난다'라고 부를 수 있는지 또한 알 수 없었지만.

사람의 발로 걸으면 석 달 열흘이 걸릴 거리도 신령이 기맥을 타고 움직이면 차 대접 받을 정도의 시간밖에 걸리지 않는다. 신령으로서 격이 높지 않은 장사문은 비록 내키는 대로 기맥을 탈 수는 없었지만, 한 사람의 도움을 빌리면 자유자재였다.

기맥을 타면서 기가 이지러진 곳을 찾고, 가능하면 그 원인도 수탐한다. 그것이 장사문이 받은 당부였다. 산천과 인간을 지키는 신령으로서 마땅히 더욱 격이 높은 신령을 섬기고 그 휘하로 들어가야 하지만, 장사문으로서는 설령 천상의 옥제나 명부의 태산부군보다도 그 사람의 당부를 따를 뿐이었다.

그때, 바로 그 사람의 부름이 느껴졌다.

생각할 겨를도 없었다. 장사문의 존재는 급류에 휩쓸린 나뭇잎처럼 기맥을 따라 어디론가 향했다. 아무리 신령이라 해도 사지가 찢어지는 듯한 충격을 견디어 낸 일순… 문득 장사문이 깨달았을 때에는 눈앞에 그가 있었다.

"영명왕!"

어딘가의 산기슭일까. 소슬바람이 불어오는 양지 바른 곳에서 나무로 깎은 신상—장사문으로선 도무지 마음에 들지 않았지만 고향 땅의 사당에 채색한 신상이 새로이 만들어지기 전까지는 꼼짝없이 그의 신체神體 노릇을 하는—앞에 부적 태운 재를 바람에 내맡기는 정엽이 서 있었다.

장사문은 반가움에 소리를 높였다. 얽매이기를 싫어하여 어느덧 신령까지 되어버린 장사문. 누구에게도 고개를 숙이려 하지 않는 그임에도, 이 빼어난 인물에게는 순수한 찬탄을 바치고 있었다.

신령에게는 여느 사람과 같은 눈이 없다. 눈으로 보기보다는 기로 느끼는 것이다. 그래서 그는 정엽의 안색이 심상치 않음을 알아차리지 못했다.

"무슨 일입니까! 또 무엇인가 변고라도?"

"한 가지 묻고 싶은 것이 있습니다."

기운 넘치는—신령에게 어울리는 형용인지는 알 수 없으나—장사문과는 대조적으로, 정엽은 착 가라앉은 목소리로 말을 이었다.

"당신은 어떻게 명부에서 돌아온 겁니까?"

"예에?"

장사문은 어리둥절한 낯을 했다. 그림자가 일렁이는 형상일 뿐인 그에게서 정엽이 표정을 읽을 수는 없을 테지만.

어떻게 돌아왔는가? 그것은 어떻게 신령이 되었으며 무슨 방식으로 천지간의 기를 보고 느끼는지 묻는 것과 다를 바 없다. 어느 날 홀연히 그렇게 되었다… 답은 오로지 그뿐.

인과가 이어지고 응보가 주어지는 것은 기실 사람 세상의 영역. 천지

자연은 뜻밖에도 그 법칙을 따르지 않는 일이 왕왕 있다. 저자의 부랑배가 신령이 되고, 말도둑이 선과를 얻는 일도 이따금 있는 것이다….

"글쎄요… 무어라 해야 할지."

"알겠습니다. 방해해서 죄송합니다. 돌아가시길."

조금 우물쭈물하는 장사문의 속내를 간파하긴 쉬운 일일 터. 정엽은 무표정한 얼굴로 소매를 떨쳤다. 잘 갖추어진 이목구비에서 표정이 사라지자 장인이 심혈을 기울여 깎아낸 용俑과 다를 바 없어 보인다. 아름답기로는 정엽 쪽이 월등히 앞선다 해도, 어느 쪽에 생기가 있느냐로 따지면 용의 손을 들어주고 싶을 지경이었지만.

"무, 무슨 일입니까? 영명왕."

"그대를 귀찮게 할 정도의 일은 아닙니다."

귀찮아하는 것은 누구 쪽일까. 정엽은 미련 없이 고개를 가로저었다. 정말로 아무 데에도 미련이 없는지는 그 모습만 봐선 알 수 없었지만….

"불초가 시종하리다! 은혜를 갚도록 해주시오."

그제야 예사롭지 않음을 느낀 것인가. 장사문은 거듭 소리 높여 청했다. 정엽은 물끄러미 그를 바라보다가 문득 고개를 끄덕였다.

"시종까지 받을 대단한 일은 아닙니다만… 가는 길이 같다고 한다면 굳이 동행하시는 것을 막을 이유는 없습니다."

"예, 예!"

장사문은 기뻐하며 답했다. 단지 생전에 호언장담했다는 것만으로 신령이 된 사내는, 그 성품으로 말할 것 같으면 어린애나 다름없었다. 그는 오로지 재주가 뛰어나고 이인의 용모를 지녔다는 이유만으로 순진하게 정엽에게 충심을 바쳤다.

그런 그가 정엽이 무엇을 생각하고 있는지 짐작할 도리는 없다. 앞으로 걷게 될 수라도에 장사문의 존재가 요긴하게 쓰일지도 모른다—그렇게 생각하는 자신에게 이루 말할 수 없는 환멸을 느끼고 있음을, 담담한 표정과 잔잔한 기의 흐름만 봐선 도저히 읽을 수 없는 것이다.

정엽은 장사문의 신상을 넓은 소매에 넣고 정처 없이, 그러나 무엇보다도 확고한 목적을 품고 발걸음을 옮겼다.

사람이 죽으면 저승길인 명도冥道를 걸어, 명부에 이른다. 그 길은 사람의 생사뿐만 아니라 생전의 은원과 희노애락, 생전의 모든 것을 가르는 길. 길을 지나고 나면 살아있을 때의 일은 한낱 꿈처럼 여겨진다고… 드물게 명부에서 돌아와 소생한 자들은 전하고 있다.

그렇다. 결코 살아서는 명도를 지날 수 없다—미련과 회한과 자신의 의지를 지닌 채로는.

그러나 아무래도 그 방법을 모른다면, 물을 수밖에 없다. 선현도 이르지 않았는가. 모르는 것을 묻는다면 잠깐 어리석은 것에 지나지 않지만, 묻지 않는다면 영영 어리석은 것이라고. 그 선현은 필시 이런 데에 쓰라고 가르침을 남긴 것이 아니었지만.

사람이 아닌 자로서 사람이 손댈 수 없는 곳에서 노니는 자들이라 하면 첫째로 신령. 하지만 장사문의 예로 미루어볼 때 신령은 물을 만한 상대가 아니었다. 본디 천지의 기를 타고 자연스럽게 존재하는 그들로서는 살아있는 몸으로 명부에 간다고 하는 비도非道에 관해 알 리 없다. 설령 안다고 한들… 그 정도의 식견이 있는 신령이라면 정엽이 그런 폭거를 행하는 것을 눈 뜨고 보지도 않을 터였다.

무력으로 제압하는 방법도 있겠지만 아무리 지금의 정엽일지라 해도 그 방법만큼은 최후의 것으로 두어두고 싶다.

그렇다면 다음은….

"그러고 보니 영명왕께서는 무엇 때문에 명도를 찾으십니까?"

정엽의 어깨 부근에서 목소리가 울려 퍼졌다. 소리를 내는 것은 정엽의 주위를 맴도는 장사문의 신령. 여느 사람들이 보기엔 상당히 수상쩍은… 아니 무섭기까지 한 광경일 테지만 심심산중을 걷고 있는 정엽은 전혀 염려하지 않았다. 그는 시선을 정면에 둔 채 무심하게 입술만 움직였다.

"일종의… 요괴 퇴치 때문입니다."

"호오! 영명왕께서 직접 퇴치하러 나설 만한 요괴라면 상당한 거물일 터!"

'퇴치'당해 본 경험이 있는 장사문은 희희낙락 떠들어댔다. 구태여 답을 하지 않아도 된다는 것을 가늠했기에 정엽은 입을 다문 채 걸음을 옮겼다.

거물이 아니어서야 곤란하다….

요괴. 명부에서 유래한 것들. 왜 사람을 홀리고 해하는 것들이 명부에서 태어나 인간 세상을 침범하는지 알 수는 없다. 명부의 옥졸로 죄인을 벌하면서 설치던 그들이 태산부군과 십대왕의 눈을 피해 기어 나온다는 것이 민간의 속설이나—.

계절에 사시사철이 있고, 하루에도 낮과 밤이 있듯… 기에도 음양陰陽이 있는 것이 지당한 일. 그중 음陰에 극단적으로 치우친 족속이 바로 요괴. 따라서 천지의 기가 흐트러지면 그들은 자연히 모습을 드러낸다. 겨울에 북서풍이 불어오듯이, 밀물과 썰물이 자리를 바꾸듯이.

하지만 그것은 지금 중요하지 않다. 중요한 것은 그 요괴란 족속들이 그들이 온 길을 알고 있느냐 하는 사실이다.

흉악한 본성만으로 살아가는 저급한 것들은 모를 가능성이 다분하나… 요력도 지혜도 뛰어난 거물이라면 자신들이 인간 세상에 나올 수 있었던 방법을 인지하고 있을지도 모른다.

그 길을 되짚어가면 바로 명부에 도달할 수 있을 터.

그가 간 곳으로….

정엽은 허리에 찬 애검의 칼자루를 조용히 쥐었다.

명부를 자유자재로 드나들 정도의 강대한 요괴를 굴종시키기란 틀림없이 난제일 테지만, 어려울 거란 생각은 정엽의 뇌리에 털끝만치도 깃들어 있지 않았다. 지금까지 그가 배워 익힌 재간, 번개를 자유로이 다루는 뇌전부, 그리고 몇 대 전의 황제가 당대의 명공에게 일러 벼려낸 보검—진년 진월 진일 진시에 주조하여 신수 용의 힘을 받은 참사검. 이 힘을 빌린다면야.

정엽은 선원궁 궁주로서 맡은 이 검을 극히 사사로운 데에 쓴다는 자책을 아무렇지도 않게 묵살하였다.

그렇다면 문제는 무엇인가. 거물 요괴는 어찌 포박할 수 있단 말인가.

사실 정엽은 거물 요괴가 있는 아주 가까운 곳을 알고 있었다. 바로 황도의 중심, 황궁 북쪽 후원산. 그곳에는 누대에 걸쳐 선원궁의 도사들이 사로잡은 대요괴가 황궁을 수호하는 결계의 주춧돌이 되어 얽매여 있다. 한 마리는 불우하게 목숨을 잃었지만.

그러나 그곳의 요괴에게 손댈 수는 없다. 첫째로 선원궁의 도사들이 벌떼처럼 들고 일어날 것이며, 둘째로 황궁의 안위가 위태로워진다. 영영 방법이 없으면 모를까 그렇게까지 하기는 지금의 정엽으로서도 망설여지는 일이었다. 그리하면 택할 수 있는 길은 오직 하나. 천지 사방에 도사리고 있는 요괴를 퇴치하여 붙잡는 것.

요행히도, 세상이 아무리 태평성대일지언정 요괴의 씨가 마르는 일은 없다. 특히 대요괴일수록 그러하다. 그들은 자신의 토지에 도사리고 앉아, 언제든 천기가 흐트러져 설칠 수 있을 때가 오기만을 기다린다.

따라서 남쪽의 원익산에 반비충이 살고, 서쪽의 태화산에 비유가 또아리를 틀며, 북쪽의 경산에는 산여가 우짖는다는 말이 끊이지 않는 것이다.

그중에서도 정엽이 선택한 길은 동쪽―공교롭게도 동쪽에는 태산泰山
이라고 일컬어지는 산이 있다.

그러나 그 산이 진짜 명부는 아니다. 다른 지방에 나서 사정을 모르는
이들은 그 이름에 압도되지만, 정작 태산군의 주민들은 태산을 오르내리
며 나무를 하고 산채를 뜯는다.

하늘로 오른들 천도天都에 닿을 리 없고, 땅으로 파고든들 명부冥府에
이를 리 없음이니.

옥제가 다스리는 하늘과 태산부군이 다스리는 명부는 필시, 사람의 힘
으로는 닿을 수 없는 타계他界. 그리고 이승의 태산은 명부에 연이 닿아
있는 장소일 뿐. 그렇다 해도 죽은 자가 아니고서는 명부의 입구, 그 문
지방에라도 닿을 수 있을 리 없다.

"……."

정엽은 고개를 들었다. 기맥을 타고 어지럽혀진 곳을 찾고 있을 장사
문에게는 아직 아무런 기별도 없다. 주위의 기도 지극히 평온했다.

그러나 정말로 아무런 일이 없을 리 없다. 산천의 신령을 더럽히고 대
역을 꾀하는 불측한 자들이 횡행하는 바로 이때, 누구보다도 무도불비한
것이 다름 아닌 정엽 자신임에야.

정엽은 품속에 손을 넣어 한 장의 부적을 꺼냈다. 비천飛天의 두 글자
가 선명히 새겨진 그것을 허공에 띄우고 휙 하니 몸을 솟구치자, 피어오
른 상서로운 구름이 정엽의 몸을 감쌌다.

문득 기묘한 서풍이 불어, 산 아래 논밭에서 쟁기질을 하던 농부가 고
개를 들었다. 허나 그에게는 한 가닥 구름이 하늘을 가로질러 가는 것밖
에 보이지 않았다.

오금산의 도사 서중산과 신령스러운 새의 힘을 빌려 나는 것에 견주면

느리기 짝이 없는 술법. 하지만 서두를 필요는 없다. 산과 들을 샅샅이 훑어 요괴의 기적을 찾아내기 위해서라면, 길을 재촉해서 좋을 일은 없는 것이다.

하지만… 머리는 알고 있는데 마음이 날뛰고 있다.

일각이라도 빨리 명부로 가서 그의 혼을 발견하지 않으면… 지상에 있는 그의 육신은 점차 썩어, 때늦게 혼을 돌려보낸다 해도 들어갈 육신이 없어져 버릴지도 모른다.

머리카락이 빠지고, 눈알이 문드러지고, 살이 썩어 없어진… 뼈뿐인 그에게 그토록 전하고 싶었던 말을 들어줄 귀가 남아 있을까?

구름에 휩싸여서도 정엽은 무심코 진저리를 쳤다. 집중력이 흐트러져 위험하게도 술법이 풀리려고 했다. 그러나 그 위태로운 시야에도 불구하고 정엽은 분명히 보았다. 산등성이에 흘러내리는 계곡물, 그 속에서 번뜩이는 빛을.

"……!"

정엽은 술법을 일시에 해주했다. 둥실 떠오르는 느낌과 함께 발밑에 땅이 닿았다. 굽이치는 계곡, 용솟음치는 폭포. 콸콸거리는 물소리 외에는 아무것도 찾아볼 수 없는 심산유곡. 너무나 골몰한 탓에 일어난 착각일까….

"죄송하지만 이쪽도 여유가 없어서."

정엽은 문답무용, 소매 속에서 또 다른 부적을 꺼냈다. 그리고—.

"쿠르릉… 콰광!"

피어오른 시커먼 뇌운 속에 거대한 벼락의 기둥이 계곡에 내리꽂혔다.

단 일격에, 계곡의 가운데 거대한 화구가 생겼다. 시커멓게 탄 구덩이 안으로 놀란 듯 주춤거리는 계곡물이 쏟아져 들어갔다.

그 수면 위로 또다시 무엇인가가 번뜩 빛을 발했다. 정엽은 지체 없이 소매 속에서 밧줄을 꺼내 던졌다. 영험한 뽕나무 잎을 먹고 자란 누에에서 자아낸 명주실과 이름난 선녀의 머리카락을 섞어 짠 포승. 어떤 요괴라도 이것에 묶이면 쉽사리 풀지 못한다.

"급급여율령!"

정엽의 호령이 떨어지자 밧줄은 살아있는 듯 움직여 빛을 발한 것을 뒤쫓았다. 물론 '그것'은 내빼려고 했으나 바로 코앞에 다시 한 번 떨어진 벼락 때문에 멈칫한 사이… 꼼짝없이 포승에 휘감기고 말았다.

"키이이이이!"

저주와 같은 외침이 수면을 울렸다. 포승에 묶여 몸부림치는 그것은 보기에 열 자 남짓. 사람 키보다 기다란 노란색 뱀이었다. 그러나 그 몸뚱이에 달린 것은 뱀에게는 있을 리 없는 지느러미라. 요사스러운 새빨간 눈동자가 정엽을 노려보았다.

"조용蜃鱐… 비의 기운을 빨아 마셔 가뭄을 일으키는 수괴입니까. 기대했었는데 격이 낮군요."

"키이잇!"

새빨간 주둥이가 증오 어린 소리를 내뱉었다. 정엽의 입가에 잔잔한 미소가 떠올랐다. 일찍이 그가 요괴 퇴치를 하면서 이렇게 웃은 적이 있었던가.

"사람의 말을 알아들을 수 있다면 물어보는 것만은 가능하겠군요. 그럼…."

새하얀 손가락 사이에서 부적이 춤을 추었다.

그때, 온몸을 스치는 예감이 사람의 목소리로 형태를 이루어 찾아왔다.

"머… 멈춰! 멈추라니까!"

벼락이 떨어진 곳에서 몇 걸음 떨어지지도 않은 상류 방향. 웬 사내가 발을 구르며 아우성을 치고 있었다. 여느 사람이 아니라는 것은 한눈에 알 수 있다. 물빛 도포를 두른 도사의 복색. 가슴에는 무엇인가를 소중하게 부여안고 있다.

"또 커다란 것을 무턱대고 떨어뜨릴 셈이야?! 우리가 말려들어 버린다고! 무엇보다 저놈은 이쪽이 먼저 점찍어서 포박하려던 놈인데, 새치기하면 쓰나!"

정엽이 눈치채지 못했을 정도라면 상당한 역량의 도사. 하지만 격의 없는 말투로 미루어볼 때는 도무지 수행한 사람의 것이 아니었다. 냉랭한 눈으로 그를 바라다보던 정엽은 불현듯 깨닫고 말았다.

"당신은…."

깨달은 건 남자도 마찬가지였다. 불평을 쏟아내던 입이 느닷없이 떡 벌어진 채 침묵했다. 정엽이야 본디 잘 잊는 일이 없다 해도, 상대방의 경우에는… 필시 정엽 같은 용모를 잊어버리기란 어려웠으리라.

"댁은, 어, 설마, 그… 잘났다던…."

"노생이라고 하셨던가요. 정식으로 소개받지 못한 탓에 죄송스럽지만 함자는 기억나지 않습니다."

"아니 뭐… 따로 이름 같은 건 없으니깝쇼. 번드레한 이름을 받긴 했는데 아직 영 어색해서… 이거 공교롭군요."

노생은 머리를 긁적였다. 아마 그 탓이었으리라. 다른 한 손으로 단단히 감싸 안고 있던 것이 움직이자 그는 퍼뜩 목소리를 높였다.

"나리! 정신이 드셨습까!"

노생의 손에서 꼼지락 움직인 것은… 겉보기에는 도마뱀처럼 보였다. 손바닥만한 자그마한 체구에 새끼손가락보다도 가느다란 사지. 그리고 잘 움직이는 꼬리. 하지만 비늘이 시시각각 무지개빛으로 바뀌는 도마뱀은 견문이 넓은 정엽으로서도 들은 바 없다. 무수한 색채로 빛나는, 흡사

단백석 같은 눈동자도 이채롭기 그지없다. 무엇보다 그 몸뚱이는 피와 살로 이루어진 것처럼 보이지 않았다. 아지랑이를 연상시키는 그것의 정체를, 겉모습이 아닌 내면의 기를 꿰뚫어보는 정엽은 이내 알 수 있었다.

"불초 정엽이 화산군을 뵙습니다."

모습을 자유자재로 바꾸는 신령에게 있어 그 크기와 형태는 격을 재는 척도가 아니다.

도마뱀을 닮은 그것은 고개를 들어 정엽을 바라보았다. 눈동자가 보이지 않아 정녕 바라보는지는 알 수 없었으나, 제대로 시야에 들어온 것만은 분명한 사실. 그 때문인지는 몰라도 몸에 두른 무지개색이 더욱 격렬하게 빛을 발하기 시작했다.

눈이 아플 정도의 광채에 노생은 상을 찌푸렸지만, 정엽은 눈썹 하나 까딱하지 않았다. 시야를 채우는 빛이 다소 수그러들자… 홀연히 앞에 서 있는 것은 자그마한 소년. 이 모습으로는 정엽도 면식이 있다.

"오래간만에 뵈오이다. 인주人主의 차자, 영명왕이여. 이전에는 결례하였소이다."

"저야말로 일전에는 결례였습니다. 별고 없으셨는지요."

미모의 도사와 소년의 모습을 한 신령. 두루마리 그림에 나올 법한 광경이요 명필이 시로 형용하길 갈망할 모습. 우연히 도사가 되었을 뿐인 저자의 한량은 이 자리에 아무래도 어울리지 않는다. 노생은 불편하게 몸을 꿈지럭대면서도 입을 열지 않을 수 없었다. 끼어들지 않으면 이 두 사람은 언제까지나 예를 차릴 것 같은 기분이 든 탓에.

"그러고 보니 정엽… 황자님? 나리? 뭐라고 부르면 되려나. 이런 데서 요괴퇴치입니까?"

"편하게 부르십시오. 화산군과 노 공께서도 그러하신지."

"종남산에서 죄를 저지르고 도망친 저 조용, 포박하러 왔소이다."

"포박하는 것은 이홍 나리고 저야 뭐 쫄래쫄래 쫓아왔을 뿐이지만…
참, 형씨는 건강합니까?"

누구를 가리키는 말인지 노생은 굳이 덧붙이지 않았다. 그 인상 깊은
남자를 정엽이 잊으리라고는 생각할 수 없었기에—그것이 역린이라는
사실을 노생은 몰랐다.

얇은 종이로 만든 가면은 덧없이 찢어졌다. 정엽의 얼굴에 드리웠던
예의 바른 미소가, 꾸며 지은 표정이 죄다 떨어져 나갔다. 남아있는 것은
실로… 무無.

그 변모에 이홍 또한 표정이 희박한 얼굴에서 경악을 떠올렸고, 노생
은 그야말로 아연실색했다. 무엇인지는 몰라도 분명 무서운 말을 해버렸
다는 것은 누구라도 깨달을 수 있었기에. 하지만 대체 무엇이…….

"그는 죽었습니다."

"에… 에에?! 소그드 형씨가…?!"

"소 공이….

"그래서 말인데… 화산군 이홍. 가르쳐주셨으면 합니다."

노생이나 이홍이 놀란 가슴을 수습할 여유도 주지 않고, 정엽은 백옥
을 새겨 만든 것 같은 얼굴에서 입술만 움직여 말했다. 그러나 핏기가 없
기로는 입술도 마찬가지. 그가 전한 것이 누구의 부고인지, 일순 착각할
만한 모습.

"그가 있을 명부에 살아있는 사람의 몸으로 이르는 방법을 말이지요."

"엇…?"

놀란 소리를 뱉은 이는 노생뿐. 이홍의 얼굴에는 그다지 변화가 없었
다. 그러나 그것은 단지 사람의 표정을 짓는 일이 서툴 뿐, 이홍의 내심
이 정녕 어떠한지는 바로 곁에서 모시는 노생조차 알 도리가 없었다.

"…겨울이 오면 초목이 시들고, 사람의 수명이 다하면 명부로 가는 것

이 천지의 이치. 사람의 힘으로 그 이치를 막을 수 없음은 영명왕이라는 분이 모르실 리 없을 터인데."

"마치 사람이 아닌 자들은 그 이치를 거스를 수 있는 것처럼 들리지 않습니까."

정엽은 웃었다. 경국의 가인일지언정 그 수려함을 따를쏘냐. 하지만 그렇기에, 틀림없이 요사스럽기까지 한 미소.

그때 느닷없이 노생이 두어 걸음 앞으로 나섰다. 흡사 정엽과 이홍 사이를 가로막은 바와 다름없는 모습. 이홍은 차분한, 그러나 필시 나름대로의 놀라움을 품고 있는 목소리로 물었다.

"노 공. 무슨 일이온지…."

"…전 말입죠, 돼먹지 않은 도사이지만 사람의 일에 관해서는 그래도 안다고 자부하고 있습죠. 지금 정엽 나리의 눈은… 아주 터무니없는 일을 하는 놈의 눈이라고요…!"

덫에 치인 채 사냥개를 십여 마리나 물어뜯어 죽여버린 오소리의 눈.

연모하던 규수가 세도가와 혼인을 하게 되자, 신부 집에 뛰어들어 피바다를 만든 사내의 눈.

절망의 수렁에 빠져 어디로 향할지 모르게 된 인간의 눈.

"무슨 말씀이신지 모르겠군요."

천연덕스럽게 답하는 정엽의 목소리는 내용과는 달리 노생의 말에 흔쾌히 수긍하는 것처럼 들렸다.

"나머지는 나중에 설명합죠. 지금은 어디론가 피신을…."

"장사문 공."

이홍의 뒤에서 마치 아지랑이 같은 그림자가 일렁였다. 신령이라 해도 반쯤은 사령死靈에 불과한 장사문이 모습을 드러낸다는 사실은 그에게 술법을 베풀어준 자의 역량을 가늠할 수 있게 했다.

"……."

그림자는 침묵한 채 이홍을 바라보았다. 노생은 경악했다. 장사문을 토벌하였다는 도사가 설마…. 짧은 만남으로 제대로 알 길이 없었던 사정이 하나의 조각으로 아귀가 맞아 들어간다. 하지만 그렇게 드러난 결론은 한마디로 절망적이었다.

"뭐, 뭔 짓을 하려는 거요…."

"대단한 일은 하지 않습니다. 오로지 간곡히 부탁할 따름."

"그, 간곡한 부탁을 들어주지 않으면… 어떻게 할 셈이길래?"

"들어주실 때까지 부탁할 수밖에 없지 않겠습니까?"

온화한 어조가 오히려 차갑게 얼어붙은 칼날을 연상시켜서 섬뜩했다.

계곡에 몰아치는 바람이 다소 거칠어졌다. 널따란 도포 소매가 펄럭였다. 순백의 도포… 뒤늦게 상복을 떠올리게 만드는 그것에 감싸여, 미동도 하지 않는 미모의 도사. 이미 면식이 있지 않았다면, 대요괴를 손끝으로 잡아 누르고 신령을 턱짓으로 부리는 그 재주를 보고 영락없이 신선이나 선녀로 착각했을지도 모를 일이다.

하지만 지금은 노생도 확실히 알 수 있었다. 겉모양이 어쨌든 간에 그 속은 수단과 방법을 가리지 않는 금수, 요괴에 가깝노라고.

앞에는 정엽, 뒤에는 장사문. 막 도사에 입문한 노생이 맞설 방법은 없다. 종남대군의 막내아들, 용구자 이홍이라 한들 대적할 도리가 있으랴. 무엇보다 노생이 보아 온 그의 주군은 천기를 바꾸고 요괴를 포박하는 일은 능할망정 사람을 상대하는 데에는 서툴다. 지금도 그저 멍하니 정엽을 바라보고 있을 뿐.

자신이 어떻게 해야 한다. 노생은 정엽에게서 눈을 떼지 않으면서 장사문을 향해 고래고래 고함쳤다.

"이보쇼! 장 공! 아니, 장 장군! 댁은 생전에 향불을 받고 제물을 흠향하면서 하주 사람들의 섬김을 받지 않았던가? 하주 사람들을 지키기로 서원하였지 않았느냔 말이야! 그런데 저런 자의 꾐에 넘어가 우리 작은 나리를 핍박하는 건가?"

"……."

대답은 없으나, 공기가 흔들리는 것이 어렴풋이 전해져 온다. 썩어도 준치요 아무리 사령이라 하여도 반절은 신령. 지금 상황이 어떻게 돌아가는지 짐작하는 바는 있으리라. 그가 따르던 자가 비도의 악한이라는 사실도.

정엽은 아무런 말도 하지 않았다. 장사문을 부리기 위해 거짓을 꾸며 댈 수도 있었건만. 구태여 장사문의 힘을 빌리지 않더라도 화산군을 굴복시킬 자신이 있기 때문일까.

그러나 장사문이 무어라 대답하기도 전에 먼저 입을 연 자가 있었다.

"…설령 이 몸이 길을 가르쳐준다 해도, 명부로 들어갈 방도는 없으리이다."

놀라움이 가라앉은 뒤의 이홍의 목소리는 그저 슬펐다. 노생의 말문이 막힌 사이에 정엽은 차분하게 대꾸했다. 태풍이 몰아치기 직전, 잔잔한 밤바다가 꼭 이러할까.

"그것은 해 봐야 알 일입니다."

"무엇을 한단 말이오이까. 명부는 이승의 법칙이 통하지 않는 땅. 이승에서 기세등등하던 왕후장상도 죄인으로 포승에 묶이고, 생전에 한없이 빈천하던 자가 명부에서는 귀하기 이를 데 없는 몸으로 화하니. 힘센 팔과 신묘한 재주로는 도저히 헤쳐 나가지 못할 것을."

"관계치 않습니다."

정엽도 명부가 어떠한 곳인지 문헌으로 읽어 알고 있다. 지상에서는 황자며 왕의 신분, 삼재三才라는 재주가 있다 해도 명부에서는 일개 혼백에 불과할 뿐. 하물며 살아있는 몸으로 생사의 이치를 묵살하고자 하는 천지의 죄인임에야.

그러나 상관없다. 그를 만나야 한다는, 오로지 그 하나뿐인 목적을 위해서라면 무엇을 저지른다 해도, 무엇을 겪는다 해도, 무엇을 바친다 해도 아까울 리 없는 것이다.

"말해 봐야 소용없습니다! 피신하시라니깐요!"

노생은 발을 동동 구르고 싶은 심정으로 외쳤다. 이홍이 기맥을 타고 달아나기만 한다면, 노생 자신이 목숨을 걸고 엉겨 붙어 발목을 잡을 수 있다. 선가의 보물이 몸속에 있으니 당장 숨이 끊어지진 않으리라고 내심 스스로에게 다짐하면서. 단지 이홍이 도망칠 시간을 벌 수 있다면….

"진정하시오, 노 공. 영명왕… 황천의 입구에 이른다 한들 그 강을 건너기란 강변의 모래알을 죄다 세는 것보다 어려운 일."

"관계치 않는다고 말씀드렸습니다만."

"그렇다면… 알려드리리다."

"잠깐만요, 작은 나리!"

영명왕이 명부의 태산부군에게 대거리를 치다가 패가망신한다 해도 노생으로서는 아무 관심도 없는 일이다. 그러나 주군이 그 죄상에 연루되기라도 한다면 웃어넘길 수는 없게 된다. 노생이 낯빛을 바꾸며 소리쳤지만 이홍은 조용히 고개를 가로저었다. 여전히 사람의 표정을 흉내 내는 데에 불과한, 서툴지만 슬픈 얼굴로.

"소 공에게는 이 몸도 크나큰 은혜를 입었소이다. 이것으로 미력하나마 갚는다고 치면… 변명은 되리오."

"…이 은혜, 잊지 않겠습니다."

정엽은 흠 하나 찾을 수 없는 예의를 다해 감사를 표시했다.

그러나 진정 고마움을 표하기에는 아직 이르다. 정말로 감사한다면…

소그드를 살려낸 뒤에.

그렇다. 기필코—.

그곳은 산줄기에 감싸인 곳에 자리한 작은 사당이었다.

넓고도 깊게 펼쳐진 태산의 자락, 어느 이름 없는 산기슭. 사람이 찾아오기에는 다소 험준한 산세였건만 대체 누가 세운 것인지 현판이나 깃발도 찾아볼 수 없는 허름한 사당.

"이곳입니까."

정엽조차 이 고적한 사당이 명부의 입구라고는 생각할 수 없었기에 다소 의아해하는 말을 입에 담았다.

"물론 문을 열지 않으면 안 되오이다. 그러나 들어선다 해도 이곳은 입구라고도 할 수 없는… 사람의 거처로 따지면 문지기집. 그 안쪽까지 인도해 드릴 수는 없소이다."

이홍의 손을 잡은 노생이 불안한 기색으로 주위를 둘러보았다. 본의가 아닌 협박으로 이끌려왔다고는 하나, 그것을 명부의 신령과 요괴들이 납득해 줄 것인가.

안절부절못하긴 장사문도 마찬가지였다. 잿빛 그림자가 격렬하게 일렁이고 있다. 부득불 따라붙은 그 속내야 아무도 알 도리가 없었지만.

"그렇습니까. 그럼… 부탁드리겠습니다."

태연자약한 것은 두 사람뿐이었다. 그중 하나는 사람조차 아니다. 불안한 기색을 노생이 발견하지 못한 것뿐인지도 모른다… 그런 생각으로 골머리를 앓고 있는 노생의 손을 살며시 놓고, 이홍은 사당의 홍살문을 향해 걸어갔다. 칠이 거진 다 벗겨져 홍 자를 붙이기에도 민망한 그 앞에 서서, 소년 모습을 한 신령은 손을 내밀었다.

허공에 수면처럼 파문이 번졌다. 이홍의 손끝을 동심원으로 삼고… 대체 무엇인가 싶어 눈을 부릅떠 봐도 이미 이변은 사라졌다. 산새가 우짖는다. 산들바람이 나뭇가지를 희롱한다. 직전과 조금도 다를 바 없는, 산속의 평화로운 오후.

"열렸소이다."

그 속에서 이홍은 담담하게 타계他界로의 입구가 열렸음을 고했다.

"고맙습니다. 은혜를 입었습니다."

"영명왕…."

이홍이 무엇인가를 말하고 싶은 듯 입을 열었지만, 정엽은 거들떠보지도 않고 발걸음을 옮겼다. 설령 그가 이야기를 들을 마음이 있다 한들 사람의 마음을 읽는 일에 서툰 이홍이 무슨 말을 할 수 있었을까.

성큼성큼 걸어가는 뒷모습을 보는 노생의 눈빛은 복잡했다. 정엽에 대해서 그가 아는 바는 없다. 소그드의 지인이라는 것, 그의 주공을 겁박하려 한 것. 그만큼이 전부였다. 더 이상 이홍을 끌어들이려 하지 않는 데에 안심할 뿐. …하지만 그래도 괜찮은 것인가.

"영명왕!"

한 줄기 음산한 바람이 불어닥쳐 정엽을 휘감았다. 허공에서 울려 퍼지는 목소리는 장사문의 것. 정엽의 발걸음이 아주 미미하게 느려졌다.

"폐를 끼쳤습니다, 장 공."

"영명왕…."

"저는 당신이 기억하고 있던 바와 같은 대단한 사람이 못 됩니다. 뻔뻔한 얼굴로 도리를 설파해 왔으면서, 정작 자신의 일이 되니 이런 꼴이로군요."

"영명왕. 사정은 모르나…."

"고향으로 돌아가십시오. 공의 뜻대로 살아가시기를."

사람으로서의 삶은 이미 끊어진 지 오래이지만 정엽의 말에 토를 다는 이는 없었다. 말문이 막힌 그들을 뒤로한 채 정엽은 사당의 문을 열었다.

사당의 안쪽은 먹물을 뿌린 것 같은 칠흑이었다. 사람이 사는 곳이 아닌 신령의 거처. 창문이나 세간이 필요할 리 없다. 하지만 눈에 들어오는 것이 제단이나 신상은커녕 바닥도 천장도 기둥도, 그 어떤 것도 없음은 대관절 어찌 된 노릇인가. 하지만 정엽은 일절 동요하는 법 없이 발을 내딛었다.

사위를 어둠이 휘어 감았다. 눈동자에도 귓구멍에도 목청에도 모두 어둠이 들이찼다. 숨이 막힐 것만 같은….

"이거, 보기 드문 객이로군."

들릴 리 없는 목소리가 들려, 정엽은 고개를 쳐들었다.

어둠 속에 한 이인異人이 서 있었다. 펄럭거리는 긴소매 옷은 조정의 관복. 하지만 자락까지 새카만 단령은 고금에 유래가 없다. 우람하고 단단한 체구와는 대조적인 영민한 얼굴에 비스듬히 미소를 띤 채 사내는 정엽을 응시했다. 눈을 떼지 못하는 것은 정엽도 매한가지. 어디에도 등불은 없건만 그 사내만큼은 등불을 들이댄 것보다도 또렷하게 정엽의 눈에 들어왔다.

"공께서는…?"

"강림이라고 부르시오. 불민한 몸이지만, 그대 정도 되는 자라면 이름자는 들어봤겠지."

"……."

정엽은 무언으로 수긍했다. 정엽처럼 학식을 쌓지 않은 필부라도 들은 사람은 적지 않을 것이다. 죽은 자의 혼을 얽어매어 명부로 데려가는 차사의 이름을.

명부의 신령은 싱긋 웃으며 다리를 꼬아 앉았다. 어둠은 당연한 양 그를 받들었다.

"본디대로라면 혼쭐을 내어 내쫓아야겠지만 다른 이도 아닌 화산군의 부탁이니 이야기는 들어보도록 하겠네. 이곳에는 무슨 볼일인가? 인주人 主의 소생이여."

살아있는 모든 것을 명부로 인도하는 그에게 통성명 같은 것은 필요가 없다. 정엽 또한 담담히 필요한 말만을 답했다.

"명부로 가고자 합니다."

"고생할 필요가 있는가? 수명부를 뒤져봐야 정확히 알겠지만 어림하여 50년 뒤에는 갈 수 있을 걸세."

"저는 살아있는 몸으로 도달하려는 것입니다."

"……."

강임은 지긋한 웃음으로 대답하였다. 정엽도 구태여 부언하지 않았다.

단칼에 거절당해도 이상할 것은 없다. 그의 말마따나 두들겨 맞고 쫓겨나도 당연한 일이다. 그러나… 순순히 물러날 뜻이 정엽에게는 추호도 없었다.

손끝이 슬그머니 아래로 떨어져 허리에 찬 칼자루를 찾았다. 품속에 손을 넣고 헤아리지 않아도 옷깃에 품은 부적의 종류와 개수는 죄다 알고 있다. 지금까지 정엽의 도술, 갈고닦은 기예는 감히 신령을 해하는 데에 쓰인 적 없다.

그러나 이 순간 그는 연마한 재주를 사리사욕에 사용하여, 천지사방의 조화를 주관하는 신령에게 감히 도전하려 하고 있다.

이날까지의 삶, 믿음, 도리, 그 모든 것을 진흙 구렁에 내팽개치는 데 대해 어떤 기분이냐고 누군가가 묻는다면 분명 후회한다고 단언할 수 있다.

그러나 아무리 후회하고 통곡한다 해도 결국 시간은 그때로 되돌아간다.

피투성이가 된 채 쓰러져 있던 그의 몸뚱이. 다시는 웃어주지 못할 그의 얼굴.

그 절망으로부터 헤어나기 위해서라면—.

"한 가지 방법을 가르쳐주겠네."

정엽은 눈을 치떴다. 명부의 차사가 입에 담은 말은 그의 예상과는 정반대였다.

"하지만 내가 가르쳐줄 수 있는 것은 명부의 유도幽都에 이르는 방법뿐이네. 그대가 명부에 도달한다 한들 받아들여지리라는 보장은 할 수 없지."

"상관없습니다."

"사례의 말을 하기에는 한참 이르네. 쉬운 방법이라고는 반 마디도 하지 않았거든."

"그것 또한 관계치 않습니다. 다만 한 가지… 왜 관대하게 봐주시는 것인지요?"

차사 강임에 대한 구설은 민간에 무수하게 전해져 내려오고 있다. 온갖 교활한 방법으로 죽음을 피하려는 자들을 꾀와 재간과 용력으로 가차없이 물리쳐온 신령. 그런 이가 정엽과 대적하는 것을 무서워서 피하지는 않을 터인데.

"지성이면 감천이라 하지 않았나?"

어둠이 넘쳐흘러 사내의 미소 띤 얼굴을 집어삼켰다. 그러나 목소리만은 뚜렷하게 울려 퍼졌다.

"그러니… 어디 한번 보여 보시게."

사내가 사라진 곳 너머에 높다란 산등성이가 자리하고 있었다. 어둠에 눈이 익어 보이지 않다가 눈에 들어오게 된 것은 아니었다. 그것은 사내와 마찬가지로 어둠에서 잘라낸 듯이 뚜렷하게 보였다. 정엽이 직접 가서 거닐고 유랑한, 혹은 그림에서 흔상하고 시로 읊어서 알고 있는 그 어떤 산으로도 보이지 않는다.

이렇게 황량한 산이 지상 어디에 있을까. 풀이 무성하게 자라나도 뜯어먹는 사슴 한 마리 볼 수 없다. 나뭇가지가 빽빽하게 우거져도 꺾어갈 초부의 그림자조차 찾을 수 없다. 엉겅퀴와 쑥부쟁이 덤불이 사방을 뒤덮고, 날카로운 가시나무가 팔방을 가로막고 있다. 천지가 개벽한 후로 한 번도 살아있는 것이 발 디딘 적 없는 황막한 산.

"이 산 너머에 명부가 있네. 그대의 손으로 고갯길을 닦는다면, 응당 명부에 도달할 수 있을 터이니."

술법이나 부적을 써도 되느냐는 물음을 정엽은 구태여 입에 올리지 않았다. 무엇을 요구하는지는 짐작하고도 남는다.

그는 일언반구도 답하지 않고 그대로 산기슭으로 나아갔다. 당장 눈앞에 있는 나무둥치를 잡아 흔들어 보았지만 끄덕도 하지 않는다.

"……."

손톱 밑에 아픔이 달렸다. 내려다보자 비치는 것은 손톱 밑에 맺힌 핏방울. 수많은 지식을 쌓아온 정엽일지라도 힘쓰는 요령은 없었다.

이 얼마나 나약하고 어리석은 인간인가.

정엽은 묵묵히 나무둥치를 다시 붙들었다. 온 힘을 다해 뒤흔든다. 손톱 끝이 붉게 물들고, 손바닥이 피투성이가 되고, 하얀 살결이 흙먼지로 더러워져도—그는 결코 멈추지 않았다.

하늘에 닿은 밀가루 산을 점박이 개가 모다 핥아 먹으면 그리던 님을 볼 수 있을까.

하늘에 닿은 쌀알 산을 노란 병아리가 모다 쪼아 먹으면 그리던 님을 만날 수 있을까.

촛불로 금자물쇠를 달구어 끊어지게 만들면 그리던 님에게로 향하는 문을 열 수 있을까….

참깨, 들깨, 아주까리 기름으로 손을 적시고 말리길 백 번 하여 손끝에 불을 붙여 천지신명에게 향촉을 올리나이다.

그리던 님의 고운 얼굴 한 번만 볼 수 있게 하여 주소서….

"저곳이 명부의 유도입니까."

정엽은 담담한 말을 입에 담았다. 강임은 그에게 힐긋 시선을 던졌다. 그 어조는 처음 강임과 대면했을 때와 조금도 다름이 없었다. 이곳 시간으로는 석 달 열흘, 한순간도 견디기 힘든 고통스러운 일각일각이었을진대.

그러나 모습까지도 변하지 않은 것은 아니었다. 흙먼지를 뒤집어써 잿빛이 된 도포 자락. 단아한 얼굴은 몹시도 초췌해 보였다. 석 달 열흘 동안 한시도 빠짐없이 나무뿌리를 뽑고 바위를 굴려 떨어뜨리며 흙을 다져온 맨손이야말로 처절한 상태였지만.

그러나 실제로 산 하나에 걸쳐 길을 닦은 것은 아니었다. 어떠한 도움도 없이, 변변히 쉴 시간도 없이… 그렇게 쉴 새 없이 일해서는 숨이 다하고도 남았을 터.

사람 사는 세상의 인과는 의미가 없다. 그것이 명부.

"아아, 그러하네. 태산부군이 거하는 곳. 인세의 망자들이 생전의 죄를 저울질하고 대가를 치르는 곳이지."

극히 찰나, 시선을 앞으로 되돌린 강임은 유도를 바라보았다. 까마득히 넓은 들판. 어느 것도 자라지 못하는 광막한 황무지의 지평선 언저리에 누대와 성벽, 기와지붕이 어렴풋이 비치고 있었다. 마치 신기루와 같은, 현실감을 앗아가는 풍경.

기이하기 이를 데 없는 광경이었다. 무엇보다도 이 장소가 인적 없는 산중의 작은 사당 문을 열고 들어선 곳임을 잊어버리지 않고 있다면 더더욱.

그러나 정엽은 그에 대해 왈가왈부하지 않았다. 이곳이 정엽이 아는 세계의 순리를 따르지 않는다는 것쯤은 숙지하고 있었기에.

"내가 길을 귀띔할 수 있는 데는 여기까지네. 이다음부터는 명부의 요괴들이 그대를 안간힘을 다해 물고 뜯고 찢어버리려고 들겠지. 돌아가는 것은 아직 늦지 않았어."

"큰 은혜를 입었습니다."

그러나 정엽에게는 조금도 주저하는 기색이 없었다. 오로지 눈앞에 보이는 망자의 땅… 유도에 시선을 못 박고 있을 뿐.

자신의 입장은 둘째로 하면, 강임은 이런 외골수를 싫어하지 않았다. 그것이 지나쳐 난제를 내어주는 버릇이 들어버렸지만. 가라앉아 변할 줄 모르는 명부의 공기 속에서 이런 불청객조차 찾아오지 않는다면 강임의 임무는 대단히 지리한 것이 되어버렸으리라.

"운이 따르기를 빈다고는 말해줄 수 없겠군. 그럼, 아무쪼록…."

말꼬리를 흐리며 강임의 기척이 사라졌다. 정엽은 구태여 돌아보지 않았다. 감사할 시간은 충분히 있을 것이다… 명부를 범한 대죄를 추궁받지 않고, 뜻을 이루고 난 뒤에는 얼마든지.

무한의 시간을 감내하는 그 성벽을 향해 정엽은 묵묵히 발걸음을 옮겼다.

끝이 없는 듯한 황야의 흙에서 싹이 튼 적은 없다. 굴러다니는 메마른 자갈이 비를 맞아본 적도 없다. 하늘은 파란 부분 한 점 찾을 길 없이 먹구름이 가득 메우고 있었다. 불어오는 바람조차 살갗에 불쾌하게 달라붙는 무거운 기운을 품고 있다. 생기라곤 느껴지지 않는 명부의 하늘과 땅.

"우… 오오오…."

얼마나 걸었을까. 낮도 밤도 구분할 수 없는, 시간의 흐름을 느낄 수 없는 영겁을 언제까지고 견디고 있던 정엽은 문득 고개를 들었다. 바람결에 실린 소리는 필시 비할 데 없이 비통한 신음과 통곡.

눈을 들어 살피자 잿빛의 지면과 거의 구분할 수 없는 칙칙한 빛깔의 물이 들판을 가로지르고 있는 것이 시야에 들어왔다. 기분 나쁜 사람 그림자 여럿이 그 강변에 욱실욱실 모여있었다. 몇몇은 우두커니 선 채, 몇몇은 엎드려 몸부림치면서 구슬픈 소리를 내지르고 있다.

삼도천三途川. 망자들이 이르는 강.

전세의 업보에 따라서 상천과 중천과 하천 중 도달하는 곳이 다르다던가. 상천은 물이 얕지만 드넓어서 이레 밤낮 걸어서 건너야 한다. 중천은 비록 물은 깊으나 금은보화로 장식된 다리가 있어 복덕을 쌓은 선인이 수월하게 건널 수 있다. 그러나 하천은 물이 깊고 건널 다리가 없으니, 죄 깊은 자들은 그곳을 헤엄치지 않으면 안 된다. 독을 품은 물뱀이 무수히 도사리고 맹금이 달려들어 눈을 쪼아대며, 낙석이 몸을 으깨는 아비규환 속을….

정엽은 과연 어디에 해당할까. 살아있는 몸으로 여기에 이른 이상 알 도리는 없을 것이다. 좌우간 하천에 도달한다 한들 헤엄쳐서 건널 생각은 없고, 중천에 이른다 해도 뻔뻔하게 다리를 건널 뜻이 그에게는 없었다. 무엇보다도 망자들이나 감당할 수 있는 명부의 물에 몸을 적신다면 필시 그는 돌아갈 수 없으리라.

빼빼하니 야윈 손가락으로 강변의 자갈을 쌓아 올리던 어린애가 불현듯 무너진 자신의 돌탑을 멍하니 바라보았다. 이내 목청껏 울음을 터뜨리는 아이의 곁을 정엽은 묵묵히 지나쳤다. 가뭄에 부모가 제대로 먹이지 못한 어린아이. 앙상한 몸에 배만 불뚝 튀어나오고서 석 달, 장이 항

문으로 튀어나와 바지춤이 불룩해지고서 한 달… 그리고 숨이 다하는 것이다. 그런데도 부모에 앞서 명부에 이른 불효가 막심하다 하여 끝나지 않는 벌을 받고 있는 아이의 죄는 정녕 누구의 것인가.

희미한 그림자처럼 서성이는 망자들의 틈바구니를 비집고 나와, 정엽은 물가에 이르렀다. 바닥을 볼 수 없는 먹물 같은 물. 노니는 물고기도 한들거리는 물풀도 찾아볼 길 없는 명부의 심연.

그것을 내려다보며 정엽은 고운 채지彩紙 한 장을 꺼내었다. 황도의 청루를 드나드는 귀공자들이 기녀들에게 연시를 담아 건넬 법한 아름다운 물건. 정엽은 야윈 손가락을 솜씨 있게 놀려 그것으로 자그마한 배를 접었다. 아이들이 곧잘 접는 그런 등속이지만 그 정교함과 고운 자태는 비할 바가 아니리라.

정엽은 몸을 굽혀 그것을 물 위에 띄웠다. 그리고 나루터에서 배로 옮겨 타는 양 천연덕스럽게 발을 내디뎠다. 자그마한 종이배는 반석과도 같이 정엽의 몸을 지탱했다.

"오오오오…!"

망자들은 기함하였다. 그들이 오매불망 건너길 바라고 있던 강. 되돌아갈 곳은 없고 또 냉큼 건너기에도 두려운 그 장소에서… 마치 시냇물을 건너는 양 수월하게 건너는 사람을 보고 그들은 눈이 돌아갈 수밖에 없었다.

수많은 손이 일제히 정엽에게로 뻗어왔다. 미친 듯이 옷깃을 움켜쥐고, 옷자락을 낚아채었으며, 팔이며 다리에 매달렸다. 물에 빠진 사람이 지푸라기를 잡듯, 실로 필사적으로….

여느 사람이었다면 배 위에 균형을 잡고 서 있긴커녕 자빠져 물에 빠지고, 나아가 광분한 손들에 의해 몸뚱이마저 사분오열했을지도 모를 일이었다. 그러나 요행히도 정엽은 여느 사람이 아니었다.

"…갈喝!"

정엽이 수인을 맺고 한소리 외치자 문득 일진광풍이 불어닥쳐 삼도천의 물가를 휩쓸었다. 망자들은 바람에 농락당하는 나뭇잎처럼 사방팔방으로 우르르 쓰러졌다. 망자들의 비명과 흩어진 자갈탑을 본 아이들의 울음소리로 적막하던 삼도천은 아수라장이 되었다.

"미안합니다."

허무한 사과의 말을 수면에 남긴 채… 정엽은 앞으로 나아갔다.

머뭇거릴 여유는 없다. 이 순간에도 소그드는 소생할 가망을 점차 잃어, 끝내는 명부의 무주고혼無主孤魂이 되려고 한다.

새파란 눈동자가 결연한 빛을 담고 하늘에 닿은 성벽을 올려다보았다.

말 그대로 하늘에 닿는 성벽—.

사람의 세계에서는 어떤 왕후장상도, 그 어떤 공인工人도 만들 엄두를 내지 못할 까마득히 높은 건축물.

그러나 이 명부, 유도幽都의 성벽만큼은 아무리 높다 하나 염려하지 않아도 좋다. 사람의 손 따위는 처음부터 닿지도 않은 것이다. 세상의 어떤 권세도 죽음 앞에서는 한낱 보푸라기와 다를 바가 없다고, 성벽은 준열하게 가르치고 있었다.

높고 장대하기로는 성문도 마찬가지였다. 과연 저것을 사람의 힘으로 밀어 열 수 있는가. 하지만 정엽은 그런 일을 걱정하지 않았다. 그의 걱정은 다른 데 있었다.

희뿌옇고 스산한 안개 속에서 정엽은 말없이 걸음을 옮겼다. 을씨년스러운 분위기에 오한이 날 법도 하건만, 밀랍인형 같은 정엽의 얼굴에서 동요는 찾을 길 없었다.

그렇다—무엇인가가 손목에 와 닿은 때조차.

시선만이 비껴 흘러 오른쪽 아래, 손목 쪽을 확인했다. 아무것도 없다.

그저 소맷부리에 묻은 거무스름한 것이 시야에 닿을 뿐. 정엽이 천천히 손을 뻗어 만지자 백자 같은 손가락에 벌건 것이 달라붙었다. 불그레한 색깔, 비릿한 냄새… 틀림없는 피.

'큭큭큭.'

어디선가 웃음소리가 울려 퍼졌다. 정엽은 물 찬 제비보다도 날쌔게 소리가 난 곳을 돌아보았다. 허나 역시 아무것도 없다. 느껴지는 것이라곤 오로지 무심한 조소, 그리고 피부에 찐득찐득 달라붙는 악의뿐.

"……!"

정엽은 품속에 손을 넣어 긴요한 부적을 꺼냈다. 아니, 그러려고 했다. 할 수 없었던 것은 모종의 손아귀가 그의 팔꿈치를 낚아챈 탓이었다. 정엽은 문답무용 참사검을 내지르고자 했으나 칼날의 궤도에는 어떤 것도 걸려들지 않았다. 오히려 또 다른 손이 그의 팔을 호되게 후려치는 바, 황제의 비보인 참사검이 덧없이 땅에 나뒹굴었다.

'…토백土伯의 앞에서 칼을 뽑아 패악을 부리려고 하다니, 주제를 알렷다.'

조소가 목소리로 화했다. 정엽은 백로 같은 목을 들어, 아무것도 보이지 않는 허공을 응시했다.

"토백… 당신이 후토后土입니까."

명부의 문지기. 태산부군의 허락도 없이 생사의 도리를 넘어 명부에 드나들려는 자가 유도의 성문을 넘은 이야기가 전해져 오지 않는 까닭은 오로지 그의 공로라던가. 그 모습은 아무도 모른다. 누구도 모습을 보는 일 없이 난자당하여 명부의 가장 깊은 곳으로 떨어졌기에.

'알면서도 예까지 이른 것인가. 불손함이 명부에서 옥경玉京에 이를 정도로다.'

보이지 않는 손이 정엽의 머리채를 잡아챘다. 넘어질 듯 휘청거리는 그를 이번에는 부축이라도 하는 양 거머잡아 질질 끌어올린다. 그때마다 정엽의 하얀 모습은 벌건 피로 더럽혀져 갔다. 그 작간作奸이 정엽을 해치지는 않았으나… 명백하게 희롱하는 중이었다. 마치 대역죄인을 참하기 전에 잔혹한 고문을 가해 반죽음에 이르게 하는 양.

"비켜 주심이 어떠한지."

그럼에도 불구하고 정엽은 의연하게 말했다. 피 칠갑이 되어가는 그 얼굴, 그 목소리에서 공포는 물론이거니와 허세 또한 미진만큼도 느낄 수 없다. 그 사실은 후토를 노엽게 하기에 족했다.

'너야말로 당장 부복하고 천지신명에게 죄를 고함이 어떠하냐. 지금이라면 수명이 줄어드는 정도로 용서받을 수 있을지도 모르건만.'

"희언을 하시는군요, 토백이시여. 천지와 명부의 법은 엄정한 것. 한 번 쓰인 수명부는 고쳐 쓸 수 없을 텐데도."

'알면서도 감히 지껄여….'

아직 이르지만 미리 따끔한 맛을 보여주는 것도 나쁘지 않을 터. 후토는 혀를 날름거리며 비릿한 미소를 짓고는 사지에 힘을 주었다.

그 순간, 정엽이 가볍게 땅을 내리밟았다.

기를 순환시키는 보법步法. 후토가 제지할 생각도 미처 품지 못한 대단찮은 동작으로 감추어진 비술이 눈을 뜬다.

"촤아악—."

물보라 이는 소리가 귓전을 때렸다. 후토는 경악하여 몸을 날렸다. 정엽을 중심으로 땅에 파문이 일어났다. 흡사 잔잔한 수면에 돌을 던진 듯 삿된 것을 비추어 파사破邪하고 요괴의 진면목을 드러내는 수경水鏡의 술. 하지만 그것을 물기도 없는 땅에, 게다가 사방에 걸쳐 행할 수 있는 것은 정엽이기에 가능한 일. 더군다나 신발 바닥에 부적을 숨겨놓은 주도면밀함 또한.

후토는 화급히 물러났지만 그의 발이 닿은 곳에는 궤적이 그려지고 있었다. 그리고 거울 같은 표면에 어린 잔상은⋯.

"그저 뿔를 뿐인 요괴였습니까."

이번에는 정엽 쪽에서 빈정거림을 담담히 입에 담았다. 비친 것은 거대한 호랑이와 같은 형상. 하지만 호랑이에게는 있을 리 없는 구부러진 뿔과 이마의 세 번째 눈동자가 자못 섬뜩하다. 그러나 수경에 비친다는 것은 모습을 감추거나 먼지처럼 작은 미물로 둔갑하고 천지의 기와 일체가 되는, 그런 신묘한 기예를 부리는 요괴가 아니라는 것. 고작해야 번개를 앞지르는 속도로 달리는 것이 후토의 재주.

'이 무도한⋯!'

후토는 노여움에 몸을 떨었다. 당장 찔러 죽이고 갈가리 찢어 토백을 능멸한 대가를 치르게 하리라. 천명을 받아 명부의 직분에 임하고 있는 요괴에게 미혹은 없었다.

무엇보다도, 설령 정체를 알았다 한들 무엇이 변할까. 모습을 눈에 담지 못할 정도로 전광석화인 후토를 붙잡을 방법이 인간에게는 없다.

'촤촤촤촤촤촤악!'

후토는 땅을 박찼다. 그러나 물이 튀는 소리도 그를 따라잡을 순 없었다. 아홉 굽이로 구부러진 단죄의 뿔. 이것으로 죄인을 단숨에 찔러—.

"급급여율령."

꼼짝도 않고 서 있던 정엽이 문득 주문을 외웠다.

뇌전주 백 번을 외운들 후토를 맞출 수 있을 리 없었으나⋯ 정엽이 겨눈 곳은 일격 필중이었다.

"콰릉!"

거대한 섬광이 다름 아닌 정엽의 몸을 후려 때렸다.

'크악⋯!'

천하의 후토도 이 일격에는 땅바닥에 나동그라질 수밖에 없었다. 검게 타들어간 몸에서 연기가 모락모락 피어오른다. 허나 후토가 몸서리친 것은 고통 때문만은 아니었다.

정엽은 후토에게 가라앉은 시선을 던졌다. 피뢰부를 감추고 있던 덕이렷다. 옷자락과 머리카락을 조금 그슬린 것을 빼면 다친 데는 없었다. 하지만 후토를 정녕 경악시킨 것은, 아무리 피뢰부를 지니고 있었음에도 불구하고 이 정도의 위력을 가진 번개를 자신의 몸에 냅다 때려 박는 술법을 아무렇지도 않게 행사하는… 용기인지 만용인지 모를 담력.

"당신 정도의 대요괴라면 잠시 후에 회복하겠지요. 그때까지 문지기 노릇은 쉬어주시길."

이윽고 정엽은 안부를 묻는 양 담담한 말을 던지면서 후토의 옆을 지나쳐 걸어갔다. 그 뒷모습을 좇는 후토의 시선에 담긴 것은 이제 노여움도 미움도 아니었다.

'대체 무엇 때문에, 이렇게까지….'

"그것은… 저도 모르겠습니다."

정엽의 얼굴에 드리운 것은 승리를 구가하는 자의 미소가 결코 아니었다.

명부의 성문은 어느덧 열려 있었다. 문지기의 굴욕을 스스로 감지한 듯이. 명부의 바람에 옷소매를 맡기며… 정엽은 유도의 성문 안으로 발을 들였다.

그 순간 세계는 일변하였다.

성벽 안의 풍경은 흔한 저잣거리가 아니었다. 방금 정엽이 지나온 성벽조차 한 걸음 내딛고 나서는 사라진 후였다. 그리고 펼쳐진 세계는….

"아아아아아…."

"오오오오오…."

통곡이 하늘을 울리고 있었다. 삼도천의 황량한 강변에서 울리던 통곡과는 비교도 할 수 없는, 듣기만 해도 가슴을 찢어버릴 듯한 절규가.

한쪽은 열기가 몸을 갉아먹는 불바다. 다른 한쪽은 살을 뜯어먹는 혹한의 빙판. 숨 쉬는 것조차 극한의 고통을 강요하는 가운데서 죄인들이 형벌을 받고 있다. 달군 쇠사슬에 묶여 톱으로 썰리고, 태산을 짊어지다가 짓눌려 흔적도 없어지고, 녹인 쇳물을 마시고, 삼시충에게 오장육부를 쪼아 먹히고, 쇠판 위에 비끄러매어져 옥졸요괴의 몽둥이로 가히 다듬이질을 당하고… 현세에 저지른 죄의 대가를 끝없이 치르는 무저갱.

소의 머리나 말의 머리를 한 요괴, 명부의 옥졸이 서슬 퍼런 눈으로 사방을 둘러보았다. 그들의 눈이 미치는 한 어떤 죄인도 안온함을 누릴 수 없고, 어떤 침입자도 명부를 범할 수 없다. 쿵, 쿵. 육중한 거구로 성큼성큼 걸으며—그 와중에 쓰러진 죄인을 지르밟아가면서—우두요괴와 마두요괴는 정엽을 향해 걸어와… 종잇장 하나 들어갈 간격만 남기고 정엽의 좌우 어깨를 스치고 지나갔다.

"……."

정엽은 미동도 하지 않았다. 안도의 한숨을 쉬지도 않았다. 그의 붉은 입술을 반 촌이라도 벌렸다간 입에 문 은형부隱形符가 날아갈 판이었으니.

이곳이야말로 명부 중에서도 지옥.

죽은 자를 심판하고, 심판한 인간에게 마땅히 가야 할 곳을 정해주는 명부—그 가운데도 죄인을 벌하는 장소.

만약 수많은 목숨을 전장에서 스러지게 만든 자가 가야 한다면 이곳만큼 어울리는 장소도 없을 터.

정엽은 조용히 사위를 살폈다. 과연 이 아비규환—그 말의 어원이 되는 이곳에 소그드가 있을 것인가. 초원에서 말을 달리던 푸른 대지의 백성이 이곳으로 끌려왔을 터인가.

그러나 누가 뭐래도 기대할 수 있는 곳은 이곳밖에 없다.

정엽은 그 수라도에, 침입자라고 하기에는 너무나 의연한 걸음을 내딛었다.

자신의 살이 익어 떨어져 나간 것인지, 얼어붙은 것인지 그는 알 수 없었다.

뜨거울 때는 살 속의 기름기까지 녹아 흘러내린다. 추울 때는 살이 얼어 터져 마치 붉은 연꽃이 핀 것 같은 모양새가 된다. 그것만으로도 끝간 데 모르는 고통의 도가니이련만… 옥졸요괴들은 만족하지 않았다. 찢고 다듬고 난자하며 끊임없는 형벌을 가한다.

몸뚱이에 생기가 빠져나가고 모진 형벌에 의식마저 아득해졌을 즈음에는 명부의 황무지에 한 줄기 훈풍이 불어온다. 그 바람에 닿으면 새살이 차오르고 끊겼던 숨도 되돌아오니… 다시 지옥도가 펼쳐지는 것이다.

쿵! 몇 번째인가 내리친 도끼질에 너덜너덜해진 목뼈가 마침내 떨어져 나갔다. 비참한 죄인의 목은 데굴데굴 명부의 메마른 흙 위를 굴러갔다.

옥졸요괴는 피로도 온정도 모르는 눈으로 그 목을 좇았다. 붙잡아 내걸어 그 죄상을 몇 번이고 천하에 알려야 하니까.

"……?"

그러나 어느 순간 시야에서 죄인의 목이 사라졌다. 마두요괴는 영문을 모르고 고개를 갸우뚱 기울였지만, 이내 그의 매질을 기다리고 있는 또 다른 죄인에게로 몸을 돌렸다. 어차피 훈풍이 불어오면 되살아날 육신.

이 지옥에서 무슨 수로 도망친단 말인가.

잎이 싹트지 않는 나무와 씨앗을 틔울 수 없는 대지. 죄인의 내장을 걸어두거나 그 몸뚱이를 다지는 등, 오로지 고통을 주기 위한 용도로 존재하는 사물 사이에서 조용히 웅크리고 있던 정엽은 살며시 몸을 일으켰다. 손에 들린 것은, 그 섬섬옥수에 소름 끼치리만큼 어울리지 않는 사람의 머리.

그것을 향해 정엽은 속삭이듯 말을 걸었다.

"저를 기억하시는지요?"

사람의 시신을 농락하고 무덤을 파헤치는 사악한 도사. 정엽은 그런 사술邪術이 있다는 것은 알고 있었지만, 그것을 쓸 생각은 추호도 해 본 적 없다. 요행히 지금 잘린 머리와 이야기를 나누기 위해서는 굳이 사술을 쓸 필요도 없었다. 그가 있는 곳은 이승의 영역이 아니었으니.

과연… 정엽이 말을 거는 것 외에는 어떤 술수도 쓰지 않았음에도 머리의 눈꺼풀이 파르르 떨렸다. 드러난 검은 눈동자가 정엽의 새파란 눈동자를 응시했다. 벌겋게 충혈되고 고통으로 흐릿해진 눈동자에 이내 이성이 돌아왔다. …그를 이곳으로 보낸 인생 역정에 이성이 작용했다고 말할 수 있을 때의 이야기지만.

"…영명왕?"

"기억해 주셨습니까."

정엽의 입 가장자리가 살풋 움직였다. 그러나 반가운 미소를 짓기에는 두 사람 사이를 채우고 있는 악연이 너무 깊다.

"…어찌 전하가 이곳에."

머리는 눈살을 찌푸렸다. 그 또한 반가운가 언짢은가를 떠나, 이런 곳에서 이런 형태의 재회가 순수하게 뜻밖이었다. 그런 그에게 정엽은 재차 미소 지어 보였다. 그러나 어떻게 해도 웃는 것처럼 보이지는 않았다.

"공에게 묻고 싶은 것이 있습니다. 아아, 염려 마십시오. 틀림없이 마음에 드는 소식일 테니. ……그러고 보니 통성명을 한 적이 없었군요. 뭐라고 불러드리면 좋을까요?"

따져보면 정엽이 그에 대해 아는 것이라곤 검은 도포를 걸치고, 요괴로 모습을 바꿀 정도로 악행을 일삼다가 마땅히 지옥에 떨어졌다는 것뿐. 그는 정엽과 마찬가지로 미소가 되지 못한 표정을 입가에 그려 보였다.

"마음대로 부르시길."

"그럼 염치 불고하고 흑의黑衣공이라 부르겠습니다. 당신은 소그드를… 당신이 죽기 직전에 만난 기족의 남자를 이곳에서 본 적 있습니까?"

머리의 눈이 크게 벌어졌다. 이어 눈썹이 비스듬한 각도를 그렸다. 그리 기꺼운 표정은 아니었다. 분명, 지옥에서 형벌에 시달리다가 듣는 소식으로는 매우 이상한 축에 속할 터이니.

"그자가… 죽었소이까?"

"확실히 마음에 드는 소식이겠지요?"

웃으려고 한 것이 어언 세 번째인가. 정엽은 이번에도 실패했다. 머리는 이렇다 할 표정을 담지 않은 얼굴로 정엽을 올려다보았다.

"그래서 영명왕 전하는….."

"이것도 당신에게는 손해 볼 일이 아닐 겁니다. 선원궁 궁주로 영명왕의 봉호를 받은 자가, 벗을 구한다는 명목으로 선문仙門의 금제를 헌신짝처럼 저버린 채 도리를 거스르고 죽은 자를 살린다고 하는 무뢰비도에 빠지게 되었으니. 호인胡人 때문에 화하에서 펼쳐지는 타락상 그 자체가 아닐까요?"

아연한 것인지, 표정을 억누르고 있을 뿐인지. 잘못된 정치를 스스로를 더럽혀가면서 구제하고자 했다고 칭하는 사내는 잠시 말없이 정엽을 응시했다. 사실 정엽이 전해준 소식은 흑의서생에게는 아무런 의미가 없을 터였다. 사람은 죽음을 기점으로 하여 전세의 은원을 삼도천 강물에 흘려보낸다. 따라서 그가 구태여 정엽의 말에 귀 기울일 이유는 어디에도 없었다. 차라리 외마디소리를 질러, 명부를 범한 참람된 자를 고발하고 자신에게 가해지는 형벌을 조금이라도 면하는 쪽이….

"…소생이 알 거라고 생각하시는 겁니까."

"공이 모르신다면 여기서 헤어져 각자의 일로 돌아갈 뿐이지요."

흑의서생의 일이란, 두말할 것도 없이 지옥의 죄인으로서 형벌을 받는 것. 머리는 입술을 일그러뜨리며 말을 이었다.

"소생이 안다면?"

"제가 소그드를 찾는 동안에는 동행하면서 옥졸요괴들의 태질을 피할 수 있을 것입니다. 그리고 그를 구해내고 난 뒤에는, 공의 형기가 줄어들 수 있도록 성심을 다해 초제를 올려드리리다."

물론 정엽이 이 무뢰비도의 대가를 유예할 수 있을 때의 이야기겠지만….

머리는 심사숙고하며 거듭 침묵했다. 아니, 심사숙고를 가장한 것뿐일지도 모른다. 이윽고 그는 다시 입을 열었다.

"일단 말씀드려 두지만… 소생은 형벌을 피하기 위해 전하를 거드는 것이 아니오. 애초에 인외마경에 몸을 던졌을 때부터 지옥의 형벌은 각오했던 것이니."

"그렇습니까."

무심히 말을 받는 정엽에게 머리는 섬뜩하기 이를 데 없는 몰골로 비로소 제대로 된 미소를 선보였다.

"단지 전하께서 어디까지, 어떤 모습으로 전락하는지 보고 싶어졌소이다."

그 자신이 지옥의 불구덩이, 얼음구덩이에 떨어져 내린 것처럼… 황실의 장중보옥, 어떤 꽃보다도 아름답다고 일컬어지던 삼재ᆖᅪ의 가인은 어떤 몰골이 된 것인가?

그것은 전세의 공덕을 죄다 잃고 업화에 불타는 망자에게도 실로 구미를 돋우는 광경이 아닐 수 없으리라.

"그것으로 만족하신다면 좋으실 대로. 하지만 그것은 공께서 소그드의 행방을 아실 때 볼 수 있을 터입니다만."

"분명 이 드넓은 명부에서, 더군다나 이런 꼬락서니로 남을 눈여겨 볼 여유는 없소. 그러나… 적어도 오랑캐라 하여 화하의 명부에 이르지 않는 것은 아니라는 사실은 알고 있소. 그리고 이 명부에서 사람을 찾는 데에 가장 필요한 것이 무엇인지도."

머리를 다시 집어던질까 생각하던 정엽은 그 말을 듣고 마음을 고쳤다. 흑의서생은 분명 도움이 될 것이다. 그 바람대로 정엽이 철저하게 파멸한다는 확신이 있는 한. 그 확신을 가지고 있는 이상 버리기는 아깝다.

"그럼, 부탁드립니다."

정엽은 기괴한 동행을 흔연히 맞아들였다.

산 채로 회치고 매질하는 옥졸들 사이를 정엽은 담담하기까지 한 걸음걸이로 나아갔다.

아무리 은형부를 입에 물어 감추고 있더라도 천지의 법도를 거스르고 생사의 이치에 도전하는 이상 극악죄인이라 한들 두려운 기분은 지울 수 없을 텐데, 정엽의 태도는 의연한 데가 있었다.

보드레한 엷은 빛 머리털과 사람의 마음을 현혹하는 심청深靑의 눈동자. 해인海人의 피를 이어받은 자는 무도한 것이 천성인지. 흑의서생(의 머리)은 얼굴에 두른 부적 틈새로 그 모습을 내다보았다. 살이 썩어 들어가는 것을 막아주는 부적. 내버려뒀다간 저승의 훈풍을 맞아 되살아날 텐데, 이런 상황에서는 사람이 둘이어야 봤자 이로운 것이 없다. 따라서 흑의서생은 정엽의 손에 들리는 짐짝의 역할을 감수하고 있었다.

"안내해준다고 하셨지요?"

그 목소리는 청아하기에 더욱 섬뜩한 데가 있다. 안내하지 않겠다라고 반 마디라도 입밖에 꺼냈다간 그대로 내동댕이쳐져 발로 밟혀 부수어질 것 같은 오싹한 여운이…. 지금 있는 장소가 장소이니만큼 흑의서생의 순전한 망상이라고는 아무도 말할 수 없으리라.

"그렇소. 명확한 방향과 거리를 가늠할 수야 없겠지만."

"그렇다면 어떤 방식으로?"

"명부의 법도에 따르면 죄 지은 자는 그 죄에 따르는 벌을 받는다는 것쯤은 아시겠소?"

"세 살배기 아이들도 아는 것이지요. 사실 여부는 스스로 죄를 짓고 이 불구덩이에 떨어지고 난 뒤 절감하는 것이겠지만."

거짓말을 잘하는 자는 그 혀를 잡아 뽑힌다. 부모 형제를 구타하던 자는 살과 뼈가 곤죽이 될 때까지 태질을 당한다. 탐욕스럽고 남과 나누기를 싫어했던 자는 배가 갈라져 그 내장을 흉조에게 쪼아 먹힌다. 예로부터 명부에 갔다가 태산부군의 선의로 현세에 되돌아올 수 있었던 자들이 글과 그림으로 그 광경을 남겨 후세의 경계로 삼고자 했으나, 그럼에도 불구하고 현세의 죄악이 근절되는 일은 없었다. 그것이 인간이라는 족속.

하지만 그 혹독한 형벌을 눈앞에서 보면서도 태연스럽게 죄를 범하는 자는 대관절 어떻게 된 담력이란 말인가. 흑의서생은 정엽을 곁눈질하는 한편, 감정을 읽을 수 없는 어조로 담담히 말을 이었다.

"요컨대 전하께서 찾고 있는 그자의 죄를 알고 있다면 그자가 형벌을 받고 있는 곳도 알 수 있다는 거요. 어떤 형벌이 어디에서 어떻게 이루어지는지쯤은 소생이 가르쳐 드리리다."

호인胡人에 대한 편견은 둘째로 치더라도, 소그드라 이름하는 그자가 티없이 청정한 몸이라고는 흑의서생은 도저히 생각할 수 없었다. 적을 물리친다는 명목으로 멀쩡한 산에 냅다 불을 지르는 만행을 그는 몸으로 겪어 알고 있었다. 정엽은 잠시 묵묵히 걸음을 옮기다가 문득 입을 뗐다.

"그렇다면 공께서는 그에게 무슨 죄가 있다고 생각하시는지요."

"우선 책봉을 받는 것만으로도 황송할 호인胡人의 몸으로 중화천자에 대적한 대역죄가 있을 거요."

"그것은 처음부터 황제 폐하를 섬긴 신민일 때에나 부여할 수 있는 죄 아니겠습니까. 소그드의 죄라 함은 그의 주군… 그에게는 부친이 되는 족장의 뜻에 거스를 때에나 지울 수 있을 터."

"참 가당찮은 말씀을 하시는구료. 금상천자—황제 폐하는 하늘로부터 옥새를 받아 천명을 다하는 몸. 천하백성으로 충성을 바칠 이가 있다면 그분 외에……."

머리는 불현듯 입을 다물었다.

어쩌면 처음부터 그것이 문제였을지도 모른다.

금상천자는 정당한 길로 제위를 얻은 것이 아니다. 숙부를 베어 넘긴 패륜을 저지르고 피 묻은 발로 용상龍床에 오른 것이다.

그런 무뢰비도로 시작했기에, 지금의 천하는—.

"……."

그러나 흑의서생은 더 이상 말을 잇지 않았다. 만약 그것을 입에 올린다면 십중팔구는 '그렇다면 지명제의 악행을 못 본 체 해야 했느냐'라는 반문이 되돌아온다. 생전이라면 사흘 밤낮을 입씨름해도 좋을 문제였겠지만, 죽어 지옥에 떨어진 지금에 와서야.

흑의서생의 속내는 짐작하고도 남음이 있었겠지만, 정엽은 구태여 걸고넘어지지 않았다. 그 건에 대해서는 그도 그다지 할 말은 없다. 그래서 정엽은 자신의 최대 관심사로 화제를 돌렸다.

"그 밖에는 어떤 죄가 있다고 보십니까?"

"…천산 기슭에서 화하의 병사를 5만 명이나 무주고혼으로 만들어버린 것 외에 뭐가 있겠소? 창칼에 찔리고 불에 그을리며 말발굽에 짓밟혀 이역만리에서 떠도는 병사들의 하소연이라면 불구덩이에서 영겁을 타올라도 씻을 수 없을 거요."

"말씀대로라면 세상이 말하는 이름난 장군과 용맹한 병사 중에서 지옥의 형벌을 면할 이는 없겠군요."

"그들과 그자가 어찌 같겠소? 그들은 엄연히 나라의 명을 받아 분전용투한 용사들이고, 싸움이 끝난 뒤에는 제사를 지내 가련한 혼을 위로하였는데."

"소그드도 제사는 지냈다고 합니다만."

"……."

머리는 굉장한 시선으로 정엽을 쏘아보다가, 빠득빠득 이를 가는 것 같은 기세로 나지막이 내어 뱉었다.

"결국 그자가 아무런 잘못도 없이 깨끗한 생애를 보냈다 말하고 싶은 거요? 그렇다면 소생은 아무런 할 말이 없소이다."

"그런 이야기는 아닙니다만…."

소그드는 관해서라면 역시 편벽해지는 것인지도 모른다. 아무리 도리를 저버리기로 했다고 해도 이렇게까지 추태를 보여서야 될까. 정엽은 반성하는 한편 곰곰이 생각하였다.

"…음욕에 대한 죄라면?"

"화하의 양갓집 규수를 농락하기라도 한 거요?"

흑의서생은 노골적인 혐오감으로 얼굴을 찌푸리며 되물었다. 정엽은 무표정하지만, 손에 잡힐 듯 거북살스럽게 대답했다.

"여성이 아닙니다."

"……."

비록 사도邪道라고는 하나 도문道門에 발을 들인 몸. 아니, 사도이기에 흑의서생은 알 수 있었다. 음양이 화합하면 새 생명이 태어나는 대신 음양의 힘은 쇠한다. 따라서 수명을 늘리는 데에만 열 올리는 방술方術 중에는 양과 양을 화합하여 양기의 소모를 막는 방중술도 분명 존재하고 있었다. 또한 황도의 귀인 중에는 미색이 빼어난 기녀뿐만 아니라 미동美童을 희롱하면서 풍류를 즐기는 부류도 결코 적지는 않았다.

하지만 다른 사람도 아닌, 결벽한 생활과 고고한 태도로 이름 높은 황이자 영명왕이…….

하고 싶은 말이야 백 마디 천 마디이겠지만 흑의서생은 가까스로 입을 다물었다. 정엽도 굳이 자신을 변호하려 들지는 않았다.

명부의 무겁고 텁텁한 공기 때문인가. 게워낼 오장육부는 존재하지 않았지만 구역질이 솟아오른다.

…그렇다. 그는 이것이야말로 싫었다. 몸서리쳐질 정도로.

경전에 적힌 옛 성인의 나라. 흠 하나 없이 찬란하고 아름다운 세계. 글줄 깨나 읽은 자로, 그 이상理想을 이루어야 한다고 생각했다.

하지만 현실은 잔혹했다. 날뛰는 탐관오리들, 신음하는 백성들, 수천 년의 역사를 쌓아온 찬란한 화하를 감히 업신여기는 변방의 오랑캐들.

그 꼭대기에 창궁제가 있다.

숙부인 지명제를 벤다는, 조카로서도 신하로서도 용납받을 수 없는 참혹한 패륜. 그리고 숙부의 아내, 황제의 황후로 낙점되었던 여성을 아내로 취하는 만행. 더군다나 그녀가 바다 너머의 오랑캐 나라 출신임에야.

그것을 알았을 때 그는 과거 준비를 폐하고 말았다. 사도에 심취한 것은 그때부터였던가.

하지만 그것만으로는 밑바닥까지 떨어질 일은 아니다.

조정에서 그들을 불러들이기 전까지는—.

변방의 일이 사람들의 피눈물을 짜낸 것이 어언 몇 해던가. 처지가 나아질 때는 비굴하게 화하의 자비를 구걸하면서, 처지가 나쁘다 싶으면 기마를 몰아 변경을 약탈하는 간악한 오랑캐들. 얼마나 많은 병사가 수자리를 서러 가서 만리타향의 원혼이 되었으며, 얼마나 많은 양갓집 규수가 오랑캐 손에 몸을 더럽히는 처처참참한 꼴을 당하였는가. 그런데도 불구하고 오랑캐를 조정에 들여, 관직을 내리고 왕후장상의 반열에 들인다니.

그것만은 참을 수 없다. 그리하여 굴욕을 참으며 원수에게 머리를 숙였다. 후생의 운명을 명부의 불구덩이에 집어던졌다.

…이제 와 생각해보면, 그것은 실은….

"저 산은 무엇입니까?"

머리는 전세의 상념에서 깨어났다. 가능하면 말 걸고 싶지 않기로서는 정엽도 마찬가지였지만, 그래도 그에게 묻지 않을 수 없었다.

태양도 달도 찾을 길 없는 명부의 어두운 황야 한가운데… 하늘을 찌르며 서 있는 아득히 높은 산.

"…배음산背陰山이구료. 형언할 수 없을 정도로 대죄를 범한 자… 혹은 아직 형벌이 정해지지 않았거나, 다른 형벌을 받으러 가는 죄인이 잠시 거치는 곳쯤 될까."

"그렇군요."

"말해두지만 저곳의 경계는 다른 곳보다 엄하오."

"그것을 두려워했다면 이런 불측한 마음을 품고 명부까지 헤매어 들어오지는 않았을 테지요."

정엽은 망설임 없이 산을 향해 발길을 옮겼다.

현성의 처소에서 황도로 나서는 그 순간부터, 그를 구해낼 때까지 결코 흔들리지 않겠노라고 다짐했다. 여태까지는 그것을 지켜왔는데.

그와 재회할지도 모른다는 생각이 들자마자 삽시간에 숨이 가빠졌다. 사지가 뿔뿔이 흩어지는 것처럼 괴롭다. 골 안쪽이 끓어올라 익을 것만 같다. 가슴을 쥐어짜내는 듯 아프다.

만나고 싶다. 만날 수 없다고 생각했던 그날이 먼 옛날의 꿈처럼….

정엽은 어느덧 정신없이 달음박질치듯 산에 올랐다.

잎을 싹 틔우고 꽃을 피우면서 열매를 맺는 것이 아니라, 오로지 죄인을 벌하기 위한 용도의 날카로운 가시가 돋친 형극의 나무.

죄인들이 비끄러매진 사이로 마두요괴와 우두요괴, 청면요괴와 적면요괴가 배회하면서 잊을 만하면 한 번씩 비참한 죄인들을 가시채찍이나 몽둥이로 쿡쿡 찌르고 있었다.

수없이 많은 죄인들 중에서 과연 그를 찾을 수나 있을까.

그러나 그런 염려도 잠시.

자신도 모르는 사이에 정엽의 고개가 움직였다. 시선이 한 곳을 향했다. 마치 쇳가루가 자철석에 달라붙듯이.

하늘을 찌르는 양 거대한 나무 둥치에….

정엽이 절대 지나칠 수 없는 사람이 얽매여 있었다.

"소그드!!!"

정엽은 은형부가 입에서 떨어져 날아가는 것도 아랑곳하지 않고 소리쳤다. 자신이 이렇게 큰 목소리를 낸 적이 일생 있었던가 하고 뇌리 한 구석에서 생각한다. 흑의서생의 머리가 땅에 내동댕이쳐져 눈살을 찌푸린 낯 그대로 데굴데굴 굴러갔지만, 정엽은 미처 깨닫지 못했다.

"소그드…!"

그러나 정엽의 외침에도 소그드는 대답하지 않았다.

전세의 인연을 끊어 놓는다는 삼도천 강물이 소그드의 넋을 담금질했음인가. 소그드는 텅 빈 눈동자로 초점 없이 정면을 응시하고 있을 따름이었다. 그의 사지를 으스러뜨리는 철쇄의 감촉도, 살을 찔러 오장육부까지 닿는 가시나무의 아픔도, 다른 무엇보다 눈앞에 있는 정엽의 존재조차—그 어떤 것도 느껴지지 않는 것처럼.

정엽이 아는 소그드가 아니다. 이런 남자는 모른다. 정엽은 절망에 몸서리치며 참사검을 고쳐 잡았다. 힘껏 내리쳐 쇠사슬을 끊어내려 했지만 챙강 소리와 함께 불꽃이 튈 뿐. 이 정도로 풀릴 저승의 형구가 아닌 것이다. 그러자 정엽은 냅다 손으로 쇠사슬을 움켜쥐어 풀려고 했다. 가시가 자비 없이 그를 찔러 흰 손을 피로 물들였다.

"소그드! 정신 차리세요. 소그드!"

하지만 그런 아픔쯤 아무것도 아니다. 갈가리 찢긴 마음의 쓰라림에 비하면야….

그토록 거리를 두길 원했는데, 지금은 그가 자신을 인식하지 못한다는 사실이 어째서 이리도 괴로운 것인가.

세상이 무엇이라 평가하든 정엽은 스스로를 잘 알고 있었다. 어리석고, 제멋대로에, 위선자인… 성인聖人은커녕 터무니없는 우자愚者.

이 어리석음, 추태에 대해서는 얼마든지 손가락질 받아도 좋다. 이 죄에 대해서는 얼마든지 벌 받아 마땅하다.

하지만 이것 하나만은, 이 마음만큼은—.

"우오옹!"

한심하기까지 한 정엽의 막무가내를, 지옥의 옥졸요괴들은 언제까지나 두고 보지 않았다. 요괴들은 노여움에 괴성을 높이면서 각자의 무기, 형구를 높이 치켜들었다. 장杖과 곤, 채찍과 마디진 태. 보기에는 이승의 관헌에서 죄인을 심문할 때 벌여놓는 것들과 다를 바는 없었다. 그러나 명부의 그것들은 결코 부러질 염려가 없으며, 못이나 가시가 박혀 있어 죄인에게 더욱 큰 고통을 아낌없이 가하는 물건이었다.

"급급여율령…!"

정엽이 주문을 외치자 명부의 하늘이 밝게 빛났다. 흩날리는 부적이 봄바람에 날리는 꽃잎처럼, 쏟아지는 겨울의 눈송이처럼 휘몰아쳤다. 그 가운데 정엽은 우뚝 서서 현란하게 수인을 맺고 참사검을 휘둘렀다. 마치 검무를 추는 것 같은 자태. 하지만 그 손짓에 따라 벼락이 내리꽂는가 하면 불꽃이 솟구쳐 오르고, 살을 발라내는 모래바람이 불어 닥친다. 선원궁 궁주였던 자가 풀어놓는 비장의 술법이 옥졸요괴들을 후려 때렸다.

무시무시한 말대가리와 소대가리. 모두 몸은 천하역사 같은 근골을 지닌 옥졸요괴들이건만 아무리 발버둥을 친다 한들 정엽에게서 한 자 이내에 발을 들이는 데에 성공한 요괴는 한 마리도 없었다. 덤비는 족족 핏덩어리로 화하거나 혹은 잘 구워져서 고기의 벽을 쌓을 뿐.

그러나 동족이 잇따라 자빠져도 옥졸요괴들은 조금도 겁먹거나 물러나려 들지 않았다. 정엽을 향해 밀어닥치는 머릿수는 늘어나면 늘어날지언정 줄어드는 기미가 없었다. 애당초 명부에서 태산부군의 명을 받아 죄인을 책하는 자들에게 죽음이라는 것이 가당키나 할까.

백자 같은 정엽의 뺨에서 은구슬 같은 땀이 흘러 떨어졌다. 부적은 무한하지 않고 정엽의 재간도 바닥날 때가 온다. 무엇보다, 하찮은 잡귀들이야 그렇다 쳐도 태산부군 직속의 신병神兵이 낌새를 눈치채기라도 하면….

"……!"

정엽은 각오를 다졌다. 그는 돌연 몸을 돌려 소그드가 묶인 형극의 나무로 달려갔다. 옥졸요괴들은 순간 멈칫했지만 어디까지나 찰나. 등을 돌린 먹잇감을 향해 아우성치며 뒤쫓았다.

정엽은 뒤에서 다가오는 발소리와 울부짖음을 개의치 않고 뇌전부를 꺼내 들었다. 의연한 결심이 텅 빈 눈동자에 스쳐 지나간다. 그리고… 그는 뇌전부를 뒤에 뿌리지 않고 나무뿌리 쪽에 던졌다.

"쾅!"

사람을 떼어낼 수 없다면 나무를 뽑아내면 된다. 그런 터무니없는 일을 성사시킨 정엽은, 나무와 함께 모로 쓰러진 소그드에게 다가붙어 힘없이 떨어뜨려진 손에 또 다른 부적을 쥐어주었다. 바람의 기를 타고 하늘을 날아오르는 비공부. 나무의 무게를 감안하면 소그드만을 떠오르게 하는 것이 한계이리라. 설령 정엽이 대동할 자리가 있다 한들, 따라갈 생각이 그에게는 없었다. 명부의 음병陰兵을 하나라도 막기 위해서, 한시라도 시간을 끌기 위해서 그는 여기 남아있지 않으면 안 된다. 자신을 잃은 소그드의 혼을 홀로 보내고.

그러나 정엽은 그 뒤의 일을 걱정하지 않았다. 허공에서 소그드가 정신을 차리기만 한다면, 그는 어떻게든 빠져나갈 테니까.

"소그드. 아무쪼록 반드시 이승으로 돌아가 주십시오. 본래의 당신이 되어주세요. 그리고 당신에게 가장 잘 어울리는 장소, 그 초원으로…."

나를 잊고서—.

정엽은 차마 본심만큼은 입에 담지 못했다. 자신을 이곳까지 오게 한, 그 가감 없는 한마디만큼은.

스스로를 속이고 태연히 도리를 논하던 죄에는 합당한 벌이리라. 그는 미련 없이 소그드에게서 손을 떼고 입속으로 주문을 외웠다.

거대한 나무가 둥실 떠오른다. 하지만 그 모습을 계속 보고 있을 여유가 정엽에게는 주어지지 않았다.

"컥…!"

적들 앞에 무방비하게 노출된 등에 묵직한 철퇴가 떨어졌다. 여느 사람이라면 척추가 박살 나 절명하고도 남았을 일격이지만, 기를 순환하여 몸을 보호하고 천잠사天蠶絲로 짠 도포를 둘러 부적을 옷 안쪽에 댄 정엽은 앞으로 쓰러지는 정도로 끝날 수 있었다.

그러나 옥졸요괴들은 여기서 끝낼 생각이 추호도 없었다. 소발굽과 인간의 발이 반반씩 섞인 듯한 맨발이 몸을 일으키려는 정엽을 걷어차 쓰러뜨렸다. 요괴들은 자기 차례를 잃을 새라 빽빽하게 정엽을 둘러싸고, 퉁방울 같은 눈을 번뜩이면서 진귀한 제물에 광희했다.

망연히 눈을 내리감은 정엽의 귓전에 홀연히 이상한 소리가 스쳤다.

뿌직, 하고… 살이 갈라지는 소리.

뼈가 우지끈 부러지는 소리.

눈을 뜬 정엽은 일순 정면에 보이는 광경을 이해하지 못했다.

우두요괴의 두터운 손목, 몇십 근은 될 듯한 철퇴를 가볍게 휘두르는 손이… 이상한 방향으로 꺾여 있다.

아무리 요괴라 한들 아픔을 모를 리는 없다. 우두요괴는 주둥이에 게거품을 물면서 무어라 부르짖었다. 핏발 선 눈이 정엽… 아니, 그 뒤를 향했다.

"콰직!"

시선이 꽂힌 그곳에서 또다시 참혹한 폭력의 소음이 울려 퍼졌다.

"아…."

그러나 정엽이 미처 돌아보기도 전에, 휙 하고 무엇인가가 돌개바람처럼 그를 스치고 지나갔다.

퍽—우두요괴의 면상이 진흙처럼 함몰되었다. 이어 관자놀이가 움푹 패었다. 거의 사이를 두지 않은 일격. 그것만으로도 요괴는 절명했다.

주먹과 무릎만으로 그 위업을 달성한 남자가 정엽을 돌아보았다. 참혹한 모습이었다. 자신을 속박하고 있던 가시와 사슬에서 우격다짐으로 벗어난 탓이리라. 너덜너덜해진 살, 뼈까지 보일 정도로 벗겨진 상처. 하지만 그는 처참한 자신의 몸뚱이는 안중에도 두지 않았다. 그가 눈을 떼지 않고 있는 것은, 오로지….

두 사람이 얼어붙은 듯이 서 있는 사이, 그 찰나를 놓치지 않고 요괴들이 달려들었다. 포효가 하늘과 땅을 울리는 가운데 정엽의 낭랑한 목소리가 울려 퍼졌다.

"각항저방심미기角亢氐房心尾箕…!"

바람이 몰아친다. 뇌전이 사방을 휩쓴다. 아비규환 속에서 떠오르는 것은 푸른 용의 형상. 동쪽 하늘을 장식하는 여섯 수의 별. 그 이름을 주창하자 동쪽을 다스리고 바람과 뇌전을 지배하는 신수 청룡의 힘이 이곳에 현현하였다.

자신이 만들어낸 파괴의 업적 한가운데서, 정엽은 소매로 턱을 타고 흐르는 피를 훔쳤다.

자신의 기혈과 천지의 기맥을 무리하게 연결하여 청룡의 힘을 불러내는 술법. 역린이라는 형태로 기를 감지하는 기관이 있는 용종이라면 모를까 인간에게는 지나치게 부담이 크다. 정엽처럼 어려서부터 수행에 정진한 자가 아니라면 오장육부가 녹아나고도 남았으리라. 그러나 엄습하는 단장斷腸의 고통을, 정엽은 거의 염두에 두지 않았다.

그것은 눈앞의 사내도 마찬가지. 청각을 빼앗는 우렛소리도, 금방이라도 온몸을 날려 보낼 것 같은 바람도 그에게는 관심사가 아니었다.

명부, 아니 삼세를 통틀어 오로지 두 사람만 존재하는 듯한 침묵이 찾아들었다.

그는 눈을 깜박이는 것도 잊고 정엽을 응시했다. 자신의 이름은 모른다. 기억이 없다. 삼도천의 물을 마신 뒤로 모든 것이 마모되어 버렸다. 떠올릴 때가 있다면 가혹한 지옥의 형장刑杖으로 죄를 추궁받을 때.

하지만 상대방의 존재가, 관옥 같은 얼굴이, 청금석 같은 눈동자가— 잊어버렸을 기억보다도 먼저, 갈가리 찢어진 흉부 속의 심장을 뛰게 만들었다.

"정엽…."

그러자 딱, 하고 정엽의 칼집이 소그드의 정수리를 내리쳤다.

금과 은이 상감된 섬세한 세공. 황제나 그 근친만이 지닐 수 있는 천하명품이지만… 이런 용도로 쓰이게 될 줄은 이것을 만든 유수의 장인도 결코 알지 못했을 것이다.

"아픈데…."

"이제 겨우 정신이 드셨습니까?"

얼이 빠져 있는 소그드를 앞에 두고, 정엽은 목청을 막고 있던 둑을 아낌없이 무너뜨렸다.

"도대체 무슨 생각으로 그런 터무니없는 일을 저지른 겁니까! 자객이 급습했다면 마땅히 피신을 해야 할 것을, 인원이 몇인지 어떤 수작을 감추고 있는지도 모르는 자들을 상대로 혼자 맞붙다니오! 아무리 싸움에 자신이 있다 해도 입장을 생각하셔야지요! 당신은 기족과 화하 사이의 화평 그 자체가 아닙니까? 그런 당신에게 무슨 변고가 있다는 것이 알려지면 당신 부족이 아, 그랬습니까 하고 납득을 할까요!"

점차 눈이 휘둥그레지는 소그드를 보면서 정엽은 내심 자조할 수밖에 없었다.

자신은 이 얼마나 어리석고 한심한 자인가.

이런 말을 하고 싶어서 여기까지 찾아온 것이 아니었는데. 전하고 싶었던 것은 단 하나였는데.

도리와 대의를 논하는 허울뿐인 자기 자신을 도저히 떨쳐버릴 수 없다.

처음부터 과분했던 것이다.

"황태자 전하를, 형님을 도우신 뜻은 가상합니다만 애초에 그자들이 당신을 노리고 있을 거라는 생각은 할 수 없었던 겁니까? 무엇보다 당신이 희생해서 형님을 구한다 한들 그분이 거리낌 없이 기뻐하시겠습니까? 형님께서 얼마나 자책하셨는지, 화하의 조정이 얼마나 곤란한 처지에 처하였는지, 그리고….."

"너는?"

벌어진 입에서 목소리가 마치 앗아간 듯이 사라졌다. 그런 정엽의 얼굴을 마주하는 소그드의 표정은 오히려 침착했다. 가라앉아 있다거나 언짢은 것은 결코 아니다. 오히려 그 눈동자만큼은… 타오르는 업화보다도 뜨거운 빛을 품고 있었다.

"…갑자기 무슨…."

"슬펐어?"

삐걱거리면서 흘러나오는 정엽의 말을 막고 소그드가 목소리로… 그리고 손가락으로 물었다.

뻗어나간 손가락이 정엽의 뺨을 쓸어 만졌다. 그 섬세한 선을 타고 올라 눈 가장자리를 훑자, 손끝에 묻어나는 것은—눈물.

그제야 비로소 정엽은 자신의 눈에서 하염없이 흘러넘치는 눈물을 자각했다.

"울릴 줄 알았더라면 나도 그런 멍청한 짓은 절대 하지 않았을 텐데."

"…멍청했다고 깨닫는 것이 상당히 늦으셨습니다."

민망한 듯 고개를 돌리는 정엽의 뺨을, 소그드는 두 손으로 감싸 쥐었다. 억지로 보게 된 검은 눈동자 속에서 보기 드물게 진지하고 괴로워 보이는 감정과 마주치자, 새파란 눈동자가 다시금 눈물로 흐려졌다.

"미안해."

소그드는 좀처럼 하지 않는 사과의 말을 정엽의 입술에 속삭였다.

이런 때에 뭐하는 짓이냐고 기함할 법도 하건만 웬일인지 정엽 또한 책망하지 않았다. 어린아이처럼 힘주어 소그드의 등에 팔을 두를 뿐.

본의는 아니었지만 정말로 한심스러운 일을 해버렸다고 소그드는 절감했다.

정엽을 두고 지옥이든 어디든 갈 수 있을 리 없지 않은가.

"…이런 때에, 이런 곳에서, 뭘 하는 겁니까!"

정엽은 가차 없이 손가락을 꺾어 올려 옷깃을 더듬던 소그드를 응징했다. 지옥의 형장刑杖으로 다스려질 때에도 신음 소리 한 번 내지 않던 남자는 과장하며 비명을 올렸다.

"아파파파파! 뭐랄까, 그런 분위기였잖아?"

"'저것'을 보고도 그런 분위기라 말씀하시는 겁니까."

정엽이 가리키는 곳—산기슭에서 또 다른 요괴의 대군이 욱실욱실 달려 올라오고 있었다.

"소똥에 달라붙는 파리떼 같네. 힘내서 해치워볼까?"

"호기롭게 말씀하시는 것을 보니 기운을 차린 듯해서 다행입니다만, 허풍은 가능한 데에서 그쳐주십시오."

딱 잘라 말하면서 정엽은 품속에서 부적을 꺼냈다. 그러나 술법을 펼치기 전에 그는 멈칫하여 주위를 돌아보았다. 그리고 땅에서 무엇인가를 주워 품에 안고는 소그드에게 소리쳤다.

"절 붙잡으십시오!"

"그래도 괜찮아?"

"…구태여 엉뚱한 짓을 하시겠다면 발로 차서 떨어뜨려 드리지요!"

옥신각신하는 두 사람을 풍술이 일으킨 바람이 아득하니 높게 띄워 올렸다.

저승에도 하늘이 있을까. 지금 날고 있는 곳을 하늘이라 할 수 있을까.

해도 달도 별도 없는 어두운 공중을 가로지르면서, 정엽은 지금 품기에는 태평한 생각임을 알지만 떠올릴 수밖에 없었다.

아래에 내려다보이는 것은 끝없는 아비규환. 참혹한 광경이 동서남북, 아득한 지평선까지 펼쳐지고 있다. 해와 달이 없는 것은 단죄 받는 죄인들에게는 낮도 밤도 필요 없기 때문일까. 혹은 해와 달조차 이 끔찍한 광경을 눈에 담아둘 수 없었기 때문일까. 말 그대로의… 지옥도.

하지만 정엽에게 그 광경을 바라보며 탄식할 여유는 없었다. 그에게는 더욱 염려해야 하는 일이 있었으니까. 그것을 정엽의 팔 안에 있던 머리가 날카롭게 지적했다.

"이제부터 어쩔 셈이오? 명부에는 하늘을 나는 요괴가 적으니 잠시간은 몸을 피할 수 있겠지만, 언제까지나 날아다닐 수도 없을 터. 설마 나란히 형장 아래 떨어지는 것이 목적은 아닐 테지요."

"물론입니다. 전해오는 바에 따르면 망자는 십대왕의 판결을 거친 뒤 초도귀생문을 지나 생사하에 걸쳐진 나하교를 건너 이승에 환생한다고 하던가요. 이 명부의 출구는 그뿐일 터. 우선 그곳을 찾아야겠지요."

정엽의 대답은 물 흐르듯 막힘이 없었지만 단 하나, 자신감은 결여되어 있었다. 말하는 것은 쉽다. 그러나 그것이 뜻한 대로 이루어지리라고는 생각하기 어렵다.

"저기 말야….."

불길한 상념을 쫓아내려는 양 어금니를 악무는 정엽의 귀에 문득 나지막한 목소리가 와 닿았다.

"저 대갈통은 뭐야?"

천길 위의 허공이라도 소그드의 주의를 끌 수는 없었다. 그는 정엽의 허리에 단단히 팔을 감은 채 '대갈통'을 노려보면서 불퉁한 목소리로 물었다.

"당신을 찾아내는 데에 도움을 준 분이니 함부로 말은….."

"오랑캐 놈이 입도 더럽군."

정엽으로서는 누구를 말려야 할지 갈피를 잡을 수 없는 노릇이었다. 그의 고민을 덜어줄 요량인 듯 소그드는 환하게 웃었다.

"그거 이리 줘봐."

"뭘 하시려고….."

"날 찾기 위해서 가지고 다녔던 거라면 이제 필요 없잖아?"

"내던질 거라면 그만두시지요! 은혜라고 여기지는 않는다 해도, 도움 받았다는 사실 정도는 염두에 두는 편이 어떻겠습니까!"

"내가 신경 쓰이는 사실은 저 대갈통이 너한테 안겨있다는 사실뿐이라고!"

"그쪽입니까?!"

"…오랑캐의 헛소리는 그렇다 치고, 정말로 어째서 구태여 소생을 데려온 겁니까? 언제까지나 협력해줄 거라고 착각하진 않았을 텐데요."

"약속했지 않습니까? 은덕을 입은 한 옥졸의 매질에서 피하도록 해드리겠다고."

정엽의 대답에는 망설임이 없었다. 흑의서생이 말문을 잃을 정도로.

"역시 그거 내놔."

"갑자기 뭡니까!"

"집어던지지 않으면 안 되겠어."

"터무니없는 생떼는 그만두십시오! 그리고 경황없는 중에 여기저기 더듬지도 마세요!"

명부의 허공에 극히 어울리지 않는 소란은 느닷없이 잠잠해졌다.

세 사람은 동시에 깨달았다. 명부의 잿빛 허공을 날고 있는, 그들 외의 존재를.

"까악…."

태산의 입구에 서 있는 문관수. 그 가지에 앉아 들어오는 망자들을 감시하는 새가 날갯짓하면서 주위를 맴돌고 있었다. 그 눈에 담긴 것은 먹이를 구하는 여느 새의 욕망이 아니라, 간파할 수 없는 지성. 쩌억 열리는 부리 안쪽을 물들인 붉은 빛은 마치 조소처럼 보였다.

"활과 화살이 있었다면 한 방인데."

소그드가 태평하게 중얼거렸다. 그런 그를 정엽은 심상치 않은 듯이 곁눈질했다.

"한눈에 알아보시는군요. 적이라는 것을."

"아, 저거 쉬렘 마나타야."

"…쉬렘 마나타?"

"에를릭 칸… 저승의 왕이 부리는 부하거든. 저 채찍이 상징 같은 거랄까, 듣자 하니 죄인을…."

"잠깐만 기다려 주십시오. 당신 눈에는 저것이 당신 나라의 망령처럼 보인단 말입니까?"

"그야 내가 죽어서 온 곳이니까… 너한테는 채찍을 든 망고스가 보이지 않아?"

"제 눈에는 명부의 감시자인 흉조로밖에 보이지 않습니다만."

"헤에."

소그드가 내뱉은 감탄사는 대수롭잖은 일에 던질 법한 안일한 투였다. 하지만 정엽은 그렇게 평심을 유지할 수 없었다. 덕분에 깨달았던 것이다.

"저것이 무엇인지 청담淸談을 논하는 것은 나중에 하는 편이 어떻소? 이젠 '저것들'이오만."

흑의서생이 냉소를 곁들여 고한 대로 어느덧 까마귀는 무리를 지어 날고 있었다. 날갯짓 소리에 귀가 따갑고, 검은 깃털이 사방을 덮어 시야가 어두워질 정도로.

"이거 위험한데."

소그드가 그답지 않게 진지하게 중얼거린 순간.

푸드득 소리와 함께 까마귀의 날개가 새카맣게 사방을 둘러쌌다. 시각과 청각이 삽시간에 먹혀 들어간다. 아무것도 느껴지지 않는 무無의 나락.

그 가운데서 정엽은 이를 악물고 눈을 떴다. 사방, 위와 아래까지도 먹물로 칠한 듯한 암흑이었다. 자신이 서 있는지 누워있는지도 알 수 없다. 느껴지는 것은 틀림없는 자기 자신의 존재뿐.

소그드는 무사한가? 흑의서생은 어디에? 걱정스러운 마음은 가눌 길 없으나 정엽은 숨을 죽여 견뎌낼 수밖에 없었다. 이곳에서 벗어나지 않으면 무의미한 근심에 불과하다.

정엽은 보기도 전에 느낄 수 있었다. 이곳에 자신 혼자 있는 것이 아니라는 사실을.

과연이라고 할지, 불현듯 정엽의 앞에 사람 그림자가 어른거렸다. 주렴이 잘그랑 소리를 내는 면류관. 바닥에 끌릴 듯한 장포의 자락. 명실공히 왕후王侯의 복식—그러나 고금의 그 어떤 왕후장상일지라도 이자가 걸친 칠흑의 비단과 별빛 같은 은실로 치장한 이는 없었을 터. 옷자락에 수놓아진 것은 용과 봉황이 아니라 백택과 맥. 굽어 살피어 만물을 간파하고 헤쳐 들여다보아 죄와 벌을 가늠하는 신수神獸. 옷깃 위에 고고하게 드러나 있는, 옥을 깎아 만든 듯한 얼굴. 그러나 그 이목구비는 정돈되어 있을망정, 무덤에 넣는 흙인형만치의 생기도 찾을 수 없었다.

"귀인은 누구신지요."

정엽은 이미 답을 알고 있으면서도 나지막이 물었다.

"과인은 오도전륜왕悟道轉輪王."

명부의 십대왕, 망자를 심판하는 명부의 군주가 담담히 읊조렸다.

"미욱한 소인을 심판하러 예까지 행차하시다니, 송구스럽군요."

"그대는 미욱하다고 할 만한 그릇은 아닐 터인데. 인주人主의 차자次子, 영명왕이여."

"무슨 일을 하는지 알고 있으면서도 저지른다는 것은 어리석음에 어리석음을 더한 불민함. 어찌 변명을 하겠습니까마는."

명부에 감히 거짓은 있을 리 없다. 따라서 자신의 신상이 낱낱이 까발려진다 해도 정엽은 조금도 놀라지 않았다. 하지만 그 시선에는 흔들림이 없다—천지가 개벽한 이래 이리도 발칙한 눈을 한 죄인이 또 있었으랴.

"그리 말한다는 것은 죄의 중함을 알고 있다는 말이렷다."

"산 자의 몸으로 명부의 법도, 생사의 이치를 범하려고 했음은 명부의 업화에 천겁만겁을 불태워져도 씻지 못할 중죄. 각오는 되어 있나이다. 허나… 벌을 받기 전에 한 가지만 여쭙고 싶습니다."

"무엇인가."

어떤 죄도 도망칠 길 없는 이 명부에서 죄인이 주둥이를 나불댄다는 것은 갑절의 만행. 그러나 전륜왕은 드물게도 폭거를 용인했다. 인주를 지키는 선원궁의 궁주이자 황 노사의 제자다. 선계에서도 이름이 얼마간 알려져 있는 청아한 도사의 말을 막을 만큼 명부의 왕도 꽉 막히지는 않았던 모양이었다. 어쩌면 명부에도 그런 감정이 존재한다면, 호기심이라는 것이었을지도 모르지만….

"제가 구하려고 했던 사내… 소그드는 대체 무슨 죄로 명부에 포박되어 있었던 것입니까?"

"그것은 염마궁을 거쳐 죄를 심판받아야 알 수 있는 일. 한낱 인세의 도사가 궁금해 할 일은 아니다."

"그의 종족은 화하와는 죄를 다스리는 율과 법이 다릅니다. 예컨대 사람과 짐승이 흘레붙는 것은 중원 화하에서는 추태에 불과하지만 기족에게는 사형에 준하는 죄. 이를 명부에서는 어찌 심판하시는지요?"

"……."

그림으로 그린 듯한… 정물靜物과 같은 전륜왕의 얼굴에서 눈썹만이 꿈틀 움직였다.

"공은 궤변으로 마땅히 받을 벌을 덜 속셈인가?"

"아니오… 오로지 알고자 할 뿐입니다. 지금까지 정진하며 추구해왔던 것처럼, 인간의 도리와 천지의 이치… 생사의 법도를."

산호빛 입술이 싸늘한 냉소를 머금었다.

발 딛던 곳이 사라지자 소그드의 몸뚱이는 하릴없이 허공에 내동댕이쳐졌다.

천지가 자리를 바꾸고 몸뚱이가 가랑잎처럼 앞뒤로 뒤집혀진다. 까마득한 천 자 아래의 땅이 삽시간에 다가든다. 전신의 뼈가 부서지고 사지가 흩어지는 낙사. 그러나 소그드는 동요하지 않았다. 어차피 한 번 숨이 끊어진 몸. 찢기고 부서진다 한들 달라질 것은 없다.

"쾅!"

명부의 땅에 흙먼지가 피어올랐다. 죄인들을 도륙하기 바쁘던 옥졸요괴들이 놀라서 뛰어올랐다. 일순간에 생겨난 거대한 분화구. 흙먼지에 가려진 그 가운데에 옥졸요괴가 소머리와 말머리를 들이밀었다.

"빡!"

소머리와 말머리가 서로 부딪혔다. 박치기 같은 귀여운 동작이 아니었다. 두개골이 부서지고 뇌수가 흩뿌려진다. 쓰러지는 동족을 보고 요괴들은 경악하여 무기를 들어 올렸다.

그러나 우람한 팔뚝이 그 목을 휘감아 목뼈를 분지르고, 발뒤꿈치가 등짝을 걷어차 척추를 부수었다. 발끝에 느껴지는 감촉으로 미루어보건대 아마 내장까지 으스러졌으리라.

옥졸요괴들은 기함하면서 단 한 사람의 극악 죄인을 향해 달려들었다. 그러나 죄인 쪽은 눈썹도 까닥하지 않았다. 중과부적임에도 불구하고, 입가에 머무는 것은 미소…. 온몸이 으스러졌음에도 비교적 복구되었다. 죄인을 무한정 벌하기 위해 원래대로 되살아나게 만드는 명부의 공기가 지금은 이쪽 편이다. 따라서 두려워할 일은 아무것도 없다.

"위이이이이잉."

옥졸요괴가 펄쩍 뛰어올랐다. 소그드에게 달려들기 위해서는 아니었다. 엄지손가락 정도의 크기일까. 투명한 날개를 재게 놀려 잡을 수 없는 속도로 날아다니는 벌레…. 곁눈으로 보기에는 거무칙칙한 등에 등속 수십여 마리가 옥졸요괴에게 덮쳐왔다. 비통한 절규가 사방에 쩌렁쩌렁 울리었다.

"벌레는 소나 말의 천적이지."

소그드는 실소를 머금은 채 몸을 가누어 일으켰다. 죽지 않는 몸이 되었다고 해도 아픔은 그대로다. 갈빗대가 나간 것일까. 손가락뼈가 부러진 것일까. 온몸 곳곳에서 호소하는 통증을 그는 냉랭하게 무시했다.

"…다음은 자기 차례라는 생각이 안 드나?"

아우성을 치는 요괴들 사이에서 그가 유유히 걸어 나왔다. 소그드와 같은 죄인의 옷차림. 야윈 사지가 너덜너덜한 소맷부리와 바짓가랑이 속에서 불쑥 튀어나와 있다. 그 옷깃 위에 버티고 있는 것은 형형한 눈빛의 얼굴. 소그드는 다른 부분은 몰라도 그 얼굴만큼은 알고 있었다.

"그쪽이 그렇게 하겠다면야 치고받을 뿐이지. 하지만 너의 그 구질한 벌레의 수작으로, 죽은 놈을 또 한 번 죽일 수 있나?"

그는 시원스럽기까지 한 얼굴로 살벌한 말을 받아넘겼다. 내용은 그렇다 치더라도 자못 친근한 어조. 그 광경을 보는 누구라도 소그드가 상대방의 이름조차 모르는, 아니 통성명은커녕 죽이고 저주하는 사이였다는 것을 짐작하지 못하리라.

"더러운 오랑캐를 명부 땅에서까지 쫓아낼 수 있다고는 장담하지 못하지만, 시도는 소생의 자유겠지."

"하고 싶으면 해봐."

하지만 흑의서생 쪽은 증오를 굳이 감추려고 하지 않았다. 씹어뱉듯이 중얼거리는 그에게서, 소그드는 아무렇지도 않게 등을 돌렸다. 그리고 쌓여있는 요괴의 주검을 뒤적거리기 시작했다.

"소생이 하지 못할 거라고 생각하는가?"

"뭐, 할 마음이 있었다면 이렇게 떠드는 시간에 벌써 해치웠을 거라고 생각하고 있지."

"……."

그것은 정곡이었다. 무엇보다 서생 본인도 알고 있다. 이런 때에 소그드의 발목을 걸고넘어져 봤자 단순한 분풀이밖에 안 된다는 것을. 그리고 서로 죽고 죽이는 사이에 다시 몰려올 옥졸요괴들만이 기뻐하리라는 사실 역시.

"오랑캐. 뭘 할 작정이지?"

업신여기는 말투이지만 흑의서생에게는 획기적인 시도였다. 이마저도 소그드가 그를 꺼려하거나 생전의 일을 들추어 조롱하려 했다면 꺼내지 않았을 것이다. 소그드의 태도가 데면데면하지 않았다면.

"물을 것 있어? 정엽을 구해야지."

그리고 소그드 또한 당연하다는 듯 응수했다. 흑의서생은 눈살을 찌푸렸다. 오랑캐와의 대화가 불쾌한 것과는 다른 이유에서.

"어떻게?"

"너, 이것들이 뭘로 보여?"

소그드는 뜬금없이 물으며 발치의 주검을 발끝으로 찼다.

"소머리 요괴가 아닌가."

"아까도 말했지만 나에게는 이게 쉬렘 마나타로밖에 안 보이거든. 표범의 얼굴과 독수리의 부리와 악어의 이빨을 하고선, 죽은 자를 채찍으로 치며 괴롭히는 망고스의 일종. 지하세계의 왕 에를릭 칸의 수하들 말이지."

"중원 화하의 명부와 그리 다르지도 않은가."

"의외로 제법 다르다고. 이 녀석은 악의로 움직이거든… 정의가 아니라."

"…말하고 싶은 바가 무엇인가, 오랑캐."

"이 죽은 자의 땅에서는 보는 사람들에 의해서 모든 게 결정된다는 것. 그뿐이지."

기족에게는 기족의 지하세계가 보인다. 화하인에게는 화하의 명부가 보인다.

그것은 에누리 없는 진실이면서도… 무엇 하나 참된 것이 없는 세계. 인간 뇌수 속의 나라.

"그것뿐이라니……."

"계속 캐묻진 마. 나도 머리 아프니까. 내가 말할 수 있는 건 정엽이 끌려간 곳은 제 발로는 찾아갈 수 없다는 거야."

열 보 거리가 실은 천 보일지도 모른다. 산이라고 생각했던 곳이 심연일지도 모를 일. 무엇보다도… 바란다고 모두 이루어진다면, 이 차가운 세계에 남아있을 망자는 없을 터.

"십대왕과 오도장군, 수많은 옥졸요괴로부터… 영명왕을 빼내 올 작정인가?"

"정엽도 똑같은 각오로 여기까지 왔어. 나라고 못할 이유는 없잖아?"

북이 찢어지는 소리와 함께 피와 체액이 튀었다. 소그드가 적당히 골라잡은 날붙이… 옥졸요괴가 지니고 있던 무기를 가지고 요괴 주검의 배를 갈랐던 것이다.

"무슨 짓을."

"놈들이 스스로 정엽을 내놓게 하는 짓. 네가 더 잘 알 텐데? 해봤으니까."

기맥을 더럽히고 신령을 주살하여 천기를 흩트려 온 나라 안에 흉조를 보이려고 했던 남자는 구태여 대답하지 않았다.

명부를 오탁과 부정과 장기瘴氣로 물들여 그들로 하여금 정엽을 내놓게 한다. 과연 그것이, 오탁과 부정에 관해서라면 누구에게도 지지 않는 명부의 주인들에게 통할지는 알 수 없었으나….

"그것은 오랑캐의 저주인가?"

"아아. 여기에 좋은 젖이 있으면 딱인데 말야."

소그드는 푸주한처럼 바지런히 손을 놀려 위장에 피와 갖은 오물을 채워 넣었다. 순수한 무골로 보이기 십상이고 또 과히 그게 오해라 할 순 없었으나, 사실 소그드는 이런저런 경험이 많은 편이었다. 어렸을 적 하도 별난 탓에 신내림이라도 받은 게 아닌가 하는 부족의 결정에 의해 뭐에게 맡겨진 적도 있었던 것이다. 비록 뭐는 되지 않았지만, 그 주술과 저주에 관한 지식이 없었다면 아무리 소그드라 한들 망고스―이 땅에서는 요괴라 부르는 것들과 지금까지 대적할 수는 없었으리라.

"그걸로 명부를 뒤엎겠다고?"

"너무 비아냥거리지는 마. 해 봐야 아는 것 아냐?"

위잉… 또다시 그 소리다.

소그드는 힐끗 시선을 던졌다. 우뚝 선 사내… 흑의서생의 윤곽이 기묘하게 일그러졌다. 죄수복의 소매가 바람에 나부낀다. 상실한 두 팔을 대신하기라도 하듯 둘… 아니 그 이상 가는 수의 거대한 날벌레가 사람 머리통만한 무리에 어울리지 않는 가벼운 날갯짓으로 주위를 날아다녔다.

"일개 인간으로서 주呪를 널리 퍼뜨리기란 어렵지."

"헤에."

"말해두지만 착각하지 말게. 나는 영명왕이 하는 일에 흥미가 있을 뿐이니."

말 냄새가 풀풀 나고, 비린내 나는 고기를 뜯으며, 언행에 위아래도 없는 구역질나는 오랑캐. 사람이라기보다는 변방의 짐승. 생전에도 끔찍이 싫었는데 죽었다 한들 좋아질 리도 없다.

그렇다. 이것은 그저… 바꾸고 싶다고 하염없이 생각한 탓. 바꿀 수 있다면 무슨 방법을 쓰든, 어떤 결과를 낳든 이제는 아무래도 좋은 것이다.

그렇게 해서 도달하는 것이 파멸이나 무無일뿐이라 해도….

그토록 아름다운 이의 파멸이라면, 필시 흔상할 가치는 있으리라.

"너, 역시 정엽에게 마음 있는 거 아냐?"

"…대체 뭐가 역시란 말이냐. 남녀 구분도 하지 못하는 더러운 오랑캐와 동렬로 보지 마라."

"분명히 말해두지만 정엽한테는 손가락 하나 대지 못해. 내가 시퍼렇게 눈 뜨고 있는 한 말이지."

"사람 하는 말을 들어! 오랑캐라고 중원 말도 모르는 거냐!"

두 사람이 왁자하게 떠드는 동안에도 시커먼 딱정벌레는 부지런히 자신의 일에 착수했다. 피와 오물과 저주가 넘쳐흐를 만큼 들어 있는 위주머니와 내장을 그 마디진 다리로 붙들어서 명부 구석구석까지 실어 날랐던 것이다.

세계가… 몸서리를 쳤다.

"명부의 판관 앞에서 무슨 희언을 하고자 하는가."

전륜왕의 생기 없는 입술이 움직였다. 하지만 정녕 그 사이에서 말이라는 것이 흘러나오고 있는가. 정엽은 더 이상 확신할 수 없었다.

"…소그드… 제가 구하려고 하는 남자입니다만 그에게서 들었습니다. 그의 종족은 나무로 신상을 만들고 푸르고 흰 비단을 매어 경배의 대상으로 삼는다고. 그러면서 노래를 부른다던가요. '신기神氣 없는 사람에게는 나무로 된 상, 하지만 내 눈에는 신령神靈'… 그와 같이 이 명부의 모든 게 기족인 그에게는 기족의 악령으로 보이고 화하인인 저에게는 화하 전래의 명부로 보이니, 어느 것도 진실이 아니고 또한 어느 것도 참이라. 그리고 그것을 결정하는 것은 바라보는 인간 자신이라고. 아닙니까?"

죄는, 벌은, 살아있는 인간이 결정하는 것.

명부라는 장소는 그 바람을 비추는 거울—바로 인간의 총의總意로 이루어진 것이다.

그러나 그 지적은 명부의 판관에게는 아무런 영향도 미치지 못했다. 적어도 겉으로 보기에는.

"그래서?"

"……."

"명부의 모습을 보는 자가 결정하는 것이라면, 그의 뜻을 따라 죄와 벌이 결정된다. 극악죄인이라도 그 관점에 따라 형을 면할 수 있다는 그런 말인가?"

"그런 말은…."

"공의 추측이 틀리지는 않았다. 하지만 전부 맞는 것도 아님이니. 인속人屬의 얕은 지혜로 생사의 무구한 이치를 희롱할 수는 없음이로다."

"그렇… 겠지요."

"벌은 내려져야 한다. 그 가련한 아욕我慾에 대해서도 물론."

"지당하신 말씀."

정엽은 선뜻 긍정했다. 죄에 눈을 돌릴 수는 없다. 벌을 피할 수는 없다. 그럴 수 있다 할지라도, 누구보다 정엽 자신이 견딜 수 없다. 다만…….

정엽은 도포의 띠를 스륵 풀었다.

벌거벗은 상체가 드러났다. 소그드가 보았다면 미친 말처럼 날뛰고도 남았겠지만, 유감스럽게도 그를 성난 수말처럼 만들어버릴 나신의 섬세한 윤곽은 온데간데없었다.

정엽의 몸에는 황지에 주사로 주문을 빼곡하게 담은 주부呪符가 빈틈없이 붙어 있었다. 주부에서 넘쳐흐르는 기는 그 문자를 읽지 않아도 능히 뜻한 바를 짐작케 했다—기필코 눈앞의 것을 멸절하겠노라고.

전륜왕은 고개를 비스듬히 기울였다. 정물과도 같은 그가 의아한 감정을 그렇게 표현하는 모습은 인형이 사람 흉내를 내는 양 어색했다.

"공은 무엇을 할 작정인가?"

"…모르시지는 않을 텐데요. 당신을 멸하고 명부를 뒤엎은 뒤 그를 빼낼 것입니다."

"지금까지 공이 이룬 공덕을 모두 무위로 돌릴 생각인가."

"아니오. 저는 지금까지… 착각하고 있었습니다."

지금까지 맑게 지켜야 한다고 생각했던 천기天氣는, 실상 인간사와는 크게 관계가 없었다. 모든 것이 자연스러운 것—겁먹고 떠는 것은 오로지 인간뿐. 사람의 도리 또한 인간이 만든다. 불변은 없다.

그렇다. 정엽은 명부까지 쳐들어와서야 분명히 깨달을 수 있었다.

인간을 벌할 수 있는 것은 인간의 마음. 인간을 구할 수 있는 것도 인간뿐이란 것을.

정엽의 뺨에 눈물이 타고 흘렀다. 그것은 무엇을 위한, 누구를 향한 참회였을까.

"십대왕과 오도장군을 쓰러뜨리고 무수히 많은 명부의 권속들을 물리친다… 가당한 일이라고 생각하나?"

"그것은… 해봐야 알 일이지요!"

정엽은 참사검을 치켜들고 다른 손으로 수인手印을 맺었다. 전신에 처바르다시피 한 주부에 기가 순환하면서 불붙은 것처럼 뜨거웠지만 그 고통은 지금의 정엽에게 있어선 아무것도 아니었다. 지금뿐만 아니라 앞으로도….

착각은 정엽과 무관한 기질. 그도 틀림없이 알고는 있었다. 자신이 아무리 날고 긴다 한들 명부 전체를 상대할 수는 없다… 그리고 자신의 추측대로 명부라는 장소가 인간 전체의 총의라면, 베고 불사르고 죽여 없 앤다 해도 명부는 다시 되돌아올 터.

하지만 정엽의 목적은 기실 멸하는 데에 있지 않았다.

발목만 붙잡을 수 있으면 된다. 그가 도망칠 때까지. 그 뒤에는 미래 영겁 내내 명부의 업화에 불태워진다 해도 상관없다. 살점이 뜯겨나가고 오장육부가 난도질당한다 해도!

흰 빛이 흐르기 시작한 참사검을 명부의 주인은 감정을 읽을 수 없는 눈으로 내려다보았다. 면전에서 죽이겠다는 말을 들었는데도 전혀 흔들 리지 않는 시선.

"재미있군."

"……?"

"그대가 구하고자 하는 자도 같은 것을 바라는 모양이니."

문득 코끝에 냄새가 와 닿았다. 숨 막히는 피 냄새와 내장의 악취.

어둠이 쩌적 소리를 내며 갈라지기 시작했다.

눈을 감았다 뜬 순간, 풍경은 완전히 일변해 있었다. 까마득히 높은 공 중. 그 가운데 정엽만이 가을날 낙엽처럼 내동댕이쳐져 있었다.

정엽은 황급히 주를 외웠다. 기가 흐트러진 상태로, 이토록 경황없는 와중에 땅에 떨어져 박살나기 전에 풍주가 완성될지는 아무리 그라도 장 담할 수 없었으나….

"정엽!"

그러나 널따란 가슴이, 탄탄한 팔이 명부의 대지보다도 앞서 정엽을 받아들였다.

"소그드!"

사람의 몇 곱절은 됨직한 거대하고 시커먼 갑충. 그 잔등 위에서 소그드가 우뚝 선 채 정엽을 붙잡은 것이다. 말안장에 올라서서 부리는 재주, 아니 그 이상의 묘기였다.

"그리고… 흑의 공!"

겹눈이 일제히 움직여 정엽의 모습을 비추었다. 갑충이 더듬이를 움직였다. 마치 인사를 하는 듯한 행동거지였지만, 한가로이 인사하고 있을 여유는 누구에게도 없었다.

"여러분… 대체 무슨 일을…!"

냅다 풀려버린 전륜왕의 결계. 사방에 자욱하게 깔려 있는 삿된 기운. 그리고 요괴로 다시 둔갑한 흑의 공. 이들 사이에 아무런 상관이 없다고 잡아떼는 것은, 정엽처럼 명민한 인물이 아니더라도 능히 논박할 수 있는 일이리라.

소그드는 정엽을 품에 끌어넣다시피 하고 갑충의 등껍질 위에서 몸을 낮추었다. 곡예를 하는 양 현란하게 날아다니는 갑충의 잔등 위에서 떨어지지 않는다는 것은 실로 절묘한 재주. 그러면서도 한편으로 소그드는 묵직한 목소리를 내어놓았다.

"놈들이 너에게 무슨 짓 했어?"

"예?"

"이렇게 옷을 풀어 헤쳐 놓고… 무슨 짓 했냐고!"

"…에?"

천하에 이름이 높은 삼재, 영명왕이자 선원궁 궁주의 입에서 이토록 얼빠진 소리가 나온 것은 처음이 아닐까. 갑충의 비행궤도가 갑자기 떨어질 듯이 휘청였지만 신경 쓰는 이는 없었다. 그야말로 어안이 벙벙해진 정엽에게 소그드는 계속하여 기세등등하게 추궁했다.

"설마 전부 벗겨졌던 것은 아니겠지? 울었던 흔적까지 있잖아! 도대체 어디까지 한 거야!"

"…저기, 소그드."

"그 자식들! 가만 안 두겠어. 전부 죽여버리겠다고! 감히 나의 정엽에게 손을 대다니…."

"정신 차리세요!"

빡 하고 시원스러운 소리가 울려 퍼졌다. 시원스럽다곤 해도 사람 두개골에서 난 소리란 걸 생각하면 무서울 정도이다.

"당신이 생각하는 그런 일은 일절 없었습니다! 이 옷도 제가 스스로 벗은 것이고요! 주부에 기를 불어넣기 위해… 아니 그보다, 다른 사람을 자신과 같다 간주하지 마십시오! 당신처럼 남자 몸을 탐하는 사람은 이 명부에 없습니다!"

"…아니, 그렇게 딱 잘라 말할 일이 아냐. 여든 먹은 노인도 네 벗은 몸을 보면 눈이 뒤집혀서…."

"치정 싸움은 그만하게."

지친 목소리가 말을 막았다. 나름대로 악의를 양념으로 듬뿍 치고 싶은 기분이었겠으나 너무나 맥이 빠져서 뜻대로 되진 않은 것 같다.

"어라? 벌레. 말할 줄 알았던가?"

"실례되는 호칭은 그만두세요! 흑의 공, 당신은 설마…."

"이 짓도 계속하니 익숙해지는구료. 그보다 영명왕… 치정 싸움보다 이 겁난을 피하는 것이 우선 아니오?"

겹눈이 사방팔방을 동시에 응시했다. 명부의 하늘을 까맣게 메운 흑익의 무리. 얼마나 되는지 수를 셀 방법은 없지만 정엽은 알고 있었다.

명부에 대해서 전하는 문헌에서는 이렇게 이야기하고 있다. 보는 것만으로도 심장이 얼어붙을 흉악하고 험상궂은 얼굴. 갑주를 걸친 장대한 체구. 백만의 군세를 부리는 명부의 수호자.

"오도장군!"

"서… 서둘러라!"

불안한 목소리가 그의 기승을 독려했다. 기승물은 긴 몸을 휘우듬하게 구부려 주인을 올려다보았다. 실로 한심스럽다는 눈빛이었지만, 그것을 비난할 여유가 그에게는 없었다.

명부의 잿빛 허공을 못 보던 것이 날고 있다. 잠자리처럼 얇은 날개를 가진 그것은 마치 뱀처럼 보인다. 그리고 그것에 위태롭게 올라타 있는 형상. 마치 안개에 둘러싸인 양 모습이 흐릿하지만 유심히 보면 못 알아볼 정도는 아니다.

그는 고삐를 잡은 손에 힘을 주며 다른 손으로 가슴 언저리를 눌렀다. 쿵쾅거리는 심음을 억제하려는 것이다. 옷 안에 소중하게 갈무리해둔, 주군으로부터 받은 네 가지 보물. 그리고 약속—.

그 형상은 칠흑 같은 갑주를 걸친 악몽이었다.

흉악하다는 말은 문헌상에서 전해져 내려오지만, 문자로는 진정 오도 장군의 용모를 반푼어치도 그려내지 못한다. 심약한 사람이라면 보는 것만으로도 자지러져 숨이 끊어졌으리라.

시커먼 낯빛. 검은 불이 이글거리는 왕방울만한 눈동자. 호랑이수염을 두르고 있는 가운데에는, 피로 채운 양 시뻘건 입에서 기다란 혀가 낼름거리고 있다. 대문짝처럼 거대한 이빨은 죄인의 몸뚱이를 단숨에 아그작 씹어먹겠다는 듯이 끝이 뾰족하다. 좌우로 뻗어있는 팔은 도합 여섯 개. 각자 병장기를 쥐고, 몇 만 몇 억의 군세가 몰려오든 단숨에 물리칠 준비를 갖추고 있다.

하지만 불행 중 다행은, 이 자리에 오도장군과 직면하여 오금을 못 펴는 자는 없다는 것. 정엽은 얼음을 깎아 세운 듯한 무표정. 소그드의 얼굴에도 별다른 변화가 없다. 흑의서생의 표정은… 이미 사람이 알아볼 수 있는 영역이 아니었다. 더듬이를 까닥거리는 것은 대관절 무슨 의미일까.

허세는 아니었다. 적어도 정엽에게는 그랬다. 대상이 바뀐 것뿐이다. 그는 자신의 벗은 상반신을 힐끗 내려다보았다. 무수한 주부呪符. 사람의 세상에서 썼다면 황도라도 송두리째 날려버릴 수 있을 안배.

"흑의 공. 부탁 하나만 해도 되겠습니까?"

더듬이가 비스듬히 돌아갔다. 어디서 나오는지 모르는 목소리에는 짜증스러워하는 기색이 듬뿍 묻어났다.

"네네 대답할 생각도 없소이다만 이 오랑캐만 데리고 도망치라는 말은 애초에 불가능하니 입에 담지 않으시는 편이 나으리다."

"……."

"그런 꼴로 오도장군과 한판 붙어보겠다는 건 결국 그런 뜻이 아니오? 오랑캐를 구하는 데에 힘을 빌려줄 마음도 없거니와, 이 망나니 같은 작자가 순순히 따를 것 같소?"

"암. 날개를 뜯어버리고 말지."

소그드도 시원스럽게 긍정했다. 이 순간 흑의서생의 낯은 해석할 수는 없어도 짐작은 가능했다. 십중팔구 똥 씹은 표정이리라.

"너는 목숨을 걸고 나를 구하러 여기까지 왔어. 나는 그렇게 안 할 거라고 생각해? 살아서 돌아가든, 여기에 처박히든… 난 너 없는 곳에는 안 가.”

　말문을 잃는다는 것은 필시 이런 때를 이르는 말이리라. 정엽은 형언
키 어려운 얼굴로 소그드에게서 고개를 돌렸다. 오장육부를 휘젓는 이
기분의 정체를 그는 이제 알고 있었다.

　“게다가 정말 속수무책인지는 해봐야 아는 거고!”

　소그드는 허리춤에 붙들어 매어두었던 것을 손에 들었다. 일견 지저분
한 잡동사니로밖에 보이지 않았다. 그것도 섬뜩한 부속물로 이루어진…
거무튀튀하게 말라붙은 것은 피. 하얀 것은 뼈. 축 늘어진 것은 힘줄과
내장. 번득이는 것은… 오로지 죄인을 벌하기 위해 명부의 흙에서 자라
나는 나무, 도검수의 가지.

　하지만 자세히 들여다보면 최소한 활의 형태를 하고 있다는 것을 눈치
챌 수 있다. 요괴의 뼈와 힘줄, 그리고 도검수를 조합하여 만들어낸 끔찍
한 무기.

　소그드는 손이 베이는 것도 개의치 않고 도검수를 꺾어 만든 화살을
집었다. 시위에 메기고 쏘기까진 가히 일순.

　“꼐엑!”

　까마귀의 머리에 사람의 몸을 한 요괴의 가슴팍에 그것이 박히자 기묘
한 단말마와 함께 추락하였다. 연발한 화살은 어김없이 오도장군에게도
날아갔다. 그러나….

　신장神將이 파리라도 쫓듯 손을 떨치자, 화살은 제 힘을 잃고 핑그르르
튕겨 나갔다.

　“제법 하는데.”

　소그드는 싱긋 웃었다. 조금도 주눅 든 기색이 없다. 그가 이럴진대 가
만히 있을 수 있으랴. 정엽은 참사검을 들고 그 끝을 오도장군에게 겨누
었다. 신장의 눈살이 찌푸려져 그러잖아도 흉측한 인상을 더욱 무시무시

하게 변모시켰다.

"하찮은 재주로 대항하느냐. 생사의 지고한 법도를 우롱하고자 하는 적악한 무리여. 명부 밑바닥에서 억겁을 다져져도 모자랄 죄업이로다."

"그 말씀, 부정은 않겠지마는….."

자신이 웃고 있나? 그것을 깨닫고 정엽은 다소 놀랐다.

스스로 무엇도 남기지 못할 무가치한 죽을 길로 나아가는 데에도, 이 흔쾌한 마음은 대체 무엇이란 말인가.

"이루어질지는 해봐야 알겠지요!"

일갈. 그리고 섬광이 허공을 갈랐다.

그 빛의 분류奔流를 뚫고….

"혀어어엉씨이이이이이!"

이런 때에 이런 장소에서 듣기에는 좀 이상한 비명 소리가 명부의 하늘을 쩌렁쩌렁 울렸다.

"어라?"

소그드는 눈썹을 비스듬히 치켜떴다. 난다기보다는 떨어지는, 그런 위태로운 꼬락서니로 이쪽을 향하고 있는 짐승. 기다란 뱀 같은 몸뚱이는 엷은 빛… 아니, 오히려 반투명하다. 그리고 마치 날개처럼 좌우로 뻗어 있는 지느러미는 흡사 금어金魚의 그것처럼 오색을 띠고 있었다.

신수 홍예. 그리고 그 비단 장막 같은 지느러미 사이에 실로 위태로운 모습으로 자리 잡고 있는 사람은….

"그러니까, 저 녀석 이름이…."

"노 공?!"

"맞아. 그런 이름이었던가."

얼굴 맞댄 시간은 소그드 쪽이 월등히 길었을 텐데, 이름을 맞춘 것은 정엽이었다. 그러나 한눈 팔고 있을 여유가 그들에게는 없었다. 오도장군이 노생은 거들떠보지도 않고 반격을 개시했기 때문이었다.

"후우…."

신장이 숨을 내쉬자, 별안간 겨울이 찾아온 듯했다.

춥다. 아니, 추운 정도는 까마득히 넘어섰다. 기족의 땅에서도 한참 북쪽으로 가야 나올… 사람은 물론이고 길짐승, 날짐승, 심지어 풀뿌리도 살아남지 못할 동토凍土의 날씨. 그것이 오로지 오도장군이 숨을 뱉는 것만으로 이곳에 도래했다.

"큭…!"

"이거, 좀, 썰렁한데!"

살이 얼어 터져서 붉은 피가 꽃처럼 흩뿌려지게 된다는 명부의 추위. 사람은 피가 따뜻하기에 얼마간 견딜 수 있으나 벌레 등속에게는 어림도 없다. 갑충의 날갯짓이 대번에 느려졌다. 더듬이가 심하게 떨리었다. 당장에라도 납덩이처럼 지상으로 떨어질 것만 같다.

"흑의 공…!"

"그, 그, 급급여율령!"

그때 노생이 쥐어짜내듯 고함지르며 품속에서 무엇인가를 꺼내어 흔들었다.

그것은 얼핏 보기에 꽃인 듯도 했고, 방울인 듯도 하였다. 금과 은과 온갖 주옥으로 아로새긴 꽃. 모란과 작약과 수많은 향기로운 봉오리를 엮은 방울.

딸랑… 싱그러운 울림과 맑은 방향이 일거에 악몽 같은 냉기를 몰아내었다.

"헤에? 재미있는 게 있네."

"이 보물은…."

"빠빠빠빠빠빨리! 멍하니 있을 때가 아뇨!"

감탄하는 건지 경악하는 건지, 일순 멈추어 있던 그들을 노생의 아우성이 흔들어 깨웠다. 갑충이 떨쳐내듯이 날개를 떨었다. 쏜살같이 달아나는 갑충과 홍예의 뒤에서 천둥소리 같은 노성이 명부를 뒤흔들었다.

"이야. 간만인데. 너도 죽었냐?"

"그그그그그럴 리가 없잖소!"

소그드는 마치 저잣거리에서 재회한 양 한가롭게 말을 걸었다. 그에 비하면 눈물 콧물을 쏟으며 홍예의 잔등에 매달려 있는 노생의 행색은 나무랄 마음도 사라질 지경이었다.

"자, 자, 작은 나리가 그래도 목숨의 으으으은인인데… 그러구 언짢아 하셔서, 내가, 내가내가내가… 내가 미쳤지…! 뭘 얻어먹겠다고 저승까지 굴러들어 오는 짓을…!"

"시끄러운 소인배로다."

"뭐, 뭐! 벌레 주제에 뭐가 잘났다고 사람에게 씨부렁거려?! 어렵쇼. 그러고 보니 이 벌레…."

"회포를 풀 시간은 없습니다. 그보다 그 보물은 화산군께서?"

"아, 아니요. 이건 낭화라는 것인데, 우리 작은 나리… 주공의 정인이신 삼성 공주가…."

"오, 그러고 보니 여자 때문에 출세하기 위해 수행한다고 했지. 잘되어 가나 보네."

명부의 대군에 쫓기는데 어째서 이다지도 천하태평이란 말인가. 그러나 정엽 또한 덩달아 실소를 흘릴 수밖에 없었다.

하늘의 이치도 땅의 법도도 아닌, 이것이 인간이라면—

"좀 더 듣고 싶지만 나중에 하자고. 또 온다!"

유유히 말을 잇는가 싶던 소그드가 느닷없이 화살을 쏴붙였다. 그러나 어떤 화살인들 상대를 맞출 순 없었으리라. 찌는 듯한… 아니, 대기를 태우는 열기에 화살이 불타버렸으므로.

"또 하나? 이번엔 빨간색이네."

"오도五道장군이니까요. 앞으로 셋은 더 있다는 것이겠지요."

"으아아아아!"

노생은 악다구니하듯 품속에서 또 하나의 낭화를 꺼내어 흔들었다. 꽃이 지듯이 방울의 형태가 허공에 비산하자, 갑충과 홍예는 음병陰兵에게 붙잡힐 새라 열기가 벗어난 곳을 쏜살같이 벗어나 달아났다.

"어, 어, 어쩝니까! 낭화는 세 개밖에 받지 못했다구요! 이제 남은 건…."

"참, 당신의 주공이신 화산군은 어디에 계십니까?"

아우성치는 노생과 대조적으로 정엽은 침착하게 물었다. 누구도 노생처럼 놀라거나 당황하지 않는다. 나만 빼고 다들 몸뚱이가 죄 간덩이인가—노생은 경황없는 와중에도 그 차분함에 이끌리듯 대답하였다.

"작은 나리… 작은 나리는 길을 열어보겠다고 하셨소. 명부는 태산부군의 허락 없이는 쉽사리 나가지 못한다고…."

"고마운 배려. 그럼 서쪽으로 가지요. 화산華山은 중원의 서쪽에 있는 산. 화산군의 기운이 가장 강하게 닿는 곳은 서방일 테니까요."

"명부에 동서남북이 있단 말이오?"

미심쩍은 목소리가 윙윙 날개 치는 소리에 섞여 흘러나왔다. 자신의 모습을 담고 있는 겹눈을 향해 정엽은 흔연히 고개를 끄덕였다.

"북의 흑·수와 남의 적·화… 오도장군도 그 이치를 따른다면 한번 지표로 삼는다 한들 손해 볼 일은 아닐 것입니다. 방금 만난 오도장군은 화기火氣를 다루었으니, 거길 남쪽으로 친다면 서쪽은 저기겠지요."

늘씬한 팔이 허공의 한 방향을 가리킨다. 흑의서생이 둔갑한 갑충은 수긍한 것인지 방향을 틀었다. 소그드는 못마땅한 눈으로 반드레한 껍질을 내려다보다가 툭 하니 말을 던졌다.

"언제까지 따라올 참이야? 너."

"가고 싶으면 가고, 서고 싶으면 서는 몸. 오랑캐가 이래라저래라 할 신분은 아니다."

"이제 됐으니까 넌 저 아래에 나자빠져 있어. 우리는 이 녀석 걸 타고 갈 테니까."

"형씨, 왜 멋대로…."

"소그드… 모처럼 호의를 베풀어 주시는데 어째서 한사코 틱틱거리는 겁니까?"

"그러니까 호의라서 싫다고."

갑충은 자신의 등딱지 위에서 벌어지는 논쟁에 대해 일언반구도 응대하지 않았다. 더 이상 상대할 기력이 없다는 편이 옳을까. 겁에 질려 제정신이 아닌 노생도 그를 동정 어린 눈으로 바라볼 정도였다.

소그드는 눈살을 찌푸렸다. 아무래도 흑의서생의 존재가 거슬려서… 그 때문만은 아니다. 그 시선이 응시하고 있는 곳은 정면.

"찍어낸 양 똑같은 것들이 잘도 줄줄이 나오네."

소그드의 말에는 일견 일리가 있었다. 그들의 앞길을 가로막고 있는 자, 무수히 많은 날개 달린 호랑이의 형상—궁기를 거느린 이는 앞선 두 오도장군과 쌍둥이처럼 빼닮았다. 다른 것은 갑주와 전포의 색뿐. 서쪽의 색인 백색을 몸에 두른 신장. 명부라는 곳에서 그 흰색은 실로 상복처럼 보였다.

그러나 신장의 표정은 도저히 상주의 그것이라 이를 만한 것은 아니었다. 그 얼굴에 서리서리 얽혀 있는 것은 비통함이 아니라 순수한 분노. 하늘을 찌르는 노여움.

"삿된 죄인들은 당장 멈추지 못할까!"

우레가 그들을 후려 때린 것이나 마찬가지였다. 정엽과 소그드를 태운 갑충도, 노생을 실어 나르는 홍예도 일순 균형을 잃고 허공에 나자빠질 뻔했다. 그러나 이어서 고함소리보다 더 무서운 것이 불어닥쳤다.

단순한 강풍이 아니다. 가닥가닥에 칼을 감춘 듯한 바람. 사람을 허공에 띄워 날리며 살점을 뼈에서 발라내고, 그 혼까지도 산산이 흩어버린다는 삼매신풍에 비견할 만한 명부의 바람.

"이게 마지막이오!"

노생은 거의 울부짖다시피 하며 낭화를 들어 흔들었다. 또다시 사위를 메우는 그윽한 향내와 함께 바람이 가라앉았다. 그러나⋯.

"고마워. 나머지는 이쪽이 어떻게든 해보지."

"나머지라니⋯ 으익?!"

바람을 잠재웠다 해도 오도장군과 그 휘하 명부의 군세는 건재하다. 다른 방향으로 줄행랑을 치는 게 당연할 터이나, 화산군 이홍의 힘이 일말이라도 닿는 곳을 찾기 위해서는 저 군세를 뚫고 가지 않으면 안 된다.

'우오오오옹!'

궁기의 무리가 일제히 허공을 날아 그들을 덮쳐왔다. 그러나 공을 다투어 앞선 자들은 일단 소그드의 화살부터 감수해야 했다. 눈, 미간, 숨골. 하나의 화살이 하나씩 목숨을 끊는다. 그렇게 해도 버는 시간은 일순이었지만 정엽에게는 그것으로 충분했다.

정엽은 왼손으로 수인을 맺어 오른손에 쥔 참사검의 칼등을 훑었다. 참사검에 새겨진 주문, 그리고 북두칠성 문양이 다시금 빛을 발했다. 그것을 힘주어 내리긋자, 거대한 번개 기둥이 하늘과 땅을 이었다.

"콰릉!"

"급급여율령!"

낭랑한 외침과 동시에 정엽의 몸을 뒤덮고 있던 주부가 새처럼 일제히 날아올랐다. 이글거리는 뇌광을 품은 주부들이 종횡무진 허공을 가르며 궁기를 꿰뚫었다. 불꽃이 튀고 광채가 춤을 춘다. 궁기의 깃털이 흩날리고 하얀 털이 시커멓게 그을렸다.

"펑! 퍼버버벙!"

"휘익."

소그드는 질세라 활시위를 당기는 한편, 휘파람을 불었다.

"근사한 경치인걸."

"당신은 정월 그믐밤의 불꽃놀이를 보지 않으셨군요."

"아니, 이쪽."

소그드의 눈길이 못 박힌 곳은 하얗게 드러난 정엽의 상반신. 정엽은 참사검을 뒤를 향해 휘두를까 고민에 빠졌다.

요괴의 살이 타는 매캐한 공기 속을 갑충과 홍예는 질주하였다. 거대한 그림자가 그들 앞에 불쑥 튀어나온 것은 그때였다.

"어리석은 것들. 날빛 아래인들 달빛 아래인들 네놈들이 도망칠 장소가 있을 것 같으냐?"

머리는 하늘을 찌르고 발은 땅을 내닫고 있다. 거대한 형상으로 둔갑한 백의의 오도장군이 바위절벽 같은 얼굴에 조소를 머금었다. 정엽이 온 힘을 이끌어낸 뇌전술도, 오도장군에게는 그을림 하나 남기지 못했던 것이다.

"위험…!"

도망칠 사이도 없이 산 하나에 견줄 만한 참수도가 두 마리와 세 사람을 노리고 벼락처럼 떨어져 내렸다. 정엽은 참사검을 들어 올렸다. 검신에 선연한 빛이 타고 흘렀다. 허나 참사검이 아무리 신이한 힘을 발휘한다 할지라도, 신장의 일격을 막고 버틸 수는 없다. 알고 있는데도—

"퍽!"

오도장군의 신검이 앞을 베어 갈랐다—정엽을 밀치고 나서서, 참사검을 어깨에 메다시피 하고 칼날을 받아낸 소그드의 몸뚱이를. 하얀 얼굴을 피가 적셨다.

"소그드!!!"

폐부가 갈가리 찢어진 듯한 비명이 사방에 울리었다. 소그드는 털썩 무릎을 꿇었다. 왼쪽 어깨부터 옆구리까지 두 쪽으로 잘린 모양새. 하지만 더욱 처참한 것은, 그리되었음에도 불구하고 소그드의 숨이 끊어지지 않았다는 사실이다.

"죽어서… 득 봤는걸…."

폐까지 베인 탓에 거품 섞인 피를 토하며 소그드는 애써 웃었다. 난자당한 당사자보다도 창백해진 얼굴. 경악에 떨리는 눈. 저런 얼굴을 할 줄 알았더라면, 절대로….

"형씨이이이!"

노생이 악을 썼다. 그들의 심경은 아랑곳하지 않고 오도장군이 피도 눈물도 없는 두 번째 일격을 날리기 위해 팔을 쳐든 것이다. 이번에야말로 놓치지 않고 모조리 도륙할 수 있게끔, 세 쌍의 손을 모두 써서….

"좀 받아주시게나."

피곤한 듯한, 혹은 홀가분한 듯한, 좌우간 지금 이 순간에는 절대로 어울리지 않는 투의 목소리가 나지막이 뇌까렸다.

"왜애애애애앵!"

소그드와 정엽의 몸이 허공에 내동댕이쳐졌다. 정신을 놓아버린 주인을 대신해서 홍예가 죽어라 날아 두 사람을 받아들었다. 좁은 등 위에 이중 삼중으로 무게가 겹쳐 하마터면 신수는 균형을 잃고 추락할 뻔했지만, 이미 몸이 복구된 소그드가 잽싸게 똑바로 선 덕분에 간신히 중심을 잡을 수 있었다.

구불텅한 홍예의 몸 위에서 그는 기족이 말안장에 올라서는 요령으로 우뚝 서 있었다. 어느 누구도 굳건한 대지 위에 딛고 선 양 소그드처럼 태연하게 서 있을 수는 없다. 그러나 그의 얼굴은 자신의 재주를 자랑하고픈 표정은 아니었다. 비스듬히 기울어진 눈썹은 자못 미심쩍어하는 형국이었다.

"쿠오오오오!"

산이 울부짖는다. 아니, 오도장군인가. 갑충의 형상이 수십, 수백, 수천—셀 수 없을 만큼 많은 소충으로 변화해 무리를 지었던 것이다. 이와 벼룩, 모기며 등에, 사람을 괴롭히는 수십 가지 악물惡物. 홍예는 몸서리를 치면서 그 옆을 스쳐갔다.

"흑의 공!"

비로소 자신을 추스른 정엽이 그를 소리쳐 불렀다. 기실 이름도 모른다. 이제 와 통성명도 우습다. 정엽은 물론이거니와 그 당사자한테야말로 바라지 않는 일이라는 것은 아는데, 알지만…….

귀를 따갑게 하는 날갯짓에 섞여 그는 대꾸했다.

"고작 오랑캐 하나 되살리는 죄업 가지고 응보를 받아서야, 소생이 아쉽소이다."

"흑의 공. 당신은….."

"그대 정도 되는 분이 이왕 죄를 저지른다면 천지가 준동하고 역사에 길이 남을 그런 업보로 이곳에 떨어져야 가히 볼만할 것을. 소생은 그날을 손꼽아 기다리리라. 하하하….."

"그렇게 될 일은 없을 거야."

소그드는 손을 뻗어 정엽의 어깨를 꽉 잡았다. 마음 같아서는 끌어안고 싶지만 노생의 존재가 방해됐다. 아무리 소그드라도 명부까지 찾아온 길벗을 발로 차 떨어뜨릴 수는 없었다.

"정엽은 이런 데에 오지 않아. 내가 잘 잡고 있을 테니까. 꼬셔볼 생각은 관두는 게 좋을걸."

"…너는 너의 지옥에나 떨어져라, 오랑캐."

멀어지는 벌레의 날갯소리. 들리지 않을 정도로 멀어지기 직전 전해진 욕설에, 묘하게 웃음이 섞여 있는 것처럼 들림은 착각일까….

"보보보보인다!"

느닷없이 노생이 외마디소리를 질렀다. 눈앞에 홀연히 강이 모습을 나타낸 것이다. 명부에 흐르는 물이라면 단 두 줄기. 들어올 때 건너는 삼도천과 나갈 때 지나는 생사하. 다만 그것은 강이라는 말이 무색하게 그 건너편 끝이 눈에 들어오지 않았다.

"뭐야? 온통 안개가 들어차서 뭐가 뭔지…."

"노 공! 건널 방도는 있는 겁니까!"

"당연하지요! 이, 이 금주령을 던지면 된다고… 우왁!?"

용케 목숨을 보전했던 것일까. 궁기 한 마리가 돌연 위에서부터 홍예를 덮쳐들었다. 그러잖아도 과중한 부담에 비슬거리고 있던 홍예는 급강하를 하다가 균형을 잃었다.

"으어어어어!"

노생이 꺼내 들었던 금빛 방울, 선가의 보배가 손가락 사이로 미끄러져 강물에 떨어졌다.

그리고 어룽지는 오색… 무지개의 색채가 사방을 뒤덮었다. 대관절 무슨 일이 벌어지고 있는지 헤아릴 겨를도 없이 풍덩, 하고 세 사람과 한 마리는 수면에 나동그라졌다.

"푸하…!"

잔잔한 수면 위로 사람의 형체가 솟아올랐다.

숨이 가쁘다. 얼음장처럼 차가운 물 탓에 몸에 한기가 스민다. 그러나 무엇보다도 정엽의 주의를 끈 것은 머리 위에 펼쳐진 새파란 하늘이었다.

"푸헤…! 어푸, 푸, 어푸!"

"그리 깊지 않으니 안심하시길."

노생은 잠시 허우적거리다가 가까스로 몸을 바로잡았다. 그 곁에 홍예가 둥실 떠올랐다. 아연실색한 눈에 정엽이 보고 있는 것이 똑같이 비치었다.

"여, 여기는 설마…."

"돌아온 것 같군요."

정엽은 물이 뚝뚝 떨어지는 머리카락을 쓸어 올리며, 폐 속의 것을 모조리 토해 내듯 속삭였다.

"우와… 하, 으하, 해냈어! …어, 그런데 형씨는?"

"그는 혼백만이 명부에 있었던 것이니까요. 자신의 남겨진 몸으로 되돌아갔겠지요."

"그, 그런가… 그건 그렇다손 쳐도 전하는 거참 냉정하구만. 그런데 여기는 대체… 나리?!"

노생은 첨벙거리면서 물가로 달려 나갔다. 그 뒤를 홍예가 유연하게 헤엄치며 뒤따랐다.

산중의 계곡. 그 자갈밭 위에 있는 그것의 존재만으로도 이곳이 어디인지 능히 짐작할 수 있다. 기껏해야 커다란 개만한 몸집일까. 그러나 백옥을 아로새긴 듯한 그 몸뚱이를 개와 견줄 수 있을 리 없다. 언뜻 보기에는 도마뱀 같은 모양새였지만, 마찬가지로 목덜미에 갈기 같은 하얀털이 나 있는 도마뱀도 고금에 알려진 바 없는 터였다.

"자, 작은 나리…."

노생은 구슬프게 부르면서 그것을 안아 올렸다. 기진한 것일까. 그것은 오로지 눈만을 가느다랗게 떠서 노생을 올려다보았다. 눈꺼풀 안에 숨겨진 눈동자는 지상의 어떤 동물과도 닮지 않은, 오색의 색채가 섞인 단백석의 빛깔. 아직 어리지만 엄연한 용의 자제. 그가 있는 것으로 보아 이곳은 분명 종산 촉룡의 용구자 화산군의 영지, 화산.

정엽은 그 모습을 물끄러미 바라보았다. 이윽고 그 입술에서 탄식 같은 한마디가 흘러나왔다.

"어찌하여 이렇게까지 흉한 일에 힘을 빌려주셨는지요."

천기를 받아 움직이는 신령이 인간의 일에 이렇게까지 힘을 빌려주는 일은 드물다. 하물며 명부에서 죽은 자를 빼온다고 하는 대죄임에야.

그쪽이야말로 어째서 이렇게까지 침착한 것인가—노생으로서는 따져 묻고 싶은 기분이 굴뚝같았지만, 아무리 속세를 버리고 도사가 되었다한들 하루아침에 황자쯤 되는 사람과 대거리를 할 수 있을 정도의 그릇이 못 된다는 것은 누구보다도 자신이 알고 있다. 그는 불퉁한 어조로 이홍을 대신해서 내뱉었다.

"형씨에게 목숨을 구원받은 은혜가 있으니 갚아야 한다 하시면서… 아씨도 그래요. 지어미 된 입장으로 은인을 무시하면 끝이 안 좋아질 거라 말하시곤 자신이 난처해지는 것은 무시하고…."

"그러고 보니 인간 혼약자가 있으시다던가요."

"그야 그렇지요만. 그게 왜…."

"영명왕!"

산천수목이 쩌렁쩌렁 울릴 만한 소리였다. 노생은 귀를 막고 싶었으나 이홍을 추슬러 안고 있던 탓에 고막을 고스란히 내어주어야 했다. 반면 정엽은 미동조차 하지 않았다. 오로지 희미한 놀라움만을 아미에 드리운 채로, 그는 아무것도 없는—그렇게 보이는 허공을 올려다보았다.

"장사문 공이십니까?"

"무사하셨군요! 도우려 했는데, 때를 맞추지 못해… 송구스럽소이다!"

보이지 않아도 그 귀장鬼將이 읍하여 울부짖는 모습을 떠올리기엔 어렵지 않았다.

"저를 돕는다니요. 이 몸은 천하에 다시없을 죄인."

"설령 천하의 죄인이라고 해도 이 장사문에게는 바른 길로 인도해주신 스승이십니다! 이 몸이 굼뜬 탓에 개와 말의 도움도 드리지 못하고… 에잇! 이 얼빠진 놈. 에잇!"

"아무리 공이라 해도 명부에서 도망나온 몸. 십대왕은 무서운 상대였을 테지요."

"그그그렇지 않습니다!"

한 손으로 이홍을 품은 채 다른 한 손으로 얼얼한 귀를 문지르던 노생은 문득 묘한 소리를 듣고 어리둥절해졌다.

편경이 일제히 울리는 듯한… 웃음소리.

그러나 들었다 생각한 순간, 소리의 끝자락은 바람에 휘말려 계곡으로 사라졌다. 이내 담담한 표정을 띤 얼굴이 노생을 향했다.

"갚을 길 없는 은혜를 입었습니다. 화산군… 그리고 노 공. 언젠가 예를 차려 다시 뵙지요."

"어, 어디 가십니까?"

"…소그드가 무사한지 확인을 해야 할 듯하여. 장 공, 아무쪼록 두 분을 부탁합니다."

"옙!"

정엽은 벗어두었던 도포의 소매를 팔에 꿰고 옷매무새를 추슬렀다. 젖은 머리카락이 새하얀 살결에 달라붙어 환상적인 무늬를 그렸다. 노생은 어느새 그 모습을 넋 놓고 바라보는 자신을 깨닫고 황급히 고개를 숙였다.

"이 은덕은 반드시 갚겠습니다."

"…그래주십쇼. 아니, 작은 나리와 아씨에게 해가 가지 않는 것만으로도 족합니다요."

"영명왕. 아무쪼록 몸조심을…."

목례하는 짧은 순간, 산들바람과 함께 미모의 도사는 허공으로 떠올라 모습을 감추었다.

"후우."

노생이 한숨을 내쉬었다. 그가 자리를 뜬 것만으로 공기가 바뀐 기분이다.

"형씨가 왜 죽고 못 사는지 알 것 같군…."

"영명왕을 두고 무례한 말은 하지 마라!"

"사실이잖아? 그 두 사람 그렇고 그런…."

"추잡스러운 소리는 썩 그치지 못할까아아아!"

"야, 때리지 마! 나리가, 나리가아아아!"

2장

    소그드는 눈을 떴다.

    가장 먼저 느껴진 것은 차갑게 가라앉은 공기. 그리고 코를 싸쥐게 만드는 매캐한 냄새. 이곳에서는 향인지 뭔지로 부르는 것 같지만, 소그드에게는 전혀 향긋하게 느껴지지 않았다. 그가 향기롭게 느끼는 것은 오로지….

    그는 팔을 들어 손을 들여다보았다. 분명 강물에 빠졌을 텐데 지금은 어둑어둑한 곳에 드러누워 있다. 아무것도 그려져 있지 않은 병풍이 그를 둘러싸고 있었다. 편안함과는 일말의 관계도 없는 흰 비단으로 만든 이부자리. 침의가 버스럭버스럭 소리를 내며 소그드의 살갗을 긁었다.

    하지만 그 어떤 것도 소그드의 관심사가 아니었다. 그가 알고 싶은 것, 알아야 하는 것은 단 하나뿐.

    "정엽!"

    소그드는 벌떡 일어나, 병풍을 걷어차면서 뛰쳐나갔다.

    일순의 침묵. 이어서 비명과 고함 소리가 어지러이 울려 퍼졌다. 엎드려 우는 (척 하는) 사람들, 하나같이 흰 비단옷을 입은 이들이 소그드의 모습을 눈에 담고는 혼비백산해서 흩어져 달아났다.

    그러나 소그드는 그들에게 눈길도 주지 않았다. 그는 오로지 하나만을 찾아 성큼성큼 방을 걸어 나섰다.

    "……."

    발이 따끔 아프다. 누군가가 내던져 깨진 술잔 조각을 밟았다. 이 생생한 통증은, 다시 말해….

"살아났군."

소그드는 옷깃 사이로 손을 집어넣어 더듬어보았다. 그를 죽음에 이르게 한 상처는 마치 아문 양 커다란 흉터만 남아 있을 뿐이다.

무슨 조화로 그것이 가능하게 됐는지 여전히 그는 흥미가 없었다. 그가 찾는 것, 원하는 것, 그 모든 것은 오로지….

"소그드 공?!"

방 입구에서 낯익은 사람이 얼굴을 내밀었다. 황태자의 복식이지만 그 색깔은 순백. 평소에 주렁주렁 달려 있던 구슬과 금실 장식은 찾을 길 없다. 허둥지둥 다가오는 현성의 곁을 소그드는 쓱 스쳐 지나갔다.

"기, 기다려 주시오! 이게 어떻게 된 일… 회생하신 것이오? 아니면 요괴라도 씌여서…."

"정엽은?"

"…아무래도 앞쪽인 것 같구료. 정엽은 공을 구하러…. 제발 말 좀 들어주시오! 지금 나가봤자 요괴의 소행이니 뭐니 해서 소동만 커진단 말이오! 전후사정을 설명하고…."

"그런 거 필요 없어."

현성은 소그드에게 매달려 아우성을 쳤으나 그는 요지부동이었다. 아니, 단호하게 현성을 뿌리치고 밖으로 걸어 나갔다.

장례를 치르기에는 너무 맑다 싶을 정도로 화창한 날씨였다. 빈전의 마당은 썰렁했다. 본디대로라면 조촐하게 차린 음식을 조문객이 대접받는 자리이겠지만, 망자가 벌떡 일어나는 괴변을 당하매 사람들이 겁먹고 도망을 쳐 을씨년스러울 만큼 인기척이 없었다.

"히히힝!"

무슨 예감이 들었던 것일까. 한 마리 말이 중문을 지나 안으로 뛰어들었다. 질풍처럼 달려 나가려던 소그드를 붙잡을 수 있었던 것은 그녀가 유일했다.

"로그모!"

암말은 고개를 쭉 뻗어 소그드의 얼굴에 주둥이를 비볐다. 소그드는 조용히 그 콧등을 쓰다듬었다.

"미안."

"푸르릉."

제 짝이 소그드를 태우고 나섰다가 숨이 끊어진 것을 아는가 모르는가. 소그드는 로그모가 죄다 알고 있음을 의심치 않았다. 크고 둥근 울적한 눈이 용서해주겠다고 말하고 있음도.

잠시 말없는 대화를 나눈 뒤 소그드는 로그모에 올라타려 했다. 마구馬具—재갈도 고삐도 말안장도 등자도 없었지만 그에게는 대수롭잖은 사실이었다. 누군가가 중문으로 뛰어들지만 않았다면 그는 대번에 말을 타고 달려가 버렸을 것이다. 펄럭이는 도포자락이 시야에 들어와 그의 심장을 움켜쥐지만 않았다면….

그러나 소그드는 즉각 깨달았다. 도사의 차림을 했지만 그는 정엽이 아니다. 모르는 얼굴. 도사는 주부를 끼운 손을 소그드에게 들이밀며 조용히 고했다.

"움직이지 않는 편이 좋을 것이외다. 좌우림장군."

"싫은데."

"기, 기, 기다려 주시오! 이만 공! 소그드 공도. 아무쪼록 말을 들어주시오!"

천만다행으로 소그드가 로그모에게 박차를 가하고, 도사가 주부를 던지기 직전. 현성이 소그드의 팔을 붙잡고 늘어졌다. 이만은 눈살을 찌푸리고 동작을 멈추었지만 주부를 거두지는 않았다. 천지신명에게 제사 지내어 황제의 안위를 기원하고, 황제에게 해를 끼칠지도 모르는 요마를 처단하는 선원궁의 도사. 감히 황태자를 무시할 수는 없지만, 그렇다고 보아 넘길 수도 없는 것이다.

"태자 전하. 무슨 말을….."

"소 공은 요괴가 아니오. 이 몸이 잘 알고 있소! 소그드 공도 잠시만 시간을 내어 주시오. 도사들이 공을 살피어 깨끗한 몸임을 알아줄 것이니! 그때야말로 공이 마음대로 할 수 있지 않겠소? 동생이… 정엽이 공을 데려오려 한 것은 이런 데서 봉변을 당하라고 한 일은 아니지 않소?"

현성은 나름대로 머리를 짜내어 소그드를 진정시키기 위해 한 말이었지만 오히려 역효과였다. 그 이름을 들은 소그드를 멈출 수 있는 것은 무엇도 없으리니….

"미안. 역시 못 참겠어."

"어억?!"

아프다기보다는 놀란 비명과 함께 나동그라진 현성을 거들떠보지 않고, 소그드는 마당에 벌여 둔 천막의 기둥을 뽑았다.

이만이 아연하여 쳐다보는 사이, 펄럭거리며 무너지는 천 지붕 사이로 호랑이인지 늑대인지 모를 것이 쏜살같이 뛰쳐나와—.

"정말, 못 말리겠군요."

"펑!"

—뇌전부를 맞고 나가떨어졌다.

"정엽!"

"궁주….."

현성과 이만이 동시에 그 이름을 토해 냈다. 담겨진 감정의 내용은 달랐지만. 그 가운데 정엽이 사뿐히 날아 내려왔다. 하얀 도포 자락이 춤추듯 나부꼈다. 빈전이라는 극히 불길한 장소에서 그것만은 꽃잎… 혹은 새의 날개처럼 보였다.

"걱정을 끼쳤습니다. 형님… 그리고 이만 공께도."

"정엽, 무사했느냐. 도대체 무슨 일…."

"궁주."

횡설수설한 현성에 비해 이만은 침착했다. 어디까지나 겉보기에 그랬다는 것이지마는. 도사의 눈빛은 정엽에게 많은 것을 묻고 있었다. 하지만 그걸 구구절절 말할 시간이 정엽에게는 없었다.

"자세한 것은 나중에 아뢰도록 하겠습니다. 이런."

"정엽! …에엑!?"

정엽은 달려드는 소그드에게 가차 없이 참사검을 휘둘렀다. 검집을 씌운 채라고는 해도 겉보기엔 진심으로 베어버릴 기세였다. 시커멓게 그을렸지만 조금도 기세를 잃지 않은 소그드는 가볍게 피하고 질렸다는 듯이 투덜거렸다.

"우와. 또 죽일 셈이야?"

"농담이 과하시군요. 그 고생을 또 하고 싶지는 않습니다."

"그렇다면 조금은 봐줘!"

멍하니 그 광경을 바라보던 현성은 너무나 뜻밖이어서 당장 알지 못했던 한 가지를 깨달았다. 지금 들리는 소리 내어 웃는 웃음은… 바로 정엽의 것이었다.

소그드 또한 눈치채고 덕분에 넋을 잃었다. 이만이 어깨를 붙잡을 때까지도.

그것은 여명을 알리는 종소리와 같이―

"…하아."

그리고 몇 시간 뒤.

소그드는 툇마루에 다리를 뻗고 앉아 하릴없이 하늘을 올려다보았다.

정엽에게 열중하고 있던 덕분에 소그드는 손쓸 틈 없이 이만과 뒤이어 줄줄이 나타난 선원궁의 도사들에게 붙들려 끌려오고 말았다. 명부에서 돌아온 혼백은 그곳의 사취에 물들어 있다. 그 사취는 다른 살아있는 사람들에게 해악이 될 우려가 있으므로 고요한 곳에서 몸을 깨끗이 해야 한다—그런 명목으로 후원산의 별전에 갇히게 된 것이다.

"하아…."

그가 이렇게 탄식하는 광경을 지금껏 본 이가 있었을까. 별전의 소박하고도 우아한 정취는 소그드의 눈에 들어오지 않았다.

겨우 살아있는 몸으로 다시 만났는데. 재회의 회포도 풀지 못했는데. 경황없는 서슬에 헤어지고, 이렇게 떨어진 채다.

성질대로라면 백 번은 뛰쳐나가고도 남을 터이나, 멋대로 행동하면 정말 얼굴 볼 생각은 하지 말라고 으름장 놓은 이가 다름 아닌 정엽이었기에.

"…차라리 달군 인두로 지지는 쪽이 편할 텐데…."

소그드는 툇마루에 벌렁 드러누웠다. 수의와 바꿔 입은 침의—별로 다르지 않았다—자락이 보기 흉하게 말려 올라갔지만 어차피 볼 사람은 없다.

후원산이 머리에 인 하늘에는 달이 두둥실 떠 있었다. 거울처럼 선명한 달. 그 거울에 연인의 얼굴이 비치는 듯하다는 사랑노래의 가사는 화하나 기족이나 별로 다르지 않을진대.

마지막으로 보여주었던 그 표정은 눈알을 파낸다 한들 잊어버리지 못하리라….

"……."

아무렇게나 뻗은 팔에 딱딱한 것이 닿았다. 오래 써서 손에 익은 활.

삼 일이나 가둬두려면 소일거리라도 달라고 강변하자, 현성이 마음을 써서 차입해준 것이다. 싸리나무에 쇠뿔을 덧대어 만든 강궁. 지하세계에서 쉬렘 마나타의 뼈와 칼날나무로 급조한 것을 떠올려 보면 사치스러울 정도의 물건이다.

"핑—."

소그드가 몸을 일으키는 것과 활시위에 화살을 얹는 것, 그리고 쏘는 것은 거의 동시에 일어났다.

"탕!"

화살은 후원산의 수풀 속에 뛰어들었다. 아마도 나무줄기에 맞았을까. 숨통을 끊으려고 쏜 것은 아니었다. 자신을 감시하는 선원궁의 도사인지, 명부에서 쫓아온 추격자인지에게 경고한 것뿐이다.

그러나 화살을 뽑아 들고 구멍 난 소매를 펄럭이며 정원으로 나온 인물을 본 순간, 소그드는 난생 처음으로 자신의 활 솜씨를 저주했다.

"여전히 훌륭한 실력이시로군요. 피할 틈도 없었습니다."

"정엽…!"

자신의 화살이 정엽의 살결이라도 스쳤을지 모른다고 생각하니, 바닥이 무너져 지하세계로 도로 떨어져 버릴 것만 같다. 턱의 관절이 빠져버린 듯한 낯을 한 소그드에게 정엽은 태연하게 미소 지어 보였다.

"그런 얼굴 하지 마십시오. 은형부로 숨어 있던 제 쪽이 무례했으니."

"그런, 문제가, 아니잖아!"

"놀라게 만들어 죄송합니다."

"사과할 필요는 없잖아! 대체 왜 숨어 있었던 거야?"

소그드는 신발도 꿰어 신지 않고 정원을 가로질러 정엽에게로 달려갔다. 정엽의 쓴웃음이 더욱 깊어졌다.

"당신도 짐작하신 것이 아닙니까. 명부의 사자들이 당신을 쫓아와 데려가려 할지도 모르니까요."

"그러니까 숨어 있을 필요는 없잖아!"

"제가 있으면 당신이 차분하게 계실 수 없잖습니까."

"그딴 건…!"

소그드는 울컥 치밀어 오르는 것을 발까지 굴러가며 겨우 억눌렀다. 이전이라면 실력 행사로 나섰을 터. 그러나 정엽이 초연하게 구는 지금은 이상하게도 선뜻 손을 내밀 수가 없다.

그렇다. 지금의 정엽은 어딘가 다르다. 무엇인가를 한 꺼풀 벗어버린 듯이 홀가분한… 의연한 모습.

서쪽 나라에 있다고 들었던 가시두더지처럼 바늘을 세우는 것이 아닌 —담담한 표정. 웃음소리. 그리고 소리 내어 웃는 얼굴.

"……."

소그드의 두 손이 불현듯 정엽의 얼굴을 감쌌다. 정엽은 여느 때와 달리 뿌리치지도, 얼굴을 찡그리지도, 외면하지도 않았다. 가장 맑은 물빛의 눈동자가 달을, 그리고 소그드의 얼굴을 담고 있다.

"…한 가지 물어봐도 돼?"

"새삼스럽게 왜 그러십니까?"

"왜 날 그곳까지 구하러 온 거야?"

기족과의 화평을 상징하는 그를 죽게 내버려 두었다간 변방이 다시 어지러워질 터이므로—.

그것도 분명 사실이다. 그러나 답은 될 수 없다. 왜냐하면 정엽은 결코 그런 생각으로 명부의 심연에 몸을 던진 것이 아니기 때문에.

꾸며 이야기하거나 아닌 척 하는 일은 간단하다. 그러나 지금은 그리 할 수 없다는 것을 누구보다도 정엽 자신이 절감하고 있다.

이 한마디면 하늘의 이치를, 땅의 법도를, 인간의 도리를 지키기 위해

안간힘을 다하던 나날로는 이제 되돌릴 수 없으리라.

하지만 지금은 오히려 알 수 없다. 어째서 그토록 외따로 필사적이었던 것일까?

자신밖에 모르고, 치졸하고, 천하고, 어리석은—바로 그 인간만이, 인간을 구제할 수 있었거늘.

"제가…."

정엽은 눈앞의 사내에게 손을 뻗었다. 그가 아는 한 가장 제멋대로에다 애욕에 가득 찬 남자에게.

"제가 당신을… 사랑하기 때문입니다."

정엽은 줄곧 말하고 싶었던, 말해야 했던 말을 자신에게 새겨 넣듯 속삭였다.

달이 움직이는 것을 잊었다. 바람이 불어오지 않는다. 아니, 느끼지 못하는 것뿐인가?

성스러운 산이 작은 흙무더기였을 적에.

바다가 작은 웅덩이였을 적에.

세상이 아직 만들어지지 않았을 그 무렵으로, 단 둘만이 되돌아간 것처럼.

소그드는 온몸으로 이 세상에서 단 하나뿐인 그의 사람을 품어 안았다.

"…다시 한 번 말해줘."

"사랑… 합니다."

으스러질 듯함에도 불구하고 정엽은 견디어 내면서 되풀이했다. 그 입술을 소그드가 빼앗는다. 그 말까지도 남김없이 취하려는 양.

하나로 합해진 두 개의 그림자는 떨어지는 법을 몰랐다.

정엽은 거칠게 침상으로 내동댕이쳐졌다. 꽉 잡혔던 손목이, 부딪힌 등 언저리가 아프다. 그러나 불평할 도리는 없다. 정원 한가운데서, 하늘 아래서 그대로 벗겨지는 것보다는 백 번 나았으니까. 그나마 방 안으로 들어오는 것도 얼마나 어르고 달래고 질책한 뒤에야 이룰 수 있었던 바인지.

찌익—서둘러서 벗어던진 탓일까. 비단 천이 찢어지는 소리가 등골을 오싹하게 만든다. 침상 옆에 우뚝 선 남자의 맨살을 달빛이 타고 흘렀다. 일언반구도 없이 그는 침상 위로 몸을 굽혔다. 건장한 그림자가 달을 가리고 정엽 위로 드리웠다.

"소…."

뭐라도 말하려던 정엽의 시도는 탐욕스러운 입술에 가로막혔다.

"읍."

모든 것을 빼앗으려 드는, 실로 약탈과 같은 입맞춤. 동시에 손이 도포를 가차 없이 벗겨, 아니 오히려 뜯어내었다.

"음, 웃…."

지금 자신의 몸 위에 엎드려 있는 것을 무엇으로 불러야 옳을까. 강한 체취. 우격다짐인 손길. 묵묵부답인 입술. 사람이라기보다는 짐승의 기척을 풍기는… 당장이라도 정엽의 살을 씹고 피를 핥을 것 같은 기세.

과거였다면, 불과 사흘 전만 해도 정엽은 이런 행위를 결코 용서하지 않았을 것이다. 쾌락만을 요구하는 남자간의 정교情交도 수치스러운 일일 진대 사람으로서의 이성마저 버리고 짐승처럼 얽히는 것은 이 얼마나 부도덕한 일인가.

그러나 지금은 정엽도 다르다. 그 또한… 살점을 뜯어 먹히고 뼈째 씹히기를 바라고 있는지 모른다.

"…하! 하, 아…."

"다시 한 번 말해 봐."

어쩐지 굉장히 오래간만에 듣는 것 같은… 나지막해서 마치 다른 사람 같은 목소리가 재촉했다. 그러나 정엽은 바로 대답할 수 없었다. 미친 듯 살결을 탐내는 손가락이 말문을 열지 못하게 만들고 있었으므로. 손을 들어 그것을 제지하고 나서야, 비로소 가쁜 숨 사이로 형체를 이룬 말이 흘러나왔다.

"몇 번이나… 말씀드렸을 텐데요…."

"더 듣고 싶어."

"안든가… 말하게 내버려 두든가, 둘 중 하나로 해주십시오."

퍼뜩 그가 머리를 들었다. 희미한 달빛으로 확인할 수 있는 것은 형형하게 빛나는 두 눈뿐. 이윽고 그 빛이 가늘어져… 눈살을 찌푸린 것을 가르쳐주었다. 얼굴이 일그러져 보이더니 무쇠로 만든 것 같은 두 팔이 정엽을 으스러지도록 끌어안았다.

"…말은 금방 없어져. 마음 같은 건 보이지 않아. 그렇다면 나는 도대체 어떻게 하면 알 수 있단 말이야?"

정엽이 자신을 사랑하고 있다는… 꿈이라면 깨지 않으면 할, 거짓이라면 밝혀지기 전에 차라리 죽어버렸으면 할 정도의, 말로도 노래로도 표현하지 못할 절실한 진실을.

어린애 같은 투정에 정엽은 실소할 수밖에 없었다. 하지만 그런 점 때문에 더욱 자신은 수렁에 빠진 것이다. 애욕이라는 수렁에—.

하얀 손이 달빛을 가르며 뻗어와 소그드의 얼굴을 감쌌다. 단단한 윤곽의 뺨을, 늠름한 턱을, 그리고 선명한 눈매까지 차근차근 어루만져 간다. 그 촉감에 소그드가 넋을 잃은 순간 이번에는 하얀 얼굴이 가까워졌다. 메마른 입술을 살짝 핥고, 부드럽게 빨아올리자 산전수전 겪은 남자라도 등골이 떨릴 지경이었다.

"정말 어쩔 수 없는 분이로군요, 당신은."

"…뭘 새삼."

이런 순간까지도 차분하게 가라앉은 목소리가 한편으로 조금 얄밉다. 소그드가 그런 불만을 떠올린 순간, 침착한 그 목소리가 실로 그의 뇌수를 부글부글 끓어오르게 할 말을 아무렇지도 않게 읊조렸다.

"그럼 제가 어떻게 해야 믿어주시겠습니까…?"

태연자약한 어조에 깃들어 있는 요염한 울림. 더 이상 세게 뛸 수 있으리라곤 생각도 못했던 심장이 어찌나 요동치는지 몸 밖으로 튀어나올 것만 같다. 이런 노골적인 유혹을 소그드가 감히 사양한 적은 없다. 그는 정엽의 목덜미에 얼굴을 묻어 표정을 감추었다.

그 무게를, 그리고 목덜미 전체를 탐닉하는 혀와 입술과 이빨을 느끼며 정엽은 망연히 그의 머리카락을 어루만졌다. 그 귓가에 불에 달군 인두와 같은 말이 쑤셔 넣어졌다.

"너랑 하고 싶어."

"…그거야말로 '뭘 새삼'이로군요."

"너도 나만큼 하고 싶어 한다는 걸 알고 싶어."

"……."

"그러니까 말이지."

소그드는 느닷없이 몸을 일으켰다. 침상에 온통 흐트러진 모습으로 누워 그에게 젖은 시선을 던지고 있는 정인. 그것만으로도 충분한 터였는데, 이젠 안에 도사리고 있는 것이 더 이상 만족하지 못한다.

우악스러운 손이 정엽의 무릎을 잡고 가차 없이 좌우로 벌렸다. 온통 드러난 치부에 그가 수치를 느끼기에 앞서… 눈앞의 짐승이 기쁜 듯이 으르렁거렸다.

"네가 직접 넓혀 봐."

백자 같은 뺨에 핏기가 확 번지는 것이 어둠 속에서도 똑똑히 보였다. 주먹이 대답해도 이상하지 않다. 뿌리치고 침상을 뛰쳐나가는 것도 고려해 봄직하다. 물론 도망치게 놔두지는 않을 테지만.

그래서 소그드는 아직 팔에 꿰어진 채였던 도포를 정엽이 벗어 던졌을 때 그 자신이 더욱 놀랐다.

정엽은 천천히 손을 입으로 가져갔다. 그러나 손가락을 입 안에 밀어넣어 보아도 긴장한 탓인지 안쪽이 말라 좀처럼 적셔지지 않았다. 그 손을 소그드가 낚아챘다. 그는 정엽의 하얀 손가락을 덥석 입에 머금었다. 뜨거운 혀가 살아있는 생물처럼 살결을 핥고, 빨아들이고, 뿌리에 휘감긴다. 그것만으로도 소스라치는 자신을 억누르기 위해 정엽은 아랫입술을 깨물어야 했다.

"……."

상당한 시간을 들인 후에야 소그드는 자, 하고 말하는 양 손가락을 뱉어냈다. 침묵이 오히려 가열차게 재촉하고 있다. 정엽은 한층 이를 악물고, 타액으로 끈적끈적해진 손을 다리 사이―비부로 가져갔다.

"…으."

자신이 푼다고 해도 아프긴 마찬가지다. 본시부터 이물을 받아들이도록 만들어진 곳은 아닌 것이다. 도리어 자신의 손가락이기에 무슨 일이 일어날지… 어떤 느낌일지 훤히 알고 있어 주저하고 또한 긴장한다. 그는 눈을 질끈 감고 손가락을 밀어놓고는 힘겹게 움직였다.

"……."

조롱이든 음란한 말이든 던질 만도 하건만 눈앞의 남자는 한결같은 침묵을 고수하고 있었다. 그것이 의아하여 정엽은 고개를 들고 그를 쳐다보았다. 이어 비할 데 없는 수치심이 온몸을 유린했다.

"그, 그렇게 뚫어져라 보지 말아 주십시오!"

"싫어."

보이고 있다. 자신의 손으로 치부를 애무하는 것도, 불가해한 쾌감으로 자신의 양물이 들고 일어나는 것도—그 추태를 모조리 다. 눈을 감아도 도망칠 수 없다. 명부의 대군과 마주해도 눈썹 하나 까딱하지 않는 눈에서 눈물이 솟구칠 것만 같다. 저도 모르게 무릎이 여자처럼 오므려진다.

"앗…!"

팔이 잡혔다고 생각한 순간, 정엽은 또다시 침상 위에 밀어 넘어뜨려졌다. 극히 난폭한 태도였으나 부드러운 비단 보료 위인지라 다칠 염려는 없다. 이윽고 그는 자신이 네발짐승처럼 엎드려 있다는 것을 깨달았다. 치부를 소그드에게 향한 채로…. 마찬가지로 짐승 같은 목소리가 등을 타고 흘러내려 정엽의 귀에 닿았다.

"이대로 계속해."

"윽…."

뭔가에 홀리기라도 한 것인가…. 정엽은 거부하지 않고 다시 손가락을 움직였다.

얕게 파고들어 휘저을 뿐인 손가락. 쾌감 따위 있을 리 없다. 그런데도 몸이 뜨거워지는 것은… 몸을 빠짐없이 훑고 있는 시선 때문이다. 설령 눈으로 확인하지 않아도 알 수 있다. 적나라하게 드러난 치부도, 어설픈 손가락의 움직임도, 무엇 하나 빠뜨리지 않고 오로지 시선만으로 탐하고 있을… 불길 같은 눈동자의 존재를.

그러나 소그드라고 아무렇지도 않게 흔상하고 있는 것은 아니었다. 여

느 때의 담담한 얼굴로는 상상조차 할 수 없으리만치 흐트러진 표정. 그
의 시선에서 피할 길 없이 쾌락을 호소하는 치부. 다른 누구도 아닌 스스
로의 손가락으로 비부를 희롱할 때마다 움찔움찔 떨리는, 매혹적인 곡선
의 엉덩이. 자신의 치태를 아낌없이 드러낸다고 하는 번뇌에 몸부림치는
허리….

"…~~~, 못 참겠어!"

끝내 소그드가 목소리를 터뜨렸다. 앞부분의 기족 말은 정엽도 알아
듣지 못했지만 적어도 점잖은 자리에서는 결코 나와선 안 되는 말이라는
것쯤은 짐작하고도 남음이 있다. 그리고 쨍그랑 깨지는 소리. 이어 엉덩
이의 골 사이를 흘러내리는 감촉과 냄새가 그것이 등롱의 기름임을 알려
주었다. 뚜껑을 돌려서 열면 될 것을 굳이 내리쳐서 부술 것까지야…. 그
렇게 핀잔을 줄 여유가 정엽에게는 일절 없었다.

"아흑…!"

소그드가 손가락을 단숨에 비부에 쑤셔 넣었던 것이다. 지금까지 스스
로 하던 서툰 행위와는 비할 데 없는, 쾌락의 핵심을 단숨에 찌르는 가혹
한 손가락. 이미 처음의 요구 따위는 정엽도, 소그드 본인조차 잊어버렸
다. 정엽은 이불깃을 움켜쥐고 허덕이는 소리를 높였다.

"아, 응, 아아! 앗…!"

"크읏…."

쉴 틈도 없이 손가락을 늘려간다. 서두른다는 것은 알고 있지만… 틀
림없이 괴로울 텐데도 남자를 요구하듯 일견 실룩거리는 비부를 보면서
견뎌낼 수 있는 여력은 소그드에게 남아 있지 않았다.

"하, 윽…."

손가락이 빠져나갔다. 달라붙는 점막을 뿌리치고, 못내 아쉬운 듯이.
정엽은 틀림없는 예감에 몸을 떨었다. 아니나 다를까, 아직 받아들이기

엔 어려운 그곳에 소그드의 것이 우격다짐으로 짓쳐들어왔다.

"아, 윽, 아—!"

"미, 안….”

소그드도 괴롭기는 다르지 않을 터. 그러나 그는 일고도 하지 않고 허리를 움직였다. 정엽이 잡아 쥔 이불깃이 찢어질 듯 팽팽해졌다. 고통스럽다. 안이 터져나갈 것 같다. 그럼에도 몸은 남자를 받아들이기 위해 안간힘을 썼다.

그 노력이 얼마나 상대를 미치게 하는지 그가 알 도리는 없었다. 물결치는 섬세한 곡선의 등과 허리. 물속을 헤엄치는 양 허우적거리며 요염한 궤적을 그리는 팔다리. 바짝 긴장했다가 바르르 떨리면서 그를 받아들이기 위해 수축과 이완을 거듭하고 있는 비부….

지금은 소그드도 확신할 수 있다. 이 모든 것이 자신의, 자신만의 것이라는 사실을.

"허억…!"

돌연 사방이 요동치고 천지가 뒤집혔다. 혼백이 날아가는 듯한 일순이 지나고, 등에 달라붙는 비단을 느끼고 나서야 정엽은 자신이 바로 뉘어졌다는 것을 깨달았다. 여전히 연결된 채로.

눈앞에는 달을 등진 사내의 얼굴이 떠올라 있었다. 드러낸 이만이 하얗다. 먹이를 앞에 둔 짐승처럼… 아니면 웃고 있는 것인가.

"역시 얼굴을 봐야지."

"후, 아, 소, 그드….”

"…정엽.”

그 표정이 일변했다. 절박하게 일그러지나 싶더니… 정엽으로선 더 이상 볼 수 없었다. 그가 그대로 으스러뜨릴 듯 그러안았기에. 느껴지는 것은 살을 때리는 그의 맥박. 안쪽 구석구석을 도려낼 듯이 치받는 충격.

그리고 귓가에 쏟아 부어지는 목소리.

"사랑해⋯!"

정엽은 그에 응하려 했다. 어떻게든 허리를 움직이면서, 그가 몇 번이나 요구했던 말을 되돌려주려고.

하지만 까마득한 절벽 아래로 떨어지는 듯한 열락 속에서 그것이 이루어졌는지는 알 수 없었다.

정신을 차린 것은 대체 얼마나 지나고 나서였을까. 정엽은 살며시 눈을 떴다.

몸이 침상에 딱 붙은 것 같다. 팔 하나도 움직이기 어렵다. 그도 그럴 것이, 토정하고 나서 그대로 쓰러진 소그드의 몸이 그와 포개어져 있었으니까. 그 어깨를 힘겹게 손으로 밀치려던 정엽은 팔이 꽉 붙잡히는 바람에 조금 놀랐다.

"깨어계셨습니까?"

"⋯응."

"무겁습니다만⋯."

잠시 묵묵부답이던 소그드가 느닷없이 몸을 뒹굴 굴렸다. 또 한 번 천지가 뒤집히는 충격 후에—그래도 앞전에 비할 바는 아니었지만—정엽은 붉어진 얼굴로 소그드를 내려다보았다. 비부의 이물감은 여전하다. 욕심은 채웠을 텐데 도대체 왜, 라고 따져 묻기라도 하고 싶은 심정이다.

그러나 정엽은 밀어붙일 수 없었다. 언제 짐승처럼 덮쳐들었냐고 시치미라도 떼는 양, 소그드가 손을 뻗어 정엽을 끌어안은 것이다. 가슴에 얼굴을 비비다가 목덜미에 파묻는 행동거지는 마치 어린아이처럼 무구했다.

"⋯이제는 알게 되셨을까요?"

정엽은 눈앞의 머리카락을 쓰다듬었다. 초원의 거친 바람에 되는대로 맡긴 탓인지 푸석푸석하지만 그 또한 감촉이 기분 좋다. 사내의 얼굴은 볼 수 없었으나 맞닿아 있는 살갗으로부터 입술이 움직이는 것이 전해져왔다.

"모르겠어."

"소그드?"

"한창 하고 있을 때는 알 것 같은데… 끝나고 나면 또 모르게 돼."

다시금 감정이 느껴지지 않는 얼굴로 아무렇지도 않게 자신을 응시할 것 같다. 눈을 뗀 사이 또 어디론가 훌쩍 바람을 타고 사라져버릴 것만 같다. 팔에 무심코 힘을 주는 소그드의 귀에… 재미있다는 듯한 웃음소리가 와 닿았다.

"저도 어지간히 신용이 없는 모양입니다."

"신용, 이라니…."

"아아, 어쩔 수 없는 노릇일까요. 그렇게나 고고하게 굴었으니."

뭐라 말하려고 고개를 든 소그드의 말문이 막혔다.

남자의 몸에 올라타 달빛을 받고 있는 정엽의 나신. 순백의 서각犀角을 깎아낸 것 같은 그 위에 자리한 것은 말 그대로 고고한 얼굴. 그러나 일찍이 소그드가 마음을 빼앗긴 바 있는 창공의 빛이 담긴 그 눈동자만큼은 폭풍이 이는 바다처럼 격정을 드러내고 있었다.

"하지만 믿어주시지 않아도… 제가 당신을 사랑한다는 것은, 적어도 저에게 있어서는 틀림없는 진실."

"…정엽."

"당신을 사랑합니다."

가까스로 꺼낸 이름도 그 입술에 의해 도로 들어가 버리고 말았다. 짧지만 대담한 입맞춤을 마친 정엽은 그야말로 넋을 잃은 소그드의 뺨을 잡고 얼굴을 들여다보았다. 싱긋 미소 띤 그 표정이 문득 진지해졌다.

"믿어 주신다면… 최소한 믿고 싶으신 거라면, 한 가지만 맹세해 주십시오."

"…어, 에, 뭐를?"

"다시는 죽지 않겠다고. 무슨 일이 있어도 살아있어 주겠다는 것을."

사지가 갈가리 찢기는 기분, 그 절망은 결코 다시 느끼고 싶지 않다.

소그드는 눈을 깜빡거렸다. 이윽고 그 얼굴에 표정이… 짓궂음이 되돌아왔다.

"무리한 약속인걸. 사람은 어쨌든 언젠가 죽잖아?"

"소그드…?"

막무가내로는 세상 누구에게도 지지 않을 그가 뜬금없이 철든 듯한 소릴 입에 담자 정엽은 얼이 빠졌다. 그런 그를 소그드는 끌어당겨 힘 있게 품에 안았다.

"대신 지상이든 지하든 세상 어디라도… 네가 있는 곳에는 내가 있을 거라, 그렇게 맹세하지."

"……."

이번에는 정엽 쪽이 말문이 막힐 차례였다. 그가 할 수 있는 유일한 일은 마찬가지로 힘주어 마주 안는 것뿐.

밤하늘을 짚어나가는 달과 허공을 맴도는 가을바람만이 흐르는 시간을 가늠하던 그때….

윽, 하고 정엽이 신음을 토했다. 그의 잔등을 어루만지고 머리카락 사이를 들락거리던 손에 힘이 들어갔기 때문만은 아니었다.

"…잊어버리신 것 같은데 저는 명부의 추적자가 나타날지도 모르기에 망보고 있었습니다만…."

"오면 박살 내지."

"이런 짓을 하면서 박살 내긴 뭘 박살 냅니까…!"

비부에 이물감이 심해진다. 진작 떼어놓지 않은 것이 실수였다…. 그렇게 생각하면서도, 이미 만사 늦어 버렸다는 것쯤 정엽도 알고 있었다.

"한번 더 말해 줘."

정엽의 귓가에 입 맞추면서 소그드는 속삭였다. 그 뜨거운 숨결만으로도 오싹 소름이 돋는다. 정엽은 그의 머리를 끌어안은 채 귓가에 거듭 속삭였다.

그 밤—몇 번이나 토해 냈는지 모를 그 말을.

나무 사이를 걷자 이슬이 옷자락에 달라붙었다. 어떻게 입는지 이해하기 어려운 중원의 옷. 드러난 허벅지가 싸늘하지만 신경 쓸 정도는 아니다.

소그드에게 숲이란 불길한 장소였다. 물과 숲은 중원에서 신령이라 부르는 로스—사브다크의 터전. 자칫 그들의 기분을 거슬렀다간 난처한 지경에 빠지는 것으로는 끝나지 않기에, 초원의 사람들은 두 곳 모두 멀리하였다.

숲을 불길하게 여기긴 중원 사람들도 마찬가지일까? 아니면 전적으로 소그드의 탓일까. 시중 드는 이들은 별저 안까지 발을 들이지 못하고 대문 밖에다가 음식을 가져다 놓았다. 그러나 소그드는 불만을 품지 않았다. 그들이 별저에 다가온다면 도리어 걷어차 쫓아버릴 심산이었기에.

널따란 쟁반을 들고 정원을 가로질러 돌아오는 발걸음이 가볍다. 오늘만큼은 숲도 꺼림칙하지 않다. 안개를 감고 있는 나뭇가지도, 추적추적한 대기도, 장딴지에 스치는 덤불도―모든 것이 텡그리의 축복인 양 근 사하게 보인다.

소그드는 거의 발을 땅에 디디지 않을 기세로 별저의 정원을 가로질러 건물 안으로 들어섰다. 묵직한 물동이를 아무렇지도 않게 들어 메고, 비단 수건을 챙긴 채.

박명이 드리운 침실… 휘장으로 가려진 침상 속에 그가 잠들어 있다.

평온하게 사지를 뻗고 눈을 감은 모습. 소그드에게는 처음 보는 광경이었다. 몇 번이나 잠자리에 끌어들였지만 지금껏 정엽은 한 번도 소그드의 곁에서 잠을 청하지 않았다. 행위가 끝나면 단호하게 뿌리치고 떠나버렸다.

그렇다. 지난번까지는―.

"……."

깰까 봐 숨소리까지 죽였으면서도, 소그드는 그 얼굴에 손대지 않을 수 없었다. 따스하고 매끄러운 감촉. 흐트러짐 없는 부드러운 숨소리. 어루만져도 그 자리에 머무르고 있는 섬세한 선의 얼굴. 어느 것 하나 만끽하고 싶지 않은 데가 없었으나….

"…안 되지. 안 돼."

그것이 목적은 (지금은) 아니다. 소그드는 조심스레 이불깃을 젖혔다. 드러난 하얀 살결 곳곳에는 붉은 자국이 남겨져 있다. 그 개수로 말할 것 같으면 소그드조차 어깨를 으쓱할 정도. 멍으로 번지지 않은 것이 그나마 다행이다. 그는 물동이의 물로 비단 수건을 적셔, 꼼꼼하게 몸을 닦아내기 시작했다. 깨고도 남을 텐데도 정엽은 미동도 하지 않는다. 분명 무리시킨 탓이다… 소그드는 오래간만에 반성이라는 것을 해 보았다.

물수건이 제일 깨끗이 해야 할 법한 장소, 허리 아래로 향했을 때.

"거기서부터는 제가 하지요."

잠기고 쉰 목소리는 한편으로 또렷했다. 이어 가인처럼 하얀 손이 수건을 빼앗아 들었다. 짐짓 냉담한 표정. 그러나 그 얼굴을 대하면서 소그드는 웃음을 지울 수 없었다.

"어라, 일어났어?"

"제 옷을 주시겠습니까."

정엽의 나지막한 목소리가, 소그드의 귀에게는 꿀보다도 달콤한 그 목소리가 시키는 일이라면 어떤 허드렛일이라도 성가실 리 없다. 소그드는 신나게 정엽의 옷가지를 주워 모아서 그에게 안겨주었다. 정엽은 그것을 받아들더니… 소그드의 면전에서 침상의 닫집 문을 탕 소리 나게 닫아버렸다.

"어? 왜!"

"그런 눈으로 보고 계셔서는 될 일도 안 됩니다."

"아침부터 손대지는 않을 거야!"

"그냥 목욕만 하자는 둥, 속아 넘어간 일이 참 많았지요."

소그드는 닫집의 여닫이문을 마구 흔들었지만 요지부동이었다. 그의 시선을 피하며 몸을 닦는 정엽이라든가, 중원의 옷을 한 겹 한 겹 걸치는 정엽을 보고 싶었는데! 물론 그것을 보고서 자신이 어떤 행동을 취할지 소그드는 구태여 생각하지 않았지만.

이윽고 몸단장을 마친 정엽이 닫집의 문을 다시 열었다. 차분한 얼굴에선 전날 밤의 열락은 찾을 길 없다. 옷섶이 뜯어지고 띠가 찢어지긴 했지만 단정히 추슬러 사람의 이목을 끌 정도는 아니었다. 그는 불퉁한 소그드의 얼굴을 보곤 쓴웃음을 머금었다.

"적당히 해주십시오. 허리 아래에 감각이 없습니다."

"어차피 사흘이나 여기 있어야 한다며. 느긋하게 보내자고."

"느긋하게라니, 제 귀가 잘못된 모양이군요. 게다가 저는 입조를 해야

합니다만."

"입조? 왜?"

"당신의 일을 황제 폐하께 아뢰어야 하니까요."

정엽은 태연하게 말하기 위해 심혈을 기울였지만, 소그드에게 감출 수 있는 일은 별로 없었다. 그의 눈썹이 대번에 사선으로 기울어졌다.

"혼나는 거야?"

"혼나진 않겠지만, 혼나지 않아서는 곤란합니다."

알아듣진 못해도 심상치 않은 기색은 느낀 것이리라. 정엽은 애써 웃으며 손을 뻗어 눈앞의 주름진 미간을 손가락으로 눌렀다.

"염려하지 마십시오."

"그래도…."

"그보다… 괜찮으시겠습니까?"

"흠?"

"언젠가 말씀드렸던가요. 제가 어떤 마음을 품고 있던 간에 달라질 것은 없다고."

"……."

손가락이 뺨을 타고 미끄러져 내려갔다. 며칠 수염을 깎지 않은 턱은 꺼칠꺼칠하다. 그러나 정엽은 개의치 않고, 밤하늘을 연상시키는 눈동자를 똑바로 바라보며 말을 이었다.

"앞으로도 저는 다른 이들에게 시치미를 떼고, 당신을 여느 벗인 양대해야만 하겠지요. 혼담이 들어와도 받아들이는 척해야 할지도 모릅니다. 부모 형제에게조차 끊임없이 거짓말을 하면서…."

기만으로 두른 이 마음을, 그는 용납해 줄 것인가.

그가 문득 팔을 뻗어 정엽을 그러안았다. 그대로 무너지듯이 무릎을 꿇자, 침상에 걸터앉은 정엽의 무릎 위에 엎드린 모양새가 되었다. 그렇게 가슴팍에 얼굴을 묻고 소그드는 속삭이듯 중얼거렸다.

"또 말해줘."

목이 쉬도록 읊조렸는데도 아직 부족하다는 것일까. 그리고 그렇게나 거듭했는데도 불구하고 왜 새삼 부끄러워지는 것일까. 정엽은 머릿속과 얼굴, 양쪽에서 불가해한 열기를 느끼며 소그드의 머리에 기대 다시 한 번 말을 새겨 넣었다.

"사랑합니다."

누구의 팔이랄 것도 없이 힘이 들어갔다. 마치 일평생을 떨어지지 않겠다고 다짐하는 것처럼.

"…아, 대단해."

"무엇 말씀입니까?"

"그 말만으로 무엇이든지 참을 수 있고, 무엇이든지 할 수 있을 것 같은 기분이 돼."

"그렇게 말씀해주시는 것은… 기, 기쁩니다만. 틈을 타서 은근슬쩍 욕심을 채우려고는 말아 주십시오!"

"한 번은 괜찮잖아."

"안 괜찮습니다!"

황궁의 편전—정관궁.

황제가 일상 업무를 보는 장소이지만, 오히려 그렇기에 위엄은 건원궁에 뒤떨어지지 않는다. 장대한 전각 하에는 문무당상이 도열하여 부복하고, 그 머리들이 오로지 조아리고 있는 북면에는 용상—사해만물을 그린 병풍 앞에 지존의 몸이 자리하고 있다.

그 앞, 단상의 아래… 한 사람이 엎드려 있었다.

걸친 옷가지는 무관의 청도 문관의 홍도 아닌 새하얀 도포. 머리에 쓴
것도 대신의 관모가 아닌 관 하나뿐. 어깨와 등에 드리운 쪽지지 못한 옅
은 색의 머리카락은 비록 색채에는 차이가 있으나, 황제에게 천금과도
감히 바꿀 수 없는 머리채를 떠오르게 했다.

황제는 나지막이 말했다. 먼지 내려앉는 소리도 들릴 것 같은 정적이
지배하고 있는 정관궁에서, 그 목소리는 엎드린 모두의 머리 위에 묵직
하게 떨어졌다.

"고개를 들라."

"죄인의 몸. 어찌 감히….."

"거듭 말하게 하지 말라."

엎드린 이는 얼굴을 보였다. 옥과 상아를 새긴 것 같은 얼굴. 그믐밤
물에 비친 달처럼 교교하게 빛나는 눈동자. 절세가인도 따르지 못할…
그러나 금을 타고 시를 노래하는 가인은 결코 흉내 내지 못할 늠름한 기
상이 그 풍신에 깃들어 있다.

정혈을 내어 태어나게 한 아들이면서 앉고 엎드린 거리는 어째서 이다
지도 멀단 말인가. 면류관의 주렴으로 가려진 황제의 얼굴에 쓰디쓴 웃
음이 감돌았다.

"하여, 궁주의 청은… 선원궁 궁주의 자리에서 파직하고 왕호를 삭탈
해달라는 것인가."

술렁거리는 동요가 좌중으로 퍼져나갈 법하건만 전각 안은 오로지 고
요했다. 그만큼 황제의 위엄은 추상이었다.

"황송합니다."

"어찌하여 짐이 내린 직임을 내팽개치고 짐이 내린 봉호를 버리려

는가.”

“아뢰옵기 망극하오나, 천지의 도리를 저버리고 죽은 사람을 되살린 죄…. 본디대로라면 만 번 죽어 명부의 형률로 다스려져야 마땅할 일.”

호북주총관 좌우림장군—이인 소그드의 변사는 이미 황제도 낱낱이 알고 있었다. 도리가 아니면 행하지 않기로 이름이 높은 선원궁 궁주가 무단으로 궁을 뛰쳐나갔다는 것과 죽은 자가 돌아온 것까지, 모두 하나로 연결되어 있음을. 그러나 황제는 사람이 아닌 것들의 도리에는 그다지 관심이 없었다.

“만약 좌우림장군이 그대로 명을 달리했다면 변방의 안녕은 풍전등화. 수자리 살러 가는 군정과 그 식솔들의 울부짖음이 천하를 메웠을 터이다. 궁주는 천지간의 이치는 알면서 한 사람 살리어 천하의 뭇 백성들을 구한 묘책은 모르는가?”

냅다 꾸짖지 않고 비아냥거리는 것은 자신의 몹쓸 버릇이다. 아들에게까지 이러니 고질이로구나…. 황제는 자신을 감히 직시할 자가 없다는 사실만 믿고 더욱 미소를 깊게 했다. 조정의 대소신료들은 황제의 어조에 털끝만큼이라도 꼬인 기색이 있으면 엎드려 바닥에 머리를 내리친다. 깨닫지 못한 자가 도달하는 곳이 어디인지 익히 보았기에. 그러나 궁주는 눈썹 하나 까딱하지 않았다. 선연한 시선이 예를 갖추어 지존을 올려다보았다.

“허나 선원궁 궁주라는 분에 넘치는 직임을 받은 몸. 폐하의 안녕을 도모하고 사직의 무궁함을 기원하는 데에 분골쇄신해야 하는 자가 감히 천지의 도리를 범하였으니 폐하와 사직에 누를 끼친 것입니다. 천하의 뭇 백성들을 돌아봐서가 아니었습니다. 형장을 받지 않는 것만 해도 홍복인 줄 아룁니다.”

너를 제하면 누가 천하 백성들을 돌아보겠느냐. 저 아래에 있는 자들

중 너의 반만큼이라도 천하를 염려하는 이가 있다더냐…. 사사로운 자리라면 그리 꾸짖으면서 묵살하는 방법도 있다. 하지만 아들의 총명함은 아비를 뛰어넘는 법. 아버지와 아들로서가 아닌 황제와 신하로서 대면한 이곳에서, 자기 자신을 고발하는 주청을 황제는 도저히 되돌릴 수 없었다.

"…끝내 천하를 위해서 천하를 버리겠다는 것이더냐."

드물게도 감정이 묻어난 탄식을… 그러나 궁주는 딱 잘라 부정했다.

"천하를 위해 한 번 바치기로 서원한 몸, 어찌 뜻을 잃겠습니까. 설령 편지를 나르고 글을 베끼는 것일지언정 마다하지 않겠나이다."

황제의 눈이 조금 커졌다.

이 화하의 천하, 글줄 읽는 자로 나라에 봉사할 수 있는 방법은 과거에 임해 관리로 나아가는 길 하나뿐이다. 그렇다면 부득불 왕호를 삭탈하라고 청한 것도 납득할 수 있다. 군왕이 백관의 반열에 서지는 못하는 법이기에.

물론 백관은 벌떼처럼 상소하리라. 전례가 없다. 공평치 못하다. 그러나….

세상에 어느 아비인들 자식이 출세하길 바라지 않는 이 있으랴. 하물며 그 재주가 뛰어남에야. 그 꽃을 피우게 하기 위해서는 다소간의 번잡스러움은 충분히 각오할 수 있는 것이다.

"…궁주의 뜻이 그러하다면 도리가 없도다. 허하겠노라."

"성은이 망극하나이다."

궁주는 곁에 두었던 두 가지를 내밀었다. 하나는 선원궁 궁주의 인수印綬. 또 하나는 흰 비단으로 겹겹이 싸 붉은 끈으로 묶어 봉한 검 한 자루. 지고한 몸 앞에서 감히 지닐 수 있는 날붙이는 금위의 무기를 제한다면 이것이 유일하였다. 선원궁이 누대에 걸쳐 쌓아온 비술의 정수, 진년 진월 진일 진시에 단 한 자루 벼려내는 참사검.

"인수는 거두되, 검은 넣어두도록 하라."

수려한 얼굴에 처음으로 놀란 빛이 어리었다. 그는 거듭 머리를 조아렸다.

"참사검은 선원궁의 보물. 어찌 소신이 사사로이 거둘 수 있겠나이까."

"그대가 선원궁 궁주로 봉직하면서 훌륭히 마무리 지은 제례가 몇 번이며 토벌한 요괴가 몇이더냐. 그간의 공적으로 보아 상을 내려도 모자랄 것을, 형벌로써 관직을 빼앗으니 짐의 마음이 좋지 못하도다. 때가 되면 자연히 만들 수 있는 날붙이 하나둘을 가지고 짐의 마음을 거스르는 일은 없어야 할 것이니라."

땅을 향한 표정은 어찌할 수 없는 쓴웃음이었다. 자신이 쳐둔 함정에 자신이 걸려버렸다. 황제가 대전에서 백관 앞에 내린 성지聖志에 대놓고 반박할 수 있을 리 없다. 꼬장꼬장한 간관들 또한 대개가 도문道門에는 밝지 않은 터라 이것이 얼마나 파격적인 처사인지 모르고 넘어갔다.

부친의 바람은 정엽도 본시 알고 있었다. 익애하는 아내의 하나뿐인 아들. 그 빼어난 재주를 한껏 펼치도록 하고 싶다.

그 바람이 일부나마 이루어진 지금, 모처럼 보이는 제멋대로를 책망할 수는 없는 노릇이었다.

─그리고 이 제멋대로가 더없이 귀중한 것이었음을, 정엽은 훗날에야 알게 되었다.

"……."

소그드는 침묵 속에서 술잔을 기울이며 가을빛이 무르익는 정원을 바라다보았다.

사냥하기에 좋은 계절이다. 그러나 일손이 부족하면 겨울을 대비해 가축을 잡는 것을 도와야 한다. 소그드는 전장에서 적병을 쓰러뜨리는 것 못지않게 솜씨 있는 일꾼이어서, 여기저기의 아이막에서 그를 불렀다. 끌고 온 양의 뒷덜미를 잡는다. 가슴을 단도로 쨌다. 양이 아픔을 느끼기도 전에, 상처 속에 손을 집어넣고 혈관을 움켜쥔다. 양이 쓰러지면 다음 양에게로 손을 뻗는 것이다.

그러나 이곳에는 잡을 양이 없다. 태자의 별저 정원에는 사슴만이 기웃거릴 뿐. 처음에는 무서워했으나 자주 보이는 바람에 길든 사슴은 겁도 없이 소그드의 소매를 물어 당기면서 먹을 것을 조르게 되었다.

"어흠."

헛기침 소리를 듣고 사내는 고개를 돌렸다. 정자에 차려진 주안. 그 맞은편에 현성이 앉아 있다. 명부에서 돌아왔다는 소문이 파다하여 사람들이 더욱 꺼리게 된 사내를 과감하게 초대했지만 어찌 된 일인지 궤짝처럼 입을 다물고 있다. 이따금 헛기침을 하면서 무엇인가 말할 듯이 숨을 들이마시는데 말은 이내 목구멍에서 막히고 도로 침묵으로 빠져들 뿐.

소그드는 현성이 어찌하든 별반 개의치 않고 술잔을 기울였다. 그 자신도 별달리 수다 떨 기분은 아니었기에. 그러나 이번에는 헛기침이 용케도 말로 이어졌다.

"어… 소그드 공. 그러니까… 묻고… 아니, 그 전에… 축하하오. 무사히 명부에서 돌아와서."

"돌아온 지는 좀 됐지만 상관없겠지. 고마워."

"공 덕분에 보잘것없는 몸이 목숨을 건져서 얼마나 큰 은혜를 입었는지…."

"그 말도 늦은 편인데. 신경 쓰지 마. 내가 하고 싶어서 한 일이니까."

"훌륭한 마음 씀이시구료. 한데… 그러니까, 음, 어, 정엽에게서 대강은 들었소만…."

현성은 마른침을 힘들여 삼켰다. 소그드는 그런 현성을 멀뚱히 쳐다보았다.

"공은, 정엽과의, 말하자면, 관계가…."

"같이 자는 사이."

"쨜그랑!"

값진 자기 그릇이 요란한 소리를 내었지만 거들떠보는 이는 없다. 소그드는 맑은 술을 또 한 잔 비우고 젓가락을 들어—이제 썩 능숙하다—양념한 육포를 집어먹었다. 중원의 음식은 피와 소금으로만 간하는 기족의 것에 비해 몹시도 맵고 짜다. 하지만 그것도 이럭저럭 익숙해지고 있다.

"죽었어?"

젓가락을 주안에 내려놓기 전에 그는 그것으로 엎어져 있는 남자를 쿡 찔러보았다. 현성은 후들후들 떨면서 가까스로 몸을 일으켰다.

"…짐작했거늘, 아니 그럴까 했지만, 그렇지만…!"

"왜. 동생이 시꺼먼 오랑캐랑 붙어먹어서 충격이야?"

"그런 말이 아니지 않소!"

현성은 고개를 쳐들고 정색하여 부르짖었다. 그 말이 진정인지 거짓인지쯤은 소그드도 분별할 수 있다.

"그럼 왜 싫어하는데?"

현성의 머리가 재차 떨어뜨리어졌다. 온화한 황태자는 넋두리하듯 말을 이었다.

"싫다는 것은 아니오. 하지만 폐하가 아시면 무슨 탈이 날지…. 게다가 공과 그, 그러한 관계가 되었다는 것은… 그 아이가 정녕 혼인하여 가정을 꾸릴 의사가 없는 것 아니겠소."

"뭐, 그렇지?"

"그렇다면 나는 영영 조카를 보지 못하는 게 아닌가 하고…."

소그드는 건으로 가려진 현성의 정수리를 물끄러미 쳐다보았다. 혼인을 않겠다고 공언한 정엽의 뜻은 일가 모두가 알고 있었다. 황제의 적장자이자 서국제의 외손자. 정엽 자신은 기필코 마다하더라도 그 자식 대에 이르러 다툼이 일지 않는다고는 누구도 보장할 수 없다. 도문道門은 정엽이 혼담을 피할 수 있게 해주는 더없이 좋은 구실이었다. 도사라 해도 처첩을 두는 이가 없는 것도 아니건만, 정엽은 어디까지나 자신의 맹세를 지켜 여자를 가까이하지 않았다.

그것은 누구보다도 현성에게 서글픈 일이었다. 정엽의 용모와 총기를 물려줄 핏줄을 두지 못한다는 것은, 그리고 그 원인이 다른 무엇도 아닌 자신 때문이라는 것 또한….

"못 낳아줘서 미안. 할 수 있다면 해볼 텐데."

현성은 또다시 주안 위로 고꾸라질 뻔했다. 끙끙대며 시선을 들자 유유히 술을 마시는 소그드가 보였다. 당당한 풍채의 그가 달덩이 같은 배를 하고 다니는 모습은 떠올리는 것만으로도 식은땀 나는 상상이었다.

"…딱히 공을 탓하는 것이 아니라…."

"알고 있어. 탓한다고 해서 어떻게 할 도리도 없고."

상대를 위해서 연심을 접는다는 기특한 일이라면 소그드로서는 흉내 내지도 못한다. 연거푸 술병을 기울인 소그드는 술잔을 들어 입에 가져가기 전에, 술이 넘실거리는 가장자리 너머로 현성을 마주 보았다.

"난 애 같은 거 만들 생각 해 본 적 없어서 그런지… 없어서 불행하다고는 생각해 본 적 없는데 말이야."

"그렇소이까…. 이 나라에서는 자식을 두어 죽고 나서도 제사상을 받들도록 하는 것이 제일의 복덕으로 여겨지기 때문에."

"그렇게 못하면 불행한 거야, 아니면 불행해야 하는 거야?"

"음?"

"뭐라고 말해도 난 있는 힘을 다해 정엽과 행복해질 참이지만."

소그드는 멍하니 입을 벌린 현성의 얼굴을 향해 미소를 던진 다음, 주욱 들이켰다.

"가을이라 술맛도 좋네. …왜 그래?"

덥썩덥썩 꿀꺽꿀꺽 잘도 먹고 마시던 소그드는 목상이 되어 버린 듯한 현성을 응시했다. 비로소 현성이 움직였다. 얼빠진 얼굴을 똑바로 조이고 자세를 고친 뒤 손바닥을 상에 대고 허리를 조금 굽혔다. 화하의 황태자가, 변방의 오랑캐에게.

"동생을 잘 부탁하오."

"어쩐지 양이나 말을 줘야 할 거 같은데. 지참금으로."

"…아니 그건 사양하리다."

"하아."

정엽은 숨을 토해 내며 책에서 어렵사리 시선을 뗐다.

초가을이라 해도 밤은 추웠다. 불기운이 없는 서재는 썰렁하다. 어디 몸을 데울 것이 없나 하고 그는 방을 둘러보았다. 넓지 않은 실내에 사람의 편의를 위한 물건은 그다지 찾아볼 수 없었다. 비단 장정의 서책이 빈틈없이 쌓여 있는 서가와 상, 서안 정도. 값어치로 따지면 결코 헐한 것은 아니었지만 보기에는 검박해보였다.

선원궁 궁주로서 지내는 관저와 영명왕으로서 살던 왕부를 모두 버린 정엽은 지낼 곳이 없게 되었다. 신이 난 소그드의 자신의 집에서 같이 살자는 권유를 깨끗이 무시하고, 그는 태자빈 채경의 본가에서 가지고 있는 자그마한 별저를 하나 빌렸다. 세간과 공부를 위해서 필요한 것도 죄다 함께였다. 따라서 바람이 조금 든다 한들 불평할 도리는 없었고, 값진 세간이 있어 봤자 불편할 따름. 힘내서 내년에 있을 거시에 무사히 등과 하자고, 스스로 다짐하는 형편이었다.

한기를 참고 조금만 더 읽다가 자러 들어갈까, 화로를 찾아볼까… 정엽이 고민하고 있던 그때.

쿵, 하고 묵직하게 정엽의 심장을 내리누르는 소리가 먼 곳에서 들려왔다.

정엽은 가까스로 시선을 책에 되돌렸다. 이윽고 빠른 발걸음소리가 복도에서 들려온다 싶더니 덜컹 하고 시원스레 서재의 문이 열렸다.

"이렇게 늦게까지 안 자고 뭐해?"

"그쪽이야말로 이렇게 늦게 다른 사람 집을 방문하는 겁니까? 그것도 월담을 해서요."

부러 쌀쌀맞게 말하는데도 싱글싱글 웃는 표정은 가시지 않는다. 그는 제 집인 양 자연스럽게 상 맞은편에 걸터앉았다.

"늦은 거라면 자고 가지 뭐."

"…들볶는 것은 적당히 해주십시오. 저도 일이 있으니… 소그드 당신도 일이 있지 않습니까? 어전 사냥 준비는 잘 되어 가시는지요?"

"아, 그거."

소그드는 냅다 서안 위에 엎드렸다. 물론 그 위에 벌여진 서책이며 광택 나는 도련지며 먹물 가득한 벼루는 깡그리 무시한 채여서, 정엽은 황황히 서안을 치워야 했다.

"그게 뭐가 사냥이야. 숲을 그물로 둘러치고 사람들이 소리쳐서 짐승을 몰아오는 게. 재미없어."

"고기를 얻기 위해서 하는 사냥이라기보다는 철마다 있는 의례의 한 가지니까요. 활쏘기도 한다고 들었습니다만, 좌우림장군의 활약을 기대하겠습니다."

"…너는 구경 안 해?"

틀어 올려 묶지도, 건이나 관을 쓰지도 않아 어지러이 흩어진 앞머리 사이로 눈이 빼꼼 정엽을 올려다보았다. 정엽은 쓴웃음을 참으며 대답했다.

"아무런 지위도 없는 한인閑人의 처지이니까요. 어전 사냥에 감히 발을 들이밀 수는 없지요."

"너네 아빠잖아. 뭐가 그리 복잡한지."

궁주를 사임하고 왕호도 삭탈된 정엽의 위치는 사적으로 보면 여전히 황족이라 할지라도, 공식적으로는 여느 백성이나 다를 바 없다. 그런 미묘한 관계를 소그드더러 이해하라고 요구하는 것은 무리다. 정엽도 그럴 맘은 없었다. 다만 소그드를 밀어내어 서안에서 물러나게끔 애썼다.

"자, 방해하지 말아주십시오. 제가 지금 노력해서 입신양명하여야 당신이 활약하는 모습을 가까이서 지켜볼 것 아닙니까."

"이걸 읽으면 뭔가 잘하게 돼?"

소그드는 극히 미심쩍은 눈으로 턱 밑에 깔고 있는 경서를 내려다보았다. 검은 것은 글씨, 흰 것은 종이. 소그드가 알 수 있는 것은 고작 그 정도였다.

"됩니다. 뭣하면 당신도 날 잡아 읽어 보는 것이 어떻습니까?"

"중원 글자는 보기만 해도 머리가 지끈거리는데."

"그렇게 말씀하시는 것치곤 팔팔하군요. 자, 어서."

겨우 소그드는 서안에서 비켜나 주르륵 상 아래로 미끄러져 내려갔다. 그러나 일어나는 기색은 없다. 정엽이 기가 막힌 듯 시선을 던지는 와중에도 소그드는 아랑곳하지 않고 바닥에 반쯤 구르다시피 했다. 그뿐 아니라 서가의 책을 끌어내려 풀어 헤쳐 보기도 하고, 문방구를 뒤적거리거나 서궤를 열었다.

"어린애처럼 뭘 하는 겁니까."

"기다리는데 심심하잖아."

기필코 정엽이 잠자리에 들 때까지 버틸 셈인가. 그 뒤의 일은, 정엽이 구태여 머리를 쓸 필요도 없이 명확할 터. 정엽은 아무렇지도 않은 얼굴을 꾸미고는 단호하게 그 광경을 외면했다. 어디 할 테면 해보라지. 밤새도록이라도 경서를 읽을 테니까—그런 각오로.

이미 추위는 잊어버린 지 오래였다.

"…잠깐. 소그드!"

그때 불현듯 자신이 서궤에 무엇을 간직해 두었는지 생각이 났다.

정엽은 와락 상에서 몸을 일으켰다. 그러나 공교롭게도 이미 배는 떠나간 참. 소그드가 서궤에서 끄집어내어 손에 들고 있는 것은—.

"이거, 내가 쓴 글씨 아냐?"

고운 도련지의 끝에서 끝까지 빼곡히 채우고 있는 정엽이라는 두 글자. 그야말로 개발새발 흉내 낸 것에 불과한 글자를, 정엽은 곱게 갈무리해 비단으로 지은 서첩에 넣어두고 있었다. 소그드는 얼굴을 새빨갛게 물들이고 우뚝 서 있는 정엽을 물끄러미 올려다보았다.

"모, 모처럼 쓰신 것이니만큼 기념 삼아…."

"그렇구나. 그만큼 특별하다는 건가."

"그, 그렇게 서투른 글씨는 처음 보았으니 신기했을 뿐입니다! 더 이상 어지르지 말고 그만 돌아가세요!"

정엽은 우격다짐으로 서첩을 빼앗으려 들었다. 그러나 돌연 소그드가 일어나면서 그를 떠받듯이 상 위에 밀어 넘어뜨렸다.

"무슨!"

"소중하게 갖고 있었어? …내 글씨라서?"

뿌리치는 서슬에 종이가 찢어질까 두려워 멈칫하는 사이… 정엽의 몸을 지그시 내리누르면서 소그드가 귀에 속삭였다. 남 부끄러운 본심이 폭로되어 정엽은 일순 대응하지 못했다. 그 사이에 남자의 손이 거침없이 허리띠를 풀어버렸다.

"그만 두세요! 이런 데서…."

"그렇게나 소중하다면 말하지 그랬어. 얼마든지 써줬을 텐데. …여기에다 말이지."

손가락이 드러난 흰 살갗 위를 붉은 자국이 남을 만큼 강하게 어루더듬었다. 정엽은 숨이 턱 막히는 것을 참고, 행여나 목소리가 튀어 교성으로 바뀔까 안간힘을 다하여 견디면서 소그드에게 쏘아붙였다.

"여기서는 하지 마십시오! 이곳은 면학하는 장소이지, 희롱을 하는 곳이 아닙니다! 제가 등과를 해야만 당신께도 조촐하게나마 힘이 되어 줄 수 있다고, 누차 말하지 않았습니까…!"

"왜? 나는 글자를 쓰고 싶을 뿐인데. 너도 좋아하잖아? 이거."

좋아한다는 말은 서예를 이르는 것인가, 가슴팍의 돌기를 애무하는 바를 가리키는 것일까. 자못 즐거운 어조에서 어느 쪽인지 분간할 수는 없었다. 정엽이 어떻게든 빠져나가려고 바르작거리는 와중에도 소그드는 그 달콤한 곳을 집요하게 맛보는 한편, 빈손으로 서안 위를 뒤져 붓통의 붓을 찾아 쥐었다.

"뭘 하는 겁니까…!"

정엽이 어처구니없다는 듯이 외쳤지만 소그드를 멈추게 할 순 없었다. 그는 거리낌 없이 붓을 입에 머금었다. 그리고 타액으로 젖은 그것을 이미 충분히 괴롭힘당하여 발갛게 부풀어 오른 곳에 갖다 대었다.

"……!"

정엽은 몸을 격하게 뒤틀었으나 마음먹고 찍어 누르는 소그드를 떨쳐 내지는 못했다. 이토록 청정하고 욕망에 결백한 하얀 몸뚱이는 사소한 자극에도 가련하리만큼 떨린다. 소그드는 갈증을 느끼고 목울대를 꿀꺽 울렸다.

"여기에도… 써줄까?"

"심한… 장난은, 웃…!"

붓이 배 위를 내리긋듯이 훑어가다가, 이미 풀어 헤쳐진 허리춤 안쪽으로 기어들어갔다. 동물의 털과 사람의 털이 얽힌다. 바짝 일어서 있는 기둥을 소그드는 열중해서 위아래로 훑었다. 연적의 물은 필요 없다. 이렇게나 꿀이 넘쳐흐르고 있으니까….

"…그만하라고 몇 번이나 말해야 알아듣습니까!"

언제까지나 계속될 것 같던 음란한 유희는 정엽이 있는 힘을 다해 뿌리쳐버리자 중단되었다. 놀라서 고개를 든 소그드는 젖어들었음에도 불구하고 매섭게 쏘아보는 눈과 시선이 마주쳤다.

"대체 저 황모붓의 값이 얼마나 되는지 아는 겁니까!"

"어?"

얼빠진 소리를 낸 소그드가 말뜻을 이해하기도 전에 정엽은 맹렬히 따져들었다.

"평범하게 밭을 갈아 먹고사는 집이 몇 달이나 살아갈 수 있을 정도입니다! 저런 사치스러운 물건을 밥벌이도 하지 않는 제가 쓰는 것도 과히 좋은 일은 아니겠지만 형님이 선사하셨으니까 조심해서 쓰고 있는데…
당신은 이런 장난으로 망치려는 건가요! 만든 사람과 선물한 사람을 생
각해서라도 요긴하게 쓸모에 맞게 다뤄야 하지 않겠습니까! 글씨 연습을
하다가 망치는 거라면 저도 개의치 않습니다…!"

정신없이 쏟아내던 정엽의 눈에 기묘하게 무너지는 소그드의 표정이
들어왔다. 화난 건가 라는 생각이 뇌리를 스치는 찰나, 소그드의 뺨이 부
푸는가 싶더니 이내 폭소를 토해 냈다.

"아하하하하핫!"

"…소그드?"

어리둥절한 정엽의 물음에도 그는 웃느라 대답할 수 없었다.

정엽은 언제나 세상을 위한 길, 올바른 길을 걷고자 한다. 설령 좀 엉
뚱한 때라도 한편으로는 그런 올바른 태도로, 소그드를 사랑해준다.

그것이 질투 나고, 그것이 기뻐서.

짓궂은 억지를 부려서라도 확인하고 싶었다.

그런 자신이 도무지 구제불능이라는 것을 깨닫고… 소그드는 우스워
서 견딜 수 없었던 것이다.

"아, 미안미안. 내가 잘못했어. 그러면… 그만둘까?"

붓을 서안에 던지는 소그드의 말끝이 은근해졌다. 아연해 있던 정엽의
하얀 뺨에 다시 핏기가 돌았다. 온통 뜨거워진 몸은 쉬이 식지 않는다.
그걸 알면서도 소그드는 묻고 있는 것이다.

"……."

그러나 조르기엔 그의 결벽한 자존심이 허락하지 않는다. 아랫입술을
깨무는 정엽을 바라보던 소그드가 문득 얼굴을 가까이 했다. 너무 놀려
대지는 말까.

"사랑해."

"…뜬금없이 무슨 말을 하는 겁니까."

"그러니까 조금만… 솔직해져 줘."

닿기만 하는 입맞춤. 귓가에 속삭이는 나지막한 말. 마음만 먹으면 얼마든지 짐승처럼 정엽을 범할 수 있는 남자가 이런 '어리광'을 부리기 시작하면 정엽으로서는 더 이상 도망칠 방법이 없었다.

휘둘리는 자신이 한심스럽다. 하지만 더욱 구제할 수 없는 것은, 그를 사랑스럽다고 생각하는 자신이다.

하얀 팔이 뻗어나가 소그드의 목에 감겼다. 그리고 귓전에 들릴 듯 말 듯한 소리가 간신히 와 닿았다.

"…계속해 주십시오."

"뭐를?"

"그, 글씨 쓰는 것 말입니다."

"붓은 안 된다며?"

이쯤 되면 악랄하기까지 하다. 정엽은 눈을 질끈 감고 소그드의 커다란 손을 잡아 입으로 가져갔다. 활시위를 당겨 굳은살이 박인 손가락을 낼름 하고 소극적으로 핥는 감촉은, 단지 그것만으로도 사내의 애간장을 녹이기에는 충분함이 있었다. 여기에 더해 입술이 겹쳐지고 정엽의 혀가 소그드의 혀를 찾아 아주 살짝 건드린다. 얼굴을 뗀 정엽은 시선을 내리깔며 중얼거렸다. 아니, 그러려고 했다.

"…이걸로—."

더 이상 말은 필요 없었다.

"윽…!"

정엽은 이를 악물어 비명을 삼켰다. 소그드가 자신의 목덜미를 덥석 물은 탓이다. 아프지는 않지만 날카로운 이빨이 부드러운 살갗… 사람의 목숨도 좌우할 수 있는 곳에 와닿아 절로 소름이 끼친다. 허나 어째서 몸은 달아오르는 걸까. 이빨과 혀는 쇄골, 가슴, 배를 따라 내려가면서 탐욕스러운 흔적을 남겼다. 아랫배를 지나, 수풀을 파고들어….

"소, 소그드…!"

더 이상 몸부림칠 수도, 피할 수도 없다. 온몸을 바짝 긴장시킨 채 벌벌 떨고만 있을 뿐. 소그드가 단단한 양물을 망설임도 없이 입에 담았던 것이다.

하얀 손이 입을 틀어막는다. 이 시간에 별저에 사람이 있을 리 없지만, 자신의 이런 목소리만큼은 누구도… 소그드에게도, 자신에게도 들려주고 싶지 않다. 소그드는 불만 어린 시선을 힐끗 던졌지만 달리 손쓰지는 않았다. 입 안에 들어있는 것의 반응과 움찔거리는 허벅지, 자신의 머리채 안으로 파고들어오는 손가락이 백 마디 말보다 큰 웅변을 하고 있었기에.

"……."

그 줄기와 끝과 주머니에 자신이라는 존재를 빈틈없이 새기어 간다.

흐느끼는 소리가 날 때까지 빨아들이고, 넘쳐흐르는 것을 손가락으로 훑어 회음을 지나 뒤쪽까지 지분거린다. 쾌락의 요소를 사정없이 공략하는, 잔인하기까지 한 자극. 정엽은 입을 누른 채 오로지 도리질할 따름이었다. 붉게 상기된 뺨에 머리카락이 달라붙어 요염한 궤적을 그렸다.

"소, 그드. 더 이상은… 앗!"

마침내 정엽이 입을 떼고 소그드가 간절히 바라던 소리를 뱉었다. 열기에 녹아버릴 것 같은 다디단 교성. 하고자 하는 말의 내용은 별로 관심이 없다.

절정에 달한 맛이 소그드의 입 안 가득히 퍼졌다. 소그드는 얼굴을 들고 입가에 넘쳐흐르는 것을 손등으로 닦아 다시 핥았다. 입을 우물거리는 그를 향해 새빨개진 정엽이 득달같이 달려들었다.

"먹지 마세요!"

"그치만 맛있는데."

"무슨 당치 않은 소리를 합니까…!"

멱살을 뒤흔들 기세의 추궁이 느닷없이 딱 멈추었다. 낄낄거리던 소그드가 아랫도리를 맞붙여 온 것이다. 허벅지에 적나라하게 느껴지는 촉감에 정엽은 더 이상 붉어지기 힘든 얼굴을 더욱 물들였다.

"나도 계속 해도 돼?"

"…허리 아픈 게 싫다고 하면 대체 어쩌실 참인지."

"손으로 해달라고 하든가, 똑같이 입으로…."

"됐으니까, 집어넣든지 말든지 마음대로 하십시오!"

"우와, 색기 없다."

"그거 참 유감이군요!"

"하지만 여기에 말까지 색기 있게 하면… 나로서도 감당이 안 되겠는걸."

향유와 체취가 뒤섞인 방향이 코를 간질였다. 거칠어지는 숨소리가 애달은 허덕임으로 바뀌어가는 것이 서재에 쟁쟁 울렸다.

상에 걸터앉은 채 정엽은 남자를 받아들였다. 맨가슴부터 치부까지 고스란히 드러내고, 소그드의 몸에 매달려 번롱당하는 모습으로….

소그드는 자신의 표정을 감추기 위해 정엽의 어깨에 얼굴을 묻었다. 미모의 학사가 옷자락 하나 흐트러지는 바 없이 반듯하게 앉아서 글월을 읽고 시문을 써내려가는 곳. 물처럼 고요한 세계가 지금은 음란한 소리로 넘쳐흐르고 있다. 젖은 눈으로 얼굴을 살풋 일그러뜨리고, 녹을 듯한 교성과 함께 소그드의 이름을 애타게 부르는 정엽에게선 청신한 학사의 모습은 찾을 길 없다.

"그렇, 네. 나, 처음부터, 이걸, 보고, 싶었는지도…."

소그드는 중얼거렸다. 분명 정엽의 귀에도 닿았을 테지만, 몸 안쪽을 두드리는 쾌락에 넋이 나간 그는 말뜻을 헤아릴 여유가 없었다.

"아, 하, 하아, 읏—!"

"크…."

상이 삐걱거리는 소리가 비로소 잦아들었다.

서재의 상은 여운을 즐기기에는 마땅치 않다. 소그드는 느지럭거리며 몸을 일으켰다. 하지만 그뿐, 몸을 닦지도 옷을 추스르지도 않고 멍하니 섰을 따름이었다. 그 눈은 상에 드러눕다시피 한 정엽에게 못 박혀 있었다. 힘이 다한 그로서는 옷섶을 모아 쥔 것이 할 수 있는 전부. 옷자락 사이로 열이 가라앉지 않은 맨살이 고스란히 들여다보였다.

"또 해야지 하는 얼굴로 쳐다보는 것은 그만둬 주시겠습니까?"

"…안 돼?"

"여기서는 사양입니다. 자리도 좁고, 등도 배기니까."

침착한 어조 한편으로 나른한 기색이 짙게 깔려 있다. 그것만으로도 몸살 나리만치 요염하게 들리는 것은, 눈에 씐 콩깍지가 귀에도 씌었기 때문일까. 소그드는 내심 남의 일처럼 감탄하면서 몸을 일으키는 정엽을 도왔다.

"오늘 공부는 여지없이 폐업이군요. 제가 학문이 부족하여 등과하지 못해 먹고살 길이 막막해지면 어쩌실 겁니까."

"내가 먹여 살리지, 뭐."

정엽이 뭐라 핀잔주기 전에 소그드는 그를 번쩍 안아 올렸다. 정엽이라고 해서 여자나 아이만큼 가느다란 체격이 아니다. 그런데도 어린아이처럼 들어 올리는 데에는 그도 할 말을 잃었다.

"자, 힘들 테니까 데려다 줄게."

"…계속 힘들게 할 생각 만만이면서 하는 말씀입니까?"

"하하하."

"웃어서 얼버무리는 뜻, 잘 알겠습니다…."

뭔가 묻고 싶은 것이 있었는데 잊어버렸다. 정엽은 한숨을 쉬면서 소그드의 어깨에 기대었지만, 금방 다시 고개를 쳐들었다.

"아, 잠깐만 기다려 주십시오."

"응?"

"당신이 어지른 것을 정리해야지요."

서첩에서 빠져나온 도련지가 굴러다니고 있다. 밤바람이 새어 들어와 흩어놓을지도 모른다. 그러나 소그드는 방 안을 멀뚱히 둘러보다가 주저 않고 걸음을 옮겼다.

"소그드?"

"상관없잖아, 저런 거."

"저런 거라니…."

"다시 써줄게. 백 장이든 천 장이든 앞으로도 쭉 써줄 테니까."

그 불퉁한 어조에 정엽 또한 웃을 수밖에 없었다.

태자비의 가문이 지닌 별저는 황도 교외라고 하기에도 민망한 외딴곳에 자리하고 있었다.

조정 대관이나 명문세족이 황도 교외에 별저를 두는 것은 이상할 리 없지만, 권세 있는 이들일수록 황도에서 가깝고 경치도 좋은 곳에 자리 잡는다. 단지 수풀만이 무성한 산등성이에 있는 이런 별저는 어지간히 괴팍한 조상이 있지 않는 한 구태여 지닐 리 없는 것이다.

그러나 그는 이곳에 있다.

어찌 설웁고 분하지 않을쏜가. 소년은 도포 소매로 연신 눈가를 문지르면서도 분주하게 걸음을 옮겼다. 소년의 걸음걸이로는 황도부터 이곳까지 아침나절에 주파하기엔 불가능하나, 도문의 초입에 입문한 그에게도 요령이라는 것은 있었다.

세상 사람들은 한낱 도사라고 조롱한다 해도 선원궁의 궁주. 그 재주가 빼어나기로는 실로 천하제일. 금상천자를 모시고 천지에 제례를 올릴 때에는 문무백관도 그 위엄에 시선을 빼앗겼을 정도였는데….

지금은 영락한 것이나 다름없는 몸. 잡인은 감히 발도 들이지 못하는 후원산의 향기 그윽한 선방에서 쫓겨나, 이런 벽지에 머물고 있는 것이다.

오랑캐라는 자에게 주의를 기울일 때 충언으로 말렸어야 했다. 소년은 정작 당사자를 앞에 두면 고양이 턱밑의 쥐처럼 꼼짝도 못하는 자신을 잊고 내심 탄식했다.

얼마나 산길을 걸었던 것인지. 도술의 힘을 입었음에도 전신에 피로가 느껴지려던 참에, 소년의 눈에 비로소 별저가 비쳤다. 담벼락도 대문도 별채조차도 없는 궁벽한 초당. 산중이나 다를 바 없는 별저의 정원에 후리후리한 사람 그림자가 물을 뿌리고 있었다.

"스승님!"

"아니… 수성, 그대입니까."

우르르 달려 들어오는 소년을 눈여겨보고 정엽은 한가로이 인사를 건넸다. 마치 황도의 거리에서 우연히 마주친 양 태연했지만 수성은 도저히 흉내도 낼 수 없었다.

"어떻게 된 일이지요? 그대의 신변은 이만 공께 맡겼을 터인데. 허락은 받고 궁문을 나선 겁니까."

"제 스승님은 한 분뿐이십니다! 그런 스승님이 억울하게 죄를 뒤집어쓰고 이토록 불우한 처지가 되셨는데 제자 된 몸으로 어찌 버리고 떠나겠습니까…!"

와앙 울음을 터뜨리는 수성을 정엽은 난처한 듯이… 그러나 한편으로는 온화하게 웃으며 끌어안았다. 소년은 눈물이 폭포수처럼 흐르는 눈을 크게 떴다. 오갈 데 없는 몸을 거두어준 때가 어언 몇 해 전이던가. 나이로서는 형이나 다름없지만, 엄하고 사리 분명하기로는 아버지보다도 더했던 스승이… 이리도 다정하게 어루만져 준 것은 분명 처음이었다.

"억울할 일은 없습니다. 제가 바라고 스스로 행한 결과일 뿐인 것을. 더군다나 칼을 쓰고 옥에 갇히거나 이마에 자문刺文을 한 것도 아니고, 관직을 사직하고 봉호를 되돌렸을 뿐이지 않습니까."

"스, 스승님. 하오나…."

"저는 오히려 홀가분합니다. 선원궁 궁주의 지위는 제게 과분했던 데다가…."

정엽은 쓴웃음으로 말을 흐렸다. 그 뜻은 수성으로서도 얼마간 짐작가는 바가 있었다.

도사라는 것은 천지간의 기가 순행하는 것을 오로지 기원하며, 신령과 요괴를 상대로 하는 직분. 사람의 일은 아무리 불의한 것, 부당한 것이라 해도 알은체해선 안 된다. 그 사실에 드물게 노여움을 드러내는 스승을 어린 제자는 이따금 보아 왔기에.

"이제 스승은 아니지만, 한마디만 이야기를 들어 주겠습니까?"

"스승님…!"

그는 어쩔 도리 없다는 듯이 웃으며 소매를 아까워하지 않고 소년의 눈가를 닦아 주었다. 보람도 없이 눈물이 넘쳐흐르는 눈을 들여다보며, 정엽은 다짐하듯 말했다.

"이 몸은 자질이 부족하여 직분을 다하지 못하였으나… 수성 공, 당신은 다릅니다. 그대가 만일 다른 곳에 자질이 있었다면 저도 그리로 길을 마련하였겠지요. 비록 한심한 자이지마는 제 가르침을 조금이라도 마음에 두어 준다면, 다른 분을 스승으로 맞이하여 성심으로 수련에 힘써 주세요. 공이 도문에서 이름을 떨칠 날을 손꼽아 고대하고 있을 터이니."

눈물이 아무래도 그치지 않는 것은 마치 남을 대하듯 예의 바르게 칭하는 말이 슬프기 때문일까, 간곡한 말이 기쁘기 때문일까. 정엽은 거듭 그 얼굴을 쓰다듬어 달랜 뒤 툇마루에서 계절이 지난 부채를 집어 들었다. 심심파적 삼아 끄적거렸다고는 하나 흰 비단에 그려져 있는 소나무는 실로 절품이었다. 그것을 스승은 제자에게 꼭 쥐어주었다.

"자, 수련하는 몸으로 경거망동한 것을 들킨다면 이만 공에게 혼이 납니다. 살펴 돌아가세요."

하직 인사는 반은 울음이어서 제대로 알아들을 수 없었다.

정엽은 산길을 터덜터덜 걸어 내려가는 어린 도동의 뒷모습을 사립문간에 기대듯 서서 바라보았다. 도포 자락이 이슬에 맞아 그 옷깃만큼이나 푹 젖어 늘어져 있다. 잔심부름에는 이골이 난 몸이라 해도, 아직 어두울 적에 몰래 도관을 빠져나와 여기에 이르기까지 얼마나 고생이 심하였을까. 따뜻한 것이라도 먹여 보내고 싶지만 세간조차 변변치 않은 집인지라 그것도 여의치 않다. 게다가….

"갔어?"

"예에. 일어나셨습니까…."

돌아본 정엽은 말문을 잃었다. 인기척을 눈치채고 방 안에서 쥐 죽은 듯이 있어준 배려는 실로 고마운 일. 그러나 어째서… 소년이 가버렸다고 그대로 튀어나왔단 말인가. 지난 밤 모습 그대로. 형용컨대, 태어났을 때의 모습 그대로…!

"저거. 네 제자인가 뭔가 하는 녀석이던가."

소그드는 헝클어진 머리채를 아무렇게나 뒤로 쓸어 넘기면서 산길 저편을 응시했다. 실오라기 하나 걸치지 않은 몸에 햇살이 들이비친다. 사람과 산의 신령이 자신을 보고 있을지도 모른다는 염려나 부끄러움은 그와는 일절 관계가 없었다.

"왜 왔대?"

구변이라면 남 못지않은 정엽이지만 지금 이 순간만큼은 대뜸 답이 나오지 않았다. 머릿속을 맴도는 생각은 단 하나, 이런 흉한 것(?)을 수서가 보지 않아서 천만다행이라는 것뿐.

"설마 흑심이라도 있는 것은 아니겠지…."

좌악! 빗물받이 통의 물이 깡그리 소그드의 머리 위로 쏟아져 내렸다.

"……."

소그드는 소반 위에 올라온 것을 영 마뜩찮게 바라보았다. 순아한 백자 접시 위에 올라와 있는 것은 복숭아 한 개와 조릿대 잎으로 싼 떡.

"입에 맞지 않는 겁니까?"

말리는 시늉도 하지 않은 머리카락에서 물이 뚝뚝 떨어져 어깨와 소매를 적시는 것이 신경 쓰여 물끄러미 보고 있던 정엽이 물었다. 소그드는 고개를 젓고 복숭아를 으적으적 두세 입 만에 씹어 먹은 다음, 떡에 손을 가져갔다.

"이건 그래도 먹을 만해."

"그 말씀인즉슨… 소그드!?"

정엽은 황급히 서안 너머로 손을 뻗어 만류했다. 소그드가 조릿대 잎에 싼 떡을 그대로 입 안에 털어 넣은 것이다. 작은 소동이 지나가고 나서, 소그드는 댓잎을 벗긴 떡을 우물우물 씹었다.

"난 또, 중원인은 나뭇잎도 먹는 줄 알았잖아."

"…종류에 따라서입니다만. 고향과는 먹는 것이 많이 달라 힘드시겠군요."

"별로 그렇지도 않아. 아, 아무래도 물에서 나는 건 싫지만."

"아아, 바다를 본 적 없다고 하셨던가요."

"물고기도 그렇지만 그건 도저히 못 먹겠어. 더듬이가 있고 눈이 툭 튀어나오고 다리가 마디진 것이 잔뜩…."

"새우… 입니까?"

"그런 이름이었던가. 그런 벌레 같은 걸 어떻게 먹어?"

"기족에게는 벌레로 보이는군요. 이것 참… 좋아하시는 것으로 대접해야 할 텐데 차린 것이 변변찮아서 죄송합니다."

도사를 그만두었다고 해도 과일이나 산채를 먹는 입맛이 하루아침에 변할 리 없다. 하지만 소그드의 일족은 피가 뚝뚝 떨어지는 고기를 아무렇지도 않게 뜯는다. 자신과 함께 있음으로 하여, 소그드도 양보하는 것이 많을지도 모른다…. 정엽은 다소나마 미안한 감정을 품지 않을 수 없었다.

"아니, 괜찮아. 어제 배불리 먹었고."

소그드는 만면에 웃음을 띠었다. 정엽은 잠시나마 느꼈던 기분을 말끔히 집어치웠다.

낄낄거리면서 그는 찻잔을 기울였다. 곁눈질로 본 가을 하늘은 무서울 정도로 푸르다. 초원의 하늘빛에 비하면 아무것도 아니지만.

"뭐, 고기는 사냥해서 구우면 되고, 아이락은 내년 봄에 맛볼 수 있을 테니 별로 차이도 없어."

"아이락이라 함은…."

"말젖을 휘저은 것."

"한데 왜 내년 봄이지요?"

"새끼를 낳아야 젖을 짜니까. 내년 봄에 낳을 것 같거든, 로그모가."

정엽은 놀란 얼굴로 뜰을 내려다보았다. 숲과 뜰이 뒤섞인 곳에서 로그모는 한가로이 풀을 뜯고 있다. 중원의 마구간은 싫어한다던가. 그 늘씬한 자태를 아무리 뜯어봐도, 정엽으로선 알아볼 방법이 없었다.

"새끼를… 밴 것입니까."

"응. 게세르의 씨."

"잘됐군요."

호북주총관 좌우림장군의 저택. 그 정원 한구석에 새로이 만들어진 둔덕… 긴 장대가 꽂혀 있는 앞에 말의 머리뼈를 둔 그것을 떠올리면서 정엽은 나직이 중얼거렸다.

"나중에 만들게 되면 먹어 볼래? 로그모의 젖으로 만든 아이락."

"새끼에게 폐가 되지 않는 선에서 신세 지도록 하지요."

소년처럼 활짝 웃는 소그드를 향해 정엽은 마찬가지로 웃음으로 답하였다.

"이래서야 등과를 할 수 있을지 걱정입니다."

정엽은 한숨을 내쉬며 말을 걷게 했다. 무던히도 타이르고 윽박지르고 화를 내어도, 결국 소그드를 직접 황도까지 데려다 줄 수밖에 없었다. 말 머리를 나란히 하고 있는 소그드가 이상하다는 표정으로 넘겨다보았다.

"왜?"

"이래저래 전혀 학문에 전념하지 못하고 있잖습니까."

"현성은 너라면 누워서 떡먹기라고 그러던데. 대여섯 살 때부터 글자가 가득 적힌 옛날 책을 줄줄 읽고, 어른이랑 이야기해도 반 마디도 안 졌다고."

"어, 언제 적 이야기를 형님께선 자랑이라고 하시는지. 철없고 되바라진 때의 이야기입니다."

얼굴을 붉히고 민망해하는 정엽의 모습도 실로 근사한 경치라고, 소그드는 그리 생각하면서 싱글싱글 웃었다. 그 속내를 알 리 없는 정엽은 참으로 태평하구나 싶은지 또다시 한숨을 내쉬었다.

"소그드. 만약 당신의 부족이 사냥대회를 연다면 당신은 다른 사람들에게 어느 정도로 평가받을 것 같습니까?"

"응? 당연히 잡은 만큼 잘했냐 못했냐를 셈하겠지. 그건 내 마음대로 되는 일은 아니니까."

백발백중의 남자는 겸허하게도 그렇게 말하였다. 그 사실을 알고 있는 정엽은 피식 웃으면서 말을 받았다.

"당신과 정확히 같은 수의 동물을 잡은 용사가 있다면 어느 쪽이 우위인지요?"

"…그런 녀석이 있는지 궁금해?"

"느닷없이 치정 이야기로 흐르지 말아주십시오. 다른 사람의 평가가 어떠할지 여쭤보는 겁니다."

"흠… 늑대나 호랑이 정도로 대단한 놈을 잡은 쪽이 이기겠지. 그 급까지 같으면 똑같이 대단한 거고."

"당신의 아버지가 족장이라서 이기는 경우는 없다는 거군요."

"어? 왜?"

당연한 듯이 반문하는 말이 그 땅과 중원의 차이를 적나라하게 드러내준다. 정엽은 눈을 가느다랗게 뜬 채 북쪽 하늘… 아득히 먼 곳에 있을 소그드의 나라를 가늠해 보았다.

"이 중원에는 사람을 평가하는 기준에 하나가 더해집니다. 바로 연緣이지요."

"연?"

"스승이 누구냐, 부모가 누구냐 하는 일 또한 평가에 들어간다는 겁니다. 소그드 당신의 경우에는 족장의 아들이기 때문에 더욱 후해진다는 식으로."

"우엑. 아버지 덕 같은 건 보고 싶지 않은데. 필요 없다고, 그런 거."

정엽은 실소했다. 소그드는 아무래도 부친인 족장과 사이가 좋지 않은 모양이다… 사연이 궁금하긴 했지만 그 이야기는 나중으로 미뤘다.

"하물며 저의 아버지께서는 당금천자. 부친의 후광을 입어 등과하였다… 떠드는 말이 심할 테지요."

"그럼 너 공부 안 해도 되는 거 아냐? 아버지가 황제라면 그 연이라는 것 중에는 최고잖아."

다른 이가 이렇게 말했다면 정엽은 안색을 달리하고 노여움을 표했을 것이다. 그러나 소그드이기에… 중원의 습성에 무지하고, 무엇보다도 악의가 전혀 없다는 것을 알기에 정엽은 평연하게 그의 말에 화답했다.

"당신은 그리되는 것이 옳은 일이라고 생각하십니까?"

"아니, 아버지가 누구건 간에 너는 너지. 네가 잘났으니 잘되는 거지."

…그리고 이런 남자임을 알기 때문에. 정엽은 고삐를 쥐지 않은 손의 소매로 얼굴을 가리고는 짐짓 태연한 체 말을 이었다.

"중원에서도 그리 생각하는 이들이 있지요. 정확히는 부친이 지존의 몸이라는 이유만으로 응할 자격도 없는 과시에 임해 특혜를 받으면서 탐화의 영광을 입어도 되느냐고 의분을 느끼는 겁니다. 따라서 예부에서는 황자라는 이유만으로 준재를 썩히기 아깝다는 성지와, 구설을 막기 위해 더욱 과시를 엄정하게 시행하겠다는 뜻을 포고하였습니다마는…."

"…그러니까 무슨 이야기야?"

"내년의 과시는 더욱 어려워질 거란 이야기입니다. 어린아이일 적에 조금 똑똑했다고 칭찬 들은 것으로는 감당이 안 될 정도로."

구구절절 말해도 상대가 소그드여서야 별 소용이 없다. 하지만 정엽은 기분 나쁜 기색도 없이 요약해주었다.

소그드는 멋대로 늘어진 머리채를 꾹꾹 잡아당기며 눈살을 찌푸렸다. 중원인들이 하는 짓은 언제나 알아먹질 못하겠다. 그러나 단 한 가지, 소그드가 분명히 알 수 있는 것은….

"기쁜 것 같군."

아침 햇살과 나뭇잎의 그림자가 교차하는 얼굴이 소그드를 똑바로 향했다. 다소간의 놀람, 그리고… 정엽은 희미하게 웃으며 시선을 내리깔았다.

"당신에게는 숨길 수가 없군요. 예에… 기분으로 따지자면 전 분명 기쁘다고 생각합니다."

영명왕이니 황자 같은 존칭을 벗어던지고 오로지 자신으로서 난제에 임한다. 어쩌면 오래전부터 이것을 바라고 있었을지도 모른다.

"그래서 널 좋아한다니까."

정엽은 휘청하곤 하마터면 말에서 떨어질 뻔했다. 새빨개진 얼굴로 노려본 곳에는 그저 즐거운 듯이 웃고 있는 소그드가 있었다.

"…터무니없는 기습이로군요."

"중원에서도 정평이 나 있잖아? 기족의 기습은."

그는 휘움하게 몸을 기울여 정엽의 얼굴에 얼굴을 가까이 했다. 이 뛰어난 마상재를 이런 데에 십분 발휘하지 않아도 되련만, 입술이 막혀 버렸기에 정엽은 내심으로 탄식하지 않을 수 없었다.

"자, 안녕히 들어가시길."

"저기 말이야."

황도의 성벽이 보일 즈음, 정엽은 일고의 망설임도 없이 말머리를 돌렸다. 용맹이 황도를 울리고 있는 좌우림장군의 입에서는 퍽 한심한 소리가 흘러나왔다.

"왜 그러십니까?"

"그렇게 매정하게 돌아가지 않아도 되잖아! 모처럼 여기까지 왔으니 좀 더 어울려 주면….'

"제가 등과를 하지 못하면 보살펴 주겠다는 고마운 말씀을 하셨습니다만, 그렇다면 좌우림장군으로서의 직분은 흠 없이 다하고 계신 것이겠지요? 궁중 숙위의 번상일 같은 것도 잊어버리는 일은 없으시겠습니다만."

"윽."

인질과 다를 바 없는 신세라 해도 명목상으로는 화하의 조정에 무관직을 받은 몸. 총관부를 열어 기족과의 연락을 맡고, 돌아가면서 궁중에서 숙위해 황제를 지킨다—물론 그런 쳇바퀴를 소그드가 이해할 리 없고, 대개는 현성이 사람을 보내 채근하면 그제야 어기적어기적 황궁에 모습을 보이는 정도다.

"그리고 한 사람의 가장으로서 집안은 잘 다스리고 계시겠지요. 행여나 황제 폐하의 귀중한 하사품을 창고에 아무렇게나 던져놓았다가 가인이 팔아치워 험담거리가 되는 일은 없도록 단속하실 테니 책임진다는 든든한 말을 입에 올릴 수 있는 거라고 믿습니다만. 그야, 저도 집을 쑥부쟁이 밭처럼 해두는 분에게 감히 몸을 맡길 수야 없지 않습니까."

웃는 얼굴로 두들겨대는 정엽의 말에 소그드의 머리는 맥없이 꺾어졌다. 부족 사람들이 봤다면 박장대소, 데굴데굴 구르고도 남을 꼬락서니였지만 최소한 이런 지적에 있어 소그드는 입이 열 개라도 할 말이 없었다.

"그럼 다음에."

소그드를 심적으로 너덜너덜하게 만들어놓고, 정엽은 태연자약하게 말을 걸게 했다. 그런 꼴이 되었다고는 하나 소그드는 그 방향을 놓치지 않았다.

"어디 가? 산 쪽이 아닌데."

"이왕 내려온 김에 동생을 만나러 갑니다. 제 소식을 들었다면 필시 걱정할 터이니."

"아, 거기까진 같이 가도 되지?"

알고는 있었지만 역시 끈질긴 남자다. 정엽은 쓴웃음을 지으며 고개를 끄덕여 그 권유를 받아들였다.

청해의 별저는 교외에 있었다. 물론 황도 안에는 청해의 왕부―서규 왕부가 있었지만, 청해가 그곳에 발길을 옮기는 일은 거의 없었다. 추색이 완연하면 곤륜의 경치요, 춘색이 난만하면 봉래의 풍광이라… 그렇게 칭송받았던 황도의 교외. 여름에는 뱃놀이에 겨울에는 사냥. 귀공자들의 놀이에 언제든 어울리기 편한 곳이라던가.

그 경치를 담담하게 흘려보내면서, 정엽은 불현듯 떠올리지 않을 수 없었다.

"그러고 보니 당신은 청해와 친근하지 못하셨던 것이 아닙니까?"

"그쪽에서 멋대로 날 싫어하는 것뿐이야."

"…연유를 알 수 없군요."

기족의 후예와 장족의 후예로서 서로 증오하던 역사가 깊었기에? 그럴 리는 없다. 정엽이 아는 동생은 자신의 몸에 흐르는 장족의 피를 자랑스러워한 적도, 그렇다고 싫어하는 기색도 한번 내비친 적 없었기에.

그늘진 정엽의 얼굴을 소그드는 곁눈질했다. 언제나 시원스러운 그 얼굴에 미묘한 표정이 깃들었다.

"동생이랑 내가 사이좋게 지냈으면 해?"

"…아무리 당신이라도 본받을 점이 있을지 모르니까요."

"심한데. 상처 입겠어."

자신이 소그드로 인해 주박을 풀 수 있었던 것처럼, 청해도 그가 만들어 틀어박힌 껍질을 깰 수 있길 바란다. 황제에게 버림받은 첩비의 소생. 화하라는 땅 위에서는 아무것도 하지 못하는 명목뿐인 왕이라는 껍질을.

"출타하였다고요? 황도에서?"

"그러하옵니다, 영명왕 전하."

―그리고 문지기가 전한 말은 정엽을 더욱 놀라게 하기에 충분했다. 이제는 영명왕이 아니라고, 문지기의 말을 고쳐주지도 못했을 정도로.

청해가 여행을 갔다는 사실에 놀란 것이 아니다. 어딜 가더라도 서신 보내기를 잊지 않고, 돌아왔을 때 또한 여행 이야기로 화지를 빼곡히 채우던 동생이었다. 아무런 소식도 없이 훌쩍 떠난 적은 이제껏 없었다.

하지만 정엽에게 불만을 표할 여지는 없을지도 모른다. 본시 그 자신도 아무런 언질 없이 훌쩍 떠나곤 했거니와, 요 근래에는 소그드의 일에 마음을 쓰는 바람에 동생을 돌아본 적도 없지 않은가. 생각에 잠겨 말머리를 돌리는 정엽을 소그드가 은근하게 위로했다.

"한두 살 먹은 어린애도 아니고, 너무 걱정하진 마."

"옳은 말씀입니다만… 그 아이 일은 옛날부터 신경을 써 왔는지라 노파심이 드는군요."

"정작 본인이 없어서야 하는 수 없잖아. 네 걱정거리도 없는 게 아니고."

"예에…."

자기 앞가림도 못하는 터에 남을 염려하는 것은 분명 꼴사납다. 그렇게 생각하면서 힘없이 말을 모는 정엽의 귓전에 목소리가 와 닿았다.

"말해두겠는데 내가 싫다고 생각하는 건 아니니까. 같이 어울려줄 마음은 있어."

"그래주시겠습니까?"

"그쪽에서 바랄 때의 이야기지만."

금세 반색하는 정엽을 보며 소그드는 속내를 감추고 미소를 지었다. 그의 정인은 무엇이나 아는데도 불구하고… 정작 사람의 마음은 모르는 모양이다.

기우일 뿐이라면, 생각만으로 끝난다면 상관없다. 하지만 그게 아니라면—.

정엽이 시선을 일순 돌린 틈을 타 맹수의 미소가 그의 입가를 스쳐 지나갔다.

무관들이 거하는 무위전은 황궁의 서남쪽에 자리하고 있었다.

궁중 시위들은 번을 보고한다. 천하 만병이 있을 곳과 맡을 임무, 먹고 살 군량에 대한 문건이 들락날락한다. 평화로울 때일지라도 무위전은 항상 분주하다.

물론 그것은 병사들을 관리하는 재주나 이끌고 있는 군대가 있을 때의 이야기. 명목뿐인 좌우림장군은 무위전의 뒤편에 펼쳐진 널따란 연병장을 터벅터벅 걷고 있었다.

황궁을 지키는 시위군이 말을 달리고 활을 쏘며 단련하는 장소. 그러나 황궁에 출사까지 해서 무예 단련을 하는 천하태평인 자는 좀처럼 없다. 번이 끝나면 어서 쉬고플 따름이기에, 따라서 오로지 고요할 뿐.

"핑—."

오후의 느긋한 대기를 잡아 찢는 화살 소리. 소그드는 멀뚱히 눈을 끔벅거리다가 느지럭느지럭 그쪽으로 걸음을 옮겼다.

연병장 가장 끄트머리에서 한 무관이 묵묵히 활시위를 당기고 있었다. 무관복의 상의를 벗어 허리에 매고 땀이 철철 흐르는 등과 가슴을 싸늘한 가을바람에 그대로 내맡긴 채, 누가 다가와도 거들떠보는 기색 없이 시선은 과녁에 못 박을 따름. 무릎 아래 기대어진 전통에서 화살을 뽑고 메기고 쏘고, 다시 뽑고 메기고 쏜다. 부지런한 규수의 베틀에 걸린 북처럼 일순도 게으름 피우는 일이 없다.

"손에서 피 나는데."

자신의 몸인데 모르랴마는 소그드는 일단 인사 대신으로 말을 던졌다. 자동인형 같은 동작이 그제야 딱 멈추었다. 하지만 그는 상한 손가락을 내려다보기에 앞서, 소그드를 돌아보고 절도 있게 공수했다.

"실례했습니다, 좌우림장군."

"실례는 무슨. 너는?"

"금위위 장사의 직임을 맡고 있는 성 정, 명 확. 자는 송무라고 합니다."

마주 잡은 주먹 너머로 부리부리한 시선이 소그드를 향했다. 소그드는 휘파람을 불고 싶은 것을 꾹 참았다. 화하인이 소그드를 바라볼 때면 대체로 위에서 내려다보는 각도를 둔다. 그러나 이 젊은 무관의 시선은 선명하리만큼 일직선이었다.

"송무라고 부르면 되지? 난 소그드라고만 해줘. 무슨 장군이니 하는 거, 듣기만 해도 어깨가 아파오니까."

"하지만…."

"그보다 손. 괜찮아?"

그는 비로소 자신의 오른손을 내려다보았다. 시위를 잡는 엄지손가락,

그곳에 잡힌 물집이 터져 피가 흐르고 있었다. 선이 굵은 입술이 쓴웃음으로 비스듬하게 기울어졌다.

"막 활쏘기를 배운 아이도 아니고, 장수가 활을 잡다가 이런 꼴이라니 부끄러운 노릇입니다."

"그거 없어? 그러니까… 여기에서는 뭐라고 하는지 모르겠는데. 손가락에 끼우는 거."

"깍지를 말씀하시는 것이라면, 그만 가져오는 것을 잊었기에."

"이거 말이지?"

소그드가 품속에서 뭔가 끄집어내어 던졌다. 젊은 장사는 그것을 무심결에 받아쥐었다. 형태는 살짝 다르지만 분명 깍지다. 놋쇠나 나무, 귀인은 금과 은으로 된 것을 쓰지만 이것은 무슨 짐승의 뼈인지 윤이 나게 문지르고 세밀하게 조각을 해서 만든 것이었다.

"그렇습니다만….."

"써."

"장군께서는….."

"심심할 때 만들어서 여기저기 뿌리는 거니까 신경 쓰지 말고. 난 필요 없거든."

소그드는 싱긋 웃으면서 손을 들어 보였다. 몇 천, 몇 만, 몇십 만 차례로 시위를 당겼을지 알 수 없는 엄지손가락은 깍지가 필요 없을 정도로 두툼했다.

"그럼 후의를 받도록 하겠습니다."

"그 전에 약을 바르라고, 약을."

도대체 어디에서 나오는 걸까. 이번에는 조그마한 병이 날아왔다. 송무는 그것을 받아 나무 마개를 열고 안을 들여다보았다. 내용물의 정체는 알 수 없으나 고약한 냄새가 난다는 사실은 분명했다.

"무엇입니까?"

"기름에 약초를 섞은 거. 살 터진 데 잘 듣지."

"그렇군요."

그는 선뜻 수긍한 뒤 거무스름한 고약을 상처에 발랐다. 소그드는 그 품새를 제법 흥미로운 듯이 지켜보았다.

"은혜를 입었습니다."

"아, 안 돌려줘도 돼. 많이 만들어 놨으니까."

"늘 이런 것을 몸에 지니고 다니시는 겁니까?"

"내가 살던 데는 의원이 있는 곳까지 며칠을 가야하는지 알 수 없거든. 사냥하다가 나나 내 옆의 녀석이 쇠독이 올라 쓰러지기라도 하면 대책이 없지."

"알겠습니다. 그렇다면 장군께 달리 사례하는 것으로."

"됐다니까. 그보다 어째서 하지 말라는데 계속 장군 소리를 하는 거야?"

"그럴 수 없습니다. 장군께서는 정3품 좌우림장군, 불초는 종6품 금위위 장사. 직분의 높낮이를 지키지 않는다면 조정의 기강이 흐트러집니다."

송무는 다부지게 대답했다. 소그드는 쓴웃음을 머금을 도리밖에 없었다. 모든 화하인이 다 이런 것은 아니다… 현성처럼 금방 허물없이 다가오는 이도 있고, 웃는 낯으로 모멸할 기회만 엿보는 자도 있고, 지위에 현혹되어 손바닥 뒤집듯이 태도를 바꿔 비굴해지는 자도 있다. 사람이 각양각색인 것은 화하나 초원이나 똑같다. 하지만 이런 예의 바르면서도 고집스러운 태도는 정엽과 더불어 화하의 특산물이라 해도 좋을지 모른다.

"비싸게 사고 싶단 말이지, 이거."

"무슨 말씀이십니까?"

"아니, 혼잣말. 그보다 벗을 쉬는데도 이렇게 혼자 힘들여 훈련하는 건가?"

고약을 바르고 회지로 싸맨 손가락으로 시위를 걸기 앞서, 무관은 소그드를 똑바로 바라보았다.

"어전 사냥을 앞두었기에."

"헤에. 역시 다들 연습쯤은 하는 건가?"

"곧이곧대로 말씀드리자면 장군이 계시기 때문입니다."

그 묵직한 직언은 소그드에게 어떠한 영향도 주지 않았다. 소그드는 깍지 낀 두 손으로 뒤통수를 받쳤다. 싱글싱글 웃는 얼굴은 실금 하나 가지 않았다.

"나 하나 이겨보자고 너희들 기합 넣는 거야?"

"그렇습니다."

"평소 같으면 그까짓 거 라고 하겠지만…"

그대로 소그드는 등을 돌렸다. 시원스러운 미소만이 어깨 너머로 엿보였다.

"나도 이번에는 이기고 싶은 이유가 있어서 말야. 피차 힘내자고."

손을 팔랑거리면서 떠나는 소그드의 등을 향해, 송무는 고지식하게 공수한 뒤 다시 활을 잡았다.

초원 사람과 화하 사람간의 미묘한 호승심은 소그드도 들어 알고 있었다. 예로부터 초원에서 사절이 황도에 도착하면, 황제는 천 년 전부터 매번 이맘때 이렇게 해왔다는 듯이 활쏘기 대회를 열었다던가. 대개는 초원 사람이 이기지만, 화하 사람이 이기는 경우도 없지는 않다. 이긴 자는 황도의 거리를 자랑스럽게 돌고 저자의 아이들이 다투어 길에 나와 찬사를 바친다고들 했다.

그런 다툼과 소그드는 지금껏 별 상관이 없었다. 가볍게 즐길 것이 아니라면 사람 자체에 흥미가 없다. 그러나….

"좋은 소식 듣고 싶다고 이야기했으니 말이지."

새파란 하늘을 올려다보며 소그드는 씩 하고 미소 지었다.

황도 북쪽 들녘에 펼쳐진 위장―황제의 사냥터. 아득하니 넓게 펼쳐진 숲과 계곡이 보이고, 들판 한가운데 솟아오른 높다란 누대야말로 지존이 거한 곳. 누각을 중심으로 도열한 신하들처럼 형형색색의 막사가 마치 바다의 물결처럼 일렁이고 있다. 사냥에 참여하는 문무백관을 맞아들이는 막사, 말발굽 소리와 병장기를 챙기는 소리, 고함쳐 아랫사람을 부르고 목청껏 윗사람에게 진언하는 소리로 사방은 벌집 쑤셔놓은 듯 시끄러웠다.

"무리하진 마시오. 사냥터에서 호되게 당한 것이 어제 같으니."

막사 밖을 살피던 현성이 돌아보면서 웃었다. 자금투구와 갑주, 태자의 상징인 홍룡 전포가 온화한 풍모에 위엄을 더한다. 현성이 신경 써서 준비하도록 한 소그드의 갑주도 훌륭한 것이었다. 요괴와 짐승의 얼굴이 무시무시하게 이빨을 드러내고 있는 갑주와 띠의 쇠쇠. 그러나 투구도 쓰지 않은 채 늘 그러하듯이 머리카락을 풀어 헤쳐 어깨에 늘어뜨린 모습은 화하의 화려함과 초원의 질박함을 한 몸에 아우르고 있었다.

"두 번은 안 당하지. 누가 더 많이 잡는지 내기할까?"

"하하, 지는 내기는 사양하리다. 무엇보다도 맡은 임무가 있는 터라."

"임무?"

"폐하를 보필하는 것… 일단 이렇게 되어 있소이다만."

투구 아래 현성의 얼굴에는 그늘이 져 있었다. 단순히 사냥을 못해서만은 아니다.

소그드도 몸으로 체험한 바 있다. 감히 황제의 뜻을 거스르고 호기족과의 맹약을 파하려는 어떤 자가, 혹은 어떤 자들이 있다. 황제의 뜻을 거스른다는 것은 곧 역심이 대단하다는 것. 황제와 태자에게 해를 끼칠지도 모른다. 황제를 철통같이 수호하는 시위들이 눈을 번뜩이고 있는 이곳에서 일을 칠 만한 재간과 담력이 있는지는 알 수 없는 노릇이나, 조심해서 나쁠 것은 없다. 다만….

"공은 조심하시길."

소그드는 지킬 수 없다.

소그드가 겪은 일은 극히 일부만 세간에 알려졌다. 황제가 특히 신임하여 책립한 호북주총관 좌우림장군이 모종의 사고로 죽었다 살아났다…. 그것이면 족하다. 역심을 품은 무리들이 있다는 것이 알려져서는 안 된다. 그러잖아도 잡음이 많은 변방의 일을 두고 구설이 커지지 않도록, 황제의 뜻 아래 모든 것이 하나로 모아지기 위해서는 사람들의 시기의 대상이 되는 소그드가 이번 사냥에서 몸을 사리는 일 또한 있어서는 안 되는 것이다.

"괜찮아. 정엽도 그랬잖아? 황제 앞에서 피를 보이는 일이 벌어지면 그건 묵살할 수 있는 선을 넘게 된다고. 철저하게 조사해서 털어버릴 거라지?"

"그야 그렇소이다만…."

소그드는 싱긋 웃으면서 목깃 부근을 만지작거렸다.

"나도 나름 대비를 했으니 그리 쉽게는 안 당해. 두 번이나 통하리라고 생각해준다면 그놈들이 멍청하다는 이야기니 도리어 이쪽이 고맙지.

무엇보다….”

“음?”

“약속했으니까.”

누구와, 무엇을 약속했는지는 구태여 물을 필요도 없다.

현성은 다소 복잡한 감정이 깃들어 있는 미소를 떠올리곤 밖에서 들려온 뿔피리 소리에 귀를 기울였다.

“준비하라는 것이구료. 아시겠소? 우선 폐하의 성지를 받들고 나서, 다시 뿔피리 소리가 들리면 순번대로….”

“알겠어, 알겠어. 정말이지 너희 화하 사람들은 사냥도 보통으로는 안 한다니까.”

“무운을 비오.”

“기대하라고.”

보무도 당당하게 소그드는 막사를 나섰다.

뿔피리가 알렸다. 가을 어전사냥, 추선의 시작을.

주변 사람들의 걱정처럼 소그드가 황제의 성지를 듣다가 졸거나, 순번을 무시하고 대뜸 튀어나가는 일은 다행히 없었다.

그러나 지루한 시간이 끝났다 해도 소그드는 좀처럼 사냥터로 말을 내달을 수 없었다. 책문을 나가는 순번은 제비뽑기로 정한다. 공정하기 위해서라던가. 그러나 정말로 정해진 순번이 공정하리라고 믿는 사람은 얼마나 될까. 소그드는 피식 웃었다. 그건 아무래도 좋다.

“장군, 준비를!”

“아아.”

시종이 헐레벌떡 달려와서 고했다. 소그드는 흔쾌히 고개를 끄덕이고 책문으로 말을 걸게 했다. 로그모가 아닌, 황제에게서 받은 서역의 명마다. 호랑이처럼 사납던 놈도 소그드가 며칠 길들이자 사슴처럼 온순해졌다. 그는 말에게 바르스라는 이름을 붙여주었다.

"이번 추선은 실로 성대할 것 같군요."

"젊은 장수들은 호승심이 대단하니까요. 그럴수록 더 빛나는 법이죠."

"남쪽 계곡에는 상象도 풀어놓았다는 이야기가 있던데요."

"허어, 처음 듣는걸요."

사냥꾼이 제법 빠져나갔음에도 불구하고 책문 안은 사람과 말로 번잡스러웠다. 그 와중에도 소그드의 귀에까지 목소리가 와 닿았음은 그 내용이 워낙 흥미로웠기 때문인가.

"헤에. 자앙?"

화하는 상이라 부르고, 초원에서는 자앙이라고 부르는 동물. 소그드도 그 자신의 이름을 따온 이국의 상인에게서 들은 바 있었다. 돼지 비슷하게 생겼지만 코가 기다랗고 어마어마하게 큰 기묘한 놈이라던가.

그런 놈을 잡아 보여준다면 정엽은 필시 재미있어 하리라. 그 표정을 상상하며 소그드는 미소했다.

"호북주총관 좌우림장군 소그드, 행차!"

소그드는 의전관의 짜랑짜랑한 목소리로 배웅을 받으며 힘차게 책문을 박차고 나갔다.

우왕좌왕하던 사슴은 단 한 발의 화살에 눈이 꿰뚫려 나자빠졌다. 널브러진 사슴의 몸뚱이는 거들떠보지 않고 기마는 날듯이 숲을 달려갔다. 어차피 몰이꾼들이 수습하여 화살깃을 보고 소그드가 잡은 사냥감으로 헤아려줄 것이다. 무엇보다 소그드의 관심은 사슴 등속이 아니었다.

숨을 쉬듯이 자연스럽게 시위를 당기고, 당연한 것처럼 사슴이 쓰러진다. 말이 달리는 곳이 초원이 아닌 숲과 계곡이라고 해도 그 사실은 변하지 않는다. 메르겐(명궁)의 칭호는 거저 얻은 것이 아님이니.

'파사삭!'

소그드가 달리는 길 한쪽의 풀숲에서 얼룩덜룩한 털가죽의 짐승이 튀어나왔다. 바르스가 놀라 뒷발로 서서 앞다리를 내저었다. 이미 녀석은 자신의 기수가 이 정도 동작에 떨어지지 않을 것을 알고 있었다. 소그드는 요동치는 말 등에서 평지에 선 것과 다름없이 시위를 메겼다.

"켁!"

짐승이 공중제비를 넘고는 그대로 땅에 나뒹굴었다. 거대한 산묘였다. 맹렬히 달려들면 말도 죽일 수 있는 그것은, 자신의 흉포함을 보여줄 사이도 없이 절명했다.

"어라?"

무심히 박차를 가하려던 소그드가 멈칫했다. 마찬가지로 눈을 꿰뚫은 자신의 화살 말고도 등허리에 삐죽 튀어나온 화살깃이 있었다.

이윽고 말발굽 소리와 함께 산묘가 튀어나온 풀숲에서 또 다른 기수가 모습을 드러냈다.

"좌우림장군…."

거칠어진 숨결로는 쉬이 말이 나오지 않는다. 땀투성이가 된 송무의 시선이 산묘를 일별하고 소그드로 향했다. 소그드는 태연하게 손을 흔들어 보였다.

"또 만났네. 잘 돼가?"

"예에… 에!?"

말꼬리가 이상하게 튀어 오른 것은 돌연 소그드가 말 아래로 몸을 던졌기 때문이었다. 적어도 송무의 눈에는 그렇게 보였다. 소그드는 안장 옆으로 몸을 늘어뜨려 산묘를 향해 손을 뻗었다. 길을 걷다 발치에 떨어진 동전을 줍는 양, 그는 수월하게 자신의 화살을 산묘의 눈구멍에서 뽑아내었다.

"장군, 위험합니다!"

"네 사냥감이잖아?"

"저는 쫓았을 뿐, 잡은 것은 엄연히 장군으로⋯."

"괜찮다니까. 난 좀 더 큰 놈으로 잡을 참이거든."

"호랑이라도 잡으실 생각이십니까?"

위장에는 호랑이도 있다. 물론 위험천만하게 돌아다니도록 놔두지는 않고, 여흥이 필요할 때 풀어놓는 정도다. 소그드는 감추는 일 없이 고개를 가로저었다.

"아니, 자앙⋯ 상."

"상이라고요?"

"있다잖아? 남쪽 계곡에."

"금시초문입니다만."

천하의 권세를 오로지하는 황제의 후원에 이국에서 보낸 거수가 없는 것은 아니다. 그러나 이국에서 정성을 보이기 위해 바친 진귀한 짐승을 사냥터에 풀어 함부로 다룬다니 안 될 일이다.

"나도 지나가다가 들은 거라서 잘 몰라."

"태자 전하께서 말씀하신 것은 아니로군요. 게다가 제가 알기로 남쪽 계곡은 위장의 여울물이 모두 모여 산 아래로 떨어지는 폭포가 되는 곳. 상 같은 것을 풀어놓을 만한 장소는 아닙니다."

"어라. 길 알아? 같이 갈래?"

미심쩍어하는 송무의 말에도 아랑곳하지 않고, 소그드는 신난 듯이 물어왔다. 젊은 장사는 멀뚱히 장군을 바라보았다.

"상을 고작 둘이서 잡는다는 말은 못 들어보았기도 하거니와⋯ 저와 공을 나누어도 되는 것인지."

"뭐 혼자든 둘이든 잡을 수 있을지 없을지는 모르지만 말야. 둘이 잡든 셋이 잡든 상관은 없잖아?"

"장군께서는 추선의 일등 공을 바라시는 것이 아닙니까?"

"그게 왜? 난 놀라게 해줄 수만 있으면 돼."

그 새파란 눈이 둥그레지고, 기가 막히다는 듯한 표정을 짓고… 은으로 만든 종이 울리는 것처럼 웃는 소리를 들을 수 있다면.

송무는 잠시 묵묵히 있다가 고개를 끄덕였다. 상을 두 사람이서 잡을 수 있는가는 둘째로 치더라도, 험한 남쪽 계곡에 정녕 상을 풀어놓았는지는 그 또한 알고 싶은 바였다.

"알겠습니다. 안내하도록 하겠습니다."

"이거 고마운걸."

두 마리 준마는 위태로운 숲길을 나는 듯이 달려갔다.

몰이꾼이 소리치고 사냥꾼이 개를 부르는 고함이 점차 아득하니 멀어진다. 이리저리 뛰는 사슴도 드물어졌다. 한창 사냥이 벌어지는 위장으로는 여겨지지 않을 정도로 사방이 고요했다.

"그쪽은 바위 절벽입니다. 계곡으로 내려가는 길은 저 오솔길뿐입니다."

"이거, 아르갈… 산양을 타고 올 걸 그랬군. 괜찮아? 이대로는 사냥감의 머릿수를 늘리지 못하는 거 아냐?"

"허나 장군께서 낙상하시거나, 상에게 부상을 입으시기라도 하면."

"심한 꼴을 당하기야 하겠어. 왜냐하면… 아, 화살 빌려줘."

길 앞쪽에 서 있던 사슴은 느닷없이 나타난 기수를 보고 쏜살같이 달아나기 시작했다. 겨우 무서운 사냥꾼들을 피해 달아났는데 이곳에서 마주치다니 웬 날벼락이냐 싶었을 터이다. 송무는 소그드가 내민 손을 이상스럽다는 듯이 쳐다보았다.

"화살이 부족하십니까?"

"나 따라오느라 많이 못 잡았잖아. 한 마리 더해주지."

"아뇨, 그렇게까진…."

"이런. 네 활솜씨를 얕잡아 본 건가?"

소그드가 어깨 너머로 돌아보고 웃으려는 순간.

빠직, 하고 사슴이 쓰러지는 동시에… 핏줄기가 하늘까지 솟구쳤다. 힘껏 도약하기 무섭게 목에서 떨어져 나가 바닥에 나뒹구는 몸뚱이. 그 기괴한 광경은 요괴담의 한 장면처럼 실감을 앗아갔다.

송무는 목상처럼 굳어서 그것을 언제까지나 바라보고 있었다. 다그닥… 말발굽 소리가 날 때까지.

"…장군? 위험합니다!"

"사슴이 남긴 발자국을 따라가면 괜찮아."

"요괴의 소행이라면…."

"먹이를 사냥했는데 주위를 얼쩡거리는 녀석을 내버려 두는 망고스… 아니, 요괴가 있어?"

그는 퍼뜩 납득했다. 요괴가 한 짓이라면 그 앞에 선 두 사람을 마냥 두어둘 리는 없다. 송무는 결연한 표정을 짓고 소그드의 뒤를 따라 말을 몰았다.

"왜 따라오는 거야?"

"만에 하나라도 장군께서 위험에 빠질지 모르는 일을 보고만 있을 수는 없습니다."

"뭐, 마음대로 해."

이내 두 사람은 사슴의 주검 앞에 도달했다. 사슴의 목은 솜씨 좋은 푸주쟁이가 잘 드는 칼로 단숨에 내리친 것처럼 말끔하게 떨어져 나가 있었다. 아무리 전장에서 뼈가 굵은 무인이라 한들 볼만한 광경은 아니었다. 질린 듯이 주검을 관찰하던 장사는 곧 깨달았다. 소그드의 시선이 아래가 아닌 정면을 향하고 있다는 것을.

"장군."

"실이로군."

아무것도 없는—적어도 그렇게 보였던 허공에서 피가 방울져 떨어지고 있다. 그것을 알아차리면 보는 것은 그리 어렵지 않다. 나무줄기 사이로 오전의 햇살을 받아 희미하게 빛나고 있는… 금속성의 실.

"금강사로군요."

"그게 뭔데?"

"철사를 날카롭게 연마해 칼날처럼 만든 암기입니다. 제대로 된 무예 십팔반도 아니거니와 흉수, 사도에 속하는 무기이지만… 모르셨다면 어떻게 알아보신 겁니까?"

"가죽끈 정도는 나도 써먹어 봤거든. 우리 전사들이 화하 병사들과 익숙지 않은 숲에서 싸울 때, 이걸로 병사들의 목을 걸어서…."

소그드는 드물게도 말끝을 흐렸다. 여기서 가리키는 병사들이 누구의 동료이자 부하인지 그도 알고 있기에. 그러나 송무는 그 말에 신경 쓰지 않았다. 그는 부리부리한 눈으로 금강사를 뚫어져라 쳐다보았다.

"이것은 장군을 해하기 위함일까요?"

"뭐, 거의 확실하겠지? 황제의 사냥터에서 이런 짓을 한다는 것은 황제에 대한 반역이라면서? 그것을 불사할 정도로 미움받는 사람은 내가 아는 한 나밖에 없어."

소그드는 빙글빙글 웃으면서 대답했다. 그만한 악의를 한 몸에 받고 있다는 사실은 그에게 대수롭지 않은 일이었다. 송무는 소그드를 일별하며 말했다.

"…상을 풀어놓았다는 소리를 떠든 자가 누구인지 기억하십니까?"

"아니. 그렇지만 끌어낼 방법은 있으니까."

"다행이군요. 한데 한 가지 마음에 걸리는 일이 있습니다."

"뭔데?"

"병가에서는 말합니다. 적을 함정에 빠뜨리는 계책에는 세 가지가 있다. 하나, 사냥감을 몰듯이 적을 궁지로 몰아가는 것이니 이는 하책이라. 궁지에 몰린 것은 쥐도 고양이를 물 수 있음이니. 둘, 적이 스스로 함정으로 가는 길을 선택케 하는 것이니 이는 중책이라. 적이 자신을 몰아가는 것을 짐작할 수 있음이니. 셋, 적이 스스로 깨닫지도 못한 사이에 함정에 서 있게 하는 것이니 이것이야말로 상책이라."

송무는 단숨에 읊어내려 갔다. 도대체 얼마나 공들여 외운 것일까. 소그드는 재미있다는 듯이 물었다.

"화하 사람은 말을 잘 만드는군. 그럴싸한데. 그럼 이건 상책에 해당하는 건가?"

"단언하긴 어렵겠지만… 한데 마음에 걸리는 것이 있습니다. 함정으로 몰아넣는 것은 좋으나, 울타리가 허술해서는 일을 도모할 수 있을 리 없잖습니까."

"뭐, 그렇지."

미소는 가시지 않으나 그 위로 매의 시선이 사방을 둘러보고 있다. 애초에 상에 대한 뜬소문을 흘리는 것만으로 소그드가 금강사를 쳐둔 곳까지 순순히 찾아드리라 확신할 수 있을까. 더군다나 그 예상이 용케도 맞아떨어져 모처럼 제 발로—바르스의 발이지만—걸어 들어온 소그드를 내버려 두는 것도 어색하기 이를 데 없다.

"…제가 장군을 시종하고 있어서 몸을 사리게 된 것일까요?"

"그럴 수도 있지. 그리고 어쩌면… 도박일 수도 있고."

"도박입니까?"

"걸리면 좋고, 걸리지 않으면 별 수 없다… 그렇게 생각하는 거려나."

"과연…."

송무는 눈살을 찌푸리며 사슴의 주검을 내려다보았다. 만약 이 사슴이 때맞춰 뛰어 오르지 않았다면 이렇게 널브러져 있는 것은 소그드와 송무였을지도 모른다.

"아, 나도 궁금한 게 있는데."

"무엇입니까?"

"이 나라에는 이렇게 목이 동강 나 죽는 동물이 많아?"

"그럴 리가요. 요괴의 소행이 아닌 다음에야, 사람 외에는…."

송무가 덜컥 입을 다물었다. 소그드가 말하는 바를 깨달았으므로.

단두당한 기이한 시체. 이렇게 수상쩍은 것을 남겨둘 요량이라면, 무엇 때문에 교묘한 말로 소그드를 유인해 금강사라는 다루기 힘든 물건으로 함정을 쳐서 죽이겠는가?

"무슨 속셈일까요?"

"아무래도 이걸 장치한 놈이 부근에 있다는 것이겠지. 내가 걸려들었다면 시체를 처리하고, 걸려들지 않았다면 저 금강사인지 뭔지를 수습해야 할 테니."

고요한 숲의 풍경이 터무니없이 위험한 모습으로 다가왔다. 송무는 소스라치듯 활을 움켜쥐었다. 반면 소그드는 어디까지나 태연한 모습이었다. 그는 시선을 멀리 던져 나무줄기 사이를 훑으며 느긋하기까지 한 어조로 송무에게 말을 건넸다.

"아, 걱정 마. 저쪽이 할 마음이 있었다면 벌써 왔겠지. 물러갈까 어쩔까 망설이고 있는 게 아닐까?"

"장군. 어서 되돌아가서 원군을…."

"우리가 돌아가면 저놈도 내빼버릴 텐데. 이렇게까지 초대를 받아놓고도 빈손으로 돌아가는 건 내 구미에 안 맞아서 말야."

소그드는 손을 들어 갑옷 목깃 안쪽에 손가락을 집어넣었다. 갈퀴처럼 구부러진 손가락이 끌어낸 것은 가죽끈에 매달린 돌 조각. 대관절 저런 잡석을 어찌하여 끈으로 매어 목에 걸고 있단 말인가. 송무가 당황하여 말을 잇지 못하는 찰나, 소그드는 돌을 풀어내어 손바닥에 얹은 뒤 그 위에 시선을 떨어뜨렸다.

"뭐, 뭘 하시려는 겁니까?"

"내가 수레바퀴만할 때의 일인데 말야. 워낙 별나다며 아버지가 나를 봐… 이 나라에서 도사라고 부르던가? 그런 사람에게 맡긴 적이 있었거든. 결국 뭐가 되진 못했지만 비방은 몇 가지 배웠지."

"장군…?"

"정엽에게는 비할 수 없다만—."

소그드는 그것을 허공으로 던져 올렸다.

쏴아아아아아아…. 삽시간에 사방천지를 물안개가 감쌌다.

누대 위에서 내려다보는 광경이 기가 막히게 변했다. 지평까지 펼쳐져 있는 심산유곡, 만물이 잿빛 너울을 뒤집어쓴 양 희끄무레하게 물들었다. 넘실거리는 안개 너머로 가을 산의 풍광이 꿈틀거린다. 까마득히 멀리서부터 들려오는 몰이꾼의 외침과 사냥꾼의 불평은, 이 그림을 흔상하는 데에 그다지 방해는 되지 않았다.

현성은 눈을 둥그렇게 뜬 채 그 그림을 시야에 담았다. 선뜻한 습기가 훅 끼쳐왔지만 그는 난간에서 물러나지 않았다.

"소나기인가."

등 뒤에서 비도 적시지 못하는 건조한 목소리가 날아들었다. 현성은 황황히 몸을 돌렸다. 등을 보인 채 대꾸하는 것은 말할 나위 없는 무례.

천하의 황태자인 현성에게 그런 예의를 챙기게 만드는 사람은… 오로지 단 한 명.

"예, 폐하. 이상한 노릇이군요. 선원궁의 기별에 의하면 오늘은 쾌청할 터인데…."

"탓하지 말라. 그곳도 궁주가 바뀌어 분주할 터이니."

"예."

황송스럽게 고개를 숙이는 아들에게 황제는 담담한 시선을 거두었다. 비단으로 지은 융복과 담비 가죽 갖옷. 황제가 사냥을 하러 나왔다는 사실을 일러주는 것은 오로지 옷차림뿐이었다. 누대에 늘어놓아져 있는 상과 서안, 문방구, 바둑판과 같은 기물은 서생의 서재를 방불케 하였다. 호문의 황제—그러나 그렇게 오해하는 자는 천하 어디에도 없다.

"사냥을 하지 못한 것이 아쉬운가."

"아, 아닙니다, 폐하. 소자는…."

"그런 데에 우두커니 서 있다 한들 좌우림장군에게는 어떠한 도움도 되지 못할 텐데."

"……."

부황을 속이기란 불가능하다. 현성은 늘 그것을 깨닫고 마는 것이다.

"심려치 마소서. 소자는 단지, 이렇게 서 있는 편이 마음이 편하여…."

"태자가 걱정하는 것은, 짐이 이것을 기화로 삼아 역도들을 색출해낼 작정이 아닌지 의심하기 때문이겠지? 좌우림장군을 미끼로 하여."

장차 보위를 물려받을 그릇이기 때문일까. 황제는 도무지 태자 앞에서 말을 고르는 법이 없었다. 주먹이라면 나자빠지기라도 하련만 말이기에 그리하지도 못한다. 현성은 꾹 다문 입 안에서 어금니를 꽉 깨물고, 주랑에서 내실로 한 걸음 만에 성큼 들어와 무릎을 꿇었다.

"폐하… 불초 소자의 어리석은 생각이 실로 그러했습니다."

"책망하지는 않겠다. 허나 태자는 좌우림장군을 벗이라 하면서 그다지 신뢰하지는 않는 것 같구나."

"신뢰라 하심은….."

"아무런 연고도 없는 황성에서, 누구의 도움도 받지 않고 좌우림장군의 인수를 받은 자가 두 번 당하리라 생각하는가? 음산에서 짓밟힌 5만 병사와 송림에서 불타 재가 된 3만 기병이 구천을 떠돌며 통곡할 것이니."

평소 가벼운 언행 때문에 떠올리지 못하지만 분명한 사실이었다. 기족 족장의 장자 소그드, 수천 여 기를 이끌고 화하의 군대를 유린한 사내.

그러나 그 사실을 떠올린다 해도 현성은 단숨에 안심할 수 없었다. 피투성이가 되어 쓰러져 있던 소그드의 모습은 도저히 잊으랴야 잊을 수 없는 것이었으니까. 또한….

황제는 피식 웃었다. 그리고 손짓하여 현성을 일으켜 세웠다.

"태자는 잊고 있는 것 같구나. 좌우림장군으로 하여금 추선에 들게 한 것은 다름 아닌 좌우림장군 자신. 만일의 사태를 그가 예상하지 못하였겠는가?"

"스스로 나섰다는 것은….."

"장군도 상당히 분했던 게지. 자신을 물어뜯은 짐승의 꼬리조차 잡지 못했다는 것이."

현성은 목을 움츠렸다. 그것은 분명 현성에게도 책임이 있다.

그때, 그 참혹했던 날 그가 혼비백산하여 소그드의 변고를 직접 알리러 황제에게 달려왔을 때… 표정을 잃은 지존이 대뜸 물어온 것은 습격해 온 자들의 시신의 행방이었다.

죄인이라도 장례는 치러 주기 위해… 그런 온정이 있을 리 없다. 시신이라도 조사하여 정체와 배후를 밝혀내기 위해서였다. 더욱 놀란 현성이 되돌아갔으나, 과연 습격자들의 시신은 누군가가 불살라 흔적도 남기지 않았다. 그 후에 현성이 받은 꾸지람은 가히 지진이나 해일에 비견할 만하였다.

그러나 지금 부황의 얼굴에서는 그때의 노기를 찾을 길 없다. 황제는 얇은 입술로 미소를 그리며 태자를 바라보았다.

"장군이 어떤 짐승을 사냥해 오는지 기대하면서 기다리도록 하라."

"예."

소그드가 신뢰받는 것은 좋은 일이다. 다름 아닌 금상천자에게—현성은 그리 생각하면서도 두려운 기분을 지울 수는 없었다.

만약 그 좌우림장군이 정엽과 어떤 관계인지 안다면….

얼음에 비견할 만큼 냉정하고 현명한 황제가 딱 한 가지 앞뒤 안 가리는 때가 있다면, 그것은 바로 누구보다도 익애하는 황후와 그 소생에 대한 일.

기필코, 이 몸이 죽어 땅에 묻힐 때까지 비밀로 하자고 현성은 다짐하는 것이었다.

비는 위장 남쪽의 계곡에도 내리고 있었다. 아니, 이곳에서부터 시작되었다고 말해야 옳으리라.

송무는 퉁방울처럼 눈을 휘둥그렇게 뜨지 않기 위해 눈살을 찌푸렸다. 겉보기에는 오로지 언짢아 보일 뿐인 그 얼굴을 대면하고도 소그드의 느긋한 표정에는 그다지 변화가 없었다.

"기족의 방술입니까?"

"그런 셈이지. 양의 위에서 나온 화살촉 모양의 돌에 술사가 기도를 바쳐서 로스의 힘을 담은 것을 우리는 조드라고 부르지."

"언제든지 비를 내릴 수 있는 보물이라면 굉장하군요."

"이곳에서는 비를 귀중하게 여긴다던가? 우리는 그렇게까지 필요하지 않으니까. 그러니 대단한 보물도 아니고… 아, 보인다."

소그드의 시선이 일순 나뭇가지 사이를 헤매더니 느닷없이 바르스의 허리에 박차를 가했다.

"자, 장군!"

어디에 금강사가 쳐져 있는지 알 수 없는 숲 속에서 말을 달리다니, 제사상에 자신의 머리를 올리는 거나 다름없는 짓. 송무가 혼비백산해서 소리쳤지만, 힐끗 뒤돌아보는 소그드의 얼굴은 태연했다.

"쉿. 보이잖아? 물방울이 맺혀서."

쏟아지는 빗방울을 되튕기거나 받아들이는 은빛 실. 그러나 꼼짝 않고 가만히 노려보면 모를까, 숲 속에서 말을 달리며 분별하는 것이 가당키나 하단 말인가.

그러나 엄연히 말을 달리고 있는 남자가 있다. 송무는 경악했지만, 그 경악을 다스리기에 앞서 이를 악물고 자신 또한 말을 출발시켰다. 그에게는 비 내리는 숲 속에 걸쳐져 있는 실을 보는 재주는 없다. 그러나 그가 굳이 찾을 필요는 없다. 보는 사람을 뒤따라가면 되는 것이다.

"너도 제법 간이 큰데?"

"어디 장군만 하겠습니까!"

얼마 말을 달리지 않아… 이윽고 나뭇가지 사이에서 송무의 눈에도 번뜩 뜨이는 것이 나타났다.

칙칙한 풀빛 두건을 걸친 사람 그림자와 그 옆에 엎드려 앉은 짐승. 꼼짝도 하지 않는 그들을 향해 소그드와 송무는 망설임 없이 말을 달렸다.

이런 교묘한 술수를 쓰고는 죽은 듯이 기다리고 있는 것이다. 설마 본인이 역습당하리라고 어찌 생각했으랴.

'퉁!'

"키이이!"

그러나 사람의 형태를 향해서 쏜 소그드의 화살은 웬일로 소임을 다하지 못했다. 짐승이 그 앞을 가로막은 것이다.

실로 추한 형상이었다. 비루먹은 개의 그것과 흡사한 낯짝. 그러나 몸뚱이는 사람의 것이었다. 근육이 울룩불룩 솟아있는 몸통과 사지수족. 잘 단련되어 있다는 인상보다는 목적을—사람의 몸을 발기발기 찢고 살을 뜯으며 골통을 바수어 뇌수를 빨아먹기 위해 발달한, 어딘지 뒤틀린 기괴한 인상. 누렇고 뾰족한 이빨 사이로 기묘하리만큼 가느다랗고 긴 새빨간 혓바닥이 날름거리면서 드나들었다. 눈동자가 보이지 않는 흰 눈에서 쏘아진 독기가 소그드를 꿰뚫을 것만 같았다. 그것은 화살 한 대쯤 뜸 뜬 거나 마찬가지라는 듯이 맹렬하게 소그드를 향해 뛰어올랐다.

"쳇…!"

이 땅이 아닌, 일곱 층의 하늘 위와 일곱 층의 땅 아래에 살아가는 것들에게 치명상을 주는 녹송석 오늬를 단 화살을 미처 메기지 못했다. 소그드가 바르스의 고삐를 잡아당겨 몸을 피하려 한 바로 그때였다.

"흐읍!"

기합성과 함께, 안장에 달아 매어두었을 철퇴를 어느 샌가 자신의 손에 잡아 든 송무가 소그드를 앞질렀다. 요괴의 머리 형상을 새긴 유성추가 벽력처럼 요괴의 상판을 때렸다.

"케엑…!"

비명소리는 결코 크지 않았다. 이빨과 타액과 피가 허공으로 비산했다. 요괴는 발악하듯 사지를 휘둘러 도합 스무 개의 날카로운 손발톱으로 송무를 능지처참하고자 했다. 만약 붙잡힌다면 구겨진 파지가 될 것은 시간문제. 그러나 눈앞에 있는 소그드가 감히 그것을 허락하지 않았다.

갖은 짐승의 모습을 정밀하게 아로새긴 황금 장식 손잡이를 단 순수한 무쇠 칼이 허공을 섬광처럼 가르고 요괴의 가슴팍을 찔렀다.

"끼이이…."

개의 주둥이지만 기분 나쁠 정도로 인간의 것을 닮은 입으로 요괴가 죽어가는 소리를 토해 냈다. 눈동자는 없어도 헤아릴 길 없는 증오가 눈에 담겨 있는 것은 알 수 있다. 그러나 소그드는 별반 개의치 않았다. 살아오면서 쌓은 업보를 생각하면 이 정도로 움찔하는 것은 우습다. 이윽고 그 눈동자는 증오조차도 담지 못하게 되었다.

"야구자 같군요."

송무가 몰아쉬는 숨과 함께 말을 뱉었다. 소그드는 어깨를 으쓱했다.

"재미있는 이름이네."

"전쟁터에서 시체를 먹는 요괴입니다. 산 사람의 골수와 살도 꺼리는 것은 아니지마는, 요괴로서는 급수가 낮아 살아있는 자와 정면으로 대적할 수는 없기에 그리한다고 들었습니다."

"내가 함정에 걸려 죽었다면 그 시체를 처리하기엔 딱이었겠군."

"하지만 역으로 말해 살아있는 사람을 습격할 정도의 요괴는 아니란 것입니다. 분명 부리는 자가…."

"아쉽게도 놓쳐 버렸어."

비가 잦아드는 위장의 외진 숲 속에 우뚝 선 이는 소그드와 송무, 두 사람뿐이었다. 소그드는 젖은 머리카락 속에 손을 집어넣어 긁적거렸다.

"빠르네. 무슨 술수라도 썼으려나."

"화통하시군요."

"응? 왜?"

"목숨을 위협한 자를 놓쳤는데 그리 분해하시지 않는 듯하여."

"그래도 수확은 있었잖아? 저거, 담이 작아서 사람을 습격하지 않는 놈이라며. 다시 말하면 저것으로 하여금 화살을 가로막게 할 정도니까, 여간 아닌 수작을 부려놓았겠지."

소그드는 훌쩍 말에서 뛰어내렸다. 그리고 칼끝으로 야구자의 주검을 뒤집었다.

찾는 것은 금방 발견되었다. 야구자의 목에 금색 테가 둘러져 있었던 것이다. 한쪽이 뚫린 가락지, 결玦의 형태를 하고 있다. 소그드는 야구자의 목을 거진 잘라내다시피 하여 그것을 취했다.

"잘됐군요. 어떤 술법을 썼는지 알아낼 수 있다면 어떤 도문에 속한 자가 부린 수작인지, 어떤 방술사의 재주인지도 탐지할 수 있을지 모릅니다."

"좋아. 이것도⋯."

"장군?"

송무는 눈살을 찌푸렸다. 소그드가 야구자의 주검을 질질 끌어올려 말등에 실었던 것이다. 바르스가 투레질을 치며 항의했지만 요지부동인 주인을 제지할 수는 없었다.

"한패를 끌어낸다고 했잖아? 이걸로."

이역의 장수는 싱긋 웃었다.

가는 비는 이내 그쳤다. 그러나 비가 오든 가든 열정적인 사냥꾼들에게는 그리 문제가 되지 않았다.

소리쳐 몰아대는 몰이꾼들에게 쫓기던 사슴이 화살을 맞아 쓰러진다. 일부러 풀어놓은 물새들이 이리 날고 저리 날다가 탄환을 날갯죽지에 맞아 떨어졌다. 메추라기와 꿩에게도 이 이상의 재앙은 없었다. 재빠른 산토끼일지라도 그물을 든 사냥꾼에게 둘러싸이면 도망갈 길이 없다. 발악하면서 날뛰던 거대한 멧돼지는 사냥개들에게 전신이 물려 마침내 힘이 빠져 쓰러졌다.

　때때로 나쁜 운수는 사냥꾼에게도 닥쳐왔다. 어떤 이는 움푹 팬 곳을 말이 밟는 바람에 땅에 나동그라졌고, 어떤 이는 미쳐 날뛰는 멧돼지에게 들이받혀 심한 부상을 입었다. 그나마 이번 사냥에는 호랑이나 곰 같은 맹수를 풀어놓지 않았기에 참상은 벌어지지 않았으나…. 청신한 숲의 공기에 혈향이 자욱하게 퍼졌다. 참혹하기로는 짐승의 입장에서는 매한가지.

　그러나 사냥은 그칠 줄 모르고 계속되었다. 단지 예로부터 있어왔던 계절의 의례이기 때문만은 아니었다. 기수와 말이 한 몸이 되고, 뛰어난 사냥꾼이 말에게 이름을 떨칠 수 있게 하며, 훌륭한 말은 기수에게 공로를 얻게 한다. 이러한 훈련이 있었기에 화하가 변경의 오랑캐에게 맞서 싸울 수 있었을 터.

　몰이꾼들은 쉴 새 없이 바빴다. 숲 곳곳을 다니며 널브러진 사냥감을 주워 모으고 떠메고 날라, 영막 한가운데 있는 황제의 누대 앞에 그것을 잡은 사냥꾼별로 나누어 늘어놓는다. 직임을 새긴 군기가 이름과 명예를 표시한다. 열의가 식고 몸이 피로해진 이들은 그 주위에 둘러서서 쌓여가는 사냥감을 흐뭇하게 바라보았다. 가장 살지고 맛좋은 놈들은 어선방의 요리인에게 넘겨져 천하제일의 진미가 될 것이다. 같은 무게의 금은에 값한다고 하는 호초며 정향, 육두구 따위가 아낌없이 뿌려지고 여지나 마니옥 같은 진귀한 재료들도 맛을 더하리라. 그러나 왕후장상이 사사로이 데려온 요리인도 감히 뒤쳐질 생각은 하지 않았다. 그렇게 만들어진 요리가 밤에 베풀어질 연회에서 탁자 위를 상다리가 휘어질 듯이 메우고, 향기로운 미주가 금 술잔에 넘칠 듯이 따라지며, 웃고 즐기는 가운데 광대들이 연회석 주위를 말을 타고 달리며 사냥하는 흉내를 낸다. 가을밤의 각별한 즐거움이다.

그러나 조정 신료, 고관대작의 즐거움은 그것만이 아니었다. 그들 중에는 시기를 누르지 못하고 옆 사람과 시시덕거리는 이도 있었다.

"곧 해가 지겠군요. 장원은… 무후대장군이십니까."

"그분의 말과 개는 천하제일이지요. 실로 노익장이십니다."

"그나저나… 의외로 활약하지 못하는군요."

"중원의 말을 탔기 때문이라는 시시한 변명은 하지 않을 테지요."

"사냥만큼은 빠지는 데가 없다고 들었는데, 출신의 명성도 땅에 떨어졌습니다."

누구를 가리키는지는 아무도 입에 담지 않았으나 누구인지 모르는 사람은 없었다. 물론 본인까지도.

"아직 셈을 마치기에는 이른데."

"좌, 좌우림장군?!"

교의에 걸터앉아 있던 좌중은 가을 저녁의 쌀쌀함에도 불구하고 등줄기에 땀이 흐르는 듯한 기분을 맛보아야 했다. 범도 제 말하면 온다던가. 저놈의 말은 고양이라도 된단 말인가. 기척도 소리도 없이 소그드가 말을 몰아 영막 마당으로 걸어왔다. 너무 놀란 탓에 사람들은 조금 후에야 깨달았다. …코를 진동시키는 악취를. 변방의 오랑캐는 누린내가 심하다며 조소하는 작자도 있었지만 이것은 누린내에 비할 바가 아니었다.

"큰 걸 잡아오느라 말야."

소그드는 '좌우림장군'이라 새겨진 깃발 아래 무엇인가를 내던졌다. 사슴보다는 좀 큰, 하지만 전혀 닮지 않은 그것은….

"요괴…!"

"이, 이것은 야구자가 아닌가!"

앉아 있는 귀인들뿐만 아니라 비에 젖은 몸을 말리던 자, 요리사에게 참견하는 자, 짐승의 수를 거듭 세어보던 자… 너 나 할 것 없이 달려와 소그드의 사냥감을 보고 소스라쳤다. 너무나 놀랄 일이 많아 무엇을 두고 놀라야 할지 알 수 없다. 천자가 행차한 위장에 감히 요괴 족속이 어슬렁거리고 있었다는 사실과 그 요괴를 일개 필부가 맨손으로 때려잡아 버렸다는 사실. 그러나 소그드는 대수롭지 않게 말을 던질 뿐이었다.

"이거 사슴보다 높게 쳐줘?"

"…글쎄올시다. 폐하께서 결정하실 일이지만… 야구자는 교활하고 겁 많은 요괴. 잡고 싶다고 한들 잡을 수 있는 것도 아니거니와, 선원궁의 도사들이 겹겹이 도술을 펼치고 있는 지존의 거처에 함부로 범접할 수 있는 놈이 아니오."

사람들이 얼빠져 있는 와중에 백발이 성성한 노장군이 대신 대답해주었다. 이 사람이야말로 무후대장군 조찰. 황제가 일개 필부일 때 그를 도와 대업을 이룬 용장으로 그 명성을 모르는 이가 천하에 없을 터이나 소그드는 하스를 대할 때처럼 태연자약하게 대답하였다.

"맛있는 냄새가 진동해서 이끌려 온 것 아냐? 어쨌든 잡았으니 됐잖아. 대단찮은 놈이라면 괜히 잡느라 고생만 한 거네."

"대단찮을 리가. 실로 장원에 마땅한 공로. 과연 위명에 어울리는 무용, 변방의 동량이로다. 무용담을 듣고 싶구료."

노장군은 빙긋이 웃으며 찬사를 바쳤다. 이로써 추선의 장원이 누구인지는 결정된 것이나 마찬가지리라.

그러나 소그드의 얼굴에는 이렇다 할 감흥이 깃들지 않았다. 그는 짐짓 과장된 태도로 두 팔로 몸을 감싸고 부르르 떨었다.

"뭐, 그거야 먹고 마시면서 얼마든지 이야기할 수 있는 일이고… 지금은 옷을 갈아입고 싶은걸. 이런 추레한 꼴로 폐하 앞에 나설 수야 없잖아?"

"오오. 이 늙은이가 눈치도 없이 붙잡았구료."

다른 사람도 아닌 대장군이 손짓해 보낸 덕분에, 소그드의 이야기를 기대하던 이들 모두 지금은 참을 도리밖에 없었다. 그 고마움을 아는지 모르는지 소그드는 바르스를 독려해 자신의 막사로 향했다. 그러면서 그는 오로지 목소리만을 등 뒤로 던졌다.

"너는 옷 안 갈아입어도 돼?"

"…괜찮습니까? 이대로 내버려둬도."

소그드를 뒤따르던 기수가 조용히 반문했다. 그러나 송무의 수심을 날려버리기라도 하려는 양 소그드의 대답은 그저 쾌활했다.

"안 괜찮을 일이 있어?"

"장군을 함정에 빠뜨리려고 한 자가 어디서 암약하고 있을지 모르는 판국에…."

"적어도 한 녀석은 어디 있는지 알고 있으니까."

"예?"

근엄한 입술 사이에서 재미있을 만큼 얼빠진 소리가 튀어나온다. 소그드는 큭큭 웃는 한편, 그가 쏘는 화살에 못지않게 예리하고 빗나감 없는 시선을 그들이 떠나온 방향으로 던졌다.

"이름은 모르지만 말야. 머리카락은 까만데 수염은 눈처럼 희고, 초록색 옷에 은실로 수놓은 동개를 맨 얄밉게 생긴 부루말을 탄 녀석. 별로 사이가 안 좋은가, 말 타는 게 영 불편해 보이던데."

사람보다는 말에 대한 설명이 비중이 높아 보이지만 어쨌든 송무는 누구를 가리키는지 알 수 있었다. 그는 구태여 돌아보는 어리석은 짓은 하지 않았다.

"사부낭중 등린 공 말씀이시군요."

"내가 그 망고스… 야구자를 사냥감 더미 위에 던졌을 때, 주위에 있던 모두가 야구자를 쳐다보는데 그 녀석만 나를 얼빠진 얼굴로 보고 있더라고."

그 표정이 떠올랐는지 소그드는 낄낄 소리 내어 웃었다. 오히려 웃을
수 없는 것은 송무 쪽이었다. 호방하고 후덕하다 알려진 문관이, 이런 추
잡한 음모에 발을 들이고 있다는 사실은 염두에 두는 것만으로도 욕지기
가 치밀었기에.

"어찌하시겠습니까?"

"어찌할 것도 없어. 두고 봐야지. 굴에서 머리를 내민 다음에야 올가
미로 잡아챌 수 있는 것 아냐?"

"하지만 그 동안 더욱 교묘한 수작으로 장군을 노리기라도 한다면…."

처음으로 소그드가 송무를 돌아보았다. 노여움도 조소도 찾을 길 없
는, 천연덕스러운 얼굴 그대로.

"방금 내 수완을 보고도 하는 이야기야?"

"장군의 무용을 폄하할 생각은 아닙니다만… 제아무리 걸출한 사람이
라도 방심이라는 발밑의 돌은 있는 법입니다."

고독蠱毒, 음식의 독, 잠이 든 동안의 암습… 송무는 사적에 피로 쓰인
섬뜩한 문장을 몇 줄이나 떠올릴 수 있었다. 그러나 사서를 읽지 않은 오
랑캐는 눈썹 하나 까딱하지 않았다.

"혼자라면 그렇겠지. 하지만 난 혼자는 아니니까."

물끄러미 응시하는 웃음기 어린 시선에 젊은 장사는 무심코 중얼거
렸다.

"저를 믿으십니까?"

두 사람이 만난 지 불과 며칠이며 이야기를 나눈 지 겨우 몇 시진이라
고, 어째서 이런 눈으로 볼 수 있단 말인가. 그러나 소그드는 시원스레
고개를 가로저어 송무의 당혹감을 키웠다.

"사실 숲에서 만났을 때만 해도 너 역시 그런 놈이 아닐까 생각했

던가."

"그렇게 말씀하시는 뜻은… 지금은 다르다는 것입니까."

"아니, 별로."

이 사내가 하는 말에 사람이 예상할 수 있는 데는 조금도 없다. 어처구니없다는 표정을 지우지 못하는 송무에게, 소그드는 그저 웃어 보일 따름이었다.

"네가 나에게 해주는 만큼 나도 너에게 해주면 돼. 이 나라에도 그런 말이 있지 않던가?"

"…그렇습니다. 표현은 좀 더 어렵습니다만."

그러나 결국 받아들일 수밖에 없다.

후우, 한숨과 함께 어깨를 늘어뜨리는 송무에게 소그드는 시원스럽게 손짓했다.

"옷 갈아입으러 안 갈 거면 돌을 달궈서 양고기 익혀줄게. 몸이 따뜻해질걸."

"곧 연회가 있을 텐데요."

"그거 좀 먹는다고 밥통이 꽉 차겠어?"

"하긴 그러합니다만."

상아로 만든 것 같은 하얀 손가락이 옻칠한 붓대를 내려놓았다. 정엽은 서안에 펼쳐진 면지, 그 하얀 위를 까맣게 채우고 있는 자신의 글줄을 다시 한 번 눈으로 훑었다. 시부와 책문, 어느 것 하나 부족함이 없도록 써 내려갔지만 또 모를 일이다.

"있지, 듣고 있어?"

만약 과시의 시관이 이토록 치열한 방해 속에서 답안이 이루어진 사실을 알았더라면, 아마 석차가 몇 석이라도 더 높아졌을지 모른다. 그러나 정엽은 자신의 고난을 구태여 원망하지 않았다. 또한 자신의 상 앞에 북변 사람들이 쓰는 기물, 여느 때는 접어서 들고 다니다가 필요하면 펼쳐서 걸터앉는 호상을 둔 채 죽치고 있는 이도 탓하지 않았다.

"듣고 있습니다. 이미 형님께 한 번 들은 이야기지만요."

"뭐야. 현성이 선수를 쳤어?"

"덕분에 염려할 일이 줄어 잘된 것 아닙니까. 사부낭중과 교분을 나누는 이들 중에 도당을 지은 자들이 있다면 형님께서, 혹은 아버님께서 가려내실 테지요. 무후대장군께서도 당신을 기껍게 여기시는 것 같으니 또한 힘이 될 겁니다."

"그거 말고 말이야. 할 이야기 없어?"

소그드는 호상에 걸터앉아 한쪽 다리를 꼰, 실로 방만한 모습으로 초조하게 물었다. 불퉁한 그 얼굴이 따져 묻는 것은 정엽도 능히 알만하였다. 추선에서는 장원, 과녁의 정중앙을 맞히는 시제와 화살이 깊게 박히는 것을 겨루는 음우에서도 필두를 차지하였던 사내. 그러나 그가 바라는 것은 정엽이 던지는 축하의 말… 아니, 그것을 빌미로 한 다른 일일 터였다.

어디 낚여줄 쏘냐. 정엽은 시치미를 뗀 채 어렴풋이 들던 의문을 입에 담았다.

"그러고 보니 송무라는 분에 대한 평가가 대단히 후하시더군요."

"엑."

그러나 말을 돌리려던 정엽의 이야기는 생각지도 않은 효과를 낳았다.

고양이를 어루더듬다가 꽉 누르면 이와 같은 소리가 날까. 정엽의 시선을 받은 소그드는 불현듯 날씨가 알고 싶다는 양 창 밖으로 시선을 돌렸다. 쾌청한 가을 하늘이 펼쳐져 있지만 서재 안은 암운뿐이다.

"왜 그러시는지요?"

"아니, 아니, 뭐, 아무것도 아냐. 좋은 놈이지! 이 나라에도 쓸만한 녀석들이 있더라니까!"

"쓸 만한 것은 무예뿐이던가요?"

"너 안 만났으면 꼬셔봤겠는데… 그렇게 생각한 건 절대로 아니니까!"

사심이 없는 정엽의 물음에 비해 오히려 자폭한 것은 다름 아닌 소그드 자신이었다.

"……."

무덤 속과 같은 침묵. 끝없는 초원이 좁다는 양 내달리며 기족의 적을 무수히 매장해 온 사내가, 지금은 감히 정면을 돌아볼 용기를 내지 못했다. 그 어떤 판관도 앞에 앉은 사람처럼 그를 지금처럼 떨게 만들지는 못하리라.

"거짓말은 서투시군요."

"아니, 그러니까…."

"그렇게 주눅 들지 않으셔도 됩니다. 굳이 옛날이야기를 듣지 않아도, 당신이 꽤나 분방하게 지냈다는 건 짐작이 가니까."

"아, 그렇지만 말이야! 이제는 너밖에…."

소그드는 기운차게 고개를 돌렸다. 그리고 돌덩이처럼 굳어버렸다.

웃고 있다. 그러나 만면에 웃음을 띠고 있음에도, 어떤 미인도보다 아름다운데도… 모골이 송연한 것은 어째서란 말인가.

"예에, 옛날 일은 묻지도 따지지도 않습니다. 다만…."

드륵 하고 서안이 요란한 소리를 냈다. 여느 때라면 상상도 할 수 없을 정도의 거친 동작으로, 정엽은 서안을 옆으로 밀치더니 발을 걷어차는 모양새로 내질렀다. 그 버선발이 찍어누르다시피 한 것은—소그드의 아랫도리.

정엽은 한 치도 온화한 표정을 흩트리지 않고, 이번에는 쇳덩이처럼 굳어진 소그드의 얼굴을 향해 미소를 던져 보였다.

"다른 남자의 엉덩이에 들이댄 것을 제 엉덩이에 들이댄다면, 응분의 보답을 할 뿐이지요."

짜부라뜨릴 작정은 아니지만 (지금은) 충분히 경고가 되었을 것이다. 그렇게 생각한 정엽이 몸을 바로잡고 자세를 단정히 하려 했을 때였다. 발에 느껴진 감촉에 불꽃이 확 피어오르는 양 백자 같은 볼이 붉어졌다.

"…이런 일을 당해도 기분이 동하는 겁니까?"

"너 때문이잖아."

제아무리 소그드라 해도 이런 상태는 다소 민망한 듯, 대답이 우물우물 나왔다.

"제가 무엇을…."

"장사문이라는 녀석에게도 채찍질을 했다며."

"그러니까 그게 어쨌다는 겁니까!"

"그런 걸 좋아하는 녀석도 있단 말이지."

"그런 취미셨습니까!"

"너 때문에 생겨버렸잖아."

정엽은 머리를 절절 흔들며 자리를 박차고 나가려 했다. 이 기기묘묘한 대화를 계속 이어나갔다간 머리가 이상해질지도 모른다. 하지만, 물론 충분히 예상할 수 있는 일이지마는, 소그드가 그렇게 하도록 놔두지 않았다.

우악스러운 손이 팔을 붙들더니 거칠게, 그러나 결코 아프지는 않게 잡아당겼다. 당황하고 있던 참이라 정엽은 나동그라질 수밖에 없었다.

다른 곳도 아닌 상 위로 덮쳐든 소그드의 품속으로. 몸이 맞닿자 남자의 욕정이 더욱더 확연히 느껴졌다.

"이렇게 만들어놓고 도망가기야?"

"모쪼록 도망가게 해주시길 바랍니다!"

"그러면 곤란한데. 나, 요즘 혼자서 하지도 않는다고? 이렇게나 바라는 사람이 손 닿는 곳에 있는데 외톨이로 열 올려봤자 허무하잖아."

소그드의 목소리가 나지막히 속삭였다. 그 파렴치함과는 별개의 이유로, 정엽의 뺨에는 꽃의 붉은색이 더해졌다. 희롱하는 소리는 늘 듣는다. 사랑한다는 말은 끝도 없다. 그러나 그가 정엽을 정말로 원할 때의 밀어는, 그 열기 자체가 달랐다.

무엇보다도 그 내용─하늘 아래 그가 정을 토해 내는 상대는 단 한 사람뿐이라는 말.

"저야말로 곤란합니다. 당신이 좋을 대로 하기 시작하면, 저는 아침까지도…."

"사랑해."

이 얼마나 교활한 남자란 말인가.

사냥꾼의 재주로 그는 언제나 정엽을 달아날 수 없는 곳으로 몰아넣는다. 정엽이 할 수 있는 저항이라곤 상기된 입술을 꾹 깨무는 것뿐이었다.

그러나 지나치다고 생각하는 이는 정엽만이 아니었다.

단정하기 이를 데 없는 정엽이 평소에는 보일 리 없는 언사. 그것은 필시─질투.

그런 사랑스러운 모습을 보인 주제에, 그대로 돌려보내 동떨어진 채 밤을 지새우게 한다면 너무한 처사가 아닌가.

그렇게 생각하며 소그드는 정엽의 목덜미, 그 머리카락에서 나는 향내에 실컷 취했다. 그러나 아무리 그라 해도 큰일을 앞둔 정엽에게 도를 넘을 정도로 어리광을 부릴 뜻은 없었다.

"몸을 혹사시키기 싫다면 손으로 해줘도 상관은 없는데?"

"네…?"

명석한 정엽이라도 그 말의 의미를 깨닫는 것은 한 호흡 늦었다.

고혹적인 순백이 어쩌면 이다지도 붉어질 수 있을까. 그리고 이렇게까지 정엽의 얼굴빛을 바꿀 수 있는 이는, 그것이 수치심이나 노여움이라 할지언정 분명 자신뿐… 소그드는 그 사실에 비할 데 없는 만족감을 느꼈다.

"발로 해도 괜찮아. 아, 입으로 해보고 싶었던 거야?"

"소그드!"

노성은 입술 사이로 사라졌다.

정말로 화났다면 말로 끝내지 않는다. 무엇보다 망연히 응해주는 혀가, 겹쳐진 몸으로 전해지는 열기가 정엽의 솔직한 감정을 대변하고 있다.

"자…."

소그드는 실로 아쉬운 듯이 정엽을 밀어내었다. 그리고 허리띠를 풀고 자신의 것을 아낌없이 드러내었다.

정엽은 기막힌 얼굴로 그것을 바라보았다. 본디부터 남의 몸은커녕 자신의 몸에도 흥미가 없었다. 타인의 치부를 이렇게까지 뚜렷하게 보게 된 것은 최근이다. 언제 보아도, 이것을 자신이 받아들인다고는 믿어지지 않을 정도의 흉기. 짓궂은 장난에 불과한 자극에도 분기탱천하여 정엽에게 무언의 호소를 하고 있다.

"안 해주는 거야? 추운데."

"……"

소그드의 터무니없는 말을 따르고 싶은 생각은 추호도 없었다. 그러나 밤새도록 시달리면 다음 날의 공부에 지장이 오는 것도 틀림없는 사실이었다. 심하면 상 위에 앉아 있기조차 고역이 된다. 마침내… 정엽은 이를 악물고, 손을 뻗어 소그드의 것을 손가락으로 감쌌다.

"……."

자신에게는 다행한 일이지만—정엽이 짜부라뜨린다는 선택지를 잊은 것은 아니었으므로—소그드는 더 이상 농을 건네지 않았다. 다만 숨소리만이 확연하게 거칠어졌다. 정엽은 구태여 고개를 들어 그 표정을 확인하지 않았다. 그저 상에 반쯤 엎드리다시피 하여, 다리를 꼬고 앉은 소그드의 무릎 위에 머리카락을 드리우고선 몰두한 듯이 손가락을 움직일 뿐.

스스로를 즐겁게 한 적은 없다. 하지만 소그드가 그에게 쾌락이라는 것을 철저하게 가르쳐주었다. 그 자신도 한심해할 정도로 서툰 흉내였지만 정엽은 묵묵히 육봉을 어루더듬고, 젖은 끄트머리를 손끝으로 문질렀다.

이윽고 정엽은 초조해졌다. 왜 소그드는 입을 다물고만 있을까. 어째서 이렇게까지 하는 데에도 그의 것은 반응만 할 뿐 절정에 이르지 못하는 것일까. 어차피 스스로가 이런 분야의 소양이 부족하다고 알고 있음에도, 정엽은 분한 기분마저 들고 말았다. ……소그드가 이 황홀한 순간을 조금이라도 연장시키기 위해 한껏 참고 있다는 것을 모른 채. 새끼 은어처럼 희고 매끈한 손가락이 다른 데도 아닌 자신의 거무스름한 양물에 휘감긴 광경이, 정엽이 자신을 위해 봉사하고 있다는 사실이 미칠 듯 그를 부추기는 데도 불구하고.

오로지 본능의 촉구로 정엽은 홍순紅脣을 열어 소그드의 것을 머금었다.

"우, 와…."

비로소 소리다운 소리가 소그드의 목구멍을 통과했다. 의미는 알 도리 없었지만 그것을 탐구할 여유가 정엽에게 있을 리 없었다. 입 안을 가득 채우는 질감을 느끼며, 그 와중에 가까스로 혀를 놀려 핥는 것만으로도 그에게는 힘이 부쳤다.

"흐, 응…."

자신도 모르게 목울대가 움직인다. 혓바닥에 퍼지는 비릿한 맛에 도리어 군침이 돈다. 분명 서툴기만 할 텐데도 소그드의 것은 착실한 반응을 정엽에게… 그의 점막에 전해 주었다. 그와 동시에 정엽은 자신의 중심도 견딜 수 없는 열기를 띤 것을 깨달았다.

이 무슨 추태인가. 그러나 그만두기에는 이미 늦었다.

"정엽…."

도취된 목소리가 정엽의 고막까지 태웠다. 소그드의 손가락이 부드럽게 정엽의 귀 언저리를, 턱을, 불룩해진 뺨을 쓰다듬고, 끝을 가볍게 묶었을 뿐인 머리카락을 풀어 헤쳤다. 가닥가닥 흐트러지는 머리카락이 휘장처럼 정엽의 옆얼굴에 드리워졌다. 수치스러운 모습을 감출 수 있어 정엽은 아주 조금 안도했지만, 드러난 맨살에 휘감기고 스치는 머리카락의 감촉이 끝내준다고 여기는 소그드의 속내는 짐작하지 못했다.

"크, 윽…!"

마치 어린아이처럼 맹목적으로 빨아들이기만 하는… 그러나 그래서 더욱 그를 달뜨게 하는 구음으로, 소그드는 마침내 절정에 이르렀다.

"…읏! 쿨, 럭…."

아직까지 이런 행위에 통달하지 못한 정엽은 입을 뗄 기회를 놓치고 말았다. 넘쳐흐르는 쌉싸름한 맛. 그는 만취한 것처럼 휘청거리며 고개를 들었다. 몽롱한 빛에 물든 청옥의 눈동자. 그리고 섬세한 턱 선을 타고 엉망진창 흘러내리는 타액과 남자의 정. 멍하니 소매로 닦으려던 정엽의 팔을 소그드의 손아귀가 덥썩 잡아 만류했다.

"…너도 혼자서는 안 풀지?"

흡사 불씨가 사그라지는 화로에 기름을 부은 것처럼, 소그드의 눈에는 열기가 지펴지고 있었다.

"나중에 혼쭐내줘."

혼내 봤자 오히려 좋아하시지 않습니까. 그보다 혹사시키지 않기로 한 약속은 대관절 어떻게 된 거지요―정엽은 그렇게 쏘아붙이고 싶었으나 하지 못했다. 입안을 채우고 있는 짐승의 맛을 뱉지도 삼키지도 못하고 있었으므로.

그는 그저 자신을 상 위에 눕히는 소그드의 손길을 느끼며, 앞으로는 어떻게 말려야 하나 막연하게 생각할 뿐이었다.

3장

"헤에…."

소그드는 뜻 모를 소리를 뱉었다. 좀처럼 놀라지 않는 그에게 있어 그 것은 실로 최상급의 감탄사라 할 만했다.

아직도 겨울 추위가 선연한 정월의 한 중간. 황도 동남쪽의 포석 깔린 광장 입구에 소그드는 서 있었다. 여든 한 구획의 방으로 나뉜 황도에서, 이 구획은 오로지 한 건물만이 차지하고 있었다.

소그드의 시선이 닿는 곳 어디에나 사람으로 가득 차 있다. 저 이외엔 말 탄 이가 없어 소그드의 시선은 까마득히 높은 곳에 있건만, 건을 쓴 사람의 머리가 이루는 까마득한 지평선이 그나마 공터 가장자리를 두르고 있는 담벼락에 막히기 전까지 끝없이 이어지고 있었다. 그 풍광은 소그드로 하여금 고향에서 벌어지는 여름 축제를 떠올리게 했다. 활쏘기와 씨름, 그리고 최고의 명마를 뽑는 경주가 벌어지는 축제는 초원 주민들의 지극한 즐거움이었다. 어지간히 어려운 처지가 아닌 한에야 사람들은 게르를 수레에 실어 가족들을 태우고, 친지들에게 나눠 줄 선물까지 말등에 높다랗게 쌓아올린 채 축제가 열리는 성산으로 내닫는 것이다. 평소에는 신성한 장소로 꺼려지는 들판에 온통 새하얀 게르 지붕이 펼쳐지는 광경은 그 자체로도 장관이었다.

그러나 고향의 축제에 모여든 사람들의 면면이 기대감과 즐거움으로 빛나는 반면, 지금 소그드의 주위에서 그를 흘겨보는 사람들의 얼굴은 먹구름이 가득한 하늘과 다를 바 없었다. 오늘 날씨가 이다지도 쾌청한

데도 불구하고.

"이보쇼! 당장 말에서 내려요! 누구 밟아 죽일 일 있소!"

"이 녀석? 잘 길들여 놔서 날뛸 일은 없을 거야."

"그걸 염려하는 게 아니잖소! 이 많은 사람들이 왜 걸어서 예까지 왔다고 생각하시오!"

"알았어, 알았어. 나도 내려서 걸을게. 그러면 되지?"

꽥꽥 고함지르면서 질서를 유지하던 서리의 과녁이 소그드에게로 돌려졌다. 소그드의 응수는 도저히 그의 마음에 차지 않았지만, 서리가 흰 눈을 뜨면서도 소그드를 내버려둔 데에는 두 가지 이유가 있었다. 첫째 소그드의 당당한 풍채와 고급스러운 마구馬具가 그의 신분이 높음을 짐작케 했음이요, 둘째 그를 잡고 실랑이하지 않아도 실랑이할 일은 무수히 많았기 때문이다. 덕분에 소그드는 바르스의 말고삐를 잡은 채 유유히 인파를 헤치고 나갈 수 있었다.

다행히 그가 찾는 이가 금방 발견되었기에 그리 오래 눈총을 받지 않아도 되었다. 초라하고 구질구질한 행색, 초조한 낯으로 연신 눈을 굴리거나 보퉁이에서 서적 뭉치를 꺼내 뚫어질 듯 보고 있는 자들 가운데서… 조용히 서 있는 정엽의 모습은 실로 군계일학이었다. 이채로운 용모는 다른 장소였다면 사람들의 시선을 한 몸에 받았을 것이나 모두가 하나같이 자신의 등과, 자신의 출세, 자신이 써낼 답안에 골몰하여 있는 이곳에서는 그다지 주목을 받지 않았다.

말발굽 소리를 들은 정엽은 이윽고 고개를 들었다. 하늘빛과 우열을 논할 만큼 새파란 눈동자가 소그드를 담고는 커다래졌다.

"소그드. 이곳에는 어쩐 일로?"

"보자마자 하는 이야기가 그거야? 공부에 전념하게 해달라고 현성이 바짓부리를 잡고 매달리는 바람에 벌써 몇 달째 못 봤잖아. 오늘이 그날이라는 것도 겨우 듣게 된 거라고."

"형님께서 고생하셨군요."

"왜 진작 말 안 했어?"

"보시다시피 이런 판국이라서요. 오는 것도 만나는 것도 어려울 듯싶어 끝나면 기별을 드릴까 했습니다."

소그드는 쓴웃음을 지으며 주위를 둘러보았다. 하루 밤낮 말을 달려도 집 한 채 볼 수 없을 때조차 간혹 있는 초원. 그곳에서 온 소그드로서는 이와 같은 소란 통이 불편한 것은 사실이었다.

"너처럼 글 읽는 녀석들이 온 화하에서 몰려온 거야?"

"아니오. 이 시험은 도시都試. 황도에 사는 독서인만이 치를 수 있는 시험입니다."

"헤에?"

"게다가 이것이 끝도 아니지요. 도시에 등과를 하면 다음은 본시本試. 도시와 전국의 향시에서 등과한 이들이 태학에서 심신을 가다듬고 학문을 깊게 하여 치르는 과시입니다. 이것을 등과하면 다음은 전시殿試가 기다리고 있지요. 황제 폐하 앞에서 문장과 식견을 뽐내는데, 영 미달하지 않으면 홍패를 빼앗기는 일은 없습니다만 또 모르는 일입니다."

정엽은 재미있게 바뀌는 소그드의 표정을 보고는 미소했다. 소그드가 뇌까린 말은 그의 표정보다는 담박했다.

"하여간 화하에서는 일을 키우길 좋아하는군."

"공정을 기하기 위함이니까요. 과시에 청춘을, 나아가 일생을 바치는 이도 적지 않답니다."

"그래서 다들 표정이 죽상이었던 거네."

입신양명, 네 글자에 현혹되어 꿀에 달려드는 벌과 나비처럼 모여든 사람들. 그러나 파리한 낯빛과 추레한 행색은 결코 쉬운 길이 아니라고 웅변하는 것만 같았다. 오죽하면 과시를 치르는 이 장소를 '가시울타리'에 빗댈까.

그렇다. 소그드의 눈앞에 있는 단 한 사람을 제외하고는 모두가 그랬다.

"너는 괜찮아?"

"괜찮지 않습니다."

흔쾌한 표정과 어조는 말의 내용과는 너무 달랐다. 따라서 그토록 민첩한 그인데도 불구하고 소그드의 대답은 다소간 늦을 수밖에 없었다.

"안 괜찮아?"

"오랫동안 도문에 들었던 몸이 쓴 글이 얼마나 시관試官의 눈에 들지 알 수 없을뿐더러… 설령 등과할 만한 실력이 있다 하더라도 과거에 도사였다는 사실을 들어 뒤늦게라도 낙과할지 모르지요. 또한 황실의 일원은 종과라고 하는 별도의 과시를 봅니다. 저는 황적에서 나왔다는 구실을 대었습니다만 상소가 빗발치는 듯하니 언제 결정이 뒤집힐지도 모르는 일입니다."

소그드는 눈을 깜박거렸다. 아무래도 정엽이 난처한 처지에 처해있다는 것은 이해가 갔지만, 실감은 나지 않았다. 왜냐하면….

"그렇게 말하는 것치곤 불안해 보이진 않는데."

"그렇게 보이나요?"

정엽은 미소 지으며 자신의 얼굴을 만졌다. 소그드는 그 표정에서 눈을 떼지 못했다.

"입신양명도 결국은 형체. 형체야 어떠하든 변하지 않는 것이 있다는 사실을 저도 이제는 알고 있으니까요. 그리고…."

그 미소가 더욱 깊어졌다.

"설령 제가 등과하지 못하더라도 먹여 살리겠다고 말씀해 주시는 분이 계셔서 제 마음이 한결 평온한 것인지도 모르지요."

소그드는 알 수 있었다. 정엽은 결코 불안해하고 있지 않았다. 그러나 다소 긴장한 상태일지도 모른다.

그렇지 않고서야 타인 앞에서 지극히 신중한 그가 이토록 고혹적인 미소를 내보이며, 다른 누구도 아닌 소그드의 약속을 고운 입술에 올릴 리 없지 않은가.

서리의 고함 소리가 아득하게 들렸다. 정엽은 고개를 기울여 앞쪽을 일별하고는 다시 소그드를 돌아보았다.

"곧 과시장에 들어가겠군요. 먼저 돌아가 주십시오."

"언제 끝나?"

"사흘 뒤입니다."

정엽은 질린 표정을 감추지 못하는 소그드를 보고 또다시 웃었다.

"그럼, 나오는 대로 바로 기별하겠습니다. 조심해서⋯."

정엽이 그렇게 말하는 순간 책 보따리를 산더미처럼 짊어진 사람이 정엽의 뒤를 지나갔다. 그리고 마침 소그드의 뒤에는 바르스가 있었다.

극히 일순간 생겨난 두 사람만의 공간에서, 소그드는 정엽의 얼굴에 자신의 것을 가져갔다.

영겁으로 만들고 싶은 찰나가 지나가고 소그드는 슬쩍 굽혔던 허리를 폈다. 이제야 비로소 남들처럼 상기되어―많은 독서인들이 대개 창백한 낯빛을 하고 있기 때문에 이곳에서 그렇게 표현하긴 적절하지 않지만― 얼굴빛이 달라진 정엽이 한껏 그를 쏘아보았다.

"정말이지 절조라고는 없으십니다."

"행운을 비는 거야. 받아 둬."

"기족의 풍습에 입을 맞춰서 행운을 비는 일이 있다고는 들어 보지 못했습니다만."

"이건 내 특제."

정엽은 더 이상 힐난하길 포기했다. 벽 보고 외치는 것이나 마찬가지다. 무엇보다 시간도 없었다.

서리가 버럭거리는 소리에 쫓겨 몸을 돌리는 정엽의 귓가에 나지막한 목소리가 와 닿았다. 주위가 아무리 시끄러워도, 어떠한 장애도 없다는 듯이.

"사랑해."

그 말이 얼마나 터무니없는 힘을 주는지—그것은 정엽도 마찬가지다.

정엽은 의연하게 가시울타리의 문을 지나 안으로 들어갔다.

그 뒷모습을, 소그드는 그 자리에 못으로 때려 박힌 양 언제까지고 바라보고 있었다.

과시장은 실상 거대한 장원이었다.

대문에 이르러 정엽은 철저한 몸수색을 받았다. 간소한 보퉁이가 모조리 풀어 헤쳐지고, 가혹한 서리는 심지어 정엽의 몸까지 더듬었다. 고매한 이상에 매달리는 독서인에게 이런 무례는 지나친 폭거였다. 그리하여 입신양명의 길을 폐하는 이들 또한 왕왕 있었으나 정엽은 그다지 불쾌감을 느끼지 않았다. 다만 소그드가 대문 안까지 따라 들어오지 않아서 다행이라고만 막연하게 생각할 뿐.

이어 소문을 빠져나가면 보이는 것은 탄탄대로. 대로 끝에 활짝 열려 있는 중문 너머에는, 경황이 없는 탓에 자세히 볼 수는 없지만 건물이 한 채 자리하고 있었다. 대로와 일직선을 이루고 있는 그곳에 모셔진 것은 옛 성현의 초상. 그 아래의 상에 시관들이 일렬로 좌정하고 있다. 천하의 대소사를 맡게 될, 나라로부터 보배로운 옥패를 받아 관을 쓰고 조복을 걸치게 될 인재를 선발하는 막중한 직책. 저울과 거울처럼 공정하고 분명해야 할 그들이 기다리고 있는 장소를 형감당衡監堂이라고 이른다.

제대로 볼 수는 없지만 정엽은 그 건물을 향해 큰절을 올렸다. 그리고 또다시 서리의 재촉을 받아가며 중정의 좌우에 자리한 별채로 향했다.

어떤 관청이며 사가私家의 그것과도 같지 않은 거대한 별채는 수백의 협실로 나뉘어 있었다. 상 하나와 이부자리, 요강이 있는 좁다란 그 방이야말로 독서인이 사흘간 심원한 지혜를 짜내고 웅대한 포부를 밝혀야 하는 장소.

좁은 곳을 꺼림칙하게 여기는 이라면 뛰쳐나갈지도 모르는 거기에 짐을 풀고, 정엽은 가볍게 숨을 내쉬었다.

문은 닫혔다. 앞으로 사흘간 저 문으로는 문제를 기록한 서지와 답안, 식사만이 드나들 것이다. 어머니의 뱃속만큼이나 철저한 고립.

하지만 정엽은 불안해하지도 두려워하지도 않았다. 그의 일부분은 저 바깥의 어딘가에 분명히 이어져 있다. 가령 관짝 안에 들어가 있다 해도 그것을 끊을 수는 없으리라.

조용히 앉아 때를 기다리는 정엽의 입가에는 미소마저 감돌고 있었다.

창궁제 즉위 21년째 되는 해. 예공詣公3년, 그해의 시관들은 실로 난감한 문제에 봉착했다.

폐서인된—그러나 본인이 강력하게 주장했기 때문에 이루어진 일일 뿐 실제로 죄인 취급은 받지 않는 전前 영명왕 건영, 자로 정엽이라고 이르는 자가 과시에 응했기에.

시관들은 갈피를 잡을 수 없었다. 만약 금상천자가 아들의 과시에 대해 한마디라도 언급했다면, 지존이 마음을 쓰고 있다는 의미이므로 자연히 배려하게 되었을지도 모른다. 그러나 황제는 마치 그런 일이 존재하지도 않는 것처럼 일언반구도 하지 않았다.

지금까지 조용히 도사로서 살아가던 황이자가 돌연 죄를 청하고 신분을 버린 것은 어째서인가? 관직에 나아가고자 하는 것은 무엇 때문인가? 입신출세라고 짐작한 자들은 그 아둔함을 실컷 조소당했을 뿐이다. 마음만 먹으면 옥좌에도 도달할 수 있는 자가 어째서 황제의 위광에 비하면 보잘것없는 신하의 삶에 투신한단 말인가?

그렇기에 시관들은 더욱 노심초사할 수밖에 없었다. 이미 21년 전, 천하의 질서는 한 번 뒤집힌 적 있다. 아무리 무도하다고 해도 천명으로 인세를 다스리던 군주가 심지어 혈족의 손에 시해된 것이다. 백성의 고통을 구제한다는 공으로 섬겨야 할 숙부, 황제라는 공을 처단한 남자… 창궁제는 그 후로도 제위를 위협하는 자들을 가차 없이 처단하였지만, 훌륭한 인재를 가려 뽑고 지방에 학교를 세우며 바른말 하는 상소를 치하하는 등 공의 길을 막지는 않았다.

그러나 지금, 자칫하다간 그 공이 어그러진다.

형감당에서 진중하게 좌정하고 있지만 실상 우왕좌왕하는 시관들을 진정시킨 이는 시관두이자 태학좨주 석인. 청렴하고 강직하기로 천하에 이름을 떨친 석지 공의 아들로, 호부 밑에 견자 없다는 칭송을 받는 인물이었다.

"우리의 소명은 저울과 거울같이 천하의 인재를 가려낼 뿐이오. 저울은 재는 것이 금은이든 곡식이든 개의치 않고, 거울도 미인과 추녀를 분별하여 꺼리지 않소. 이번 과시를 보는 독서인 중에 누가 있다고 한들 그것이 우리와 무슨 상관이겠소?"

물론 그 원칙에 이론은 없다. 하지만 그럼에도 불구하고 동료 시관은 염려스레 반문했다.

"하지만 이대로라면 그분이 등과하든 낙과하든 구설에 오르게 될 것이오."

"독서인의 이름은 덮어 가리고, 답안은 서리가 베껴 써서 필체를 알아보지 못하게 하는 법. 구설에 오를 이유는 없소."

"서리를 매수하는 방법도 있지 않소이까."

"그것까지 의심한다면 우리는 감히 형감을 칭하지도 못할 거요. 천하만민 중에 몸을 망치고 가산을 거덜 내면서까지 과시에 열과 성을 다하는 인재가 있는 것은 그것이 공에 이르는 길이라고 믿기 때문이 아니오? 그 믿음에 보답할 수 없다면 과시 따위는 없어지는 것이 나으리다."

학식과 엄정함을 인정받아 과시의 시관이 된 이들은 그들의 존재 의미 자체를 시원스레 부정하는 말을 듣고 질린 얼굴이 되었다. 그러나 한편으로 반론의 여지 또한 없었다.

"알겠소이다. 우리도 열과 성을 다하도록 하지요."

"서리를 늘리고 부정을 저지르지 않도록 철저히 살피시오. 아, 이번만큼은 도시에도 성명을 묶어 봉하도록 해야겠소이다. 얼마나 수고를 들이든, 어느 정도로 시간이 빼앗기든 신경 쓸 일은 아니오. 그것이 형감의 도리이니까."

실로 판관에 가까운 준엄함으로 관두는 선언하였다.

예공3년의 과시는 어디서나 화제에 올랐다. 관청이건 기루이건 고관대작의 저택이건, 글 깨나 안다는 사람이 모이는 곳은 어디에서든.

어떤 자는 전前 왕을 비웃었다. 어떤 자는 비난했다. 시관들이 황제에게 본때를 보여 주기 위해 전 왕을 딱 잘라 낙과시키리라고 속삭이는 불손한 자도 있고, 아무리 그래도 금상천자의 위엄이 서슬 퍼런 이상 실력과 무관하게 등과할 것이라 호언하는 자도 있었다. 어느 쪽도 그다지 달가운 분위기는 아니었다.

어렸을 때에는 삼재라 일컬어졌다 해도 도문에 몸담아 학업을 멀리한 자. 이제 와 경세의 학문에 전념한다 한들 얼마나 성과가 있겠느냐는 것이 중론이었으나….

도시가 끝나고 관계가 대부분이 초조하게 등과방이 나붙길 기다릴 때즈음, 한 장의 답안이 호사가의 입방아에 올랐다.

태학에 속한 서리가 과시의 답안을 필사하다가 그 문장이 하도 걸출하여 파지에 옮겨 적어 품어 가지고 나온 것이라던가.

유려하면서도 명료한 문체, 충정이 느껴지는 한편 실질강건한 뜻. 그것은 황도의 글줄 깨나 읽는다고 하는 이들 사이에 쫙 퍼졌다. 그것을 읽고 감동해 눈물 흘리지 않으면 충신이 아니라고 할 정도로.

도대체 어떤 서생이 이런 명문을 써 내렸단 말인가? 이런 인재가 등과하지 못한다면 과시라는 것이 무슨 가치가 있단 말인가!

사람들은 누구인지도 모르는 저자의 이름을 알 수 있게 급제한 이들의 명부인 등과방이 나붙는 날을 애타게 기다렸다.

어쩌면 짐작한 이도 있었을지 모른다.

그 답안을 쓴 사람은—.

"타다닥!"

고요해야 할 후궁에 요란한 발소리가 울려 퍼졌다.

시녀와 시종은 어떤 무례천만한 자가 소란을 피우는가 하여 눈살을 찌푸리고 돌아보았지만 그가 다름 아닌 황태자라는 사실을 알자 황황히 부복했다. 그러나 현성은 그들을 거들떠보지도 않았다. 무시하려 함이 아니라 마음에 둘 여유가 없었던 것이다.

목적지에 이르기까진 금방이었다. 하지만 문을 박차고 들어가는 것은 무례 이상의 짓이라, 현성은 시종이 들어가 그의 방문을 알리기만을 초조하게 기다렸다.

"태자 전하 납셨사옵니다."

그 말을 신호로 현성은 성큼성큼… 이라기에는 다소 조심스레 안쪽의 전각으로 걸음을 옮겼다.

황후궁인 곤황궁의 정전에 들어섰을 때 그는 화들짝 놀랐다. 팔을 벌려 그를 맞이해 주는 여금 황후 때문만은 아니었다. 하지만 지아비가 지어미의 처소에 있는 것이 당연한 일이듯, 황제가 황후의 거처에서 쉬고 있는 것 또한 이상한 일은 아니었다. 천하의 일이 조금 한가해지면 황제는 간혹 황후궁에 행차하여 조용한 시간을 보내곤 했다.

"소자, 황제 폐하와 황후 마마를 뵙습니다!"

"어머, 일어서렴. 여긴 우리끼리만 있으니까 그렇게 예의 차릴 필요 없단다."

모후라고는 해도 생모가 아니고, 남녀가 유별하긴 부모자식 간에도 마찬가지이지만, 따로 눈이 없을 때 여금 황후는 머나먼 고향땅인 서국에 있었을 적처럼 스스럼없이 현성을 대했다. 황후가 끌어안아 일으키기 전에 현성은 벌떡 일어나 차렷 자세를 취했다. 황후는 재미있다는 듯 웃었고 상에 앉아 차종을 기울이고 있던 황제도 미소를 머금었다. 필시 황제가 이토록 누그러진 표정을 짓는 곳은 이곳, 황후의 앞뿐이리라.

"어서 앉거라. 옥로차를 내올 테니. 요즘 태자부 일이 바쁘다더니 후침에는 웬일이냐? 어머님은 찾아뵀었고?"

"아니오. 그것이… 정엽의 일인지라."

분을 바르지 않아도 백옥을 깎은 양 희고 고운 뺨에 불이라도 지핀 듯 홍조가 피어올랐다. 현성의 손을 잡아끌다시피 하여 차안이 차려진 상으로 인도하던 황후는 자신의 두 손을 맞잡고 부르짖었다.

"과시에 관한 것이구나! 맞지? 그렇지?"

"말씀대로입니다."

"얼마나 기다리고 있었는지 몰라! 그런데 폐하는 나한테 한 말씀도 해주시지 않았단다. 세상에, 너무하지 않니? 내가 이렇게 마음을 태운다는데도."

"어허, 아무리 황제라 해도 시관들이 낸 석차를 미리 알 수는 없는 노릇이오. 그들 또한 석차를 매기고 등과를 정하기 전까지는 시자의 이름조차 모르는 판이니. 등과방을 붙이는 날을 알려주려고 해도, 이번 과시는 신중을 기하기 위해 늦어진다고 이미 상소가 올라왔소이다. 괜스레 초조해하다가 그대의 마음만 상하는 일이 되면 큰일이잖소?"

"아이참, 알고 있지만요! 그래서! 어떻게 된 거니?"

정엽의 그것과 꼭 닮은, 가을 하늘보다도 맑고 청명한 눈동자가 현성을 삼킬 듯이 바라보았다. 현성은 뒷걸음질 치고 싶은 충동을 가까스로 참으며 활짝 웃어 보였다.

"수석입니다."

"어머나!"

현성은 황후가 주저앉지나 않을까 저어하여 당황했다. 그러나 그녀는 팔짝 뛰어올랐을 뿐 현성의 걱정처럼 되지는 않았다. 황후는 날듯이 황제에게 달려갔다.

"폐하! 들으셨나요? 정엽이…! 제가 잘못 들은 것은 아니겠지요!"

"짐도 똑똑히 들었소이다. 그대가 잘 가르친 덕분이겠지."

"엉뚱한 사람을 추어올리진 말아주세요! 그보다… 금화와 청옥에게도 알려야겠어요. 오늘은 축하 연회를 열려고요! 오래간만에 정엽의 얼굴도 보고… 괜찮겠지요, 폐하?"

"기꺼이."

황제는 기분 좋게 웃으며 허락했고, 황후는 부리나케 하직의 예를 올리고는 뛰다시피 궁을 나섰다. 시녀를 공주궁에 보내 기별하면 될 것을, 황후는 너무나 기쁜 나머지 생각조차 하지 못하는 듯했다.

"황후 마마께서 정말로 기뻐하시는군요."

"정엽이 옛날부터 입신하고 싶어 하는 것을 짐작하고 있었겠지. 그 아이가 무엇을 하고 싶다 바라는 것은 참으로 오래간만이 아닌가. 그것이 이루어졌다니 기뻐하고도 남을 터."

"…폐하께서는 알고 계셨습니까?"

황제는 우두커니 선 채로 앉는 것을 잊어버린 자신의 장자를 쳐다보았다.

"방금 황후에게 한 이야기를 듣지 못했는가?"

"들었습니다만… 하오나."

"허나 이리 되리라 예상은 했다."

현성은 눈을 둥그렇게 뜨고 황제를 쳐다보았다. 그리고 그제야 서 있는 자신이 앉아 있는 황제를 내려다보는 불경을 저질렀다는 것을 깨닫고 당황했지만 황제는 개의치 않아 보였다.

"태자는 요즘 세간에 떠도는 과시 답안에 대해 알고 있겠지?"

"예. 설마하고 있습니다만 그것을 쓴 이는 아마…."

"한낱 서리가 어떻게 문장의 아름다움을 알고 뜻의 심원함을 이해했겠는가?"

현성의 입이 대문짝처럼 시원스레 벌어졌다. 그러나 황제는 그 또한 탓하지 않았다.

"하지만 그뿐이었다. 태학좨주 석인… 회영은 중론이 어떠하건 흔들릴 인물이 아니지. 짐이 명한 바는 떠들기 좋아하는 자들의 입을 다물게 만들고, 또한 부끄러움을 가르치고자 하는 안배였을 따름. 한데 수석이라니…."

황제는 군소리를 하는 사람은 아니었다. 웅얼거리듯 더한 그 말에는 익애하는 아들의 성취에 대한 감출 수 없는 기쁨이 그대로 새어나왔다.

그 기분에 순수하게 응할 수 있다는 것—그것이 정엽으로 하여금 이복형을 지극정성으로 섬기게 만들고, 황제로 하여금 태자를 바꾸지 못하게 하는 저력인지도 모른다.

"예! 과연 삼재이지요!"

"황후가 올 때까지 태자도 차나 들도록 하라. 말없이 돌아가면 섭섭해할 테니."

"삼가 받겠습니다!"

책을 노끈으로 묶던 손이 문득 멈칫했다.

산중의 고요한 별저—그 말도 이미 옛것이 되었다. 생활하는 데에 반드시 필요한 기물만 간소하게 갖추고, 들려오는 소리는 날짐승과 길짐승의 자취뿐이었던 나날도 흘러가 버린 지 오래였다. 좁다란 방마다 비단으로 지은 함과 오동나무 궤가 가득 차고, 이내 수레바퀴 혹은 말발굽이 내는 소리가 안뜰을 어지럽혔다.

—세상의 인심이 이와 같다. 부귀영화를 저버리고 도문에 뛰어든 황

자, 봉작을 버리고 서인으로 내려간 왕. 그 한 몸에 오로지 되던 조소는 그가 비범한 능력을 선보이며 벼슬길로 나가려 한다는 것이 밝혀지자 실로 손바닥 뒤집기보다 쉽게 반전되었다. 고귀한 혈통에 전도유망한 젊은 이에게 쏟아지는 찬사와 선물은 유감스럽지만 받은 사람을 기쁘게 하진 못했다.

"예… 주인께서는 태학으로 숙소를 옮기는 일로 바쁘셔서. 예… 예. 꼭 전하겠습니다. 아무렴요. 예….."

문간에서 하인이 응대하는 소리가 아스라이 전해져왔지만 정엽은 더이상 귀담아 듣지 않았다. 하인을 쓰는 것도 그에게는 생소한 일이다. 오랫동안 그의 신변은 제자 수성이 돌보아주거나, 여의치 않을 때에는 스스로 해왔다. 그러나 그런 태도를 고수한다 치면 등과의 축하 선물을 보낸다거나 고담준론을 나누자는 핑계로 찾아오는 이들을 직접 상대할 수밖에 없다. 따라서 현성으로부터 과묵하고 성실한 노복 한 사람을 빌려올 도리밖에는 없었다. 윤사라고 이름한 노복은 기대 이상으로 일을 해주었다.

이윽고 그 윤사가 서재로 들어섰다. 조심스레 든 것은 최고급 문지紋紙로 만들어서 비단 매듭으로 장식한 장방형의 함. 일별만으로도 값어치를 헤아리기 어려운 귀물이라는 것은 알고도 남음이 있다.

"주인님. 또 선물이….."

"고맙습니다. 거기 두어 주시겠습니까?"

"예."

한낱 노복에게 언제나 정중하게 사의를 표하는 새 주인에게 좀처럼 익숙해지진 못했지만 그는 노련한 노복답게 난처한 기분을 얼굴에 드러내지도, 군말을 덧붙이지도 않았다. 윤사는 가타부타 없이 그림자처럼 물러났다.

책을 싸고 서지를 정리하는 일이 일단락 나고 나서야 정엽은 비로소 선물로 시선을 돌렸다.

"…하아."

부지불식간에 한숨이 흐른다. 정엽은 함 위에 단정히 놓인 명함을 집어 들어 화려한 예서로 쓰인 그것을 읽었다.

대리시 소경 예염.

그 이름은 정엽에게 그다지 좋은 감상을 불러일으키지 않았다. 아무리 세상과 거리를 두고 있어도 그의 귀에 들어오는 일이 있다.

예염의 부친 예진은 창궁제를 보위에 오르도록 도운 공신 중 한 사람이었다. 예씨 일족에게 내려진 영광은 실로 지극했다. 그러나 그들은 그에 만족하지 못했으니, 누대에 걸쳐 그들의 권력이 반석에 오르기를 꾀했던 것이다. 그러기 위해서 반드시 필요한 것이 차기 황제─황태자의 존재.

그러나 예씨 일족으로서는 안타깝게도 현재 황태자인 현성은 그들에게 달가운 존재가 아닐 터였다. 태자의 신분으로 사사로이 파벌을 만들어서는 안 된다는 황제의 가르침을 고지식하게 지켜, 태자부에 속한 이가 아니면 만나는 일도 좀처럼 없을 지경이었으니까. 그러자 예씨 일족은 그들 스스로가 손쓰기보다는 그들과 연이 닿은 관리들을 움직였다. 그 뜻은 참람하기 이를 데 없으니, 바로 태자를 폐위하고 새로운 태자를 옹립하는 것.

…증거는 없다. 다만 정엽이 어렸을 적 적장자로 태자를 세워야 한다는 의론이 분분하였다가 정엽의 출가와 함께 찬물을 끼얹은 양 가라앉았던 일, 5년 전 상 첩비 소생의 황오자가 파벌을 만들었다는 혐의를 입어 폐적된 일, 2년 전 황태자의 허물을 거짓으로 고했던 무고 사건… 그 모든 일에 과연 예씨 일족의 입김이 한 가닥이라도 닿지 않았을까.

물론 상벌에 엄중한 황제로서는 증거가 있다면 공신이든 뭐든 가혹하게 내쳤을 것이다. 하지만 그 사실은 예씨 일족도 뼈저리게 알고 있을 터. 따라서 그들은 일절 물증을 남기지 않았다. 그저 오로지 심증뿐이다.

앞으로는 그런 자들을 정면으로 대해야 한다. 정엽은 이사로 바빠서가 아닌 다른 이유에서 피로감을 느꼈다. 그리고 예씨 일족도 같은 이유에서 정엽에 대한 인식을 수정했을 터.

하얀 손가락이 무성의하게 함의 뚜껑을 열어젖혔다. 비단을 댄 위에 놓여 있는 것은 아름다운 은 거울이었다. 꽃잎을 아로새긴 듯한 테두리. 매끄러운 표면은 잔잔한 수면 따위는 댈 바 아닐 정도로 또렷하게 모습을 비추고, 뒷면에는 갖가지 옥과 자개, 유리장식이 화려하게 피어나 있었다. 황녀의 혼수도 이만큼 값지지는 않을 것이다. 그러나….

함 안에는 반드레한 면지에 쓴 서신이 동봉되어 있었다. 정엽은 그것을 들어 단숨에 읽었다. 입신은 물론이거니와 혼인조차 하지 않아 황통을 번창시킬 의무를 도외시하던 지난날을 점잖게 타이르고, 앞으로 벼슬길에 복이 깃들기를 기원하며 새 신부에게 미리 선물하는 것이라는 뜻을 비치는 내용이었지만…. 흠잡을 데 없는 문장이라도 위화감은 뚜렷했다.

거울이라니, 결코 등과한 독서인에게 선물할 만한 물건은 아니었다. 대개 고르는 것은 황모붓이나 고급 서지, 귀한 먹과 같은 문방구. 혼담도 오가지 않은 사내에게 보낼 만한 물건은 아닌 것이다.

정엽은 거울을 들어 자신을 비추었다.

옅은 색의 머리카락. 백옥처럼 흰 피부. 그리고 새파란 눈동자. 화하의 주민과는 명백히 다른 용모.

이러한 모습을 한 채 태학생의 포와 건을 두르고, 조정에 나가 나라의 동량을 칭할 수 있겠는가. 관리들은, 백성은 자신을 기꺼이 따르고 섬겨줄 것인가. 오로지 이 용모 때문에 일을 그르치는 날이 정녕 오지 않을 터인가.

똑똑히 보아라. 과연 네가 조복을 입고 관을 쓰고 조당에 올라 이 나라의 신하가 될 수 있겠는가.

지금까지처럼 아녀자인 양 내실에 틀어박혀 경을 읽고 향이나 살랐다면 평온했을 것을.

"왜 그래?"

그는 퍼뜩 놀랐다. 부지불식간에 서재의 입구에 누군가가 서 있었다. 아니, 확인할 필요도 없었다. 이렇게 기척도 내지 않고 다가올 수 있는 자는 한 사람밖에 없다.

"소그드… 무슨 일입니까? 기별도 없이."

마치 야생동물과 같다. 그가 기척을 내는 것은 스스로 원했을 때뿐이다. 당혹감을 지우려 애쓰는 정엽의 속내를 아는지 모르는지, 소그드는 제 집인 양 자연스레 성큼성큼 걸어 들어왔다.

"요즘 죽치고 있는 노인네한테 걸리면 시끄럽단 말야. 왜 찾아왔느냐, 얼마나 있을 거냐, 성가셔서 원."

"윤사 말씀이시군요. 덕분에 다른 사람들의 방문을 사양할 수 있으니 고마운 노릇 아닐까요?"

"그게 또 그렇게 되나….."

정엽은 머리를 긁적이는 소그드를 보고 피식 웃었다. 그리고 짐짓 주위를 둘러보았다. 넓지도 않은 서재를 꽉 채우고 있는 것은 짐, 짐, 짐.

"이런 꼴이어서 대접도 못하겠군요. 무슨 용무이십니까?"

"매정하게 그러기야? 어… 이사 간다고 하니까 도우려고 왔지."

말투로 미루어보아 필시 방금 생각해낸 이유일 것이다. 정엽은 또 한 번 실소를 흘리고는 궤짝을 이리 밀고 저리 밀어 상을 발굴해냈다. 그렇게 일단 손님이 앉을 자리는 마련되었다.

"믿어도 좋을까요? 여기에는 책이나 붓 같이 조심해서 다루어야 하는 물건밖에 없습니다만."

"어라. 짐 꾸려서 떠나는 거라고 하면 기족의 특기인걸? 눈 깜빡할 사이에 꾸리고 바리바리 말에 실으면 양 허벅지 하나 삶는 동안에 출발 준비가 끝나거든."

"그 솜씨를 한 번 견식하고 싶지만… 유감스럽게도 거의 다 마무리된 참이군요. 내일 수레로 실어 나르기만 하면 됩니다."

"그거 유감인데."

상에 주저앉아 다리를 죽 펼친 채 탄식하는 소그드의 맞은편에 자리해, 정엽은 서안과 지필묵을 찾아 간단한 서신을 썼다. 짧은 용건을 나무랄 데 없는 문장으로 마무리 지은 뒤 그는 노복을 불렀다.

"윤사. 잠깐 와주겠습니까?"

"예. 왜 그러십니까, 작은 나… 리?"

침착하고 과묵한 노복의 말이 흔들린 이유는 주인의 거처에 그가 모르는 객이 떡 하니 자리하고 있는 탓 외에는 없다. 소그드는 싱글거리며 손을 들어 인사했지만, 노복의 입장으로는 웃전이 인사한다고 똑같이 답할 수는 없다. 황황히 머리를 숙이는 윤사의 정수리에 정엽은 쓴웃음을 섞어 말을 던졌다.

"짐 싸는 일이 대충 갈무리되었으니 내일 아침에 실어 나를까 합니다만. 형님께 서신을 전해주지 않겠습니까? 산에서 내려가면 밤이 될 테니 오늘은 태자부에서 쉬도록 하세요."

"예… 아무렴요. 아니, 괜찮으신지요?"

"괜찮습니다. 내내 시중드는 사람 없이 지내왔으니까요. 그대도 고생이 많았으니 휴가를 받는 것도 좋겠지요."

"하지만…."

"해가 질 것 같은데요. 지체해도 되겠습니까?"

"아, 아닙니다! 그럼 내일 아침에….”

윤사는 서신을 받아들고 허둥지둥 물러났다. 정엽은 문간까지 그를 배웅했다. 본분에 충실하고자 하는 노복의 심정을 모르는 것은 아니나 양해를 구할 수밖에 없다. 돌아온 정엽은 짐짓 쾌활하게 입을 열었다.

"자, 차라도 들겠습니까? 보시다시피 주위가 어수선하니 그다지 맛은 없겠지만….”

"무슨 일 있었어?"

―그에게는 얼버무릴 수가 없다.

소그드는 궤에 기댄 채 미동도 하지 않고 지그시 정엽을 응시하고 있었다. 말을 돌리거나 모른 채 하는 것은 가만히 있지 않겠다는 뜻이 만져질 만큼 뚜렷하다. 정엽은 아주 살짝 눈길을 비껴 그 시선을 외면했다.

"제 기분의 문제인지라, 당신이 어떻게 할 수 있는 일이 아닙니다. 신경 쓰지 말아주시길. …그렇게 말해도 듣지 않으실 테지요.”

"물론이지."

정엽은 서안의 맞은편, 자신의 자리로 돌아왔다. 방만한 소그드의 자세에 비해 단정하기 그지없는 정엽의 모습. 희미하게 미소를 머금은 모습은 눈에 그대로 넣어버리고 싶을 정도로 수려했으나, 다소 힘 빠진 듯한 기색이 명백했다.

"받아도 기쁘지 않은 선물이 들어와서요.”

"뭔데?"

"이것입니다."

정엽은 그가 들여다보고 있던 거울을 서안 위에 두었다. 소그드는 둥그런 눈으로 그것을 쥐어 들었다.

"뭐야 이거. 엄청 반질반질하네. 은으로 만든 건가?"

"마음에 드십니까?"

"내가 마음에 들고 안 들고의 문제는 아니잖아. 이게 싫어?"

딱 잘라 묻는 물음은 다른 사람이 했다면 불쾌했을지도 모른다. 그러나 기족은 화하와는 달리 선물에 의미를 두지 않는다는 것을 정엽도 이미 알고 있는 바다. 세공 기술이 발달하지 않은 기족에게 이런 물건은 짐승 가죽을 잔뜩 갖다 주어 바꾸는 상품이거나 화하의 마을을 습격하여 빼앗는 전리품일 뿐.

"거울이란 대체로 아녀자가 쓰는 물건… 태학에 들어갈 준비를 하는 독서인에게 선물한다면 조롱하는 뜻밖에 되지 않는 것이니까요."

"그런가. 어떤 놈이 보낸 건데?"

거울을 만지작거리며 태연스레 묻는 소그드를 보면서 정엽은 입가를 가려 표정을 감추었다. 소그드가 왜 그것을 궁금해 하는지는 정엽도 충분히 짐작할 수 있는 일. 물론, 마음대로 하게 내버려뒀다간 사달도 그런 사달이 또 없을 것이다. 하지만 일단 정엽은 확인해두기로 했다.

"그것은 왜 물으시지요?"

"그야, 만나면 패버릴까 해서…."

"수습이 안 되니까 그만두십시오."

정엽은 붓대로 소그드의 이마를 탁 쳤다. 속 빈 대나무로 맞아봤자 아플 리 없음에도 소그드는 시원스레 불평을 쏟아냈지만, 이내 잦아들고 말았다. 바로 정엽의 얼굴에 어린 표정을 봐버린 탓이다.

그렇다. 지금까지는 학문에 몰두하느라 깨닫지 못했던 속세로 나아간다는 불안과 두려움, 고뇌. 누구에게 호소하지도, 구제받지도 못하는 모든 것을 죄다 이해해 주길 바란 적은 없었다. 다만 이렇게 그가 무턱대고 자신을 위해 나서 주는 것만으로도 기쁘다.

그러나 정엽은 미처 생각하지 못했다. 소그드가 '위로'하는 방법은, 단지 그것만이 아니라는 것을.

"말하다 보니 궁금해지는군요. 기족에게 거울은 어떤 의미입니까?"

정엽은 팔꿈치를 서안에 대고 몸을 기울여 소그드가 손 안에서 굴리고 있는 거울을 들여다보았다. 이미 그 얼굴에 소그드만이 느낄 수 있었던 미미한 감정은 바람에 날려간 듯 찾을 길 없었다.

"뭐, 우리한테도 여자들 물건이니까 치장하는 데 외엔 별로 안 쓰지. 그래도 이렇게까지 으리으리한 물건은 처음 보지만. 아, 뵈도 곧잘 쓰던가?"

"뵈… 라는 것은, 기족의 도사 같은 것이지요?"

"아아. 구리로 만든 것을 이렇게….''

소그드는 거울을 들어 가슴에 댔다. 초원의 주민다운 용모와 늘 입고 다니는 호복은, 그것만으로도 그가 태어난 땅—그가 씻은 물이 흐르는 곳을 상상케 하는 여지가 있었다.

"달아매고는 춤을 추거든. 그 밖에도 쇠붙이로 만든 인간이나 짐승, 뼈와 나무… 이것저것 매달아서 뵈의 옷은 굉장히 무겁지. 하지만 제사를 지낼 때는 그런 옷을 입고도 펄떡펄떡 잘도 뛰어올라. 신령이 힘을 주기 때문이라나."

"그렇군요. 그 장식은 무슨 의미라도 있는 겁니까?"

"이 세상의 모든 것을 뜻한다던데. 특히 거울은….''

소그드는 거울을 슬쩍 기울였다. 저무는 초봄의 햇살이 매끄러운 표면에 비치어 눈이 아리는 광채를 발했다. 정엽은 살풋 미간을 찌푸렸다.

"아, 미안. 눈부시지?"

"아뇨, 괜찮습니다. 그런데 그건….''

"보는 그대로야. 거울은 태양의 모사. 그 상징 같은 거라고 들었어."

찌푸린 얼굴도 근사하다—소그드는 입 밖에 냈다간 벼루로 호되게 두들겨 맞고도 남을 생각을 하면서 말을 이었다. 정엽은 눈이 시린 것도 잊고 귀를 기울였다. 언제든 이국의 풍습은 그에게 흥미진진했다.

"이 나라에도 거울을 신물로 삼은 사당이나 도관이 있지요. 예로부터 내려오는 터라 생각이 미치지 못했습니다만, 어쩌면 양陽을 의미하는 것일지도 모르겠습니다."

"무슨 소리인지는 모르겠지만…. 뭐 사람 사는 거, 생각하는 건 의외로 비슷하지 않겠어?"

"예에. 말씀대로입니다."

새로운 것을 알았다는 기쁨에서 우러나온 웃음. 거기에 이끌리듯이 소그드는 손을 뻗었다.

"거울의 용도도 궁리하기 나름이고."

"네?"

소그드가 거침없이 밀어낸 서슬에 서안이 상 아래로 떨어져 요란한 소리를 내었다. 정엽이 놀라 멈칫한 틈을 타 그는 가로막는 것이 없게 된 상에서 몸을 반쯤 일으켜 정엽의 어깨를 밀쳤다.

"……!!"

정엽은 뒤로 넘어졌다. 상에도 엄연히 난간이 있다. 이대로 쓰러진다면 십중팔구 뒤통수를 난간에 호되게 들이박을 터. 정엽은 눈을 질끈 감았으나… 아무리 기다려도 아픔은 찾아오지 않았다. 대신 다른 것이 찾아들었다.

"음…!"

단단한 팔에 붙들려 허공에 달아매어진 채, 뜨거운 숨결과 혀로 입안을 유린당한다. 정엽은 정신없이 손가락을 구부려 소그드의 소매를 움켜쥐었다. 그를 막으려는 것도, 자신을 지탱하려는 것도 아닌, 오로지 본능의 부추김으로.

"흐… 응…."

그는 어찌하여 이토록 남의 몸에 대해서 속속들이 아는 것일까. 앞니 뒤를 훑으면 소스라치고, 입천장에 닿으면 등골이 오싹하고, 입술을 살짝 깨물면 체온이 비등한다는—정엽 스스로도 몰랐던 것을 어째서…. 들끓는 뇌수 속에서 그런 의문만을 막연하게 떠올리던 정엽은 이윽고 자신의 등이, 뒤통수가 상 위에 살며시 닿는 것을 느꼈다. 눈을 뜨자 비치는 것은 내려다보고 있는 소그드의 얼굴. 열띤 눈동자 아래 소년 같은 웃음이 감돌고 있다.

"오늘은 순순하네. 실은 기대하고 있었어?"

"제가 싫다고 하면 그만두시기라도?"

"어림없지. 과시인가 뭔가 준비한다고 해서 내가 얼마나 참았는데."

소리 없는 웃음이 맞댄 살을 통해 전해졌다. 옷자락을 부스럭거리며 헤치는 음색을 들으며, 정엽은 이렇게 되리라 자신이 알고 있었음을 수긍할 수밖에 없었다.

아침에 심부름을 보내도 될 노복을 굳이 지금 보낸 것도, 근방에 부주를 펼쳐 별저에 접근하는 자가 있으면 바로 깨닫게끔 안배한 것도, 모두 그를….

정엽의 맨살을 드러내는 데에 열중하던 소그드는 문득 머뭇거렸다. 먹이를 앞에 둔 맹수처럼 주려 있던 그를 붙들 수 있는 것은 오로지 어떤 가인도 견줄 수 없는 하얀 손뿐.

정엽은 마치 딴 세계에 있기라도 한 양 차분한 손길로 소그드의 뺨을 어루만졌다. 엉망으로 흐트러진 머리카락을 쓸어 올리고, 손끝에도 그의 얼굴을 기억해두겠다는 듯 얼굴을 더듬어간다.

"너도 참았어?"

"모든 사람이 자신 같다고 생각하진 말아달라고 거듭 이야기했을 텐데요."

　그쯤이야 소그드도 알고 있었다. 애무라고 하기에는 너무나도 박약한
접촉. 본래부터 정엽은 정교를 좋아하지 않았다. 막상 뒤얽힐 때에는 재
미있으리만큼 달아오르면서, 결국은 소그드가 바라기 때문에 어울려줄
뿐이라는 양 정엽 쪽에서 먼저 요구하는 일은 거의 없다.

　좀 더 원해 주었으면 한다. 애태워주길 바란다. 정엽이 조용히 기울여
주는 마음 또한 틀림없이 사랑이라는 것을 아는데도, 더욱 확실한 형태
로 요구하기를 갈망한다.

　게다가 모처럼 마음의 족쇄를 풀었는데, 또 다른 이유에서 자신을
억누르지는 않았으면 한다. 불평만이라도 시원하게 쏟아줄 수는 없는
걸까.

　지금껏 오는 사람 막지 않고 가는 사람 잡지 않으며, 누구든 되는대로
사랑하고 가는대로 떠나보냈던 소그드라는 남자가 이제는 오로지 한 사
람의 상대만을 원하고 있었다. 심지어 그 상대가 조금이라도 솔직해지고
자신만을 사랑하길 바라게 되었을 뿐 아니라….

　"어째서 이렇게까지 욕심쟁이가 되어 버린 걸까."

　"소그드?"

　일순 의미를 알아듣지 못하여 반문한 정엽은 대답을 들을 수도, 더 캐
물을 수도 없게 되고 말았다.

　"앗…!"

　소그드가 갑작스레 난폭하게 정엽의 가슴팍에 얼굴을 묻었다. 손가락
끝에 힘이 들어갔다. 애무의 열기가 단숨에 치솟았다.

　옆구리를 더듬는 손길도, 허리띠를 끊어버릴 듯이 풀어내는 데에도 신
경 쓸 틈이 없었다. 가슴의 돌기를 짓누르는 입술의 감촉이 정엽의 뇌리
를 백열로 태운다. 이미 몇 번이나 애무가 베풀어졌던 곳은 가벼운 자극

만으로도 놀랄 정도의 쾌감을 낳았다. 혀끝으로 장난스레 건드리는 듯하다가 돌연 물어뜯을 듯이 거칠게 이빨을 세우고, 바짝 긴장하여 도드라진 그것을 이번에는 젖 먹는 애처럼 집요하게 빨아올린다. 정엽의 반응을 기다리지 않는 우격다짐의 행위에 정엽은 저도 모르게 발버둥 쳤다.

"잠… 깐! 소그드, 웃…!"

그러자 소그드는 너무도 시원스레 팔을 풀었다. 정엽은 부지불식간에 몸을 비틀며 눈앞에 있는 상의 난간을 거머잡았다. 그러나 헐떡거리는 숨도, 엉망진창으로 엉클어진 생각의 갈피도 고르기 전에 남자가 이번에는 뒤에서 덮쳐들었다.

"하… 아…."

짐승처럼 엎드려서 그를 받아들이는 데에는 이미 익숙해졌지만, 수치심이 일지 않는 것도 아니다. 그러나 소그드는 그 정도의 부끄러운 짓으로 만족할 마음이 아니었다.

"흑…!"

비명에 가까운 숨소리가 정엽의 입술 사이에서 새어나왔다. 언제 그런지도 모르게 바지가 벗겨져 동그마니 드러난 엉덩이를 커다란 손아귀가 힘주어 쥔 탓이다. 지금껏, 그리고 앞으로도 누가 손댈 것 같지 않은 부위를 마음껏 희롱당하는 수치심과… 치밀어 오르는 기묘한 감각. 정엽은 난간을 붙들고 몸부림쳤다.

"여기도, 느껴?"

"당치… 않습, 니다!"

한동안 잠자코 있던 소그드가 내뱉은 목소리는 실로 열락이 뚝뚝 묻어날 것 같았다. 그는 정엽더러 순순하지 않다고 하지만, 소그드야말로 이런 때에는 절대로 말을 들어주지 않는다. 정엽은 이번에야말로 실컷 불평을 토해 내고 싶었지만 여전히 겨를은 없었다.

"흐응… 이상하네. 이렇게 주무르기만 했는데도, 네 것은 이렇게 커다래졌는데 말이야."

"이, 일일이 말하지는… 아흑…!"

"말해 두지만 난 좋아. 손바닥에, 착 달라붙어서…."

"~~!!!"

분명 정엽도 몇 달간 결벽하게 지내온 몸. 간만의 행위는 견디는 것도 고역이었다. 그것은 소그드도 이미 눈치챈 바였다.

"좀 서두르는 것 같지만… 나도 힘들어서."

비부로 흘러내리는 향유의 선뜻한 감촉과 밀어 넣어지는 이물감을 느끼고 안도하는 자신이 더욱 부끄러워서, 정엽은 눈앞에 늘어뜨려진 자신의 소매를 꽉 깨물었다.

그러나 정엽을 순순히 안심시킨다면 소그드란 남자가 아니다.

"하… 윽?!"

별안간 소그드가 정엽의 겨드랑이 밑으로 팔을 집어넣고는 한껏 끌어당겨 안았다. 연결된 부위로부터 오장육부에 직통으로 전해지는 압박에 정엽은 물에 빠진 사람처럼 숨을 들이켰다. 이윽고 그는 자신이 소그드의 무릎 위에 주저앉은 꼴이라는 것을 깨달았다.

"무… 슨…!"

"이래야… 보이니까."

바짝 조이기에 천하의 소그드라도 다소 힘에 부치는 것이리라. 그는 찌푸린 낯에 웃음을 띠고 팔을 뻗어 정엽의 앞에 무엇인가를 놓았다. 난간에 기대어진 그것을 직면한 정엽은 그야말로 기함할 수밖에 없었다.

"소그드…!"

"잘, 보여?"

그것은 막 선물 받은 거울이었다.

물론 더할 나위 없이 잘 보였다. 도포의 저고리만 걸친 채 반라인 자신의 남자와의 음란한 행위로 분기탱천한 양물이, 덜렁거리는 주머니가, 그리고 회음을 거쳐—남자의 것을 서슴없이 삼키고 있는 치부까지도.

"그만두십시오! 이런… 아!"

정엽은 사색이 되어 소그드를 뿌리치고 일어나려 했다. 그러나 그를 뒤에서 단단히 안은 소그드가 그리하도록 내버려 두지 않았다. 그는 한 손으로 정엽의 무릎을 잡아당겨 더욱 적나라하게 치부를 드러내는 한편, 다른 한손으로는 정엽의 양물을 덥썩 쥐었다. 정엽은 소스라쳤다. 그곳은 쾌감의 급소이기도 했지만, 순수하게 생명의 급소이기도 했다.

"곤란, 한데…. 그렇게 몸부림치면, 아플지도 몰라? 모처럼 근사한 용도가, 생각났는데."

"아, 흑… 그만…."

"금방… 끝낼게. 대신… 제대로, 보고 있으라고."

"본, 다니… 싫… 흑…."

그러나 말보다는 양물을 희롱하는 손가락이, 귓불을 잘근잘근 씹는 이빨이… 훨씬 설득력 있게 정엽을 재촉했다. 정엽은 눈물까지 어린 눈을 가까스로 떠서 눈앞의 치태를 바라보았다. 소그드는 만족한 맹수가 그르렁거리는 양 정엽의 귓전에 속삭였다.

"조금, 좋아진 거 아냐? 네 것도 이렇게 눈물을 뚝뚝 흘리고, 안쪽은, 꽉꽉 조여서…."

"그만… 응, 그만두라니까요!"

"그래그래. 약속했으니까…."

소그드의 허리가 유연하게 움직이기 시작했다. 그의 것이 더욱 깊은 곳을 갈구하는 듯이 정엽의 안으로 파고들었다. 아울러 그의 손이 정엽의 것을 훑었다. 숨 막히는 압박감과 쾌감, 그리고 수치심에 쫓겨 정엽은 정신없이 허덕였다.

"아, 으, 으, 하으… 윽…!"

"우…!"

신음이 뒤섞이고 체액이 뒤얽혔다. 정엽이 흩뿌린 정情이 거울에 비치는 치태를 덮어 가렸다. 그럼에도 불구하고 충분히 음란한 광경이었지만.

"하… 아….

"정엽….

앞으로 고꾸라지는 정엽을 소그드는 간신히 안아 지탱했다. 느껴지는 것은 서로의 체온뿐. 영겁으로 느껴지는 찰나─그것을 냅다 부숴버린 것은 정엽이었다. 그는 불현듯 소그드를 밀치며 몸을 일으킨 다음, 앞섶을 콱 여미고 몸을 돌려 주먹을….

……날리기 전에 봐버렸던 것이다. 소그드의 얼굴을.

그가 한 번도 지은 적 없는 표정. 이를테면, 온화하다고까지 할 수 있는 그것을.

"안 때려?"

굳어 버린 정엽에게 오히려 소그드는 의아한 듯 물었다. 정엽은 망연히 눈을 깜박이다가 한심하리만큼 힘없이 팔을 떨어뜨렸다.

"…맞을 각오를 하고 그렇게 못된 장난을 치는 겁니까?"

"네가 후련해질 수 있다면 이빨 하나나 둘쯤은 별거 아니거든."

"제가…?"

"이제 싫은 생각 같은 거 죄 날아갔지?"

"…….

말문을 잃은 정엽에게, 소그드는 비로소 언제나처럼 씩 웃었다.

"겸사겸사 나도 좀 즐기고."

"이것이 좀입니까…."

하지만 두들겨 패고 싶던 노여움도 식어 버렸다. 정엽은 맥없이 몸을 추슬러 상 아래로 내려섰다.

"어디 가?"

"씻으려고 합니다만."

"아, 나도나도. 씻겨 주는 거지?"

"…역시 매가 부족한 모양 같습니다만. 요즘 지나치게 그런 기호에 몰두하시는 것이 아닌지요?"

하지만 뭐라 투덜거린다 해도, 이 남자에게는 약해질 수밖에 없다.

누구보다도 그가 움직이는 이유는―.

"아, 이것도 깨끗이 해야지. 또 써먹으려면….

뎅―사람의 두개골과 거울이 부딪혀 나는 것이라기엔 꽤나 쩌렁쩌렁한 소리가 별저에 울려 퍼졌다.

"피… 잉, 쫙!"

가죽이 대기를 찢는 소리가 날카롭게 메아리쳤다. 병사가 축대 위에서 기다란 채찍을 재간 있게 휘둘러 바닥을 내리쳤다. 이어 각적이 길게 울려 퍼졌다. 대저 궁중에서 음악의 시작을 알리는 악기는 박拍이지만 군례에 있어서만은 말채찍과 각적을 쓴다. 당장이라도 전장으로 치달을 수 있도록 기세를 가다듬기 위해서인가.

"산!"

대 위에 선 장수가 쩌렁쩌렁한 목소리로 외쳤다. 그러자 즉각 포석 위에 도열한 병사들이 일사불란하게 벌려 섰다.

"비!"

이어지는 외침에 그들은 제각각의 무기를 꺼내 휘둘렀다. 창이, 활이, 칼이, 한바탕 춤사위를 벌이자 이어 각적이 한 번 더 울렸다.

좌측에 벌려 서 있던 또 다른 병사들의 열에서 다른 장수가 뛰어나왔다. 두 사람이 마주 서자, 사인 하나가 우르르 달려 나와 오동나무 함을 들어 올렸다. 사인이 조심스레 연 함에 반쪽의 부절符節이 들어 있다. 황제가 내리는 명을 뜻하는 신표. 먼젓번 장수가 품속에서 나머지 반쪽을 꺼내어 비단 안감 위에 올려놓자, 뒤이은 장수가 신중히 손을 들어 두 쪽을 맞춘 뒤 다른 하나를 들어 올렸다.

이로써 번이 바뀌고 금군이 교대하였다. 숙위의 임무를 마친 송무는 진중하게 고개를 숙였다.

새로이 임무를 맡게 된 병사들이 다시 의례를 행하고 제 위치로 떠나자, 임무에서 헤어난 금군을 해산하도록 명한 뒤 송무는 고개를 돌려 무위전의 전각 위를 올려다보았다. 그는 한낱 비장일 뿐, 진정 책무를 맡은 장군은 따로 있다. 감독의 임무를 잘하고 있을 것인가. 그는 송무와 사적으로 아는 사이였다. 정확히는 그 장군 쪽에서 송무 외에 사적으로 아는 사람이 별로 없었다.

"수고하셨습니다. 장… 군?"

말끝이 기묘하게 튀어버린 것은 '그 장군'이 쏜살같이 전각을 뛰어내려와 송무의 옆을 지나쳐서 가버렸기 때문이다. 송무가 아연해서 우뚝 서 있는 사이 몇 걸음이나 한참 앞서 가던 그는 그제야 멈칫 뒤를 돌아보았다.

"앗차, 안녕."

"무슨 급한 용무라도 있으십니까?"

아슬아슬하게 무시당하는 것을 면한 참이지만 송무는 그리 화가 나지 않았다. 무엇보다도 자신을 향한 까무잡잡한 얼굴이 진실로 초조감에 물들어 있었다. 상스러운 생각이지만 배탈이라도 났나 싶을 정도였다.

"아, 바빠. 지금밖에 기회가 없거든."

"기회라니오?"

이역의 장수는 문득 눈을 빠르게 깜빡였다. 그리고 성큼성큼 갔던 길을 거슬러 송무 앞으로 걸어왔다. 턱 하고 묵직한 손이 어깨를 잡자, 어려서부터 무예를 연마한 송무조차 하마터면 휘청거릴 뻔했다. 그랬다면 그로서는 두고두고 수치였으리라.

"너, 태학이라고 알아?"

소그드는 송무의 얼굴에 낯을 들이대다시피 하곤 간절한 표정으로 물었다.

번이 없다면 무관들은 대개 자신의 저택으로 돌아가거나, 동료 무관과 어울려 여가를 즐기곤 했다. 소그드나 송무는 대개 전자였다. 심신을 단련하고 학문을 닦고자 하는 송무와 딱히 할 일이 없으니 돌아가는 소그드는 분명 차이가 있을 테지만.

따라서 송무가 소그드의 부탁을 받아들이기로 한 것은, 달리 선약이 없다는 단순한 이유에서였다. 호화로운 융복이 아니라 간소한 옷으로 갈아입은 소그드는 희색을 감추지 못한 채 송무와 말머리를 나란히 하고 황도의 거리를 나아갔다.

"야아, 덕분에 살았다고! 하마터면 태학인지 어딘지에 냅다 문을 박차고 들이닥칠 뻔했잖아."

"그렇게 하셔서는 곤란합니다. 옛 성현의 위패를 모신 신성한 장소인지라. 그런데 그곳에는 무슨 용무이십니까?"

"그게 말야, 현성이 계속 안 가르쳐주잖아. 지금이 특히 중요한 시기라면서."

송무는 황태자의 자를 아무렇지도 않게 부르는 소그드의 말에 귀를 기울이며 어깨를 움츠리고 싶은 것을 겨우 참았다. 여느 사람이라면 그 무례함에 눈살을 찌푸리겠지만 황태자와 좌우림장군이 허물없는 사이라는 것은 송무도 익히 아는 바였다. 황태자가 변방 오랑캐와 손을 잡고 보위를 찬탈한다… 그런 무도한 망상을 품을 이도 있겠지마는 어디까지나 망상. 중원 화하의 예법에 무지한 좌우림장군을 황태자로 하여금 잘 가르치라고 명한 사람이 다름 아닌 황제였다. 따져보면 소그드도 족장의 장자. 격은 천양지차일지언정 비슷한 위치라 할 수 있을지도 모른다.

"그러니까, 무엇을?"

들뜬 탓인지 아귀가 맞지 않는 일에 대하여 송무는 참을성 있게 물었다. 여전히 들뜬 상태인 소그드는 시원스레 고개를 주억거렸다.

"아아, 태학에 들어가는 법 말이야. 정엽을 만나러."

"정엽… 이라는 분은 누구십니까?"

"어라. 몰라? 현성 동생인데."

"아…….."

모를 리가 있으랴. 다만 자와 같이 친근한 호칭으로 부를 일이 없었을 뿐이다.

근래 황도 어디에나 화제가 되고 있는 인물이지만 사실 송무는 그에 대해 별반 아는 것도 없고 관심도 없었다. 송무가 놀란 것은 그 인물이 소그드와 아는 사이라는 사실. 황태자 자리를 외면하고 십수 년간 도사로 살았으며, 높은 학식과 탁월한 문재를 드러낸 인물이다. 시세와도, 도학과도, 학문과도 무관한 소그드와 친분이 생길 일이 있을까.

"도시에 급제하셨다는 이야기는 들었습니다. 요즘은 어딜 가도 그 이야기뿐이니. 태학에 입학하신 겁니까. 영명왕, 아니 2황자, 그러니까…"

"정엽이라고 불러도 돼."

"아니, 그런 무례를 저지를 수야 없습니다."

왕이라 해도 봉호가 박탈되었으며 황자라 하여도 폐적된 몸. 하물며 친분도 없는 송무에게 칭할 말이 있을 리 없다. 보기 드물게 우왕좌왕하는 송무를 보면서 그가 어떤 답을 찾을지 소그드는 자못 흥미롭게 여겼으나 송무는 그 나름대로 길을 찾았다.

"그분께는 어떤 긴요한 일로?"

"아니, 얼굴을 본 지 오래되어서."

"절친하신가 보군요."

"그런 셈이지."

소그드는 씩 웃었다. 그 웃음에 담긴 의미를 송무는 상상하지 못했고, 상상하지도 않았다. 황태자와 '그분'의 우애는 이미 널리 알려진 바. '그분'이 소그드와 친근하게 지내는 것도 이상한 일이 아니라고 그는 결론 내리고 더 이상 의문조차 품지 않았다.

"아, 여기가 태학입니다."

소그드는 송무가 가리킨 곳을 쳐다보았다. 그의 짙은 눈썹이 기묘하게 물결쳤다.

"…여기 어디?"

왁자한 소음이 두 사람을 집어삼켰다.

그들의 눈앞에 펼쳐져 있는 것은 저자나 다를 바 없는 광경이었다. 사람 서넛이 어깨를 나란히 하고 감직한 대로. 그윽한 차향으로 경전의 난해한 문구에 어지러워진 머리를 식혀 주는 찻집. 백옥처럼 반드레한 면지며 황모붓, 빈궁한 학생이 쓰는 토막 먹에서 최고의 장인이 심혈을 기울여 만들고 조각한 순주의 먹까지 두루 쌓아둔 문방구점. 천하의 책들을 죄다 모아둔 듯한 서점은 이해할 수 있다. 그러나 능라 주단이 켜켜이 쌓인 옷가게, 온갖 호사스러운 자기며 동기가 점포 안을 그득하니 메우고도 밖으로 흘러나올 것만 같은 골동품점, 호객꾼이 소리쳐 행인을 불러 모으는 극장.

태학이라는 숭고한 학문의 전당을 목전에 둔 곳과는 어울리지 않는 광경이었다. 학문에 대해서라면 일절 문외한인 소그드조차 정엽이 거처하던 장소의 고적함을 떠올리곤 이건 좀 아닌데 하고 생각할 정도로. 그러나 사정을 아는 송무는 그저 담담했다.

"이곳은 학하學下라고 합니다. 여기에서 제법 들어가야지만 태학이 나오지요. 그곳은 잡인이 범할 수 없습니다."

"그럴 거라곤 생각했어. 그래서 현성이랑 너한테 물어본 거고."

"잠시만 기다리십시오."

송무는 찻집 한 곳으로 들어갔다. 이윽고 자그마한 체구에 발 빠른 심부름꾼이 찻집을 나와 쪼르르 달려갔다.

"이걸로 된 거야?"

산수화가 그려진 족자와 고급스러운 기물. 구석에는 분재까지 자리해 그윽하게 꾸며진 찻집의 방에 앉아 소그드는 미심쩍은 듯 물었다. 맞은편에 앉아 유유히 차종을 기울이면서 송무는 대답했다.

"예. 아마 장군께서 직접 태학의 정문까지 가서 그분을 불러달라고 청원하셨다 해도 문지기들은 까딱도 하지 않았을 겁니다. 태학생들에게 필요한 물품을 제공하고, 문묘의 수직을 서며, 심부름을 하는 것은 여기 학하민의 임무이자 권리입니다. 설령 왕후장상이라 한들 그들을 통하지 않고서는 태학의 경계를 넘을 수 없지요."

"대충 알겠어. 그런데 여기가 시끌벅적한 것은 어째선데? 나야 해본 적 없지만, 공부에는 별로 도움이 안 될 것 같은데."

"태학생도 사람이니까요. 다소간의 유흥은 필요하겠지요."

그렇다면 유흥이 필요 없어 보이는 정엽이며 송무는 사람 축에 속하지 않는 것인가—소그드는 그런 실없는 생각을 하면서 송무를 바라보았다.

"하지만 이렇게 노는 데가 으리으리해서야 말꼬리를 앞에 두고 말을 타는 격이잖아."

"태학생만 이곳에 드나드는 것은 아닙니다. 방방곡곡에서 본시를 치르고자 하는 독서인들이 모두 이곳에 모여드니까요. 가까이에는 과시장도 있고…."

"아, 거긴 알아. 가봤어."

"아시는군요. 그들 모두가 먹고 잘 곳을 마련하기 위해 학하가 생긴 것이지요. 면학에야 도움은 안 될 테지만…. 이제 와선 별 도리도 없다고 하더군요."

"너야말로 잘 아는걸."

"친지 중에 과시에 몸을 바친 이가 있을 뿐입니다."

그들 형제뿐만 아니라 다른 사람들과도 어울리라는 현성의 충고는 분명 가치가 있었다. 현성과 정엽이 언제나 곁에 있으면서 이 땅의 일을 가르쳐 줄 수는 없는 노릇이었다. 그리고 이 땅에서 혈혈단신인 소그드에게 있어 같은 편이 늘어난다는 것은, 그가 적을 가장하고 있다는 위험성까지 감안하더라도 필요한 일이었다.

소그드 또한 모르는 바 아니다. 다만 소그드로서는 이것이 자연스러웠다. 별이 해에게 이끌리듯이, 해가 뜨면 별은 모두 숨는 것처럼. 정신을 차리면 정엽만을 찾게 되고, 눈앞에 있으면 다른 어떤 것도 관계가 없다.

"소그드?"

그래. 지금처럼—.

"정엽!"

소그드는 차안이 요란한 소리를 내는 데에도 아랑곳하지 않고 벌떡 일어섰다. 찻집 주인이 봤다면 기겁했으리라. 그러나 주인의 기분은 소그드의 안중에도 없었다. 방 입구에 모습을 드러낸 사람이 다름 아닌 정엽이었던 것이다.

"오래간만에 뵙습니다. 요즘 자주 드리는 인사 같지만. 무탈하셨는지요?"

그러나 아낌없이 회포를 풀려던 소그드를 두 가지 사실이 가로막았다. 정엽이 내세운 싸늘한 예의와, 송무를 비롯하여 정엽 뒤에 서 있는 낯선 얼굴 둘. 소그드는 가까스로 인내했지만 이맛살을 찌푸리는 것까지 참지는 않았다.

"그럭저럭. 어떻게 된 거야? 막 태학에 들어간 참이라 드나드는 것도 조심해야 한다며. 놀러 나오지도, 내가 만나러 가지도 못한다고 들었는데."

"아시면서도 여기까지 와주신 겁니까. 오늘은 저도 한숨 돌릴 겸, 선배님들께서 학하의 서점에서 책을 고르겠다는 데에 따라왔습니다. 이 두 분은⋯."

소그드는 그들의 이름이나 가문 따위는 귓구멍에 넣지도 않았다. 자못 정중하게 손을 들어 공수하는 그들에게 대충이나마 같은 방식으로 답해 준 것만으로도 소그드로서는 대단한 극기라 할 터. 그 심사를 아는지 모르는지 정엽은 소그드의 어깨 너머로 넘겨다보았다.

"소그드의 벗이십니까? 처음 뵙겠습니다. 태학생 건영, 정엽이라고 합니다."

"금위위 장사 정확, 송무라고 불러 주십시오."

송무는 황황히 예를 표했다. 초면인 사람 앞에서 멍하니 있다니, 진중하기로는 산에 비견할 만한 금위위의 인재로서는 보기 드문 추태. 그러나 송무로서도 이 정도일 줄은 예상치 못했던 것이다.

　신입 태학생이 걸친 것은 하얀 비단에 검은 띠로 끝동을 두른 심의와 검은 비단으로 지은 건. 태학생이라면 누구나 입는 간소한 복식이었다. 그러나 그 용모는 도저히 '누구나'가 될 수 없었다. 검은 옷깃 위로 떠오른 것은 흰 옷자락보다도 하얗다고 착각할 만한 얼굴. 빈틈없이 틀어 올려 건으로 감추었을 머리카락은 귀밑머리로 보건대 나무껍질처럼 엷은 색이었다. 머리채를 깔끔하게 틀어 올렸기에 더욱 두드러지는 얼굴과 목덜미의 선은, 여자의 것이라기에는 탄탄하고 사내의 것이라기에는 섬세한 형태를 그리고 있었다. 무엇보다 송무에게 흔들림 없는 시선을 던지는 그 눈동자는 해원보다도 깊은 청색—똑바로 바라보기만 해도 넋을 잃을 만한 이채가 드리워져 있었다.

　"송무 공이시로군요. 소그드가 공의 이야기를 자주 했지요."

　"아…."

　"장군…."

　대체 무슨 말을 했기에 저런 반응이 나오는 걸까. 송무는 말 연병장에 나온 신병처럼 당황한 얼굴로, 빙글빙글 웃는 정엽과 그보다 곱절은 당황한 소그드를 번갈아 쳐다보았다. 두 사람에게는 다행스럽게도 정엽은 당혹스러운 장면을 오래 연출하지는 않았다.

　"무예도 인품도 뛰어난 분이라고, 고명한 성함은 들었습니다만 뵐 기회가 없어 안타까웠는데 오늘 그 원을 풀었군요."

　"과찬의 말씀을."

　소그드는 안도의 한숨을 슬며시 삼켰다. 정엽이 그의 실언을 언제까지나 물고 늘어지는 게 아닌가 기겁했지만 다행히 정엽은 그럴 요량은 아닌 듯했다. 그러나 이어지는 말은 그의 눈살을 도로 구겨지게 만들기에 충분했다.

"마침 잘되었군요. 선배님, 잠시 차라도 마시는 것이 어떻겠습니까?"

"고마운 권유이네만 다음 기회에 받도록 하지. 강경의 준비가 있어서 말일세."

"이것 참, 나와 같은 처지로군."

"그런 죄송스런… 제게 학하를 구경시키겠다고 이렇게 귀한 시간을 내주셨건만."

"별거 아닐세. 다음에 또 나오세나."

정엽의 동행은 총총히 떠나갔다. 세간의 구설에 오르는 도시 수석과 어울릴 용기는 있어도, 오랑캐 장수와 자리를 같이 할 배알은 없는 것인가. 그러나 남아 있는 이 중 누구도 그들의 의중을 이모저모 짐작하여 시간과 감정을 낭비할 이는 없었다.

"송무 공께서는 괜찮으십니까? 달리 선약이 없으시다면 목이라도 축이시지요."

"급한 일이야 없습니다만…."

"아, 너는 돌—."

'퍽.'

묵직한 소리의 진원을 송무는 미처 보지 못했다. 그가 의아한 표정을 띄우기에 앞서 정엽은 태연히 손을 들어 방 밖의 급사를 불렀다. 과연 누가 청신한 서생이 비호 같은 몸놀림으로 사내의 옆구리를 팔꿈치로 찍었다고 눈치챌 수 있으랴.

"올해는 옥로차가 향이 좋다고 하더군요. 떡도 좀 드시겠습니까?"

"아니오. 그렇게까지 폐를 끼쳐서야."

"소그드가 저의 일로 송무 공을 번잡스럽게 하여 저야말로 죄송스럽습니다. 공부하는 몸인지라 좋은 술이나 감미로운 음식으로 보답하지 못하니 차 한 주전자로 퉁 치게 해주십시오. 소그드 당신도 드시겠지요?"

"…나는 떡보다 다른 것을 먹고 싶은데."

"아, 예. 지금 부탁하지요. 옥로차와 떡 세 접시."

"무시했어…."

아무렇지도 않게 급사를 돌아보는 정엽의 뒤통수를 바라보며 소그드는 구슬프게 중얼거렸다.

이윽고 다기 일습과 떡이 차려졌다. 차는 향기롭고 차종은 윤기 흐르는 청자. 송무는 심부름꾼을 수배하기 위해 들어간 곳이라고는 하나 남에게 덤터기를 씌운 것이 아닌가 하여 불편해졌다. 그러나 껄끄러움은 금세 녹은 듯이 사라졌으니, 사람을 꺼린다는 평판이 무색하게도 3황자는 온화한 표정으로 편안하고도 능란하게 말을 풀어나갔던 것이다.

"송무 공께서도 참 난처한 지경에 처하셨군요. 소그드가 필시 공에게 떠넘기는 일이 허다할 테지요. 소그드에게 이 나라의 일을 가르쳐주는 일은 제 몫인지라, 제가 앞가림을 못하여 공까지 고생시키는 것 같아 죄송스러울 따름입니다."

"무슨 소리야! 뭔가 부탁한 것은 이번만이라고. 평소에는 떠넘기거나 하지 않아!"

"예, 그렇습니다. 장군의 무예가 뛰어나시니 저도 많은 가르침을 받습니다."

"그래! 더 말해!"

"이렇게 몰아세우는 것을 난처한 지경이라 이른답니다."

송무는 슬며시 고개를 숙여 차종을 뚫어져라 응시했다. 그 모습을 일별하고 소그드는 정엽을 돌아보았다.

"그건 됐어. 그보다 태학 생활은 할 만해?"

"예에. 걱정해주신 덕분에."

"여기, 생각보다 시끄럽잖아. 사람도 많고. 힘든 것 아냐?"

"그야 지금까지의 생활과는 다르니 처음에 어려운 점이 없을 순 없습니다. 그러나 익숙해져야지요."

빤히 바라보는 새카만 눈동자에서 마뜩잖은 감정이 묻어날 것만 같다. 정엽은 웃음으로 얼버무렸다.

"…과시가 끝나면 좀 더 자주 볼 수 있을 줄 알았는데 전혀 아니잖아."

"끝난 것도 아니랍니다. 어쨌거나 본시를 넘어야 하니. 서신 왕래는 자유롭습니다만?"

"이 나라의 글자 모르잖아? 네가 가르쳐주기로 했으면서."

"송무 공께 배워보심은 어떤지요?"

묵묵히 앉아 있던 송무가 퍼뜩 고개를 들었다. 소그드의 마뜩잖은 시선이 이번에는 그를 향했다.

"성가시게 만들지 말라며?"

"아니, 괜찮습니다만…."

"큰일을 맡으시려거든 문무에 두루 닿으셔야지요. 힘내주십시오. 저도 연서戀書 정도는 받아보고 싶으니."

정엽은 웃는 얼굴 그대로 농처럼 말했다. 그것이 농이 아닌 진짜에 가깝다는 사실을 아는 이는 소그드뿐일지언정, 비밀로 하고 싶어 하면서도 아무렇지도 않게 농 삼아 말하는 대담함에 소그드는 일순 말을 잊었다.

그러는 사이 정엽은 송무를 응시했다. 쇳덩이를 메질하여 만든 듯한 우직한 얼굴. 무표정과 침묵으로 방패를 세워 비롯한 그 남자에 대해 정엽은 이미 아는 바 있었다.

"또 폐를 끼쳤을까요?"

"아닙니다. 장군께 도움이 될 수 있다면 제 직분에 맞는 일입니다."

송무는 딱딱하리만치 절도 있게 대답했다. 그 어조에 거짓은 없다. 가식이나 기만은 대개 웃음으로 포장되지, 이러한 무표정으로 치장되지 않는다.

"···혹여, 춘부장의 함자가 성 정, 명 악이 되시온지요?"

송무의 눈동자가 미미하게 흔들렸다. 그러나 대답은 여전히 반석처럼 단단했다.

"그렇습니다."

"고초가 크셨겠군요."

거기장군 정악은 죽은 지명제 치하에서 현재의 창궁제가 일으킨 봉기군에 맞서 싸우다 전사하였다.

황제는 무인으로서 황제에게 충의를 바치는 일은 지극히 당연하다 하여 정씨 일족을 주벌하지 않았다. 그러나 송무 정도의 인물이 한낱 장사에 머무는 것은 분명 아버지 대의 업보일 터. 오히려 금위위씩이나 할 수 있는 것이 대단한 특례에 가까웠다.

"무엇이 고초입니까."

그러나 송무의 고집스러워 보이는 이마에는 지난날의 은원이, 분노가, 좌절이 단 한 가닥도 드리우지 않았다. 아비가 했던 것과 마찬가지로, 천하의 주인에게 자신의 창칼을 바친다—그것만이 오롯한 긍지.

"무슨 이야기야?"

뒤늦게 소그드가 껴들었다. 정엽은 그저 미소할 뿐이었다.

"송무 공의 춘부장께서 훌륭한 분이었다고 익히 들어와서."

"아니, 훌륭한 것은··· 그, 그렇게 말씀해주시니 고맙습니다."

그런 사내를 몇 번이나 당혹하게 만드는 걸까. 소그드는 다시금 뚱한 시선을 송무로부터 돌렸다.

"그거 부럽네. 우리 아버지는 완전히 멍청이인데."

"일루베신 족장님 말씀이신가요?"

"그래. 나랑 지긋지긋할 정도로 닮았어. 그러니까 멍청이."

"…어떻게 하면 그런 결론이 나는 겁니까?"

다소 요상한 화제가 오가긴 했지만 환담은 즐겁게 이어졌다. 송무는 어느 연회 자리나 모임에서든 그러하듯이 별로 말하지 않았지만, 이따금 입을 손으로 가려 무너지려는 표정을 감추었다.

"바람피우라는 거야?"

"무슨 말씀이시지요?"

소그드가 불퉁한 어조로 말을 꺼낸 것은 태학으로 가는 길목에서였다.

신입 태학생인 정엽의 입장으로는 언제까지나 학하에서 죽치고 있을 수 없었다. 소그드가 데려다 주겠다고 나섰고, 송무도 말은 꺼냈지만 정엽이 더 이상 성가시게 할 수 없다고 사양하였다. 덕분에 마침내 소그드는 한 시진 전부터, 아니 몇 순이나 전부터 간절히 바라던 일을 이룰 수 있었다.

"계속 붙여주려고 하잖아. 권하는 거 아냐?"

"피우고 싶다면 피우시지요. 제 방침은 바뀌지 않았습니다만."

온화한 얼굴에 서린 기운을 보고, 소그드는 더 이상 그 이야기는 하지 않는 편이 좋겠다고 직감했다. 정엽은 피식 웃었다.

"친구 정도는 늘리세요. 이미 이야기했지 않습니까."

"거참…."

별 뜻도 없는 소그드의 뇌까림은 반절이 한숨이었다. 정엽은 바로 옆에서 말고삐를 잡은 채 걷고 있는 그를 비스듬히 올려다보았다.

"자주 볼 수 없다고 언짢은 겁니까?"

"그것도 있지만… 또 말이지."

사냥감도, 사람의 마음도 빗맞힌 적 없는 시선이 정엽을 맞혔다.

"얽매이는 것을 그만두면 네가 행복해질 줄 알았어. 그런데 지금 행복해? 저기서, 그런 녀석들이랑 어울리면서."

정엽은 미소했다. 그것은 쓴웃음이었다.

태학의 동기와 선배. 그중에 진실로 마음을 나눌 수 있는 이가 얼마나 될까. 대부분이 정엽을 황자며 해인, 전도유망한 수석으로 보고 간혹 줄을 대기 위해, 때로는 흠을 잡기 위해 접근한다. 그 속내가 빤히 보일지언정 대할 때에는 언제나 친근한 낯을 해야 한다.

앞으로 언제까지 타인의 기만과 거짓을 재면서 살아가야 할까.

"…괜찮습니다. 삶이란 차처럼 쓸 때도 있지만, 떡처럼 달 때도 있는 법이겠지요."

소그드는 자연스레 방금 전 먹었던 맛을 떠올렸다.

곧 어스름이 내릴 무렵이었다. 성실한 이는 이미 들어갔고 방탕한 이는 아직 향락을 즐길 무렵, 숲길에는 인적이 없었다. 태학은 학하의 홍진을 막기 위해 가꾼 숲, 학림으로 둘러싸여 있었다. 작지만 조용한 숲을 지나면 용틀임하는 개천에 놓인 다리 너머 태학의 정문이 있다.

차양처럼 태학을 가리고 있는 숲을 벗어나기 직전, 정엽은 소그드의 옷깃을 잡아 끌어당겼다.

극히 찰나였다. 옷깃을 놓은 정엽은 웃었다―꾸며낸 웃음이 아닌, 소그드를 넋 놓게 하는 찬연한 웃음을. 그러나 소그드의 혼백은 이미 그 전에 선수 친 다른 것으로 인해 이미 날아간 뒤였다.

"달군요."

"…나, 애타서 죽으라는 거지?"

"자리 잡히면 휴가도 나오겠지요. 그때를 아무쪼록 즐거운 마음으로 기다려 주시길."

정엽은 태학생과 심부름꾼 외에는 건널 수 없는 다리를 유유히 건너갔다. 뒤에 덩그러니 남은 소그드는 나무에 등을 기대고 주르륵 미끄러지듯 주저앉았다.

"몇 곱절은 달잖아⋯."

한참이 지나도 그는 입술을 누른 채 움직일 줄 몰랐다.

3월 3일은 속된 말로 쌍삼이라고 불리는 날이었다. 지체 있는 이들은 따로 부르는 말이 있을 테지만, 지체가 있든 없든 간에 이날 하는 일은 크게 다르지 않았다.

절기가 바뀌고 날이 풀리는 때, 그리고 민간에서 길하다고 여겨지는 숫자인 석 삼이 겹치는 날. 이날 사람들은 물가에 나가 꽃을 흔상하거나 배를 띄우면서 하루를 즐긴다. 물의 기운으로 겨우내 쌓인 음기를 씻어 낸다는 의미이지만, 실상 뜻은 상관이 없을 터였다. 하루를 즐기는 것이 중요할 뿐.

그 즐거움은 태학생들도 비껴가지 않았다. 특히 뱃놀이를 하면서 봄의 풍광을 감상하고 시를 짓는 것은 글 깨나 한다는 이들의 도락이었다. 여기에 가담하는 데에는 한창 삼가고 조심해야 하는 신입 태학생도 열외가 아니었다. 특히 금년의 신입들로 말할 것 같으면, 가장 냉소적인 이조차 삼재라 불리는 태학생의 시를 궁금해하지 않을 수 없었던 것이다.

그 덕분에 정엽은 태학의 대문을 나설 수 있었고 유흥으로 고단하다는 명목 하에 사흘 남짓 휴가도 얻을 수 있었다. 그러나 다른 곳에서 잠자리를 찾기에는 황도에 정엽의 거처는 없다. 그가 지낼 수 있는 곳이라면 태자의 사저인 송림원이나, 아니면⋯.

좀 더 거처를 고민하는 편이 좋을 뻔했다. 정엽은 침상에서 눈을 뜨면서 그렇게 생각했다.

몸 곳곳이 지끈거렸다. 정엽은 몸을 혹사하는 대신, 시선만 움직여 자신을 내려다보았다. 하얀 살결 여기저기에 선명한 자국이 떠올라 바라보기도 민망할 터이지만, 지금 그의 가슴팍은 굵직한 팔이 덮어 가리고 있었다. 그 팔을 따라 시선을 옆으로 옮기자 정엽의 몸에 다가붙어 잠들어 있는 사람의 윤곽이 시야에 들어왔다.

정엽의 상식으로는 나신의 여자와 잠자리를 함께 하고 있다면 기겁해서 뛰쳐나가야 한다. 하지만 나신의 남자라면 과연 어떻게 해야 하는가?

정엽은 자신의 생각에 소리 없는 실소를 흘리곤 몸을 살짝 일으켜 옆으로 누웠다.

소그드는 곤히 잠들어 있었다. 검은 불꽃처럼 빛나는 눈동자도, 자신만만한 입매도, 지금은 살며시 닫힌 채다. 잠자는 그를 보고 있노라면 그가 얼마나 용명을 떨쳤는지, 그리고 정사 중에 얼마나 갈급하게 사람을 몰아세우는지 상상하지 못하리라.

"…후."

정엽은 다시금 소리 죽인 한숨을 내쉬었다. 욱신거림이 더욱 심해지는 기분이었다.

늘 지나치다고 생각했지만 지난밤은 특히 심했다. 다른 태학생과 어울려 술잔을 기울이다 온 정엽을 소그드는 정색을 하고 바라보더니―그다음부턴 정엽으로서는 그리 떠올리고 싶지 않은 기억이었다.

"투기… 라는 걸까요."

사내에게 투기라니, 웃음도 나오지 않는 일이다. 하물며 고작 술자리를 함께했을 뿐인 것을. 다른 사람과 아무리 술잔을 주고받으며 희언을 나눈다 한들, 정엽이 소그드처럼 대하는 이는 천상천하에 소그드 하나뿐이건만.

정엽은 소그드의 뺨에 늘어진 머리카락을 살그머니 걷어 올렸다. 담대한 얼굴 윤곽이 좀 더 뚜렷하게 드러났다.

자신은 손가락 하나 대지 않아도 안온하고 바라보는 것만으로도 기꺼운데, 소그드는 굶주리기라도 한 양 탐하고 또 탐한다.

누구의 방식이 옳고 누구는 그르다, 정엽도 그렇게 시비를 가리고자 하는 것은 아니었다. 다만 이렇게 나란히 누워 있는 것이 신기하게 여겨질 정도로 연심을 표하는 방식이 이다지도 다르다.

"……."

새하얀 손가락이 소그드의 뺨을 스칠 듯 움직였다.

정엽도 닿고 싶지 않은 것은 아니었다. 하지만 그 기분을 비도라고 가르쳤던 배움이 아직도 그의 뇌리에 단단히 뿌리내리고 있었다.

…허나, 정말로 비도일까.

일설에 이르기를, 태초에 사람은 흙인형과 같은 형상으로 음양의 구별이 없었다 하였다. 그러던 어느 날 개중 둘이 서로 이야기를 나누기를 '나는 하나가 부족하고 너는 하나가 남으니 합해 보면 어떨까' 했다던가. 그리하여 일이 성사되자 음양의 이치가 생기고 만물이 창생하게 되었으니.

만약 도리가 그런 것이라면, 아무것도 바라지 않는 정엽과 넘칠 듯이 바라는 소그드는 어떤 의미에선 도리에 맞지 않을까.

"궤변이군요."

정엽은 자신에게 소리 없는 조소를 던지고 조심스레 몸을 일으키려 했다. …비록 저지당하긴 했지만, 몇 번이나 겪은 일이라 놀라지는 않았다.

"언제부터 깨어 있었던 겁니까?"

"네가 깨서 움직였을 때부터."

"왜 한마디라도 말하지 않았습니까?"

"네가 먼저 손대줄까 기대했다고나 할까…."

"그거 참 허망한 기대로군요."

정엽은 끈덕지게 달라붙는 손을 어떻게든 떼어내려 애썼다. 그러나 소그드도 그리 녹록하지는 않았다. 그는 정엽을 뒤에서부터 단단히 안고는 정사의 여운이 남은 등허리의 살결을 음미했다.

"그렇지만 내가 손대게 해주진 않을 거잖아?"

"당연하지요. 당신이 원하는 대로 하게 해줬다간 침상에서 한 발짝도 못 나갈 테니. 사흘뿐인 휴가입니다. 그간 뵐 분도, 할 일도 얼마나 많은지…."

"또 다른 남자 만나러 가는 거야?"

소그드의 목소리는 담담하였지만 그 심사는 부쩍 힘이 들어가는 팔로 미루어 알 수 있었다. 또인가, 하고 정엽은 한숨을 내쉬었다.

하지만 소그드 또한 정엽의 기분을 상하게 하면서까지 고집을 피울 뜻은 없었다. 정엽이 이전처럼 싸늘하다면야 모를까, 스스로 마음을 열었는데 억지를 써서 사이가 틀어질 이유는 없는 것이다.

"다른 남자라니…. 당신과는 대하는 것이 다르다고 제가 얼마나…."

"나, 사랑해?"

새하얀 뺨에 삽시간에 핏기가 올랐다. 손가락으로, 혹은 혀로 떨리는 곳을 희롱하였을 때 못지않은 반응을 목도하고 소그드는 만족스레 웃었다. 정엽은 머리를 뒤로 당겨 소그드의 가슴을 뒤통수로 콩 들이받았다.

"…사랑하지 않았다면 이렇게 하고 있을까요?"

"하지만 아무것도 안 해주니까, 계속 묻고 싶어지잖아."

"해달라고 한 것은 해드렸습니다만."

"내가 조르지 않으면 안 해주니까."

"제가 잠자리의 일에 의욕이 없는 것뿐입니다. 당신이 남들보다 곱절은 의욕이 넘치는 대신에."

한숨이 뒷목을 스치는 바람에 정엽은 소스라치려는 것을 가까스로 참
았다. 소그드의 손이 어디까지나 부드럽게, 살짝 건드리는 것이나 진배
없이 정엽을 어루만졌다.

"그럼 넌… 날 봐도 정말 아무것도 못 느끼는 거야? 내가 손대기 전
에는?"

살갗이 오싹오싹하다. 허리 아래가 미미하게 저리다.

처음부터 아무런 접촉도 없는 관계였다면 정엽도 아무것도 느끼지 않
는다고 단언할 수 있다.

허나 지금도 그러한가. 그 손가락을 보면서, 그 입술을 눈에 담으면서,
그것이 자신에게 해주는 일을 떠올리지 못한단 말인가.

어디까지나 소그드의 과한 욕망 탓이라고, 그렇게 탓해도 좋은가.

"네가 날 안아도 나는 좋은데 말이야."

"……."

요동했던 혈액이 끓는 술에 찬물을 부은 양 가라앉았다. 정엽은 기막
힌 시선을 어깨 너머로 던졌다.

"당신이 제게 하는 것처럼, 제가 당신에게… 말입니까?"

"응. 나 그런 것도 제법 즐기고."

그 장면을 감히 그려 본 자신의 뇌수에 원망을 퍼부으며, 정엽은 고꾸
라지려 하는 자신의 몸을 간신히 다스렸다. 일별한 소그드의 얼굴이 다
만 의아한 표정이라는 사실 또한 정엽에게는 머리를 아프게 만드는 큰
요인이었다.

"…권해 주신 뜻은 감사드립니다만, 저는 도저히 즐길 수 있을 것 같
지 않군요."

"너무해."

소그드는 정엽의 어깨에 어린애가 투정 부리는 양 얼굴을 부비면서 한탄했다. 기골 장대한 사내가 하는 짓으로는 한심하기 이를 데 없는 행동거지였지만…. 그럼에도 다른 생각을 품어버리는 것은, 정엽 역시 구제불능이라는 뜻일까.

"기대에는 못 미치겠습니다만…."

정엽은 소그드의 손을 뿌리치고 침상에서 내려와 섰다. 마음껏 풀어헤친 머리카락이 그 고혹적인 신체에 휘감기는 궤적에 소그드가 시선을 빼앗긴 찰나, 정엽이 몸을 돌려 소그드를 마주 보았다.

"제가 마음껏 손대길 바라신다면, 모쪼록 움직이지는 말아주시길."

"어라?"

얼빠진 소리는 입술에 막혀버렸다.

"……."

침상에 한쪽 무릎을 댄 채, 소그드의 목에 팔을 두르고… 정엽은 스스로 생각해도 서투르기 짝이 없는 입맞춤에 도전했다.

애무한다기보다는 문지르는, 갖다 댈 뿐에 불과한 혀 놀림. 상대가 응해주지 않는 것은 기가 막힐 만큼 서툰 탓일까, 움직이지 말라고 엄포를 놓아서일까. 거칠어지는 숨결이 호소하는 것을 정엽은 애써 무시하고는 천천히 입을 뗐다.

"말은 해도 돼?"

"상관없습니다. 제 기분이 저조해진다면 당장 그만두겠지만요."

으름장은 재갈을 물리는 것보다 효과를 발휘했다. 정엽은 안도한 채 소그드의 목에 감았던 팔을 풀어 그 목덜미에, 가슴팍에, 어깨에 손바닥을 대어 미끄러뜨렸다.

바윗돌 같은 몸은 갑옷이 필요한지 의문스러울 정도였다. 그러나 이런 탄탄한 살결에도 날붙이는 분명 상처를 남긴다. 어린 시절부터 전장에 투신한 탓인가. 보기에도 섬뜩한 흉터가 이곳저곳에 남겨져 있다. 그 중에서도 볼 때마다 정엽의 몸을 떨리게 하는 것은 옆구리의 손바닥만한 상흔. 정엽은 그 흔적을 몇 번이나 어루만지고, 고개를 숙여 입술을 대었다. 마치 그리함으로써 흉터를 지울 수 있기라도 하는 양. 크게 부풀어 오르는 가슴팍이, 격하게 뛰는 혈맥이 맞닿은 몸으로 전해졌다. 흥분한 남성 또한.

"…나, 못 참을 것 같은데."

소그드의 중얼거림은 희언만은 아니었다. 보료를 찢을 듯이 꽉 움켜 쥔 손아귀, 핏줄이 도드라진 손등과 희미하게 떨리는 손가락이 그 사실을 웅변하고 있다. 정엽은 실소를 감추기 위해 그의 목덜미에 얼굴을 묻었다.

"뜻밖에도 이런 일이 마음에 드시는 것 같군요. 앞으로도 이런 방식으로 기분을 푸는 게 어떠신지?"

"아니, 한 번은 좋지만… 꽉 끌어안지 못하는 것도 좀."

"사치스럽군요."

짐짓 쇄골을 깨물어보지만 잘근잘근 하는 정도로 극히 어설프다. 아픔과 쾌감의 경계를 절묘하게 오가는 소그드의 이빨과는 비할 데가 아니다. 하지만 그것만으로도 소그드는 뜨거운 한숨을 정엽의 어깨에 쏟아 냈다.

충동적으로 시작한 희롱이었지만 아무래도 자신이 걸려든 것 같다. 애욕이라는 거미줄에, 자신의 날개를….

정엽은 침상 옆의 상탑에 손을 뻗어 그 위에 있는 것을 낚아챘다. 그리고 손바닥에 들어오는 수정병의 내용물을 소그드의 다리 사이에 냅다 쏟았다.

"으앗, 차가워!"

"너무 열이 오르신 것 같아서 식혀드리는 겁니다."

남양에서 들여온 향유의 그윽한 향기가 피어올랐다. 정엽은 일순 수그러든 사내의 그것을 조심조심 문지르고, 배와 가슴께까지 향유를 펴 발랐다. 단숨에 치솟아 오르는 체온에 향이 더욱 강해져 숨까지 막힐 듯했다. 끈적하고 미끈미끈한 향유는 걸리는 곳 없이 살결 위로 손가락이 미끄러지게 도와주어 두 사람을 더욱 달뜨게 만들었다.

"정엽….."

열기를 소리로 바꾸면 지금 이 사내의 목소리가 될까.

정엽은 허우적거리다시피 소그드의 상체에 팔을 감았다. 그리고 어색하게 벌린 치부를 소그드의 양물에 갖다 댔다. 단지 그것만으로도 묵직한 열기가 입구로 침범해온다.

"웃….."

지난밤 혹사당했다고는 하나 미처 풀어지지 않은 치부에 스스로 밀어넣는 터이니 머뭇거리지 않을 수 없다. 그러나 여기서 그만두는 것 또한 가능할 리 없으니, 차라리 모두 내맡기고 싶을 지경이다. 반 마디라도 기색을 내비치면 소그드가 죄 알아서 할 것이다. 하지만….

정엽은 바르르 떨면서 고개를 들었다. 지척에 소그드의 얼굴이 있다. 망연한 듯 황홀한 듯, 절절 끓는 눈으로 입술을 짓씹으면서 필사적으로 참는 그의 얼굴이.

자신은 바라지 않는 일이라 해도, 그가 바라는 마음에 조금이라도 응하고 싶다. 하지만 이제 와선 자신이 바라는지 바라지 않는지조차 알 수 없다.

그를 고스란히 받아들이는 이 순간에는—.

"아… 흑! 큭….."

"무리, 하지 마."

"괜찮… 습, 하, 윽…!"

정엽이 허리를 낮추어가자 뜨거운 것이 오장육부를 파먹을 듯이 밀려들어왔다. 숨이 막힌 정엽은 소그드의 어깨에 매달려 헐떡거렸다. 그럼에도 불구하고, 안간힘을 다해 몸서리치고 허리를 비틀면서 소그드의 것을 삼키려고 애쓰는 자태는 소그드의 뇌리를 태우기에 충분했다.

"정엽…."

도저히 견딜 수 없어 소그드는 눈을 감았다. 그러나 어둠 속에서도 선명하게 몸부림치는 하얀 몸이 떠오르는 것만 같았다. 이리저리 뒤틀다가 활처럼 휜 허리를 바르르 떠는, 온통 소그드가 남긴 자국이 새겨진―.

"안아도, 돼?"

"네, 에… 응, 앗…!"

소그드의 팔이 굶주린 짐승처럼 뻗어나가 정엽을 끌어안았다. 정엽은 상반신과 하반신이 동시에 쥐어짜 내어지는 감각에 소리 없이 비명을 토했다. 스스로 쾌락의 샘을 찾아 허리를 놀리기란 정엽으로서는 어림없는 일이었으나, 소그드가 돕자 정엽의 몸이 이번에는 쾌감으로 소스라쳤다.

"흑, 으응, 응…."

애타는 교성을 막기 위해 정엽은 소그드의 어깨에 얼굴을 묻었다. 소그드는 그것이 내심 불만이었으나, 그래도 허덕이는 소리가 새어 나와 바로 귓전을 때리는 것에 만족하기로 했다.

마치 밀어 같지 않은가….

"사랑해."

대답을 들었던가? 자신도 긴가민가했지만 소그드는 욕심 부리지 않기로 했다. 그로서는 실로 장족의 발전이었다.

앞으로 수백, 수천, 수만 번―끝없이 들을 수 있다.

소그드는 입으로, 그리고 점막으로 전해지는 애욕에서 답을 구했다.

4장

　송림원의 문지기는 충실하고 과묵한 자였다. 어떤 고관대작이 찾아와
도 주인의 하명 없이는 들이지 않고, 또한 누가 송림원의 대문을 지나가
도 감히 발설하지 않는다. 그러한 태도는 남루한 차림의 도사가 나타났을
때도 바뀌지 않았다. 문지기는 틀에 박힌 인사를 한 뒤 대문을 닫았다.

　색다른 방문객에 송림원의 식솔들은 당황할 법하건만, 이미 도사며 호
인胡人을 맞아들인 경험이 있어서인지 그리 놀라지는 않았다. 그 도사가
어깨에 새 한 마리를 얹고 있다 해도.

　안내는 필요하지 않았다. 도사는 자신이 갈 곳이 어디인지 이미 와 본
사람처럼 거침없이 걸음을 옮겼다. 송림원의 정자에는 이미 두 사람이
차안을 사이에 두고 앉아 있었다. 도사가 다가가자 둘은 즉각 일어났다.

　"어서 오십시오. 먼 길 걸음 하시느라 고생 많으셨습니다."

　"자, 자, 앉으시오. 누추한 곳이지만 아무쪼록 편안히."

　"…오래간만입니다, 정엽 공. 그리고 황태자 전하."

　서중산은 복잡한 심경을 무뚝뚝한 얼굴로 감춘 채 상에 앉았다. 그 어
깨에 오뚝하니 앉은 중영도 인사하는 양 날개를 쳤다.

　"노 공을 단련시키는 일로 바쁘실 텐데 황도까지 오게 만들어 죄송합
니다."

　"아니오. 불초는 가르치는 일에 재주도 없거니와, 불초가 풍이라면 노
공은 수. 오행이 다르니 감히 가르칠 수도 없어 다른 분께 부탁했소이다.
그보다… 공의 소식은 들었소."

중산의 시선이 정엽에게 가 꽂혔다. 정엽은 사죄의 말을 미소로 바꾸어 머금었다.

"도를 저버린 큰 죄인이 감히 이래라저래라 하여…."

"책망하려는 말이 아니오."

정엽은 속내를 깡그리 털어놓는 인품이 아니었다. 그러나 이야기를 나누다 보면 깨닫는 바도 있다. 부귀영화나 주색잡기를 탐하기 위해서가 아니라, 저 홍진 속에 금자탑을 세우고 싶은 바람으로 정엽의 마음이 속세에 기울어져 있음을.

정엽에게는 능히 그럴 능력이 있다. 그러나 그리하지 않고 도문에 머무른 것은, 속세에 발을 내딛으면 세파世波가 그를 내버려 두지 않기 때문이었다. 그 사실은 중산도 이해하고 있었다.

그렇게 자신을 죽여 온 정엽이 비로소 그 수렁, 그 아귀지옥에 몸을 던진 것이다. 중산의 뇌리에 피어오르는 것은 정엽이 도문에 등을 돌렸다는 배신감이나 섭섭함이 아니라 벗에 대한 순수한 염려였다. 도포가 아닌 창의를 걸친 정엽을 향해 중산은 씁쓸하게 중얼거렸다.

"피곤해 보이는구료."

"쿨럭! 쿨럭, 쿨럭!"

돌연 정엽이 거세게 기침을 했다. 중산은 아연한 얼굴이 되었다. 그를 더욱 어리둥절하게 만든 것은 동시에 고개를 돌려 정자 밖에 선 오동나무를 열심히 노려보는 황태자 현성의 거동이었다. 아무리 이름난 영금궁의 도사라 해도, '왜 정엽이 피로곤비한지' 진짜 이유를 짐작할 재간은 없었다.

"아니… 아무것도 아닙니다."

"태학에서의 공부가 힘에 부치는 것 아니오? 게다가 여전히 그 악당들의 뒤를 쫓고 있다면…."

"뵙고자 한 것은 그 일 때문입니다."

정엽은 소매 속에서 비단 수건에 싼 것을 꺼내놓았다. 중산의 눈살이 대번에 찌푸려졌다.

"그것은….."

"기억하시는지 모르겠습니다만 소그드가 자신을 습격한 요괴에게서 취한 것입니다. 야구자였다고 하더군요."

"그 사내라면 생각나오. 한데, 야구자가 사람을?"

"정리하지요. 기족과의 화의가 이루어지고 소그드가 호북주총관에 봉해졌습니다. 그러자 그것을 불합리하게 여긴 자들이 천하에 이변을 일으켜 폐하의 뜻을 거스르려고 했지요. 우리가 쫓던 자… 흑의 공은 그중 하나. 한데 그는 왕후장상만이 지닐 수 있는 패를 가지고 있어, 귀장신병의 추적을 피하고 천하 곳곳을 거침없이 돌아다닐 수 있었습니다."

정엽은 쓸쓸하게 웃었다. 명부에서 재회했을 때 넌지시 물어보았더라면…. 물론 그가 대답하리라곤 생각하기 어려울뿐더러, 그때 정엽에게는 그런 생각이 추호도 떠오르지 않았다.

"…이어 황도에서 소그드가 두 차례나 습격을 당했소. 그것도 요괴에 의해… 결국 역적들이 황도에 암약하고 있다고 보아도 좋겠지."

현성도 무거운 혀를 움직였다. 그러나 아무리 염려하고 불안해한다 한들, 도술에 문외한인 그가 할 수 있는 일은 없다. 태학생으로 공부에 전념해야 할 정엽 또한 마찬가지였다.

"그래서 불초를 부른 것이오? 선원궁에서는?"

"궁주가 바뀌어 어수선할 뿐만 아니라… 황도에 역적이 있다는 것은 그들이 폐하를 해할지도 모른다는 뜻. 사정은 설명했지마는 도움을 구하지는 않았습니다."

"그렇다면 불초가 무엇을 하면 되는 거요?"

귀찮아하거나 성가시다는 기색은 일절 찾을 수 없다. 황폐해진 오금산을 돌보는 것만으로도 분주할 텐데, 그는 기꺼이 정엽이 청하기도 전에 청을 받아들였다.

"요괴를 제압하여 따르게 하는 이 보패가 어느 도문, 계파의 것인지 조사해주십시오. 실타래를 더듬어가듯 배후를 캐낼 수 있으면 좋고, 그러지 못한다 해도 그들의 수완을 미리 간파해둔다면 대책을 마련할 수 있으니까요."

"알겠소."

중산은 덥석 천에 싼 것을 쥐더니 소매를 떨치고 일어났다. 현성이 황황히 그를 만류했다.

"아니, 잠시라도 앉아서 목이라도 축이시도록⋯."

"태자 전하의 말씀은 황공하오나, 흉악한 무리가 황도에 도사리고 있다면 좌시할 수는 없는 노릇. 결례이지만 물러나겠습니다."

황도는 선원궁의 도사들이 파사의 수법을 널리 펼치고 있다. 따라서 영금궁 도사 중에서도 필두의 기량을 지닌 중산조차 비공의 술을 써서 날아오를 수는 없었다.

날개가 있어도 날아가지 못하는 새처럼 중산은 초조하게 걸음을 옮겼다.

도술이란 무엇인가?

도道―천지를 주관하는 이치. 끝없이 광대무변하면서도 천변만화하기도 하는 것. 그 끄트머리나마 붙잡는 것이 도술.

그러나 모든 사람이 도의 심원함을 깨닫고 도문에 드는 것은 아니다. 한낱 눈속임, 하찮은 재주에 현혹되어 일신의 부귀영화를 바라고 도술에 매진하는 자도 있는 법. 사람들은 그들을 가리켜 방사라고 칭하고, 그들의 수법을 일러 방술이라 불렀다.

"……."

서중산이 들여다보고 있는 금테도 그러한 방술의 한 가지였다. 요괴의 근본을 파훼할 생각은 하지 않고, 그 몸뚱이를 복종시키는 사술邪術. 요괴란 태생적으로 사람에게 이로운 일을 할 수 없다는 것을 미루어보면, 그 요괴를 부리겠다는 아집이 얼마나 가당찮은가 짐작할 수 있을 터였다.

이다지도 넓디넓은 황도에서 그 방사는 어디에 가면 찾을 수 있는가? 요행히도 답은 좁힐 수 있었다. 도관뿐이다.

선대 황제 지명제의 치세 때에는 지존의 관대한 정책에 힘입어 도사를 칭하는 이들이 메뚜기처럼 무리지어 일어났다. 온갖 잡술로 사람을 현혹시키고, 수신水神에게 바친다 하여 어여쁜 처녀를 강물에 던지고, 민가에 기식하며 그 폐단이 뱀이나 벌레 등속보다 심하였음이니.

금상황제 창궁제는 감히 그러한 작태를 허용하지 않았다. 민폐를 끼치는 자들을 극형에 처하고, 도문에 든 자가 민가에 거주하는 것을 엄금하였다. 따라서 도사를 칭하는 자는 도관에 머무를 수밖에 없다.

문제는 도관이 황도 안팎으로 선원공의 휘하에 있어 신분이 틀림없는 도사만 머무르는 곳을 빼고도 기십 군데, 황도 근교까지 헤아리면 백에 이른다는 데에 있다.

"후우."

중산은 한숨을 내쉬었다. 민가에 머무르지 못한다는 데에 있어서는 황자의 벗인 서중산도 마찬가지였다. 머무를 도관은 이미 정엽이 수배해둔 참이다. 그러나 그곳을 찾아가는 중산의 발걸음은 무겁다. 과연 길이 멀기 때문일까….

조금 처진 그 어깨를 하얀 팔이 감쌌다.

"인주人主의 차자次子, 얼굴빛이 많이 좋아졌더구나."

"그렇게 보셨습니까?"

그러나 중산은 놀라지 않았다. 그는 시선을 돌려 어깨 위를 쳐다보았다. 황도의 외곽, 인적 없는 산길을 걷고 있어 다행이었다. 행인이라도 있었다면 갑작스럽게 출현한 '그것'을 보고 혼비백산했을 것이다.

중산의 어깨에는 사람 하나가 올라타 있었다. 하지만 중산은 어깨에 어떤 것도 얹고 있지 않은 양 태연자약했고, 그 인물 또한 어깨라는 위태로운 받침대가 전혀 불안하지 않은 듯 유유자적했다.

자세가 아니더라도 그 인물은 기묘했다. 길고 늘씬한 모습은 남자인지 여자인지 분간할 수 없을 정도로 수려하고, 풀어 헤친 머리카락은 발끝에 닿을 만큼 길다. 몸을 에워싼 것은 흰 비단인가—그러나 여민 것도 기운 것도 아닌 피륙은 어떠한 비단도 내지 못할 광택을 흩뿌리면서 그의 요염한 선을 그대로 드러내고 있었다. 무엇보다도 기묘한 것은 그 옷자락. 너덜너덜한 듯 삐죽삐죽한 옷자락은 실로 새의 깃털이었다.

언뜻 봐도 사람이 아닌 자. 중산은 그가 바로 오군, 오군산의 신령으로 중영의 모습을 빌어 현신했다는 사실을 잘 알고 있었다.

중산은 왜 오군이 자신에게만 모습을 보이는 총애를 베푸는지 알지 못했다. 하지만 그리 괘념하지도 않았다. 도술이란 천지의 이치에 닿고자 하는 것. 다시 말하여 도에 닿기 위해 따르는 한계를 아는 일이었다. 인간이 어찌 그 태허太虛를 온전히 이해하랴?

"그래. 붙은 것이 떨어진 듯한 얼굴이더군."

중산의 머리에 팔을 기대거나, 턱을 괴거나, 관자놀이에 뺨을 가져다 대거나… 까불거리는 아이, 아니 부산을 떠는 작은 새 같은 태도로 오군은 말을 이었다. 중산은 고개를 기울이며 생각에 잠겼다. 자신이 선입견을 가진 탓에 힘겨워 보였을지도 모르는 일. 말을 듣고 보니 정엽의 태도가 어딘지 홀가분했던 것 같기도 하다.

"그렇다면… 다행입니다만."

"사이좋은 벗이로구나."

"자신 신상의 일대사를 결정하기 전에 의견 한번 물어주지 않은 벗이지요."

그 사실에 대해 하등의 불만을 가지고 있지 않으면서도 중산은 말할 수밖에 없었다. 그의 뺨 언저리에서 기웃거리던 얼굴이 싱긋 웃더니 위로 올라갔다. 이렇게 말해두지 않는다면 중산은 며칠간 이 일대에 사는 새가 싸지르는 새똥이라는 새똥은 모조리 뒤집어쓰게 될 것이다. 그는 이유를 알아서라기보다는 오로지 경험으로 답을 찾았다.

"인계의 싸움에 신령이 불똥을 맞다니 드문 일이다. 내가 아는 한 대개는 정반대였건만."

"그런 발칙한 자들은 반드시 벌을 받을 것입니다."

"그것은 인벌일까, 천벌일까?"

퍼뜩 시선을 든 중산의 눈에 활처럼 휘어진 진홍빛 입술이 들어왔다.

그렇다. 그가 아는 오군은 자신의 영역에 요괴 대휴류를 풀고 사람들로 하여금 불을 지르게까지 몰아간 죄인을 내버려 두지 않을 것이다.

"푸드득!"

숲 위로 새가 하늘이 새카맣게 보일 정도로 일제히 떼 지어 날아올랐다.

"무엇을 찾아야 하는지 알려주려무나."

"알겠습니다."

중산은 귓불을 깨무는 주공을 애써 무시하면서 담담하게 대답했다.

형형색색의 옷자락이 화사하게 흩날리고 악기의 현이 우아한 가락을 연주했다. 불콰하게 물든 얼굴이 파안대소하고, 왁자하게 떠드는 소리에 음악까지 묻혀버린다. 초원이든 화하든 술자리란 대개 대동소이한 법이다.

소그드는 쭉 비운 술잔을 내려놓았다. 중원의 곡물로 빚은 술은 그다지 나쁘지 않았으나, 이따금 말젖을 내려 빚은 술이 혀끝에 어른거리기도 한다. 그러나 고향을 그리워하여 애수에 젖는 것은 소그드의 성미에 맞는 일이 아니었다. 그는 젓가락을 들어 하릴없이 주안을 통탕거렸다.

"속에 담아 둔 근심거리라도 있으십니까?"

옆에 앉아 있는 송무가 물었다. 술자리에서 그와 같은 상을 쓰는 이는 송무 정도밖에 없기에 더욱 겸상하게 되기 마련이었다. 아직도 무관들 사이에서 경원시 되고 있는 소그드와 거의 유일하게 친밀하다고 할 만한 사이였지만, 술자리에 동석한다 한들 두 사람 모두 그다지 수다를 떠는 법도, 웃고 즐기는 일도 없어서 보기에는 썰렁하기 이를 데 없었다.

"아, 셈하는 중."

"셈이라니. 무엇을 말씀입니까?"

"녹봉을 모아 황도 가까운 곳에 초지를 사서 말이야, 말이랑 양을 키우려고. 그러면 양고기도 아이락도 아르히도 먹을 수 있을 거고 게세르와 로그모의 새끼들도 키울 수 있을 테니까."

"그렇습니까…."

송무가 떨떠름한 표정을 짓는 것도 어쩔 도리는 없었다. 황도에 암약하는 역도들을 조금이라도 마음 쓰고 있을 줄 알았는데, 정작 본인은 생활감 넘치는 고민을 하고 있다. 그를 보고 있노라면 안심이 되는 건지 불안해 지는 건지 알 수 없다.

잘랑잘랑… 패옥이 유혹하는 듯한 소리를 울렸다. 소그드와 송무 사이에 산기슭에서 피어오르는 운무 같은 비단 자락이 드리워졌다.

"어머, 망아지라니 귀엽겠어요. 한 잔 드시겠사옵니까? 정 장사님께
서도."

꽃과 달에 견주려는 양 어여쁘게 꾸민 기녀가 다소곳이 앉았다. 소그
드는 싱긋 웃으며 잔을 들어올렸다.

"춘려? 네가 권하는 술이야 거절 못 하지."

"후후… 듣기 좋은 말씀을 해주시는군요."

"춤추느라 피곤했지? 앉아서 쉬어."

춘려라 불린 기녀는 소맷자락으로 미소를 감추었다.

여전히 황도에서 오랑캐라고 하면 이맛살부터 찌푸리는 자들이 널려
있다. 그러나 문무고관의 술자리에 불려오는 기녀들은 그렇지 않았다.
처음에는 꺼림칙함을 감추고 기녀라는 입장 상 애교를 떨었을지도 모른
다. 그러나 상대가 왕후장상이건 기녀이건 똑같이 대하고, 무엇보다 아
프건 피로하건 웃음 짓고 아양 떨어야 하는 기녀들의 속내를 빤히 들여
다보고 배려해주는 소그드의 태도에 그녀들은 점차 호감을 품을 수밖에
없었다.

"쉰다면 장군의 처소에서 쉬고 싶은데요. 들게 해주시겠습니까?"

"바람피우면 혼나. 전에는 아랫도리를 작살내겠다고 했다니까."

"어머. 장군께서는 문지기가 있으면 성을 여시지도 못하시나요?"

"너는 아무한테나 문을 벌컥벌컥 열어주는 성이 좋아?"

여인은 쓴웃음을 감추었다. 조금 노골적으로 유혹해보아도 요지부동
인 것이 또한 매력. 기녀들은 결코 초조해하지 않았다. 먼저 애달아하는
것은 그녀들의 본분에 어긋날뿐더러, 그녀들의 몸을 탐하지 않는 사내
하나쯤 두어둬도 나쁠 것은 없는 것이다.

"어머나… 곤란합니다. 제가 곁에 있는데 다른 이에게 시선을 주시다

니오."

"설마, 저런 늙은이가 내 취향이라고 생각해?"

소그드는 웃으며 등린을 턱짓으로 가리켰다. 춘려는 재미있다는 듯 까르륵 웃었다. 소그드가 딱히 나이는 물론이거니와 성별도 따지지 않는다는 것을 그녀가 굳이 알 필요는 없으리라.

"너는 어때?"

"어머, 싫어라. 무엇보다 저분은 저희보다 도사를 좋아하신답니다."

"헤에?"

"요즘 무엇이 그리 원이신지. 도관에 부지런히 드나들며 재계를 하신다나요."

"흐—응."

소그드가 의미심장하게 미소 지었다. 그 뜻을 짐작한 송무는 얼굴을 굳혔지만 드러나지 않게 술잔에만 정신을 집중했다. 본디부터 뚝뚝한 얼굴이었기에 들통 날 염려는 없었건만.

"재미있네. 도관에서 빌면 소원이 이루어져?"

"글쎄, 어떨까요. 대개 신분 있는 분들은 그런 데에 의지하지 않는다고 알고 있지만 요즘은 좀 유행인 것 같네요."

"헤. 유행이라 할 정도?"

"예부시랑 백산 공, 우감문위 중랑장 기후 공, 어사낭중 성홍 공, 좌장군 죽지 공…. 후후, 약속을 하셔놓고는 파투 내고 도관으로 몰려가 버리셔서 잘 안답니다. 게다가 이분들, 쌍삼 때도 다른 데에 안 가시고 도관… 도철관에서 노셨다던걸요."

"그렇게 영험하다면 나도 한번 가봐야겠어."

"저런, 더 이상 손님을 빼앗겨서야 저희는 재미없는걸요."

"하하하."

문무관이 모인 연회는 밤이 깊기 전에 끝났다. 말을 타러 가는 소그드를 이내 송무가 따라붙었다. 그는 밤의 고요함을 깨뜨리지 않는 나지막한 목소리로 물었다.

　"물으신 뜻은…."

　"정엽의 동료가 말이야, 야구자를 조종한 녀석이 머무는 도관을 찾고 있었거든. 그런 도관에 모여드는 놈들이 있으면 무관하다고 생각하기 어렵겠지?"

　"그것을 조사하러 연회에 참석하신 겁니까?"

　"아니, 별로 그럴 생각은 아니었는데. 이야기하다 보니까 어쩌다."

　사냥꾼의 본능이라고 한다면 대단한 것이다. 송무는 내심 고개를 숙일 수밖에 없었다.

　"…무슨 속셈일까요?"

　"뭐, 그런 건 정엽네가 알아서 하겠지. 나는 이름만 줄줄 불어주는 수밖에. 너도 너무 걱정하지 마. 고작해야 요괴를 부려서 사람 뒤통수나 치려 하는 녀석들이잖아. 그런 녀석들이 뭐 대단한 일을 벌이겠어?"

　"그건 그렇습니다만…."

　송무는 수긍할 수밖에 없었다. 조정 안팎은 지금 조용하다. 소그드 쪽의 흠을 잡거나 공론을 이루어 공격을 가한다고 하면 눈에 띄지 않을 리 없다. 붓과 말로 일을 도모하지 않는다면 결국 남은 수단은 힘밖에 없는데, 그 또한 황제가 천하의 병권을 좌지우지하는 이상 드러나지 않을 리 없다. 모든 병사가 황제가 내리는 부절을 지닌 자의 명령에 따라 토벌이나 훈련, 호위 등의 임무에 종사하며, 임무가 끝나면 부절은 마땅히 회수된다. 또한 모든 장인은 나라의 명부에 이름을 올리고 관의 요청에 따라 무기를 제작하며, 이에 필요한 사철과 탄 또한 조정의 뜻으로 분배되는 것. 이러한 화하의 법도에 따르지 않는 자들은 조악한 무기를 지닌 오합

지졸일 뿐이니, 아무리 설친다 한들 관군을 상대할 수는 없다.

"두고 보자고. 얼마나 할 수 있는지."

소그드는 즐거운 듯이 내뱉었다.

─그의 생각은 틀렸다.

백석으로 만들어진 수반에는 물이 넘쳐흐를 듯이 찰랑이고 있었다. 티 하나 없는 맑은 물. 구름과 같은 무늬가 피어오르는 수반의 바닥까지 비쳐 보인다. 어둑한 실내, 하나만 열린 덧창에서 쏟아지는 햇살이 수면에 스며들어 백석 위에 찬란한 무늬를 어룽지게 한다.

무늬비단으로 지은 침의. 화려한 수로 장식된 옷깃에는 검은 머리카락이 아낌없이 흘러내렸다. 그를 가리키는 데에 두 말은 필요 없을 정도의 귀공자는 수반을 물끄러미 내려다보았다. 그는 문득 손가락을 뻗어 수반으로 가져갔다. 파문이 번져나간다. 빛의 씨실과 날실이 일렁이고, 덩달아 수반 바닥의 무늬까지 어지러이 춤추었다. 현기증마저 느껴질 만큼의 광란. 흔들리는 것은 수면인가, 자신의 눈인가….

"한가하십니까."

어느 틈에 다가온 것인지, 불퉁한 목소리가 뒤에서 날아왔다. 귀공자는 구태여 뒤를 돌아보지 않았다. 그 입가에 조소가 감돌았다.

"어차피 지금은 내가 할 일도 없지 않나?"

"전언을 가지고 왔습니다만."

"거기 두게."

상대방은 흰 면지에 싼 것을 귀공자 옆의 상탁에 내려놓았다. '탕'이라고도 '좌르륵'이라고도 할 수 있는 요란한 소리는 그저 분풀이인가, 아니면 그만큼 '전언'이 쌓인 것인가.

황제의 실책이라고 평할 수밖에 없다—귀공자는 다시 웃었다.

황제는 기족과의 화의 이후 일어난 모든 불온한 일들을 공론화시키지 않았다. 마치 모든 것이 순풍에 돛 단 배처럼 흘러간다 착각할 정도였다.

그런 주제에 대신들이 뒤에서 불만을 수군거리고, 반감을 키워가는 것은 무시한다. 정녕 아무런 이의도 없다는 양.

귀공자가 태어나기 전의 일이라고는 하나 그도 전해 들은 바는 있었다. 막 대업을 이룰 무렵의 황제는 이러하지 않았다. 숙부를 베는 패륜무도한 일도 태연자약하게 해치우고, 들고 일어나는 자들을 벌레라도 되는 듯 짓밟았다.

그 시절을 이미 잊었음인가. 나이가 들어 자녀를 여럿 두니 사람이 물러진 것인가. 상관없다. 덕분에 이쪽이 득을 톡톡히 보게 된 것이니까. 귀공자는 또다시 웃었다.

유람을 가장하여 국토를 주유하면서 금상황제와 조정에 불만이 있는 자들을 한데 모은다. 처음에는 재야의 인물을, 이어 조정의 중신들을.

물론 사람을 모으면 눈에 띈다. 특히 그의 입장에서는, 특정 인물과 지나치게 왕래하면 당을 만든다고 간관의 입에 오르기 십상. 그것을 가리기 위해서 그가 쓴 수단이 도관이었다.

산수가 아름다운 도관에 풍류를 아는 이가 드나드는 것은 이상하지 않다. 그리고 그가 도관에 자신의 바람을 적은 부찰을 바쳐도 나무랄 일은 아니다. 그 부찰에 비밀스러운 전언을 적어낸다 해도 들여다볼 자는 없는 것이다. 또한 도관에는 또 다른 이점이 있었다.

"준비는 되어가는지요?"

도사의 차림을 한 자가 어두운 눈빛으로 물었다. 원망, 증오, 저주. 선원군의 버젓한 도사들에게 견주면 한낱 방사로서 멸시받는 데에 따른 시기. 지명제 대의 호사와 영달을 되찾고자 하는 질투. 고귀한 신분인 귀공자가 그런 치졸한 욕망에 공감할 일은 없기 마련이나, 지금 그는 누구보다도 그 심경을 뼈저리게 알 수 있었다.

"서두르지 말게. 썩어도 준치고 황제는 황제. 그 수완이 모조리 바닥났을 리 없으니."

"더 이상 무엇이 필요합니까? 병사도 모았고 병장기도 마련했으며 저희들도 채비를 마쳤습니다. 이런 때에 머뭇거리는 편이야말로 큰일을 그르치는 것이 아닌지….'"

"보채지 말라니까. 어서 대업을 이루고 싶은 것은 자네만이 아닐세."

"그야 그렇겠지요."

그는 짐짓 이해한다는 표정을 지으며 주공의 기분을 맞추려 애썼다. 귀공자는 코웃음 치고 싶은 것을 애써 억눌렀다. 쌍방의 기분이 같다 해도 바라는 것은 전혀 다른 동상이몽.

그렇다. 그가 바라는 것은 단 하나―.

"그래. 곧이네….'"

귀공자는 수반의 수면을 움켜쥐었다.

태학―천하의 도리를 논하고 조정의 동량을 키워내는 곳.

성현에 제를 지내는 선현전을 북변에 두고, 마치 시립한 신하들처럼 좌우로 갈라선 경당이 있다. 그 아랫길로부터 태학생이 숙식을 하는 재가 자리하며 이하 여러 속부들이 태학의 홍살문까지 줄지어 있다. 가히 하나의 방, 읍에 준한다 할만했다.

그중에서도 만서각이라 하는 누각은 이름값을 하도록 천하의 뭇 책을 두루 갖추어두는 장소였으나, 의외로 드나드는 학생은 많지 않았다. 태학에 들게 되면 학문의 목적은 과시에 등과하기 위함이 된다. 읽는 것은 오로지 경서, 혹은 과시의 모범 답안을 엮은 소위 족보뿐.

지금 만서각에 드는 흑건에 심의 차림의 태학생도 서책을 찾아온 것은 아니었다. 서책을 찾는 이가 없다는 말인즉슨 한적하다는 뜻이다. 강론을 땡땡이치고 낮잠을 자기에 딱 좋다.

"어럽쇼?"

그러나 웬일인지 이날만큼은 선객이 있었다. 흑건 아래로 힐끗 보이는 머리카락과 자신을 돌아보는 눈동자를 보고 그는 누구인지 즉각 알아보았다.

"오호, 삼재가 아닌가."

"부끄러운 이름만 알리고 있군요. 정엽이라 불러주십시오. 선배님께서는?"

"성 악, 명 종. 자는 기염이라고 하네. 선배 같은 딱딱한 호칭보다는 기염이라 부르시게. 어깨가 굳는 기분이니."

태학에 소문이 자자한 신입생을 대함에도 표정에는 별반 변화가 없었다. 그는 오로지 조용한 낮잠 시간을 방해받은 언짢음을 깊숙이 갈무리하고 휘적휘적 정엽에게 다가갔다.

"재규에는 명시된 바 없지만, 막 태학에 들어온 자는 면학에 오로지 전념하라는 뜻에서 만서각 출입을 금하고 있네. 듣지 못했나?"

"소생이 미욱하여 염두에 두지 못했습니다. 경거망동을 벌하여 주시길."

전 황자에 영명왕이었던 학생은 그런 시절이 있었나 싶을 정도로 겸손하게 예를 표했다. 기염은 어깨를 으쓱하고는 무심하게 정엽을 지나쳐 안쪽으로 들어가려다… 그가 내려놓은 서책에 눈길을 주었다. 그 제목에 시선을 던지자 유유한 그 얼굴이 자못 찌푸려졌다.

"도인록?"

"……."

"학문에 정진하는 자로서 도술 같은 허망한 길에 눈을 주어선 안 되는 것을… 공 정도나 되는 이가 모르진 않을 텐데."

"송구스럽습니다."

본디 학문과 도문은 그리 사이가 좋지 않다. 학문은 도문이 실상에서 도피한다고 비난하고, 도문은 학문이 눈앞의 명리만 쫓는다고 경멸한다. 따라서 설령 만서각에 고금의 도사들의 행실을 기록한 서책이 있다 해도, 그것을 읽는 것이 태학생에게는 과히 좋은 일이 아니라는 사실은 누구보다도 정엽이 알고 있을 터이다. 하물며 도문에 몸 담은 전적이 있는 그임에야.

"무엇보다… 학문을 하는 자가 도술에 빠지고, 도술에 매진하던 자가 입신에 집착을 하면 안 된다네. 불행한 결과밖에 낳지 않아."

그러나 이어지는 기염의 어조에는 노여움이나 언짢음보다 우울한 기색이 짙게 드리워져 있었다. 다만 공순한 자세를 갖추고 있던 정엽은 무심코 예절의 갑주를 집어치우고 말았다.

"무슨 사연이라도 있으신지요?"

"별것 아니네. …지금은 소식을 알 수 없게 된 벗이 떠올라서 말일세."

만약 다른 자였다면 여기서 말을 끊었을 것이다. 하지만… 분명 신분도 처지도 다를 텐데도, 눈앞의 미모의 태학생은 그를 떠올리게 하는 데가 있었다.

"벗이라 하심은."

"나와 동문수학하던 자이네만, 성미가 너무 결벽한 탓인지 세상 돌아가는 일을 그리 곱게 보지 못했네. 처음에는 술자리의 푸념으로 끝날 줄 여겼으나… 점차 학문에서 멀어져 도술에 몰두하게 되었지."

"무엇이 그리 마음에 들지 않으셨기에…."

기염은 쓴웃음을 지었다. 차분한 눈으로 자신을 응시하는 미목수려한 이인의 용모. 어쩌면 벗은 누구보다도 이 사내를 증오했을지 모른다.

"천 길 물속은 알아도 한 길 사람 속은 모른다지. 벗이라 칭하고 있지만 결코 그를 다잡지 못한 내가 무슨 말을 할 수 있겠나. 다만… 지금 와서 생각해보면 그는 좀 사람됨이 고루한 편이었다네. 경서에서 이야기하는 태평성대와 지금의 천하가 다른 것을 견디지 못했지."

"……."

정엽이 더 이상 캐묻지 않는 것은 기염으로서는 고마운 일이었다. 벗이라는 이가 지금의 황제를, 황후를, 이 나라를 원망하고 있었다는 사실을 다른 사람도 아닌 정엽에게 털어놓을 수는 없는 노릇이다.

"그렇다면, 그분은 지금…."

"대단한 이야기도 아닌데 길게 늘어놓았군. 결국 도관을 드나들다가 모습을 감추고 말았네. 그래… 순백에 흑색으로 단을 두른 선비의 창의를 비웃기라도 하는 듯 새카만 소매를 떨치고서."

"……."

정엽의 얼굴에 아무런 변화가 일지 않았기에, 기염은 대수롭잖게 내뱉은 자신의 말이 얼마만큼의 타격이었는지 알지 못했다.

"뭐, 신경 쓰지 말게. 나는 태학에 오래 있으면서 청운의 꿈을 품은 이들이 망가지는 것을 너무 많이 보아왔네. 꿈이든, 자신의 몸이든… 걸출하면 할수록 무너지는 모습은 많은 이들에게 상처를 입히지. 그저 그뿐일세."

"훌륭한 말씀 감사합니다. 다행히 저는 좋은 벗이 있으므로 염려하시는 대로 되지는 않고자 합니다. …마치 기염 공 같은."

빙긋이 미소 지으며 응시하는 시선에 기염은 일순 말문을 잊었다. 황도제일 기생이 유혹해도 거들떠보지 않을 그가 어찌하여 사내의 웃음에 혀가 굳어버린단 말인가. 침묵이 이상하게 여겨질 정도로 길어지기 전에 기염은 가까스로 태연히 말을 이을 수 있었다.

"어라, 자신의 이야기라는 건가? 스스로 걸출하다고 생각하는 것이로군."

"짓궂으시군요."

"그야 졸리니까 그리되는 것일세. 자네가 있어서 잘 수 없지 않은가."

소매로 얼굴을 가리는 정엽에게 기염은 씩 웃어 보였다. 태학의 명부에 이름만을 올린 채 가친과 일가친척에게 닦달당하지 않을 만큼만 구색을 갖추고서 도락을 즐기는 그에게는 이 정도로 흉금을 털어놓은 순간이 없었다.

"거듭 송구스럽습니다. 한데 한 가지만 더 가르쳐주시겠습니까?"

"뭔가?"

"말씀하신 분이 드나드셨다는 도관은 어디고… 그분의 성함은 어찌되시는지요?"

기염은 조금 어처구니없는 표정이 되었다.

"자네는 내가 지금까지 무엇 때문에 이런 이야기를 한 거라 생각하나?"

"고마우신 뜻은 잘 알겠습니다만 조금 신경 쓰이는 것이 있어서요."

떨떠름한 기분은 가시지 않았지만 기염은 순순히 대답했다. 이제 와비밀을 고수하기에는 이미 지나치게 말해버린 것이다.

"도관은 지천관이고, 그의 이름은—."

설령 불가능에 가까운 것이라 해도, 반드시 지키기로 한 약속. 정엽은

명부의 삭풍이 살점을 발라내는 듯한 감촉을 되살리는 양 팔로 어깨를
감쌌다.

지천관. 천하의 뭇 도관이라면 대부분 외고 있었기에 그 이름은 정엽
도 알고 있었다. 모시는 신령과 대물림하는 수법까지도.

지地와 천川은 오행 중 토와 수를 따른다. 그리고 검은색이라고 하면
음양 중에서 음에 해당한다. 모두 벌레를 기르는 것이다.

중산에게 서간을 써서 조사를 의뢰해야 한다—정엽이 그런 일을 골똘
히 생각하며 걷고 있을 때였다.

"학생 건 공… 이시온지요?"

문득 심부름꾼 하나가 그에게 달려와 쭈뼛거리며 물음을 던졌다. 심부
름꾼이 전언을 가져오는 것은 태학에서는 일상이니 이다지도 주눅 들 일
은 없을 터이나, 그의 입장으로선 불가피했다. 건 씨는 국성. 그 성씨를
쓰는 자의 신분을 이 태학 안팎에서 모르는 이는 없다.

"서간인가요? 어느 분의 것입니까?"

"그것이…."

서간을 받아 든 정엽의 낯빛이 이윽고 달라졌다.

선현전은 신성한 곳. 달려서 문을 박차고 뛰어드는 일은 언감생심 있
을 수 없다. 따라서 정엽은 측문 옆에 서서 초조하게 기다릴 도리밖에 없
었다. 일각이 여삼추와 같은 시간이 지나고 비로소 측문에 사람 그림자
가 드리워졌다.

"형님!"

"청해…!"

왕후장상의 예복인 현단의 옷자락을 펄럭이며 성큼성큼 걸어오는 것
은 정엽이 익애하는 아우. 최근 그의 연락이 끊어지고 거동이 묘한 일로

정엽의 마음에 드리웠던 한 자락 그늘도 환한 얼굴을 보는 순간 말끔하게 개이고 말았다.

"오래간만에 뵙습니다. 그간 잘 지내셨습니까."

"나야 무탈하단다. 너는 건강했느냐?"

"형님을 뵙지 못해서 마음이 상했답니다. 더군다나 그런 큰일에 휘말리셨다니."

청해는 정엽 앞에서는 드물게도 얼굴을 찌푸렸다. 무엇을 두고 이야기하는지는 명백하여 정엽은 씁쓸하게 웃었다. 봉호가 박탈되고 황적에서 제명. 원리원칙을 따르면 정엽은 청해와 형 아우 할 수 있는 신분조차 되지 못한다.

"미안하구나."

"아니오, 그 일 자체는 잘된 것이라 생각합니다. 이제라도 형님이 자유로워지셨으니."

"청해."

"하지만 제게 일언반구도 없이 단행하신 것은… 아무래도 섭섭하다는 기분을 참을 수 없군요."

짐짓 쾌활하게 말하는 아우를 정엽은 괴로운 심정으로 바라보았다. 어려서부터 두 사람이 특히 친근한 형제가 될 수 있었던 연유는 처지가 같다고 생각해서인지도 모른다…. 남들은 영화롭다고 하는 황제의 자식으로 태어났으나, 기실 운신조차 자유롭지 못한 황금 조롱의 새.

하지만 정엽은 그 조롱을 멋대로 뛰쳐나갔고, 청해는 속절없이 남고야 말았다. 비록 결행할 때에는 일고의 주저함도 없었으나 정작 청해를 앞에 두고 보니 안타까운 마음은 한량이 없다.

"청해…."

문득 청해가 손을 들어 올렸다. 정엽의 몸이 그 자신도 알지 못하는 예감에 의해 일순 굳어졌다.

"형님이 생각하시는 것만큼 저는 부자유하게 여기고 있지 않습니다. 답답하다고도 괴롭다고도 생각하지 않아요. 저는 단지… 단 한 가지만을 바랄 뿐입니다."

정엽의 얼굴을 향해 뻗어간 손가락은, 그러나 백자 같은 뺨에 닿기 직전 멈추더니 갈퀴처럼 구부려져 주먹이 되었다.

"무엇을… 말이냐."

주먹이 떨구어졌다. 찰나 그것을 눈으로 쫓던 정엽이 다시 시선을 들자 눈앞에는 만면에 미소를 띤 언제나 변함없는 아우의 얼굴이 있었다.

"글쎄요. 그보다 시간 있으십니까? 모처럼 뵙는 것이니 술… 아니 차라도."

"곧 강론이 있단다. 술에 취해서 경당에 들어갈 수는 없지 않니?"

정엽의 얼굴에도 이내 웃음이 되돌아왔다. 무엇에 그리도 움츠러들었던 것일까? 비록 난 배는 다를지라도 가장 친밀한 아우인데.

"그래서 차로 바꾸었지 않습니까?"

"현단을 걸치고 차를 마시러 갈 셈이냐? 불편할 텐데."

"형님이 저를 만나러 와주지 않으시니 향불을 올린다는 핑계로 이렇게 거추장스러운 꼴을 할 수밖에요."

청해는 익살스럽게 두 팔을 벌리며 짐짓 입술을 삐죽거렸다. 벌써 장성한 나이로 처까지 있는 몸인데 행동거지는 십 년 전과 다를 바 없어, 나무라야 하는 것을 알면서도 정엽은 표정을 누그러뜨리고 말았다.

"이제는 내가 불평할 차례로구나. 유람 간다면서 모처럼 방문한 나를 헛걸음하게 만든 건 누구였더라?"

"이런. 찾아주셨습니까? 저는 미처…."

"괜찮단다. 그나저나 어디가 그렇게 수려한 경관이라 내게 알리지도 않고 훌쩍 떠난 거지?"

"배주… 식규산触奎山입니다."

표정을 감추는 것은 정엽에게 있어 버릇이었다. 그렇기에 그는 웃는 얼굴 그대로 답했다.

"퍽 먼 곳까지 갔구나. 혼자서?"

"예에, 어쩌다 보니. 가끔 홀가분하게 머리를 비우고 싶어서요."

"훌륭한 것으로 다시 채워주면 좋으련만. 무엇보다 제수씨를 그렇게 독수공방시켜서야 못쓴다. 부부의 도리를 지켜야지."

"어라. 형님께서 그런 말씀을 하시는 겁니까?"

"나는 도문에서 지낸 나날이 길어서…."

"형님께서 변명이라는 것을 하시는 모습은 드물지 않습니까."

"놀리지 말아다오."

그러나 언제까지고 환담을 나눌 수는 없었다. 군왕의 신분으로 성현에게 제를 올리기 위해 방문했다는 구실은 댈 수 있었지만 그뿐. 외인에게 허락된 시간은 결코 길지 않다. 정엽은 서둘러 퇴거해야 하는 아우를 중문까지 배웅했다.

"휴가를 받으시면 꼭 제 거처에 들러주십시오. 꼭입니다."

"아이처럼 조르지 말거라. 어련하겠니?"

"그럼…."

"그래. 또 보자."

정엽의 표정은 현단의 검은 옷자락이 태학문을 빠져나가 보이지 않게 될 때까지 바뀌지 않았다. 하지만 모습이 사라진 것을 확인하자마자 일변했다.

배주 식규산은 기이한 경치로 천하에 두루 이름을 떨치고 있다. 밧줄 타래처럼 배배 꼬여 자라나는 돌송, 이파리까지 새카만 오죽烏竹, 첩첩이 쌓인 장작더미처럼 겹치고 또 겹친 바위더미… 그 으스스한 풍광에 요괴마저 활개치고 다닌다는 것이 풍문인즉, 알만한 이들은 그 산에 대요괴의 무덤이 있어 음기가 지나치게 성한 탓에 그리되었다고 평했다.

그리고 그 산에는 음기를 다스리기 위해서가 아닌, 이용하기 위한 도관이 있었으니 그 이름이야말로 지천관—.

"…무슨 당치 않은."

정엽은 고개를 내저어 상념을 떨치려 애썼다. 3황자로 태어나 황실에서 일어나는 여러 분란을 적나라하게 보아 온 그는 황제에게 반기를 드는 것이 얼마나 허황된 일인지 알고도 남을 터였다. 무엇보다 사람을 모으고 일을 꾀하는 것이 황제의 눈에 닿지 않을 리 없다. 설령 이목을 피해 일을 성사시키려 한들 한량처럼 소요하며 시간을 보내서야 가당할 리 없는 것이다.

따라서 관계없을 터.

정엽은 누구라기보다는 자기 자신에게 되뇌었다.

환영받는 자도 있다. 그리고 환영받지 못하는 자도 있다. 후침에 있어 청해는 단연 후자에 해당했다.

지명제의 계후로 바다 건너 시집와서, 조카인 창궁제의 황후가 된 이역의 황녀 여금. 국력이 돌이킬 수 없을 정도로 쇠하기 전에 막아야 한다는 냉정한 판단으로 숙부를 베는 패륜을 단행한 창궁제는, 그녀를 황후로 삼는 건만큼은 오로지 자신의 마음에 따라 공론을 무시하고 강행했다. 그리고 화하의 풍습에 익숙지 않은 데다 친정의 조력도 바라지 못하는 그녀가 후침에서 핍박받는 일이 없도록 후궁을 대대적으로 개혁했다. 비빈의 명칭에 첩이라는 낮추는 글자를 공식적으로 붙인 것은 극히 일각. 후침이라고 하는 밀실에서 얼마나 많은 비빈과 궁녀가 감히 황후를 거슬렀다는 이유로 매장당했는지는 알 수 없다.

황후 책봉으로부터 20여 년. 이제 황후의 위명을 받들지 않는 무도한 자는 거의 찾아볼 길 없었으나….

단 한 사람. 청해의 생모 호 첩빈만이 예외였다.

장족과의 화친의 의미로 시집온 여자. 그러나 그녀가 첩빈으로 책봉될 무렵 이미 장족은 기족의 공세에 쇠하여 신속하게 되었으니, 궁중의 누구도 그녀를 대접해주는 바 없고 황제 또한 그녀와의 혼례를 치를 때 분란이 일어났기에 영 정을 주지 못하고 냉대했다.

똑같이 화친의 제물로 시집온 이역만리의 처녀. 그러나 하나는 지고의 황후요. 다른 하나는 한낱 첩빈. 화하 여인의 용모와 다른 것도 마찬가지건만 한쪽은 천녀와 같은 미모라 칭송을 받고 다른 한쪽은 말갈기 같은 터럭이라 입방아에 올랐다.

호 첩빈이 황후를 증오하게 되는 것도 어떻게 보면 인지상정. 황후가 혼례 때 있었던 분란 때문에 미안한 마음을 품고 지성스레 대우하는 것도 오히려 미움을 부추기기만 했다.

그러나 친정도, 그 자신도 아무런 힘이 없는 일개 후궁이 오로지 저주를 되뇌는 것 외에 무엇을 할 수 있으랴? 그래서 황제도 그녀를 국향궁에 방치한 것이리라.

후침의 복도를 걸어가는 청해를 바라보는 궁인의 시선은 그 생모를 바라볼 때와 그다지 다르지 않았다. 경멸. 혐오. 경계. 비록 청해가 모친 슬하를 나온 지 오래되었고, 모자가 가는 길이 다른 데에도… 호 첩빈의 모습을 청해에게 덧씌우는 시선은 여전하였다. 아마 앞으로도 그럴 것이다. 한 사람만 제외하고….

목적지에 도착해 청해는 자신의 방문을 고했다. 이윽고 가벼운 발소리가 안쪽으로부터 울려 나왔다.

"청한다니, 무슨 말이니! 아들이 어미를 만나겠다는데 허락이 왜 필요해? 어서 오렴, 청해!"

그에게는 언제나 손위 형을 연상케 하는, 동녘에서 솟아오르는 햇빛과 같은 얼굴을 한 여자가 두 팔을 벌린 채 모습을 드러내었다. 장성한 아들딸을 둔 터인데도 그 용모는 조금도 시들지 않고, 뜨고 지는 해가 그러하듯이 언제까지나 변함이 없을 것 같은 여자. 국향궁의 여자와는 딴판이다—청해는 무릎을 꿇고 고개를 숙여 막 떠오른 표정을 감추었다.

"황후 마마를 뵙습니다."

"가족끼리 너무 예의 차리지 말아주렴. 자, 어서 일어나겠니? 네가 내 처소를 찾아주다니 드문 일이로구나."

"효를 다하지 못했다고 책망하시는 것이로군요."

"어머나, 그럴 리가! 나야말로 어미 노릇을 다하지 못해서 미안한데."

황후는 그의 소매를 가볍게 잡아끌어 객실로 인도했다.

"그래, 어쩐 일이니? 호 첩빈께서는 건강하시고?"

"여전하시지요. 대낮부터 침전에 드셨기에 나중에 뵐 생각입니다."

"그렇구나….."

화사한 얼굴에 그늘이 드리운다. 그러나 황후가 아무리 그녀를 염려하여 좋은 약재를 보내고 귀한 물건을 내린다 한들 그녀가 손끝 하나 대지 않는다는 사실은 황후 역시 잘 알고 있었다.

"참, 받아주십시오. 이리저리 할 일 없이 유람을 다니다 보니 황후 마마께 드릴만한 것이 눈에 띄어서요. 자주 뵙지 못하는 불효를 이렇게라도 벌충할까 합니다."

"뭘 이런 걸… 어머님께도 챙겨드리렴. 고맙긴 하다만 폐하께선 네가 왕부의 일을 소홀히 하고 너무 놀러 다니는 게 아닌가 걱정하시던데…."

"송구스럽습니다."

흑단으로 짠 목함을 내밀던 청해는 몸 둘 바를 모르겠다는 듯한 얼굴로 머리를 조아렸다. 도리어 황후가 놀라 두 손을 내저었다.

"어머, 야단치는 게 아니란다. 기분 전환도 좋지만…."

"어마마마는 어떠십니까?"

"나? 내가 왜?"

새파란 눈동자가 깜박거린다. 그 눈동자를 향해 청해는 활짝 웃어 보였다.

"점차 더워질 텐데 황도에 계시는 것은 지루하지 않으실까 해서요. 청의원에 행차하시는 것이 어떻습니까? 유람 다녀오는 길에 들러보았더니 봄 풍광이 무르익었더군요."

"청의원… 황도에서는 좀 멀지 않니?"

"뭐 어떻습니까. 지금은 태평천하. 피서 정도는 마음대로 하셔도."

"그럴까? 폐하께 여쭈어봐야겠구나."

"저도 형님들께 권유하겠습니다."

"어머, 가족 모두가 갈 수 있으면 근사하겠네."

방긋 웃는 황후를 청해는 예의에 어긋나지 않을 정도로 응시했다. 후궁의 모든 여성들이 우러러보는 보위에 앉은 여자. 산전수전 다 겪었겠지만 도무지 악의라곤 모른다.

…현명하기로는 둘째가라면 서러울 그가 의심하지 않는 것은 바로 이 기질을 물려받았음인가.

어느 쪽이든, 이쪽에게는 고마운 일—

청해는 겹치는 감정을 웃음으로 감추었다.

점차 따사로워지는 시절이었다. 황도에는 봄빛이 무르익었다. 변방은 평화롭고 지방의 일 또한 순조롭다. 바람은 온화하고 햇살과 빗발이 때를 맞추어 흩뿌려지니, 태평성세요 금상황제의 복덕이로다… 사람들은 그렇게 찬사했다.

그러나 한 가닥 조각구름이 소리 없이 창천일월에 드리워지고 있는 것을 깨닫는 이는 거의 없었다.

조짐은 진즉부터 보이고 있었다. 황도의 교외 이곳저곳에 요괴가 출몰한다는 소식이 줄을 이었던 것이다. 그리 눈여겨볼 것도 못 되는 소요괴. 요행히 황도인지라 선원궁의 관할이어서 도사가 급파되었다. 그러잖아도 궁주를 새로이 선출하느라 번다한 탓에 도사들은 불평을 읊조렸다.

날이 따뜻해져 양기가 성한 가운데 음기가 흐트러져 생기는 작은 소동, 단지 그뿐이라 아무도 염려하지 않는 중—황제의 행차가 청의원으로 향했다.

청의원은 수려한 경관이 누대에 걸쳐 이름난 별궁이었다. 망망한 호수에 떠 있는 섬과 굽이치는 산줄기에 둘러싸여 마치 신선의 거처인 양 운무에 감싸인 누각. 그윽한 향기를 내뿜는 기화요초가 원림에 무성했다.

물 내음에 젖어 든 밤공기 속을 금琴의 선율이 타고 흘렀다. 오동나무와 밤나무를 짜 맞추고 몇 번이나 옻칠을 하여 반지르한 표면에는 고풍스러운 문자가 새겨져 있다. 머리는 둥글고 아래는 네모지며 정묘하게 재어 만든 그 형태와 크기조차도 천지만물의 섭리를 본뜬 것. 단순한 악기라고 하기에는 너무나 많은 뜻을 담고 있는 그것의 일곱 현을 내리누르는 손가락은 눈보다도 희었다. 금이란 무릇 한 가닥의 현이라도 백 가지 소리를 내고, 튕기고 문지르는 것도 자유자재인지라 금을 연주하는 이의 성정이 그대로 묻어난다고들 한다. 그렇다면 이다지 많은 음률도 과연 납득이 간다.

"……."

달빛을 머금고 일렁이는 호수가 내려다보이는 창가. 궤에 기대어 앉은 황제는 그가 오로지 익애하는 아내—황후가 연주하는 금의 곡조에 귀를 기울였다.

황궁이 아닌지라 황후는 가벼운 복색이었다. 하느작거리는 삼을 걸친 위에 비녀 하나로 장식한 금빛 머리카락이 폭포수처럼 흘러내렸다. 자신의 손가락이 춤추고 있는 금을 내려다보는 눈동자는 밤의 물빛을 닮아 짙은 빛으로 가라앉아 있다. 세월은 세상만물에 일고의 여지도 두지 않을 만큼 가혹하지만 오직 그녀에게만은 정답다. 처음 만났을 때와 그다지 달라지지 않은, 그래서 더더욱 처음 본 순간의 감격이 되살아나는… 그가 이름하기를, 여금.

그녀 외에는 어느 것도, 설령 지존의 자리조차도 사내를 감동시키지 못했다. 숙부를 자신의 손으로 베고 혈육의 피로 손바닥을 듬뿍 적셨을 때 그의 마음은 싸늘하였다.

천하에 뜻 있는 자라면 우러러보지 않을 수 없는 용상. 패륜을 단행하면서까지 그 위에 앉기로 한 것은 도탄에 빠진 천하를 구제하고자 하는 의로움 때문이 아니요, 사내로 태어나 오를 수 있는 만큼 오르고자 하는 야욕에서 비롯한 것도 아니었다.

그저… 자신이 할 수 있었기 때문에, 자신만이 할 수 있었기에 행했을 뿐.

그런 그가 처음으로 갈망하였던 것이 있다면 바로 그녀였다.

황금과 청옥의 보화를 연상시키는 서국의 진귀한 용모나 겉은 화려할

지언정 속은 썩어 들어가는 후궁의 생활에서도 빛바래지 않은 순수한 마음씨에 이끌린 것만은 아니다.

아름다운 자색이며 고귀한 신분에 자만하지 않고 화하와 서국 두 나라의 가교가 되기 위해, 국모라는 이름에 어울리는 자가 되기 위해 애쓰고 또 애쓰는 여자. 그 모든 것이 오로지 사랑스럽고도 사랑스러울 따름.

귀한 보배를 간직하듯이 감싸 안아 길이길이 지키고 싶다. 그러나 그녀가 사랑을 주며 어루만져야만 하는 여자가 아니라는 사실은, 누구보다도 그가 알고 있다….

문득 어두워진 하늘은 조각구름이 달을 가린 탓인가.

"와장창."

느닷없이 창살이 산산조각 나며 깨어졌다. 달빛을 반사해 선연히 빛나는 칼날이 상 위를 내리쳤다. 하지만 그것은 허공을 갈랐을 뿐.

"폐하…!"

일순 늦게 여인의 비명이 터져 나왔다. 황제가 찰나라도 늦게 몸을 날렸더라면 지존의 몸은 다진 어육이 되었을 터. 자신을 돌보기보다 아내를 지키려 했던 것이 목숨을 구했다.

"폐하, 도망치세요!"

누가 누구를 지키려 드는 것인지, 두 사람은 누구랄 것도 없이 부서진 창을 넘어 내실에 들어서는 검은 그림자로부터 쌍방의 앞을 막아서고자 애썼다. 올올이 뻗친 털이 하늘을 찌르고, 일그러진 얼굴은 원숭이나 늑대를 떠올리게 한다.

그러나 저런 흉악한 낯짝을 대면하고도 이런 때에 어울리지 않는 미소가 사내의 입가에 감돌았다.

"걱정 마시오, 여금. 저것은 감히 짐에게 손대지 못하니. 그것이 천지간의 도리라오."

"네…?"

"요괴는 이것에 굴복하지. 재미있지 않소?"

황제는 얇은 입술에 미소를 띠운 채 수놓은 비단 주머니의 예쁘게 꼬아 만든 매듭에 손가락을 걸고 빙글빙글 돌렸다. 그 주머니는 황후도 알고 있었다. 다름 아닌 그녀 자신이 만든 것이다. 안에 넣을 것을 위해, 각별히 마음을 써서….

"화하옥새가?"

"그리고 금패도 있지. 한낱 물건에 불과하지만 나라에 봉사하는 자라는 증거. 요괴는 손댈 수 없소. 물론 그렇다고 고이 죽어주는 것도 아니오만."

그것이 하늘이 정한 법칙. 신령과 요괴는 감히 옥과 뿔의 부절을 받은 관인을 해할 수 없다. 칼로 치고 학대하면 모를까…. 하물며 황제의 징표야 어떠하랴.

과연 창과 벽을 깨부수고 들어온 요괴는 두 사람에게 반걸음도 더 다가오지 못했다. 그렇다고는 해도 숨 막히는 악취와 등잔만큼 형형하게 빛나는 눈, 기괴한 주둥이에서 뚝뚝 떨어져 거품 이는 침으로부터 도망칠 수는 없었지만.

그러나 황후가 불안을 견뎌야 했던 시간은 오로지 한순간이었다. 이윽고 그녀는 공포에 소스라쳤다.

"기물器物은 그 주인을 알아보지 못하지. 허나 사람이라면 어떤가?"

요괴의 뒤로부터 훨씬 작아 보이는 사람 그림자가 홀연히 나타났다.

"좌장군 죽지인가. 물을 것도 없이 이것은 역모로군."

반면 황제의 목소리는 마치 이런 일이 일어날지 진작 알았다는 양 침착하기 그지없었다. 머리부터 발끝까지 검은 복색에 복면까지, 황제가 이름을 부르지 않았다면 누구인지도 몰랐을 죽지는 조금 긴장했지만 한껏 기색을 억눌렀다. 어차피 모든 것을 돌이킬 수는 없다.

"마음대로 칭하시지! 숙부를 베고 조강지처를 버리는 패륜, 이인을 중용하여 도리를 어그러지게 한 망동! 이제 죄값을 받을 때요!"

"과연. 사람을 쓰면 눈에 띄니 방사와 손을 잡고 요괴를 부려서 짐을 급습하고자 한 것이로군. 요괴가 손대지 못하는 것은 고관대작뿐. 청의원을 호위하는 금군은 수가 적고 선원궁의 도사도 일손이 모자라니 지금이 적기일 터. 요괴가 금군을 상대하는 사이 그대들은 짐을 친다는 셈이렷다."

역모의 도당이 들끓어 오르는 만큼 황제는 냉랭해질 따름. 명재경각에 달린 순간 최후로 부리는 허세라 쳐도 턱 밑에 칼날이 닿아 있는데 눈도 깜짝하지 않는다. 사람이라기보다는 무기질에 가까운 차가움에 죽지는 몸을 떨었다. 그 냉혹함에 흔들리지 않을 만큼의 배포를 가졌다는 이유로 목을 치는 일을 맡았음에도.

"남길 말은 그뿐인가?"

"유언이 아니라 충고라네. 역모의 선배로서 이야기하자면 이것은 조악하군."

"조악…?"

"설령 짐을 벤다고 해도 조정 대신이, 천하의 크고 작은 관리들이 엎드려 맞이해주리라 생각했나? 짐이 말하긴 뭣하지만 짐만큼의 정통성을 가진 선제의 혈육은 이미 멸한 터. 더군다나 황후를 해하기라도 하면, 친정인 서국과 황후의 손윗누이인 해왕비海王妃의 분노는 어찌 감당할 작정인가?"

써늘한 목소리가 야욕과 몽상의 껍데기를 긁어내어 쓰라린 현실을 드러내었다. 사내는 복면 아래서 몸을 떨었다. 그러나 절벽에서 뛰어내린 자의 관성이 그의 등을 떠밀었다.

"찬역자에게 고개 숙인 참람된 무리들, 오랑캐와 해적 나부랭이 따월 두려워할 리 있으랴! 하지만 그건 네놈이 알 바는 아니다. 그 목으로… 천하에 사죄하라!"

칼날이 등불 빛을 반사해 번뜩였다. 애써 입 다물고 있던 황후가 비명처럼 외치며 남편에게 달라붙었다.

"폐하!"

"괜찮아요, 여금."

그러나 아내를 어루만지는 사내의 목소리는 기묘하리만큼 차분했다.

"키이익!"

반역자가 한 발 내딛은 순간, 요괴가 경계의 소리를 내질렀다. 하지만 요괴는 경계를 하기 전에 움직이는 편이 좋았을 것이다. 마치 돋아난 것처럼 그 눈알에 화살이 꽂혔다.

"무슨…!"

경악하는 죽지의 귀에 말발굽 소리가 울려 퍼졌다.

그는 부리는 요괴와 마찬가지로 또다시 망설였다. 달아나느냐, 앞으로 뛰쳐나가 무기도 없는 황제 부처를 인질로 삼느냐, 그게 아니라면….

"그런 어물어물빠진 점이 조악하다는 것이다."

말을 타고 들이닥친 무인의 검에 목이 떨어지는 반역자를 앞에 두고 아내의 얼굴을 소매로 가리며, 황제는 내심 냉담하게 논평했다.

난입한 무인이 무릎을 꿇었다. 다부진 얼굴에는 오로지 일념뿐.

"폐하, 무사하셨습니까! 소신이 늦어 두 분 존전께서 변고를 당할 뻔하였으니 송구스러울 따름입니다!"

"긴 이야기는 그만두게, 장사. 때를 맞춰 오라고 한 것은 짐이니. 덕분에 역도의 꼬리를 밟을 수 있었네."

"황송무지…."

"그만두라고 하는데 못 들었어?"

재차 말발굽 소리와 함께 한 사내가 어둠을 가르고 모습을 드러내었다. 망연히 남편의 품에 안겨 있던 황후의 눈이 동그래졌다.

"당신이… 소그드 님?"

"어라, 황후마마이십니까? 확실히 모자지간이라 할 만하군요."

말에서 뛰어내린 사내는 싱긋 시원스러운 웃음을 떠올렸다. 갑주에 선연하게 묻어나는 핏빛, 처참한 싸움의 흔적도 그 얼굴을 보면 도저히 짐작할 수 없는 터였다. 외간 남자는 감히 보기 어려운 황후의 자태. 나이를 생각할 수 없는 모습에 시선을 **빼앗기지** 않을 사내는 없으련만 빙글빙글 웃는 소그드의 시선은 좀 달랐다. 화용월태의 모습에서 그가 떠올리는 것은 다른 사람….

"저희 집 아이가 신세를… 이, 인사는 나중에 하지요!"

그녀도 정엽이 최근 변하게 된 것이 누구 덕분인지 전부는 아닐지언정 다소나마 들어 알고 있었다. 이런 때가 아니라면 후침의 사람이 전조의 신하와 면대할 일이 있을 리 없으나… 이런 때이기에 한가롭게 환담할 수도 없었다. 황후는 남편을 올려다보았다. 새파란 눈동자가 괴로운 듯 떨리고 있었다.

"역모가 벌어진 것인가요?"

"…그렇소. 황후에게 흉한 꼴을 보이게 되어 유감이외다."

"정엽이 선원궁을 그만두어 도문이 어수선하고, 폐하께서 청의원에 행차하시는 때를 짚을 줄 아는 사람… 그가 꾸민 것이로군요."

"……."

황제는 그녀가 이미 눈치챘다는 사실을 알기에 대답하지 않았다. 도사를 제외하면 선원궁의 사정에 남 못지않게 해박하고, 다름 아닌 그녀로 하여금 청의원에 행차하도록 부추긴 자―비록 배 아파 낳은 아들은 아니지만 그녀에게는 아들이 되고, 그녀 소생의 아들딸에게는 아우며 오라비가 되는 자. 지금껏 웃는 얼굴로 마주 대했던 이가 원망을 품고 함정을 판다고 하는… 지존이라며 사람들이 칭송할지언정 칼날 위보다도 위태롭고 시궁창보다도 추접스러운 황실의 자리.

황제는 자신의 손을 내려다보았다. 맞잡은 손에서 강한 힘이 전해진다. 앞을 향한 시선에 괴로움은 있을지언정 흔들림은 없다. 누가 뭐래도 서국 여제의 딸. 호랑이 새끼는 호랑이인 것이다.

"폐하, 하명을."

송무의 조심스러운 부름이 황제의 주의를 끌었다. 그는 애써 태연한 척 우직한 신하를 돌아보았다.

"주위는 수습되었는가?"

"예. 청의원을 범한 요괴들은 모두 물리쳤습니다. 역모 도당도 몇 놈을 포박하였으니 엄히 고신하면 무리를 모두 토설할 것입니다."

"요괴나 부리는 간악한 무리. 부러 일을 키울 필요는 없으리라. 장사도 함구하도록 하라. 그대들이 세운 공, 짐은 잊지 않을 것이니."

"조정의 신하로서 마땅히 할 일을 했을 뿐입니다."

송무는 다부지게 대답했다. 황제는 또다시 희미하게 미소 지었다. 암약하는 자들을 백일하에 드러내어 소탕하기 위해 모르는 체 눈을 돌리고, 금군과 선원궁의 경계가 덜한 청의원으로 행차한 일부터 황제의 몸으로 미끼가 된다는 위험천만한 짓을 무사히 밀어붙일 수 있었던 것은 이와 같은 용사가 있어준 덕분이라는 사실을 그는 여실히 알고 있었다. 옆에서 한가롭게 휘파람을 불고 있는 소그드를 포함하여.

그때 불현듯 가인의 꽃 같은 입술에서 가라앉은 목소리가 흘러나왔다.

"그 아이는… 정엽은 이 일을 알고 있나요?"

"…알고 있을 거요. 이 일을 파헤친 이가 다름 아닌 그 아이이니."

"그렇다면 그 아이는 아우가⋯."

말끝을 흐리는 아내의 말에 황제는 미처 답하지 못했다.

그도 깨달았던 것이다. 총명한 차남이라면 이 역모의 주모자가 누구인지⋯ 무엇을 노리고 있는지 알고도 남으리라. 다만 누구보다도 도리에 정통하고 사리를 분별하는 차남이, 대역죄인을 대했을 때 부친인 황제만큼 단호하게 끊어낼 수 있는지는 아비 된 그조차 확신할 수 없었다.

"명하건대―."

"제가 가죠."

황제가 미처 말을 맺기도 전에 소그드가 말에 올랐다. 자칫 불경에 이를 수 있는 언행에 송무의 안색이 창백해졌지만 소그드는 물론이거니와 황제조차 개의치 않았다.

"정엽이 어디에 있는지는 알겠는가?"

"예. 아드님이 가장 소중히 여기는 것은 짐작하고 있으니까요."

비록 다른 문제라고는 하나 자신이 아니라는 것은 유감천만한 일이다.

"소그드 공⋯ 부탁합니다."

가냘픈 목소리가 일순 소그드의 발목을 잡았다. 여느 때라면 그의 관심조차 미치지 못했을 목소리의 주인은, 그러나 그 눈동자만큼은 소그드에게 있어 위력을 발휘하는 바 있었다.

"염려 마시길."

소그드는 더 이상 일언반구의 답 없이, 오로지 시선의 배웅을 받으며 바르스의 옆구리에 박차를 가했다.

"하앗!"

현성은 복심으로부터 기합을 토해 내며 보검을 내리쳤다. 핏방울이 사방에 비산했다.

"태자 전하!"

내실의 창 안쪽에서 비명소리가 터져 나왔다. 현성은 이를 악물고 고개를 돌리지 않았다. 요괴의 피를 뒤집어 쓴 추한 모습을 그녀에게는 보이고 싶지 않다.

"비 전하를 안으로! 어떤 일이 있어도 다치지 않도록 모셔라!"

억지로 목소리를 북돋아 소리치지만… 내심 그는 한탄하고 있었다. 어째서 이런 일이 벌어진 것인가.

황제가 황궁을 비우면 소소하고 긴급한 일은 태자의 대리청정에 맡겨진다. 그러나 금상천자께서 건재하신데 자신이 감히 용상에 오를 수는 없다 하여 태자는 태자부에서 정무를 처리했다. 그것이 화근이었던가. 지키는 병사가 많지 않은 태자부 송림원은 급작스럽게 닥쳐 든 요괴로 지옥도를 그리고 있었다.

그러한 위험에 대해서라면 현성도 다소간 짐작했다. 그러나 전혀 대비하지 않은 것은, '그들'이 이렇게나 막나가는 수작을 부릴 줄은 상상도 못했기 때문이었다.

황제는, 형제들은 어떻게 된 것인가. 무사한가—.

정신없이 칼을 휘두르는 현성의 뇌리에 불현듯 무서운 생각이 떠올랐다.

만약 황제가, 아버지가… 그를 미끼로 삼아 역모 도당을 끌어내도록 안배한 것이라면?

설령 그렇다 한들 원망의 마음은 솟아오르지 않는다. 첩비 소생의 장자로 총명하지도 용맹하지도 못한 아들. 황제가 그를 태자로 세울 생각이 없었다는 것은 누구보다도 그 자신이 알고 있었다. 그런 아이를 생모보다도 더 아끼고 사랑으로 보듬으며 희생해 준 모후와 아우가 있었기에….

"큭…!"

보검은 두부처럼 요괴의 몸뚱이를 갈라냈다. 현성의 무예는 대단한 것이 아니었으나 보검과 요괴의 접근을 막는 태자의 인수가 그의 활약을 보장하고 있었다. 만약 살아남고자 했다면 현성 홀로 몸을 빼낸다 한들 무리는 없었으리라. 그러나 그는 또한 알고 있었다. 그를 따르는 태자부의 관리들, 현성이 거느린 식솔들, 그리고 비록 진의는 알 수 없다 해도 황제가 맡긴 것들을 버린다면, 목숨 이상의 것을 버리는 것이라고.

"…이래서 제가 큰형님을 싫어한 것이지요."

날뛰는 요괴의 틈에서 귀에 익은 목소리를 듣고 현성은 부지불식간에 소스라쳤다.

현성의 위병과 식솔을 도륙하고 그들이 손댈 수 없는 현성의 피를 갈구하며 날뛰던 요괴 무리가 돌연 잠잠해졌다. 요괴들이 마치 아랫것들이라도 되는 양, 유유히 걸어오는 남자. 피 비린내 나는 참상과 도무지 어울리지 않는 비단 포를 걸친 그는 현성이 너무나 잘 아는 사람이었다.

"어째서… 어째서냐, 청해!"

"이렇게 자못 헌신한들 황제가 당신을 총애할 것 같습니까? 조정의 신망이 모이기라도 하던가요? 하찮은 원숭이 놀음… 거기에 만족하시는 모습이 정녕 꼴사납습니다."

피를 토하는 큰형의 외침이 들리지 않는 양 청해는 노래하는 듯 말을 이었다. 현성의 얼굴이 비통하게 일그러졌다. 배다른 동생이 자신을 마음으로 따르지 않는다는 것쯤 진즉 알고 있었다. 허나 반역이라니…!

"…나는 아무래도 좋다. 하지만 청해야, 이 일이 네 목숨을 걸만한 일이더냐? 너야말로 용상을 얻어야 만족하는 사람이었더냐? 지금까지는 결코!"

"저는 큰형님과 달리 욕심이 많지요. 하지만 용상 따위를 탐내지는 않습니다."

현성의 눈이 일순 둥그레졌다. 그러나 그가 청해의 말뜻을 곰곰이 생각할 시간은 주어지지 않았다.

"베어라."

어느덧 요괴 사이에 섞여든 흑의무사. 그들에게 청해는 짧게 명령했다. 칼을 빼들고 현성에게 다가가는 그들을 볼 필요도 없다는 듯이 그가 몸을 돌리는 순간….

"콰광!"

혈육을 주살하고 도리를 거스르는 적악한 무리에게 내려지는 천벌처럼 섬광이 하늘을 갈랐다.

흑의무사를 비롯한 몇몇 요괴가 비명을 지를 틈도 없이 불타 사라졌다. 설령 절명하지 않았다손 치더라도 몇몇은 꺼멓게 그을렸고, 몇몇은 사지 어딘가가 바스라졌다. 천광天光의 단죄가 몰고 온 공포에는 금테의 구속도 더 이상 요괴 무리를 붙잡아둘 수 없었다. 끽끽거리는 신음, 거슬리는 비명과 함께 그것들은 썰물 빠지듯 내뺐었다.

무사한 것은 청해와 현성뿐. 그리고 눈부신 빛과 굉음에 까무러친 현성을 제외하면, 두 발로 서 있는 자는 오로지 청해 하나였다.

그래서 그는 볼 수 있었다. 허공에 떠 있는 흑과 백의 사람 모습을.

마치 나비가 꽃에 내려앉듯이… 그것은 사뿐히 날아 내려왔다.

가까워지는 얼굴을 확인하고서 청해는 입술을 일그러뜨려 만면에 웃음을 지었다. 절망적인 희열이 엉망진창으로 뒤엉킨 웃음을.

"어서 오세요, 형님."

선비의 심의가 바람에 부대껴 그 풍성한 자락이 마치 도포처럼 보였다. 머리카락을 단정히 감쌌던 건은 온데간데없다. 아낌없이 풀어 헤쳐져 바람에 내맡겨진 엷은 색의 머리카락은, 손에 쥔 사진검과 더불어 일개 태학생을 도인이나 신선 같은 모습으로 변모시켰다.

일개 태학생은 더 이상 없다. 눈앞에 있는 것은 이 세상에 둘도 없는 사람.

정엽은 웃고 있는 아우를 시선으로 꿰어 뚫을 듯이 응시하였다. 백석 같은 얼굴과 빛을 잃은 홍순이 움직여 자아내는 말에서도 일견 어떠한 감정도 찾을 수 없다.

"…의표를 찌른다는 말도 있지만, 그렇다고는 해도 너무 허술하구나."

"무엇을 말씀인지요?"

일그러진 목소리로 자못 공손함을 꾸며 답해도 정엽의 얼굴은 얼음으로 만든 양 요지부동이었다. 그러나 이렇게 차갑기만 할 따름이었다면 지금 이 순간은 결코 오지 않았으리라.

"사람을 모아 일을 도모하면 들통이 날 터이니 도당은 최소한으로 줄이고 창칼을 받는 것은 요괴로 대신한다…. 얼핏 보면 대단한 꾀 같지만 따져보면 한때의 미봉책. 무릇 요괴란 꺼려지는 것이다. 그 요괴를 부려 조정을 휘어잡는다 함은, 일시로는 가능할지 모르나 결코 오래 가지 못할 터."

"그리고요?"

"편 들어줄 도당 또한 그러하다. 화하의 정통을 신주같이 숭상하며 해인海人이나 호인胡人이 중히 쓰이는 데에 불만을 품은 자들을 끌어들인다 한들 너에게 무슨 득이 되겠느냐? 이이제이, 토사구팽의 뜻을 네가 배우지 않았다고는 말하지 않겠지."

"분명 알고 있습니다만."

천연덕스러운 목소리를 들으며… 정엽의 수려한 아미가 보일 듯 말 듯 찌푸려졌다. 이제 대역죄인이 된 아우의 뻔뻔스러운 태도에 질린 것은 아니었다. 청해는 지금 정엽이 지적하고 있는 사실을 모두 알고 있었다.

"…너는 제위 같은 것을 바라는 게 아니야."

냉엄한 얼굴과 웃는 얼굴. 어느 쪽이나 안쪽을 엿볼 수 없는 석벽. 그러나 먼저 깨어져 속이 드러나기 시작한 것은 얼음 쪽이었다.

"스스로 바라지 않았는데도 역모에 뛰어들었다면 결론은 하나뿐이겠지. 겁박을 당하여 역모에 힘을 빌려주게 된 것이라면 정상 참작의 여지는 충분히 있어."

"황제가 저를 용서할 거라고 생각하시는 겁니까?"

이미 부친을 부르는 말이라고는 여길 수 없다.

정엽은 입술을 짓씹고 싶은 것을 가까스로 참았다. 청해에 대한 황제의 처사가 합당했다고는 자식인 스스로도 말할 수 없는 현실이었다.

그러니 더욱 청해가 이리 된 것을 책망할 수 없다.

"폐하께서 어찌 생각하시건, 나도 형님도 잘 말씀드리면…."

"한 가지 오해를 하고 계시는군요. 저는 결코 제 뜻에 어긋나는 일을 도모하지 않습니다."

청해의 얼굴이 깊게 일그러졌다. 면상에 피어난 것은 실로 마물과 요괴의 웃음.

청해가 걸친 장포가 펄럭 부풀어 올랐다. 그 소맷부리, 옷자락에서 튀어나온 것은… 사람의 손발이 아니라 시커멓고 마디진 벌레 등속의 사지. 몇 자나 되는 거대한 것이 때마침 가까이에 널브러져 있는 현성에게로 향했다.

"…급급여율령!"

정엽의 소매에서 부적이 미끄러져 나온 것은 가히 찰나였다. 부적이 허공을 긋자, 보이지 않는 선으로부터 바람이 일어났다. 산들바람은 아니요, 강풍이나 태풍 따위도 아닌, 이를테면 바람으로 만들어진 철퇴라 할 것이 청해를 타격했다.

그는 비명도 지르지 못하고 붕 떠올라 내동댕이쳐졌다. 비틀거리면서 일어나려던 그의 시도는 덧없이 무산되고 말았다. 청해는 끈 끊어진 꼭두각시처럼 주저앉았다.

"…좀도둑질처럼 배운 술법으로는 역시 형님을 이길 수 없군요."

"나야말로 네가 도술에 흥미를 보인 때가 있다는 것은 알았지만 술법을 쓸 정도로 익힌 줄은 몰랐구나."

"형님이 말씀하시는 도의 심원함에는 관심이 없었으니까요. 저 같은 자에게는 잔재주로 족합니다."

"……."

쓸쓸하게 대답을 않는 정엽을, 청해는 시선으로 붙들어 맬 듯이 올려다보았다. 그 눈에 담긴 것은 분함이나 미움이 아니었다.

정엽은 발을 뗐다. 여느 사람이었다면 다소 취한 듯한 괴상한 걸음걸이라고 평할진대 그것을 펼치는 이가 정엽이 되어서는 색다른 춤… 아름다운 가무로밖에 보이지 않는다.

우보馬步. 대지의 기맥을 발로 밟아 자신의 몸에 흐르는 기맥을 다스리는 술법. 그러나 정엽 정도의 인물이 펼치면 대지와, 그 위를 딛고 선 만물의 기맥도 일순이나마 뜻대로 할 수 있는 비기가 된다. 기는 보이지 않는 밧줄이 되어 청해를 옭아매었다.

"어리석은 일은 하지 말아다오."

계속되는 청해의 폭거를 보면서도 정엽의 목소리 또한 노여움이 깃들지 않았다. 반역자를 포박하면서도 털끝 하나 다치게 하지 않으려는 배려. 청해는 형의 사랑을 몸서리쳐지게 느끼지 않을 수 없었다. 그뿐이었다면 이렇게 될 일도 없었으련만.

"이미 늦었습니다…."

청해는 혼신의 힘을 다해 왼손의 끄트머리를 아주 조금, 반 촌가량 움
직였다. 그 움직임에 소매 속에서 또 다른 것이 깨어났다. 스륵―검은
뱀 같은 것이 청해의 팔을 타고 소매를 빠져나와 단숨에 정엽에게로 달
려들었다.

"……."

정엽은 눈살을 살짝 찌푸렸다. 머리카락으로 꼰 새끼―요괴의 피로
듬뿍 적신 그것은 산 것도 죽은 것도 아니어서 기의 흐름과 무관해 우보
의 영향을 받지 않는다. 그것은 정엽을 묶을 듯이 덤볐지만 정엽은 그저
소매를 떨치는 것만으로 날려 보냈다.

그것이 할 수 있었던 잔재주는 극히 찰나, 정엽을 멈추어 서게 하여 우
보를 펼칠 수 없도록 만든 것뿐이었다.

그리고 청해가 바란 것도 그뿐이었다.

"타하…!"

기합성과 함께 청해가 땅을 박차고 단숨에 거리를 좁혔다. 그 손에 들
린 것은 한 자루 칠성검. 서규왕으로서 하사받은 보검을, 그는 거리낌 없
이 휘둘러 정엽을 내리쳤다.

"……!"

일말의 흐트러짐도 없이 사진검이 허공을 가르고 칠성검의 칼날을 튕
겨내었다. 도문의 비보라고는 하나 명색이 검이 날이 서 있지 않을 리 없
다. 하물며 사진검으로 베어 넘기는 요괴 또한 피와 살로 이루어져 있는
것임에야.

"캉! 카강!"

쇳소리가 울리고 불꽃이 튀었다. 두 자루 보검이 연주하는 섬뜩하고도

청량한 음악. 한 사람은 도문을 버린 학생, 또 한 사람은 반역의 왕. 둘 모두 무문에 이름을 올린 적 없건만 그 검세는 흐르는 물과 같이 막힘이 없고 타오르는 불꽃과 같이 맹렬하였다.

"역시, 조금도, 무뎌지지 않으셨군요…!"

"……."

정엽은 대꾸하고 싶은 입술을 질끈 깨물고는 검을 휘둘렀다.

몇 년 전이던가. 조그마한 남자아이 둘이 나무로 만든 검을 들고 해질 녘까지 뛰어놀았던 때가…. 아무리 삼재의 보배라 칭송받는다 한들 결국에는 남자아이. 검을 부딪고 초식을 피로하는 것은 가슴 두근거리고 즐거운 일이었다. 그것을 그만두게 되었던 때는 무예를 연마하는 일이 세상 사람들에게 어떻게 보이는지 깨닫고 난 뒤. 대저 제왕에게 가장 귀중하고 가장 꺼려지는 것이 군사와 무예. 정엽 같은 입장의 인물이 헛되이 수련해 보았자 딴마음 있다고밖에 여겨지지 않는다.

"진검을 맞대면서도 딴생각을 하신다니… 저를 너무 얕보시는데요!"

정엽의 검격에는 흐트러짐이 없었으나 청해는 알았다. 그는 태산이라도 베어낼 기세로 잇따라 참격을 쏟아내었다. 상처 입은 짐승의 강맹하고 광기에 찬 공격.

거기서 정엽은 너무나 쉽게 빈틈을 찾아낼 수 있었다.

"……."

지금 왜냐고 묻는 것은 의미가 없다. 그만두라고 말한들 들어줄 리도 없다. 제압한 뒤에야 실낱같은 가망이 있을 뿐. 정엽은 자신의 뜻을 감추고, 내리치는 칼날을 유연하게 받아넘기며 수세를 가장해 주를 읊었다.

어쩌면 그로서는 드물게 동요한 것인지도 모른다.

청해가 똑같은 것을 꾸미고 있다는 사실을 눈치채지 못했으니―.

"급급여율령!"

똑같은 외침이 쌍방의 고막을 울렸다.

번뜩 하고 빛이 사위를 메웠다. 정엽이 외운 광명주는 실로 태양을 끄집어낸 것 같은 빛을 송림원에 펼쳤다. 다만 청해의 시야만을 일순간 먹어치울 수 있는 빛뿐이다. 그렇게 잠깐 동안 소경이 된 그를 유유하게 포박하였다면 정엽의 시름이 일견 잦아들었을진대.

빛 속에서 한 손으로 수인을 맺은 시력을 보존할 수 있었던 정엽은 분명히 보았다. 청해의 발밑에서 무수한 그림자—빛으로도 지워지지 않은 소요괴, 망량의 무리들이 튀어나오는 것을.

"청해…!"

도대체 어디까지 사도에 몸을 담았단 말인가. 자신의 피와 살로 망량을 기르는 방술을 목도하고 정엽은 진저리를 쳤다. 그러나 한갓 망량들 따위는 정엽이 휘두르는 사진검의 궤적에 따라서 비명을 지르며 사라져 흩어질 뿐이었다. 오로지 그 악의만이 사람을 씹어 먹을 수 없음에 분노하여 날뛰었다.

"……."

그 사이로 찌르는 듯한 살기가 정엽의 촉각에 와 닿았다.

숨통을 갈라, 폐부를 찔러, 심부를 드러내겠다는 각오.

뒤통수가 선뜩한 살기에 정엽의 손이 본인의 의사와 무관하게 살기의 근원에 칼날을 찔러 넣었다.

'푹—.'

살을 꿰뚫는 감각. 흘러넘치는 뜨거운 액체.

"청해!!!"

정엽은 사진검을 가슴에 받고서 무너지는 청해를 보고 자신이 칼날에 꿰인 듯이 비명을 질렀다. 진작 자신의 체구를 뛰어넘은 지 오래인 청년의 몸을, 정엽은 이성도 냉정도 깡그리 내팽개치고 받아 안았다.

"청해, 청해야! 정신 차리거라!"

반역을 저지르려 했어도 관계치 않는다. 현성은 물론이거니와 정엽 자신을 죽이려 했어도 상관없다. 그 모든 것이 알아주지 않은 자신의 잘못. 반드시 구해내겠노라고 마음먹었는데—.

"…그 안일한 마음 탓입니다."

그 순간 정엽은 바로 뒤에서 너무나 잘 아는 목소리를 들었다.

그와 동시에 정엽이 품에 받아 안은 청해의 몸이 바람 빠진 주머니처럼 사그라들었다. 남은 것은 흐물거리는 천뿐. 괴뢰술, 여느 때의 정엽이라면 결코 속아 넘어가지 않았을 터이나….

"모두 형님 때문이에요…."

정엽이 미처 어찌하기도 전에 두터운 천이 정엽을 휘감았다. 눈이 가리어지고 숨통마저 막혀버렸다.

의식까지 어둠에 휩싸이기 직전, 그가 느낄 수 있었던 것은 자신을 으스러뜨릴 듯이 끌어안는 팔의 감촉이었다.

목격한 누구도 그것이 달리는 말이라고는 증언하지 않았다. 난다고밖에 형용할 수 없었기 때문이다.

채찍은 필요 없었다. 바르스는 고삐에서 전해지는 미묘한 감촉과 알아듣지도 못하는 소그드의 나지막한 목소리만으로 비호와 같이 질주했다.

누차 드나들었던 송림원은 먼빛으로 봐도 이변을 짐작함 직했다. 바람에 섞여 닥쳐오는 피비린내. 그리고 역한 요괴의 냄새. 소그드는 말에서 내리지도 않은 채, 널브러진 문지기의 주검을 넘어 태자부의 안쪽으로 짓쳐들어갔다.

시체, 시체, 시체… 끝도 없는 시체의 더미들. 사람의 것도 있지마는 요괴의 것도 적지 않다. 사취만이 자욱한, 침묵이 지배하는 그곳에서 소그드는 곁눈질도 하지 않고 말을 달렸다.

그는 헤매지 않았다. 그가 찾는 것이 어디에 있는지 숙고하여 얻은 확신은 아니었다. 직감이 그를 이끌어 마침내 도달케 하였다.

태자부의 중정. 그곳에서 본 광경을 스스로 이해하기도 전에 그는 활을 당겼다.

"……!"

상대도 말발굽 소리는 들었다. 다만 즉각 화살이 날아올 거라곤 생각도 하지 못했을 뿐. 그의 명줄을 보전케 한 것은 마찬가지로 직감이었다. 무심코 자신이 안고 있는 것을 감싸듯 몸을 숙인 덕에 무섭도록 정확하게 과녁을 노린 화살은 귀 밑을 스치고 말았다.

"그 녀석, 놔."

두 번째 화살을 활시위에 메긴 채 소그드는 잠긴 목소리로 고했다. 행동보다 말을 앞세우는 것은 도무지 그의 방침이라 볼 수 없지만 이 순간만큼은 불가피했다. 지금 자신의 강궁을 쏴붙이면 상대가 안고 있는 것까지 꿰뚫어버릴 가능성을 소그드는 도저히 무시할 수 없었던 것이다. 사내가 안고 있는, 화하 사람이라면 염습한 시신을 떠올릴 그것은 소그드에게는 자신의 심장이나 마찬가지였다.

"거절하지. 좌우림장군."

그 사실은 청해 또한 충분히 알 수 있었다. 그는 구겨진 미소로 소그드의 경고에 화답했다. 그 시선에 깃든 증오를 날붙이로 바꿀 수 있다면 소그드는 그대로 난자당했으리라.

"아, 됐어."

소그드는 더 이상의 말 없이 바르스에 박차를 가했다. 고삐를 쥐지 않은 왼손에는 어느덧 활과 자리를 바꾼 무쇠칼이 번뜩였다.

화살로 정엽까지 맞출까 염려스럽다면 칼로 쳐 죽여버리면 될 일. 소그드는 청해가 정엽을 방패삼을 염려는 하지 않았다. 왜냐하면, 당장이라도 말에게 밟게 해 죽여버리고 싶은 자라 해도 정엽에 관해서만큼은 의기투합할 것이기 때문이었다.

"네놈에게는… 주지 않아."

그것은 기묘하게 대칭을 이룬 광경이었다. 소그드가 고삐를 잡고 무쇠 칼을 든 채 말을 내닫게 하자, 청해는 천으로 봉해진 정엽을 안은 채 빈손으로 주부를 흩뿌렸다. 그것들은 수면에 던진 돌처럼 땅에 가라앉았다. 그리고 그곳을 중심으로, 먹물을 떨어뜨린 양 시커먼 색이 사방으로 번져나갔다. 시커먼 구렁텅이 속으로 청해는 잠겨 들었다.

"놓으라니까…!"

격노한 외침과 함께 소그드는 냅다 무쇠 칼을 집어던졌다. 그러나 희생을 각오하지 못한 칼날은 허무하게 빙그르르 돌면서 수풀에 내동댕이쳐졌다.

완전히 가라앉기 직전 청해의 얼굴에 떠오른 표정—.

그 낯을 박살낼 수 있다면, 소그드는 자신의 눈알을 하나 파내어도 좋다고 생각했다.

서중산은 자신이 말을 타지 않음을 아쉽게 생각한 적은 없었다. 그러나 지금만큼은 달랐다. 말을 탔다면 적어도 박차라도 가하여 이 초조한 기분을 달랠 수 있었을 테니까.

그는 하늘을 미끄러지듯 날아 황도를 질러갔다. 황도에서 도술을 남발하는 것은 선원궁 도사들에 의해 엄금되어 있었지만, 중산을 책망할 도사들은 황도 여기저기에 출현한 요괴를 소탕하는 자신들의 일에 바쁠 터였다.

황도에까지 요괴가 침범한 것은 중대사였다. 인세의 치도는 상세에서 내려오는 천명에 의해 이루어지는 것. 올바르게 치도가 이루어진다면 하늘의 도리는 감히 요괴 따위의 범접을 허락지 않는다. 달리 이르면, 하나의 황조가 기울어질 때 사서에 가장 빈번하게 나타나는 기록은 기이한 요괴의 출몰이었다.

황조가 기우는 것이 사실이 아닐지라도 황도의 신민들은 불안해할 수 있다. 따라서 선원궁은 수고와 인력을 아끼지 않고 요괴들을 퇴치하는 데에 전력을 기울였다. 이것이 진정한 이변임을 짐작한 이는 중산을 포함해서 극소수였다.

'형님을… 태자 전하를 지켜 주십시오. 저도 주의는 하겠지만, 어찌될지 모르는 일이니까요.'

교외의 도관에 머물고 있던 중산에게 정엽이 불쑥 찾아온 것은 불과 며칠 전 밤이었다.

중산은 놀랐다. 태학생의 신분인 그가 도관 같은 곳엘 찾아온 것이 놀라울 뿐 아니라… 정엽의 얼굴이 너무나 초췌한 데에 더욱 당혹했다. 가끔 가혹하리만큼 수행에 힘쓰곤 하던 정엽이었지만, 이렇게 안색이 파리하고 눈빛이 어두운 적은 없었다.

무슨 일이냐고 거푸 묻는 중산에게, 정엽은 자신이 조사한 것과 중산이 알아낸 것을 엮어 도달한 사실—장차 일어날 일을 짧게 일러주었다. 요괴를 앞세운 역모. 도무지 성공을 담보한다고 볼 수 없는 상식 밖의 이야기에 중산이 말을 잊은 틈을 타 정엽은 작별을 고하고 홀연히 떠났다.

무엇이라도 캐물었어야 했던 것은 아닐까….

그러나 중산에게 고민할 여유는 주어지지 않았다. 허공을 나는 중산을 기다렸다는 듯이 다종다양한 요괴가 급습해 왔던 것이다. 비록 중산의 옷깃조차 붙들지 못한, 저열한 새 요괴 따위는 중영이 날갯짓을 하고 발톱을 세우는 데에 따라 추풍낙엽처럼 사라졌다. 그 모습에서 중산은 요괴의 목에 걸린 금 고리를 확인했다.

"금고아. 역시 도철관 패거리의 짓이로군요."

"모르겠구나. 어째서 이런 짓을?"

어느덧 어깨에 앉아 있던 오군이 중얼거렸다. 요괴가 세상을 어지럽히기 위해 날뛰는 것은 이상하지 않다. 그러나 그것은 도리의 가장자리에서 벌어지는 일.

"정엽 공은 역모라고 말했지만…."

"요괴 같은 것을 부려서 인주가 될 수 있을 리 없지 않느냐?"

천제가 다스리는 하늘, 상세는 인간의 영역인 인세와 사자의 땅인 명부에 간여하지 않는 것이 원칙이나 도리가 어그러짐이 극심하면 그것도 논외가 된다. 요괴를 부리는 자가 황제가 된다? 그런 극악무도한 자를 천제가 좌시하지 않음은 이미 무시무시한 결과로서 금석에 새겨져 있다.

그런데도 어째서?

되물어봤자 답은 나오지 않는다. 오로지 지극한 무의미뿐.

"연유는 일이 끝나고 난 뒤 정엽 공에게 물으면 알 일입니다. 일단은 서둘러서…."

"조심하거라."

오군의 목소리는 유유했다. 그러나 중산을 둘러싼 기류, 그리고 어디서 솟구쳐 나왔는지 알 수 없는 깃털 무더기의 움직임은 그리 온화하지 않았다. 중산은 숨이 막히는 것을 느꼈다.

'퉁—.'

뭔가 튕겨져 나가는 소리. 이어 오군이 말을 이었다. 목소리의 음색에 변화는 없지만, 그의 기분이 어떤지 모를 정도로 허술하게 그를 섬겨온 중산이 아니었다.

"화살이구나."

"역적도당이….'

"그랬다면 내가 갈기갈기 찢어버리면 끝이겠지. 허나… 저 얼굴, 너는 본 적이 있을 터인데?"

구름이 개듯 깃털이 거두어지는 틈으로 중산은 지상을 내려다보았다. 황도에는 자주 오지 않아 거리를 가늠하지 못한 탓에 그는 벌써 송림원 위에 도달해 있었다. 그리고 그곳에서 그를 정확하게 올려다보고 있는 자는—.

"저자는….'

중산은 저도 모르게 오만상을 찌푸렸다.

서중산은 땅에 내려서서 한숨 돌리고 일단 인사를 건넨 다음, 갑작스러운 사격에 항의하는 극히 상식적인 대응을 할 참이었다. 그것이 무례하다고 나무랄 사람은 아무도 없었다. 그러나 소그드는 너무 느리다고 나무랄 참이었고, 그 뜻은 공중에서 중산을 잡아챈다고 하는 폭거로 드러났다.

"무슨…!"

"어기적거리지 마. 너, 도술인지 뭔지 쓸 수 있지?"

"그걸 묻는 것은 우선 전후사정이 어떻게 된 것인지 듣고 나서로 권하고 싶네만. 호인胡人이여."

하지만 소그드로서는 분통 터지게도 거기까지였다. 아무리 소그드라 한들 눈앞에서 그를 응시하는… 땅에 나자빠진 중산의 어깨에 미동도 하지 않고 앉아 있는 자를 무시할 수는 없었다. 로스—사브다크의 등속인가. 그는 그렇게 결론 내리고 그 존재에 관해 신경을 껐다. 그가 지금 주의를 기울이는 것은 오로지 하나뿐이다.

"정엽이 동생이라는 놈에게 납치당했어. 쫓아가야 한다고. 됐어?"

"아니, 아니, 아니. 잠깐 기다리시오! 정엽 공이 납치당했다고? 동생이라 함은… 서규왕인가? 태자 전하는 어찌 되셨소!"

"여기 있잖아."

소그드는 자신의 발치를 가리켰다. 기절을 업어가도 모를 정도의 숙면으로 바꾼 현성을 보며, 중산은 나름대로 용상을 이어받을 배포라 평해도 좋을까 고민했다.

그는 오래 숙고하지 않았다. 소그드라는 자를 알지 못한다 해도 그의 상태가 심상치 않음을 볼 수 없을 만큼 서중산이라는 남자는 눈치가 없지 않았다. 그리고 그것인즉 정엽의 신변이 위태롭다는 뜻이리라.

"사람을 찾는 도술을 바라시오? 천문을 읽어 앞일을 점치는 것은 너무나 변화무쌍해서 당장 효과를 기대하기 어렵소. 대통을 흔들어 운수를 점치는 것은 길흉을 따지는 한낱 방술에 불과할 뿐. 그리고…."

"시끄러, 대단한 걸 바라지 않아! 가까이만 갈 수 있으면 족해. 너는 새를 풀어 사람을 찾는 술수를 쓴다며?"

"그건…."

"그대는 새가 채찍질을 하면 달리고 옆구리를 차면 멈추는 말, 손짓한 번에 깽깽 짖으며 엎드리는 개 따위라고 생각하는가? 호인이여, 유감스럽지만 나의 권속들은 자유롭다. 그리고 그들에게는 먹어야 하는 새끼와 돌아가야 하는 둥지가 있어. 무엇을 찾아야 하는지도 모르는 채 먹이도 물도 없이 날아다니라고 하는 것은 가당하지 않아. 설마 잊었다고는 하지 않겠지. 그 불경한 자들을 추적한 것도, 다름 아닌 그대가 장소를 지목해주었기 때문이지 않나."

"……."

소그드의 입술이 비틀렸다. 말 그대로다…. 그리고 그 새의 감시가 있었기 때문에 중산은, 나아가 정엽은, 황제는, 소그드는 역도들이 그들 나름의 '거사'를 시작하는 순간을 감지하고 대비할 수 있었다.

조상처럼 변한 소그드의 모습에서 오로지 팔만이 미미하게 움직였다. 어리둥절해서 쳐다보는 중산과 달리, 오군은 눈살을 찌푸렸다. 무예에 소양이 있는 자들은 쉽게 알아보았겠지만 오군은 오로지 감만으로, 호인의 몸에 흐르는 기의 흐름만으로 그 동작의 의미를 알았다. 당장 칼을 휘둘러 숨통을 뜯어내려고 하는 몸짓. 피비린내 자욱한 넘쳐흐르는 살기. 눈앞의 사내는 자신을 분노케 하는 것만으로도 아무나 쳐 죽일 수 있는 귀신이 되어 있었다.

그러나 몰랐기 때문에 중산은 아무렇지도 않게 끼어들 수 있었다.

"오군의 말씀은… 요컨대 갈만한 곳을 짐작하기만 하면 가망이 있다는 것이오. 적어도 어느 방향으로 갔는지는 보았소?"

"남쪽이지만, 소용없어."

"아니 어째서…."

"당장 내가 뒤를 쫓을 줄 아는데 한 방향으로만 달아나겠어? 놈의 거처, 평소에 자주 다니는 곳도 마찬가지야."

들토끼조차도 방향을 꺾어 사냥개를 농락할 줄 아는데 하물며 인간임에야. 소그드의 어금니에서 뿌득 하고 묵직한 소리가 울렸다.

"이만큼 큰 환란을 일으켜가면서 정엽 공을 납치했다면 그 정도의 대비는 되어 있다는 말이오? 허나… 정엽 공의 재주는 탁월하오. 결코 여느 수를 써서 구속할 수는 없을 터인데."

"그렇군. 도술에 관계된 장소인가."

대번에 뛰쳐나가고 싶은데도 치솟는 혈기를 억눌러가며 중산을 불러 내린 것은 정답이었다.

아마 혐의를 피하기 위함이었겠지만, 청해는 요 근래 더욱더 도관 근처에 가는 것조차 삼가고 있었다. 꼬리를 밟힌 것은 문객으로 가장한 방사가 그의 별저에 드나든 흔적을 정엽이 간파했기 때문이었다.

하지만 일부러 한 짓이었다면 결론은 간단하다. 이제 더 이상 숨길 필요가 없는 지금, 그는 어디로 향할까.

"영명왕을 붙잡고 있을 정도의 잔재주를 기르던 무리가 있느냐?"

오군은 지루한 표정으로 손바닥에 턱을 받친 채 중산에게 물었다. 그만이 정엽의 명운을 염려하지 않는다고, 그를 섬기는 도사는 그리 생각하지 않았다. 새의 표정은 본디 읽을 수 없는 것이 당연하다.

"도철관은 요괴를 포박하는 수법으로 유명하지만 그래도 정엽 공의 발뒤꿈치도 건드릴 수 없을 것이오. 지천관은 충술로 이름이 났는데 계보는 마동으로 이어지지만… 갈라져 나온 계파인 포박관은 다릅니다. 그들은 기를 지배하면 천지만물을 다스릴 수 있다고 여겼죠."

도저히 웃을 수 없는 분위기 속에서 오군은 지저귀듯이 웃었다. 손의 통증을 다스리기 위해 혈맥을 끊는다면, 그 어리석은 방사들이 간구하는 일의 결과를 알 수 있을 것이다.

"허나 그들이 할 수 있었던 짓은 기맥을 일시적으로 막는 것뿐이었습니다. 만일 그런 조치를 취했더라면 도술을 쓸 수 없을 테니…."

"그래서, 거기가 어디야?"

소그드가 중산의 말을 단칼에 끊어내었다. 중산은 놀라 반사적으로 자신이 요 며칠간 밤을 새다시피 하여 조사한 것을 입에 올렸다. 이런 철저한 기질이 있어 정엽이 그를 청한 것이다.

"황도에서 서북방, 간연산을 넘어 산세를 타고 가면 백이십 리가량…."

"거기로군."

소그드는 느닷없이 말 위에 뛰어올랐다. 바르스를 달리게 하기 전에 일순 여유를 두었던 것은, 그나마 중산이 말해준 정보가 있었기 때문이었다. 과연 중산은 아연해서 외쳤다.

"어떻게 아는 것이오?"

"내가 아는 건 꾸물거릴 시간이 없다는 것뿐이야."

무수한 생각의 파편이 감정의 격류 속에서 춤춘다. 서규왕, 별저, 도관, 반역, 충술, 그리고 정엽. 생각이 엉기어 논리가 이루어지는 않았지만 소그드는 결론을 내릴 수 있었다. 그곳이다. 그곳밖에 없다.

그러나 구태여 바르스를 재촉할 필요가 없었다. 바르스의 몸이 둥실 떠오른 것이다. 본래대로라면 네 다리를 휘저으며 미쳐 날뛰련만, 중원의 말은 신기할 만큼 얌전했다. 소그드는 앞을 응시하는 말의 커다란 눈을 눈치챘다. 새들의 왕. 그러나 딱히 말이라고 해서 존중하지 않는 것은 아닐 터이다.

"이쪽이 빠르겠지?"

새가 비상하도록 만드는 천지간의 이치. 그것이 오군의 손에서 가볍게 비틀려 본디 날 수 있을 리 없는 네발짐승을 허공에 띄워 올렸다.

"아아, 고마워."

인간의 예의범절에 까다롭지 않은 오군은 툭 던지는 듯한 소그드의 말을 들어 넘겼다. 예법에 딱딱한 중산조차 지금은 추궁하지 않았다.

—무엇이 가장 시급한지 모르는 이는 없기에.

섬세하게 뻗은 속눈썹이 파르르 떨리다 부드럽게 움직이는 모습. 정물에 불과했던 아름다움이 살아있는 것으로 바뀌는 광경을 볼 수 있는 자는 불운하게도 없었다.

눈꺼풀을 밀어 올려도 시야에 들어오는 것은 여전히 어둠뿐. 그럼에도 불구하고 기와 맞닿은 정엽의 몸은 많은 것을 알 수 있을 터이나… 지금은 불가능하였다. 분명 그가 처해 있는 곳은 공기가 맑고, 막혀 있지만 제법 여유가 되는 공간. 그러나 정엽은 물속에 머리를 처박고 숨조차도 마음대로 되지 않는 폐색감을 느꼈다. 그리고 아프지는 않지만 뒤로 돌려져 강고하게 묶인 손목.

정엽은 그 이유를 이내 알 수 있었다. 천지간에 흐르는 기를 막아 천지신명의 간섭을 피하려는 방술쯤은 머릿속 어딘가에 들어 있었다. 그리고 그는 술법을 펼친 이가 그런 망령된 생각을 하는 것은 아니라는 사실도 짐작했다. 이것은 정엽이 도술을 쓰지 못하게 하기 위한 수단일 뿐이다.

…마치 무시무시한 역모가 정엽을 사로잡는 수단에 불과했던 것처럼.

저벅저벅. 돌바닥을 가죽신이 밟는 소리가 울려 퍼졌다. 도술이 봉인되었더라도 정엽에게는 예민한 오감이 있다. 그는 울림만으로 이곳이 방한 칸 정도 되는 석굴이라는 것과 북향에 문이 있음을 알아차렸다.

끼익, 하고 돌과 돌이 맞비비는 소리가 거슬리게 귀를 긁었다. 이어 부싯돌을 튕기는 소리와 기름이 타는 냄새… 그리고 주의를 기울이던 정엽을 비웃듯이 사위가 밝아졌다.

새파란 눈동자와 새까만 눈동자가 맞부딪쳤다.

돌을 쌓아 만든 정방형의 석실. 입구도 창문도 보이지 않고, 변변한 기

물조차 없다. 그러나 정엽의 시선이 꽂히는 것은 단 하나. 방 한가운데
서 있는… 청해.

청해는 미소를 띤 채 등롱을 내려놓았다. 그러면서도 눈길은 정엽에게
서 떨어질 줄 몰랐다. 그러나 정엽은 이내 눈을 감아 아우의 얼굴을 망막
에서 쫓아내었다. 이전과 다름없이… 허나 보일 듯 말 듯 일그러진 입매
로 웃는 얼굴을.

"깨어나셨습니까?"

"……."

"꾸짖지 않으시는 건가요?"

"나무란다는 것은 상대가 들어줄 때에 하는 것이다. 네가 내 말을 들
어주지 않는데 내가 어찌 꾸짖을 수 있겠느냐."

"유감스럽군요. 저는 언제나 형님의 말을 반 마디도 놓치지 않고 듣고
있는데."

코에, 목에, 폐부에 물이 들어차는 것 같은 고통—그러나 더 괴로운
것은 넘쳐흐르는 악의.

정엽도 모든 것을 초탈한 채 한량인 양 나도는 청해의 행동거지가, 진
심에서 우러난 것은 아니라는 사실을 눈치는 채고 있었다.

증오밖에 남지 않은 모친. 무관심한 부친. 오랑캐 피가 섞인 튀기, 허
울뿐인 왕을 바라보는 조소 섞인 시선. 그 거친 바람을 받고도 올곧게 자
란다면 그것이 더 기이한 해송이거늘—하지만 그럼에도 찾아주길 바랐
다. 왜냐하면…….

"……!"

구태여 보지 않아도 알 수 있다. 서늘한 손끝이 살갗에 와 닿아 정엽은
미미하게 흠칫하였다. 눈치채지 못했을 리는 없으리라.

"크큭."

돌을 긁는 듯한 웃음소리가 정엽의 고막도 긁어내렸다.

"왜 그러십니까? 이 동생이 무서우신가요?"

"글쎄… 그럴지도 모르지."

"섭섭한 말씀을 하시는군요. 어째서입니까?"

"네가 뭘 하고 싶은지는 짐작하고 있으니 말이다."

성공할 가망이 없는 반역. 도망칠 길 없는 막다른 골목.

거기에 이른 지금, 그가 할 수 있는 일은 오로지 부수는 것뿐.

증오하는 세계를 만든 자. 황제가 귀히 여기는 것을 조금이라도 할퀴고 찢는 일….

그것을 감내하는 것으로 속죄할 수 있다면 그대로도 나쁘지 않다.

이렇게 될 때까지 아우를 바른 길로 인도해줄 수 없었던 형으로서—.

"…아무것도 모르시는군요. 끝까지… 아무것도 모르십니다."

차가운 칼날, 잔혹한 형구刑具, 후벼 파내는 손톱… 정엽이 예상했던 그 어느 것도 정엽의 살에 와 닿지 않았다.

대신 화인火印처럼 뜨거운… 그러나 달군 쇠붙이만큼 딱딱하지는 않은 것이 입술을 유린했다.

"큭…!"

그는 본능적으로 벗어나기 위해 몸부림을 쳤으나 묶여 있는 처지였다. 그리고 찍어 누르는 손아귀의 힘이 도망치는 것을 허락하지 않았다. 불처럼 뜨거운 혀가 정엽의 입술을, 그 안쪽을, 인후까지도 탐낼 것처럼 파고들었다.

"……!"

부지불식간에 정엽은 자신을 침범하고 있는 것을 콱 깨물고 말았다. 비릿한 피 맛에 놀란 쪽은 필시 정엽 자신일 터. 상대는 벌레에 물린 것보다도 대수롭잖게 몸을 뗐다. 그리고 벌레를 쫓는 양 아무렇지도 않게 손바닥을 휘둘렀다.

"짝!"

결코 가볍지 않은 따귀에 정엽의 턱이 돌아갔다. 거듭된 충격에 정엽의 머릿속이 하얗게 바랜 사이, 그는 침착하게 행동을 개시했다.

찌익—흰 베로 지어진 상의는 단호하게 잡아 찢는 손아귀에 어떠한 저항도 할 수 없었다. 순식간에 정엽의 옷섶이 풀어 헤쳐져 하얀 가슴팍이 드러났다. 힘껏 찍어 누른 맨살에 희미하게 붉은 기운이 떠오르자, 내려다보던 청해는 한껏 미소를 지었다. 단 한 점도 남기고 싶지 않은 진수성찬을 보는 눈으로.

"청… 해, 너는…."

"형님은 그토록 현명하시면서… 정말로 이렇게 될 때까지 알아주지 않은 거로군요."

커다란 얼음을 통째로 삼킨 듯한 오한이 정엽의 복심을 휘저었다. 막연하게 납득하지 못했던 사실들이 순식간에 아귀가 맞아들어갔다. 증오스러울 수밖에 없는 처지에 있으면서 청해가 시원시원한 한량을 꾸밀 수 있었던 이유. 가장 밉살스러울 황후 소생의 형을 누구보다도 따랐던 까닭. 그리고 주도면밀한 준비도 계획도 믿음도 없이, 파멸밖에 없을 반역에 몸을 던지게 된 연유를….

정엽이 말문을 잃은 와중에도 청해는 천천히 손가락을 정엽의 가슴과 배 위로 움직이고 있었다. 정엽의 새하얀 살결과 학처럼 늘씬하면서도 박달나무처럼 단단한 몸의 굴곡을, 너무나 좋아하는 진미를 시간 들여 맛보려는 것처럼….

그 손가락이 허리춤에 와 닿는 순간, 정엽의 몸이 뭍에 끌어올려진 물고기처럼 퍼뜩 뛰었다. 청해는 일순 손을 멈추고 정엽의 얼굴을 들여다보았다. 핏기가 올랐다 빠졌다 하는 얼굴. 어떤 보석도 비견할 수 없는 눈동자는 청해가 지금껏 본 적 없는 망연한 빛을 띠고 있다. 그 광경은 불에 기름을 부은 양 청해의 눈에서 열기를 타오르게 할 따름이었다.

"…그만둬라! 이런 일은… 그만!"

아무리 몸부림쳐도, 청해는 거리낌 없이 정엽의 옷을 쥐어뜯듯 벗겨나 갔다. 이윽고 정엽은 팔이 묶인 탓에 갈가리 찢지 않는 한 벗길 수 없는 상의만 제외하면 알몸이나 다름없는 꼴이 되었다. 단 한 사람을 빼면 누구에게도 보인 적 없는 추태. 무엇보다 그렇게 만드는 것이, 둘도 없다고 생각한 아우임에야….

"싫습니까? 그 남자에게는 그렇게 거침없이 드러내셨으면서."

이런 지경에 빠졌다 해도 '그 남자'가 누구를 이르는지 짐작하지 못할 만큼 정엽은 얼이 나가지 않았다. 희열과 증오가 처덕처덕 덧발라진 대답은 정엽의 피를 식게 만들기에 충분했다. 어떻게든 감추고 있다고 여겼건만 결국 들키고 말았다.

"너는 어떻게, 그것을…."

"무엇을 아까워하시는 건가요? 이런 절경을 그 남자만이 독점하게 하다니…."

청해는 내린 눈 같은 살결을 파 헤집고 싶기라도 한 듯 힘주어 어루만졌다. 잔잔히 떠오르는 붉은 흔적… 그것만으로도 충분히 매혹적이라 하겠지만 진정으로 그를 돋우는 것은 시선을 들어야 보인다. 경악과 수치심으로 물결치는 푸른 바다. 입술을 짓씹으며 일그러뜨린 얼굴은 그럼에도 불구하고 아름답다. 그의 손가락 움직임에 따라 가련한 신음을 토해내는, 천하에 둘도 없는 보배 금琴. 이것을 연주할 날을 얼마나 오매불망 기다렸던가.

"본… 거냐…."

"아아, 유감이지만 직접 보지는 못했습니다. 하지만 알 수 있지요. 그 남자가 하는 것처럼 형님을 희롱할 수 있기를 바라고 또 바랐으니까. 형님의 거동이 바뀌고, 체취가 달라지고, 표정이 이전과 같지 않음을 깨달았을 때 손바닥을 들여다보는 것보다도 환히 알 수 있었지요."

정엽은 다가오는 얼굴에서 광기에 가득 찬 말과 숨결을 느끼며 진저리치고 싶은 것을 꾹 참았다. 진저리친다 한들 달라질 것은 없다. 심연에 떨어진 듯한 절망감 속에서 정엽은 입술과 혀로 이루어지는 애무를 견뎠다. 그 행위는 아픔보다는 집요한 쾌감을 요구하고 있었으나, 어느 쪽이든 정엽에게는 어떤 고통보다도 쓰라린 것이었다.

시야를 가리는 암막 너머로 정엽은 잇따라 스쳐 지나가는 광경을 보았다. 주마등이라고 하던가. 처음 만났을 때부터 지금까지, 비록 반쪽이라고는 해도 피를 이은 '동생'을.

그리하여—그도 비로소 알아챌 수 있었다.

"왜, 이제, 와서⋯."

가슴팍의 도드라진 것을 천하제일이라도 되는 양 소리 내어 음미하던 청해가 고개를 들었다. 당장이라도 흐느낄 것 같은 얼굴도, 발갛게 달아오른 뺨도 그대로였지만⋯ 그 눈만큼은 폭풍우 치는 바다의 심해처럼 눈물 아래서도 차분하게 가라앉아있다. 그 표정을 청해는 핥고 싶을 만큼 사랑하고, 씹어 버리고 싶을 만큼 증오했다. 그는 일그러지려는 입매를 웃음으로 더욱 비꼬았다.

"제 마음이 불과 한두 해 쌓인 얄팍한 변덕이라 생각하십니까?"

"너의 마음이 어떤 것이든, 얼마나 오래 품고 있었던 것이든⋯ 과거에는 필시 이런 것은 아니었다. 그렇잖느냐?"

만약 청해가 처음 만난 순간부터 정엽을 속이고 있었다면 정엽이 몰랐을 리가 없다. 황후 소생의 황이자로서 구름같이 꼬이는 야심가와 아첨꾼을 뿌리치며 살아온 그가 어찌 느끼지 못했겠는가.

봄에 매화가 피면 꽃가지를 꺾으러 가고, 여름에는 물에 비친 달을 희롱하고, 가을에는 낙엽과 어울려 시를 짓고, 겨울에는 화톳불을 쬐며 마주 기대어 졸던 나날.

그날의 빛나던 얼굴이, 그 하루하루가, 시시한 일에도 배를 잡고 웃었던 나날이, 전부 면종복배의 거짓은 아니었으리라고.

무력하게 능욕당하고 있음에도 단호하게 호소하는 정엽의 눈빛을 받으며, 청해는 감히 고개를 가로저을 수 없었다. 그렇다면 가슴을 갈라 내보일 수밖에 없다. 시커먼 욕정으로 더럽혀진 붉은 마음을.

"전부 형님 때문입니다."

청해는 마치 엉겨 붙듯이 정엽에게 매달려 핏기 잃은 입술에 입 맞추었다. 정엽은 벗어나고 싶은 듯 고개를 돌렸지만 청해가 턱을 붙드는 정도로 저지할 수 있는 가냘픈 저항에 불과했다.

그 사실에 비할 데 없는 만족을 느끼며 청해는 정엽의 귀라기보다는 그 향기로운 입술에, 목덜미에 말을 쏟아부었다.

"아아, 형님 말씀대로입니다… 제 마음이 어떠한지, 언제부터 이런 마음을 품게 되었는지 상관없습니다. 어차피 형님은 누구도 허락하지 않으셨으니까! 오로지 아우라는 이유로 나만이 형님에게 조금 더 가까이 갈 수 있었지요. 그걸로 만족했습니다… 그 남자만 나타나지 않았더라면!"

같은 호인의 피를 타고나, 용모도 그다지 다를 것 없는 사내.

도대체 그 남자의 무엇이 자신과 다른 것인가.

청해가 아무리 생각해도 답은 나오지 않았다. 오로지 거듭해갈수록 그의 안쪽에서 무엇인가가 마모되어 갈 뿐.

그러면서 자신이 무엇을 하는지 스스로도 깨닫지 못한 상태로, 조정에 불만을 품은 무리들에게 자신의 옥패를 빌려주었다. 은밀하게 군사를 기르고 요괴를 키웠다. 하지만 그때까지만 해도 형태를 갖춘 역모가 되기에는 멀었다.

　모든 것이 끝난 것은, 혹은 시작된 것은 정엽이 홀연히 모습을 감추었던 때였다. 그때 비로소 청해는 자신에게 남은 것이 아무것도 없음을 깨달았다.

　아아, 그렇다면 자신도 겉껍데기만 가져도 좋다.

　정엽의 입에서 소리 없는 비명이 터져 나왔다. 섬세한 쇄골의 선을 따라 핏방울이 타고 흘렀다. 지금까지는 난폭하게 다루었을망정 결코 상처는 입히지 않았던 살결에 자신이 남긴 흔적을 청해는 황홀한 듯 내려다보았다. 입속에 느껴지는 비린 맛도, 자신의 것과 정엽의 것이 뒤섞인 맛이라 생각하면 감미롭기 이를 데 없다….

　"사랑받을 수 없다면 미움받는 것으로 족합니다. 어느 쪽이든 형님에게는 유일한 것―영원토록 처음일 테니까!"

　정엽은 몸 곳곳을 찔러오는 애무를 이를 악물고 견뎠다. 아픔도 쾌감도 잔혹하기로는 매한가지였지만, 아무리 유린당한다 한들 그의 마음속에서 증오는 솟구치지 않았다.

　넘쳐흐르는 것은… 슬픔.

　묶여 있는 손으로는 그 옛날처럼 헝클어진 머리카락을 쓰다듬어 줄 수 없다. 그러나 폐부에서 쥐어짜내는 목소리는 옛날과 그다지 다르지 않았다.

　"…내가 그 남자를 사랑하게 된 것은, 결코 정욕을 나누어서가 아니야. 그 이전부터도 나는 분명 그를… 사랑하고 있었다."

　인정하는 것이 늦었을 뿐―.

　청해의 눈에서 불꽃이 튀었다고 할 정도로 분노가 형체를 갖추었다. 설령 뼈저리게 알고, 따라서 증오하고 있는 현실이라 해도, 다른 누구도 아닌 정엽의 입으로 확언을 듣고 싶지는 않았던 것이다. 그러나 정엽은 살 속으로 파고드는 손톱의 아픔을 무시하고 말을 이었다.

"너에게도 또한 마찬가지야. 네가 이런 짓을 한다 한들, 내가 너를 증오하게 될 날은 오지 않아."

형으로서, 아우를… 그의 마음을 알아주었다면. 안쪽을 좀 더 제대로 채워줄 수 있었더라면.

이제 와서라도 늦지 않았기를, 아직까지도 간절히 바라고 있기에.

"……!!!"

청해의 목구멍에서 튀어나온 소리는 가히 사람이 알아들을 만한 것이 아니었다.

치부를 거칠게 잡아채어지자 정엽은 비명조차 흘리지 못하고 굳어버렸다. 그 다리를 청해가 사정없이 잡아 벌렸다. 아픔과 슬픔 속에서, 자신의 몸 안쪽에 무엇인가가 파고 들어오는 것을 느끼며….

"쾅!!"

정엽은 세계가 깨어지는 듯한 소리를 들었다.

포박관으로 향하는 누구도 그곳에 정엽이 있으리라고는 확신하지 않았다. 단 한 사람만 제외하고.

바르스의 네 다리가 땅에 닿은 순간 소그드는 지체 없이 뛰어내렸다. 눈앞의 절벽에 파묻히다시피 지어진 자그마한 도관은 버려진 지 오래인 듯 인적을 찾을 길 없다. 과거에는 정성스레 마련한 제물을 받고 향불을 쬐었을 신상도, 지금은 먼지와 시간으로 하얗게 바래어 있었다. 그러나 소그드의 눈매는 놓치지 않았다. 바닥에 뽀얗게 앉은 먼지 위로 어지러이 쓸린 자국들. 누군가 제법 전에는 머무르고 있었다. 또한 그들이 드나들지 않게 된 후 조금 시간이 지나고 나서, 또 누군가가 여기 들어왔다. 몇 겹으로 겹쳐진 흔적을 그는 고스란히 읽어내었다.

"아무도 없습니다만…."

"숨겨둔 공간이 있구나. 바람이 통하고 있지 않느냐."

당혹스레 중얼거린 중산의 말에 오군이 답한 것과 때를 같이 하여 셋의 시선이 일제히 한 곳으로 향했다. 신상을 모신 제단의 뒤쪽, 삼면의 벽과 달리 절벽 그대로인 울퉁불퉁한 바위벽을.

"여기까지. 이 앞부터는 내가 가지."

조사해 볼 요량으로 걸음을 옮기는 중산의 앞을 홀연히 소그드가 가로막았다. 중산의 눈썹이 치솟았다.

"무슨 말을…."

"이 앞에서 벌어지는 일이 뭐가 됐든 정엽은 너에게는 보이고 싶어 하지 않을 거란 이야기야."

"그렇다면 공은 어째서요?"

"나? 여기의 예법이니 체면이니 신경 쓰지 않는 오랑캐지."

그런 말로 납득할 수 있을 리 없다. 아무리 마음을 열어 본심을 토로하지 않는다 해도 벗은 벗이다. 무슨 허물이라도 감싸주고 어떤 어려움이라도 지탱해주는, 피를 나누지 않은 형제와 다름없다. 만에 하나 도와주겠다는 뜻에 거절을 사는 일이 있어도, 정엽 본인이 이야기할 것이지 낯도 익지 않은 소그드에게 들을 말이 아니다. 따라서 중산은 입을 열어 반박하고자 했다.

그런 중산을 망설이게 만든 것은 그를 응시하는 소그드의 눈빛이었다. 덫에 치인 짐승의 그것보다도 흉흉한, 여차하면 칼로 내리치기라도 할 듯… 감히 형언키 어려운 눈.

이어 중산을 돌아서게 만든 것은 푸드덕거리는 날갯짓 소리였다. 중영의 모습으로 둔갑한 오군이 홀연히 날개를 쳐서 밖으로 날아가고 말았다. 주군의 모습을 망연한 시선으로 쫓던 중산은 고개를 돌려 소그드를 응시했다.

이 남자가 버리고 떠나라고 말한 벗과는 그 사귐이 결코 짧지 않았다. 냉정하게 보일만큼 사람을 떠다박지르던 고고한 도사가, 점차 마음을 열어갈 때의 기쁨을 어찌 표현할 길 있으랴.

그런데 만난 지 얼마 되지도 않는 이방인이 모든 것을 다 아는 그런 얼굴로.

발길을 돌리고 만 것은 주군의 말없는 재촉 탓이기도 했지만… 그러나 한편으로는 그 얼굴 때문이었다.

소그드는 중산의 뒷모습에 눈길도 주지 않고 사당 안을 돌아보았다. 여전히 인기척은 없다. 눈앞을 가로막고 있는 것은 가히 천혜의 석벽.

그는 일고의 망설임도 없이 오른 어깨를 뒤로 당겼다.

청해가 아무런 대비를 하지 않았던 것은 그럴 필요가 없다고 판단했기 때문이었다. 우선 이곳을 누가 탐지하겠으며 찾아온다 한들 절벽으로 감추어진 비밀문을 어찌 발견하고, 더하여 두터운 석벽을 무슨 수로 부수겠는가.

지성은 하늘을 감동시키고 일념은 바위를 뚫는다고 한다. 그것이 담박한 사실이 될 줄은, 청해는 물론이거니와 그 누구도 알지 못했으리라.

"쾅!!"

세상이 깨지는 소리와 어깨를 나란히 하여 소그드는 석실로 돌입했다. 바스라진 듯한 어깨의 아픔이 전신으로 퍼져나갔지만 그는 아랑곳하지 않았다. 아니, 아랑곳할 수 없었다.

극히 찰나 눈앞에 펼쳐진 광경을 망막에 담는 순간, 범람하는 물처럼 분노가 그의 뇌리에서 모든 것을 휩쓸어갔다.

피어오른 먼지가 채 가라앉기도 전에, 아니 두 사람이 무슨 일이 벌어졌는지 깨닫기도 전에―전광석화처럼 날아든 장화 코가 청해의 옆구리에 때려 박혔다.

"퍽―!"

"…!!!"

청해의 몸뚱이가 발끝에 채인 돌처럼 훌쩍 날아가 석실 구석에 처박혔다. 묵직하고 둔탁한 소리 외에는 별다른 소리도 없이… 놀랄 정도로 조용하게. 벌어진 입에서 튀어나오는 것은 숨조차도 아닌 공기 덩어리. 그리고 누런 위액.

딱히 소그드가 아니라도, 누구든 모질게 마음먹으면 발로 차는 것만으로 충분히 사람을 죽일 수 있다. 하지만 유감스럽게도 지금은 그리되지 않았다. 소그드는 혀를 차는 것도 생략하고서 성큼성큼 그 뒤를 쫓았다. 시야 한켠에 쓰러진 사람 그림자에는 굳이 눈길을 주지 않았다. 다시금 눈으로 확인해봤자 격노가 들끓을 뿐이다. 이미 들끓을 대로 들끓어 뇌수가 말라버릴 지경이었지만.

자신을 스쳐 지나가는 소그드를 보면서 정엽은 놀라지도, 수치스러움에 몸을 떨지도 않았다. 정확히는 그럴 여유조차 없었다. 소그드가 뭘 할 작정인지 그로서는 손금 들여다보는 것보다 빤했다. 움직이지 않으면 안 된다. 정엽은 이를 악물고 몸을 떨쳐 일어났다. 엉망으로 흐트러진 차림새로 손목까지 묶여 있다는 사실은 그에게 어떤 장애도 되지 못했다. 그를 짓누르고 있었던 청해는 채여 날아가 버렸다. 박살 난 석벽 너머로 천지의 이치가, 기가 봇물처럼 흘러들어오고 있다.

"절切…!"

기가 형태를 이루어 비단 끈을 끊어 내었다. 사락거리는 천이 바닥에 떨어지기도 전에 정엽은 힘껏 몸을 날려 소그드와 청해 사이를 가로막고 섰다.

소그드는 자신의 뜻과 의지라기보다 구르던 바위가 정지하는 것 같은 무기질적인 동작으로 멈추었다. 불투명한 검은 눈이 부득이하게 정엽의 모습을 담았다. 벌거벗은 것이나 다름없는 꼴이었다.

고는 어디론가 달아난 지 오래고 포조차도 걸친 것이 없다. 몸에 걸친 것은 오로지 너덜너덜한 창의뿐. 미처 추스르지 못한 옷자락 사이로 태어났을 때와 다를 바 없는 살결, 그 위에 선명하게 남은 흔적이 적나라하게 들여다보였다. 허벅지를 타고 흐르는 액체가 무엇인지 소그드는 생각지 않으려고 했다… 별 의미는 없었지만.

"비켜."

나지막이 고하는 말에 정엽은 입술을 사리물었다. 소그드의 심정은 헤아리고도 남음이 있다. 그러나 자신도 여기서 물러설 수 없다.

"안 됩니다."

"너의 아버지한테 허락받았는데. 이 일에 연루된 놈은 신분이나 지위를 불문하고 쳐 죽여도 좋다고."

"뭐라고 말씀하셔도… 비킬 수는 없습니다."

"그런 꼴을 당했는데도 아직 감싸는 건가?"

"……."

되묻는 소그드의 목소리는 순수한 의구심으로 묻는 것처럼 들렸다. 정엽은 혀끝에서 다시금 진한 피 맛을 느꼈다. 등 뒤에서 신음하지도 움직이지도 못한 채 꿈틀거리고 있는 청해가 남긴 상처의 맛이 아니다. 떨림을 억누르기 위해 이를 앙다물어 입 안에 난 상처에서 흘러나온 피.

괴롭다고 한다면 두말할 나위는 없다. 치욕스럽다고 한다면 이 이상 가는 치욕은 없다. 그러나…. 정엽의 목울대가 크게 움직였다. 누구의 것인지도 모르는 피를 삼키고 정엽의 얼굴에 피어오른 것은 통절한 미소였다.

"형은 아우를 지키는 법이니까요."

그 얼굴을 물끄러미 바라보던 소그드가 불현듯 손을 뻗어 정엽의 팔을 덥썩 움켜쥐었다. 정엽은 밀쳐지지 않기 위해 힘껏 뻗대었다. 여차하면 술법이라도 쓰기 위해 셈을….

그러나 그 계산은 이루어지지 않았다. 소그드가 정엽을 밀치긴커녕 도리어 자신 쪽으로 끌어당겼으므로.

"소그드…!"

일고의 저항도 허락하지 않는 엄혹함으로, 소그드는 정엽을 끌고 석실의 밖으로 사라졌다.

석실에는 손가락 하나 까닥할 수 없는 고통에 짓눌린 청해만이 남겨졌다. 갈빗대가 부러졌음이 확실했다. 어쩌면 부러진 뼈가 폐를 찔렀을지도 모른다. 어찌 되었건 간에 움직여 봤자 수명을 깎는 일밖에 되지 않을 것이다.

…이제 와 무슨 미련이 있다고 이 추한 몸뚱이를 살리려고 하는가? 정엽을 손에 넣으려는 수작은 파탄이 났다. 그의 맑은 마음에 흠집을 내는 것은 물론이거니와 몸을 취하려는 것조차 이루지 못했다. 그 증오스러운 사내가 정엽을 되찾아가는 것을 바라보는 일밖에 할 수 없었다.

그러나 이대로 숨마저 끊어져, 몸뚱이가 백골이 된다면.

시간이 흘러 정엽은 언젠가 자신을 잊을지도 모른다… 다른 이와 마주 보고 웃으며.

　무력하다 해도, 추하다 해도, 살아있으면… 살아만 있으면, 자신은 손끝에 박힌 거스러미처럼 언제까지나 정엽을 괴롭힐 수 있는 것이다.

　"……."

　소리 내어 웃는 것이 불가능한 몸으로 청해는 입술만 일그러뜨리고 자신을, 세상을, 모든 것을 자조했다.

　그는 알고 있었으나 깨닫지 못했다. 그 자신이 그토록 바라던 것을, 이미 가지고 있음을….

　버려진 도관이라고 해도 있을 만한 것은 다 있었다. 사당 좌우로 늘어선 건물은 제사를 준비하고 도사들이 머무는 장소. 기물은 거의 남아있지 않고, 피어오르는 먼지에 숨이 막힐 듯하였으며, 낡아빠진 벽은 금방이라도 무너질 것 같았지만 용도대로 쓸 수 있는 것도 없지는 않았다.

　용도대로―과연 이것이 용도라 할 수 있을까. 이불 한 장 깔려 있지 않은 나무 침상에 내동댕이쳐진 정엽은 절망감을 짓씹는 와중에 자기도 모르게 물었다.

　"뭘 하려는 겁니까…."

　"널 안으려고."

　돌아온 대답, 지극히 당연한 일을 하는 양 태연스럽기까지 한 소그드의 말. 핏기 잃은 정엽의 얼굴을 담담히 내려다보면서 그는 무릎을 침상에 대고 정엽의 위로 몸을 숙였다. 삭아버린 침상 다리가 삐걱 하고 모골이 송연해지는 소리를 냈지만 소그드는 일절 개의치 않았다.

"이런 때에, 이런 곳에서, 이런 식으로! 저는 싫습니다!"

머리에 핏기가 돌아오자 정엽은 상처 입은 짐승처럼 사납게 소그드를 뿌리치려 했다. 그러나 소그드는 요지부동이었다. 오로지 한 손만으로 정엽을 내리누르며, 그는 손을 뻗어 정엽의 눈가를 어루만졌다.

"어느 때든, 어느 곳에서든, 어느 식으로든… 나는 지금 해야겠는데."

"어째서…!"

"그런 걸 봐버리면 참을 수 있을 리가 없잖아? 내 눈을 파버리고 싶을 정도였다고."

평연한 어조였지만 담긴 뜻은 실로 무시무시했다. 정엽은 무심코 몸을 뒤로 빼려 했다. 소그드의 폭거에서 달아나기 위함이 아니라, 오로지 자신의 눈꼬리에 닿는 소그드의 손가락을 피하기 위해서. 그가 잡아 뽑고자 하는 눈알은 정녕 누구의 것인가.

"죽여버렸다면 조금은 후련해졌을 텐데. 네가 못하게 했잖아. 그러니까—."

자신이 아닌 다른 남자의 눈앞에서 다리를 벌리고 치부를 드러낸 새하얀 나신. 소그드에게는 지고의 보배인 그것을 깔아뭉개고 게걸스럽게 탐하고 있는 사내. 떠올리는 것만으로도 피가 끓어오르고 뇌수가 요동을 친다. 소리도 내지 않고 김조차 피우지 않은 채.

"뭐라 하셔도 저는 그 아이를 내버려둘 수는…!"

"그렇게까지 했는데도 그게 너를 형으로 여긴다고 생각해?"

정엽이 가족에게 각별한 것은 소그드도 진작에 알고 있었다. 상대가 현성이나 속 모를 황제, 그리고 여자아이처럼 화사한 황후라면 그다지 질투도 나지 않는다.

그러나 '그것'은 다르다. 처음 얼굴을 마주했을 때부터 느꼈던 따끔따끔한 살기. 그때는 소그드 또한 정엽의 마음을 얻고자 안달하는 입장이었기에 개의하지 않았으나.

이제는 상관없다—'그것'이 스스로 자신을 미워하고 저주하며 원망하는 것이 원이라면, 자신의 심부를 찌르고 손발을 자르며 각을 뜨려 한들 유감이 있을 리 없다. 할 수 있다면 하면 그만이다. 소그드로서는 되갚아 주면 될 일.

그러나 정엽에게 손대는 것은 완전히 다른 문제다. 그런 마음을 품고 정엽에게 손가락 하나라도 댔다간, 그것만으로도 화살꽂이로 만들고 말 발굽 아래 으깨어 버리고 산 채로 각을 뜬다 해도 용서하지 못할진대.

그런 것을 정엽은 감쌌던 것이다.

농락당한 모습 그대로, 수치스러운 행위를 다른 누구도 아닌 피를 나눈 아우에게 당했음에도 불구하고.

사랑한다고 말했으면서. 이런 행위를 허락하는 이는 단 한 사람뿐이라고 해주었으면서.

그리고 지금도 정엽은 소그드에게 벗어나기 위해 발버둥 치고 있다. 완력이 허락하는 한 힘껏, 덫에 치인 짐승처럼 격렬하게… 그럼에도 불구하고 도술을 쓰지는 않았지만, 그 이유가 지나치게 당황해서인지 소그드에게 손속을 두는 것인지 알 도리 없었다. 알고 싶지도 않았다. 그는 묵묵히 전포의 허리에 손을 가져갔다.

"묶이는 쪽이 취향이었나?"

"소그드…!"

정엽은 더욱 사색이 되어 몸부림쳤다. 그가 깨닫지 못한 사이에, 사냥 때에 올가미를 만드는 신속함으로 소그드가 정엽의 손목을 머리 위로 올려 묶어버린 것이다. 비단 허리띠가 잡아매어진 침상의 기둥은 아무리 낡고 삭았다 해도 대번에 부서질 것 같진 않았다.

아무리 비단이라 해도 이렇게 날뛰어서야 피부에 상처를 남길지도 모른다. 소그드는 냉랭한 눈으로 정엽의 몸을 내려다보았다. 눈처럼 희고 옥구슬처럼 매끄러운 살결에는 이미 붉게 쓸린 자국이 선연하다.

이 손목에 매듭을 지었던 자는 대관절 누구이던가. 이 옷자락을 풀어 헤치고, 이 살결이 발갛게 될 정도로 빨아들였던 것은.

누구라고 감히 허락하랴. 소그드 자신 이외에는 불가한 일이다.

"여기에 손댔던가? 아니면 여기?"

"그만…!"

"깨끗하게 하지 않으면 안 되겠는걸."

자신의 몸을 내리누르는 몸무게를 느끼며, 정엽은 무의미한 저항을 계속하였다. 그러나 아무리 다리로 차고 몸을 비틀어도 소그드의 몸은 산처럼 요지부동이었다. 손가락과 혀가 난폭하지 않게, 그러나 단호하게 정엽의 민감한 부분을 훑어갔다.

그는 정엽이 내지른 발을 가볍게 피하고, 그 발목을 여지없이 낚아채었다. 그리고 입을 갖다 대었다. 어떻게든 뿌리칠 작정이었던 정엽은 발가락에 닿는 뜨겁고 축축한 감촉에 소스라쳤다. 불결하다는 생각은 추호도 하지 않은 듯 서슴없이 발가락을 하나하나 핥아 올리는 집요함. 손가락 역시 잠시도 쉬지 않고 유두를 지분거리며, 양물을 희롱하고 비부를 농락했다. 이미 한 번 가혹하리만큼 부추겨진 몸. 익숙한 자극에 충실히 반응하는 자신을 느끼며 정엽은 미칠 것만 같은 기분이 무엇인지 절감했다.

소그드에게 지금만큼은 정엽의 그런 마음이 들여다보이지 않았다. 보이는 것은 '그것'의 손이 닿았던, 입술이 스쳤던 정엽의 몸뿐이다. 그는 혀와 손가락에 온 힘을 기울여 흔적을 지워내려 했다. 혀끝에 감도는 짭짤한 맛이, 그에게는 익숙한 비릿한 맛이 그를 더욱 재촉했다. 붉게 달아오른 흔적에 닿을 때마다 손가락에 힘이 들어간다. 이 자취를 헤집어 파내기라도 할 것처럼.

피를 나눈 동생에게 능욕당하는 것도 도저히 제정신으로 견뎌낼 일이
아니나, 마음을 나눈 이에게 농락당하는 것도 참을 수 있는 일은 아니었
다. 만약 선행이 보답을 받고 악행이 주벌을 받는 하늘의 응보가 정말로
이루어지는 것이라면… 이 지독한 일은, 도대체 무슨 죄의 갚음인 걸까?

"…정엽."

집요할 정도로 파고들던 애무가 돌연 뚝 그쳤다. 소그드는 두 손을 들
어 정엽의 뺨으로 가져갔다. 커다란 손, 고삐를 잡느라 거칠어진 두터운
손이 와닿고 나서야… 정엽은 자신의 두 뺨을 흠뻑 적시며 울고 있다는
사실을 깨달았다.

밀랍으로 만든 가면 같던 소그드의 얼굴에 처음으로 표정이 떠올랐다.
옆구리를 칼로 후벼내는 듯한… 실제로 그런 꼴을 당했을 때조차 태연하
던 얼굴이 고통으로 일그러졌다.

자신의 아픔은 개의치 않으면서, 정엽의 눈물 한 방울 미소 한 번에는
이토록 쉽게 흔들린다.

이런 사내이기에 이다지도 제멋대로인데 미워할 수 없다. 마음이… 변
하지 않는 것이다.

"…제 몸뚱이를 뜻대로 할 수 있다면 만족하십니까? 그 아이도… 당
신도."

그 아이라는 말에 눈썹이 튀어 올랐지만 소그드는 움직이지 않았다.
정엽은 그 온기를 느끼며 울음인지 한탄인지 모를 것을 토로했다.

"제 마음은 어떻게 되어도 상관없다는 겁니까? 그렇게 되어도 될 만큼
제 소행이 흉악했다는 겁니까? 벗으로서, 형으로서…!"

정엽도 소그드가 화를 내는 것은 당연하다는 사실을 알고 있었다. 적
어도 자신의 푸념을 소그드가 들을 이유는 없고, 자신의 분풀이에 불과

하다는 것도. 하지만… 말하지 않을 수 없었다.

"저는 대체, 뭘 잘못한 거지요…?"

옳다고 믿어왔던 모든 것들이, 지키고자 하였던 모든 것들이, 모래로 만든 것처럼 무너져 내린다.

과오를 저지르지 않기 위해서 자신을 채찍질해왔다. 저지른다손 치더라도 고치면 된다고 생각했다. 그러나 지금 정엽이 서 있는 곳, 이 가장자리에 나아갈 길은 없다.

필시 청해는 결코 돌아오지 않으리라. 그렇게 비틀어져 버린 채 떠나버릴 터. 정엽이 할 수 있는 일은 아무것도 없고, 누구도 바라지 않는다… 오로지 정엽을 제외하고는.

문득 단단한 팔이 정엽을 끌어당겼다. 무심코 정엽은 붙들린 팔에 느껴질 고통을 대비했지만, 뜻밖에도 팔은 당겨지지 않았다. 이미 속박은 끌러져 있었다. 언제 그랬는지도 모르게 정엽을 자유롭게 해준 소그드는 그대로 정엽을 당겨 품었다.

"내가 잘못한 건 없어. 정말로 없어. 그 녀석이 글러먹은 거야. 그저… 그뿐이야."

그러니까 자신을 책망하지 말아달라는 간곡한 부탁. 무의미한 노릇이다. 그런 위로로 아무것도 달라질 것은 없다. 그러나….

"소그드…."

미안합니다, 라는 말은 흐느낌에 막혀 소리가 되지 못했다. 하지만 소그드로서는 들은 거나 마찬가지였다.

"……."

묵묵히 지탱하는 소그드의 가슴에 얼굴을 묻고… 정엽은 회한을 죄 흘려보내려는 양 조용히 울었다.

5장

　비가 그친 청신한 공기 속으로 삐익… 맑은 새소리가 퍼져 나갔다. 새들은 빽빽이 솟아난 대나무 사이를 술래잡기라도 하는 양 날렵하게 드나들었다. 사람은 좀처럼 할 수 없건만.

　초록빛 휘장처럼 둘러선 대나무 숲 가운데 자리한 죽향정. 조용히 이야기하기로서는 이만한 곳이 없으리라. 정자의 상 위에 마주 앉은 심의 차림의 두 사람은 지켜보는 이가 있다면 그림으로 그려 남기길 바랄만큼 그윽한 풍광이었다. 그러나 정말 보는 눈이 있다면 눈을 비비고 다시 보았을 것이다. 새하얀 바탕에 검은 테를 두른 심의는 태학생이 흔히 입는 그것이다. 그러나 맞은편에 앉은 이가 입은, 금사로 용무늬를 수놓은 심의는… 형태는 누구나 입을 수 있으되 그 문양은 드넓은 화하에서 단 한 사람만이 쓸 수 있는 물건이었다.

　"그러고 보니 이렇게 단둘이 이야기를 나누는 것도 오래간만이구나."

　"소자의 불효입니다."

　"상을 주기 위해 불렀는데 잘못을 이야기하면 어쩌자는 거냐? 벌주를 마셔야겠구나."

　건조한 목소리는 그로서는 드물게 온화한 감정을 품고 있었다. 난세의 패자요 조정의 엄군嚴君이라고는 여길 수 없는 어조와 태도. 그가 이런 태도를 보이는 것은 천하의 두 명뿐이리라.

　"있다면 기꺼이 마시겠지마는…."

　"지금은 차로 대신하거라. 은산설봉차, 올해는 날씨도 순후하고 비도

적당했다 하니 마실 만하겠지."

천금을 헤아리는 명차를 마실 만하다 평하는 것은 황제이기 때문에 가능할 터. 정엽은 조용히 미소 지으며 백자 차종에서 일렁이는 옥색의 감로를 맛보았다.

"그건 그렇고, 상은 생각해 보았느냐?"

황제는 차안에 팔꿈치를 받치고 몸을 앞으로 기울였다. 익애하는 차남이 좀처럼 부친으로부터 무엇인가를 받으려 하지 않고 사양만 하기에, 모처럼 기회를 잡았다고 여긴 그의 얼굴은 빛나고 있었다.

상이라 함은 물론 역모를 분쇄한 공로에 대한 은상.

사실 정엽이 공공연하게 한 일은 없었다. 대외적으로는 한낱 태학생 신분으로 면학에 힘쓰고 있다는 것이 정엽의 입장. 따라서 공에 따른 상이 있을 리 없으나, 그래선 신상필벌이 서지 않는다는 황제의 주장에… 결국 정엽은 황제가 하사하는 것이 아니라 아버지가 내린다는 형식으로 은상을 받을 수밖에 없었다.

"감사한 마음은 끝이 없으나… 보시다시피 내세울 것 없는 몸이라, 귀한 물건을 곁에 두기가 염려스럽군요."

"문방구라면 어떠하냐? 네게는 필요한 것이겠지."

"향산의 옥으로 만든 서진과 연주에서 나는 벼루, 소강 땅의 금송을 태워 만든 먹 말씀이신가요?"

"네가 바란다면야 얼마든지다만."

하지만 바라지 않는다는 것을 알기에 황제는 쓴웃음을 지을 수밖에 없었다. 일개 태학생이 천금으로도 값할 수 없다는 귀물을 아무렇지도 않게 쓴다면 사람들의 눈총을 받는 것이 인지상정이다.

장중보옥. 월중계수. 총명함은 해와 같이 밝고 용모는 달과 같이 선연한, 귀하디귀한 적자.

그러나 그 탓으로 오히려 뜻을 펼치지 못하는, 부모에게 어리광 부릴 수 없는 아이.

황제란 정말 하찮은 것이다… 아들을 사랑하는 것조차도 뜻대로 하지 못하니. 그런 상념을 삼키고, 황제는 자못 여느 아버지처럼 물었다.

"그래, 학문은 할 만한 게냐?"

"배움의 세계가 넓고 깊으니 소자의 어리석음을 매일 새롭게 깨치는 형편입니다."

"네가 어리석다면 세상 누가 안다고 말할 수 있겠느냐."

"부끄러울 따름입니다. 제가 갈피를 잡지 못하는 일이 얼마나 많은 데요. 예를 들어 고사에서, 갈국의 명신 영경의 두 아들… 장자는 나라에 공을 세워 재상이 되고 차자는 반역을 저질러 천추의 죄인이 되었으니 두 아들을 상 주고 벌하는 책임을 맡게 된 영경이 대체 어찌해야 신하로서 충의를 바치고, 부자가 아끼고 효를 다하며 형제가 우애로워야 한다는 사람의 도리를 잃지 않는 것인지 저의 식견으로는 분간할 수 없더군요."

"……."

황제는 일순 말문을 잃었다. 다시 입을 열었을 때, 그곳에 있는 이는 팔불출 아버지가 아니라 화하의 황제였다.

"무슨 상을 받고 싶은지 알겠다. 청해를 용서해 달라는 것이겠지?"

"……."

청해의 소행이 진정 어떠한 것인지 잘 알고 있었기에 정엽은 입을 다물었다. 신하로서 군주에게 불충했고, 아들로서 아버지에게 불효했다. 그 밖의 죄업도 있지만 그것까지 알게 된다면 황제는 결코 청해를 살려 두지 않으리라.

"영경은 아들을 잘못 가르친 자신의 죄, 더군다나 대역은 구족을 멸하는 죄이니 자신과 장자의 목숨을 바쳐 죄갚음을 하겠노라고 대답했다지. 이에 갈왕은 못 이긴 척 영경의 무례함을 용서하고 차자의 목숨을 살려 주었는데, 훗날 그가 백의종군하여 국망의 위기에서 갈국을 구원하였다던가…. 네가 그 고사를 거론하는 연유는 영경에게 아들 못 가르친 책임이 있듯 짐에게도 청해를 방치한 잘못이 있다는 뜻이로군."

"…황송스럽습니다."

차안 앞에서 부복하려는 정엽을, 황제는 손을 저어 그만두게 했다.

"네 말에 일리가 있다는 것을 부정하지는 않겠다. 짐은 분명 청해에게는 좋은 아비가 아니었으니까. 꼭 청해한테만은 아니겠지만."

"아버님…."

"하지만 이 생각은 해 보았느냐. 청해가 정녕 용서받길 바라는 걸까?"

"……."

"너는 짐이 놈을 멸시하고, 놈이 짐을 꺼려한다고만 생각하겠지. 허나 짐도 아비 된 몸으로 놈의 기질 정도는 헤아리고 있다. 애초에 용서받고 반성해 구제의 길을 갈 요량이었다면 이리도 포악한 일을 감히 저지르겠느냐?"

"…아버님."

"하물며 용서받는다 한들 이제 놈이 바랄 수 있는 일이라곤 왕호를 되돌리고 봉토를 빼앗겨 벽지로 유배를 가, 가족 친지 한 명이라도 감히 만날 수 없는 처지로 숨이 끊어지지 않은 송장과 같이 하루하루를 보낼 뿐. 그것을 놈이 감당하리라 생각하느냐?"

부황의 준엄한 말에 정엽은 숨 쉬는 것조차 잊을 듯했다. 사실은 그도 알고 있었다. 황제가 말하는 모든 것… 그리고 황제가 모르는 한 가지도.

청해는 앞으로 남은 생을, 실낱같은 희망이라도 품고 살아갈 수 있을 것인가.

무엇보다도 그 자신이 인정한 불측한 마음을 품고….

다른 누구도 아닌 정엽을 그리워하고 또 원망하면서.

알고 있다. 차라리 그 번뇌를 끊어주는 것이 그에게는 행복일지도 모른다는 것을.

그러나….

"…저는 바뀌었습니다."

고고한 척하는 도사에서, 천도를 어기고 인륜을 저버리고 음양의 이치를 외면하고 불효불충한—하지만 필사적으로 살아가려고 하는 자신으로.

"살아있다면… 살아만 있다면, 그 아이도 변할 날이 오지 않겠습니까…."

끝까지 그를 놓아버리지 못하는 형의 어리석은 아집이라는 것을 알면서도….

소그드의 가슴팍에 다 흘리고 왔을 텐데도, 뜨거워지는 눈시울을 정엽은 힘껏 억눌렀다. 그 모습을 황제는 무표정한 얼굴로 바라보고만 있었다. 과연 그 얼굴 뒤에서 어떤 숙고가 이루어지는지…. 이윽고 그는 입을 열었다.

"…네 어머니도 자신이 잘 가르치지 못한 탓이라더구나."

"어머님께서…."

"국향궁에서는… 딱히 벌은 내리지 않았다만, 눈치는 챈 것이겠지. 간만에 꽤나 소동을 피웠다던데. 그런 여자도 제 아들을 잃긴 싫은 모양이더군."

"……."

"현성까지도 선처를 해달라고 하니, 이건 마치 악한 자는 짐뿐인 것 같지 않느냐?"

의미를 몰라 당혹스러워하는 정엽에게 황제는 비로소 미소를 띠었다.

"그 말씀은…."

"살려둔다 해도 어차피 더 수작을 부릴 길은 없겠지. 짐은 최선이라고 는 생각지 않는다만, 묘주 내지는 교주 정도로 유배 보내는 방안을 조정 에 내리도록 하마."

반색하기까지는 실로 일순간이었다. 엎드려 사은을 표하려고 하는 정 엽을, 황제는 차안을 두드려 겨우 말렸다. 모처럼 부자로서 만나자고 했 는데 이래서야 무색한 노릇이다.

"하지만 이것으로는 제대로 된 상이 아니지. 마음에 드는 것을 꼭 골 라 보거라."

"예… 반드시."

미소를 억누르지 못하는 아들을 보면서 황제는 드물게 보이는 온화한 웃음을 머금었다.

✦❈⟨◯⟩❈✦

"일껏 황도까지 와주셨는데 제대로 대접도 하지 못해 죄송스럽습 니다."

한적한 산길에서 황도로 이어지는 대로. 그 갈림길에 서서, 정엽은 온 화한 얼굴로 예를 표했다.

그러나 마주 보는 중산의 얼굴은 뚝뚝했다. 본래도 붙임성이 있는 편 은 아니었기에 이상할 정도는 아니었지만… 더하여 그 어깨에 앉아 털을 고르고 있는 중영으로 말할 것 같으면 표정조차 알 길 없다. 새와 사람의 차이는 명백한 것이다.

그럼에도 불구하고 느껴질 듯 말 듯 흐르는 묘한 기류를 알지 못하는지 정엽은 여전히 웃는 얼굴이었다.

"큰일을 해주셨는데 변변한 대접도 하지 못하여…."

"도사라 해도 인세에 속한 자. 화하의 백성으로 마땅히 해야 할 일을 했을 뿐이오."

"그렇다 해도 제 마음에 걸려서요. 태학에서 원점을 다 받게 되면 바로 찾아뵙겠습니다."

"공이라면 금세 입신하실 테지."

"제발 그런 근거 없는 말씀은 말아주십시오. 형님이나 어머님께서 지레 단언하시는 것만으로도 부끄러워 얼굴을 가리고 도망 다닐 지경입니다."

'그 사내는?'

그 말이 목구멍까지 올라왔지만 중산은 토해 내지는 않았다. 그의 기묘한 태도, 정엽과의 관계를. 반드시 알아야 하는 것은 아니라고 스스로 다짐하면서.

머리를 식히고 나서 그는 생각했다. 벗의 일을 시시콜콜, 자질구레한 데까지 알려 드는 것이 참된 벗은 아니지 않느냐고. 자신보다 교우가 늦은 이를 각별히 대한다 해도 사내대장부가 섭섭해야 할 일은 추호도 없다. 그렇게 내심 되뇌면서 중산은 몇 번이나 마음을 고쳐먹고 또 고쳐먹었다.

그러나 그가 아무리 내색을 않는다고 해도 그것을 눈치채지 못할 만큼 정엽이라고 하는 자는 둔한 사람이 아니었다.

"몹시 묻고 싶은 것이 있다는 얼굴이신데요."

"나는, 결코…."

"그렇게 꺼리지 않으셔도 됩니다. 공에게 함구하여 근심을 끼쳐 드릴 정도의 일은 아무것도 없으니까요."

"……."

중산은 입을 일자로 다물고 정엽의 얼굴을 물끄러미 바라보았다. 정엽도 흔연히 고개를 들어 중산의 눈을 마주 보았다.

오랫동안 동문수학하였다. 그 자질과 인품에 감탄했다. 따라서, 벗으로 여겨준다면 기쁘다. 그의 청이 무엇이든지 발 벗고 나설 정도로.

그런 정엽의 이야기를 듣기가 어째서 켕기는 것인가?

이유는 극히 단순하다. 만일 정녕 정엽이 중산 자신에게 알리고 싶지 않은 일이라면 굳이 듣고 싶지 않다―말할 수 없는 일이 있다는 자체가 씁쓸하기에.

하지만 그렇다 해도 자신의 우정이 빛바래는가?

오군의 총애를 받는 도사는 그까짓 일로 흔들리도록 안일하게 단련한 적이 없었다.

"공이 이야기할 만한 일이라면 이야기하면 그만―그렇지 않다면 흥미는 없소."

비로소 중산은 단언할 수 있었다.

그 얼굴을 보면서 정엽은 빙긋이 웃었다.

꺼림칙해 했다. 두려워했다. 거리를 두었다.

받아들여 주지 않은 세상을 원망하면서 벽을 쌓고 진심을 가두었다. 그러나 받아들이지 못한 것은 진정 누구였던가.

그 안일함 때문에 자신은 끝내 아우를 잃었다.

"공이 의아하게 여기는 것은 필시 소그드에 대한 일이겠지요?"

"그중 하나이오만…."

중산은 기억 속에 묻고자 했던 사내의 모습이 다시 떠오르는 것을 깨닫고 눈살을 찌푸렸다. 이제 와 그 사내에 대해서 궁금한 것은 아니었다.

그가 진정 바라는 일은…

"그는 저의 정인情人입니다."

…정엽이 마음을 터놓는 것이었지만, 이건 좀 너무 터버렸다.

"……."

중산의 입이 딱 벌어져 어떻게 해도 다물어지지 않았다. 그를 대신하여 또다시 현현한 오군이 자못 즐거운 듯이 대꾸했다.

"그렇지 않을까 짐작은 했지마는, 그렇다고는 해도 천하의 영명왕이 연분이라니 제법이구나."

"저런. 오군께서는 눈치채셨습니까."

"어떠냐. 운우지락은 좀 누렸느냐?"

"이런 대낮에 말짱한 정신으로 말하기엔 심히 부끄럽습니다만…."

"한번 거나하게 취하게 만들어야겠구나."

백자 같은 볼을 발갛게 물들이고 수줍은 듯 웃는 정엽의 모습은 황도의 이름난 기녀들이 보았더라면 옷자락으로 얼굴을 가리고 탄식할 자태였지만, 중산에게는 더욱 혼백이 멀리 날아가는 광경일 따름이었다.

맑기가 옥천에서 솟아 나오는 물과 같고, 차갑기로는 백산 산봉우리에 쌓인 눈과 같다고 일컬어지는 정엽이 사내와…. 그 옛날, 어린 도동 앞에 오군이 모습을 드러냈을 때 이래 중산이라는 사내가 이렇게 놀란 적은 없었다.

"한데 왜 지금껏 감추고 있었느냐?"

사람의 예의범절에 무관심하고 변덕스러우며, 자기 좋을 대로 하는 신령이 이상한 듯이 물었다. 정엽은 아이에게 하는 양 차분하게 설명했다.

"사람의 구설에 오르는 것이 성가셔서 그만."

"그럼 왜 지금은 중산에게 말해주는 것이지?"

"왜냐하면 그는 저의 벗이니까요."

얼이 빠져 있던 중산이 눈을 깜빡였다. 그 눈에 비치는 정엽은 활짝 웃고 있었다.

얽힌 실타래가 칼로 단숨에 내리친 양 풀어졌다…. 그것을 미처 깨닫기 전에, 중산은 목이 조여 켁켁거렸다. 오군이 느닷없이 팔을 뻗어 중산의 목을 휘감은 것이다. 겉보기에는 가느다란 자태이지만 누가 뭐래도 신령이다. 자신의 도사를 거지반 질식사할 지경에 몰아넣으면서 오군은 입술을 삐죽였다.

"짝을 찾았다면 나의 중산에게 손대지 말려무나."

"오군. 대단히 황송스럽습니다만 주위에 질투하는 이는 하나로 족합니다. 그보다 중산이 명재경각인데…."

이윽고 중산은 조금 기침하면서 다소 눈물 어린 눈으로 정엽을 쳐다보았다. 그는 여전히 웃고 있었다. 멋쩍은 듯 난처한 듯, 하지만 즐거운 듯이. 옥으로 깎은 그날의 미소와는 달리….

"자, 어서 돌아가자꾸나!"

그 표정을 천천히 음미할 여유도 없이 오군이 중산을 재촉했다. 정엽도 부드럽게 웃으며 둘을 배웅했다.

"다음에 천천히 쌓인 이야기를 하도록 하지요."

"그럼… 차후에. 몸 건강하시오."

멀어져 가는 중산의 등을 바라보는 정엽의 얼굴에 문득 슬픈 빛이 깃들었다.

그를 기다리는 작별은… 이번 한 번뿐이 아니었다.

황도皇道와 떨어진 외진 길을 한 무리 사람들과 수레 한 채가 느릿느릿 나아가고 있었다.

한창 더워진 계절. 그럼에도 수레에는 차양 하나 드리워지지 않았다. 애초에 그것은 귀인의 수레가 아니었다. 비바람을 가릴 수도 없는, 그저 쇠창살을 세웠을 뿐인 벽. 수레를 끄는 말은 금방이라도 쓰러질 듯한 비루먹은 말. 말고삐를 잡고 수레 앞뒤로 호위하는 이들도 갑주를 차려입고 살벌한 낯을 한 병사들. 그리고 그 안에 들어앉은 이는 한때 천하에서 가장 존귀한 신분 중 하나였으되 지금은 누구보다도 영락한 죄인이었다.

전前 서규왕, 황삼자 건 주, 자로 말할 것 같으면 청해. 그는 무표정한 얼굴로 다리를 꼬고 앉은 자신의 무릎만 내려다보았다. 자신이 저지른 무시무시한 죄업을 반성하고 있는 것일까. 아무도 그런 일을 기대하지는 않았을 테지만.

본디대로라면 능지처참이 마땅한 대역죄이지만, 황제가 손을 쓴 덕분에 그의 죄는 '아무것도 모른 채 역도들에게 속아 힘을 빌려 준 것'으로 격이 낮아졌다. 죄인의 구족까지 벌하는 피바람이 잦아들 무렵 폐서인된 청해의 함거가 머나먼 교주로 향했다. 화하의 남쪽 끝, 여름에는 대기가 들끓고 겨울은 없는 것이나 마찬가지다. 문신을 한 만족이 때때로 습격해오고 중원에서는 볼 수 없는 요괴가 준동하며 풍토병이 유행하는 땅.

목을 베어 죽이는 것보다 잔혹한… 천천히 말려 죽이는 처형일지도 모른다.

"……."

불현듯 고개를 든 청해가 고개를 돌려 뒤를 바라보았다. 그래 봤자 눈에 들어오는 것은 둘러선 병사들의 벽뿐.

그 너머, 길에 면한 절벽 위에서 정엽은 함거 행렬을 내려다보고 있었다.

만나고 싶었다. 창살을 사이에 두고서라도 이야기하고 싶었다. 적어도 작별이라도… 그러나 지금은 바랄 수 없다. 죄인과의 독대는 법에 어긋날 뿐만 아니라, 그 누구보다도 청해가 바라지 않는다는 사실을 알고 있다.

"돌아가야지?"

옆에서 목소리가 툭 던져졌다. 정엽은 천천히 시선을 움직여 소그드를 향했다. 지금 이 행보를 전해 듣고도 소그드는 대뜸 반대하지는 않았다. 단지 자신도 따라가겠다고 단언했을 뿐이다. 그 외에는 반 마디도 하지 않았지만, 그 새카만 눈동자가 전하는 백 마디 천 마디의 말을 정엽은 읽을 수 있었다.

"…예, 돌아갑시다."

지금은 불가할지도 모른다. 하지만, 언젠가는….

정엽은 덧없는 소망을 되새기면서 말머리를 돌렸다.

"소그드 공, 소그드 공… 어디 계시오?"

드넓은 초지에 서서, 현성은 망연자실했다.

좌우림장군이 황도 근교에 사들인 땅. 아주 옛날, 집 주인이 귀신에 쫓겨 도망친 뒤 버려졌다는 소문이 떠돌아 여태까지 사람이 살지 않는 그 땅을 소그드는 저택을 깔끔하게 부수어 치우고는 그대로 방치했다. 그 뒤로 몇 달, 저택 자리는 쑥부쟁이가 무성한 초지가 되었다.

소그드의 가인이 소그드가 이곳에 있다고 틀림없이 말했을 터인데, 시야를 가리는 것은 나무 한 그루 없는 넘실거리는 풀밭 어디에도 소그드의 모습은 없다.

"여기가 아닌가… 응?!"

두리번거리면서 걸음을 옮기던 현성은 그만 펄쩍 뛰어오를 뻔했다. 언제 다가온 것인지 말이 그의 뒤에 서 있었다. 탄탄한 북방의 말의 배가 어째 둥그스름하다. 새끼를 배었다고 들었기에 그러잖아도 꽤 까다로운 로그모를 무서워하는 현성은 눈치를 살피며 뒷걸음질 쳤다.

그 발목을 누군가가 잡아채었다.

"우왁?!"

현성은 화려하게 나자빠졌다. 몸 이곳저곳의 고통을 견디는 현성의 눈앞에서 한 사람의 형체가 부스스 몸을 일으켰다.

"이… 이런 곳에 있었던 것이오, 소그드 공!"

"뭐야. 너였어?"

현성의 당혹스러운 얼굴을 확인한 소그드는 다시 벌러덩 드러누웠다. 그 모습은 기다랗게 자란 수풀에 묻혀 금세 보이지 않게 되었다. 그래서 보이지 않았는가, 깨달으면서 현성은 일어났다. 황태자로서 위엄을 갖추기 위해서가 아니라 소그드의 얼굴을 좀 더 잘 내려다보기 위해서.

대자로 누워 얼굴을 위로 향한 소그드는 현성에게 눈길도 주지 않았다. 그렇다고 눈을 감고 잠들어 있는 것도 아니었다. 그의 시선은 멍하니 하늘에 박혀있었다. 새파란 가을 하늘—하지만 소그드에게는 영 시원찮은 빛이었다.

"몸이라도 편찮으신 거요?"

소그드를 안 이래 그가 이렇게나 무기력하게 늘어져 있는 모습은 처음 보았다. 어디가 안 좋은 것은 아닌지 현성으로서는 덜컥 염려스러울 수밖에 없었다. 우격다짐으로 명부에서 빠져나온 그다. 선원궁에서 철저하리만큼 불제했지만, 행여나 이제라도 나쁜 기운이….

"아픈 데 없어."

그러나 소그드는 딱 잘라 부정했다. 현성은 눈을 깜박거렸다. 그리고 본 대로, 황도라는 화려한 수라장에서 오로지 그만이 할 수 있는 솔직한 투로 말했다.

"하지만 기운이 없어 보이오만."

"그런가."

"무슨 일 있소?"

"모르겠어?"

소그드는 웃음 같은 것을 흘렸다. 평소의 그라면 결코 그렇게 모호한 표정은 짓지 않았을 것이다.

현성이 더욱 빠르게 눈을 깜박였다. 어떤 이들은 악의적으로 우둔하다고 평하지만 현성은 절대 바보가 아니었다. 무엇보다도 소그드의 일이라면 한 사람 다음으로 잘 알고 있기에….

"내 아우… 정엽 때문이오?"

후우, 하는 소리가 풀잎을 불어 올렸다. 현성이 처음 듣는 소그드의 한숨 소리였다.

현성은 당혹한 표정을 감추지 못했다. 정엽이 공사다망하여 소그드와 만날 시간을 내지 못한 기간은 짧지가 않다. 지금도 거시가 얼마 남지 않았기에 태학에 몸담아 도무지 빠져나올 시간이 없는 형편이다. 그런데 새삼 소그드가 기운을 잃은 것은 어째서인가.

그는 무엇이 계기가 되었는지 알지 못했다. 그 역모의 때에, 결국 청해의 목적이 무엇이었는지 정엽은 누구에게도 밝히지 않았던 것이다. 자신을 위해서가 아니라 청해를 위해.

그러나 사정을 모른다 해도 두 사람이 완전히 틀어졌다고는 그는 생각할 수 없었다.

"정엽에게 안부라도 전하리까?"

"…됐어. 바쁘잖아."

"여차하면 만나러 가는 건 어떻소? 송무 공도 상당히 걱정하던데…."

"가고 싶으면 내가 알아서 가. 그보다, 나 좀 조용히 있고 싶은데."

소그드는 걱정스레 뒤를 흘끔거리며 떠나는 현성을 배웅도 하지 않았다. 미안한 마음이 없는 것은 아니었지만, 그의 뇌리는 다른 생각이 철저하게 지배하고 있었기에 때문이었다.

만나러 간다? 물론 만나러 가고 싶다—그 생각을 하면 오장육부를 죄쥐어짜고 뇌수를 몽땅 흘린다 해도 모를 정도로, 만나고 싶다.

하지만 정엽이 먼저 찾기 전에는 만날 수 없다.

왜냐하면 정엽이… 그를 진심으로 거부했으니까.

소그드의 행동에 정엽이 얼굴을 붉히며 소리치고, 왈칵 화를 내고, 부적을 날려 펑펑 터뜨린다 해도. 소그드는 진심으로 떠다박지르는 태도라고는 여기지 않았다. 그도 그럴 것이 소그드가 나가떨어졌다가 냉큼 일어나 다시 다가오면 정엽의 표정에는 안심하는 기색이 어렸으니.

그러나 그때는 달랐다. 밀어내는 손, 뿌리치려는 몸짓은 소그드를 온몸과 온 마음으로 거부하고 있었다. 그 뒤에 끌어안는 손길을 받아들였다 한들 그 사실이 깡그리 없어지는 것은 아니다.

무엇보다도 싫은 것은….

소그드는 자신의 머리카락을 쥐어 올렸다. 오후의 환한 날빛이 까마귀 날개와 흡사한 검은 머리카락과 황동 같은 살갗을 뚜렷하게 내리비쳤다.

여태껏 그가 자신의 출신에 대해 하등의 불만을 품은 적은 없었으나, 지금은 다르다.

태어난 씨족은 다르지만 그의 몸에 흐르는 피는 그것의 몸뚱이에 든 피 반절과 같다. 같은 변방의 족속.

앞으로도 내내 정엽은 배다른 아우를 그리며 죄책감에 몸부림치리라. 그리고 소그드를 볼 때마다 떠올릴지도 모른다.

…만약 정엽이 그의 마음을 죽 외면하고 있었더라면, 정엽이 그토록 야멸차게 거절한다 해도 그리 상처받지 않았을지도 모른다. 그러나 그가 상냥하게 받아주는 기쁨을 알아버린 이상 더는 무심할 수 없다.

머리카락이 손가락 사이를 빠져나간다. 무엇인가를 거머잡을 듯이 구부러진 손가락이 하늘을 향한다.

이 하늘빛은 아니다. 그 어느 쪽과도 비견할 수 없다. 고향의 하늘빛과도, 정엽의 눈동자와도.

어느 것도 맞닿지 못하는 지금, 뿌리가 뽑혀 드러난 나무처럼… 소그드는 어딘가 시들어가는 자신을 느낄 수 있었다.

공기는 하루가 다르게 차가워졌다. 겨울로 달려가는 무렵, 그에게는 두 번째로 맞이하는 계절이었다.

"귀찮게…."

소그드는 멍하니 중얼거리며 발걸음을 옮겼다. 태자부의 송림원은 몇 달 전 있었던 흉흉한 사건의 흔적조차 없다.

번이 돌아오면 궁에 간신히 얼굴이나 내밀 뿐. 저택에도 돌아가지 않고 교외의 초지에서 하루하루를 보내던 소그드가 송림원에 발을 디딘 것은 현성의 간곡한 부탁이 있어서였다. 평소에 결코 낯을 붉히는 일 없고, 소그드가 입 떼지 않아도 만사 배려해주는 현성이 강경하기까지 한 어조로 초대하는 데에는 아무리 소그드라도 조금은 가책을 느끼지 않을 수 없었다.

"……."

중문을 열자 어지러울 정도로 짙은 꽃향기가 훅 끼쳐왔다. 중정을 빼곡히 채운 화분의 행렬. 그리고 그 위에 줄지어 피어 있는 것은 노랗고 하얀 꽃잎이 뭉쳐져 커다란 공처럼 보이는 국화.

"그러고 보니 중양절이라고 했던가….."

9월 9일, 중원에서는 길하다고 여겨지는 숫자. 이날은 이 계절에 가장 아름다운 국화를 장식하고 바라보면서 술을 마신다던가. 술을 마시고 싶으면 구실 댈 것 없이 마시면 될 텐데 번거로운 놈들이다.

"푸우."

소그드는 폐 속에 들어차는 꽃향기를 몰아내고 싶다는 듯이 한숨을 내쉬었다. 중원의 꽃은 너무 화려하고 향기가 짙다. 바람결에 느껴질 듯 말 듯한 향기만 흘리는 초원의 꽃과는 아주 다르다.

돌아가고 싶은 건가?

아니, 그렇지는 않다. 아무리 고향이 그립다 해도, 외면당한다 해도, 이제 소그드는 그 없이 살아간다는 것은 상상조차 할 수 없었다.

"띠딩….."

맑은 음색이 밤공기를 울렸다. 소그드는 못 박힌 듯이 멈추어 섰다.

희고 날렵한 손가락이 현 위에서 춤추어 요염한 소리를 자아내었다. 그 소리에 맞추어 낭랑한 목소리가 시를 읊었다.

서리 맞은 국화를 이제 따고
비단옷이 비로소 따사로울 뿐
남은 술잔 다 마시지 않고
그대의 아름다움에 취하려 하네

국화에게 바치는, 그러나 지금은 다른 누군가를 향해 노래하는 시…..

뼈마디에서 덜커덕 소리가 나지 않을까 싶을 정도로 격렬하게 소그드는 앞으로 걸어 나갔다. 시야를 가리는 국화를 지나치자 마침내 나타난 작은 정자 위에 앉은 사람은….

그는 현을 뜯던 손을 멈추고 고개를 들어 웃는 얼굴을 보였다.

"어서 오십시오. …소그드?!"

정엽은 금을 옆으로 치워놓고 황황히 달려 내려왔다. 우뚝 선 소그드 앞에 이르러 정엽은 당혹스러운 얼굴로 손을 뻗었다.

"왜 우는 겁니까?"

"뭐? 어?"

소그드는 손을 들어 자신의 뺨을 만져보았다. 축축한 물기를 보니 확실히 운 것 같다. 그는 어리둥절한 듯 고개를 기울였다.

"진짜네. 오래간만인데. 마지막으로 울었던 때가 언제더라…. 기억도 안 나."

"무슨 일이 있으신가요?"

"아니. 왜 눈물이 난 건지 전혀 모르겠는데."

소그드는 연신 고개를 갸웃거리며 어린아이처럼 소매 끝으로 얼굴을 세게 문질렀다. 정엽은 그 소매를 잡아끌어 잠자코 말렸다.

정엽도 들은 적이 있었다. 소그드가 어렸을 적에 감정 표현이 남달라 사람들에게 꺼림을 받았더라고. 지금도 여느 사람들이 보기에 소그드의 태도는 지나치게 초연하다. 그리고 그가 분노하는 모습은 정엽이 보기에도 섬뜩한 데가 있었다. 무표정한 얼굴로 자행하는 무시무시한 폭력. 그러나….

"소식을 전하지 못해 미안합니다. 제 앞가림에 바빠서…. 당신이 요즘 언짢으신 것 같다고, 형님께서 말을 전해 주셔서 중양절을 구실로 어떻게든 태학을 나섰지요."

"현성한테 신세를 졌는걸…."

"절 만나지 못해 슬펐나요?"

뺨을 어루만지는 정엽의 손가락 감촉을 느끼며, 소그드는 곰곰이 생각해보았다. 슬퍼? 그렇지는 않다.

"쓸쓸했습니까?"

"같은 말 아냐?"

"좀 다릅니다만."

손가락이 미끄러져 내려 목 언저리를 감싼다. 끌어안을 것 같으면서도 그 이상 이르지 않는 데에 마땅히 초조해할 만한데… 소그드는 망연히 서 있었다. 자기도 모르게 흘러나온 눈물과 더불어 갈피가 잡히지 않은 생각들이 머릿속에서 소용돌이친다.

그렇다. 죽음조차도 두려워하지 않던 남자가 유일하게 무섭다고 여긴 것은….

"불안했는지요?"

정엽이 다시는 자신에게 웃어주지 않을지도 모른다는 것.

그 불안을 불식시키는 미소가 이 순간 눈앞에 있다.

"미안합니다…."

슬픈 표정. 사죄의 말. 그런 것을 보고 싶은 것이, 듣고 싶은 것이 아니다. 소그드가 고개를 저을 찰나에 정엽은 소그드의 어깨를 짚은 채 몸을 끌어올렸다.

"그리고 고맙습니다. 저를 구하러 와주셔서…."

감사의 말과 더불어 더욱 깊이 스며들어 다가오는 마음.

돌처럼 굳어 있던 팔이 움직여 그제야 정엽을 꽉 끌어안았다. 등에 둘러지는 팔을 느끼며 소그드는 그 목덜미에 얼굴을 묻었다.

"너도 날 구했잖아."

"당신이 명부에 있다는 것은 누구라도 알 수 있는 일이겠지요. 도대체 어떻게 저를 찾아낸 건지….”

“사랑하니까.”

논리도 근거도 없는 단언. 정엽은 숨이 막히려는 중에도 웃을 수밖에 없었다.

“예에… 저도, 사랑하고 있습니다.”

국화 화분이 요란한 소리를 내며 넘어졌다. 흐트러진 꽃송이 위로 정엽은 털썩 쓰러졌다. 진한 꽃향기가 살결에 묻어났다. 향기 짙은 꽃도 나쁘지는 않다…. 소그드는 그렇게 절조 없는 생각을 하면서 그 살결에 얼굴을 묻었다.

값진 청자 화분을 쓰러뜨릴 필요가 있는가. 흠이라도 생긴다면 형님에게 뭐라 변명하면 좋을지—정엽은 그렇게 생각하면서도 입 밖에 내지 않았다. 오늘은 소그드의 어리광을 맘껏 받아주기로 마음먹었으므로.

단정하게 여몄던 옷자락이 순식간에 풀어 헤쳐져서 포석 위로 흘러내렸다. 소그드의 옷 또한 언제 벗어던졌는지 홀렁 바닥에 내동댕이쳐졌다. 사냥감에 달려드는 짐승처럼 소그드는 몸을 겹쳤다.

“윽….”

내리누르는 무게에 등 아래 포석이 배겨서 정엽은 신음을 토했다. 소그드는 이맛살을 찌푸렸다. 밤하늘 아래 중정에서 하는 것은 아무런 불만이 없지만 정엽이 아파한다면 곤란하다. 그는 정엽의 팔을 끌어당기며 일으키더니, 그 몸을 번쩍 들어 안았다.

“자, 잠깐 기다려 주십시오! 걸어갈 수 있습니다!”

“아, 내가 하고 싶어서 하는 거야.”

정엽도 결코 가냘픈 체구가 아닌데도 소그드는 어린 양을 안아 올리는 양 가볍게 안고 걸음을 옮겼다. 새빨개진 정엽을 내려놓고서 소그드는 일순 그 모습을 물끄러미 내려다보았다. 실 한 오라기 걸치지 않은 나신.

팔로 가리고 싶어 하는 기색이 역력하지만 무슨 결심을 한 건지 깔개를 움켜쥔 채 수치심을 견디는 정엽의 모습은 달빛에 물들어 하얗게 빛나고 있었다. 오랫동안 책상물림이었을 텐데도 모르는 새 단련을 게을리하지 않았던 듯 탄탄한 선은 변함이 없다. 그 선을 손가락으로 훑으면 이내 바르르 떨리는 예민한 감각 또한.

소그드는 그 윤곽을 정신없이 손가락으로, 혀로 걸터듬었다. 마치 전에 미처 맛보지 못한 것을 모조리 먹어치우겠다는 기세로. 정엽은 말리고 싶다는 듯이 그 얼굴을 손으로 밀었지만, 손바닥조차 날름 핥아졌다.

"혀가… 말라버리지 않습니까…."

정엽은 빈손을 옆으로 뻗어 주안 위를 더듬었다. 그리고 그가 소그드를 기다리며 입만 대었던 술잔을 어떻게든 들어 자신의 입에 가져갔다. 어차피 말로 권해봤자 스스로 마시지는 않을 테니… 그는 향기 짙은 국화주를 머금고는 소그드의 얼굴을 찾았다. 쇄골을 소리 내어 빨아들이는 데에 열중하고 있는 그의 귀를 잡아당겨 고개를 들게 한 다음, 사이를 두지 않고 입술을 겹친다.

"……."

소그드는 퍼뜩 굳어버린 채 감미로운 액체와, 더욱 감미로운 애무를 받아들였다. 놀람은 금세 열정으로 바뀌었다.

"흐… 응…."

"…헤에. 이 술도 꽤 괜찮은데."

얼굴이 떨어지자 소그드는 빙글빙글 웃으면서 혀로 입술을 핥았다. 새빨간 혀가 드나드는 것을 보고 정엽은 무심결에 시선을 피했다.

"입에 맞으신다니 다행이로군요."

"너는 어때?"

"저도 좋아하는 편이지만…."

"더 마실래? …이번에는 이쪽으로."

소그드는 정엽의 허벅지를 붙잡아 벌려 치부를 드러내고, 그곳에 손가락을 뻗었다. 이번에야말로 정엽의 얼굴은 연지로 칠한 듯이 붉어졌다.

"…할 수 있는 겁니까…."

"의외로 들어간다고. 취하기도 빨리 취하고."

"어째서 그런 일을 알고 계신 것인지부터 묻고 싶습니다만…."

"우와, 그건 봐주라."

아무래도 철회하고 싶은 생각은 없는 것 같다. 정엽은 눈을 꽉 감고 고개를 돌려버렸다. 소그드의 눈에는 어스름한 등불 빛으로도 파르르 떨리는 속눈썹이 똑똑히 들어왔다. 어떻게든 정엽의 대답을 듣고 싶지만 거기까지 조를 수는 없는 것 같아, 소그드는 웃음을 지우지 않고 행동을 개시했다.

주안 위의 자기 병을 들어 치부에 살짝 붓는다. 차가운 감촉에 몸서리치는 정엽의 허벅지를 달래듯 쓰다듬으며 소그드는 언제나 하듯 치부에 손가락을 밀어 넣었다.

"하윽…!"

눈을 감고 있기에 밀려들어 오는 감각이 더욱 생생하게 느껴진다. 정엽은 발가락 끝까지 힘을 주고, 몸을 비틀며 이물을 받아들이고자 애썼다. 번민하는 하얀 몸을 시선으로 음미하며 소그드는 정엽의 허벅지를 안아 치부가 위를 향하도록 끌어올렸다. 그리고 정중하기까지 한 동작으로 술을 흘려 넣었다.

"흑…!"

억지로 비집어 연 입구로 맑은 액체가 흘러들어 간다. 움찔움찔하는 비부는 받아들이게 되어 있지 않은 것을 거부하려고 했지만, 소그드는 능숙하게 입구를 넓혀 양껏 집어넣었다. 그러자… 소그드의 말은 정확했다. 마시는 것과는 비할 수 없을 정도로 순식간에 취기가 전신에 퍼졌다.

상기되어 헐떡거리는 정엽을 내려다보면서 소그드는 병을 집어던졌다. 자, 이제 무엇을 할까?

"소, 그드⋯."

그러나 그가 근사한 궁리를 해내기도 전에⋯ 정엽 쪽에서 선수를 쳤다. 휘청거리면서도 몸을 일으킨 정엽이 불현듯 스스로 자신의 허벅지를 안아 좌우로 벌린 것이다. 치부를 적나라하게 보이는 치태를 보이면서 정엽이 달뜨게 속삭였다.

"어서⋯ 와주세요⋯."

이 몸뚱이를 남김없이 갖는 것으로 당신이 안심할 수 있다면⋯ 설령 뼈째 가져가더라도 상관은 없다.

"바란다면야⋯."

이미 이성은 날아갔다. 소그드는 손가락이 파고들 만큼 강하게 정엽의 다리를 쥐어 어깨에 메고, 더 이상 발분할 수 없으리만큼 발분한 자신의 것을 정엽의 안쪽으로 치받아 들어갔다.

"아, 흑⋯ 아아, 응—!"

다디단 교성이 밤공기를 찢었다. 소그드는 희열에 걷잡을 수 없이 떨리는 자신을 어떻게든 진정시키기 위해 잠긴 목소리로 물었다.

"그렇게⋯ 소리 내도 돼? 평소에는 참으려 애썼으면서⋯ 그것도 남의 집에서."

"⋯소리를⋯ 지우고, 하아⋯ 잡인을 물리치는⋯ 부주를, 응, 깔아두었으니까⋯."

정엽은 열에 들뜬 멍한 눈으로 중얼거렸다. 평소의 명석한 모습은 찾을 길 없는, 취기와 정욕에 녹을 대로 녹아내린 모습. 물론 소그드로서는 고마울 따름이다. 이런 모습을 볼 수 있는 것이 천하에 자신이 유일하다는 사실까지 포함해서.

"헤에… 용의주도한데."

"앗, 응….'

"좀 더, 깊이 들어가 주길 바라? 이렇게…!"

"하, 아. 앗…!"

어떤 가인의 연주나 노래보다도 고혹적인 소리가 귀청을 메워가자 소그드는 그에 홀린 듯이 허리를, 전신을 움직였다.

몇 번이나 절정에 달한 것인지 기억도 희미해질 무렵… 소그드는 축 늘어진 정엽을 살며시 깔개 위에 뉘었다. 땀과 체액에 더러워진 전신도, 넋을 잃은 가련한 표정도, 모두 소그드의 것. 그는 하염없이 정엽을 내려다보았다.

툭 하고 커다란 물방울이 정엽의 뺨에 떨어졌다. 땀이라기에는 좀 크다. 정엽은 무거운 눈꺼풀을 가까스로 들어 올려 위를 보았다. 그리고 다시 아연실색했다.

"또 어째서 우는 건가요…?"

"응? 어….'

소그드는 눈 밑을 만져보고는 또다시 멋대로 눈물이 흘러나왔음을 깨달았다. 하지만 전과 다른 것은 이제는 그 이유를 안다는 사실이었다.

"말도 안 되게 행복해서 나오는 건지도."

흐르는 눈물을 내버려둔 채 소그드는 웃으며 말했다.

무엇에도 집착하지 않던 때가 있었다. 손에 들어오지 않는다고 화내지 않고, 떠난다고 해서 아쉬워하지 않던 때가.

어깨를 펴고 땅을 밟고, 오로지 끝없이 펼쳐진 하늘만을 머리에 이고.

그에 비하면 지금은 목이 매인 것이나 마찬가지. 한심한 이유로 울고 웃는 치졸한 인간.

그러나….

정엽을 만나기 전으로 되돌아간다 해도, 몇 번을 선택하라 해도, 그는 정엽의 곁을 선택하리라.

그 뺨에 입 맞추고 눈물을 닦아내는 정엽도 마찬가지였다. 쾌도난마, 무엇에도 얽매이지 않던 천마나 요괴에 가깝던 사내. 그런 그가 자신을 위해 기뻐하고, 자신 때문에 울게 된다. 그것이 얼마나 행복한 일인지.

"사랑합니다."

사람의 어리석음이 끝나지 않는다 해도.

세상의 구속이 거추장스럽다 해도.

소그드의 널따란 등을 쓰다듬으며, 정엽은 몇 번인지 모를 맹세를 조용히 새겼다.

"후우…."

붉은 입술 사이에서 하얀 김이 뿜어져 나왔다. 찬바람이 백자 같은 뺨을 문질러 발그레한 자국을 남겼다.

겨울의 추위는 태학의 울타리 안이라 해서 면할 수 있는 것이 아니었다. 학생의 심의는 극기에는 쓸모가 있을망정 시린 손발을 따뜻하게 해주는 데에는 아무런 의미가 없다.

물론 춥다고 해서 한 글자 더 외워지거나 한 권을 더 깨치게 되는 것은 아니니, 태학에서는 학생들이 공부에 힘을 쏟는 동서채에 큼직한 화로를 들여놓고 숯을 넉넉히 가져다두면서 배려했다.

정엽도 그 배려를 충분히 받을 수 있었다면 좋았을 것이다. 그러나 지금 정엽이 손화로 하나에만 의지해 향하는 곳은 성경각. 학생들이 조용히 글을 읽고 싶을 때에 드나드는 자그마한 서재로, 태학에서는 이런 외진 곳까지 신경 쓰지 않았고 따라서 얼음 창고나 마찬가지였다.

그래서 문을 연 정엽이 그곳에 있던 선객에 화들짝 놀란 것도 무리는 아니었다.

"푸에춰! …뭐야. 공인가?"

"기염 선배님. 어째서 이런 곳에 계십니까?"

정엽은 눈을 둥그렇게 떴다. 그 얼굴을 머쓱한 표정으로 마주 보다가 기염은 다시 한바탕 재채기를 했다. 보기 민망하게도 코 아래 수염에는 콧물이 엉겨 붙어 있었다.

"그건 내가 묻고 싶은걸. 여기서 뭐 하는 건가?"

"그것이… 재에 사람이 많기에 번잡스러워서."

"떡고물이라도 받아먹을 수 있을까 봐 달라붙어 캐물어 대는 자들을 피해 왔다는 거로구먼."

기염의 지적은 정엽이 고개를 끄덕거릴 수밖에 없는 것이었다. 그러나 정엽의 질문에 대한 답은 아니었다. 정엽의 통찰이 뒤떨어지는 편은 아니었지만, 왜 기염이 여기에 있는지는 알 도리 없었다.

독서인을 소재로 한 패관잡기에 곧잘 나올 법한 한량. 입신출세를 위해 진력하는 인재를 보고 낙담하여 태학에 이름만 올린 채 하루하루를 보낼 뿐인… 여기에 절색의 기녀만 등장한다면 완벽하련만.

주색잡기와 같은, 남들이 탐하는 쾌락을 도외시하는 것만 제외하면 기염의 행적은 성실한 태학생과는 거리가 멀었다. 이런 날은 따뜻한 아랫목에서 귤이나 까먹고 있는 것이 여느 때의 그일 터인데….

정엽의 얼굴에는 일말의 내색도 드러나지 않았지만, 마치 읽은 양 기염의 입가에 비뚤어한 미소가 걸렸다.

"왜 그런가. 내가 여기에 있어서 방해되나?"

"그럴 리가요. 저야말로 선배님께 방해가…."

"내가 왜 여기에 있는지 궁금한 모양이지. 공이 내 물음에 대답해 준다면 나도 대답하도록 하지."

"무슨 말씀입니까?"

"왜 태학에 들어왔지? 전 영명왕, 선원궁 궁주, 삼재의 보배라고 하던 공이."

정엽은 일순 말을 잊었다. 지금까지 누차 들어왔으므로 사실 놀랄 것도 없는 질문이었다. 그리고 그때마다 똑같은 대답을 해왔고, 그 내용은 기염의 귀에도 들어갔을 터였다.

"분에 넘치는 복을 누리는 몸으로, 미력하나마 나라의 은혜에 보답하기 위해…."

"그런 거라면 다른 길도 있었을 텐데. 어리석은 자들과 어울리고, 졸렬한 자들에게 아첨하고, 가면을 쓰지 않아도 되는."

"……."

정엽의 맑은 물 같은 시선을 받으며 기염은 궁상스럽게 손가락을 맞비볐다. 그 모습에는 태학생으로서 쌓은 지혜도, 선배로서의 위엄도 찾을 수 없는 듯하였으나….

"그렇지. 선원궁 궁주라면 나쁘지 않지. 엄연히 사직을 떠받치는 자리고, 속세의 더러운 꼴도 보지 않으니. 잘못? 그것은 누구나 저지르는 걸세. 고쳐서 바르게 하면 될 일을."

흐리멍덩하다고 회자되는 눈이 쏘아 뚫는 양 정엽을 바라보았다.

"어째서 공 같은 이가 이 어리석음의 바다에서 허우적대는 거요?"

입으로는 천하만민을 이야기하면서 손으로는 돈을 헤아린다. 사람을 사귈 때 가장 중요한 것은 얼마나 줄을 잘 서는가. 처음 거시장에 들어섰을 때 품었던 청운의 꿈은 오로지 스러져 온데간데없다.

어리석은 자가 정치를 한다—그것이 현실일진대.

"…사람이니까요. 어리석음은 당연한 것 아니겠습니까?"

그 시선을 받아내는 정엽의 표정은 이 계절에는 결코 기대할 수 없는 한 송이 꽃과 같았다.

"배고프면 먹고, 고단하면 안락을 바라며, 다른 이의 아픔보다는 자신의 사소한 불편이 더 거슬리는… 그것이 어쩔 도리 없는 사람. 제가 감히 큰 뜻을 품는다 해도 사람의 본성은 벗어날 수 없지요."

그러나 꽃은 기뻐하지도, 또한 저렇게 슬퍼하지도 않는다.

"…공이 말인가?"

"예에… 저도 어리석고 졸렬한 사람에 불과합니다."

사랑하는 사람을 잃고 명부까지 쳐들어가고.

아우의 진심을 알지 못하고, 그래서 구하지도 못했던.

오로지 어리석은—인간.

"답이 되었을까요? 그러면 저도 묻고 싶습니다만."

기염은 가까스로 정신을 차렸다. 정엽의 얼굴은 온화하고 차분하고, 어떤 구질구질한 광경을 보아도 내색을 않는 평소의 표정으로 돌아와 있었다.

"왜 여기서 이러고 있냐고 묻고 싶은 게지?"

"예. 정확합니다."

"쓸데없이 구설에 휘말리는 게 싫어서 말일세."

"구설이라니오?"

"태학의 식충이가 이제 와 책을 잡는다고 하면 떠드는 소리가 자못 성대할 게 아닌가?"

기염은 머쓱한 듯 무릎 밑에 감추었던 책 몇 권을 꺼냈다. 모두가 이름

높은 경전이요, 금과옥조가 될 만한 책이었다.

"…이번 과시를 보려고 하시는지요?"

"그렇네. 공이 있으니만큼 장원은… 아니, 한자리라도 언감생심 기대할까마는."

"장한 결심을 하셨지 않습니까. 불초 후배는 고개 숙일 따름입니다."

"어허. 그리 놀리기인가?"

기염이 절대로 대답하지 않을 것임을 짐작했기에 정엽은 더 캐묻지 않았다. 기염도 기필코 말로 꺼낼 생각은 없었다.

진흙탕 속에서 피어나는 연꽃처럼 맑고 아름다우며 숭고한 누군가를… 어리석은 소견으로라도 지킬 수 있다면, 그래도 수지 맞는 장사가 아니겠는가.

"역시 제가 이곳에 있으면 방해가 될까요?"

"아니, 상관은 없네. 하지만 내가 공부하는 데에 미주알고주알 참견하지만 말아주게나. 명색이 선배인데, 후배의 조언을 들어서야 얼굴을 가리고 도망가는 길밖에 없거든."

"지나친 말씀이십니다. 저의 말이 대단할 것이 어디 있겠습니까. 저야말로 얼굴을 가리고 도망칠 수밖에 없겠는걸요."

그렇게 말하면서도 정엽은 서안을 끌어다 기염의 맞은편에 자리 잡았다. 그가 품속에 안고 있던 정교한 장식의 손난로를 꺼내자 눈 덮인 산 같던 방안의 공기도 한결 누그러지는 것이 피부로 느껴졌다.

"결국 공의 덕을 보는구먼."

"신경 쓰지 마십시오. 어쨌든 저도 추운 것은 견딜 수 없기에."

흡사 수년 전, 아직 어린 아우를 돌보던 때에 이러했을 것이다. 정엽은 소매에서 손수건을 꺼내 자연스럽게 기염의 코 밑을 닦아 주었다. 무방비한 상태로 하얀 손가락이 얼굴을 매만지고, 그 수려한 이목을 목전에서 보게 된 기엽은 천하의 한량이라는 명성이 무색하게 미처 반응할 수 없었다.

"…그렇게 오해 살 행동을 아무렇지 않게 해도 좋은 건가?"

정엽이 손수건을 갈무리하고는 서안 맞은편에 앉고 나서야 기엽은 가까스로 두 입술을 뗄 수 있었다. 정엽은 의아한 듯 고개를 기울였다가 이내 빙긋 웃으며 고개를 끄덕였다. 그 행동거지 하나하나가 오해 사기 딱 좋다 부르짖고 싶은 것을 기엽은 겨우 참았다.

"오해라니요. 미처 생각하지 못했습니다."

"세상에는 사내라도 좋다는 작자도 제법 있으니 말일세. 조금은 신경 쓰게나."

"그렇군요. 제가 일편단심이다 보니 다른 사람도 눈 돌리지 않을 거라 생각하고 맙니다."

"…하아?"

이번에는 다른 의미로 기엽은 눈앞의 절세가인을 뚫어져라 바라보았다.

총애 받는 황이자이자 천하의 준재를 탐내는 딸 가진 부모는 지금 이 황도에 널리고 채일 것이다. 그러나 어떤 혼담이라도 정작 당사자가 딱 잘라 거절할뿐더러, 정히 어려우면 '부모님 편으로 부탁드린다'고 받아쳐 버리니 감히 황제와 황후에게 아드님을 주십사 어쩌구 할 용기가 없는 자들은 입을 다물 따름이었다.

그렇다고 저 결백한 정엽이라는 사내가 혼담도 들어오지 않은 규수나 기녀 주위를 맴돌 리 없지 않은가. 생각하면 생각할수록, 답은….

"…정엽 공의 정인은 대체 어떤 분이시기에?"

"그 이야기는 선배님께서 과시에 멋지게 등과하신 뒤의 축하로 남겨두도록 하지요."

호를 그리는 입술은 터무니없으리만큼 요염했다.

"잘도 전장의 장수를 분격시키는구먼."

이윽고 성명각은 소리 없이 경을 읽는 침묵만이 쌓아 올려졌다.

창궁제 평통 21년의 본시는 고금에 드물 정도로 주목을 모았으며… 누구도 결과를 기대하지 않는 과시였다.

그도 그럴 것이 원점을 받아 본시를 칠 자격을 얻은 전 영명왕이 명부에 이름을 올리고 있지 않은가. 장원은 따 놓은 당상이라는 것이 중인의 의견이었지만, 너무 빤히 보이는 수작은 구설에 오를까 염려될 터이니 첫 과시에서는 성적이 좋지 않을 거라며 냉소하는 이도 적지 않았다.

답안의 내용이 어떨지 걱정하는 이는 아무도 없었다. 도시 때와 같이 뛰어난 답안이 한 사람에게서 두 번 나올 리는 없으리라고, 모두가 암묵적으로 믿고 싶었던 것일지도 모른다.

본시는 그 어느 때보다도 엄중한 분위기에서 치러졌다. 하지만 사람의 입까지 막을 수는 없는 법이다. 서리들은 자신들이 베낀 답안지가 화제의 그 인물의 것이라 여겨지면 무턱대고 달달 외워, '그 사람이로다'라는 말버릇이 생길 정도라던가.

시관 아무개가 가는 곳마다 올해 과시인들의 시권이 어떠한가, 전 영명왕의 시권을 보았는가 묻는 말을 듣고 지겨워진 나머지 옷에 붙은 옥 장신구를 떼어 대답 대신 던지고 훌훌 떠났는데, 그것이 흠 하나 없는 둥근 옥—이른바 완벽完璧이었다던가.

구설이 점차 고조되는 가운데, 황제는 마침내 특단의 조치를 취했다. 가장 뛰어난 평가를 받은 세 장의 시권을 등과방과 함께 게시한 것이었다. 공론을 물어 장원을 가리되 이후에는 이의를 허용하지 않겠노라고.

그리고 그제야 사람들은 '그 사람이로다'라는 말의 의미가 무엇인지,

완벽의 뜻이 무엇인지 알 수 있었다 한다.

"축하해!"

정엽은 곰에게 습격당한 기분을 느꼈다. 다리에 힘을 주지 않았더라면 뒤로 넘어갔을지도 모른다.

"이것도 기족의 축하 풍속입니까?"

"전에도 이야기했지만 이건 내 특제."

"예, 예, 여기까지만 해주십시오."

"너무한데, 이렇게 오래간만에 보는데."

소그드가 제법 집요하게 엉겨 붙었으나 정엽은 어린애 달래듯 소그드를 떼어내어 객실의 상 한쪽에 앉히고, 자신은 맞은편에 자리 잡았다.

객실의 열린 창으로 들여다보이는 봄 경치는 자못 아름다웠다. 집주인이 기행을 일삼고 집안일에 관심이 없다 해도 가인들은 부지런히 안팎을 돌보는 모양이었다. 그들은 그들 자신을 위해서라도 공을 들일 수밖에 없었을 것이다. 어쨌든 이 집은 황태자마저 드나드는 곳이었으니까.

"그렇게 말씀하시는 것치곤 만나러 와주신 일은 없지 않습니까?"

"어? 편지 보냈잖아."

"형님께 해석을 부탁해야 했던 그거 말씀이시군요."

"아, 그래도 그림으로 답장을 받은 건 기뻤어."

"그렇게 말씀해주시면 황송스럽습니다만, 탐화探花 때에도 모습을 보여주시지 않았고."

"아니, 가긴 갔었어. 하지만 가까이 가서 말 걸 분위기가 아니라."

과시에 등과한 이들은 봄날을 기해 화려한 관복과 꽃으로 치장을 하고 황도의 거리를 행진한다. 그것을 탐화라 이른다.

금년 탐화의 선두는 유례없이 삼장장원의 칭호—도시와 본시, 전시 세 번의 시험에서 수석을 차지한 인재, 정엽이 맡게 되었다. 봄꽃이 어지러이 흩날리는 가운데 백마를 걷게 하는 헌헌장부. 관옥 같은 얼굴에서 의연하게 앞을 향한 눈동자는 어떤 보옥보다도 선명한 빛을 품고 있는 푸른색…. 꽃에 꽃을 더한 모습이 얼마나 아름다웠는지 황도의 모든 처녀들이 설레는 마음을 주체하지 못했다고 하던가.

—그래서 소그드는 불쾌함을 억누르기 어려웠던 것이다.

필시 자신만의 꽃인데도 그토록 많은 사람들의 시선에 아낌없이 내어주어야 하다니.

그러나 지금 그에게는 그런 마음을 마구 쏟아내어 뜻을 이룬 정엽의 기쁨에 초를 치지 않을 정도의 분별이 있다. 자신을 한껏 억누르는 소그드의 기분을 아는지 모르는지, 정엽은 변함없이 온후한 얼굴로 대답했다.

"제가 미처 알아보지 못한 거로군요. 이거 큰 잘못입니다. 이래서야 어려운 부탁도 드릴 수 없겠는데요."

"뭐든 말만 해."

망설임 없이 단언하는 소그드를 향해 능히 그의 넋을 뺄 수 있을 만한 미소를 짓고, 정엽은 터무니없는 말을 입에 담았다.

"한동안 댁에 얹혀 살도록 해주시겠습니까?"

너무나 엄청난 말이었기에 소그드는 그 뜻을 바로 이해하지 못했다.

그 말인즉슨…….

"나랑 같이 살자고?"

"그렇게 되는군요."

"다아아앙연하지!! 대환영!!! 어서 와!!!"

차안을 뛰어넘어 부둥켜안을 기세로 달려드는 소그드를 정엽은 점잖고도 단호하게 부채로 목덜미를 후려쳐 제지했다. 까딱했으면 급소에 맞았을 위치다.

"유감스럽게도 부부처럼 함께 지내자는 이야기가 아닙니다. 객방을 하나 빌려주실 수 있을까 하고요. 앞으로 황도에서 관인 생활을 꾸려야 하는데 사사로이 가진 재물이 없어서… 우선 거처부터 큰일이군요."

"…못 자?"

"못 잡니다. 시중 들어주시는 분들이 눈치채기라도 하면 곤란한 정도가 아니잖습니까."

소그드는 목덜미를 자못 아픈 듯이 문질렀지만 어디까지나 엄살에 불과하다. 그가 땅이 꺼져라 한숨 쉬는 원인은 어디까지나 다른 데에 있다. 정엽은 부채를 펼쳐 쓴웃음을 가렸다.

"거북스러우십니까? 그렇다면 형님 댁에… 그곳은 제가 더 불편할 것 같으니 태학 선배이신 기염 공께 부탁드려야겠군요. 혹여 송무 공께 여쭈면…."

"아니, 됐어! 그런 녀석들에게 부탁할 것 없다니까! 재워 주면 되잖아, 재워주면!"

소그드는 거세게 자신의 무릎을 치면서 정엽의 말을 잘랐다. 알면서도 정엽의 뜻대로 되는 데에 자못 불만스러운 기색이 역력했지만, 안다고 해도 소그드에게 다른 길이 있을 리 없었다.

"아아, 감사합니다. 덕분에 살았습니다."

정엽은 다른 뜻 같은 것은 없다는 듯이 부채 너머로 화사하게 웃었다. 속세를 벗어난 도사일 적에는 순진한 데가 있었는데 너절한 놈들과 어울리면서 이상한 물이 들어버렸다―소그드는 탄식하고 싶은 기분이었지만, 그렇다고 누군가가 싫냐고 물었다면 결코….

"너의 어머니는 꽤나 섭섭해 하겠는걸. 현성 말을 들어보니 무지 기뻐했다는 것 같던데. 뭐든지 해주고 싶어 할 텐데 말야."

딴생각이 드는 것을 막기 위해서 소그드는 아무 말이나 주워섬겼다. 그러나 그 말을 들은 정엽의 얼굴은 미미하게 바뀌었다.

잠자리에서 나란히 누웠을 때나 격의 없이 마주 앉아 차를 마실 때, 소그드는 이따금 고향 이야기를 했다. 여름의 축제부터 말젖으로 만드는 요리, 양털로 천막 천을 만드는 법, 그야말로 갖가지 것을.

그중에는 가족에 대한 것도 있었다. 소그드에게 큰 관심을 두지 않는 부친과 마음을 닫아버려 소그드의 존재조차도 모를 모친. 소그드를 눈엣가시처럼 여기는 서모들과 이복형제들. 소그드가 위로를 받고자 했다면 정엽으로서는 뭐라고 말해야 할지 몰라 우왕좌왕했을 터였다.

그러나 소그드는 위로받고 싶었던 것이 아니었다. 그는 아무리 우울한 가족사라 할지라도 말먹이로 좋은 풀이나 마른 똥으로 불을 피우는 방법을 설명할 때와 마찬가지의 어조로 이야기했다. 그 모든 화제에 깔려 있는 엷은 감정은 정엽이 감지하는 한 단 하나―그리움.

가족에게 사랑받지 못한다는 사실은 그에게 유감의 대상이 될 수 없었다. 유감스러운 일이 있다면 그 하늘을 올려다볼 수 없는 것, 그 초원을 딛고 설 수 없다는 것.

본인은 말로 드러내지 않았지만, 그렇지 않고서야 어째서 황도 교외에 저택 하나를 깡그리 허물고 초지를 만들어 일이 없으면 늘 거기에 틀어박혀 있겠는가.

세상 무엇에도 좀처럼 맘 붙이지 못하는 사내가 유일하게 애착하는 그 초원에서 그를 떼어놓은 것은 도대체 무엇인가. 아니, 누구일까?

"축하 선물은 이미 지나칠 만큼 받았답니다. 저택 한 채를 받아서야 감당이 안 되지요. 하지만 당신에게 받지 못한 것은 저로서도 신경이 쓰입니다만."

"아, 그거라면 침상에서―."

"그것은 거절하지요."

노골적으로 맥 빠진 표정을 짓는 소그드에게 정엽은 부드럽게 웃으며 손가락을 세워 보였다.

"한동안은 신임으로 바쁠 테지만… 여유가 생기면 교외에 만드셨다는 장원을 구경시켜 주실 수 있을까요?"

"어? 거기… 풀이랑 천막뿐인데."

"실은 당신의 고향을 방문하고 싶지만 일단은 그 정도로 참도록 하지요."

소그드의 표정에 금세 화색이 돌았다. 자신이 사랑하는 사람이 자신이 좋아하는 것을 함께 해주는 것처럼 기꺼운 일이 얼마나 될까.

"언제든지! 아니, 지금 당장이라도 좋아!"

"한동안은 바쁘다고 말씀드렸습니다만…."

"그깟 거 땡땡이 쳐버리라고!"

"역시 송무 공 댁에서 머무는 편이 낫겠군요."

"매정해!"

6장

　과시—가시 울타리라고까지 일컫는 고난을 헤치고 나온 이들의 환희
는 형용할 길이 없는 것이었다.

　고진감래란 분명 이때를 이르는 말이다. 대저 등과라는 것은 일가친척
의 기쁨이요 일신의 광영. 좋은 준마에 올라타고 황도를 돌면 쏟아지는
꽃보라와 찬사는 신선세계에라도 이른 양 사람을 황홀케 한다. 황도에서
알아주는 귀인조차 수레를 멈추고 예를 표하며, 꽃다운 규수들은 너울로
얼굴을 가리고 별 같은 시선을 뗄 줄을 모른다.

　천하를 가진 것만 같은 기쁨.

　그러나 한껏 부풀어 오른 가슴을 바늘로 찔러 터뜨리는 양 홍안의 등
과인들을 맞이하는 조정은 실로 가혹한 곳이었다.

　우선 어떤 관직을 받든 간에 신임 관인들은 결코 직함으로 불리지 못
했다. 성명은 말할 것도 없거니와 '신래新來', 그것이 전부였다. 선경에 발
을 들인 필부, 별들의 무리에 끼어 든 사금파리. 고작 그런 취급이었다.

　그 처지를 면하기 위해서는 죽어라 부대끼는 수밖에 없었다. 상다리가
휘어지도록 주안을 마련하여 관서의 상하를 대접한다. 제대로 된 직임을
맡기는커녕 하잘것없는 잔심부름에 사방을 뛰어다닐 뿐. 관서 사람들의
이름을 줄줄 외우고 실수라도 한다면 밤새도록 붙들려 들볶여진다든가,
다른 관서로 달려가 가당찮은 요구를 하고는 시간 내에 뛰어 되돌아온다
든가….

　매일매일 닦달을 당하는 신래의 몰골은 날이 갈수록 처참해져 그 모습

이 망가진 허수아비 같다고 하여 신괴新怪라 불리며, 한밤중에 황궁 안을 돌아다녀도 그 처지를 헤아린 시위가 붙잡지 않을 정도였다. 그런 고행 은 면신을 할 때까지 그치지 않았다.

어째서 사람을 그토록 몰아세우는가. 탐화의 명성을 얻고 우쭐해진 젊은 관인을 경계하기 위해서—사람들은 그렇게 전해 듣고 있다. 옛날 권세 있는 재상이 천하를 쥐락펴락할 적 재상 일문의 소년이 권세를 등에 업고 과시에 등과하자 괘씸히 여긴 관인들이 엄히 다스린 것이 시초라고 한다.

그리고 이 해에 들어 사람들의 관심은 면신례가 과연 전례에 따라 행해질지에 쏠렸다. 그도 그럴 것이 삼장장원의 명예를 한 몸에 오로지하고 한림학사에 제수받은 인물이 신래의 반열에 든 것이다. 다름 아닌 황이자 건영. 자는 정엽.

폐적하였다고는 해도 황제의 적자이며 제후의 반열에 들었던 귀한 몸. 과연 한림원에서는 그에게 신래의 업을 씌울지, 그렇다면 당사자 또한 받아들이겠는가….

사람들의 이목을 한데 모은 채, 춘삼월—조정의 한 해가 또다시 시작되고 있었다.

송무는 눈을 비볐다. 조정의 사무를 비단에 정서하여 위에 올리기 전에 고치고 검토하는 목적으로 쓰는 면지. 거기에 휘갈겨 쓴 글씨는 알아보기가 어려웠다.

사실 그가 하나하나 검토할 필요는 없을지도 모른다. 지금 그는 우위

중랑장—우위가 통솔하는 부의 장을 맡고 있으니까. 서금왕의 모반에 대처한 공을 높이 평가받은 덕분이다.

그러나 대개 아랫것들에게 맡기는 군량과 병사들의 의식衣食에 관한 문안을 송무는 구태여 손에서 놓지 않았다. 아랫것들이 '과연 얼마나 갈까' 내기하고 있는 바를 모르지도 않지만 그럴수록 오기가 생긴다.

눈이 피로한가. 흐려지는 시야를 바로잡기 위해 미간을 문지르던 송무는….

"장… 상장군?"

뻑뻑한 눈의 농간이 아닌 번듯한 실재 그대로의 소그드를 마주하고 화들짝 놀랐다. 황망한 마음에 호칭을 틀릴 뻔했지만, 그런 데에 신경 쓰는 소그드가 아니었다.

"심심해서. 여기저기 어슬렁거리다 보니 여기 와 있더라."

"그러셨습니까. 차라도 드시겠습니까?"

"뭐, 마시지. 달리 할 일도 없고."

이것이 모범적인 상장군의 양태일지도 모른다. 소그드처럼 노골적으로 노닥거리는 경우는 별로 없겠지만. 허나 누가 책망할 수 있겠는가. 병사들을 훈련시키고, 군량과 의식을 살피고, 숙위의 번을 서러 오거나 번을 마치고 떠나는 병사들을 관리하는—그런 일을 소그드가 할 수 있을 리 없지 않은가. 본디 좌우우림위 자체가 귀순한 변방 오랑캐에게 그럴싸한 직책을 주기 위한 것으로 실무는 그 아래 있는 중랑장이나 장사가 도맡고 있는 터였다.

송무는 눈짓하여 아랫사람들에게 차를 내오게 하였다. 대개 무인들은 소그드라는 남자를 꺼려했지만 그마저도 이즈음에는 퇴색하는 분위기였다. 모반한 역적들을 종횡무진 물리치며 황제의 신임을 증명한 이인. 그의 덕분으로 공을 세운 송무 입장으로서야, 마땅히 은인 대접을 해야 마땅했다.

아랫것들이 눈치 빠르게 차안과 차로를 가지고 왔다. 차로에 올린 물이 끓기를 기다리는 사이, 소그드가 대뜸 차종에다 품속에서 꺼낸 병의 액체를 부었다. 그윽한 향기에 송무는 눈살을 찌푸릴 수밖에 없었다.

"이것은… 술 아닙니까. 궁중에서 술이라니….”

"일하는 중에는 마실 수 없다고? 꼭 누구 같은 소리는 하지 마. 축하주라고. 뭔가 더 대단한 사람이 됐잖아?”

"상장군께서야말로 승진 축하드립니다. 그리고 대단할 것은 없습니다. 오히려 상장군께 사례해야 할 일. 상장군께서 은밀히 역적들을 토벌하는 막중한 소임에 저를 천거하시지 않았다면 감히 바랄 수도 없는 자리였겠지요.”

등에 작대기라도 넣어둔 양 곧게 세우고 뚝뚝하게 대꾸하는 송무에게 소그드는 쓴웃음을 지어 보였다. 이 나라에 유독 고지식한 인간들이 많다 해도 송무는 그 수준이 다르다.

"그렇게 낮출 필요 없어. 널 쓰겠다고 결정한 사람은 정… 아니, 황제였는걸. 혹시 황제의 안목이 구리다고 말하고 싶은 거야?”

"아니오. 그런 말은 결코….”

타인에게는 불손하게 들릴 언동과 자신의 능력에 대한 오해. 어느 쪽을 지적하면 좋을지 고민하던 송무의 눈에 기묘한 것이 들어왔다. 본래 화하의 황궁에서 소그드의 존재는 언제나 기묘하다. 그러나 지금은 더욱 유별난 분위기였다. 심산유곡을 배회하는 호랑이처럼 초연하고 표표하며 여유롭던 그가 어째 초조한 듯 이따금 시선을 이리저리 돌리고 있다.

"무엇을 잃어버리시기라도?”

"아, 눈치챘어? 잃어버렸다고 할지…. 혹시 이 부근에 정엽이 오지 않을까 해서.”

"학사께서 말입니까?"

"응. 요즘 집에도 좀처럼 들어오지 않고, 어째 얼굴빛도 나쁘고. 걱정이 되어서 말야."

아무리 조정 일에 관심을 두지 않는다 해도 중랑장쯤 되어 신임 축하연에 이리저리 불려 다니다 보면 듣는 바는 있다. 사람들이 이르기를 건학사, 아니 건 신래라고 불리는 자가 어떤 처지에 처해있는지를. 소그드가 본디 그런 데에 관심이라곤 없었기에 듣지 못했는지, 혹은 황태자와의 친분을 염려한 무리들이 그의 귀에 들어가지 않도록 마음 썼는지는 모르나… 송무도 어쩐지 직감할 수 있었다. 정엽이 스스로의 입으로 말하지 않은 것을 자신이 미주알고주알 일러바쳐서는 안 될 일이라고.

"학사는 조정의 동쪽에 있고 이곳은 서쪽이니 어찌 학사를 뵐 길 있겠습니까?"

"아, 내가 가서 물어보니 이쪽에 심부름을 보냈다더라고. 그치만 아무리 어르고 겁줘도 그 이상은 이야기하지 않지 뭐야."

"우선 서반이 동반에 사사로이 왕래하는 것은 격식이 어긋나는 일임을 명심해주셨으면 합니다만…."

"그러니까, 어깨 뻐근해지는 소리는 관두라니까. 부탁하는데…."

소그드의 말소리가 끊어졌다. 고개를 돌려 당 밖을 내다보는 소그드의 시선을 송무는 무심코 뒤쫓았다.

처음에는 알아보지 못했다. 까마득히 먼, 건너편 전각 근방에 사람으로 보이는 형체가 무리지어 선 것을 알 수 있을 뿐. 그러나 한 명을 여럿이서 윽박지르고 있는 분위기만은 전해지고 있었다. 설령 품외의 서리라고 해도 연공에 따라 텃세를 부리는 것을 흔히 있는 일. 그렇다고 하지만 송무는 그런 일을 두고 보지 않았다. 그가 좌우를 불러 소동을 말리고자 했을 때였다.

"…왜 저런 데에, 저런 꼴로."

소그드가 문득 중얼거렸다. 구태여 답을 구하는 것이 아닌, 혼잣말이나 진배없는 어조. 그 저변에 심상찮은 것이 꿈틀거리고 있었다—아니, 들끓어 일어난다.

"와장창!"

차안을 거칠게 밀어젖히면서 소그드가 일어섰다. 거의 부지불식간에 송무는 그 소맷자락을 붙잡았다. 소그드는 즉각 뿌리쳤지만, 송무도 한 번 내쳐진 것으로 단념할 만큼 녹록한 사내는 아니었다.

"뭘 하시려는 겁니까?"

상대가 여느 인물이었다면 소그드도 가차 없이 물리치고 떠났으리라. 그러나 눈앞의 남자는 빗대자면 사냥개, 그것도 한번 아가리에 문 것은 놓지 않는 종자다. 단지 말로 하는 쪽이 빠르리라 여겼기에 소그드는 입을 뗐다.

"정엽에게 터무니없는 짓을 하는 놈들이 있잖아."

"학사가 어디에… 설마, 저자들이? 이만한 거리가 분간이 가는 겁니까? 아니, 지금 그것이 중요한 것이 아니지요. 학사를 박대하는 자들을 벌하실 요량이십니까?"

"너희들 말로 하면 삼장의 장원에 수석 학사. 그런 사람에게 까불다니 값을 치러야겠지?"

소그드의 목소리가 더욱 가라앉았다. 하지만 그렇기에… 폭풍 전야의 고요함이다. 소그드가 저 관원을 엄벌할 것임을 송무는 믿어 의심치 않았다. 그러나 그것은 용서되지 않는 행위였다.

"아무리 상장군이라 해도 다른 관서의 이속을 사사로이 벌하는 것은 국법에 어긋납니다. 부디 살펴주십시오!"

"법이라도 내가 보기에 어처구니가 없으면 별수 없는 거지. 너희 식대로 일을 처리하려면 너무 오래 걸린단 말야."

옥을 아로새긴 갑주에 보검을 내리고, 좌우림위 상장군의 직함으로 황금 족쇄를 채워도, 짐승은 결국 짐승.

그러나 그것이 알려져서는 안 된다. 사람들이 알게 된다면 이 화하 땅에 소그드라는 사내가 발붙일 곳은 없다. 형언하지는 못해도 송무는 그런 결론에 도달했다. 그리고 결단했다.

그는 칼집째 칼을 띠에서 풀어내어 소그드 앞에 내밀었다. 가면처럼 무표정하던 소그드의 얼굴에 비로소 의아한 빛이 깃들었다.

"이걸로 뭐?"

"잠시라도 상장군을 따른 몸. 길을 그르치시는 것은 차마 볼 수가 없습니다. 소장의 어설픈 견식과 하찮은 무예로는 상장군을 잡을 수 없으니 그저 베고 가주십시오."

생기가 빠져나간 흑요석 같던 눈이 소처럼 꿈벅거렸다. 이윽고 짓눌릴 것 같은 침묵 속에서 얼빠진 목소리가 울려 퍼졌다.

"왜 그렇게 극단적이야?"

상장군께서 할 소리입니까! 숨죽인 좌중에 조금이라도 용기 있는 자가 있었다면 부르짖을만하련만, 안타깝게도 그럴 깜냥이 있는 송무는 묵묵히 소그드를 응시할 따름이었다.

"…현성한테 좀 물어봐야겠어."

그로서는 드물게 피곤한 투로 중얼거리고서 소그드는 다시 전각 쪽을 넘겨다보았다. 실랑이하던 형체는 이미 흩어져 사라지고 없었지만 소그드의 눈에 박힌 광경은 좀처럼 지워질 줄 몰랐다.

"송무 공이 말한 대로요. 그것은 신래라는 뭇 관서의 오랜 풍습이지."

소그드는 눈살을 찌푸렸다. 그가 목격한 것을 죄다 말했는데도, 현성의 말투는 일단 듣기에는 담담할 뿐이었다.

"이 나라는 신분이라는 것을 중히 여기잖아? 정엽의 신분이라면 누구 못지않은 줄 아는데. 그런데도 그런 무례를 저질러도 된다는 건가?"

"외람되오나 소장도 그렇게 느꼈습니다. 동반과 서반은 왕래를 꺼리는 법. 아무리 신래라고는 하나 일개 서리에게 시킬 일을…."

작은 조정과 마찬가지인 부 안에서 유일하게 태자가 사사로이 쓰는 공간인 태자부의 내실에서 현성은 손님들을 맞이했다. 으르렁거리는 범과 같은 기세의 소그드와, 그 소그드가 도를 넘어섰을 경우 어떻게든 말릴 작정으로 직무를 잠시 팽개치고 뒤따라온 송무. 물론 송무도 납득하지 못하기로서는 매한가지였다.

그러나 묘하게 살기등등한 분위기를 느끼지 못한 듯 현성은 오로지 자신의 탄식만을 토해 냈다.

"과할지는 모르오. 허나 지금까지는 전례에 크게 어긋나지 않았을뿐더러… 섣불리 나나 폐하께서 입을 연다면 한림의 오랜 풍습을 폐하의 권위로 박해한다는 소문이 무성하겠지."

"그걸 노렸구만."

굳이 돌려 말할 필요도 없었다. 소그드는 현성이 부정하고 싶은 핵심을 찔렀다.

"…그럴지도 모르지. 누군가가 한림원의 학사들을 부추겨 정엽을 더욱 몰아세우고 있는지도…. 황제 폐하의 권위에 흠집 내고, 능신이 지존 위에 있다는 것을 증명하기 위해서 말이오."

"그렇게 이야기한다는 것은 너나 너의 아버지는 이 일에 끼여 들 생각이 없다는 뜻이로군."

"……."

"뭐, 알겠어."

소그드는 홀연히 몸을 일으켰다. 느닷없이 회견을 자른 이유를 무턱대고 쫓아온 송무라면 짐작할 수 있었다. 그러나 송무가 우격다짐으로 붙잡기 전에, 전에 없이 강경한 현성의 목소리가 소그드를 가로막았다.

"공은 정엽을 돕고 싶은 것이오?"

"당연하지."

"그렇다면… 섣불리 우리가 참견하는 것이 정엽의 본뜻을 거스르는 일임을 알아주겠소? 만약 누군가의 도움을 받아 뜻을 이루고 싶었다면 어째서 일 년간이나 공부에 힘썼겠소이까…."

소그드의 비위를 맞추기 위해서가 아니라 현성 자신을 달래듯이 토해 낸 말은 그렇기에 오히려 효험이 있었다. 황제가, 하다못해 현성이라도 명을 내리거나 소그드가 난입해 깽판 치는 건 어렵지 않다. 그러나 다른 누구보다 정엽이 그것을 바라지 않는다.

"상장군!"

괴로움을 씹어 삼키던 현성은 송무의 다급한 외침에 고개를 들었다. 이번에야말로 붙잡을 여지를 주지 않고 소그드가 떠나버린 것이다. 후다닥 일어나 쫓아가려는 송무를 현성은 점잖게 만류했다.

"괜찮네. 소그드 공이라면 이해했을 터. 무모한 일은 하지 않을 걸세."

"허나…."

"걱정 말게. 그는 나나 폐하 못지않게… 아니, 어쩌면 그 이상으로 정엽을 소중하게 여기고 있으니까."

현성은 미소 지으면서 가감 없는 진실을 고했다.

정엽이 퇴궐할 수 있게 된 것은 한밤중이 다 되어서였다.

입궐과 퇴궐 전후로 몸차림을 가다듬을 수 있도록 마련된 객청. 그러나 정엽이 할 수 있는 일은 별로 없었다. 비록 차림새가 관복을 완전히 뒤집어 입은 꼴—여밈이 뒤로 가고 등판이 앞으로 간 꼭두서니 요괴 같은 모습일지라 해도 그것을 고쳐 입을 권리는 정엽에게 없었다.

"이것 참 장관이로군."

객청 입구에서 목소리가 날아왔다. 정엽은 천천히 시선을 그쪽으로 향했다. 우뚝 서 있는 사람 그림자는 필시 기염의 것이었다. 같은 신래의 처지이면서도 기염의 모양새는 비교적 멀쩡했다. 어디까지나 정엽에게 견줄 때의 이야기지만.

"선배님… 아니 호부 낭중. 한림원에 무슨 용건이신지요?"

그런 사실을 아예 염두에도 두지 않은 것처럼 정엽은 온화하게 동기를 맞이했다. 기염은 물끄러미 정엽을 바라보았다.

"괜찮은 건가, 괜찮은 척 하는 건가?"

"무슨 말씀이십니까?"

"금년의 면신례… 자네에게만 유독 가혹함을 느끼지 못하는 것은 아닐 텐데."

"세상 물정 모르는 제가 틀림없이 모자란 탓이겠지요."

"피할 방도는 생각해봤나?"

고역스러운 면신례라 해도 어느 정도 피해갈 방법이 없는 것은 아니다. 지금 기염이 쓰는 방법과 같이, 신래를 닦아세우는 품외 서리며 부임한 관서의 상하에게 거하게 한턱 쏘거나 선물을 아낌없이 바치는 일이 대표적이다. 애초에 면신례의 목적이 거기에 있지 아니하다고는 신래를 닦아세우는 그 누구도 말하지 못할 터.

"…제가 그런 방도를 찾아낸다 해도, 그것은 그것대로 흠이 잡힐 테지요."

고혹적이기까지 한 미소에 말문을 잃은 와중에도 기엄은 깨달았다. 아무리 속세의 일에 어둡다 한들 조정의 상하를 충동질해 정엽을 괴롭히던 무리의 속셈을 정엽이 모를 리가 없다. 감히 정면으로 지존의 권위에 흠집을 낼 수 없으니 만만한 정엽을 노리는 것을—또한 황족으로서 감히 조정 대신들의 영역에 발을 들이려는 정엽을 모욕하고 단죄하려는 것도.

대관절 누가 벼슬길을 청렴이라, 백성을 위한 길이라 했는가. 관직에 오른 본의가 무엇인지, 신하로서 해야 할 일이 무엇인지 헤아리지 못하고, 그저 눈앞의 아집과 영욕에 아전투구하는 추악한 세계.

"공은 장차 어쩔 생각이요?"

기엄은 가까스로 말을 엮어내었다. 정엽의 얼굴은 관옥을 깎아낸 양 변함이 없었다. 그 아름다움까지도.

"이런 때에는 먼저 발끈하는 쪽이 지는 법이지요. 참는 데까지는 참아볼 작정입니다."

"공도 참 여간 아니로군."

"과찬이십니다."

흉한 몰골로도 표표히 자리를 뜨는 정엽의 뒷모습을, 기엄은 오래도록 바라보았다.

정엽이 소그드의 저택으로 돌아왔을 때에는 이미 밤이 깊은 다음이었다. 그런다 해도 폐를 끼치는 것은 곁에 두는 극소수의 하인뿐이었다. 애초에 저택의 중방이란 두터운 성벽에 둘러싸인 성루에 다름 아니다. 벽을 넘어가면 그 너머에서 무슨 일이 벌어지든 안에 있는 사람들은 알지 못한다…. 오랫동안 아랫사람을 부리지 않는 생활을 하여 버릇한 정엽으로서는 하인들에게조차 폐를 끼칠 생각이 없었다.

살그머니 객방으로 들어서던 정엽은 객방 뜰 한가운데에 못 보던 나무가 자라 있는 것을 보고 우뚝 멈추어 섰다. 나무가 아니라, 소그드였다.

"여태 잠자리에 들지 않았는지요. 무슨 일이십니까?"

정엽은 놀란 티를 감쪽같이 누르고 태연하게 물었다. 옷매무새는 수레 안에서 가다듬었다. 피로해 보이는 기색만 제외하면 틀림없이 별다른 모습은 아닐 터이다. 이상하게 여길 곳은 어디에도 없다. 자신을 점검하고 나서 그는 짐짓 아무렇지도 않게 발걸음을 옮겨 소그드에게 다가섰다.

자신의 일로 걱정 끼치고 싶지 않다—그러나 정엽의 간절한 생각은 덧없는 것이었다.

"소그드?"

다가오는 것도 기다리지 못하겠다는 듯이 성큼 거리를 줄인 소그드는 정엽을 부둥켜안았다.

밤이 깊었다고는 해도 탁 트인 정원 한가운데이다. 늦게까지 주인을 시종하는 하인이 나타날지도 모른다. 정엽은 황망한 채 뿌리치려고 애썼지만 소그드의 팔은 어디까지나 굳건했다. 떨어지긴커녕 더욱 단단하게 정엽의 등을 사로잡고 어깨에 얼굴을 묻는다.

"소그드…?"

"……."

대답은 없다. 그리고 정엽도 비로소 그가 평소와는 다름을 깨달았다.

여느 때의 소그드라면 진작 옷깃에 손을 밀어 넣고 허리띠를 풀어 헤치려 들었으리라. 그러나 지금은 그저 꼭 끌어안고 있을 뿐이다…. 목덜미의 맨살을 훑는 입술도, 욕망을 부추기기보다 흡사 상처를 핥는 짐승처럼 그저 간절하게 다가붙을 뿐.

"…이야기를 들었군요. 형님인가요?"

소그드 또한 그제야 고개를 들어 정엽을 내려다보았다. 달빛을 받은 얼굴이 오싹하리만큼 아름답고 안타까울 만큼 파리했다.

"괜찮아?"

아무것도 하지 못한다는 사실이 화가 난다. 정엽을 괴롭히는 것이 사람이라면, 요괴나 망고스라면 단숨에 때려눕혀 각을 떠주었을 텐데. 사람도 요괴도 망고스도 아닌 이 나라 자체—수레바퀴의 살 같은 흐름임에야 천하의 소그드도 어쩔 도리 없다.

그 사실이 더욱 분통이 터져서 무엇이라도 물어뜯고 박살내고 싶은 것을 참을 수 없었던 소그드의 날선 기분을 부드러운 입술이 내리눌렀다.

"괜찮지는 않지요. 지금은 그렇지도 않습니다만."

"…무슨 말이야?"

"당신이 걱정해주어서 기운이 났습니다."

입술에 와 닿는 감촉. 어렴풋이 드러난 미소는 능히 혼백을 빼갈 수 있을 정도로 감미로웠다.

"기운이 나는 것만으로는 안 되잖아."

정엽 혼자만 기운이 나서야 상황이 바뀌지 않는다. 음습한 괴롭힘은 이어지고 정엽이 험한 꼴을 당하는 일이 계속되리라. 아무리 다디단 말로 구슬린다 해도 말려들어선 안 된다. 그런 절박한 심경으로 떠듬떠듬 말을 이은 소그드이지만 이번에는 하얀 손가락이 그의 입술을 살짝 건드려 말을 막았다. 희고 섬세하지만 그리 부드럽지는 않다…. 검을 쥐고 금을 연주해 굳은살이 두드러지는 감촉. 그러나 그것이 사람을 황홀케 하는 것은 대체 어떤 연유인가.

"어차피 시간문제입니다. 저쪽이 제풀에 지쳐 나가떨어지든지, 도리를 잊고 선을 넘든지… 어느 쪽이 되든 이기는 것은 이쪽이지요. 상대도 같은 것을 바라고 있겠지만 져 줄 생각은 없으니까요."

정엽은 눈을 가늘게 뜨며 웃었다. 그 미소는 분명 지나치게 아름다워 신령… 그보다도 요괴를 떠오르게 하는 것이었지만 소그드는 조금도 무섭다고 여기지 않았다.

무섭다고 한다면 자신도 모르게 채워지는 목줄. 나서부터 지금껏 단 한 번도 자기 뜻대로 하지 못한 적이 없던 사내가, 부지불식간에 뜻을 꺾고 고집을 굽히며 타인의 말을 따르고 있다.

이 화하라는 땅이 소그드라는 짐승에 얽어맨, 비단실처럼 가느다랗고 부드러운—그러나 결코 끊어지지 않을 주박.

난생 처음 느끼는 기묘한 감정을 곱씹고 있는 소그드의 어깨에 정엽은 살며시 머리를 기댔다.

"힘들 것은 각오하고 있었지만 그래도 당신이 있어 주어 든든합니다."

"…침상까지 같이 있어 줘도 되는데."

"그것은 사양하겠습니다."

그렇게는 말했으나….

정엽이 시야에 보이지 않게 되면 뇌수를 들쑤시는 분노는 가라앉을 줄 몰랐다.

가당하지도 않은 벌레 등속, 허섭스레기 같은 것들이 정엽을 능멸하고 있다고 생각하면 생살을 씹어 먹어도 시원치 않다. 정엽의 맑은 안색에 한 조각 구름만큼의 그늘이라도 드리운다면 그렇게 만든 놈의 미간을 화살로 뚫어줄 용의가 있는 것이다.

하지만… 다른 누구보다도 정엽이 그것을 바라지 않는다.

갈피를 잡지 못하는 상념에 내몰려 정처 없이 걷던 소그드가 별안간 무엇인가와 부딪혔다.

"어?"

"윽…!"

성대하게 나동그라진 사람의 형체를 소그드는 무덤덤한 눈으로 멀거니 내려다보았다. 건물 그늘에 웅크리고 앉아 있다가 소그드의 무릎에 옆구리 언저리를 차인 것이리라. 타격이 상당했는지 그는 갈지자로 몸을 구부리고 한동안 움직이지 못했다.

미안, 하고 가버리면 될 일을 왜 지켜보고 선 것인가.

소그드는 소년이 고개를 들어 눈물 어린 눈으로 자신을 쏘아보았을 때에야 그 이유를 깨달았다.

"앞을 잘 보고 다녀 주십시오! …소그드 공?"

"너… 정엽을 쫄래쫄래 쫓아다니던 꼬마 아냐?"

"제자라고 불러주십시오! …지금은 아니지만…."

소년의 얼굴에 또다시 울적함이 내리깔렸다. 우울한 그 눈은 필시 소그드에게 걷어차이다시피 한 탓만은 아닐 터.

"여기서 뭐 해?"

"…공과는 상관없는 일입니다."

수성은 불퉁하게 대꾸했다.

관계없다는 것은 알지만 (사실 꼭 그런 것만도 아니지만) 수성은 내심 소그드에게서 책임을 면케 하기가 어려웠다. 이 사내가 나타나고 나서부터 스승님이 이상해졌다. 조금 가까이하기 어려웠던 성품이 누그러진 것은 수성으로서도 반겨할 만한 일이었으나… 느닷없이 모습을 감추질 않나, 죄를 고하고 도사를 그만두지 않나, 서인의 신분을 자처하지 않나…. 그리고 지금은 신괴가 되어 갖은 험한 꼴을 당하고 있다. 도문과 관문의 벽은 드높지만 아무리 수성이라도 듣는 바가 있었던 것이다. 속상하고 또 속상해서, 조금이라도 강단이 있었다면 소그드를 붙잡고 대거리하고 싶은 기분이었다.

"혹시 정엽을 걱정해서 이러고 있는 거야, 꼬마?"

"수성입니다…."

이름은 정정해도 소그드의 질문은 정정하지 않는다. 소그드는 금방 납득했다.

그는 고개를 들었다. 행여나 수모를 당하는 정엽과 마주칠까 저어해, 혹은 마주치고 싶어서 무작정 옮긴 걸음이 어느덧 선원궁 가까이까지 이른 모양이었다. 공기 중에 향 냄새가 매캐하게 번진다. 소그드의 고향 초원에서는 맡아본 적 없는 냄새. 중원의 도사들만이….

"너 정엽을 돕지 않을래?"

"예?"

눈이 휘둥그레진 수성의 두 어깨를 붙잡고 소그드는 씨익 웃었다. 마치 먹잇감을 노리고 있는 맹수의 그것과 흡사하다.

"결국 문제는 말야, 전통인지 뭔지 하는 것을 내세워서 정엽을 괴롭히는 놈들이 무리지어 있다는 거잖아?"

"그… 그러합니다만…."

"그럼 놈들에게 본때를 보여주면 되는 거 아냐? 네가 웅고드 아니, 여기에서 말하는 신령을 부려서."

수성은 어안이 벙벙해졌다. 분명 도사는, 신령까지는 어림없을지라도 요와 귀를 복속시켜서 이름을 부여하는 식武을 부릴 수 있다. 그러나….

"무슨 말씀을 하시는 겁니까? 관인들이 하사받는 패는 그 자체가 선원궁에서 만든 호부護符. 범용한 요괴나 식이 손댈 수 있을 리 없습니다! 그리고 황궁 또한 선원궁에서 펼친 결계가 둘러쳐져 있어 삿된 무리가 힘을 쓸 수 없습니다. 누군가를 해친다는 것은…."

"직접 어떻게 하라는 게 아냐. 망고스… 아니 요괴한테 습격당한 걸로 꾸밀 수 있으면 돼. 나머지는 내가 할 테니까."

당장이라도 사냥감을 물어뜯고 싶어 하는 것처럼 소그드의 미소가 깊어졌다.

정엽은 아무렇지도 않은 듯이 행동하고 있지만 가만히 있을쏘냐. 어떤 수단을 써서든 정엽을 업신여기는 무리들에게 뜨거운 맛을 보여주지 않으면 참을 수 없다.

물론 소그드도 자신을 믿어준 황제나 자신의 일을 두고 노심초사하는 현성과 송무, 누구보다도 정엽을 곤란하게 만들 생각은 아니었다. 그러니 요괴로 위장할 속셈이다. 상대가 그렇게 믿고 있다면 짐승처럼 구는 것은 쉬운 일이다.

"그런 불온한 이야기를 이렇게 탁 트인 곳에서 해도 되는 걸까?"

수성은 한 자쯤 뛰어올랐다. 추녀 위에라도 올라앉을 수 있을 것 같다, 그렇게 감탄하면서 소그드는 고개를 돌려 목소리가 들려온 전각의 모퉁이를 쳐다보았다. 그다지 감출 생각도 없었으리라. 이내 사람의 그림자가 모습을 드러내었다.

"뉘, 뉘신지…?"

수성이 떨리는 목소리로 물었다. 분명 관인의 옷차림이었지만, 마치 관복을 뒤집어 입은 양 안감과 솔기가 고스란히 겉으로 드러난 행색이 기기묘묘했다

"호부 낭중 악종, 기염이라고 불러주시게."

"이번에 새로이 전상에 오르신… 그런 분이 어째서 여기에?"

"땡땡이지."

픕 하고 소그드가 웃음소리를 내었다. 수성은 아연실색해서 소그드를 돌아보았다. 조정의 관인을 해치고자 하는 터무니없는 모략을 꾸미는 현장을 들켰으면서도, 이 뻔뻔스러움은 대관절 어디에서 온단 말인가. 그 속내를 읽은 양 소그드는 태연스레 대꾸했다.

"쫄지 마. 만약 저 녀석이 일러바칠 마음이 있었다면 이렇게 어슬렁어

슬렁 기어 나왔겠어?"

"기어 나오다니 심한 이야기로군. 낮잠 잘만한 곳을 물색하고 있었다는 건 부정하지 않겠네만."

"그럴 여유가 있어? 새로 온 녀석들은 고생하는 게 보통 아냐?"

"적당한 요령과 푼돈이 있다면 피하는 방도도 있지."

"그렇군. 정엽도 널 보고 배웠으면 좋겠는데."

수더분하고 특징 없는, 젊은 관인이라기에는 조금 나이가 든 사내는 소그드를 물끄러미 쳐다보았다. 별반 표정이 떠오르지 않았기에 대개는 눈치채지 못할 터이나 소그드는 느낄 수 있었다.

저 사내의 안에서 뭔가 움직였다는 사실을─.

"정엽 공을 알고 있나?"

"너야말로 알고 있어?"

"태학의 선배일세. 감히 삼재의 앞에 선다고 말하기는 부끄럽네만."

"뭐, 우리 스승님이니까요."

겁을 집어 먹고 있던 수성이 사뭇 어깨를 펴는 모습을 소그드도 기엽도 쳐다보지는 않았다. 두 사람의 생각은 한데 모이고 있었다.

"낄래?"

"생면부지의 이 몸에게 그렇게 권해주다니 황송하지만, 내가 뭘 할 수 있다는 건가?"

"이 나라 사람들 생각하는 것은 네가 더 잘 알잖아? 나 아무래도 그런 건 서툴러서."

"그런가… 그렇다면 나도 제안하고 싶은 것이 있네만."

"들어볼까?"

"지금은 곤란하고 정무가 파한 뒤 만나면 어떻겠나? 거기 도사님도?"

"에? 에에?"

"정엽 공을 도울 생각이 없는 겐가?"

멍하니 바라보고 있던 수성은 혼비백산했다. 도사의 옷차림을 하고는 있지만 수행하는 몸. 황궁이라는 성역에서 자신이 무엇을 할 수 있을까…. 하지만 기염의 느물거리는 말이 소년으로 하여금 결심하게 만들었다.

"재주는 없지만 스승님을 도울 수 있는 일이라면 뭐든지 하겠습니다!"

"좋아, 좋아."

실로 흐뭇한 듯이 손바닥을 맞비비는 기염에게 소그드는 악동 같은 얼굴을 하고 물었다.

"어쩔 거야?"

"판을 좀 키울까 해서 말일세."

처음에는 단순한 이야기였다.

밤늦게 숙직을 서던 젊은 무관이 문득 내실의 안쪽을 보았더니 물끄러미 바라보고 있는 얼굴이 시야를 스쳤다든가.

심부름을 하던 궁녀가 창 밖에 누군가 지나가는 것을 보았는데 돌연 깨닫고 보니 자신이 있는 곳이 2층의 누각이라 까무라쳐서 큰 소동이 빚어졌다든가.

늦은 시간 퇴궐하던 관인이 '아니야…'라는 중얼거림을 듣고 좌우를 둘러보았으나 사람의 기척이라곤 찾을 길이 없었다든가.

어디까지나 술자리의 농지거리였다. 아무리 그래도 황도, 게다가 선원궁이 철통같이 지키고 있는 지존의 옥좌.

이변 같은 것은 일어날 리 없다. 그래, 적어도 태평성대에는….

사서史書에서는 전한다. 궁중에서 온 데 모를 흰 개가 날뛰고, 노파가 노인으로 변하고, 우물이 붉게 물드는 때—그런 때야말로 국운이 기울고 망조가 드는 시기라고. 직접 그렇게 서술하는 것은 아니었지만 전후 관계를 보면 그 뜻은 명백했다.

그러면 지금의 이변은 대관절 어디에서부터 왔는가…?

"그렇군. 공은 들은 바가 없군."

현성은 초조하게 서탁을 두드렸다. 송무가 고개를 숙였다. 비굴하게 사죄하는 기색은 아니었다. 그저 덤덤히 자신이 할 수 없었음을 고할 뿐.

"송구합니다."

"소문에 귀 기울이는 것이 중랑장이 할 일은 아니리다. 시간을 빼앗아서 미안하게 되었네."

"한데 왜 그런 뜬소문에 태자 전하께서 마음을 쓰시는지요?"

"그야… 나는 한가하잖은가."

현성은 벙긋 웃어 보였다. 제대로 웃었는지는 스스로도 확신할 수 없었지만.

태자라 함은 본뜻부터가 차기 황제. 삼가고 정진하며 통치의 소양을 기를 의무가 있다. 따라서 국정을 일부 맡아 하는 전례도 버젓하게 있다.

그러나 금상황제는 자신의 태자에게 아무것도 맡기지 않았다. 그리하여 현성은 정해진 일과대로의 공부를 마치고 나면 거의 무위도식이라 할 만한 시간을 보내는 판이었다.

스스로 생각하기에도 아둔한 현성은 부황이 자신에게 무엇을 바라는 건지 짐작조차 할 수 없었다. 그래서 아예 생각하는 것을 그만두었다.

지금 일어나는 일에 마음이 가는 것은 그래서일까.

얼마 전, 다름 아닌 현성의 동생이 관계했던 역모는 천하에 이변을 일으켜 황제의 권위를 뒤흔드는 데에서 시작하고자 했다. 그러나 그들도 황궁에 마수를 뻗지는 못했다. 선원궁이 펼치고 있는 결계는 그만큼 엄중했던 것이다. 그러니 그 결계를 뚫고 이변이 일어난다는 것은… 실로 심상치 않은 일.

요괴와 귀신에 해박한 인물인 정엽은 자신의 일로 바쁘다. 소그드 또한 상장군의 자리에 올라 바쁠 터인데 무리시키고 싶지 않다.

무엇이라도 하지 않으면―할 수 있다면.

"그렇다면 소신도 우위의 무관들에게 탐문해보겠습니다."

뜻밖의 말에 현성은 눈을 깜박거렸다. 송무라는 사내가 아랫것들과 신나게 소문을 떠드는 광경은 상상하기 어렵다. 그렇게 생각하는 현성을 나무랄 수 없을 정도로 뚝뚝한 얼굴을 한 송무는 우직스레 대답했다.

"너무 열심히 일하는 것도 아랫사람들에게 폐가 된다고 혼쭐이 났기에."

"그, 그런가… 도와준다면 기쁘네만."

현성은 벙긋 웃음 지었다.

설령 아무리 많은 이들이 드나든다 해도 황궁의 전모를 아는 자는 드물다. 그곳은 분명 화하의 지존이 거처하는 곳. 삿된 마음을 품은 자가 전각과 샛길을 낱낱이 알아선 안 되는 것이다.

그러나 태자인 현성은 논외였다. 그는 태자의 권한으로 황궁의 모습을 그린 지도를 가지고 있었다. 좀 너무 엄중히 간직해두어서 찾는 것이 어려웠지만.

"무엇을 하십니까, 태자 전하."

현성은 퍼뜩 고개를 들었다. 어지러워진 사실의 입구에 호리호리한 사람 그림자가 서 있었다. 현성은 사람을 물렸지만, 그런 현성의 지시를 따를 필요가 없는 유일한 사람.

"부인… 여기는 웬일이오?"

"근래 근심이 있으신 것 같기에 실례를 무릅쓰고 와보았습니다만….."

현성은 주눅 든 표정을 감추지 못했다. 세간에 미모보다는 덕행과 지혜가 더 높은 평판을 얻고 있지만 현성에겐 절세미인에 다름 아니다.

황도에 명성이 자자한 요조숙녀. 천덕꾸러기나 다름없는 태자에게는 과분한 아내.

지금도 채경의 단정한 얼굴은 고고하고, 이렇다 할 표정을 찾을 수 없었다. 물건을 찾지 못해 방을 죄다 뒤집어놓은 꼴을 보고 어떻게 생각할까.

"그것이, 요즘 황궁에 꺼림칙한 소문이 떠돌아서… 어찌 된 연유인지 알아볼까 하여…."

"태자 전하의 직분을 뒤로해도 되는 일인지요?"

꿀 먹은 벙어리가 된 현성을 채경은 가만히 바라다보았다. 돌연 비단 치맛자락이 살랑거리며 향내를 풍겼다. 흰 손가락이 책시렁 위에 놓인 비단 궤를 들어 올렸다.

"황궁도라면 이곳에 있습니다."

"차… 찾아준 거요?"

"전하의 근심은 곧 저의 근심이기에."

정말 걱정하는 것인지 어떤지 시원스러운 표정만 봐선 알 수 없으나… 고양이 앞의 쥐처럼 도망갈 수 없게 된 현성은 주저하면서 입을 열었다.

"어… 그러니까, 그것이… 무엇인가… 묘안이 있소?"

현성은 좀처럼 돌아가지 않는 혀를 움직여 우물쭈물 말을 짜내었다.

송림원의 객실. 과거 있었던 환란의 흔적은 털끝만치도 남아 있지 않고, 천하의 태자가 거하기에 부족함이 없을 만큼 품위 있고 아름답게 정돈되어 있었다.

지금 이 객실에 자리하고 있는 이는 태자 외에도 두 명. 한 사람은 송림원의 안주인 채경, 그리고 또 한 사람은 좌위중랑장 송무. 본디 근친이 아닌 이상 남녀가 한자리에 거하는 것은 예가 아니라고 여겨지고 있으나, 다른 이도 아닌 남편이 배석해 있는 터이므로 어영부영 넘어간 참이었다. 물론 채경은 자신이 앉은 상 주위에 빈틈없이 비단 휘장을 둘러 대비했다.

과연 안달복달하는 이는 현성뿐이었다. 송무는 자신에게 사심이 없다고 전신으로 말하는 양 눈길조차 들지 않고 우직하게 앉아 있을 따름이었다. 휘장 너머에서 느껴지는 기색도 사람의 기척인가 싶을 정도로 차분했다. 제대로 된 질문이라고도 할 수 없는 현성의 말에 송무가 뚝뚝하게 대답했다.

"일단 여기에… 제가 힘닿는 대로 모아들인 풍문입니다. 지도에는 장소를 표시했습니다."

"고맙소. 여기….

"제가 봐도 되겠습니까?"

"얼마든지라오."

채경이 말 꺼내기도 전에 넘겨줄 동작을 취하고 있었던 현성은 멋쩍게 웃었다. 채경은 부언하지 않았다. 하얀 손이 살랑거리는 휘장 사이로 뻗어와 서지를 받아갔다.

"용케 이만큼이나 모았소이다."

"요즘 어째 찾아오는 사람이 많기에 세상 이야기를 대신 꺼냈을 뿐입니다."

과거에는 선제에게 충성을 바쳤던 인물이니 금상의 세상에서는 따돌림 당하는 것이 당연할 수밖에 없는 처지였으나, 돌연 금상황제의 신임을 얻어 벼슬이 중랑장에 이르자 처우가 급변하였다. 오래도록 드나드는이 없던 문간에 손님이 줄을 이으니 가히 문전성시라. 손바닥 뒤집는 듯한 세태에 한마디 던질 만도 하련만 송무는 입을 산 모양으로 하고선 일절 평하지 않았다.

　　현성은 미소를 짓고 무어라 송무에게 말을 걸고자 했다. 그때, 휘장 안에서 담담한 목소리가 날아왔다.

　　"이는 사람의 소행이군요."

　　현성과 송무의 눈이 동시에 휘둥그레졌다. 현성은 당혹하여 물었다.

　　"아니 왜… 어찌 그것을 아시오?"

　　"소동이 벌어진 곳을 보아주시겠습니까. 육부 관아의 이곳저곳과 무위전 서북변, 회화루…. 모두 전조에 속한 곳. 음양의 이치는 분명하고 지존의 자리는 극양에 해당하니, 어찌 음에 속한 귀신과 요괴가 장난질을 치겠습니까?"

　　"하지만 옛 사적史籍에는…."

　　"설령 변고가 생긴다 해도 음은 본디 음에 이끌리는 법. 궁중에는 음기가 모일 수밖에 없는 곳이 있지 않은지요?"

　　현성의 말문이 막히었다. 물론 그곳은 후침—아녀자와 환관 외의 올바른 남자는 좀처럼 드나들 수 없는 후궁이다.

　　"옛 사적에서도 변고는 후침으로부터 시작되었습니다. 여성은 음陰이요, 후침은 여성들이 많이 모여 있는 곳이기에. 그러나 황후폐하께 은밀히 여쭈어 보니 그런 변고는 들은 적이 없다 하셨지요. 그렇다면 이 변고를 조장한 자는 특히 사람… 그것도 후침에 다가갈 수 없는 외관이 아닐는지."

"설마… 그런 일이 가능한 거요?"

당황하는 현성과 달리 송무는 금방 수긍했다. 더 나은 답은 생각할 수 없고, 생각할 수 없다면 구태여 하지 않는 것이 그의 신조였다.

"태자비 전하의 말씀도 일리가 있습니다. 그렇지 않다면 어찌 선원궁의 결계로 지켜지고 있는 황궁에 이런 변고가 일어날 수 있겠습니까? 결국 황궁의 위병과 결계를 거쳐서 들어올 수 있는 자에게 혐의가 가겠지요."

"도대체 무엇 때문에 그런 일을…."

송무의 뜻은 확고했다. 휘장 너머에서 침묵하는 기척도 뜻은 같으리라.

"그것은 붙들어 문초하면 알 일입니다."

분명 같은 생각을 하면서도, 현성은 어색하게 웃음 지을 수밖에 없었다.

요와 귀를 자유롭게 다룰 수 있는 자는 오로지 도사뿐이다. 그렇다면 우선 혐의가 가는 곳은 이곳밖에 없다.

현성은 선원궁 앞에 서서 불편한 얼굴로 현판을 올려다보았다. 정엽이 궁주였을 때에는 자주 드나들었지만 지금은 사정이 달라졌다. 정엽의 뒤를 이어 궁주가 된 이만 또한 면식이 없는 것은 아닐지라도 허물없이 대할 만한 관계는 아니었다. 무엇보다도 그가 선원궁을 찾아온 이유는….

안으로 들어가 황태자의 방문을 알린 시종이 되돌아왔다. 궁주의 환영 인사를 전해 듣자 비로소 현성은 걸음을 뗐다. 황태자의 행차치곤 조촐하였지만 여기서 황궁에서의 위세를 부려봤자 넘어와 줄 사람도 없다는 것을 현성은 이미 숙지하고 있었다.

"수성?"

"…태자 전하가 아니십니까."

선원궁의 앞마당에서 현성은 눈에 익은 소년과 마주쳤다. 정엽이 도사인 시절에 거느리고 있던 제자. 지금은 새로운 궁주인 이만의 밑에 들어갔다고 들었건만….

"잘 지냈느냐. 무슨 일이지? 얼굴이 왜?"

소년의 얼굴이 붉다. 기뻐서, 혹은 흥분해서 열이 오른 기색은 아니었다. 고개 숙인 그 모양은 틀림없이….

"제가 모자라서 궁주님께 야단을 맞았습니다."

"네가 어디가 모자라단 거냐? 내가 이만 공에게 잘 이야기해주마."

"괜찮습니다. 그러실 필요 없습니다."

"수성…."

수성은 토끼처럼 달려가 버렸다. 현성은 당혹한 얼굴로 쳐다보았지만 쫓아갈 수는 없었다. 이곳은 그의 영역이 아닌, 선원궁 궁주의 영역이다. 아무리 신경 쓰인다 해도 마음대로 쑤시고 다닐 수는 없었다.

갑갑한 심경을 억누르며 현성은 궁주의 처소로 들어섰다. 예전에는 빈번하게 드나들던 곳이다. 그윽한 향냄새도, 오래된 금붙이처럼 고색창연하면서 장엄한 모습도 그다지 변하지 않았으되 그 주인만큼은 확실히 바뀌었다.

"어서 오십시오, 전하. 무슨 용무이신지?"

웃음 띤 얼굴로 현성을 맞이하는 선원궁의 신 궁주, 이만. 그와는 현성도 확실히 면식이 있었다. 정엽과는 동문수학한 사이로 그가 도문에 있을 무렵 그나마 교우하던 벗 중의 하나요, 궁에 붙어 있길 꺼려하는 정엽을 대신해서 선원궁의 대소사를 처리하는 측근이기도 했다. 아무리 속세를 벗어난 도사라 해도 결국은 사람. 용모도 자질도 빼어난 정엽을 질시하여 끝없이 추종하거나 한없이 미워하는 이들 가운데 속세에 무심한 이만은 필시 가까이 할 가치가 있었을 터. 하지만 그렇기 때문에 더욱더 현성은 의중을 알 수 없는 이만을 대하기 어려웠다.

"평안하셨소이까. 별고 없으셨는지."

"글쎄요. 이래저래 바빴던 참이라."

"신임 궁주라 할 일이 많으셨겠지. 이건 모두….

"태자 전하의 사과를 받고자 하는 일이 아닙니다. 저를 불쌍히 여겨주신다면, 아무쪼록 용무부터 알려주시는 것이 어떻겠습니까?"

"으, 음….

현성의 말문은 불가피하게 막히고 말았다. 그도 그럴 것이, 지금부터 현성이 할 이야기는 신임 궁주에게 결코 달가울 일은 아니었기 때문이었다.

"요즘 특히 번다한 것 같소만. 갑자기 도사들이 궁을 떠나고 들어오는 일이 많아….

"전임 궁주께서 사직을 청하고 난 뒤 자신에게도 기회가 오리라 믿었던 이들은 제가 중책을 맡게 되니 실망이 컸겠지요. 떠나는 것도 이해는 합니다."

말을 삼가서 본뜻을 감추고 미사여구로 치장하는 예의는 선원궁 도사와는 관계없었다. 다소나마 정치라는 수렁에 몸 담아 부침해왔던 현성으로선 그저 당혹스러울 뿐이었다.

어차피 이야기해야 한다면, 같은 태도로 나아갈 수밖에 없는가.

현성은 눈 딱 감은 심정으로 입을 열었다.

"새로 입궐한 도사들… 혹여 그들 중 거동이 불온한 자가 없는지?"

이만의 눈이 현성을 빤히 응시했다. 배워 익힌 도술에 따라서 시선이 마주친 이를 돌처럼 굳게 만들 수 있다고 하지만, 그런 방술과 행여나 가까울 리 없는 이만임에도 현성은 사지가 뻣뻣해짐을 느꼈다.

"태자께서는 제가 어중이떠중이를 궁에 들였다고 생각하십니까?"

"무, 물론 그리 생각지는 않소. 그러나 최근 황궁에 불길한 일이 생기어…."

"선원궁의 본분은 지존과 사직을 지키는 것. 지금 일손이 모자라고 경황이 없어 본분을 지키는 데에 급급하지만 머지않아 하찮은 장난쯤은… 아니, 이건 변명에 불과하군요. 어리석은 저의 불찰입니다."

"아니, 이만 공을 책망하는 것이 아니오! 도와 속의 길이 다르다고 하나 솥발처럼 사직을 지탱하는 사이니, 공이 고생하고 있다면 이쪽에서 일을 나누는 것이 마땅하지 않겠소. 자책하지 않고 살펴주시오."

"그렇게 말씀하신다면야. 선원궁 궁주로서, 선원궁의 도사 중에는 어리석은 일을 하는 자가 없다 단언할 수 있습니다."

"알겠소이다."

현성은 두 번 묻지 않았다. 그는 조촐한 선물을 내놓고, 대수롭잖은 세상 이야기만 두어 가지 주고받다가 오래지 않아 자리에서 일어났다.

"궁주께서는 이 몸이 걱정을 사서 한다고 생각하실 수도 있겠으나… 요 근래 변고가 많았소. 아무쪼록 선처해주시오."

황태자의 위세를 빌려 명할 수도 있었을 것이다. 그러나 현성의 말투는 어디까지나 간곡했다.

그렇게 떠나가는 현성의 뒷모습에, 일어나 배웅하는 이만의 시선이 못 박혀 있었다.

황태자의 잠저로 돌아온 현성을 채경이 맞이해 주었다. 결코 금슬이 좋다고는 회자되지 못하는 부부이나 이런 예의만큼은 고지식하게 지키고 있었다. 그러나 이날 저녁만큼은 채경의 눈동자가 현성이 아닌 그 뒤를 향했다. 정확히는 시종들이 고단한 표정으로 지고 있는 서궤다.

"저것입니까?"

"음. 가지고 나올 수는 없어서 베껴 오느라 늦었소이다."

"수고 많으셨습니다."

"아니, 수고랄 것이 있겠소. 죄다 서리들이 해준 것이라…."

채경은 겸양을 보이는 현성을 물끄러미 바라봄으로써 민망하게 만들었다. 현성은 서둘러 서궤를 안으로 가져가도록 시종들에게 손짓했다.

상방에 들어선 채경은 이내 서궤 안의 물건을 죄다 꺼내도록 했다. 수북수북 산을 이루는 것은 관아에서 매일 쓰는 일력. 그날 관아에서 일어난 일을 고스란히 써내려간 물건이었다. 자질구레한 일도 꼼꼼히 써넣는데다 한두 관아의 것도 아니기에 두루마리의 양은 질릴 정도였다. 그러나 채경은 티끌도 앉지 않은 냉랭한 얼굴로 작은 산을 이룬 일력을 바라보았다. 묻는 말도 자연히 조심스러워진다.

"이것으로 무엇을 할 작정이오?"

"이번 일을 꾸민 자가 조정의 관리라면 마땅히 사건이 벌어졌을 때 거동을 했겠지요. 사람들의 눈은 주의 깊게 보지 않았을지라도 글줄로는 남아 있을지 모릅니다."

"옳은 말이나… 뭇 관아의 일력을 모조리 훑어보겠다니 부인에게는 지나친 고역이 아니오?"

"몇 해나 몇 달의 일력을 깡그리 보자는 것이 아니라 불과 몇 순입니다. 또한 부덕을 다하지 못하는 몸, 빗자루나 쓰레받기의 일도 하지 못한다면 무슨 소용이 있겠습니까."

"부인이 부덕을 다하지 못한다니 대체 무슨 말이오!"

현성의 목소리가 전에 없이 튀어 올랐다. 채경은 묵묵히 앉아 고개를 들지 않았다. 하얀 손으로 그저 서간을 만지작거릴 따름이었다.

"…방해를 하였구료. 아무쪼록 무리하는 일은 없도록 해주시오."

"말씀 받들겠습니다."

견디지 못하고 상방을 나선 이는 현성이었다. 일어나 배웅하려는 태자비를 만류하고선 옮기는 걸음걸이는 빨랐다.

현숙하기 비할 데 없다는 찬사를 받는 태자비에게도 비난의 말을 던지는 자들은 있다. 오로지, 여태 자식을 보지 못한다는 이유만으로.

그러나 현성은 그 일로 태자비를 책망할 기분도, 첩을 들일 마음도 들지 않았다. 채경 본인을 비롯하여 여러 사람이 넌지시 꺼내는 말을 그는 한사코 거절하고 있었다.

아무리 아둔하다고 자평하는 현성이라도 자기 자신의 일만은 잘 알고 있었다…. 아이가 생기지 않는 것은 다름 아닌 자신 탓일지도 모른다는 사실 역시.

아무리 시간이 흐른다 해도 생모가 자신을 붙들고 울부짖었던 때를… 그 말을 잊지 못한다. 다시 태어나거든 제왕가에는 태어나지 말라던 외침을.

현성으로선 어쩔 수 없는 운명이라 할지라도 채경은… 본인의 의사와 상관없이 태자비가 되어야 했던, 그리고 그 태자가 어디에도 의지할 데 없이 구차한 신세라는 것을 알게 된 그녀의 기분은 과연 어떠할까.

짐 같은 것은 만들어 주고 싶지 않다. 얽어매고 싶지 않다.

속세의 부귀영화를 무엇보다도 두려워하고 꺼림칙해 한다는 점에서, 현성은 오히려 정엽보다도 도사에 어울리는 것인지도 몰랐다.

채경은 자신도 모르게 고개를 끄덕였다. 그러다 비로소 어깨가 결리고 눈이 침침한 것을 깨달았다.

두서없이, 그러나 분명한 원칙에 따라 탑을 쌓아 올리고 있는 일력들이 이야기하고 있는 것은 한 가지… 지금으로선 한 가지밖에 없다고 할 수 있겠지만, 그렇다고 적은 수확은 아니었다.

일어서는 다리가 살짝 풀렸다. 얼마나 시간이 흘렀을까? 덧창 틈새로 새어 들어오는 빛은 지나치다 느껴질 정도로 밝다. 아무래도 밤을 새고 만 모양이었다.

그분은 출사하셨을까. 시종에게라도 맡겨서 전하지 않으면…. 채경이 그렇게 생각하며 상방 내실의 문을 열자,

"이, 일어나시었소?"

소반을 받쳐 든 채 다소 당황하고 있는 현성이 눈앞에 우뚝 서 있었다.

"태자 전하. 뭘 하고 계십니까?"

"늦게까지 불이 켜져 있어서… 내가 끌고 온 일 때문에 지나치게 고생을 시키는 게 아닌가 해서 말이오. 피로를 풀어주고 눈에도 좋다는…."

"전하 되시는 분이 이런 일을 직접 하셔선 안 됩니다."

"미, 미안하오. 경망스러운 짓을 해버렸구료."

현성은 어깨를 늘어뜨리고 소반을 서탁 위에 올려놓았다. 몸을 돌린 그는 채경의 표정을 보지 못했다.

"…한 가지 알아낸 것이 있습니다."

"고생한 보람이 있구료. 무엇이오?"

"누가 무엇 때문에 어떻게 일을 꾸미고 있는지는 알 수 없으나… 언제 일을 벌일지는 간파할 수 있을 듯합니다."

"어떻게 그것을….."

"관아의 일력을 살펴보니 소동이 벌어질 때에는 반드시 관아 어디에선 가 연회가 열리고 있었습니다. 그것도 소동이 일어난 곳과 얼마 떨어지 지 않은 곳에서요. 마치 소동이 일어나는 것을 알리려고 하는 양…."

"과연 사람의 소행이란 말인가….."

"중랑장과 의논하시겠습니까. 어떻게 움직일지 짐작할 수 있다면 붙

잡을 방도도 있겠지요."

"그렇겠지. 고맙소, 부인. 피곤할 텐데 쉬시오."

현성이 손을 들었다. 그러나 그 손은 채경에게 닿는 일 없이 허공을 헤매다가 아래로 떨구어졌다. 현성은 감사의 마음을 오로지 어색한 웃음에 담아 한껏 지어 보이고는 총총히 상방을 떠났다.

금방 몸을 돌리고 시선을 피한다. 그렇기에 현성은 번번이 볼 수 없었다. 이런 때에 채경이 어떤 표정을 짓고 있는지.

⬧◈◯◈⬧

국가의 정무가 이루어지는 지극히 엄숙한 공간인 조정이었지만 언제나 곤두서고 긴장될 따름은 아니었다. 간혹 위에서 상찬을 내리는 일이 있으면 관아에서 약소한 연회가 열리기도 했다.

먹음직스러운 안주와 향기로운 술이 잇따라 날라져 오고, 자색 고운 가기들이 국사에 지친 관인들을 노래와 춤으로 위로한다. 특히 이번에 공부가 이룬 업적—대량하의 둑을 훌륭하게 보수한 건에 관해서 황제가 옥찬을 내렸으니, 맛의 여하는 둘째로 하고 영광됨이야 이루 말할 수가 없었다.

그러나 떠들썩하게 웃고 즐기는 관인들 중 몇몇의 얼굴에는 순수하게 기뻐할 수 없는 미묘한 빛이 어리어 있었다. 최근 관아의 젊은 관리들 사이에 숙직을 꺼려하는 분위기가 감도는 탓이다. 밤늦게 궁에 머물러 있으면 황궁을 떠도는 망령과 마주치고 마는 괴이한 꼴을 당하게 된다.

신임 관인을 사모하였다가 목을 매고 죽은 궁녀의 원혼이라든가, 사소한 잘못을 저질러 가혹한 상관에 의해 다리에 추를 매단 채 밤새도록 나무에 달아매어져 사지가 팔 척이나 되도록 늘어나 절명했다는 관인의 귀신 등.

그런 이야기야 뼈 굵은 관인이 신괴를 놀래키기 위해 과장스레 떠벌이는 것이고, 새삼 유행할 일은 아니지만… 정말로 '보았다'라는 말이 이어지면서 밤의 황궁 분위기는 묘해지고 있었다.

결코 진지하게 입에 담는 자는 없다. 선원궁에 의하여 지켜지는, 천명을 이은 황제의 궁에 감히 잡귀가 떠돌 리 없으니까…. 그러나 기묘한 공기가 감돌면서 무언無言의 무게는 점차 더해지고 있었다.

"괜찮아?"

"안 괜찮을 리가 있겠니, 애. 전부 뜬소문이야."

"하지만 향매가….."

"걔 원래 기가 약해서 헛것을 자주 보잖아. 놀랄 일도 아닌걸."

그러나 그런 제약에서 비교적 자유로운 가기들은 자신들의 불안을 속닥거렸다. 하지만 아무리 불안하고 꺼림칙해도 한낱 가기인 그녀들이 한밤중의 연회에 시중들러 가지 않아도 될 방도는 없다. 자신들을 이런 처지로 떨어지게 만든 조상의 악업을 원망할밖에.

대개 궁중무악을 할 줄 안다는 것 외에는 청루의 기녀들보다 격이 떨어진다고 평해지지만, 그중에서도 용모와 기량이 못지않다는 군계일학 —해란은 가급적 두려워하는 기색을 감추려 애썼다. 비록 꽃과 버들의 덧없는 명성이라 해도, 조정의 고관대작과 어울려 그만한 그릇을 갖추고 있다고 찬사를 받는 자부심에 금이 가게 두고 싶지 않다. 따라서 어찌할 바 모르는 동기와 후배들을 다독이며 오늘도 태연히 주연 자리에 나선 것인데….

"낭장, 술잔이 비었군요. 좋은 매화주가 있는데 맛보심이 어떠하신지요?"

"네가 따라주는 것이라면 어찌 만세주가 되지 않겠느냐? 헛허….."

가기는 볼일을 보는 것도 경박스럽게 내세워선 안 된다. 해란은 구실을 대어 자리에서 살며시 일어났다. 여관과 궁녀, 가기들이 쓰는 화장실은 공부의 관아에서 좀 떨어진 전각에 자리하고 있었다.

서둘러 걸음을 옮기는 해란의 등 뒤로 불현듯 기척이 느껴졌다. 그 순간 그녀는 어떠한 의문도 느끼지 못하고 동기인 줄로만 여겼다.

"국영이니? 너도 나왔구나."

국영이니? 너도 나왔구나.

반향한 것은 자신의 것이 아닌 자신의 목소리.

그녀는 벼락 맞은 듯이 몸을 떨면서 뒤를 돌아보았다. 하얀 그림자—하얀 털에 둘러싸인 사람 얼굴이 그녀를 말끄러미 바라보고 있었다.

"아아아아아아아아!"

비단을 찢는 것 같은 비명이 황궁 안에 쩌렁쩌렁 울려 퍼졌다.

현성은 벌떡 일어났다. 명목은 궁에서 숙직하는 이들을 감독하는 것이었지만 단지 그뿐이라면 곁에 칼을 둘 리 없다. 또한 황태자의 증표, 금패 역시 마찬가지다. 굳이 호부를 지니지 않아도 이 부절이 요마를 물리치는 부적의 역할을 능히 해낸다.

"어, 어디에…."

"아아! 아아아!"

방향을 잃고 우왕좌왕하는 현성을 인도하기라도 하는 양 거듭 비명이 어둠을 꿰뚫었다. 현성은 다급히 달리고 또 달렸다.

"조심하십시오! 다가오시면 안 됩니다!"

전각의 모퉁이를 돌자마자 현성은 단호하게 제지하는 목소리에 얻어맞은 듯 멈추어 섰다.

대낮에도 오가는 사람이 드문 수경각의 샛길, 기다란 골목 한가운데에 한 사람이 우뚝 서 있었다. 등 뒤로는 다리가 풀려 주저앉은 가기, 그 앞으로는… 정체 모를 백발의 형체. 소복을 빈틈없이 걸치고 있는 데다 얼굴마저도 하얀 털에 뒤덮여 사람인지 요괴인지 분간할 수조차 없었다.

"송무 공! 저건 대체….”

"무엇이 되었든 베어버리면 될 일입니다. 태자께서는 몸을 보전하시길!"

크게 외치는 송무를 향해 불현듯 하얀 그림자가 뛰어들었다. 장수는 망설임 없이 보검을 휘둘렀다.

"카강!"

쇠붙이 부딪는 소리가 밤을 두드려 박살 낸다.

"큭…!"

펄럭이는 소매 속에 날붙이라도 감추고 있는 것인가. 송무는 이를 악물었다. 범용한 요괴가 아니다…. 여느 요괴라면 송무의 몸에 손대기도 어려울뿐더러 굳이 날붙이로 싸우려 들지 않는다. 그들에게는 죽이고 물어뜯기에 더욱 우수한 이빨과 발톱이 있다. 그렇기에 대응이 더욱 어려웠다. 마치 춤을 추는 것 같이, 한편으로는 짐승이 날뛰는 듯, 난폭하면서도 우아하고 마구잡이 같으면서도 정연한 데가 있는 일격이 하얀 천으로 세를 가리고 잇따라 송무에게 덮쳐 온다. 조금이라도 상대의 수법을 보아야 압도할 수 있을 터인데, 지금의 송무로서는 방어하기에 급급할 뿐이었다.

"송무 공…!"

어지러이 덤벼들던 그것이 문득 멈칫하였다. 그 등을 현성이 보검으로 힘껏 내리친 것이다. 아무리 현성이라고 해도 칼 쓰는 법을 모르는 어린아이는 아니다. 몸을 지킬 정도는 배워 익히고 있다. 그런 현성이 있는 힘을 다한 검격을 그것은 몸을 날려 피할 도리밖에 없었다.

"황제 폐하의 안전을 어지럽힌 죄, 썩 무릎 꿇고 벌을 청하지 못할까!"

평소라면 목소리가 떨릴 법도 하건만 현성은 기세 좋게 소리쳤다. 그렇게 기운을 쥐어짜냄은 다른 이유가 아니다. 여기서 어물어빠진 모습을 보이면 자신에게 충의를 바쳐 준 송무를 욕보이고, 주저앉아 넋 놓고 있는 여인을 위험에 처하게 하는 일이다. 그렇게 생각이 미치자 현성은 결단할 수밖에 없었다.

"……."

그러나 그것은 유유히 소매를 휘둘렀다. 그 움직임은 더욱 교묘하고 예리해졌을지언정 두려워 움츠러드는 기색은 찾을 수 없었다. 휘두르고 뒤집고 뛰어오르며 변화무쌍하게 움직이던 몸이, 돌연 땅에 꺼진 듯 사라졌다.

"으앗?!"

"큭!"

둔갑술을 쓴 것이 아니다. 그저 주저앉았을 뿐. 그러나 한바탕 싸움 와중이라고는 믿을 수 없는 그 태세가 오히려 현성과 송무의 의표를 찔렀다. 두 사람은 서로를 향해 베어 들어가는 칼끝을 보고 기겁했다.

소스라치는 두 사람을 응시하면서—온통 털로 뒤덮인 얼굴에 시선의 향방이 보일 리는 없겠지만—그것은 몸을 일으켰다. 둘 모두를 한꺼번에 칠 수는 없다. 그렇다면 노리는 것은 누구….

"으아아아아!"

문답무용. 현성은 흐트러진 자세 그대로 몸을 앞으로 기울였다. 그리고 냅다 그것을 향해 돌진했다.

"태자!"

혼비백산한 송무의 목소리가 아스라이 귀에 들어온다. 매캐한 먼지 냄

냄새, 썩어가는 악취, 비릿한 피 냄새가 코를 막는다. 하얀 털이 얼굴을 가득 메워 천지사방도 분간할 수 없는 와중에 현성은 무턱대고 검을 찔렀다.

살을… 피가 가득 차 물컹거리는 살을 찌르는 느낌.

제법인걸.

아득해지는 의식 저편에서, 현성은 그런 중얼거림을 들은 기분이 들었다.

"정신 차리십시오, 태자!"

그대로 잠의 늪에 가라앉으려는 찰나 송무가 현성의 팔을 잡아당겼다. 현성은 가까스로 정신을 차리고 사방을 둘러보았다. 바닥에 고여 있는 흥건한 피. 그리고 점점이 이어지는 핏자국. 그것의 모습은 간 데 없었다.

"송구스럽습니다, 태자 전하. 소신이 불민한 탓에 험한 일을 당하게 하여."

"아, 앞뒤 없이 끼어든 것은 이 몸이 아닌가. 공의 잘못이 아닐세. 더군다나 내게는 금패가 있으니 여느 요괴는 범접할 수 없음이야. 전혀 개의할 것은 없네. 그보다 어서 요괴를 추적하세나."

"그것은 제게 맡겨주십시오."

"칼을 뽑았으면 무라도 자르라지 않는가. 이렇게 입씨름할 겨를이 없네."

현성은 걱정스레 쓰러진 기녀를 넘겨다보았지만, 기절만 했을 뿐 상처는 없는 듯했다. 화근은 끊어야 한다. 두 사람은 서둘러 달려갔다.

거친 숨이 싸늘한 밤공기를 데우고, 황궁의 고요한 밤을 가죽신의 바닥이 요란하게 때려 깨운다. 다행히 그 추적은 오래 걸리지 않았다.

"태자 전하? 무슨 일… 아이구머니나!"

전각의 불침번을 서던 내관이 어둠 속에 우뚝 선 그림자를 발견하고선 등을 밝히고 다가왔다가 그만 자지러졌다. 황태자와 중랑장의 발치에 길게 드러누워 있는 허연 형체. 일견 두 팔 두 다리를 지닌 사람과 같으나, 전신에 무성한 털은 도저히 사람의 것으로 보이지 않았다. 새하얀 털 가운데 가슴팍만이 붉게 물들어 있다.

"태자 전하의 공이로군요. 전하의 일격이 치명상이 되었습니다."

송무가 담담히 말했다. 현성은 어깨를 움츠렸다. 이렇듯 증거가 뚜렷하니 부언할 일은 없을 터이나, 그때 손끝에 느껴진 감촉이 과연 치명상이었는지는….

"소란 피워서 미안하구나. 선원궁의 숙직 도사를 불러 오거라."

"예, 옙!"

내관은 쓰러질 듯이 읍하고는 황망히 달려갔다. 되돌아온 침묵 속에서, 주검을 내려다보고 있던 송무가 문득 허리를 굽히고 한쪽 무릎을 꿇었다.

"송무 공? 윽…."

요괴의 시신은 빨리 썩는다. 혼이 없이 백만 있는 몸. 생기가 빠져나가면 순식간에 흙으로 돌아가기 때문에…. 그런 이치까지는 알지 못해도, 문드러지는 모습이 극히 흉하고 그 냄새가 매우 지독하다는 것은 누구나 아는 바이다. 그것을 송무는 맨손으로 잡아 뒤집었다.

"괘, 괜찮은가?"

"괜찮습니다. 소그드 공은 요괴를 짊어지기조차 했는데, 이쯤이야 어떠하리까."

"무슨 그런 호승심…."

"그런 뜻은 아닙니다만. 여기 전하의 검격이로군요."

다부진 손끝이 털을 헤치고 상처를 드러냈다. 분명 칼자국이다… 그러나.

"……?"

"이것은 마치 손으로 헤집은 것 같군요."

느끼는 바는 있으나 차마 말로 자아내지 못하던 것을 송무는 태연스레 입에 담았다. 요괴의 상처를 후벼 판다니, 생각만으로도 소름이 끼쳐 현성은 부르르 떨었다. 하지만 더욱 소름 끼치는 사실은 따로 있었다.

"이 요괴가 죽어 나자빠지기 전에 누군가 손을 댔단 말인가?"

"그럴지도 모르지요. 한데 저는 더 신경 쓰이는 일이 있습니다."

"무엇인가?"

"전하와 제가 본 요괴가 정녕 이놈일까요?"

종횡무진 천방지축, 그토록 현란하게 날뛰던 요괴가 눈 먼 칼질 한 대에 절명할 수 있을까. 아무리 현성에게 태자의 금패가 있다 한들….

"태자 전하! 직임을 다하지 못하여 황송합니다. 불초 소관을 벌해주시옵소서!"

그러나 깊이 따지기도 전에 선원궁의 도사가 들이닥쳤다. 현성은 도사를 달래어 안심시키는 데에 급급하여야 했다.

"선원궁의 일이 번다한데 작은 쥐새끼와 같은 요괴가 숨어든 것까지 샅샅이 훑어 찾으라 할 수는 없는 노릇일세. 다행히 나와 좌위중랑장이 가까이에 있어 퇴치한 것뿐이니 너무 자책하지 말게."

"하, 하오나…."

"이 요괴를 본 일이 있소이까?"

도사는 허둥지둥하는 중에도 눈을 치켜 떠 요괴를 살폈다. 그 얼굴에 떠오른 표정은… 순수한 의문이었다.

"이것은 성성猩猩입니다. 영리하긴 하지만 결계를 뚫을 힘 따위 없을 터인데…."

현성과 송무는 놀라지 않았다. 이미 누군가에게서 요괴의 소행이 아니라고 딱 잘라 부정하는 말을 들은 터였으므로.

"그것은 궁주께서 살피시면 환히 밝혀질 일. 아무쪼록 잘 부탁한다고 전해주시게. 요즘 자잘한 변고가 있어 황제 폐하의 마음이 어지러워지신 터이니, 말이 새어 나가 뜬소문이 되지 않도록 각별히 유의하게."

"예! 말씀 받들겠사옵니다!"

마치 신괴처럼 기합이 바짝 든 도사를 뒤로하고, 현성과 송무는 총총히 그 자리를 떴다.

그럼에도 불구하고 황궁의 다른 곳은 여전히 고요했다. 화재나 그에 준하는 변란이라면 모를까, 대단찮은 일로 시끄러운 말이 황제의 귀에 들어가 지존의 마음을 어지럽히고 나아가 노여움을 사는 데에까지 이르는 것은 순라 도는 시위나 내관 모두가 한가지로 바라지 않는 일이었다.

그러나 그토록 삼엄하게 순라를 도는 이들조차 깨닫지 못했다. 사람은 자신의 시야보다 높은 곳에는 쉽사리 주의를 기울이지 못하기 마련이다. 황궁의 누런 기와 위를 마치 원숭이인 양 잽싸게 달려가고 있는 그림자는 그래서 들키지 않았다.

그것은 이윽고 한 전각의 창으로 뛰어 들어갔다. 불도 켜지 않은 어둠 속에서, 두 형체가 그것을 맞이했다.

"어이쿠. 냄새가 지독하구만."

"…요괴의 생가죽을 뒤집어썼으니까요. 괜찮으십니까?"

"뭐, 어떻게든 참을 만해. 참지 않으면 안 되잖아?"

벌거벗다시피 한 모습으로 요괴의 피에 얼룩진 채, 허나 아무렇지도 않은 얼굴로 씨익 웃어 보이는 자는 다른 누구도 아닌 소그드였다.

"이거 대단하네. 금선탈각의 수법이라니. 가죽을 뒤집어써서 그 요괴로 위장한다라…. 현성이랑 송무가 감쪽같이 속던데?"

"아니, 소그드 공의 수완도 대단하지 않은가. 그 몸놀림은 물론이거니와 양의 가슴을 째고 손을 집어넣어 피를 거의 흘리지 않고 절명하게 하다니. 덕분에 가짜 요괴의 시체가 멋들어지게 탄생했지 뭔가. 양의 오줌보에 피를 채워 간 것도 실로 교묘한 꾀였네. 그 모습을 보아하니 잘 써먹은 모양이지?"

"아아, 당연하지."

"자화자찬하실 때가 아닙니다. 어차피 고식책. 양 시체에 요괴의 껍질을 뒤집어 씌우는 것 따위, 궁주께서 그런 잔재주에 속을 리가…."

"걱정 말게. 선원궁 궁주는 우리 편이야."

"예?"

달빛에 드러난 수성의 얼굴은 파리했다. 필시 어린 나이에 이번 일을 추진하면서, 또한 정엽의 아래에서 가르침을 받으며 쌓인 고지식한 사고방식에 한참 어긋나는 일을 자행하자니 위장이 뒤틀리고도 남을 것이다. 그러나 기염은 어디까지나 태연했다.

"궁주가 할 생각이 있다면 수성 공, 그대를 책망했을 때 엄히 문초하여 진실을 짜내었을 걸세. 하지만 공의 말을 듣자 하니 묻으려는 티가 역력하지 않은가. 더군다나 현 궁주는 정엽의 벗이라지. 만약 우리 속셈을 짐작했다면 도우려고 하지 않겠나?"

"그렇게 마구 믿어버려도 돼?"

"오판이었다면 그때 가서 생각하지. 핫하!"

시원스레 결론을 내리는 기염을 보며 수성의 죽상은 깊어질 따름이었다. 소그드 또한 그 꼬락서니로 태연했다.

"그보다 어서 닦으시게. 여기에 냄새가 배면 큰일이니."

"이걸로…."

수성은 준비한 물통과 수건을 건네주었다. 소그드는 청정수로 몸을 닦으며 한가로이 주변을 둘러보았다. 어둠 속에서 우뚝 서 있는 행렬은 필시 서가이리라. 퀴퀴한 서지의 냄새가 나는 전형적인 관서의 한 방이었다.

"어떻게 사람을 물렸지?"

"소생은 누가 뭐래도 신괴니까. 대접하는 명목으로 주찬을 안겨 주었네. 야식은 말일세, 먹으면 배가 든든해져서 졸음이 오는 법이거든."

싱글싱글 웃는 기염을 향해 소그드 또한 악당의 미소로 화답했다. 여전히 좌불안석인 것은 수성뿐. 하지만 그 수성조차 발을 빼진 못했다.

"이 짓으로… 정말 스승님을 도울 수 있는 거지요?"

"그렇다네. 믿어보게나. 이제부터 내 일이지."

기염은 장난스레 팔을 걷어붙이는 시늉을 했다. 몸을 닦는 데에 여념이 없는 소그드가 아쉬운 듯이 입맛을 쩍 다셨다.

"한 녀석 붙잡고 혼쭐을 내줬다면 더 확실했을 텐데."

"그렇게 했다면 필연적으로 정엽 공의 귀에 들어가기 마련이고, 정엽 공이 듣게 된다면 이 일을 간파할 것이 틀림없네. 그래서야 정엽 공 입장도 난처하고, 우리 또한 곤란하지 않겠는가?"

"곤란하지요."

"곤란해. 진짜 곤란해."

외모도 성격도 판이한 두 사람이 이구동성으로 뇌까리는 말에 기염은 푸혜 하고 웃음을 터뜨렸다. 그러나 그 얼굴은 이내 진지한 빛을 띠었다.

"자, 그럼 돌아들 가세나. 사람 눈에 띄지 않도록 조심하고."

"아아, 그쪽이야말로 조심해."

"소생이야 여차하면 말로 무마하면 되지만 공들은 그게 안 되잖는가."

"저에겐 도술이 있으니까요…."

"말로 무마할 일은 안 만들어."

"그 전에 쳐부수기 때문인가?"

목소리는 밤에 녹아들 듯 사라지고 호부의 전각에는 침묵만이 남았다.

며칠 뒤 사람들을 놀라게 한 것은 황궁에 요괴가 숨어들어 소동을 초래하였다는 소식이 아니었다.

풍문에 불과하다고 여겨진 것을 황제가 공표하였다는 사실, 게다가 요괴를 퇴치하여 소란을 진정시킴이 황태자의 공로라고 크게 치하한 데에 있었다.

본디 황제의 뜻에 맞아 태자의 자리에 세운 것이 아니니, 황제가 태자에게 엄혹해지는 것은 당연한 일. 국사를 맡겨도 중책에 발탁하지 않고, 대신과 사사로이 사귀면 질책하고, 필요 이상의 바른 몸가짐을 요구하는 것을 누구도 이상하게 여기지 않았다.

그래왔기에 황제의 이번 처사는 유별난 것이었다. 세인들은 응당 추측할 수밖에 없었다. 가장 익애하고 태자로 세우고 싶어 했던 황이자가 형식상으로나마 황적에서 폐하여지고 신하로서의 삶에 만족한 걸로 보이는 데에 면해 황제가 체념한 것이 아닌가 하고. 결국 태자의 자리는 부평초처럼 위태로운 것이 아니라 반석같이 단단하게 변모한 것이 아닌가.

그러나 본인은 세인의 수근거림에 별반 관심을 두지 않았다. 황제의 상찬이 내려온 날, 송림원에서는 조촐한 연회가 열렸다.

"자, 어서들 드시게나. 평소에 진 신세를 이로써 조금이라도 갚음이니."

"신세라고 할 만한 것이 있어?"

"상장군의 말씀이 옳습니다. 더군다나 이것은 폐하께서 내리신 어찬이 아닌지요. 저 같은 자가 감히 입에 댈 수는….”

"대단찮은 공로로 과분한 은혜를 입었으니 조금이라도 나누고자 하네. 또한 이번 일에 가장 공로가 큰 인물은 송무 공이 아닌가? 부끄러울 따름이네.”

"무슨 말씀을. 전하의 용맹에 힘입어 저야말로 과분한 은상을 받았는데요.”

이렇게 서로 사양하다간 끝이 없을 것이다. 현성은 웃는 얼굴로 대답을 아끼고 소그드를 돌아보았다.

"따돌린 것 같아 미안하구료. 요즘 이런저런 일로 심회가 깊은 듯하여….”

"상관없어. 그건 그렇고 용케도 해냈는걸. 나 이렇게 얻어먹어도 돼?”

"동떨어지게 만든 값이라고 생각해주시오. 아, 그러고 보니 좋은 천양주가 있었는데 내는 것을 잊고 있었군. 잠시 가져오리다.”

자리에서 일어나는 현성의 뒷모습을 무심히 바라보던 소그드는 문득 시선을 느끼고 고개를 돌렸다. 송무가 자신을 물끄러미 응시하고 있다. 그 눈동자는 단순히 따돌린 것을 미안해하는 뜻만을 담고 있지 않았다.

"너도 축하해. 황제… 폐하한테 또 칭찬받았네.”

"태자 전하의 뒤를 따랐을 뿐입니다. 그건 그렇고, 궁금한 것이 있습니다만.”

"뭔데?”

"글피 밤에 어디 계셨습니까?”

―글피라면 그날 밤이다.

느슨하게 미소 띤 소그드의 얼굴에는 털끝만큼의 요동도 드러나지 않았다. 오히려 입을 뗀 송무 쪽이 비록 우직스러운 표정은 그대로일지언정 그 숨결과 시선에 미미한 흔들림이 번져 나오는 판이었다. 누차 은혜를 입은 상공에게 이토록 불측한 뜻을 품고 추궁하는 말을 던져도 되는 것인지….

"교외의 초지에. 양이랑 말을 돌보려고."

"혼자 가셨습니까? 따르는 자들은…."

"백 두도 되지 않는 양이랑 말을 돌보는 데에 우글우글 갈 필요가 뭐가 있어? 그리고 거기에다 내가 산 하라트… 너희 말로는 뭐더라, 객이던가? 그런 녀석을 두었으니까."

"그렇군요. 그럼 그자는 공을 보았겠군요."

"근데 그건 왜 물어?"

"아니오, 조금…."

송무는 눈살을 찌푸렸다. 오로지 명령을 따를 뿐인 장수에게 거짓으로 얼버무릴 말주변은 없었다.

"실은 좀 미심쩍은 데가 있어서."

"뭐가 미심쩍은데?"

"요괴가 하늘에서 떨어졌거나 땅에서 솟아난 것이 아니라면 누군가가 황궁에 들여보내 주는 수밖에 없는데, 그 배후가 밝혀지지 않았습니다."

"헤에. 그게 나란 건가?"

그러나 소그드는 달랐다. 수백, 수천 기에 불과한 기족의 기병을 가지고 열 곱은 되는 중원의 군세를 물리쳐 왔다. 필요할 때에는 기만하고 속이지 않으면 살아남을 수 없다.

너무나도 태연자약한 말투에 더욱 당황한 쪽은 송무였다. 처음부터 터무니없는 의심을 하고 있다는 우려는 들었으나… 소그드의 태도가 송무의 죄책감에 부채질을 했다.

"다름이 아니오라… 저도 들은 이야기입니다만, 이 소동으로 누가 이

득을 봤다고 생각하십니까?"

"글쎄. 현성이랑 너인가?"

"…그리고 정엽 공도 포함입니다. 어느 순간 소문이 퍼지고 있었습니다. 황궁에 요괴가 침범한 것은 감히 범해서는 안 될 사람이 모욕을 당하고, 하극상이 저질러지고 있기 때문이다…. 아무리 폐적되었다 하나 황제의 피를 이은 고귀한 분이 가당찮은 처우를 받고 있어서라고요."

기엽이 잘해준 모양이다. 조금 크게 뜬 눈으로 놀란 낯을 지어 보인 채 소그드는 감탄했다.

"그런 소문이 퍼졌을 정도면 정엽은 이제 고생 안 해도 되는 건가?"

"듣자 하니 그렇다고 합니다. 하여… 정엽 공이 스스로 일을 꾀했을 리는 없고, 그분이 곤경에서 벗어나기를 가장 바라는 분은…."

"의심하는 것은 어쩔 수 없다손 치더라도, 나 요괴는 못 부리는데. 혼자서 어떻게 할 수는 없지."

"…죄송합니다. 짧은 식견에 휘둘려 터무니없는 의심을 해버려서."

"괜찮아, 괜찮아."

혼자가 아니라고는 말하지 않았으니까.

현성과 송무에게만은 귀띔해 주어도 좋을지 모른다. 그들이 뜻을 같이하지 않으리라곤 소그드도 생각하지 않았다. 다만….

그런 굴곡진, 어둡고 침침한 길을 저토록 맑고 똑바른 이들이 굳이 알 필요는 없다. 감당할 수 있는 자들이 짊어지면 그걸로 족하다.

소그드는 그런 생각을 속내 깊숙이 감춘 채 술을 가지고 오는 현성에게 싱긋 웃어 보였다.

현성은 손으로 얼굴을 덮었다. 불콰하게 물든 이마에 감촉이 서늘해서 그의 기분을 가라앉혀 주었다.

연회는 늦게까지 이어지다 파했다. 주인 된 입장으로 현성은 누구보다도 많이 마시고 떠들었다. 행여나 말실수할까 염려할 필요는 없는 상대다. 안심한 탓인지 여느 때보다 술이 양껏 들어간 듯했다.

취기가 올라 몽롱한 뇌리에, 방금 전—아니 꽤나 시간이 지났던가? 술자리의 광경이 물거품처럼 떠올랐다 사라진다. 멀리서 우물거리는 목소리가 되풀이된다. 그 내용만큼은 묘하게 또렷했다.

'…의 공로라고?'

자신이 무어라고 답했던가? 그야말로 대취하여 주워섬기는 말을 알아들을 귀가 있을까. 그러나 상대방은 알아들었던 것이다. 그는 묘한 표정을 짓고 대뜸 말했다.

'만약 그 여자에 관하여 누군가가 똑같은 말을 했다면 기분이 어떨 거 같아?'

그 새카만 눈동자도 선명하다. 마치 그가 쏘아붙이는 화살촉처럼 날카로운 시선.

'태자에게는 어울리지 않는 여자라고… 자식도 못 가지면서 거만하기 짝이 없는 여자라고 이야기해도 괜찮아?'

여전히 답은 기억나지 않았다. 술기운이 끓어올라 꼬인 혀로 되는 대로 내뱉었던 것 같기도 하다. 놀란 눈으로 그들을 돌아보는 송무의 시선이 어렴풋이 떠올랐다.

'너는 그 여자를 정말로….'

말문이 막혔던 것은 분명히 뇌리에 남아 있다. 그리고 이어진 말은… 이어진 말은….

"전하. 괜찮으신지요?"

꿈에는 비할 바 없이 맑고 청량한 목소리가 현성의 고막을 두드렸다. 채경이 문 앞에 서 있었다. 거느린 시녀 하나 없이 홀로 선 모습은, 비록 꼿꼿이 등을 세우고 흔들림 없이 어깨를 편 여느 때 그대로라 해도 어쩐지 위태로워 보였다.

"괘… 괜찮소."

"과음하신 것 같습니다. 귀한 몸을 보중하소서."

"미안… 하오. 간만에 가까운 이들과 마시다… 보니, 보기 흉한 꼴이 되었구료."

아무리 애를 써도 엉망으로 꼬인 혀를 되돌릴 길은 없다. 환한 이마의 미간에 생겨버린 가느다란 주름을 궁색하게 외면하면서, 현성은 횡설수설했다.

"모처럼이니까요. 어쩔 수 없지요."

"그래… 그렇소. 모처럼 은상을… 사실은 받을 자격이 없는데도."

"무슨 말씀이신지요?"

듣기에는 어떠한 감정도 깃들어 있지 않다. 아름답지만 차가운 얼굴에서 동요를 찾을 길은 없다. 애초부터 이 하얀 얼굴을 똑바로 바라본 적도 별로 없는 것이다…. 그러나 오늘은, 오늘만은 다른 데로 피했던 시선도 밀물이 달의 인력에 이끌리듯이 그 얼굴로 돌아온다. 현성은 괴괴한 달빛에 홀리기라도 한 양 마구잡이로 말을 이었다.

"모두가 부인 덕이 아니오? 진상을 파헤친 것도, 그것이 나타날 곳을 짐작한 것도, 그래서 내가 공을 세운 것도… 배후를 파헤치지 못함도 모두 내가 불민한 탓. 그런데도 공을 내가 오로지하고, 부인의 뛰어난 사려는 회자하는 일 없이, 나한테는 과분한 사람임에도 불구하고…."

"가당치도 않은 말씀이십니다."

채경의 목소리가 거듭 현성의 고막을 후려친다. 설산의 얼음처럼 차갑고 흠 하나 없는, 여느 때와 추호도 다르지 않은….

정말로 다르지 않았던가? 밤의 정적 때문이라고 하더라도 그 목소리는 유달리 크게 들렸다.

"황궁의 불온한 기색을 짐작한 분은 태자셨고, 중랑장께서 자신을 아끼지 않고 돕고자 함도 태자께 충의를 다해서입니다. 폐하께서 어떻게 대하시든 세간에서 무어라 떠들든 은인자중하며 바른 도리를 지켜 온 분은 태자이신데 어찌 첩에게 공이 있다 말씀하십니까?"

평상시라면 체면치레해주는 것이라 여기고 금방 멋쩍게 고개를 돌려버렸을 터.

그러나 눈을 떼지 않던 현성은 보고 말았다. 수심이 어린 이마, 찌푸려진 미간, 그리고 달빛을 머금어 흔들리는 눈동자까지도. 그 표정이 언짢음의 발로가 아님은 현성도 능히 짐작할 수 있었다. 그 표정은 이를테면.

"…나를 위해 화내주는 것이오?"

새하얀 뺨에 붉은 기운이 확 번졌다. 황태자는 이런 투의 말을 한 번도 건넨 적이 없었다. 모든 것은 예법에 맞게 격식에 어긋나지 않도록, 서로 이야기를 나눌 때에도 어디까지나 황태자와 태자비로서 대화했던 것이다.

"…말이 과하였습니다. 전하께서 불쾌히 생각하신다면…."

기분 같은 것은 아무래도 좋다. 감정이란 없는 거나 마찬가지다.

그것이 모름지기 황태자와 그 비─사私보다는 공公이 앞선, 장차 중원 화하를 이끌어갈 사람들의 도리일진대.

그러나 이 순간만큼 현성은 자신의 입장도, 그녀의 처지도 보지 않았다. 그의 눈에 비치고 있는 이는 한 사람의 여자.

"불쾌하게 생각하는 것이 아니오. 나의… 나의 벗이 말해주었소. 내가 바보 같은 자라고 자칭하였을 때, 진심으로 화내는 이가 있다면 그는 나를 진정으로 소중하게 여기는 것이라고."

"……."

말수는 적으나 언제나 도리에 맞는 말만 하는 그 입술이 달싹거리며 벌어졌지만… 목소리는 나오지 않았다. 수면의 달에 손을 넣어 흩트리듯이 현성은 대뜸 들이밀었다. 잔물결 아래서 출렁이는 마음은, 결코 이치나 시비의 영역에 속하는 것이 아니었다.

가까스로… 숨소리보다도 가느다란 목소리가 새어 나왔다.

"…지어미가 지아비를 소중하게 여기는 것은 당연한—."

"나도 그대를 소중하게 여기오. 태자비로서가 아니라, 그대를."

용렬한 사내에게 시집을 와 비빈의 삶을 강요당하기에는 너무나 아까운, 아름답고, 올바른 사람. 통분할 법도 하건만 말로도 얼굴로도 전혀 드러내지 않는….

나를 지켜주는, 소중한 사람.

태자로서가 아니라, 남편으로서가 아니라, 현성이라는 사내를 어떻게 여기느냐고… 형태를 이루지 못했으나 질문이 던져진 것이나 다름이 없다.

"……."

또한 대답은 없다 해도 그 붉어진 얼굴, 젖은 눈동자, 옹송그린 어깨는 대답한 것이나 다름이 없다.

현성은 벌떡 일어나 여인의 소매를 움켜쥐었다. 후원산의 장송처럼 굳건할 듯하였던 여인은, 바람이 어루만지는 상사화처럼 잡아당기는 대로 이끌려 왔다.

마치 들보 위의 군자라도 되는 양 소리도 없이 소그드는 중방의 내실에 걸어 들어왔다.

자신의 집에 살그머니 들어와야 할 만큼 켕기는 일이 있는 것은 아니었다. 그저 하인을 불러 한바탕 시끄럽게 귀가하기 성가실 뿐이고, 기척을 죽이는 것은 단순한 버릇일 따름.

하지만 정말 켕기는 일이 없느냐 하면…….

"늦으셨군요."

어둠 속에서 들려온 목소리는 그대로 소그드의 몸을 그 자리에 못 박아버렸다. 달도 없는 밤, 어둠보다도 더 짙은 그림자 둘은 언제까지나 그렇게 머물러 있을 것만 같았다.

"여기서, 왜?"

몇 식경이 지난 듯한 시간이 흐른 후에야… 비로소 소그드의 목소리가 울려 퍼졌다. 평소보다 딱딱한 어조에 정엽은 고개를 기울였다.

"불을 밝히고 기다리면 시중 들어주시는 분들이 신경 쓸 듯하여… 죄송합니다. 놀라셨습니까?"

"응. 심장이 튀어나올 뻔했는걸."

"그렇게 보이지는 않았습니다만…."

"놀랄 일이 있을 때 일일이 질겁하고 날뛰어서야 날 잡아줍쇼 하는 거 잖아?"

과연 침착함을 되찾는 데에는 그리 오래 걸리지 않았다. 어둠에 눈이 길들어 상 위에 단정하게 앉아 있는 사람 윤곽을 꿰뚫어 보는 데에도 마찬가지다. 어떤 암흑이라도 그 새하얀 피부와 새파란 눈동자를 오래 덮어 가리지 못한다. 성큼 내딛는 발걸음이 삽시간에 속도를 더했다.

"기다려준 거야? 나를?"

"예. 얹혀 지내는 처지에 실례라는 것은 알지만…."

"그리웠어?"

몸은 지척에 있는데 만나질 못해서. 함께할 수 없어서.

마음이 굶주려서―몸이 애달아서.

이렇게 만나러 온 거냐고, 밤도 미처 가리지 못한 번쩍이는 눈이 묻고 있다.

정엽은 미소 지었다. 분명 사랑하는 마음은 같을 터인데, 움직이는 방향이 같지는 않다. 오랫동안 수행을 한 몸이고 지금도 정진하고 있는 그로서는 하루아침에 정인을 갈구해 미칠 것처럼 되지는 않는다.

"반 정도는 비슷합니다만 나머지 반은 다른 이유로군요."

"다른 이유?"

"뭘 하신 겁니까?"

"―뭘 하다니?"

간격은 거의 없었다. 날카로운 감각이 아니라 수행으로 얻은, 모든 암야와 기만을 간파할 수 있는 눈동자도 소그드의 표정에서 차이를 찾아내지는 못했다. 어찌 보면 지당한 일이다. 소수의 정예로 압도적인 대군과 맞서 싸우던 초원에서의 나날을 보낸 그이다. 어떤 가혹한 시련을 앞에 두고도 시원스럽게 웃음 짓고 태연함을 가장하지 않으면 순식간에 잡아먹히는 것이 그들의 생태. 하지만 정엽에게는 더 큰 무기가 있었다.

"제게 거짓말을 하실 참인가요?"

단지 그것만으로 철옹성은 간단히 무너졌다. 소그드는 야단을 맞아 풀죽은 양, 혹은 토라진 얼굴로 고개를 돌렸다.

"…그렇게 말해버리면 치사하잖아."

"저를 위해 무모한 일을 벌이고서 제가 모르길 바라는 것도 지나친 처사인데요."

"어떻게 알았어?"

"어떻게랄 것도 없지요. 면신례가 갑자기 끝나버린 데에 아무런 연유도 없을 거라곤 세 살 먹은 아이도 생각하지 않을 겁니다. 나머지는 조금만 탐문하면 될 일. 당신도 기염 공도, 수성에 이만 공까지 정말이지….."

한숨을 쉬는 정엽을 보며 소그드는 어깨를 부르르 떨고 싶은 기분을 어떻게든 억눌렀다. 도대체 어디까지, 어떻게 해서 알아낸 걸까? 그러나 소그드로서는 참으로 드물게도 물을 용기가 없었다.

마찬가지로, 말을 찾을 수 없는 소그드에게 드물게도 정엽이 조용히 일어나 다가왔다. 그의 슬픈 표정을 소그드는 또렷하게 볼 수 있었다.

"걱정을 끼쳐서 죄송합니다. 더군다나 저 때문에 위험천만한 일을…."

"나는…."

그런 얼굴을 하게 만들 작정이 아니었는데.

그러나 소그드가 뭐라 말을 자아내기도 전에 부드러운 미소가, 그리고 입술이 소그드에게 와 닿았다.

"하지만 고맙습니다."

"…좀 더 뜨겁게 표현해주었으면 좋겠는데."

"지금은 참으십시오. 이건 벌로 해두죠. 저에게 아무 말도 하지 않고 작당해서 터무니없는 일을 벌이고 다닌 데에 관한."

역시 치사하다.

밤바람처럼 그의 품을, 두 팔 사이를 빠져나가는 정엽을 쏘아보며 소그드는 내심 한탄할 도리밖에 없었다.

눈치챌 수밖에 없지 않은가—그토록 집요했던 괴롭힘이 이렇게까지 뚝 끊어진다면.

사락사락 소리를 내며 정엽의 상 옆에 쌓여가는 면지는 눈보다도 하얗다. 써 내려가는 글귀도 지방관에게 보내는 준엄하고 품위 있는 글귀. 이제 더 이상 먹물을 뒤집어 쓴 면지 더미도, 기녀를 청하는 글이나 서리들을 괴롭힐 용도의 복잡한 칠언시 따위를 쓰라는 명도 그에게 전해지지 않았다. 하지만 어찌 됐든 정엽은 명받은 대로 반듯한 문장을 자아낼 뿐.

부랴부랴 마무리 된 면신례 뒤에 정엽의 하루하루는 평온 그 자체였다. 정엽을 멸시하던 한림원의 학사들은 지금은 오히려 거리를 두고 있다. 아무 일도 없었다는 듯이 시치미를 떼든가, 애써 예를 차리고 대하든가, 지레 겁을 먹고 비굴하게 굴든가. 그 속내는 구태여 심통부를 쓰지 않아도 빤했다. 단지 몇 마디 말과 소문, 암시로 이렇게까지 될 수 있다니 재미있을 정도였다.

천명을 받은 황제의 자손을 감히 범하는 자, 천벌을 받지 않는다면 명부라도 가만히 있으랴.

"한가한가?"

"기엽 공… 왜 그런 곳에?"

정엽은 말을 뱉어냈을 입이 창틀에 걸쳐져 있는 광경을 다소 기막힌 심경으로 바라보았다. 빈말이라도 풍성하다고는 말할 수 없는 수염 아래서 얇은 입술이 호를 그렸다.

"호부 낭중이 일도 없이 한림원을 어슬렁거리면 보기 흉하지 않은가."

"인적 없는 곳에서 창으로 들여다보는 것도 그리 보기 좋을 광경은 아닐 터입니다만."

"좀 봐주게. 한가하잖은가."

"공께서는?"

"나도 마찬가지일세."

어차피 무슨 수완을 부렸을 터. 정엽은 물끄러미 그를 응시했지만, 기엽은 시선도 피하지 않고 싱글거렸다. 이 정도의 수완을 부릴 줄 아는 자가 왜 태학의 밥벌레로 머물러 있었는가.

도사와 요괴를 졸과 차마로 부리고, 소그드라고 하는 이단을 장으로 삼는 그 기법은 필시 이단.

옛 벗이 도술에 빠졌다는 쓰디쓴 기억이 그의 발목을 잡지 않았더라면, 그 심연에 똑같이 몸을 던졌더라면⋯ 태어난 것은 더욱더 무서운 인요였을지도 모른다.

"모처럼 훌륭한 관인이 되셨는데 좀 더 성실한 모습을 보이시는 것은 어떻습니까?"

"성가실 따름이야. 사돈의 팔촌에게까지 서신이 오니, 그걸 얼버무리는 것만으로도 대단한 노고일세. 이런 수렁에 끌어들인 사람이 한가할 때 장기라도 둬준다면 위로가 될 텐데."

"저녁에 한잔 사지요."

"오호, 듣던 중 반가운 말을."

"자, 그럼 퇴궐길에 뵙겠습니다."

어슬렁어슬렁 몸을 돌리는 기염에게 정엽은 문득 말을 던졌다.

"그러고 보니 일전에 묻고 싶은 것이 있다고 하셨을 터입니다만."

등과를 하면 자신의 정인이 누군지 알려주기로 한 약속을 아직 지키지 못했다. 기염은 돌아보지 않았다. 어떤 표정을 지을지 스스로도 알 수 없었기에.

"어쩌다 보니 답을 찾아버려서 말일세."

이미 기염은 만나버렸으니, 그의 눈썰미로 눈치채지 못할 리가 없다.

그가 돌아보지 않는 것은 정엽으로서도 고마웠다. 얼굴빛이 어떻게 바뀌어 있을지 알 수 없었으니까.

오월 단오—궁중에서도 그윽하게 창포향이 퍼지는 계절.

오색실로 부적을 만들어 매달고, 궁중의 여인네들은 추천을 뛰며, 누구 할 것 없이 창포로 정결하게 몸을 씻는 이날은 퇴궐하는 관인에게는 귀중한 휴일이기도 했다.

"머리카락이라는 거 그냥 놔둬도 마르지 않아? 굳이 휴일까지 받아가면서 쉴 필요가 있어?"

"이 나라에서는 머리카락을 묶어 올리는 것만으로도 대단한 일이니까요. 특히 여자분은요. 하지만 좋지 않습니까? 덕분에 이렇듯 빨리 퇴궐할 수 있으니."

"난 네가 같이 가자고 권해준 것이 더 기쁘지만."

벽이 두터운 수레 안이기에 정엽은 특별히 제재하지 않았다. 소그드는 수레 타기를 싫어하지만 정엽이 권해주었기에 기꺼이 바르스를 걷게 하고 냉큼 올라타 있었다.

"어차피 돌아가는 길은 같고, 모처럼 퇴궐하는 때도 맞아떨어졌으니까요. 일부러 따로따로 돌아가는 것도 이상하겠지요."

금방 뻗어 오는 손을 정엽은 웃는 얼굴로 후려쳤다. 소그드는 체통도 염치도 없이 수레의 방석 위에 푹 엎드렸다.

"너무 안달하게 만들지 마…."

"당신도 조금 인내심을 배우는 편이 좋겠지요."

천연덕스레 말을 돌리는 정엽의 얼굴을 소그드는 물끄러미 올려다보았다. 중원의 풍속이라든가, 같이 일하는 관인들에 대해서라든가, 요즘 한림원이 절치부심하는 임무 등등. 대부분은 소그드가 흥미도 없고 알아듣지도 못하는 이야기지만, 정엽의 목소리를 듣기만 해도 음악과 다를 바 없었다.

최근 들어 정엽은 눈에 띄게 밝아졌다. 관인으로서의 생활이 뜻밖에 잘 맞는 듯했다. 이상할 것도 없다. 정엽은 처음부터 누군가에게, 이 세상에 힘이 되고 싶어 했으니까.

하급 관인의 녹색 옷도 정엽에게는 놀랄 만큼 잘 어울렸다. 긴 머리카락을 단정하게 틀어 올려 관을 쓴 덕분에 섬세한 턱과 눈부신 목덜미가 그대로 드러나고 있었다.

정엽이 기뻐하면 소그드도 기쁘다. 하지만 이따금 생각하고 만다.

다른 누군가가 아니라, 자신만을 위해서.

이 두 손 안에….

"소그드?"

문득 깨닫자 의아한 시선이 자신을 향하고 있었다. 소그드는 머쓱하게 웃어 보였다.

"아, 잠깐 엉뚱한 생각 좀."

"사람을 두고 실례되는 생각은 하지 말아달라고 누차 말했건만."

정엽은 관인의 홀로 소그드를 꾸욱꾸욱 찔렀다. 아야야 하는 소리가 요란하게 울려 퍼졌지만 엄살일 뿐이라는 것은 잘 알고 있다.

"모처럼 휴일인 만큼 당신이 만들었다는 장원을 보여주십사 할 참이었는데 관둬야겠군요."

"어? 진짜?!"

"그러니까 관둬야겠다고—."

"아니, 아니, 아니, 가자! 나 진짜 근사하게 해뒀으니까!"

무릎으로 기어 반쯤 몸을 일으켜 열렬하게 달려드는 소그드를 정엽은 홀로 후려쳐서 진정시켰다. 하지만 얼굴은 어찌할 수 없이 웃고 있다.

"예에, 기대되는군요."

'근사하게 했다'라는 것은 적어도 중원에서 장원을 꾸미는 기준은 아니었다.

장원이라면 으레 있을 객방이나 객민은 없다. 논밭이 만들어져 있는
것도, 수풀을 꾸며 사슴이 뛰놀고 과수가 우거져 있는 것도 아니다. 그저
망망대해와 같은 초지뿐.

그 속을 한 무리의 양과 말이 느긋하게 풀을 뜯고 있었다.

"어라, 나리 납셨수까. 그쪽은 뉘쇼?"

"정엽이야. 뭐, 친구."

"처음 뵙겠습니다."

"그리 정중하게 인사하지 마슈. 나야 고작 문지기 정도니까. 그럼 오
늘은 휴가구먼유?"

"그래, 나도 휴가니까 너도 휴가. 한잔 하고 들어가."

후줄근한 사내는 누런 이를 드러내고 웃더니 총총히 사라졌다. 장원의
입구에 작은 오두막을 짓고 지내다 소그드가 부재하면 가축들을 돌보는
그는 이를테면 객민이었지만, 소그드를 대하는 데에 허물이라곤 없었다.
정엽은 웃을 뿐 나무라지 않았다. 주인과 객민의 격차는 분명할 터이나
화하의 율 따위 소그드에게 아무런 의미가 없다.

"저분은 어떻게 거두게 되셨지요?"

"길거리에 굴러다니던데, 어쩐지 믿을 만해서 권했지."

"순전히 감입니까. 당신답다면 당신답습니다만."

"그보다 말야, 어때?"

소그드는 고삐도 잡지 않고 말 위에서 팔을 벌리며 마치 소개하듯 정
엽 쪽을 돌아보았다.

분명 하늘빛도 물맛도 다를 것이다. 이곳은 조금만 달려 나가면 황도
에 이르는 중원 화하의 교외.

하지만 이 풍경이 소그드가 그리는 그것과 조금이라도 가깝다면—.

"예. 근사하군요."

그 웃음에 이끌리듯이 정엽의 입가에도 꽃이 피어났다.

투박하지만 단단한 체구의 암말은 정엽을 향해 휘우듬한 목을 뻗었다. 정엽은 조심스레 미소 지으며 손을 내밀었다. 암말의 곁에 달라붙어서 기다란 귀를 쫑긋 세우고 정엽을 응시하고 있는 호리호리한 망아지. 새끼 딸린 암말이 경우에 따라 얼마나 맹폭해질 수 있는지 정엽도 익히 들었지만 다행스럽게도 암말은 그 주인이 각별히 여기는 사람을 용인하기로 마음먹은 듯했다.

"이름은 지으셨습니까?"

"아직. 네가 지어 보겠어?"

"그것은 영광이군요. 열심히 생각해보겠습니다. 마구간은 따로 안 만드셨습니까?"

"초원에서는 겨울이 아니면 잘 안 만들어. 나무가 별로 없거든."

과연이랄지. 드넓은 초지에 오뚝하니 서 있는 것은 막사 하나뿐. 파란 하늘 아래 녹색 초원 위에 선명한 하얀색이 두드러졌다.

막사라고 부르기엔 사실 어폐가 있다. 천을 장대 위에 씌워 집처럼 꾸민 화하의 막사와는 조금도 닮은 데가 없는 것이다. 조상 대대로 이러한 형태로 거처를 만들어 온 기족에게 닮으라고 하는 쪽이 무리한 이야기일 테지만.

길고 가늘게 쪼갠 나무 널을 격자 모양으로 엮어 둥글게 벽을 세운다. 그 위에 두르는 것은 양털에 물을 뿌려 서로 얽히도록 한 모전. 천장에 둥그렇게 뚫린 구멍은 창과 굴뚝의 역할을 한 몸에 오로지한다.

계절이 바뀔 때 모전을 걷고 격자벽을 접으면 떠날 준비가 끝난다. 불과 몇 사람이 손을 쓰면 한 식경도 걸리지 않는 것이다.

"기족의 전장氈帳… 서책에서 곧잘 읽었습니다만, 실제로 들어오는 것은 처음이군요."

"언제든 들어와도 괜찮았는데? 나, 여기에서 집을 주기 전에는 줄곧 이걸 짓고 살았는걸."

"그때는 이렇게 허물없는 사이가 아니었으니까요."

"흐음. 그렇다면 지금은…."

슬금슬금 허리를 휘감아 오는 손을 후려치면서 정엽은 문을 밀고 안으로 들어섰다. 문만은 이질적이게도 통짜로 된 나무였다. 구름과 하늘과 수풀, 여러 종류의 짐승을 정교하게 새긴 표면 위에 뼈로 만든 경첩이며 손잡이가 어우러져 있었다. 변방 오랑캐에겐 문물이랄 것이 없다고 떠벌이는 이들에게 보여주면 어떤 반응을 보일까?

"무척이나 공을 들인 것 같군요."

"응. 만드느라 시간 좀 썼지."

"직접 만드신 겁니까?"

"보통 문은 조상의 업적 같은 것을 새겨서 대대로 물려받는 거니까. 뭐, 나는 나 좋을 대로 새겼지만. 어때, 근사해?"

"당신처럼 인내심 없는 분이 용케도 이렇게 해내셨군요."

"순수하게 칭찬해줄 수는 없는 건가…."

안은 의외로 밝았다. 천창에서 쏟아져 들어오는 빛은 물론이거니와, 벽의 역할을 하는 모전을 거리낌 없이 젖혀 가죽 끈으로 잡아매자 격자무늬를 그리는 벽은 이내 창문의 역할도 하게 되었다.

단출한 실내는 일견 황량했다. 오른쪽 면에는 침상, 왼쪽 면에는 궤짝 몇 가지, 그리고 문과 마주 보는 정면에는 조그만 제단 비슷한 것이 자리 잡았을 뿐.

유유자적하게 살아가는 소그드라도 정리정돈은 묘하게 깔끔하게 하곤

했다. 계절과 바람의 방향에 따라 언제든 훌쩍 떠날 수 있는… 초원의 백성 그 자체.

정엽은 문득 손을 내려다보았다. 자신도 모르는 사이에 꽉 쥔 주먹의 손마디가 하얗게 두드러져 있었다. 모양 좋은 홍순이 실소를 흘렸다.

붙잡지 못해 안달하는 이는, 놓쳐버릴까 초조해하는 이는 과연 소그드 뿐일까. 폭풍우에 치는 물결 같은 마음을 알 리 없는 소그드는 다소 들뜬 걸음으로 뒤따라 들어왔다.

"여기에 죽 살지 않으니까 썰렁하네."

"여기서 황궁을 오가기에는 힘들겠지요. 이 나라에서 이렇게 지내는 데에 불편은 없습니까?"

"아, 에스기가 젖어서 곰팡이가 피는 것은 큰일이야. 고향에서는 비가 잘 오지 않으니까."

"에스기… 라면 모전이군요. 어디서 구하셨지요?"

"이것도 내가 만들었지."

"호오….."

"고향에서는 날을 잡아 다 같이 일손을 모아 만들지만 말야. 혼자서 쓸 것이라면 나 혼자라도 어떻게든 되니까."

소그드가 끌어온 호상胡床에 앉으며 정엽은 그가 한바탕 늘어놓는 에스기 만드는 풍광에 귀 기울였다. 하지만 한편으로는 뇌리 한쪽에 떠오르는 상념을 응시하고 있었다.

들짐승처럼 살아간다고 일컬어지는 변방 초원의 백성들도 봄이 와서 수컷들의 불을 깔 때, 여름에 에스기를 만들 때, 가을에 가축을 잡아 고기를 저장할 때 서로서로 힘을 빌린다.

하지만 그 속에서도 소그드는 다른 이를 의지해서 살아오지 않았다. 타인에 무관심하며, 자신의 마음이 가는 대로 오로지 표표하게.

그러나—.

"참… 이거."

문득 정엽의 무릎에 웬 보퉁이가 털썩 떨어졌다. 정엽은 휘둥그레져서 소그드를 올려다보았다. 시야에 들어오는 것은 신기할 정도로 겸연쩍어 하는 소그드의 얼굴.

"무엇이지요?"

"선물… 이라고 해야 하나? 마음에 들지는 모르겠지만."

고개를 갸웃거리면서 보퉁이를 푼 정엽은 놀라지 않을 수 없었다. 그 안에 있는 것은 짙푸른 색 비단으로 지어진 호복胡服.

"어떻게 얻으셨지요?"

"나도 닳아 떨어질 때까지 이것만 입을 순 없잖아? 저자에 바느질 잘 하는 녀석이 있길래 똑같이 지어달라 부탁했지. 하는 김에 네 것까지 말야."

기뻐해 줄까. 정엽은 초원의 노래나 이야기, 살아가는 방식을 듣는 것 은 좋아한다. 하지만 그들이 오랑캐의 복식이라 부르는 옷을 몸에 걸치 는 것까지 좋아할까.

좋아해 준다면… 단순한 도락이나 흥밋거리가 아니라, 자신이 삶을 쌓 아온 초원에 대하여 느끼는 감정의 반 푼이라도 같이 느껴준다면.

이상한 노릇이었다. 지금까지는 단지 욕망을 맞대기만 해도 좋았는데, 그가 자신을 소중하게 여겨 주는 것만으로도 기뻤는데…. 좀 더, 좀 더 많은 부분을 이어나가고 싶다. 소그드로서는 난생 처음 느끼는 종류의 바람….

"이런 귀한 것을… 고맙습니다."

그리고 그 바람이 충족될 때에는 아무리 찰나일망정 형용할 수 없는 희열이 몸을 꿰뚫는 것이다.

뺨을 살짝 상기시킨 채 활짝 웃는, 여느 때의 차분한 표정은 찾아볼 수도 없을 만큼 무너진 아이 같은 얼굴. 그 얼굴은 삽시간에 소그드에게도 옮아왔다.

"입어볼래? 내가 입혀줄―."

"혼자서도 입을 수 있습니다."

정엽은 소그드를 무너뜨린 표정 그대로, 가열하게 그의 오금을 걷어차고 밖으로 떠밀었다. 소그드는 아우성을 치면서도 꼼짝없이 전장 밖으로 밀려났다. 그러나 그 또한 속수무책으로 당할 참은 아니었다. 나름의 심산이 있는 터이다. 더 큰 즐거움이 기다리고 있을 테니까… 서두를 것은 없다. 그런 기대를 되새김질하면서.

가까스로 소그드를 쫓아낸 정엽은 자신의 장포 매듭을 풀어내었다. 그토록 견문이 넓은 그도 이국의 복식을 볼 기회는 많지 않았다. 분명 서국 출신인 모후도, 그러잖아도 이질적인 용모에 대한 반감을 누그러뜨리기 위함인지 서국에서 입었던 옷을 한 번도 걸친 적 없었다.

먼 나라의 옷을 보면 정엽은 떠올리지 않을 수 없었다. 자신이 매달리던 도리의 테두리 바깥에―바람은 거리낌 없이 넘나드는 저 산맥의 너머, 저 바다의 건너에 그가 모르는 도리와 율법으로 사람들이 삶을 꾸려가는 또 다른 땅이 있다는 사실을.

그리고 지금은 또한 생각하지 않을 수 없었다. 이 테두리에―오로지 크기만 할 뿐인 새장에 훌륭한 깃과 매서운 부리, 천하를 움켜쥘 발톱을 가진 맹금을 자신이 가두어 놓고 있는 게 아닌가 하는 상념을.

"……."

몸에 닿은 비단의 시원한 감촉이 갖은 잡념을 간신히 쫓아내었다. 높게 올라와 목을 덮는 옷깃. 옷을 여미는 것은 비단실을 엮어 만든 단추이다. 아직 더운 계절임에도 기족의 옷은 소매를 길게 늘여 칼바람에 손을 덮어 보호할 수 있도록 고안되어 있었다. 더우면 접어 올리면 그만이다. 허리에 매는 띠는 소그드가 이따금 천지신명에게 제물로 바치는 신령스러운 흰 비단 천. 통이 좁은 바지를 추어올리고 코가 치켜 올라가 등자에 발을 얹기 편한 호화를 신으면, 한 사람의 목민으로서 차림새가 갖추어진다. 정엽은 틀어 올렸던 머리카락도 풀어 헤쳐 끝만 가볍게 묶었다. 선인도 도사도 아닌 자가 하기에는 파격적인 차림이었지만 그는 개의치 않았다. 여기에서만큼은 중원 화하의 예절이니 법도니 하는 일들을 끌고 올 필요가 없다.

문에 매달리다시피 하던 소그드는 기대고 있던 문이 훌쩍 뒤로 물러나는 느낌에 얼른 자세를 바로잡았다. 조금 망설이는 양 천천히 열리는 문 안쪽에서 마침내 드러나는 모습은….

"이상하지 않은지요?"

"…아니, 무지 잘 어울리는걸."

그의 감상을 표현하는 데에 맞춤한 단어는 소그드가 아는 중원의 말 중에도, 나아가 초원의 말 중에도 없었다.

그러나 정녕 소그드가 토로하고 싶은 기분이 무엇인지는 그 얼굴만 보아도 알 일. 정엽은 그저 빙긋이 미소로 답했다.

모처럼의 휴가에 대단한 유흥은 없었다. 단오에 신명 나게 놀아보자고 권한 기염이 지금 정엽이 하는 짓을 보았다면 기막혀 입을 다물지 못했으리라.

새끼를 떼어놓고 로그모의 젖을 짜서 기족의 음료를 만드는 법을 배우고, 전장을 세우고 해체하는 방법에 대해 귀 기울이고, 양떼에 염소를 섞어 어떻게 늑대나 여우의 피해를 막는지, 기족 사내들이 전쟁터에 나갈 때 먹는 말린 고기는 어떻게 만드는지, 기족의 강궁은 어떻게 손질하는

지….

비로소 사내의 일을 배우는 어린아이처럼 정엽은 열심히 따라다니며 소그드의 일거수일투족을 관찰했다. 소그드도 기쁘게 떠들어댔다. 딱히 비밀인 것도 아니다. 이런 일에 관심 가지는 화하인이 지금껏 없었을 뿐.

"그거 먹어서 되겠어? 양 한 마리 잡아줄 수 있는데."

태양이 중천에 떠오르고 허기가 느껴질 무렵, 그들은 호탁 위에다 가지고 온 먹거리를 풀었다. 떡 몇 가지와 과일, 그리고 소그드가 짠 신선한 말젖이 전부였다. 소그드는 물론 아낌없이 대접할 참이었지만 정엽은 웃으며 사양했다.

"죄송하지만 비린 것은 아직도 좀 어려울뿐더러… 다 먹을 수 있을 것 같지도 않군요. 아깝잖습니까."

"남으면 말려서 저장… 하고 싶지만 확실히 날씨가 안 좋네. 덥고 비도 많이 오고."

"황도는 남방보다 훨씬 서늘한 편인데도 그리 느끼시는군요. 교주는 더하다고 합니다. 덥고 습하기가 찜통이라던가요."

정엽의 음색에 한 가닥 수심이 어리었다. 다른 이라면 눈치채지 못했을지도 모르나 소그드는 간파하였다.

교주—화하의 남쪽 변경. 예로부터 조정에서는 그 땅의 백성을 교화하기 위해 몇 번이나 지방관을 보냈지만, 만족의 습격을 받거나 병에 걸려 임기를 다하지 못하는 형편이었다. 그 땅의 소용됨은 하나밖에 없다고들 한다. 조정의 대역죄인을 유배 보내어 조정의 칼을 더럽히지 않고 하늘의 순리에 맡기는 것.

그 땅으로 향하는 구불구불하고 좁은 길. 길을 따라 굴러가는 수레는 지금쯤 도착하였을까….

"더운 건 싫지만 한 번쯤은 구경해 봐도 괜찮아."

"예?"

"교주라는 데 말야. 네가 따라와 줄 때의 이야기지만."

자신이 지켜보고 있다면, 한 번은 만나도 괜찮다고… 소그드는 자신이 짜낼 수 있는 아량을 모조리 짜내어 그렇게 호언했다.

호상에 앉아 입으로 가져가던 떡을 호탁 위로 되돌려놓던 정엽은 동그랗게 뜬 눈을 소그드에게 못 박았다.

"정말이십니까?"

"두말은 안 해."

"고, 고맙습니다."

어떻게 바뀌었을지 모르는 표정을 감추기 위해 정엽이 고개를 숙이는 찰나, 그 소맷부리를 소그드가 잡아채듯 끌어당겼다.

"와장창!"

상탁이 넘어지며 요란한 소리를 냈다. 술병이며 그릇 따위가 바닥에 떨어져 깨어지고 굴렀다. 그러나 노여움을 표현할 사이도 없이… 정엽은 거진 내던져지다시피 침상에 쓰러졌다. 항의를 토해 내려 벌린 입은 두터운 입술에 막혀버렸다.

"……."

말젖의 농후한 맛이 혀끝에서 감미롭게 맴돌았다. 그리고 짐승 같은 체취가 코와 입도 가득 채웠다. 밀어내려고 애쓰는 것도 잠깐이었다. 이내 축 늘어진 몸을, 소그드는 언제 난폭하게 그러안았냐는 양 살며시 침상 위에 내려놓았다.

"…모처럼 선물한 옷을 입었건만…."

"찢어지면 새로 해주면 되지."

그러나 매듭을 풀어내는 손가락은 또다시 격렬하게 움직였다. 정말 찢어버릴까 염려스러울 정도로 거칠게 벗겨내는 연유는 옷자락이 일순이라도 그 얼굴을, 몸을 가리는 것이 참을 수 없었기 때문에. 금세 발갛게 물든 얼굴과 발끈한 듯이 쏘아보지만 눈물에 젖은 눈동자는 소그드의 의욕을 끝 간 데 없이 돋우었다. 양털이나 백옥의 흰 빛도 비할 수 없는 몸이 모포 위에서 몸부림쳤다. 매끄러운 살결은 어루만지면 어루만질수록 무엇도 흉내 낼 수 없는, 익은 과일보다도 달큰한 매혹적인 선홍빛을 띤다.

흡사 물에 빠진 사람이나 덫에 치인 짐승처럼 정엽은 애써 침상 위를 기어 소그드로부터 거리를 두려 했다. 유달리 다급한 애무가 일말의 두려움이라도 안겨준 것일까. 그러나 여기에서 고삐를 잡아채기에는 너무도 가열하게 소그드는 달리고 있었다.

"하⋯ 윽?! 그만두십시오! 어디에⋯ 흑⋯!"

말고삐와 활시위로 두터워진 소그드의 손이 정엽의 양 허벅지를 잡아벌렸다. 그리고 거리끼는 기색도 없이 탄력 있는 둔덕 사이에 얼굴을 가져갔다. 소그드가 뭘 할 작정인지 짐작한 정엽은 그야말로 사색이 되었다. 그러나 이어지는 치부로부터의 감촉은, 말릴 사이도 없이 비명을 올리며 소스라치게 만들기에 충분한 것이었다.

"힉⋯! 그⋯ 만, 두세요, 제발⋯! 그런 데에, 그⋯으, 런⋯ 응—!"

뜨겁고 축축한 것이 치부를 유린한다. 주름을 하나하나 펴기라도 할 작정인 양 구석구석 훑고, 안으로 비집고 들어오려는 감촉. 농락당하는 것은 치부만도 아니다. 타액이 질척거리는 소리도, 입맛을 다시는 듯한 소리도, 살을 구울 듯이 뜨거운 숨결도, 허벅지의 살을 옥죄는 손아귀도⋯ 모든 것이 수치심에 불을 붙이고 이성을 갈퀴로 파내듯 긁어낸다. 모포에 얼굴을 묻고 침상에 힘껏 손톱을 세워보아도 쾌감에 휩쓸려가는 전신의 감각을 붙들어 둘 닻은 되지 못했다.

"이렇게 푸는 쪽이⋯ 빠르거든."

영겁처럼 느껴지는 시간이 지나고 나서… 소그드는 고개를 들고 싱긋 웃었다. 엎드린 채 숨을 헐떡이고 있는 정엽은 이제 화낼 기력도 없는 것 같았다. 노여움을 표하기 위해서인지 돌아보지도 않고서 가라앉은 목소리만으로 쏘아붙인다.

"…그 입으로 입 맞출 생각은 하들랑 마십시오."

"제대로 양치할 테니까. 뭐, 그 전에 네 기분부터 풀어줘야겠지?"

소그드의 손이 치부 아래로 미끄러져 들어가 어중간하게 열 올리고 있는 정엽의 것을 어루만졌다. 모포에 묻혀 분별할 수 없지만 숨 막힌 소리가—수치의 비명인지 쾌락의 호소인지 알 수 없는 소리가 흘러나왔다. 아직 이 정도로는 시작일 뿐인데, 그런 행위로 느껴서 부끄러운 걸까.

"뭐라고 말해도… 기분 좋았구나?"

"말하지… 마십시오…."

"여기도 말이지, 실룩거리고 있어…. 혀로는 만족 못 해?"

"소그드…!"

정엽이 진짜로 노여움을 행동으로 드러내기 전에, 소그드는 정엽의 몸이 바라고 있는 것을 가져다대었다. 그토록 열심히 녹여두었건만 하얀 신체는 일순 굳어졌다. 조여들었을 안쪽을 열어젖히기 위해 그는 눈앞의 새하얀 허리를 쓸어내리고 가슴팍에 손가락을 미끄러뜨렸다.

"계속… 계속 안고 싶었어. 같은 집에 살고 있는데 얼굴도 맘대로 못 보고… 진짜 쓰라렸다고."

"소… 그드…."

"이렇게 사랑하고 있는데… 한시도 떨어지고 싶지 않은데."

"알겠, 으니까… 소그드…."

끝까지 돌아볼 마음은 들지 않았다. 느끼고 있는 얼굴 따위 보여줄까 보냐. 하지만 정엽은 자신의 가슴팍을 헤매는 소그드의 손에 깍지를 껴

쥐고는 입가로 가져갔다. 가볍게 입술을 대고 수줍게 내민 혀로 살짝 핥더니, 어리광부리듯 이빨을 가져다 댄다. 무엇보다도 강력한 재촉이었다. 소그드는 구시렁거리는 말을 내동댕이치고 정엽의 말 못할 바람을, 그리고 자신의 넘칠 듯한 바람을 그대로 뒤엉키게 했다.

"아—하, 아, 아아… 앙…!"

굶주린 것은 기실 소그드만이 아니었다. 정엽의 고매한 정신은 아닐지라도 피와 살로 이루어진 몸뚱이는 똑같은 허기를 채우기 위해 소그드를 단숨에 삼켰다. 그를 감싸고, 조이고, 주름을 맞비빈다. 소그드가 새겨 넣은 대로 이제는 퍽 능숙하게 그의 몸을 받아들여 쾌감의 물결을 주고받는다.

"정… 엽, 정엽, 정엽…!"

"하, 응, 소그, 읏… 하… 소그드…."

쾌락의 파도는 한없이 높이 두 사람을 띄워 올렸다… 유감스럽게도 끝은 오는 법이었지만. 정엽은 정점의 예감에 몸을 떨었다. 한데—.

"아윽…!"

소그드의 손이 정엽의 것을 단단히 눌러 쥐었다. 터지려고 했던 쾌락이 무참하게 꺾였다. 정엽은 소스라치며 뿌리치려 했지만 소그드는 요지부동이었다.

"알겠어? 이게, 참는다는 거."

"소그드! 무슨…."

"내 기분이 어땠는지 조금… 알아달라는 거야!"

다정한 속삭임에 반해 손길은 잔혹했다. 더군다나 그 손은, 그리고 정엽의 내밀한 곳에서 날뛰고 있는 소그드의 것 또한 쾌락을 부추기는 일을 멈추지 않았다. 깊숙한 곳으로 파고 들어가 민감한 부분을 문질러 절정으로 유혹하면서도 정엽이 도달할 때에는 가차 없이 막아버렸다.

"소그드… 그만… 그만둬주세요….”

"아직… 인데? 내가 참았던 건… 훨씬 오래….”

"싫, 엇… 이제 그만… 제발…!”

비로소 정엽이 고개를 들어 어깨 너머를 돌아보았다. 쾌감과 번뇌와 눈물에 흐려진 눈. 울며 일그러진 얼굴. 탁해진 목소리는 평소의 그라면 상상도 할 수 없을 정도로 가냘픈 애원을 흐느낌으로 토했다. 정엽은 유혹하는 자태의 엉덩이를 오히려 소그드에게 맞붙여 문질러 왔다. 분명 본인은 의식하지 못했을 서투른 교태. 빨리, 빨리 하고 무언으로 졸라대는 가늘게 떨리는 허리. 소그드에게는 철퇴로 맞는 것보다도 묵직한 충격이었다.

정엽을 이렇게 만들 수 있는 이는 자신뿐. 정엽의 이런 모습을 볼 수 있는 이도 자신뿐.

그 희열에 몸을 떨면서, 소그드는 마침내 항쇄를 풀었다.

"말해줘… 더, 말해줘…!”

"응, 웃, 좋아… 요. 좋아해앗… 소그드…!”

정엽의 욕망이, 그리고 정엽의 몸이 다 받아들이지 못한 소그드의 욕망이 뒤섞여 침상에 흩어졌다. 지친 몸은 더러워지는 것도 아랑곳하지 않고 그 위에 쓰러졌다. 이미 서로의 체액으로 엉망인 판국이었지만.

뒤에서 끌어안은 채 소그드는 슬며시 정엽의 눈치를 살폈다. 뭐라 구실을 대어도 심하게 한 건 사실이니, 정엽을 정말 화나게 만들었다면 곤란하다. 모처럼의 휴일에 언짢은 정엽을 보는 것도 싫거니와 앞으로도 몇 번 더 하고 싶었던 것이다.

그러나 소그드의 생각과 달리 정엽은 화난 것이 아니었다. 그는 자조, 아니 자책하고 있었다.

화하라는 나라는 소그드라는 사내에게 너무 좁다…. 초원을 그리워하는 그에게는 더더욱 그렇다. 한데 이래서야 그를 몸으로 유혹하여 붙잡 아두는 것이나 진배없지 않은가….

전전긍긍하는 소그드의 귀에 문득 정엽의 목소리가 와 닿았다. 조금 쉬어 버린 음색도 쫑긋 세운 거나 다름없는 귀는 놓치지 않았다.

"…이런 모조 초원으로 만족하십니까?"

다가올 칠석. 황도의 대갓집에서는 곡판이라는 것을 만든다. 나무로 짠 큰 틀에다 풀씨를 뿌리고 공들여 세공한 농가며 농부의 인형을 배치 하여 자못 여름의 장원을 꾸민다. 그러나 그것은 어디까지나 장식일 따 름. 그것을 보고 즐기는 황도의 귀인들 중 실제로 쟁기를 잡고 흙투성이 가 되어본 이는 대관절 몇일는지.

그러나 곡판을 본 적도 없는 소그드에게 정엽의 쓸쓸한 심회는 와닿지 않았다. 그는 다만 어리둥절해서, 그러나 시원스레 대답했다.

"모조? 가짜 말야? 가짜가 어디 있어. 내가 보고 듣고 만질 수 있으면 진짜지."

"……."

"그리고 너도 있고."

꼭 끌어안는 품속은 모든 것을 죄 싸안을 수 있으리라 여겨질 만큼 넓 고 따뜻했다….

그때 불현듯 소그드가 벌떡 일어났다. 호화에 발을 구겨 넣고 걸어가 는 그를 정엽은 망연하게 쳐다보았다.

"어딜 가십니까?"

"새끼양이 울어서. 어디서 여우가 기어들어 온 모양인데."

"…가축 돌보러 나가는 거면 최소한 옷은 입어주십시오!"

"어? 왜? 좀 벗고 있다 해도 양들이 거시기를 물어뜯는 것도 아닌…."

소그드는 정엽이 집어던진 바지를 얼굴에서 끌어내려 주섬주섬 입었다. 전장을 나서기 직전, 그는 정엽의 한숨을 부르는 말을 기어이 남겨두고 말았다.

"우물에서 양치하고 올게. 진짜 깨끗이 할 테니까."

문이 닫히자, 정엽은 침상 위에 푹 엎드러졌다.

"하아⋯."

한림원의 복도를 한 학사가 수건으로 땀을 닦으면서 걸어갔다. 요즘은 이 일도 하고자 눈이 벌개진 이들이 줄을 서서, 자리를 차지하기가 쉽지 않았다.

대단한 일은 아니었다. 한림원의 서가를 정리하고 필요한 경사의 전적을 찾아내는 일. 서가이니만큼 등불을 다루는 데에도 마음을 써야 하고, 여름에도 우물물 담긴 동이에 발을 담그고 더위를 식히거나 겨울에 화로를 들여 불을 쬐면서 추위를 쫓을 수도 없었다. 나아가 오래된 책자를 만지느라 손끝의 골이 닳아 없어질 지경이니, 퀴퀴한 냄새 떠도는 먼지 구덩이에 자처하여 가고 싶은 이가 어디 있겠는가.

그러나 지금은 사정이 확연히 달랐다. 그 임무를 맡아 서가에 죽치고 있는 이가 특별했기에.

"어서 오십시오, 임 학사."

"별일 없으셨습니까. 정엽 공."

"여기 앉으십시오. 종지이긴 하지만 한 잔 드시겠습니까?"

"이거 감사한 말씀을. 답례라긴 뭣하지만 월병을 가져왔습니다. 점심도 제대로 못 드셨지요?"

"도시락을 싸왔으니까요. 하지만 감사합니다. 때마침 입이 심심했기에."

화사한 웃음을 모란에 견주랴, 백합에 비하랴. 신임 학사의 옥색 관복은 하얀 살결에 눈부시게 어우러졌다. 관복의 깃 위에 반쯤 가려져 있는 새하얀 목덜미는 숲 속을 거니는 학의 그것처럼 매끄러웠다. 고루할 따름인 조정 대신들 사이에서 그가 옷자락을 나부끼며 모습을 드러내면 천년 묵은 먼지도 씻겨나가는 듯했다. 허나 무엇보다도 사람들의 시선을 빼앗는 것은 그 눈동자. 단지 대면만 해도 당금 천자로 하여금 숙부의 혼약자를 취하기로 마음먹게 만들었던 무엇인가가 아들의 짙푸른 눈동자에도 어려 있는 것만 같았다.

성은 임이요 명은 필, 자 행진이라 이름하는 학사는 작고 낡아빠진 서탁을 앞에 두고 정엽과 마주 앉았다.

"이번에는 무슨 일로?"

"태환실기에서 오랑캐에 대한 사적을 찾아보라는 하명이 계셔서요. 필시… 요즘 조정에서 득세한다고 하는 이인에 관한 건이겠지요."

"그렇습니까? 바로 찾도록 하겠습니다."

"아니, 서두르실 필요 없습니다. 어차피 성지의 말 갖추기이니까요."

수많은 역경을 딛고 황제 일가를 보호해 온 용사. 차츰 황도에도 그를 용인하는 분위기가 이루어지고 있었지만, 조정의 높으신 분들과 재야의 고집불통 유생들은 아직까지도 그를 차별하는… 그렇게 하지 않으면 안 된다는 견해를 고수하고 있었다. 단어 하나조차 오랑캐에 관해서 쓰던 대로 관례에 따라야만 한다….

"그렇군요. 그렇다면 임 학사께서도 땡땡이를?"

입술 위에 손가락을 세우고 정엽이 지그시 웃자, 학사 또한 이끌린 듯이 웃었다.

"일전에 나온 이호 공의 문집은 보셨습니까?"

"물론이지요. 태학의 선배… 호부 낭중 기엄 공께 빌려서 틈틈이 필사하고 있습니다."

"저도 보여주시겠습니까?"

"임 학사께서는 이미 독파하셨던 것이 아닌지요?"

"아니, 정엽 공의 글씨로 다시 한번 읽어 보고 싶어져서요. 공의 글씨체라면 이호 공의 유려한 시부도 곱절은 훌륭해지지요."

"학사께서는 저를 지나치게 놀리시는군요."

"놀리다니오. 공을 흠모하여 이 서고를 방문할 기회를 잡고자 하는 이가 줄을 서고 열을 지었는데요. 저만 해도 얼마나 진땀을 빼면서 이 기회를 얻었는지 모릅니다."

"그 말씀이 실로 놀린다는 것입니다."

사정 모르는 이가 보았다면 묘하게 여길 대화였다. 관인을 부를 때는 성에 관직을 붙여 부른다. 그러나 한림원에서 정엽은 오로지 자로만 칭해졌다. 어쩔 도리 없다. 정엽의 성은 황제의 것이기도 하니, '건 학사'라고 불러버린다면 국성을 범하는 것이 된다.

하지만 그렇다 해서 한림원의 학사들이 정엽을 홀대함은 아니었다. 처음에는 면신례 전에 닦아세운 것이 마음에 걸려서 멀리하고 서고로 임무를 배정했지만, 변함없이 온후한 정엽의 태도… 그리고 기회 닿을 때마다 사심이 없음을 보이는 간곡한 언행 덕에 그와 가까이 할 일이 많은 지위 낮은 학사들부터 친근한 사이가 되어갔다. 깊은 학식과 겸손한 몸가짐, 현량방정한 인품. 이쪽에서 더 이상 꿍꿍이가 없다면야 꺼려할 일이 어디 있으랴.

태평성대이긴 하나 험한 길에서 준마를 알아보고, 난세야말로 어진 선비를 알아보는 법. 이런 시절에는 능력 있는 이도 쉽게 두드러지는 법이 없다. 차츰 부귀한 집 문 앞에 얼마나 줄을 잘 서느냐에 따라 쓰이고 안 쓰이고가 정해진다는 풍문조차 떠도는 지금, 이 이국적인 풍모의 젊은 학사는 그러한 퇴폐를 쇄신할 수 있을지도 모른다….

"끼익."

한림원 서고 바닥이 위험스러운 소리를 냈다.

평온하게 살아온 책상물림 학사는 자취도 느껴본 적 없는 기운이 사위를 에워쌌다.

"…좌우림상장군?"

정엽이 문득 고개를 들어 입구를 응시했다. 그곳에 인기척도 없이 우뚝 서 있는 인물은 과연 인구에 회자되는 바로 그 사람. 훤칠한 키에 날렵하면서도 다부진 용모, 상장군의 전포를 몸에 걸친 모습은 출신을 따지지 않고 위의가 넘친다 할 만했다.

그러나 그 얼굴, 그 눈빛에는 중원 사람에게 찾아볼 수 없는 것이 서려 있었다.

행진은 그에 대해 악감정이 일절 없었다. 고향 상주에서 학문에 힘쓸 때에는 글월로만 전해 읽은 오랑캐가 흉악하고 도리를 모르는 종자라고 개탄한 적도 있으나, 상경하여 보니 권력에 쌍심지를 켠 채 서로 헐뜯고 등쳐 먹는 중원인 쪽이 훨씬 승냥이와 이리 같은 무리였으니. 황제의 신임을 얻고 대활약하는 좌우림에게 억하심정을 가질 이유는 없었던 것이다. 그러나 백문이 불여일견이라. 직접 대면하자 행진이 떠올린 감상은….

무섭다.

경멸도 흠모도 아닌, 오로지 공포.

"안녕하십니까. 어찌하여 여기까지 행차하셨는지요?"

그러나 정엽은 그를 태연스레 맞이하여 물었다. 상장군과 교제가 있는 몇 안 되는 사람 중에 정엽이 있다는 것은 행진의 귀에도 들어올 정도로 알려진 참이었다. 딱히 거처가 없는 정엽에게 객방을 내어줬다는 판이니 퍽 친근한 사이리라. 상장군은 정엽을 물끄러미 바라보다가 뚝뚝하게 입을 열었다.

"황태자가 태자부에 잠시 들러줄 수 있냐고."

"아아, 상장군께서도 부름을 받으셨습니까? 숙위는 마치셨는지요?"

"오늘은 없어. 태자가 불러서 온 거야."

"그렇구나. 허나 지금은 일이 있는데….."

난처한 얼굴을 하는 정엽에게서 시선을 떼어, 상장군은 행진을 응시했다. 행진은 자신이 앉아 있음을 다행으로 여겼다. 바보 같은 생각이라는 것은 알지만, 만약 선 채였다면 오금이 저려 엉덩방아를 찧었을지도 모른다. 전포를 입은 호랑이. 행진이 받은 인상은 실로 그러했다.

"아, 아, 아니… 급한 일은 아니니까요. 천천히 해주시길."

"그럼 태자 전하를 배알하고 오겠습니다. 말씀하신 전적은 오늘 중으로 찾아두면 될는지요?"

"무슨 말씀을! 제가 여기서 앞 권부터 우선 보고 있을 터이니….."

태환실기는 권 칠십을 넘어가는 장대한 사적. 혼자서 하루 만에 다 뒤져낼 수 있을 리 없다. 하지만 돕겠다고 하는 행진의 가상한 뜻은 상장군의 시선에 말문이 막혀 스러졌다. 그 얼굴에 이렇다 할 표정이 없으니, 상대방은 그저 보고 있는 것뿐인지도 모른다. 그러나 행진에게는 개미를 눌러 죽이는 엄지손가락이나 다를 바 없었다.

"감사한 말씀이지만 제 일이니까요. 임 학사를 수고롭게 할 수야 없지요. 퇴청 전에 틀림없이 일을 마치겠습니다."

"아… 아, 알겠습니다."

행진을 보내고 서고를 나서면서, 정엽은 의아한 생각을 지우지 못했다. 아무리 형제지간이라도 신분은 일군의 황태자요 일개 학사이니, 현성이 지금까지 황궁에서 사사로이 만나고자 한 적은 없었던 것이다. 그런데 직접 부르다니 어찌 된 영문이란 말인가. 무슨 변고라도….

그러나 정엽이 염려스러운 생각에 빠질 여유란 없었다. 그는 옆에서 걷는 사내를 샐쭉하니 올려다보았다.

"어째서 임 학사를 위협하는 겁니까?"

소그드는 불퉁한 낯으로 그 시선을 마주 받았다.

"너야말로 어째서 그런 녀석을 가까이 두는 거야?"

"…같은 관청의 동료 학사이기 때문이라는 답에 납득해줄 생각은 없는 거로군요?"

"게다가 그 녀석, 꼭 꼬리 흔드는 것 같아서."

단순히 화난 정도가 아니다. 한두 가지 이유만 더 있었더라면 쳐 죽여버려도 이상할 리 없었을 살의였다.

"소그드…."

정엽은 한숨을 푹 내쉬었다. 이쯤 되면 무섭다거나 기가 막히기보다 한심스러울 지경이었다. 그가 속세에 나와 벼슬길에 오르기로 마음먹은 이후로 이런 일이 있으리라고 몇 번이나 당부를 했건만 소그드는 매번 잊어버리고 낯빛을 달리한다.

"왜?"

"제가 평생 출세하지 못하고 서고지기로만 머물면 그나마 찾아올 사람도 적겠지요. 허나 앞으로 다소 관직이 높아져서 이런저런 사람들을 만나게 되면… 그때도 이렇게 일일이 화내실 겁니까?"

"그때 기분이야 지금의 내가 알 게 뭐야."

"화낼 뜻이 참으로 만만하군요."

또 한번 한숨을 내쉬는 정엽을 보면서 소그드도 항의할 말을 골랐다.

정엽이 도사를 그만두며 은자처럼 지내던 나날을 버리고 관직에 나아가니, 직분에 성실히 임하여 기운이 나는 모습은 그 또한 기쁘지만…. 정엽을 흠모한다고 칭하는 무리들이 모여드는 광경은 소그드 입장에서 속에 천불이 나고 배알이 뒤틀리는 일이었다. 연회석상에서 얼굴이 불콰해진 뭐시기인가 하는 자가 정엽의 어깨를 감싸 쥐고 친근한 척 하던 꼴은 떠올리는 것만으로도….

"제게 있어 당신처럼 대할 수 있는 분은 오로지 당신밖에 없다는데도… 좀처럼 흡족해 주시지 않는군요."

앞을 바라보며 황궁의 회랑을 걷던 정엽의 입술에서 나지막한 속삭임이 흘러나왔다. 점차 더워지는 계절, 오후의 황궁… 중원 화하의 천하형통을 주관하는 이곳이 나른하게 늘어져 있을 리는 없지만, 따사로운 햇살은 잠시나마 한가로운 착각을 일으키게 만들기에 충분했다. 그 가운데에서 햇빛이 깃들어 누그러진 눈동자가 소그드를 응시한다. 하얀 손가락이 뻗어와 소그드의 어깨 언저리를 스쳤다. 남들 보기에는 전포에 붙은 보푸라기 따위를 떼어주는 것으로 보이겠지만 소그드에게는 넘칠 만한 유혹이었다.

"…나를 그렇게 구워삶을 정도로, 그 녀석들과 어울리는 것이 좋아?"

정엽이 아무 생각 없이 그리하는 건 아니라고는 소그드도 잘 알고 있었다. 불만스러운 소리가 튀어나오는 것은 자연스러운 일이다. 정엽은 용모와 달리 결벽하고 근검한 몸가짐을 가져 또한 존경받는 학사라고는 여길 수 없을 만큼 요염한 미소를 지었다.

"글쎄요. 아쉽게 여기는 마음도 있습니다. 당신과 함께하는 시간도 많지 않은데, 아무런 사심 없는 사람에 대해서 이런저런 추궁을 받는 데에 써버리는 것이… 당신은 아무렇지도 않은가요?"

큰일이다. 남자를 녹이는 화술만 일취월장해서….

이런 언행을 자신 이외의 남자에게는 구사하지 않는다는 점이 소그드에게는 유일한 위안이었다. 끌어당기는 듯한 눈짓도, 은근히 떠올리는 요염한 미소도, 손짓까지도… 소그드를 매혹시켜 단 한 가지밖에 생각하지 못하게 만든다.

그렇게 됨을 알고 있는데도—마치 꿀에 빠져 죽는 파리처럼, 기꺼이 몸을 던져도 좋다….

"꽉 끌어안아도 돼?"

"안 됩니다."

"뭐 어때, 여기서 덮치겠다는 것도 아닌데."

"시끄러워지니 삼가주십시오. 그 이야기는 나중으로 미루고… 형님께서는 무슨 일로 부르셨다지요?"

그야 한림학사가 황궁에서 백주대낮에 상장군을 날려버리면 시끄러워지기도 할 터이다. 소그드는 구태여 말을 돌리는 정엽의 뜻에 싱글거리면서 응했다. 나중에 계속한다는 것은, 그때는 기회가 있다는 뜻이리라.

"몰라. 말 전하는 녀석의 분위기로 봐서 심각한 일은 아닌 것 같던데."

"제게는 왜 시종을 보내지 않으시고?"

"그야 내가 데려온다고 잘라 말했으니까. 낮에 너 볼 기회가 좀처럼 없단 말이지."

정엽은 헛웃음으로 답하고는 부지런히 발을 놀려 동궁 태자부로 향했다. 과연 태평한 시절이라, 국사를 분담하고 있는 태자부 역시 평온하기 이를 데 없었다. 오가는 관원이나 아랫것들의 얼굴에서도 근심이라곤 파편도 찾을 수 없었다.

오로지 그 주인만이 중방의 객실에서 전후좌우 바삐 걸음을 옮기고 있었다. 사방으로 맴도는 걸음새를 볼 양이면 물정 모르는 아랫사람은 간질에라도 걸렸음인가 근심할 지경이요, 글 깨나 읽었다는 작자라면 나라에 큰일이라도 있는가 염려할 터이나, 그런 공기는 한 줄기도 감돌지 않았다.

"전하, 좌우림위 상장군과 한림원 학사께서 등청하셨나이다!"

"오오, 어서 오거… 아니, 어서 오시오! 어서 이쪽으로, 학사! 상장군께서도!"

아랫것의 길고 긴 부르짖음에 현성이 황황히 뛰어나왔다. 정엽이 황태자 전하 천세 운운하는 상투적인 예의를 차릴 겨를도 없었다. 두 사람은 소매를 잡혀 끌려가듯 태자부의 객실에 들었다.

그러고 나서야 현성은 아무리 친밀한 사이라도 예의는 지켜야 한다는 사소한 진리에 도달했다. 그는 허둥지둥 좌우를 둘러보았다.

"급하게 불러서 미안하구나. 차라도 일단 들면서 목을 축이고… 소그드 공은 술이 좋겠소?"

"나야 상관없는데 말야, 황궁에서 일 끝났다고 해도 술 마셔도 돼?"

"아, 아아, 그렇군. 그렇지. 그럼 소그드 공도 차를…."

"진정하십시오, 형님. 무슨 일이십니까?"

정엽의 말에 현성은 겨우 정신을 차렸다. 그리고 또한 머리가 식자 비로소 생각이 미쳤다. 이 소식을 정엽이 정말로 기뻐해줄 것인가… 그가 지금 적적하게 지냄은 모두 현성의 탓이다. 그런 현성의 경사에 진정으로 기쁜 마음이 들는지.

세상 사람들이 어떻게 생각해도 형제간의 우애를 깊게 다지자는 것이 두 사람의 무언의 약속이었다. 그러나 이 이야기를 밝히게 되면 그들도 남들처럼 가면을 쓰고 대면하고, 가식의 미소를 나누는 그런 사이가 되지는 않을까….

"별 이야기 없으면 돌아가서 밥 먹어도 돼?"

이번에는 소그드의 뚝뚝한 말이 현성을 깨웠다. 그랬다—정엽에게 가정을 꾸리고 오순도순 살아갈 욕심이 있었다면 이와 같은 인연을 맺을 리 있을까.

가까스로 용기를 짜내어 현성은 말을 자아내었다.

"그것이 말이다… 실은…."

"형님?"

"채경이… 그, 뭐랄까, 태기가… 있는 모양이다."

호흡 한 번의 침묵이 지나고 나서.

상이 덜컹거릴 기세로 정엽이 무릎으로 일어나 현성의 손을 잡았다.

"저, 저, 정말이십니까, 형님!"

"일단 태의가 그리 말했으니…."

"축하드립니다, 형님! 정말 축하드립니다!"

현성도, 옆에 앉은 소그드도 아연하여 벙벙한 얼굴을 면할 수 없었다. 정엽이 이렇게 가히 기뻐 날뛰다시피 하는 것은 소그드는 물론이고 현성조차도 본 적 없는 모습이었다. 봉의 꼬리 같은 눈매가 파도치고, 꽃잎 같은 홍순이 웃음으로 벌어졌으며, 관옥 같은 얼굴이 발갛게 상기되었다.

"무사히 태어날 때까지는 그래도 근심거리지. 아, 아무튼 고맙구나."

"형수님의 몸에 좋은 약재를 준비하겠습니다. 선원궁에 부탁해서 부적도 써야겠군요. 그리고 또…."

"조, 조금 마음을 가라앉혀다오. 황후와 내 어머님께서 이미 채비를 하신다고 말씀하셨으니…."

"황후께서도 이미 아시는지요? 폐하께서도?"

"폐하께는 황후께서 전하시겠다고…."

"틀림없이 기뻐하실 겁니다."

과연 모자지간이다. 현성은 환하게 웃고 있는 정엽의 얼굴에 여금 황후의 얼굴을 겹쳐 보고 자신을 한심스레 여겼다.

채경이 전하기로 황후에게 이 소식을 말하였을 때 여금 황후의 기쁨이 형용할 수 없었다고 하던가. 혈육을 대대로 전하고 자손에게 보위를 물려주고 싶은 것은 사람의 당연한 욕심일진대, 그러한 마음을 단호히 끊고 천하태평을 위하여 현성의 치세를 결심한 마음은 모자가 한결같았다.

그 마음에 보답하지 않고서 감히 사람이라 할 수 있으랴. 현성은 그리 다짐하는 것이었다.

서로 얼싸안다시피 하고 감격에 감격을 더하는 두 형제를 소그드는 미적지근한 눈으로 쳐다보았다. 사람의 당연한 욕심은 그와는 별반 관계가 없다…. 그에게 있는 욕심이라곤 딱 하나뿐이다. 그리고 그것은 한량이 없었다.

그런고로 현성이 기쁨에 빛나는 얼굴을 자신에게 향했을 때, 소그드는 그 기쁨에 걸맞은 표정을 되돌려주지 못했다. 하지만 현성은 전혀 개의치 않았다.

"이게 다 소그드 공 덕분이오. 공의 조언이 없었더라면…."

"내가 뭔가 말했던가?"

"하하… 혼인한 지 몇 해나 지났는데 이제 와 이런 말 하긴 부끄럽소이다만. 지금이라도 두 사람이 한마음인걸 알았다고나 할지…."

"아, 잘됐네. 잘됐어."

"좀 더 축하해주시지요."

"네가 엄청 축하하고 있으니까 나까지 덩달아 들뜰 수가 없잖아."

"기쁜 일은 기뻐하는 사람이 많을수록 성한 법 아니겠습니까?"

"아치… 이 나라 말로는 뭐더라, 조카라고 하던가. 그 애가 태어나는 것이 그렇게 좋은 거야?"

"귀여운 조카를 무릎에 앉히고 글을 가르치는 것은 예전부터의 소원이었지요."

소그드는 만개한 꽃처럼 웃고 있는 정엽의 얼굴과, 매한가지인 현성의 얼굴을 힐긋 번갈아 보았다. 그는 현성에게도 같은 취지의 이야기를 들은 바 있다. 형제라면 또한 형제다. 바라는 것이 꼭 같지 않은가.

한 사람은 이루어지지 않을지라도 다른 한 사람은 이어나간다. 혈육의 반밖에 나누지 않았을지언정 틀림없는 형제.

"전 글을 가르칠 테니 소그드가 말 타는 법을 가르쳐주시겠습니까?"

"좀 봐다오. 아들인지 딸인지 분별하기는커녕 아직 혈기조차 뭉치지 않았을 때인데 왜 그리 성급하냐."

"여아라고 시문과 기승을 배우지 말라는 법이 있습니까? 물론 침선을 가르칠 재주는 없습니다만."

오래도록 한담하고 있을 여유는 없다. 그러나 시원하게 식힌 차가 나와 목을 축이는 짧은 순간이라도 즐겁게 주고받는 형제의 이야기는 그칠 줄 몰랐다.

그 광경을 바라보며 소그드는 탄식하듯 중얼거렸다.

"나도 낳을 걸 그랬어⋯."

정엽은 사례가 들린 양 격하게 기침했고 현성은 귀한 차를 그만 뿜어버렸다.

서풍기연담 2

초판 1쇄 발행 2018년 4월 10일

글 청령

발행인 원종우
발행처 이미지프레임

주소 (13814) 경기도 과천시 뒷골1로 6, 3층
영업부 02-3667-2653 **편집부** 02-3667-2654 **팩스** 02-3667-2655
메일 mm@imageframe.kr **웹** mmnovel.com

ISBN 978-89-6052-042-4 03810